LENA KIEFER

Westwell

Hot & Cold

LENA KIEFER

WEST WELL

HOT & COLD

Roman

LYX

LYX in der Bastei Lübbe AG

NACHHALTIG PRODUZIERT

Die Bastei Lübbe AG verfolgt eine nachhaltige Buchproduktion. Wir verwenden Papiere aus nachhaltiger Forstwirtschaft und verzichten darauf, Bücher einzeln in Folie zu verpacken. Wir stellen unsere Bücher in Deutschland und Europa (EU) her und arbeiten mit den Druckereien kontinuierlich an einer positiven Ökobilanz.

FSC www.fsc.org MIX Papier | Fördert gute Waldnutzung FSC® C014496

Originalausgabe:

Schanzenstraße 6–20, 51063 Köln, Deutschland
Bei Fragen zur Produktsicherheit wende dich bitte an:
produktsicherheit@bastei-luebbe.de

Textredaktion: Melike Karamustafa
Umschlaggestaltung: © Jeannine Schmelzer
Coverabbildung: © Shutterstock (Anna Poguliaeva, Kindlena, Ninja Artist)
Satz: Greiner & Reichel, Köln
Gesetzt aus der Adobe Caslon
Druck und Verarbeitung: GGP Media GmbH, Pößneck

Printed in Germany
ISBN 978-3-7363-1813-7

11 13 12

Weitere Informationen unter:
lyx-verlag.de
luebbe.de | lesejury.de

Liebe Leser:innen,

dieses Buch enthält Elemente, die triggern können.
Deshalb findet ihr auf der letzten Seite eine Triggerwarnung.

Wir wünschen uns für euch alle
das bestmögliche Leseerlebnis.

Euer LYX-Verlag

Für Simone,
du bist meine Heldin.

Playlist

Westwell Theme – technokrates
I Don't Pray – AVEC
Breathe Easy – Blue
I Guess I'm in Love – Clinton Kane
You Are The Reason – Duet Version – Calum Scott, Leona Lewis
Out Of The Woods – Taylor Swift
Lost Without You – Freya Ridings
Shape of My Heart – Backstreet Boys
Warm – Moncrieff
Cry On Me – Ella Henderson, Mikky Ekko
Half a Heart – One Direction
Walk With Me – Måns Zelmerlöw, Dotter
Crazy What Love Can Do (Acoustic) – David Guetta, Becky Hill, Ella Henderson
Little By Little – Oasis
Lay Me Down – Sam Smith
Closer – Kings of Leon
Brave – Ella Henderson
11:11 – Ben Barnes
Wonderland – Taylor Swift
Where It All Begins – Summer Kennedy

»These violent delights
have violent ends
And in their triumph die,
like fire and powder,
Which, as they kiss, consume.«

William Shakespeare,
»Romeo & Juliet«

1
Helena

»Notrufzentrale, hallo?« Die Stimme klang ruhig, fast schon gelassen. Also das komplette Gegenteil von mir.

»Hallo, hier ... hier ist Helena Weston«, brachte ich heraus. Meine Hände zitterten so sehr, dass ich mein Handy kaum festhalten konnte. »Ich brauche sofort einen Krankenwagen zum Emilio's im West Village.«

»Ganz ruhig, Miss. Was ist passiert?«

»Mein Freund, er ... er braucht dringend Hilfe.« Da war ich mir sicher, auch wenn ich keine Ahnung hatte, was genau geschehen war. Seine Stimme, dieser Tonfall, ich hatte Jess noch nie so gehört.

»Miss, Sie müssen mir sagen, was vorgefallen ist, sonst kann ich nicht helfen.«

»Ich weiß nicht, was passiert ist, verfluchte Scheiße!«, entfuhr es mir heftig. Mir war klar, dass ich mich nicht fair verhielt, aber die Angst verhinderte jeden vernünftigen Gedanken.

Die Person am anderen Ende holte tief Luft. »Was sehen Sie? Ist er bei Bewusstsein, atmet er, gibt es sichtbare Verletzungen?«

»Ich bin nicht bei ihm, er war am Telefon, er hat meinen Namen gesagt, aber ganz schwach, so ... so als würde er sterben.

Können Sie jemanden dort hinschicken? Bitte!« Tränen liefen mir über die Wangen, verzweifelt sah ich die Straße hinunter. Ich stand vor Jess' Haus – wie weit war es von hier bis zu dem Restaurant, das er mir genannt hatte?

»Okay, ich schicke einen Rettungswagen«, kam endlich die Erlösung, aber sie hielt nur zwei Sekunden vor, bis die Panik in meinem Inneren wieder ansprang. Was war mit Jess passiert? Und würde der Notarzt schnell genug da sein, um ihn zu retten?

Ich nannte noch einmal den Namen des Restaurants und meinen eigenen, bevor ich auflegte, und war bereits dabei, mich nach einem Taxi umzusehen. Aber da war keins, weit und breit nicht. Wie konnte es sein, dass in dieser verdammten Stadt, die mehr Cabs als Einwohner hatte, ausgerechnet jetzt kein einziges in der Nähe war?!

Meine Reisetasche stand noch neben mir, und ich warf sie kurzerhand hinter ein paar Büsche an der Eingangstür. Mir war es gerade vollkommen egal, ob jemand sie klaute. Dann lief ich eilig los, in Richtung der 7th, hoffte dort auf ein Taxi. Aber auch da herrschte gähnende Leere. Wir hatten Heiligabend, wahrscheinlich lag es daran.

Hastig rief ich auf dem Handy die Karten-App auf, tippte zweimal daneben, weil meine Finger so fahrig waren, fluchte leise. Dann gab ich das Emilio's ein und startete die Fußgängerroute. Es waren eineinhalb Meilen, angeblich brauchte man dafür fünfundzwanzig Minuten.

Ich muss es schneller schaffen.

Ich rannte los und während ich die Straße überquerte, zuckten die schrecklichsten Szenarien durch meinen Kopf: Jess, den man angefahren und liegen gelassen hatte. Jess, der von jemandem verprügelt worden war. Jess, den man mit einem Messer angegriffen hatte. Ich hatte von ihm nicht mehr gehört als meinen Spitznamen, ausgesprochen in diesem fürchterlich dünnen Tonfall, als würde ihn alle Kraft verlassen. Und als ich nachgefragt, ihn darum gebeten, ihn *angeschrien* hatte, mir zu sagen, was passiert war, hatte ich keine Antwort bekommen. Obwohl ich noch nie mit einem Sterbenden gesprochen hatte, war ich mir sicher, dass es so klang. Und dann war das Gespräch einfach weg gewesen. Ein simpler melodischer Laut, der mich von ihm getrennt hatte. Ende.

Ich hastete an einem Bistro vorbei, vor dem ein paar Raucher standen, rempelte zwei davon an, entschuldigte mich murmelnd. In meinem Kopf war nur Jess. Die wenigen Erinnerungen an uns zusammen, der Abend im Bella Ciao, die Nacht in seiner Wohnung, der Schneesturm im Randy East. Die ganze Zeit hatte ich Angst gehabt, dass ich ihn nicht wiedersehen würde, nicht wiedersehen durfte. Aber nie auf eine so schreckliche Art wie jetzt.

Im Laufen warf ich einen Blick auf das Smartphone, ich hatte etwa die Hälfte der Strecke geschafft. Längst hatte ich Seitenstechen, aber ich merkte es kaum. Würde ich rechtzeitig da sein? Würde der Rettungswagen rechtzeitig da sein? *Scheißescheißescheiße.* Ich hatte doch schon einmal einen Menschen verloren, der mir die Welt bedeutete. Das durfte kein zweites Mal geschehen.

Eine Gruppe von Leuten kam auf mich zu, ein bisschen schlingernd, die meisten von ihnen schienen betrunken zu sein. Ich bremste meinen Lauf ab und wollte ausweichen, aber sie ließen mich nicht. Wütend stieß ich einen der Männer beiseite, heftiger als beabsichtigt, dann rannte ich wieder los.

Der Typ fluchte mir noch hinterher, da war ich schon an der nächsten Straßenecke. Für einige Hundert Meter war mein eigener Atem alles, was ich hörte, neben den Geräuschen der wenigen Autos, die hier unterwegs waren. Ich wagte es nicht, eines davon anzuhalten. Als New Yorkerin wusste ich, dass niemand für mich stoppen würde. Eher würden sie die Polizei rufen, wenn ich es versuchte, und das konnte ich nicht riskieren. Also rannte ich, rannte, so schnell ich konnte. Weil ich hoffte, dass ich Jess rechtzeitig erreichen würde.

Die Meter schmolzen nur langsam und mein Körper meldete, dass er am Limit war. Trotzdem wurde ich nicht langsamer. Und wenn ich danach zusammenbrach, ich würde es bis zu Jess schaffen. Ich musste einfach.

Ich war vollkommen durchgeschwitzt in meinem Mantel, als ich endlich den Schriftzug des Emilio's am Ende der Straße entdeckte. Mein Blick wurde aber bald abgelenkt, denn an der Ecke zu einer Gasse sah ich blinkende Lichter und eine Menschentraube. Abrupt blieb ich stehen, mir wurde eiskalt, während ich diese Szenerie anstarrte, die ich sonst nur aus dem Fernsehen kannte. Was, wenn es genauso war wie in den Kriminserien? Was, wenn er tot war?

Ein Teil von mir wollte hinlaufen, ein anderer hielt mich an Ort und Stelle. Erinnerungen an den Morgen nach Valeries Tod schossen mir durch den Kopf, jede einzelne davon ein schmerzhafter Schlag, der mich lähmte.

Bitte nicht. Bitte nicht. Bitte nicht.

»Bitte nicht.« Meine Stimme klang fremd in meinen Ohren, atemlos und flehend. Dann löste ich mich endlich aus meiner Starre und setzte mich in Bewegung.

Ich wollte die Straße überqueren, da ertönte ein ohrenbetäubendes Heulen und ein Krankenwagen fuhr an mir vorbei, beschleunigte und raste Richtung Norden davon. Ich sah ihm nach und wusste es. Keine Ahnung, wieso, aber ich wusste, dass Jess dort drin war. Sie hatten ihn bereits mitgenommen. Ich war zu langsam gewesen.

Mir entfuhr ein Laut, halb Schrei, halb Schluchzen, und

meine Knie wollten nachgeben, aber ich zwang sie, weiter zu funktionieren. Ich durfte jetzt nicht zusammenbrechen. Jess brauchte mich. Ich musste mich am Riemen reißen und nachfragen, was geschehen war. Auch wenn ich nie mehr Angst vor etwas gehabt hatte als vor der Antwort.

»Was ist hier passiert?«, sprach ich wahllos ein paar Leute an, die hinter dem Absperrband standen.

»Da wurde jemand angeschossen«, antwortete eine Frau mittleren Alters, die ihre Strickjacke vor der Brust zusammenhielt. »Wirklich üble Sache. Das hier ist eigentlich ein friedliches Viertel.«

»An… Angeschossen?« Ich wiederholte es tonlos, fassungslos, aber vor allem hilflos. Jess war angeschossen worden. *Angeschossen.* Das Wort drehte sich in meinem Kopf, ohne einen Sinn zu ergeben.

»Schätzchen, geht es Ihnen gut?« Die Frau schaute mich besorgt an.

Eine Antwort brachte ich nicht heraus, denn in diesem Moment traten einige der Leute zur Seite und gaben den Blick auf die Gasse frei. Ein paar Meter hinter der Absperrung schaltete ein NYPD-Officer gerade einen Strahler ein, der auf den Boden leuchtete. Mir drehte sich der Magen um, als ich den großen dunklen Fleck sah. Das war Blut. Eine Menge Blut. Wie viel hatte ein Mensch davon? Konnte er überleben, wenn er so viel verlor? Das NEIN in meinem Kopf war sehr laut. Aber der Rettungswagen war mit hohem Tempo davongefahren, also gab es Hoffnung, oder?

Wenn ich je gedacht hatte, meine Gedanken wären gerast – jetzt wusste ich, dass sie es bis zum heutigen Tag nie getan hatten. Ich konnte kaum eine Frage in meinem Kopf fassen, bevor die nächste kam. Mein Körper war taub, alles in mir sperrte sich gegen die Realität. Vielleicht war es nur ein Traum. Vielleicht wachte ich gleich auf und Jess war bei mir, unversehrt und lebendig.

Aber es war kein Traum. Und ich wachte nicht auf.

Ein Polizist lief an mir vorbei und ich gab mir einen Ruck, hielt ihn auf, versuchte, bei Verstand zu bleiben. »Sir, wissen Sie, wo man den Verletzten hingebracht hat?«

Er musterte mich. »Darüber darf ich Ihnen keine Auskunft geben, Miss.«

»Bitte, sagen Sie es mir!«, rief ich verzweifelt. »Er ist mein Freund, ich …« Der Rest des Satzes wurde von dem Kloß in meinem Hals erstickt. Das war erst das zweite Mal, dass ich Jess als meinen Freund bezeichnete. Mir schnürte es alle Luft ab, dass ich es vielleicht nie wieder in der Gegenwartsform sagen konnte.

Der Cop schien Mitleid zu haben, denn sein Blick wurde weicher. »Sie wollten ins Mount Sinai am Stuyvesant Square, das liegt am nächsten.« Ich wandte mich schon ab, da sprach er mich noch einmal an. »Miss? Wir haben keinen Ausweis bei dem Opfer gefunden, können Sie uns sagen, wer er ist? Dann kontaktieren wir die Angehörigen.«

Am liebsten hätte ich es ihm verschwiegen, weil ich wusste, wen sie anrufen würden. Aber Trish hatte ein Recht darauf, es zu erfahren. Also nickte ich.

»Er heißt Jessiah Coldwell. Sie wissen bestimmt, wer seine Mutter ist.«

Ohne eine Antwort abzuwarten, ging ich schnellen Schrittes in die Richtung, in die der Krankenwagen weggefahren war. Und als würde mich das Universum verspotten, war da plötzlich nicht nur ein Taxi, das mir entgegenkam, sondern gleich mehrere. Mit einer energischen Geste, bei der ich keine Ahnung hatte, wo ich die Kraft dafür hernahm, hielt ich eins an, riss die Tür auf und ließ mich auf den Sitz fallen.

»Wohin geht's?« Der Fahrer drehte sich zu mir um und ich hielt mich gerade noch davon ab, ihn anzuschreien, wo er vor zwanzig Minuten gewesen war. Stattdessen konzentrierte ich mich auf das Wesentliche: Jess.

»Zum Mount Sinai an der First. So schnell Sie können.«

2
Helena

Der Taxifahrer nahm mich beim Wort und fuhr zügig in Richtung der First Avenue los. Die ganze Fahrt über krallte ich die Finger in die Wolle meines Mantels und stellte mir vor, es wäre Jess, so als könnte ich ihn auf diese Art am Leben halten. Kurz dachte ich daran, jemanden anzurufen – Malia oder Lincoln –, aber ich wollte nicht aussprechen müssen, was passiert war. Einen Moment lang sehnte ich mich auch nach meinen Eltern, ein kindlicher Reflex, bis mir einfiel, dass ich ihnen erst vor einer Stunde gesagt hatte, dass ich ausziehen und mit Jess zusammen sein würde. Es kam mir vor, als wäre das Tage her.

Das Mount Sinai kam in Sicht und nur mit Mühe löste ich meine verkrampften Finger, um mein Portemonnaie hervorzuziehen. Die Panik in meinem Inneren übertönte zwar alles andere, aber dass ich die Fahrt bezahlen musste, drang dennoch zu mir durch.

»Wir sind da.« Der Taxifahrer fuhr vor den Haupteingang des Krankenhauses und ich zahlte hastig viel zu viel, bevor ich aus dem Wagen stieg und zum Eingang rannte. Die Schiebetüren glitten auf und mich empfing grelles Licht, das mir nach der Dunkelheit draußen in den Augen stach. Ich ignorierte den Schmerz und sah mich um, konnte Jess aber nirgends entdecken. Natürlich nicht. Sie hatten ihn bestimmt längst in den OP gebracht.

»Hi«, sagte ich zu der Frau hinter dem Info-Schalter und brachte ein dünnes Lächeln zustande. »Hier wurde gerade jemand eingeliefert, ein junger Mann, er … auf ihn wurde ge… er wurde verletzt. Können Sie mir sagen, wie es ihm geht?«

Sie sah mich an. »Sind Sie eine Verwandte?«

»Ja«, log ich, weil ich wusste, sie würde mir sonst nichts verraten. »Bin ich. Er ist mein … Wir sind verwandt.«

»Und welcher Art ist diese Verwandtschaft?« Skepsis mischte sich in ihren professionellen Blick und ich wusste, dass sie meine Lüge durchschaute. Normalerweise war ich besser darin, aber in dieser Verfassung schaffte ich es nicht, überzeugend zu sein. Also knickte ich ein.

»Gar keiner Art. Er ist mein Freund. Ich wollte gerade zu ihm, als er angerufen hat und klang, als würde er sterben. Ich habe 911 gewählt und bin hingerannt, aber es war zu weit und ich bin zu spät gekommen, er war schon weg.« Die Worte sprudelten aus mir heraus und ich merkte, wie ich heftig zu zittern begann, weil Schock und Angst langsam das Adrenalin ablösten. »Jetzt bin ich hier und weiß nicht, was los ist. Und ich glaube, dass ich demnächst den Verstand verliere, wenn ich nicht wenigstens erfahre, ob er noch lebt.«

Die Pflegekraft schien zu merken, in welch erbärmlichem Zustand ich mich befand. »Wie ist Ihr Name, Miss?«

»Helena … Helena Weston«, sagte ich und meine Zähne klapperten. Ich konnte das Zittern nicht unterdrücken.

»Miss Weston, ich verstehe, was Sie gerade durchmachen. So viel kann ich Ihnen sagen: Ihr Freund wird im Moment operiert. Weitere Auskunft über seinen Zustand darf ich Ihnen nicht geben, sonst komme ich in Teufels Küche. Vielleicht kennen Sie jemanden aus seiner Familie und können dort anrufen? Dann können Sie zusammen warten, bis es etwas Neues gibt.«

Beinahe hätte ich hysterisch gelacht. Ja, Trish Coldwell würde garantiert gerne mit mir warten und mich darüber informieren, wie es ihrem Sohn ging. Eher fror die Hölle zu. Aber ich wusste, mehr würde ich jetzt nicht bekommen. Also nickte ich.

»Danke«, sagte ich tonlos und lief zu den Stühlen im Wartebereich, setzte mich hin, weil ich keine Ahnung hatte, wie lange ich noch aufrecht stehen konnte.

Ich fühlte mich erschöpft und gleichzeitig so, als hätte ich zehn Tassen Kaffee getrunken – ruhelos und aufgewühlt. Das Einzige, was diesen Zustand beenden konnte, war jedoch die Nachricht, dass Jess es schaffen würde.

Wer tat so etwas? War das nur ein missglückter Raubüberfall gewesen und er zur falschen Zeit am falschen Ort? Oder hatte man ihn ganz gezielt angegriffen? Ich dachte an Valerie und Adam, an die Möglichkeit, dass man die beiden getötet hatte. Aber warum sollte derjenige nun auch Jess umbringen wollen? Das ergab doch keinen Sinn.

Die Zeiger auf der Uhr im Wartebereich bewegten sich in Zeitlupe, zumindest kam es mir so vor. Ich zuckte jedes Mal zusammen, wenn jemand aus dem Bereich hinter den Milchglastüren trat, aber es waren nur Ärzte und Pfleger, die ihre Arbeit machten. Ich hätte nie gedacht, dass ich mich einmal so grauenhaft fühlen könnte, so ausgeliefert und schwach. Das letzte halbe Jahr ohne Jess war schrecklich gewesen, aber da hatte ich immerhin gewusst, dass er am Leben war. Jetzt wusste, nein, *spürte* ich, dass er darum kämpfte. Vielleicht bildete ich es mir auch nur ein. Ich dachte dennoch an ihn, ganz fest, und hoffte, hoffte einfach nur, dass sie ihn retten würden.

Meine Finger umklammerten mein Telefon und ich wünschte mir so sehr wie nie, dass Valerie noch am Leben wäre. Dass sie hier wäre, um mir zu sagen, dass alles in Ordnung kommen würde – selbst wenn sie keine Ahnung hätte, ob es so war. Dann wäre ich nicht so allein gewesen und hätte mich bestimmt weniger hilflos gefühlt. Aber Valerie war nicht mehr da. Nur ihre Stimme in meinem Kopf, die sich ab und zu meldete, um mir einen Rat zu geben.

Ruf Lincoln an.

So wie jetzt.

Vorhin hatte ich den Impuls noch verworfen, aber wenn ich ehrlich war, brauchte ich dringend jemanden, der mich davon abhielt, durchzudrehen. Und mein großer Bruder war einer der beruhigendsten Menschen, die ich kannte.

Durfte man in Krankenhäusern mittlerweile Handys benutzen oder war es immer noch verboten? Ich hatte keine Ahnung, aber da ich kein Warnschild sah und meinen Beinen nicht traute, wagte ich es und wählte die Nummer. Nach dem zweiten Klingeln ging er dran.

»Len, alles in Ordnung?«

»Linc, ich … ich brauche deine Hilfe.« Es klang mehr als kläglich, aber ich schaffte es gerade einfach nicht, stark zu sein.

»Was ist passiert?« Er wirkte alarmiert. »Geht es dir gut? Bitte sag was!«

»Mir geht es gut, aber Jess … Er …« Wieder musste ich abbrechen, weil sich ein heftiges Schluchzen meine Kehle hinaufkämpfte. Es auszusprechen machte es noch ein bisschen mehr zur Realität. »Jemand hat auf ihn geschossen.«

»Geschossen?«, wiederholte mein Bruder fassungslos. »Was ist mit ihm, wird er versorgt?«

»Ja, ich habe 911 angerufen und sie haben ihn mitgenommen.«

»Dann warst du dabei? Bist du unverletzt?« Panik mischte sich in seine Stimme.

»Nein, ich war nur am Telefon«, stieß ich hastig hervor. »Und jetzt bin ich hier im Krankenhaus, aber die wollen mir nichts sagen, weil ich nicht zur Familie gehöre und …« Ich konnte das Schluchzen nicht länger unterdrücken. Mit einer Hand auf dem Mund erstickte ich mein Weinen.

»Ich komme zu dir. Welches Krankenhaus?« Man hörte das Geräusch eines Schlüssels, das Rascheln eines Mantels. Ich wusste nicht, ob er noch bei unseren Eltern war oder bereits zu Hause. Es war mir auch egal.

»Das Mount Sinai an der First«, presste ich zwischen meinen Fingern hervor.

»Okay, das ist nur ein paar Blocks von uns. Bin gleich da, Len, halte durch.« Dann legte er auf.

Ich war merkwürdig erleichtert, als ich das Handy vom Ohr nahm, weil nun auch jemand anderes Bescheid wusste. Es änderte nichts an Jess' Zustand, wenn Lincoln hier war, aber es würde vielleicht etwas leichter sein, auf Neuigkeiten zu warten. Mit ihm zu reden, worüber auch immer.

Mein Bruder war noch nicht da, als die Glastüren aufgingen und jemand hereinstürmte, eine große blonde Frau in einem langen beigefarbenen Mantel, der hinter ihr herwehte. Es war Trish Coldwell. Sie schaute nicht nach links und rechts, sondern steuerte auf direktem Wege den Empfangstresen an. Ich blieb stocksteif sitzen, hatte keine Ahnung, was ich tun sollte.

»Mein Sohn ist hier eingeliefert worden«, herrschte sie die Pflegekraft an. »Jessiah Coldwell. Ich will sofort wissen, wie es ihm geht.«

Die Antwort verstand ich nicht, weil ich zu weit weg war, aber die Frau sprach länger mit ihr als mit mir, also gab man ihr bestimmt mehr Informationen. Dann erhob sie sich und ging durch die Milchglastüren, vielleicht um einen Arzt zu holen. Trish blieb am Empfang und wartete.

Sie stand mit dem Rücken zu mir und hatte mich eindeutig noch nicht gesehen. Und wahrscheinlich hätte ich es dabei belassen sollen, schon allein weil ich die Konsequenzen für meine Familie nicht absehen konnte. Ich wollte nichts weniger, als mit ihr zu sprechen, aber sie war gerade die Einzige, die mir sagen konnte, wie es Jess ging. Vielleicht konnten wir unsere gegenseitige Abneigung ja nur heute beiseitelassen, für ihn.

Ich nahm meinen Mut zusammen und erhob mich, ging auf sie zu.

»Mrs Coldwell?«, fragte ich vorsichtig. »Können Sie mir vielleicht sagen –«

Sie fuhr zu mir herum. »Du?!« Es klang so zornig, dass ich zurückwich. »Warst du etwa mit ihm zusammen, als es passiert ist?«

»Nein.« Ich schüttelte den Kopf. »Aber wir haben telefoniert und –«

»Was habe ich dir über den Umgang mit meinem Sohn gesagt?!«, schnauzte sie mich an und ich sah die gleiche Angst in ihren Augen, die ich selbst empfand. »Ich habe dir gesagt, dass du dich verdammt noch mal von ihm fernhalten sollst!«

»Ich habe es versucht!«, rief ich und es war mir egal, dass die Krankenhausmitarbeiter Zeugen unseres Streits wurden.

»Das ist alles, du hast es *versucht?*« Sie schnaubte und es klang verzweifelt. »Ich hatte mich doch wohl klar ausgedrückt, was passiert, wenn du dich nicht an unsere Vereinbarung hältst, oder? Welchen Grund hattest du also, dagegen zu verstoßen?«

»Ich liebe Jess!« Es war grauenhaft, dass ich das zum ersten Mal in dieser Situation aussprach, während ich um sein Leben bangte und mit seiner Mutter stritt. Aber es war die Wahrheit.

Sie kam näher, drohend und wütend. Einen Moment war ich sicher, sie würde mir eine Ohrfeige geben. Dann wurde ihre Stimme jedoch leise und messerscharf.

»Ja, das ist immer die Erklärung für alles, nicht wahr? Reicht es nicht, dass deine missratene Schwester Adam in den Tod gerissen hat? Musstest du nun auch noch Jess umbringen?«

Es fühlte sich an, als hätte sie mir tatsächlich ins Gesicht geschlagen. »Ich … Ich habe nicht … Ich würde niemals …« Ich stammelte nur, fassungslos von so viel Ungerechtigkeit und Vorwurf.

Trishs Augen sprühten vor Hass. Vor Hass auf mich.

»Du bist schuld daran, dass mein Sohn vielleicht stirbt, Helena. Du ganz allein. Und ich schwöre dir bei allem, was mir heilig ist, wenn er das nicht übersteht, dann werde ich nicht nur deine Familie zu einer Fußnote in der Gesellschaft von New York machen. Nein, wenn er stirbt, dann wirst du dir wünschen, man hätte auf *dich* geschossen. Und –«

»Trish, hören Sie sofort damit auf!« Plötzlich war Lincoln da, legte einen Arm um mich und schirmte mich von ihr ab. »Ich verstehe, dass Sie außer sich sind, aber was immer mit Jess passiert ist, war ganz sicher nicht Helenas Schuld.«

Sie lachte auf, laut und bitter. »Oh doch, es ist ihre Schuld. Ihr Westons seid ein verdammter Fluch! Wenn Valerie nicht gewesen wäre, würde Adam noch leben. Wenn Helena nicht wäre, läge Jess jetzt nicht auf einem OP-Tisch! Ihr könnt nichts anderes, als meine Familie zu zerstören!«

Ein Arzt kam durch die Türen und war offenbar irritiert, als er uns alle sah, die Gesichter verzerrt vor Abneigung und Fassungslosigkeit.

»Mrs Coldwell?«, fragte er.

»Ja, das bin ich.« Sie stürmte auf ihn zu. »Was ist mit meinem Sohn? Wie geht es ihm?«

Ich sperrte meine Ohren so weit auf, wie ich konnte. Näher zu ihnen zu gehen, wagte ich nicht.

»Wir können aktuell nichts Genaues sagen, die Operation läuft noch«, sagte der Arzt in beruhigendem Ton. »Es wird sicherlich noch ein paar Stunden dauern, bis wir eine Prognose abgeben können.«

»Aber er wird es doch überstehen, oder?« Jetzt klang Trishs Stimme nicht mehr herrisch und hasserfüllt, sondern nur flehend.

»Das wissen wir zum jetzigen Zeitpunkt noch nicht. Meine Kollegen tun alles, was sie können, um ihn zu retten. Sie müssen Geduld haben.«

Ich presste die Hand auf den Mund, weil ich ahnte, dass seine Worte ein Code waren für *Es könnte sein, dass er es nicht schafft*. Lincoln zog mich in seine Arme und hielt mich fest. Alles, woran ich denken konnte, war jedoch der Wunsch, dass es Jess wäre, der mich umarmte. Wir hatten viel zu wenig Zeit miteinander gehabt. Er durfte nicht sterben. Das durfte nicht passieren.

»Gehören Sie auch zur Familie?«, sprach uns in diesem Moment der Arzt an und ich ließ meinen Bruder los.

»Nein, ganz und gar nicht«, sagte Trish scharf. »Es ist das komplette Gegenteil. Dieses Mädchen hat den Angriff auf meinen Sohn zu verantworten. Sie könnte nicht weniger zur Familie gehören.«

Der Blick des Arztes veränderte sich, als er mich musterte, und ich schüttelte heftig den Kopf.

»Das ist nicht wahr! Ich habe nichts getan, ich war nur am Telefon –«

Lincoln griff sanft nach meinem Arm, zog mich ein gutes Stück von Trish und dem Arzt weg, der sich von ihr verabschiedete und dann verschwand.

»Helena, ich glaube, wir sollten gehen.«

»Was? Nein!« Ich machte mich los. »Ich kann nicht weg, solange ich nicht weiß, ob er es übersteht!«

Mein Bruder warf einen Blick zu Jess' Mutter, die nun jemandem am Telefon Befehle zubellte. Er wirkte ernsthaft beunruhigt. »Du kannst nicht hierbleiben. Sie denkt offenbar tatsächlich, dass du verantwortlich bist. Und du weißt, wie viel Einfluss sie hat. Was sie mit Valerie gemacht hat. Ich will nicht, dass sie irgendetwas tut, vor dem ich dich nicht beschützen kann.«

»Aber ich hatte damit doch nichts zu tun«, wehrte ich mich verzweifelt. »Ich habe auf ihn gewartet, vor seiner Wohnung, er war bei einer Restaurant-Eröffnung und wollte direkt nach Hause kommen. Wir haben telefoniert, das ist alles.« Meine Tränen liefen schon wieder.

»Das weiß ich doch. Trotzdem ist es besser, wenn du sie nicht provozierst. Wir gehen zu mir nach Hause, das ist nicht weit, du bist innerhalb von zehn Minuten wieder hier, wenn du möchtest. Und ich rufe Ben an, ob er uns auf dem Laufenden halten kann.«

An Ben Hatfield hatte ich noch gar nicht gedacht. Er war Lincolns bester Freund und Assistenzarzt hier im Krankenhaus. Und auch wenn er die Regeln eigentlich nicht umgehen durfte, würde er es für meinen Bruder vielleicht tun.

Trotzdem sperrte sich alles in mir dagegen. Ich konnte nicht einfach weg, wenn Jess da drinnen um sein Leben kämpfte. Das fühlte sich vollkommen falsch an. So als würde ich ihn im Stich lassen.

Ich rührte mich noch immer nicht, als mehrere Männer die Lobby betraten. Sie trugen die Uniformen des NYPD und gingen direkt auf Trish zu. Als sie einem von ihnen die Hand gab und mit ihm sprach, ließ sie uns zwar links liegen, aber ich hatte dennoch Angst. Wenn die mich wegbrachten oder zur Befragung mitnahmen, weil Trish behauptete, dass ich was damit zu tun hätte, dann würde ich gar nichts mehr über Jess' Zustand erfahren. Also blieb mir keine Wahl.

»Okay«, gab ich auf und sah meinen Bruder an. »Gehen wir.«

Mit einem letzten Blick auf Trish verließ ich das Krankenhaus und folgte Lincoln nach draußen, panische Angst in meinem Bauch – nicht um mich, sondern um Jess. Nur um Jess. Ich wollte mir nicht vorstellen, dass er sterben könnte, aber der Gedanke kreiste unablässig in meinem Kopf, so penetrant, dass nichts anderes darin Platz hatte. Ich bemerkte kaum, wie ich in Lincolns Auto stieg und er sich ans Steuer setzte. Aber ich bemerkte, wie ich mich mit jedem Meter weiter von Jess entfernte, und es tat so unendlich weh, als würde man mir das Herz rausreißen.

Was sollte ich tun, wenn ich ihn verlor?

Was sollte ich tun, um es zu verhindern?

3
Helena

Paige empfing uns, als wir in die Wohnung kamen. Ich rechnete es ihr hoch an, dass sie keine Fragen stellte, sondern mich einfach nur umarmte und dann in die Küche ging, um Tee zu machen. Lincoln nahm unsere Mäntel und ich tigerte ruhelos im Wohnzimmer auf und ab, bis er zurückkam und mich mit sanftem Druck dazu zwang, mich auf das Sofa zu setzen. Während er sein Handy nahm und seinen Freund Ben anrief, trug Paige ein Tablett herein und stellte es auf dem niedrigen Couchtisch ab. Als sie mir einen Becher in die Hände drückte, sah ich sie dankbar an, war aber zu keinem Wort fähig.

»Ja, verstehe. Ich danke dir. Bis gleich.« Lincoln legte auf und setzte sich neben mich. »Ben hat heute keinen Dienst, deswegen ruft er in der Klinik an und fragt nach. Er meldet sich bald wieder.«

Ich nickte nur und nippte an meinem Tee. Jetzt, wo ich nicht mehr in Jess' Nähe war, hatte die Panik einer Art Schockstarre Platz gemacht. Meine Finger krampften sich um den Becher, meine Beine spürte ich kaum noch. Es fühlte sich an, als wäre jede Faser meines Körpers zum Zerreißen gespannt. Deswegen sagte ich auch weiterhin nichts, bis Lincolns Handy klingelte.

Mein Bruder ging dran und ich hielt es nur schwer aus, ihm dabei zuzusehen, wie er mit Ben sprach. Kaum hatte er das Telefonat beendet, öffnete ich jedoch den Mund.

»Und?« Meine Stimme war hoch und schrill, als würde sie nicht zu mir gehören.

»Es ist ernst«, stieß Lincoln aus. Mein Herz schien eine ganze Stufe tiefer zu sacken, fast ließ ich den Tee fallen. Ich wusste nicht, womit ich gerechnet hatte. Aber damit nicht. »Ben sagt, Jess wurde in den Rücken geschossen. Die Projektile haben die großen Gefäße dort zum Glück verfehlt, allerdings wurde eine Niere getroffen und die Milz hat auch etwas abbekommen. Ich bin kein Arzt, aber soweit ich es verstanden habe, versuchen sie jetzt, die inneren Blutungen zu stoppen und die Organe zu retten.«

Ich drückte eine Faust auf den Mund, es half jedoch nichts, die Tränen liefen mir dennoch über die Wangen. In den Rücken geschossen, Niere, Milz, innere Blutungen? Was waren das für Worte, was für eine Bedeutung hatten sie noch außer *Er könnte sterben?* Das war alles ein verdammter Albtraum, einer von jenen, in denen man eine Tür suchte, um zu entkommen, aber immer wieder im gleichen Raum landete. Diese Nacht hätte so anders verlaufen müssen. Es hätte die erste Nacht vom Rest unseres gemeinsamen Lebens sein sollen. Glück, Nähe, Liebe, das hätten die vorherrschenden Gefühle sein sollen. Nicht Hass, Angst und Hilflosigkeit.

»Ben fährt jetzt hin, damit er uns vor Ort auf dem Laufenden halten kann«, sagte Lincoln und berührte meinen Arm.

Ich stellte den Becher ab, weil meine Hand zu sehr zitterte, um ihn länger festzuhalten. Mein Bruder bemerkte es und schloss mich wieder in die Arme. Ich nahm es dankbar an, auch wenn ich wusste, dass er damit vielleicht mich, jedoch nicht Jess beschützen konnte.

»Ich habe solche Angst, Linc«, flüsterte ich erstickt in seinen Pullover.

»Ich weiß, aber Jess schafft das«, murmelte Lincoln beruhigend, während er über meinen Rücken strich. »Er ist stark, er wird kämpfen und gewinnen, ganz bestimmt.«

Es klang so, als wäre es eine unumstößliche Wahrheit, aber ich wusste, es war nur Hoffnung. Trotzdem klammerte ich mich daran, weil ich nichts anderes hatte, an dem ich mich festhalten konnte.

»Er hat sich so grauenhaft schwach angehört.« Ich löste mich von Lincoln und wischte mir mit dem Ärmel über das Gesicht. »Völlig fremd für mich. Es war furchtbar.« Jess war der lebendigste Mensch, den ich kannte – seine Augen, sein ganzes Wesen strahlte diese spezielle Wildheit aus, die nur einer der Gründe war, warum ich mich in ihn verliebt hatte. Ihn so zu hören hatte mich erschüttert, alles in mir. Wenn ich daran dachte, dass es das letzte Mal gewesen sein könnte, dass ich mit ihm gesprochen hatte. Dass meine panischen Rufe das Letzte gewesen sein könnten, was er in seinem Leben gehört hatte … Ich atmete tief ein. Hoffnung. Das war es, worauf ich mich konzentrieren musste. Hoffnung. Nicht auf das Schlimmste, was passieren konnte, sondern auf das Beste: dass er es schaffte und wieder gesund wurde. Ich hätte alles dafür getan, auch versprochen, mich den Rest meines Lebens von ihm fernzuhalten, wenn er nur wieder die Augen öffnete.

»Willst du uns erzählen, was passiert ist, nachdem du aus der Wohnung verschwunden bist?«, fragte Lincoln vorsichtig.

Ich schüttelte den Kopf, das konnte ich jetzt nicht.

»Mom und Dad waren außer sich, oder?« Eigentlich wollte ich auch darüber nicht reden, aber es lenkte mich immerhin von den schrecklichen Vorstellungen in meinem Kopf ab.

»Dass ich ausgerechnet zu Jess wollte, muss sie unglaublich wütend gemacht haben.«

Paige und Lincoln wechselten einen Blick.

»Nein«, antwortete Paige dann. »Ich hatte eher den Eindruck, dass sie traurig sind.«

Ich schnaubte. Traurig, klar. In dem Gespräch, das wir geführt hatten, waren sie mir nicht traurig vorgekommen, sondern enttäuscht und zornig, weil ich nicht so funktionierte, wie sie es sich vorstellten. Selbst jetzt, da ich mich im absoluten Ausnahmezustand befand und keine Ahnung hatte, wie es weitergehen würde, war für mich ganz klar: Zurückgehen würde ich nicht.

»Soll ich … sie vielleicht anrufen?« Lincoln sah mich an.

»Nein, auf keinen Fall.« Ich schaute auf meine Hände. »Aber du solltest ihnen spätestens morgen Bescheid geben, dass sie wachsam sein müssen. Trish Coldwell weiß, dass ich mich nicht an unsere Vereinbarung gehalten habe. Sobald sie die Gelegenheit dazu hat, wird sie alles daransetzen, die Weston Group zu vernichten.«

Mein Bruder nickte. »Darum werden wir uns schon kümmern.« Er klang dennoch beunruhigt und vielleicht wäre ich das auch gewesen, wenn nicht jeder Quadratzentimeter meiner Gedanken und Gefühle mit Jess besetzt gewesen wäre. Meine Eltern hatten ihre geschäftlichen Kämpfe jahrelang ohne meine Beteiligung geführt. Und sie hatten deutlich gemacht, dass sie keinen Wert auf meine Mithilfe legten.

»Möchtest du etwas essen?« Paige warf mir einen fragenden Blick zu. »Ich kann dir ein Sandwich machen, wenn du willst. Wir haben auch noch Suppe von gestern da.«

Ich rang mir ein Lächeln ab. »Danke, aber ich bekomme eh nichts runter.« Schon die zwei Schlucke Tee rumorten unangenehm in meinem Magen, so als hätten sie noch nicht entschieden, ob sie den Rückweg antreten wollten. Es war besser, wenn ich nichts weiter zu mir nahm. »Tut mir leid, dass ich euch vom Schlafen abhalte. Ihr habt euch Weihnachten sicher anders vorgestellt.«

Lincoln griff nach meiner Hand und drückte sie. »Hör auf, dich dafür zu entschuldigen. Du bist meine Schwester und wir sind füreinander da. Immer.«

»Du kannst so lange hierbleiben, wie du willst«, sagte auch Paige. »Bis Jess sich erholt hat und du weißt, wie es weitergehen soll.«

Ich hätte mich gewundert, dass sie mich in dieser Sache unterstützte, wenn ich nicht geahnt hätte, dass Paige vielleicht auch manchmal daran dachte, sich von ihrer Familie zu lösen. Von außen wirkte es immer so, als hätten Leute wie wir ausschließlich Privilegien: Geld, Einfluss, Macht. Was viele nicht sahen, waren die Verpflichtungen, die dieses Leben mit sich brachte und die oft genug jeden Funken Freiheit erstickten.

Ich bedankte mich erneut, aber mehr gab es nicht zu sagen, also schwiegen wir und ich wiederholte im Kopf immer wieder das Mantra an Jess, durchzuhalten. Vielleicht betete ich sogar, obwohl ich eigentlich nicht religiös war, während ich auf die Uhr schaute und mich fragte, wie lange so eine Operation dauerte.

Wäre seine Mutter nicht gewesen, hätte ich immerhin im Krankenhaus bleiben können, um da zu sein, wenn es irgendetwas Neues gab. Was war wohl mit Eli? Wusste er es bereits oder hatte Trish ihn schlafen lassen und würde ihm erst morgen erzählen, was passiert war? Mein Herz zog sich zusammen, als ich an Jess' kleinen Bruder dachte. Er hatte schon Adam verloren. Und er brauchte Jess mehr als jeder andere, sogar mehr als ich.

Wir blieben wach, alle drei, die halbe Nacht. Lincoln sagte Paige irgendwann, dass sie ins Bett gehen sollte, aber sie weigerte sich und saß weiterhin bei uns. Ich war dankbar dafür, auch wenn wir nicht sprachen oder viel tun konnten, während wir auf einen Anruf warteten, der Entwarnung gab. Ben meldete sich noch einmal gegen zwei und sagte uns, dass es keine Veränderungen gab, danach blieb das Telefon lange still.

Irgendwann musste ich dann doch eingeschlafen sein, denn ich hatte wirre Träume und als ich aufwachte, lag ich unter einer Wolldecke auf dem Sofa und mein Bruder hockte davor, eine Hand an meinem Arm. Ich schreckte auf, setzte mich hin, ignorierte den Schwindel.

»Gibt es was Neues?«, fragte ich ängstlich. Lincolns Gesichtsausdruck war weder erfreut noch komplett niedergeschlagen, also konnte ich es daran nicht ablesen.

»Ja, Ben hat gerade angerufen. Jess ist raus aus dem OP, sie konnten ihn stabilisieren und die Blutungen stoppen. Er ist aber noch nicht über den Berg, sein Zustand ist weiterhin kritisch. Die nächsten Stunden werden entscheiden, ob er es schafft. Spätestens morgen früh wissen wir es.«

Schon wieder waren da Tränen, ich wischte sie weg. Erleichterung darüber, dass er noch lebte, vermischte sich mit Angst, ob der nächste Anruf eine andere, schlimmere Nachricht bringen würde.

»Kann ich … Kann ich zu ihm?« Ich musste ihn sehen, um zu glauben, dass er noch da war. Um ihm vielleicht Kraft geben zu können, wie auch immer ich das anstellen sollte.

Lincoln schüttelte den Kopf. »Solange er auf der Intensivstation ist, dürfen nur Angehörige zu ihm, und die auch nur kurz. Außerdem hat Trish Coldwell offenbar Sicherheitspersonal engagiert, das den Bereich, wo Jess liegt, komplett abschirmt. Ben sagt, es wäre wie in einem Hochsicherheitsgefängnis.«

Für einen Moment starrte ich ihn nur an.

»Tut sie das etwa meinetwegen?«, fragte ich dann leise. Wie sollten Jess und ich jemals glücklich werden, wenn seine Mutter es mit solcher Gewalt zu verhindern versuchte? Er hatte gesagt, dass er keine Angst vor ihr hatte, aber er war vermutlich der einzige Mensch, auf den das zutraf. Ich hatte Angst vor ihr. Und wie.

Mein Bruder schüttelte den Kopf. »Nein, Len, bestimmt nicht. Sie hat dem Personal gesagt, sie hätte die Befürchtung, dass derjenige, der auf Jess geschossen hat, noch einmal zurückkommt. Du weißt schon, um zu beenden, was er angefangen hat. Offenbar hat Trish ernsthafte Sorgen, dass es ein gezielter Angriff war, nicht ein missglückter Raubüberfall mit Jess als zufälligem Opfer. Paranoid, wenn du mich fragst. Aber sie wird bestimmt bald wieder einen klaren Kopf bekommen und diese Maßnahmen beenden.«

»Vielleicht auch nicht.« Ich begriff nur verzögert, was das bedeutete, und es erzeugte Panik in meinem Inneren. »Das heißt, ich werde ihn gar nicht sehen dürfen, oder?« Selbst wenn Trish die Sicherheitsleute nicht meinetwegen engagiert hatte, würde sie ihnen sicher die Anweisung geben, mich von Jess fernzuhalten. Warum auch immer, sie hielt mich für verantwortlich.

Lincoln setzte sich neben mich, einen ernsten Ausdruck in den Augen. »Doch, bestimmt. Sie hasst uns, aber sie ist im Grunde ein sehr rationaler Mensch. Sobald es Entwarnung gibt, wird sie einsehen, dass du mit der Sache nichts zu tun hast. Wie solltest du auch, das ist ein absurder Vorwurf.«

In ihrem Kopf vermutlich nicht, wenn sie glaubte, dass der Tod ihres ältesten Sohnes und der Anschlag auf Jess zusammenhingen. Ich dachte an die manipulierten Überwachungsaufnahmen und das, was wir über unsere Geschwister herausgefunden hatten. Nur dass Lincoln davon bisher nichts wusste.

»Linc, ich muss dir was sagen.« Ich wappnete mich innerlich, bevor ich es wagte, ihn anzusehen. Und dann sprach ich es einfach aus. »Es könnte sein, dass Valerie und Adam … dass sie ermordet wurden.«

Mein Bruder war gerade dabei gewesen, aufzustehen, und erstarrte nun in der Bewegung. Über sein Gesicht flackerten Angst, Fassungslosigkeit und Bestürzung. »Was?« Ich las das Wort von seinen Lippen ab, hören konnte ich es nicht. Er ließ sich auf das Sofa sinken.

»Jess und ich haben in den letzten Monaten zusammen ermittelt und es gibt Hinweise darauf, dass jemand in ihrer Suite war, als sie gestorben sind. Jemand, der nicht gesehen werden wollte.« Ich redete weiter, bevor er etwas erwidern konnte. »Jess hat daraufhin eine Spezialistin angeheuert, die den Fall noch mal komplett durchleuchtet. Aber wir haben bisher keine Ergebnisse.«

»Wow.« Lincoln schüttelte den Kopf, erst leicht, dann heftiger, dann wieder leicht. Schließlich stand er doch auf. »Wer … Ich meine, wieso …?«

»Wissen wir nicht. Wir wissen ja nicht einmal, ob es wirklich so ist.« Und ich schwankte seither zwischen dem Wunsch, dass es stimmte, weil Valerie dann entlastet war, und der Hoffnung, dass die beiden nicht auf diese Weise gestorben waren. »Aber wenn Trish etwas davon ahnt, liegt ihre Angst nahe, dass Jess das Gleiche passieren könnte.« Obwohl es keinen Sinn ergab, dass sie dann nicht versucht hatte, die Mörder zu finden – sondern stattdessen diese Schmutzkampagne gegen Valerie gestartet hatte. Aber vielleicht hatte sie erst später Wind davon bekommen.

Lincoln nickte langsam. »Wurde ihr Jüngster nicht auch vor einigen Jahren entführt?«

»Eli, ja. Das ist sechs Jahre her.«

»Dann sollte sie wohl eher sich selbst die Schuld geben als dir. Offenbar lebt man als Coldwell gefährlich.« Er stieß die Luft aus. »Glaubst du, dass es wirklich so ist? Dass jemand die beiden getötet hat?«

Ich verschränkte meine Finger miteinander und sah auf den Teppichboden zu meinen Füßen. »Keine Ahnung. Aber wenn es so ist, werden wir denjenigen finden, der dafür verantwortlich ist.«

»Ihr? Bist du verrückt?« Seine Augen wurden groß. »Ich weiß ja, dass du das aufklären wolltest, aber Mord ... so etwas ist Sache der Polizei.«

»Die Polizei steckt vielleicht mit drin, Lincoln. Wir können denen nicht vertrauen, was diesen Fall angeht.«

Mein Bruder schwieg, ziemlich lange. Dann hob er den Kopf und sah sehr entschlossen aus. »Wenn das so ist, brauchst du Schutz. Ich werde mich darum kümmern.«

Ich wusste seine Fürsorge zu schätzen, aber gerade konnte ich mich damit nicht befassen. »Können wir das besprechen, wenn alles vorbei ist? Ich wollte einfach nur, dass du Bescheid weißt.«

»Natürlich.« Er lächelte schief. »Ich mache uns mal Kaffee.«

Er ging raus und ich schaute zur Uhr an der Wand. Seit Lincoln mich geweckt hatte, waren gerade mal fünfzehn Minuten vergangen, wir hatten kurz nach sieben am Morgen. *Fuck.* Das würde der längste Tag meines Lebens werden.

Mein Handy, das ich nach der Ankunft in der Wohnung auf den Couchtisch gelegt hatte, begann, leise zu vibrieren. Als ich den Namen auf dem Display sah, griff ich hastig danach.

»Malia?«

»Len, ich habe es gerade gehört, geht's dir gut?« Sie klang mehr als nur besorgt. »Warst du dabei, als es passiert ist?«

Mit kurzen, völlig unzureichenden Worten schilderte ich ihr, wie ich den Angriff auf Jess miterlebt hatte. Weit weg, ohne eingreifen zu können. Ob es mich auch erwischt hätte, wenn ich bei ihm gewesen wäre? Ob der Täter ihn in der Wohnung aufgesucht hätte, wenn er ihm nicht dort auf der Straße begegnet wäre? Die Gedanken ließen meine Hände wieder zittern, aber ich zwang mich zur Beherrschung.

»Weiß das NYPD schon irgendetwas?«, fragte ich. Meine ganze Aufmerksamkeit war zwar auf Jess gerichtet, aber deswegen war es ja dennoch wichtig, denjenigen zu finden, der ihm das angetan hatte.

»Sie werten noch alle Zeugenaussagen aus und ein Team ist wohl gerade dabei, die Leute in der Nachbarschaft zu befragen. Der Verdacht lautet erst mal Raubüberfall. Das sechste Revier ist zuständig, ich fahre gleich mal hin, ich habe keinen Dienst. Hast du schon eine Aussage gemacht?«

»Ich … Nein. Ich war ja auch gar nicht dabei und am Telefon konnte ich nichts hören, das hilfreich wäre.« Da waren keine anderen Stimmen gewesen oder irgendetwas, das zur Ergreifung der Täter führen könnte.

»Okay, falls dir doch etwas einfällt, ruf mich an. Ich melde mich, wenn ich was Neues weiß.« Sie legte auf und ich nahm das Handy herunter. Konnte es wirklich ein Raubüberfall gewesen sein? War Jess nur zur falschen Zeit am falschen Ort gewesen? Ich kannte ihn gut genug, um zu wissen, dass er nicht an materiellen Dingen hing und zu klug war, um ein solches Risiko einzugehen. Er hätte mit Sicherheit Geld, Handy oder Autoschlüssel hergegeben, wenn er mit einer Waffe bedroht worden wäre.

»Wer war das?«, fragte Paige, als Lincoln und sie mit einem Teller Bagels und einer Kanne Kaffee zurückkamen.

»Malia. Das NYPD ermittelt in Greenwich, sie befragen gerade die möglichen Zeugen. Sie ruft mich an, wenn sie neue Infos hat.« In dem Moment, als ich es ausgesprochen hatte, wanderte meine Aufmerksamkeit schon wieder weg von den Ermittlungen und Malia. Natürlich war es wichtig, dass der Täter gefasst wurde. Aber erst einmal war es am wichtigsten, dass Jess überlebte.

Ich nahm einen Kaffee von Paige entgegen und lehnte den Bagel ab.

Dann begann ich, wieder zu hoffen.

4

Helena

Der Tag verging so langsam, wie ich es erwartet hatte. Nachdem es draußen irgendwann hell geworden war, rief Lincoln unsere Eltern an und berichtete ihnen in knappen Worten, was passiert war und dass Trish Coldwell vermutlich in der nächsten Zeit zu sehr harten Bandagen greifen würde. Was sie darauf antworteten, bekam ich nicht mit und es interessierte mich auch nicht. Ich konnte gerade nicht darüber nachdenken, was mein gestriger Bruch mit ihnen bedeutete. Oder wie unser Verhältnis in Zukunft aussehen würde. Ich wusste nur, dass ich mich jederzeit wieder so entschieden hätte. Gegen ein Leben, das mir nicht gehörte. Und für Jess.

Lincoln blieb zu Hause, aber ich fragte nicht, was meine Eltern dazu sagten. Stattdessen zwang ich zwei Bissen eines Bagels herunter und spülte mit so viel Kaffee nach, dass mein Herzschlag von diesem kräftigen, angsterfüllten Pochen zu einem hektischen Stakkato wechselte. Gegen elf überlegte ich, ob ich eine Runde laufen gehen sollte, um wenigstens ein bisschen von meiner Anspannung loszuwerden, da klingelte mein Handy. Ich kannte die Nummer nicht und für eine Sekunde hoffte ich, dass es Jess war, aber das war natürlich unmöglich. Sollte ich es einfach klingeln lassen? Es gab außer ihm und vielleicht noch Ben niemanden, mit dem ich gerade reden wollte. Trotzdem konnte es wichtig sein.

»Hallo?«, fragte ich rau. Das Weinen in der Nacht hatte seine Spuren hinterlassen.

»Helena?« Die Stimme kam mir bekannt vor, aber ich konnte sie nicht direkt zuordnen.

»Ja, ich bin es. Wer ist da?«

»Hier ist Eli. Eli Coldwell.« Jess' jüngerer Bruder wirkte gefasst, aber eher auf die Art, bei der man mit aller Macht versuchte, nicht den Verstand zu verlieren. Ich konnte es ihm nachfühlen. »Ich hoffe, es ist okay, dass ich … mir deine Nummer besorgt habe.«

»Natürlich ist es das«, beteuerte ich, während mein Herzschlag alle Rekorde brach. Rief Eli an, weil er etwas wusste? Gab es schlechte Nachrichten zu Jess' Zustand?

»Ich wollte nur … Ich dachte, vielleicht weißt du was Neues über Jess? Meine Mom ist im Krankenhaus, aber ich kann sie schon seit einer Weile nicht mehr erreichen und ich habe Angst, dass das was Schlimmes bedeutet …« Elis Stimme brach und mein Herz gleich mit. Offenbar wusste er noch weniger als ich.

»Jess ist aus dem OP raus, sie konnten ihn stabilisieren.« Dem erleichterten Einatmen am anderen Ende entnahm ich, dass Trish ihm nicht einmal das gesagt hatte. »Aber wir müssen noch abwarten.«

»Okay, das ist gut, oder?« Es klang mehr als hilflos. »Dann … danke, Helena. Wenn du wieder etwas hörst, könntest du mich vielleicht anrufen? Das wäre nett von dir.« Wie höflich er war, obwohl er höllische Angst haben musste, auch noch seinen anderen Bruder zu verlieren. Gerade er mit seiner Vorgeschichte. Auf einmal kam mir ein fürchterlicher Verdacht.

»Eli, bist du etwa allein zu Hause?«, fragte ich.

»Ja«, kam die leise Antwort und seine Stimme zitterte, weil er sich so sehr beherrschte. »Dad ist nicht in der Stadt. Und meine Großeltern sind auch nicht erreichbar.«

Ich schnappte nach Luft. Klar, Eli war fast sechzehn und damit beinahe erwachsen, natürlich brauchte er keine Nanny mehr, aber ihn in einer solchen Situation sich selbst und seinen Gedanken zu überlassen war grausam. Allerdings passte es zu Trish. Wenn ich mich daran erinnerte, wie sie Jess von Adams Tod unterrichtet hatte, war es sogar genau das, was man von ihr erwarten konnte.

Daher traf ich, ohne zu zögern, eine Entscheidung. Ich war gerade eigentlich selbst auf emotionale Unterstützung angewiesen, aber Eli war es noch mehr.

»Ich bin in zwanzig Minuten bei dir«, sagte ich zu ihm und stand bereits auf.

»Das ist nicht nötig, wirklich nicht. Ich komme klar.«

Es klang nicht so, als wäre es die Wahrheit. Trotzdem wollte ich ihn nicht bevormunden, indem ich behauptete, er käme nicht zurecht. Also wählte ich einen anderen Weg.

»Da bin ich sicher, aber es würde vielleicht uns beiden helfen.«

»Okay«, willigte Eli erleichtert ein. »Danke, Helena.«

»Bis gleich.« Ich legte auf und ging zum Garderobenschrank, um meinen Mantel herauszuholen.

Lincoln schien mich gehört zu haben, denn er kam in den Flur gelaufen. »Was ist los, wo willst du hin?«

»Jess' jüngerer Bruder ist allein zu Hause und dreht wahrscheinlich bald durch, weil ihm niemand sagt, was los ist. Ich muss zu ihm.«

Er nickte. »Dann fahre ich dich. Ich habe kein gutes Gefühl, dich da allein reingehen zu lassen.«

Ich wusste, was er meinte – Coldwell House war Trishs

Revier und keiner von uns hatte eine Ahnung, was sie tun würde, wenn sie nach Hause kam und mich in ihrer Wohnung vorfand.

»Gut.« Ich fühlte mich nicht stabil genug, um das Angebot abzulehnen. Mein Bruder war mir in den letzten Stunden eine solche Stütze gewesen, dass es mir Angst machte, sie zu verlieren.

Paige kam dazu, als wir dabei waren, unsere Mäntel anzuziehen. »Gibt es etwas Neues?«

Mein Bruder erklärte ihr, warum wir wegmussten, und sie nickte. »Wenn ihr schon dort seid, dann tut mir einen Gefallen: Taucht ihre Zahnbürste ins Klo.«

Ich lachte, obwohl mir permanent zum Heulen zumute war, aber Paige, die einen Witz machte, war einfach zu komisch. Die beiden lachten mit und es tat gut, für ein paar Sekunden zu vergessen, dass es einer der schlimmsten Tage meines Lebens war. Aber dann kehrten die Schatten zurück, die Angst, die Sorge. Und als Lincoln und ich das Haus verließen, war ich nicht sicher, ob nicht doch ein Fluch auf unseren Familien lag.

Zwanzig Minuten später hielten wir vor dem unendlich hohen Gebäude und der Valet-Service kümmerte sich um Lincolns Auto. Obwohl wir wussten, dass Eli auf Unterstützung wartete, blieben wir beide vor dem Haupteingang stehen und sahen an der weißlichen Glasfassade hoch. Ich war ein kleines bisschen eingeschüchtert, musste ich zugeben. Zwar hasste ich dieses Bauwerk wie die Pest. Aber beeindruckend war es dennoch.

»Zwei Westons in Coldwell House?« Ich schaute meinen Bruder an. »Es gibt Leute, die dachten, dafür müsste Weihnachten auf Ostern fallen.«

»Dann hoffe ich mal, dass wir heute noch etwas zu feiern haben.« Er legte leicht die Hand auf meinen Rücken und gemeinsam traten wir durch das gläserne Eingangsportal. Dahinter sah es aus wie in einer schwarzen Antarktis – schwarzer Boden, schwarze Möbel, schwarzer Empfangstresen, der vermutlich längste seiner Art in New York. Wir traten auf eine junge Frau in dunkler Uniform zu, die dahinter stand und uns zu erwarten schien.

»Miss Weston?« Die Concierge nickte mir höflich zu und schaute dann zu meinem Bruder. »Und Mr Weston, wie ich sehe. Sie werden erwartet. Ich schalte Ihnen Fahrstuhl vier für das Penthouse frei.«

Ich hob leicht die Augenbrauen in Lincolns Richtung, aber dankte ihr und wir gingen zu den Aufzügen. Offenbar hatte Eli die Weitsicht gehabt, über meinen Besuch Bescheid zu geben, weil er wusste, dass ich sonst vielleicht daran gehindert worden wäre, zu ihm gelassen zu werden. Mir war klar gewesen, dass Jess' Bruder klug war. Aber dass er in einer solchen Situation noch auf diese Art mitdenken konnte, damit hatte ich nicht gerechnet.

Wir betraten den Aufzug und fuhren nach oben, wobei mir aufgrund der Geschwindigkeit des Speedlifts leicht flau im Magen wurde.

»Alles okay?«, fragte Lincoln.

»Ja, geht schon. Niemand sollte sich mit mehreren Metern pro Sekunde nach oben bewegen, wenn du mich fragst.«

Bevor er antworten konnte, waren wir jedoch bereits da, die Türen glitten auf und gaben den Blick in eine gewaltige Eingangshalle frei. Eli stand im Durchgang zum Wohnbereich, die Hände fest um seine Unterarme geklammert. Als er mich sah, kam er auf mich zu, und obwohl wir uns bisher nur wenige Male unterhalten hatten und sicher nicht nahestanden, schloss ich ihn fest in meine Arme – vielleicht war es auch umgekehrt – und wir hielten uns gegenseitig aufrecht. Sobald ich ihn losließ, lächelte ich beruhigend, obwohl ich kein bisschen beruhigt war. Eli brauchte das jetzt.

»Tut mir leid, dass ich dich angerufen habe.« Er strich sich fahrig über das Gesicht. »Aber ich wusste nicht, wen ich sonst fragen sollte, um herauszufinden, was mit Jess ist. Mom geht nicht an ihr Handy.«

Ich unterdrückte den Impuls, ein paar passende Takte über Trishs Verhalten zu verlieren, und berührte ihn stattdessen am Arm. »Es gibt keinen Grund, dich zu entschuldigen. Niemand, dem Jess etwas bedeutet, sollte gerade allein sein.« Ich drehte mich um. »Du kennst meinen Bruder Lincoln?« Eli musste seine Mutter nur selten zu Veranstaltungen begleiten, aber ich war mir dennoch sicher, dass die beiden sich schon mal irgendwo begegnet waren. »Sein Freund Ben arbeitet in dem Krankenhaus, in dem Jess liegt, und er hält uns über seinen Zustand auf dem Laufenden.« Ansonsten hätte ich vollkommen im Dunkeln getappt. Ben hatte wirklich etwas gut bei mir.

»Was, im Ernst?« Eli sah Lincoln groß an, als hätte er nicht erwartet, dass auch noch ein anderer Weston in der Lage war, über seinen Nachnamen hinwegzusehen. »Danke, echt.«

»Kein Problem.« Lincoln lächelte leicht und mir kam in den Sinn, dass unsere Eltern einander vielleicht hassten, aber dass das nicht für unsere Generation gelten musste. Valeries und Adams Liebe, die zwischen Jess und mir oder die Tatsache, dass mein Bruder und ich in dieser Wohnung waren, all das schienen Argumente dafür zu sein, dass Hass sich nicht vererbte.

Elis Blick huschte umher, als wüsste er nicht, was er fokussieren sollte, um nicht die Fassung zu verlieren. Ich fasste ihn vorsichtig an den Schultern.

»Er schafft das«, wiederholte ich Lincolns Worte. »Dein Bruder ist der stärkste Mensch, den ich kenne. Er kommt zu uns zurück, okay?«

Eli nickte tapfer.

Lincoln nahm mir meinen Mantel ab und legte ihn zusammen mit seinem einfach über die Lehne der großen weißen Ledercouch, die in dem riesigen Raum stand. »Ich schau mal, ob ich Tee finde.«

Er ging zur Küche, die wie alles in diesem Penthouse monströs war. Aber es war auch sehr unpersönlich, wie mir auffiel, fast schon steril. Ein kompletter Kontrast zu Jess' Wohnung, die mit dem dunklen Holz und der riesigen Samtcouch warm und gemütlich wirkte. Hier war alles weiß, der Boden, die Möbel, die Küche. Und mittendrin in einem ausgeleierten Sweatshirt und zerschlissener Jeans Eli, der in dieses Penthouse so wenig zu passen schien, dass es wehtat. Er atmete ein und sah zur Fensterfront. Aber er schien den Wahnsinnsausblick auf den Central Park nicht zu registrieren.

»Wer tut so etwas?«, fragte er leise. »Ich meine, es passieren jeden Tag schlimme Dinge in dieser Stadt, aber warum sollte irgendjemand ausgerechnet Jess angreifen? Er hat doch niemandem etwas getan.«

Manchmal brauchte es keine Provokation für eine solche Tat, das sagte ich jedoch nicht, weil Eli es wusste. »Das NYPD ermittelt gerade in alle Richtungen. Sie denken, es war ein Raubüberfall.«

Eli sah zu Boden und ich ahnte, dass er daran dachte, wie er selbst Opfer von Gewalt geworden war, als man ihn entführt hatte. Um zu verhindern, dass er sich tiefer in seine Erinnerungen begab, suchte ich nach einem anderen Thema und fand eins: Auf der Couch lag ein Tablet und daneben ein Skizzenbuch.

»Du zeichnest?«, fragte ich.

»Ja, schon.« Er hob die Schultern. »Nichts Besonderes, nur Sachen, die mir in den Sinn kommen oder die ich irgendwo gesehen habe. Meine Mom hält es für Zeitverschwendung, aber ich mag es.«

Und wieder ein Grund, Paiges Vorschlag mit der Zahnbürste doch noch in die Tat umzusetzen. Ich verstand immer mehr, warum Jess trotz seiner Abneigung gegen New York in der Stadt blieb. Weil sein Bruder sonst überhaupt niemanden hatte, der auf seiner Seite war.

Die Angst, Jess zu verlieren, wurde mit einem Mal wieder schmerzhaft heftig, aber ich atmete sie aus. Positiv denken. Wir mussten positiv denken, alles andere half ihm nicht.

»Darf ich mir die Zeichnungen ansehen?« Ich wusste, dass Künstler manchmal eigen mit ihren Entwürfen waren, und ich wollte Elis Grenzen nicht überschreiten.

»Klar.« Er griff nach dem Block, aber dann schienen ihm seine Manieren wieder einzufallen und er deutete auf die Couch als Angebot, mich zu setzen.

Ich nahm es an, während mein Bruder in der Küche Wasser in einen Designerkessel füllte und ihn auf den Herd stellte. Hoffentlich funktionierten die Geräte hier überhaupt. Ich hielt Trish für keine Person, die regelmäßig kochte.

Ich schlug den Block auf und merkte in der ersten Sekunde, dass ich vieles erwartet hatte, aber nicht das. Vor mir sah ich nicht die unbeholfene Zeichnung eines Teenagers, der zum Zeitvertreib ein bisschen herumkritzelte. Sondern eine Szene an einem Pier, die so lebendig war, dass ich glaubte, reale Menschen vor mir zu sehen. »Wow. Das ist echt gut.«

Eli sah ein bisschen verlegen aus. »Ist nur Gekritzel.«

»Das ist kein Gekritzel«, widersprach ich und fühlte mich wie eine stolze große Schwester, mit dem Unterschied, dass das hier wirklich gut war und ich nicht so tun musste.

Es folgten einige sehr detaillierte Zeichnungen von Gebäuden, aber mir fiel auf, dass Eli jedes Mal Menschen hineinzeichnete, die vor dem Haus entlangspazierten oder irgendwo saßen. Als würde er sich darüber an die Anwesenheit von Personen gewöhnen wollen, was vielleicht gar keine schlechte Idee war, um seine Ängste zu therapieren. Denn die Menschen in seinen Bildern konnte er kontrollieren, etwas, das ihm da draußen nicht gelang. Es war aber nicht das Einzige, das mir auffiel. Es waren nämlich auch noch andere Lebewesen auf den meisten der Zeichnungen zu sehen.

Ich schaute von dem Block auf. »Du magst Hunde, oder?« Es waren alle Sorten Vierbeiner dabei, kleine Dackel ebenso wie große Doggen, mit einer Detailliebe gezeichnet, dass die Antwort auf meine Frage klar war.

»Ich liebe sie.« Für einen kurzen Moment sah ich in Elis Gesicht etwas aufleuchten, dann verschwand es wieder unter der blassen Maske von Furcht. »Ich hätte gern einen, aber Mom erlaubt es nicht. Sie meint, ich könnte mich mit meinen Attacken nicht richtig darum kümmern.« Er hob hilflos die Schultern.

Als er das sagte, spürte ich Mitgefühl. Und mir fiel etwas ein – ein Artikel, den ich neulich gelesen hatte, über Assistenzhunde. Blindenhunde kannte jeder, aber mittlerweile wurden auch welche für andere Zwecke ausgebildet – wie Diabetes, Epilepsie oder posttraumische Belastungsstörungen, wie Eli eine hatte. Diese Hunde waren unglaublich, sie erkannten nicht nur eine drohende Panikattacke bereits lange vor dem Menschen, sondern konnten sie auch unterbrechen, indem sie Körperkontakt suchten oder im Fall von Albträumen das Licht einschalteten. Ich würde schauen, ob ich den Artikel wiederfand. Sicher würde Jess … *Jess.* Der Stich in meinem Herzen war so stark, dass ich einen Schmerzenslaut unterdrücken musste, als ich an ihn dachte. Für einen Moment hatte ich vergessen, dass er gerade um sein Leben kämpfte, nur eine

Sekunde, aber es reichte aus. Es war wie bei Valerie. In der ersten Zeit hatte ich häufig an sie gedacht, als wäre sie noch da, hatte sie ganz selbstverständlich in meine Planungen einbezogen, obwohl ich in England auf dem Internat gewesen war. Nur kurze Momente des Vergessens, und jedes Mal war der Fall auf den Boden der Wahrheit knallhart gewesen. So auch jetzt.

Aber Jess ist nicht tot, sagte ich mir immer und immer wieder. Er lebte. Er würde überleben. Alles andere durfte in meinem Kopf keinen Platz haben. Und trotzdem bahnte sich die Angst erneut einen Weg durch mein Inneres wie eine Schlange, die nur darauf wartete, zuzubeißen.

Eli legte eine Hand an meinen Arm und ich sah auf. Er hatte offenbar bemerkt, dass ich mich in meinen düsteren Gedanken verloren hatte, und holte mich mit dieser flüchtigen Berührung zurück ins Jetzt. Ich rang mir ein Lächeln ab, weil ich wusste, dass es nötig war, auch wenn es sich unecht anfühlte.

In Lincolns Wohnung hatte ich mich nur um meinen eigenen Schmerz, meine eigene Angst gedreht, ein endloser Strudel, der mich immer weiter in die Tiefe zog. Aber mit Elis Anruf hatte ich begriffen, dass es noch jemand anders mit dem gleichen Schmerz und der gleichen Angst gab – und dass er jemanden brauchte, der ihm half, das zu ertragen. Allerdings war das keine Einbahnstraße. Es fühlte sich auch für mich besser an, zu wissen, dass ich mit meinen Sorgen nicht allein war.

Mein Bruder hatte den Tee fertig und ich fragte mich, ob das eigentlich die britische Hälfte unserer Gene war, die im Krisenfall immer als Erstes Wasser aufsetzen wollte. Dann bekam er einen Anruf auf dem Handy und ich versteifte mich, aber er schüttelte direkt den Kopf und ging mit einem »Hey, Dad« ans Telefon, bevor er den Raum in Richtung Eingangsbereich verließ.

Ich schaute zu Eli. »Ich hoffe, du hast irgendetwas hier, mit dem ich mich gegen deine Mutter verteidigen kann, wenn sie auftaucht«, scherzte ich in dem Versuch, die Stimmung ein bisschen aufzulockern.

»Ja, kein Problem«, entgegnete Eli im gleichen Tonfall. »Ich habe eine 45er unter dem Kopfkissen und ein Jagdgewehr im Schrank.«

Ich lachte und wurde schnell wieder ernst. »Hast du wirklich?«

»Nein. Mom hasst Waffen. Sie will keine in der Wohnung haben.« Ein kurzes betretenes Schweigen, dann schaute Eli mich an und ich sah Tränen in seinen Augen. »Jess wird doch nicht sterben, oder?«

Als er stumm zu weinen begann, umarmte ich ihn und presste die Lippen aufeinander, um nicht selbst zu heulen. Wieso fing ich dumme Kuh auch so ein Thema an, damit lockerte man doch keine Stimmung auf. Nach über zwei Jahren Psychologie-Studium hätte ich das wirklich besser wissen sollen.

»Ich weiß es nicht«, sagte ich die Wahrheit, »aber wir müssen fest daran glauben, dass er überlebt, okay? Wenn wir irgendwie helfen können, dann so.«

Eli löste sich von mir und nickte wieder auf diese tapfere Art, die mir noch mehr ans Herz ging als seine Tränen. Ich wollte mir gar nicht vorstellen, was er tagtäglich für einen Kampf führte und wie wichtig Jess für ihn war.

Er nahm sein Smartphone, wohl eher aus Verlegenheit als in der Hoffnung, dass er Neuigkeiten erhielt. Aber dann weiteten sich seine Augen leicht, bevor er wieder in sich zusammensank.

»Meine Mom bleibt noch im Krankenhaus. Sie sagt, sie kann da jetzt nicht weg.«

Das war einerseits verständlich, andererseits auch nicht. Trish musste doch wissen, was sie ihrem jüngeren Sohn damit zumutete.

»Hat sie gesagt, dass du vorbeikommen kannst?«

Er schüttelte den Kopf.

»Willst du sie fragen?«

Wieder verneinte er und legte das Telefon weg. »Sie würde es nicht wollen. Sie … ist nicht gut darin, mit schlimmen Situationen umzugehen. Bei Adam war es auch so.« Eli verknotete seine Finger miteinander. »Die ganze Zeit hat sie nur Sachen organisiert und Lieferanten herumgescheucht, sie hat keine Sekunde Pause gemacht. So als würde sie sterben, wenn sie nur kurz stoppen und zulassen würde, was sie fühlt.«

»Wahrscheinlich war es so«, antwortete ich schlicht. Ich wollte Trishs Verhalten auf keinen Fall verteidigen, denn auch wenn man Trauer und Schmerz empfand, durfte man nicht nur auf sich selbst schauen. Aber ich wusste, wie ich mich nach Valeries Tod gefühlt hatte und dass man alles andere aus den Augen verlieren konnte, wenn einem so etwas passierte.

Die Stunden vergingen, wir steuerten auf den Nachmittag zu und Lincoln verschwand irgendwann, um etwas zu essen zu besorgen, das sicher weder Eli noch ich anrühren würden. Jess' Bruder zeigte mir sein Zimmer, das sehr viel gemütlicher eingerichtet war als der Rest der Wohnung. Schließlich mussten wir irgendwas tun, wenn wir nicht der Uhr beim Ticken zuhören wollten.

»Das ist wirklich schön«, stellte ich fest, als ich den bequemen Sessel und den farbenfrohen Teppich auf dem Boden sah.

»Jess hat die Sachen gekauft.« Eli lächelte ein wenig traurig. »Er meinte, ich könnte nicht im *Inneren eines Kühlschranks* leben.«

Ich erwiderte das Lächeln. »Da hat er recht, wenn du mich fragst.«

»Er hat oft recht. Nervt manchmal ein bisschen.« Sofort schien ihm aufzufallen, was er da gesagt hatte, und er schlug sich die Hand vor den Mund, als hätte er Jess zutiefst beleidigt. Auch das kannte ich aus der Zeit nach Valeries Tod.

»Alles gut, du musst dir keine Vorwürfe machen«, sagte ich schnell. »Ich bin sicher, dass er es in Ordnung fände, wenn du so was sagst.«

Eli nickte nur halbwegs überzeugt. Dann schien ihm etwas einzufallen. »Sag mal, kann ich dich was fragen?«

»Natürlich.«

»Seid ihr jetzt zusammen, Jess und du? Weil Mom dich doch gezwungen hat, dich von ihm zu trennen.«

Mein eigener Schmerz überrollte mich für einen Moment, weil ich mich wieder daran erinnerte, wie der gestrige Abend eigentlich hätte ausgehen sollen. Deswegen merkte ich erst verzögert, was seine Worte noch bedeuteten.

»Du weißt davon?« Ich war ziemlich perplex.

»Jess hat es mir nicht gesagt«, beteuerte Eli hastig. »Ich habe es erraten. War nicht schwer, nachdem ich gesehen habe, wie traurig er ist, weil ihr nicht mehr zusammen seid – und wie traurig du bist. Da hat was nicht zusammengepasst.«

Er war wirklich ein guter Beobachter.

»Tut mir leid, dass du das für dich behalten musstest.« Denn dass er es getan hatte, lag auf der Hand. Trish hätte sicher nicht stillgehalten, wenn sie eher davon erfahren hätte, dass ich gegen unsere Abmachung verstieß.

»Das macht nichts.« Er zwang seine Mundwinkel dazu, sich zu heben. »Es ist nicht das einzige Geheimnis, das ich bewahre. Und bei diesem ist es mir wirklich nicht schwergefallen.«

Ich wollte ihm auf seine Frage antworten, was nun mit Jess und mir war, fand aber keine Worte, die sich nicht zu einem gewaltigen Kloß in meinem Hals ausdehnten. Bevor ich es schaffte, etwas herauszubringen, stand plötzlich Lincoln in der Tür.

»Hey«, sagte er auf eine Art, die Eli und mich sofort in Alarmbereitschaft versetzte. Aber da war ein Lächeln in den Augen meines Bruders und ich hielt die Luft an. »Ben hat mich gerade angerufen, es gibt Neuigkeiten. Jess' Vitalwerte sind gut, sogar viel besser, als alle erwartet haben. Seine Ärzte sind davon überzeugt, dass er es schaffen wird.«

Für einen Moment starrte ich ihn nur an, als wäre er irgendeine Erscheinung, ein Traumbild, weil ich mir so sehr wünschte, genau das zu hören. Aber dann wurde mir klar, dass Lincoln wirklich da stand, dass er das wirklich gesagt hatte. Dass die Angst, das Bangen um Jess' Leben vorbei war.

Ich stieß irgendwas aus, das Fluch und Gebet zugleich war, und in meinem Körper zündete unendliche Erleichterung. Ich umarmte Eli, dann Lincoln, dann wieder Eli und musste mich schließlich auf seinem Sessel niederlassen, weil meine Knie nachgaben. Tränen der Erlösung liefen über meine Wangen und ich fragte Lincoln dreimal nach dem genauen Wortlaut von Ben, während endlich in meinem Gehirn ankam, dass Jess überleben würde. Er würde leben. Mit mir. Dafür hatte ich mich bereits gestern Abend entschieden und der Angriff auf ihn hatte diese Entscheidung nur noch bestätigt. Wir würden zusammen sein. Es würde nicht leicht werden mit unseren Familien, aber wir würden das schaffen. Und ich konnte es nicht erwarten, ihn irgendwo auf offener Straße zu küssen und keine Angst zu haben, dass uns jemand sah.

»Wie geht es jetzt weiter?«, fragte ich irgendwann. Da war immer noch Trishs Sicherheitspersonal und ich ging nicht davon aus, dass man mich zu ihm lassen würde. Der Gedanke dämpfte meine Euphorie ein bisschen, obwohl ich wusste, dass es keine Rolle spielte, ob ich ihn besuchen konnte, wenn er nur wieder gesund wurde.

»Es wird wohl noch ein paar Tage dauern, bis er aufwacht.«

Lincoln strich sich die Haare zurück, auch er sah unheimlich erleichtert aus. »Sein Körper muss sich erst einmal erholen, sagt Ben, und natürlich unter konstanter Beobachtung bleiben.«

Ich nickte. Zwar hätte ich Jess unendlich gerne besucht, aber selbst wenn Trish mich davon abhielt – sie würde uns nicht mehr daran hindern können, zusammen zu sein.

Elis Telefon klingelte und er nahm es heraus, um ranzugehen. Seinem Gesicht entnahm ich, dass seine Mutter am anderen Ende war, aber er verlor kein Wort darüber, dass er die guten Neuigkeiten bereits von Lincoln erfahren hatte. Stattdessen antwortete er nur sehr knapp und nüchtern, bevor er wieder auflegte und sich über die Wangen wischte.

»Sie sagt, ich darf jetzt ins Krankenhaus, also werde ich meinem Fahrer Bescheid geben, damit er mich abholt. Kommst du mit, Helena?« Hoffnungsvoll schaute er mich an.

»Das ist vermutlich keine gute Idee.« Ich hatte ihm nicht erzählt, wie seine Mutter mich gestern Abend beschimpft hatte, und obwohl ich alles darum gegeben hätte, Jess zu sehen, war mir klar, dass er keine Eskalation gebrauchen konnte. »Aber wir können dich hinfahren, wenn du möchtest. Dann musst du nicht auf deinen Fahrer warten.« Wenn ich mich richtig erinnerte, waren Fahrten mit einem Chauffeur nach der Entführung für Eli immer noch nicht einfach, und auf die Art konnte er das umgehen.

»Nein, das macht euch nur Umstände.« Er schüttelte den Kopf.

»Macht es nicht«, sagte Lincoln neben mir. »Wir sind mit meinem eigenen Wagen da und ich habe heute nichts mehr vor, also können wir die kleine Schleife ruhig drehen.«

»Gut, dann … danke.« Eli lächelte und ich wusste, er meinte nicht nur das Angebot, ihn zu fahren. Ich war froh, dass wir hergekommen waren und den Tag hier verbracht hatten. Trish hin oder her, es war das Richtige gewesen.

Lincoln hatte unsere Mäntel geholt und Eli nahm seine Jacke aus einem Schrank im Eingangsbereich.

»Bereit?«, fragte ich und sah ihn aufmerksam an, um herauszufinden, ob er sich mit dieser Situation unwohl fühlte. Denn auch wenn uns das heute zusammengeschweißt hatte, kannten wir uns im Grunde kaum.

Er atmete tief ein. »Ja.«

»Dann lass uns gehen.«

Die Fahrt vom südlichen Ende des Central Parks bis zur First dauerte im Nachmittagsverkehr knapp 20 Minuten. Als wir vor dem Haupteingang des Mount Sinai anhielten, war mein Magen bleischwer. Ich wusste, Jess war in diesem Gebäude, nur maximal hundert Meter von mir entfernt, und alles in mir wollte ihn sehen. Sich versichern, dass er wirklich am Leben war. Ihm sagen, dass ich da war, auch wenn er es nicht hören konnte. Aber ich fühlte mich dem Kampf gegen Trish gerade nicht gewachsen und wusste, dass es bei diesem Wunsch um das ging, was *ich* wollte – nicht um das, was für Jess das Beste war. Das einzig Wichtige war, dass er aufwachte, und wenn er das tat, würde seine Mutter uns nicht mehr trennen können. Was waren ein paar Tage Wartezeit gegen die vielen Tage, die folgen würden? Nichts.

»Und du willst wirklich nicht mit rein?« Eli ließ nicht locker.

»Nein. Wir sollten jetzt keinen Streit provozieren.«

»Okay.« Er nickte. »Aber ich schreibe dir, sobald ich bei ihm war. Und wenn Mom sich eingekriegt hat, kommst du, ja?«

»Davon kann mich niemand abhalten.«

Er bedankte sich noch mal bei uns, dann stieg er aus und lief zum Eingang. Als er hinter den Glastüren verschwunden war, atmeten Lincoln und ich synchron aus.

»Wie schlimm ist es für dich, nicht mitgehen zu dürfen?«, fragte mein Bruder.

»Schlimm. Aber nicht so schlimm wie die Ungewissheit, ob er diesen Angriff überlebt, also werde ich das schon schaffen.« Ich fuhr mit dem Finger über den Türgriff, war versucht, daran zu ziehen. Dann nahm ich die Hand weg. »Lass uns fahren. Ich brauche dringend etwas zu essen.«

Lincoln blinkte und fädelte sich in den Verkehr ein. Wir schwiegen, bis wir schon fast vor seiner Wohnung waren, aber es war eher ein erschöpftes Schweigen als ein unangenehmes.

»Danke, dass du heute da warst«, brach ich es schließlich. »Du hast keine Ahnung, was mir das bedeutet.«

»Ich bin dein großer Bruder, das ist doch mein Job, oder?« Sein Tonfall war weich und ich lächelte, weil wir beide wussten, dass seine Unterstützung viel mehr gewesen war als das.

»Was hat Dad eigentlich gesagt?«, fragte ich dann.

»Er wollte wissen, ob du zurückkommst. Sie machen sich Sorgen.«

Ich runzelte die Stirn. »Denken sie etwa genau wie Trish, dass der Angriff auf Jess etwas mit uns zu tun hat?«

»Nein, sie denken, dass du gestern einen Fehler gemacht hast, den du jetzt bereust. Ich soll dir ausrichten, dass sie dir nicht böse sind, weil du einfach abgehauen bist.«

»Oh wow, super. Dann richte ihnen doch bitte aus, dass sie sich ihr gönnerhaftes Getue in den Arsch schieben können.«

Er lachte leise. »Im Grunde habe ich ihm schon prophezeit, dass du so etwas sagen wirst, wenn auch nicht mit diesen Worten. Aber ich wollte dir trotzdem nicht vorenthalten, dass ihre Tür offen steht.«

Es wäre ein echtes Angebot gewesen, wenn sie es anders gesagt hätten. So war es nur ein Hinweis an mich, auf sie zu hören und mein rebellisches Verhalten einzustellen. Und da konnten sie lange warten. Ich hatte mich entschieden. Das war keine Laune gewesen, auch kein Trotz, sondern die logische Konsequenz aus allem, was in den letzten Monaten passiert war. Ich wollte gerne ihre Tochter sein, wenn sie mich trotzdem Helena sein ließen. Nur sah es danach momentan nicht aus und deswegen würde ich nicht zu ihnen zurückkehren. Allerdings konnte ich auch nicht sofort auf eigenen Beinen stehen, das würde Zeit brauchen. Und bis dahin benötigte ich die Unterstützung eines anderen Teils meiner Familie.

Ich sah meinen Bruder an. »Linc? Meinst du, ich kann vielleicht erst einmal bei euch bleiben?«

Er nahm die Hand vom Lenkrad und berührte mich an der Schulter. »Natürlich. So lange du willst, Schwesterherz.«

5
Jessiah

Ich hatte keine Ahnung, wie lange ich weg gewesen war. Aber in dem Moment, als ich aufwachte, fühlte ich mich wie einmal auseinandergenommen und schlecht wieder zusammengesetzt. Es war unglaublich laut in meinem Kopf, so als würden sich meine Gehirnzellen gegenseitig anbrüllen, während ich zu dem Streit nichts beitragen konnte. Mein Körper hingegen war still und fremd – und nicht in der Lage, sich zu bewegen. Ich spürte ein schmerzhaftes Pochen in meinem Rücken, eigentlich in meinem gesamten Rumpf. Verfluchte Scheiße, was war mit mir passiert?

Ich versuchte, mich zu erinnern, aber mein Gehirn war unendlich träge und hatte keine Lust, zu funktionieren. Da waren nur irgendwelche Bilder, die für mich kaum Sinn ergaben. Mühsam öffnete ich die Augen und stöhnte, als Licht hineinfiel. *Fuck, tut das weh.* Alles tat weh. Also schloss ich sie schnell wieder und dämmerte erneut weg.

Als ich das nächste Mal aufwachte, war es mit den Schmerzen etwas besser, aber ich fühlte mich benebelt und hatte keine Ahnung, wo ich war. Mir kam nur eine Sache in den Sinn. Die letzte Sache, an die ich gedacht hatte, bevor ich wieder eingeschlafen war.

»Helena«, sagte ich – oder wollte es sagen, denn meinem Mund entkam kein Laut. Stattdessen fühlte es sich so an, als würde etwas in meiner Luftröhre stecken.

Moment, da steckte etwas in meiner Luftröhre? Ich bekam Panik, griff in mein Gesicht, aber da hörte ich meinen Namen.

»Jess?« Jemand trat in mein Blickfeld und ich blinzelte ein paarmal, bis ich erkannte, dass es meine Mutter war. Sie war blass und ihre Augen wirkten übergroß. Ich musste einen erbärmlichen Eindruck auf sie machen, denn so in Sorge hatte ich Trish noch nie gesehen.

»Er ist wach!«, rief sie in herrischem Ton und mein Schädel dröhnte, weil es so unerträglich laut war. Schritte ertönten, ein fremdes Gesicht beugte sich über mich, offenbar das einer Ärztin.

»Mr Coldwell, können Sie mich hören?«, sprach sie mich an. »Nicken Sie einfach nur, Sie können gerade nicht reden, wir müssen Sie erst extubieren.«

Ich nickte gehorsam, hatte nach wie vor Angst. Extubieren? Was hatte das zu bedeuten?

»Sie sind im Krankenhaus, im Mount Sinai. Wissen Sie noch, was passiert ist?«

Nun schüttelte ich den Kopf. Krankenhaus also. Das erklärte einiges.

»Sie wurden vor fünf Tagen mit einer Schussverletzung hier eingeliefert.«

Schussverletzung? Ich erinnerte mich an kaum etwas, nur an Helenas Anruf. Ich hatte vor dem Harper's gestanden, auf dem Weg zum Auto ihre Nachricht abgehört und sie zurückgerufen. Sie hatte mir gesagt, dass sie fast bei meiner Wohnung war und dort auf mich warten würde – dass sie ihren Eltern den Rücken gekehrt und sich für uns entschieden hatte. Aber danach … nichts. Nur Schwärze. Ich wusste nicht mehr, was passiert war.

Warum jemand auf mich geschossen hatte. *Geschossen.* Als ich die Bedeutung dieses Wortes begriff, blieb mir die Luft weg. Ich wollte atmen, ich wollte es wirklich, aber es ging einfach nicht. Da war zu viel Panik, die mir die Kehle zudrückte.

»Ich gebe Ihnen was zur Beruhigung«, sagte die Ärztin und machte sich an dem Infusionsständer neben mir zu schaffen. »Keine Sorge, es geht Ihnen gleich besser.«

Sie hatte recht, es dauerte nicht lange, bis sich in mir etwas entspannte. Die Gedanken verschwammen zu einer zähen Masse, in der ich nichts mehr zu fassen bekam.

»Ihr Sohn schläft jetzt«, sagte noch jemand zu Trish, dann driftete ich weg und fiel wieder in diese dichte Wattewolke zurück, aus der ich gekommen war.

Ich hatte merkwürdige Sachen geträumt, von mannsgroßen Echsen mit Sneakern an den Füßen und Dinosauriern, die New York unsicher machten. Aber als ich die Traumwelt verließ, wusste ich immerhin, wo ich war und warum. Man schien das Ding aus meiner Luftröhre entfernt zu haben, denn ich spürte keinen Fremdkörper mehr. Stattdessen fühlte sich mein Hals rau an, wie ein unbehandeltes Holzbrett, das im Regen gelegen hatte. Eigentlich fühlte sich mein ganzer Körper so an.

Das Licht stach auch nicht mehr so unangenehm in meine Augen, das lag vielleicht daran, dass es Tag war und die Lampen ausgeschaltet waren – durch das Fenster sah ich einen grauen Himmel. Ich drehte den Kopf und schaute mich um. Für ein Krankenzimmer war das hier ziemlich wohnlich, mit pastelllila Wänden und einer kompletten Polstergarnitur. Auf einem der Sofas lag mein kleiner Bruder, zusammengerollt und fest schlafend. Der Anblick rührte mein Herz.

»Hey«, brachte ich heraus, fast tonlos, richtig sprechen konnte ich offenbar immer noch nicht. Stattdessen musste ich husten, was als Wecker wohl genauso gut funktionierte. Eli schrak in der nächsten Sekunde hoch, orientierte sich kurz und strahlte dann, als er sah, dass ich wach war. Oder wie auch immer man diesen Zustand bezeichnen sollte. Jemand hatte auf mich geschossen, fiel mir wieder ein. Aber wer oder warum, da herrschte nach wie vor tiefste Schwärze.

Eli kam zu mir, blieb vor meinem Bett stehen und sah mich prüfend an. »Wie geht es dir?«, erkundigte er sich auf eine Weise, die mir bewusst machte, dass diese Sache sehr ernst gewesen war.

»Ich …« Wieder musste ich husten und Eli griff nach dem Plastikbecher auf dem Nachttisch, in dem ein Strohhalm steckte. Vorsichtig hielt er ihn vor meinen Mund und ich trank ein paar Schlucke, was sich ungefähr so anfühlte, als würde flüssige Lava durch meinen Hals fließen. Gequält verzog ich das Gesicht.

»Soll ich die Ärztin holen?«, fragte mein Bruder.

»Nein.« Das erste Wort, was auch so klang, als wäre es eins. »Nicht nötig.« Ich ließ mich wieder zurücksinken.

»Sicher? Wenn du Schmerzen hast, können sie die Dosis erhöhen.«

Ich schüttelte leicht den Kopf. Mein Körper machte zwar nicht den Eindruck, als wäre er meiner, aber das Pochen war erträglich. Bestimmt war dafür die Infusion verantwortlich. Daneben piepste ein Gerät im Takt meines Pulses. Piep, piep, piep, jeder Ton bohrte sich wie eine spitze Nadel in mein Hirn. Hoffentlich schalteten die das bald ab.

»Ist schön, dass du hier bist«, brachte ich hervor. »Welcher Tag ist heute?«

»Samstag.« Eli setzte sich auf den Stuhl neben dem Bett. »Gestern war Silvester.«

Ich hatte also den Jahreswechsel verpasst, ein merkwürdiges

Gefühl. Vor allem, weil es bedeutete, dass ich über eine Woche weg gewesen war. Eine Woche seit dem Angriff auf mich. Eine Woche seit Helenas Entscheidung für uns. Aber ich erinnerte mich nicht daran, ihr Gesicht gesehen zu haben, wenn ich zwischendurch aufgewacht war. Nur in meinen beängstigenden Träumen war sie vorgekommen.

»War … War Helena hier?«, fragte ich nach kurzem Zögern, weil ich nicht sicher war, ob ich die Antwort hören wollte.

Eli verneinte und ich merkte, wie sich ein Stein in meinem Magen formte. Ich wusste, dass sie auf dem Weg zu mir gewesen war, als man mich verletzt hatte. Sie hatte gesagt, sie wolle mit mir zusammen sein, ungeachtet der Konsequenzen für ihre Familie. Hatte sie es sich anders überlegt? Oder hatte Trish mal wieder eine ihrer Intrigen gestartet, um Helenas Besuch zu verhindern?

»Sie wollte kommen«, sagte Eli. »Aber Mom hat … Sie hat Sicherheitsleute engagiert. Die stehen vor der Tür und lassen niemanden außer dem Personal, ihr und mir rein. Auch Helena nicht.« *Vor allem Helena nicht*, schien sein Blick zu sagen.

Der Stein verwandelte sich in Wut. Trish war sich wirklich für keine Maßnahme zu schade, uns voneinander fernzuhalten.

»Kannst du Trish herholen? Ich muss mit ihr reden.«

»Jess, sie macht sich nur Sorgen«, warb Eli um Verständnis. Mein Tonfall war offenbar scharf genug gewesen. »Was passiert ist, hat ihr eine Höllenangst eingejagt. Sie dachte, sie verliert nach Adam auch noch dich. Wir alle dachten das.«

»Was ist denn überhaupt passiert?« Ich war schon wieder unglaublich müde, so als wäre ich zehn Tage am Stück wach gewesen, nicht nur zehn Minuten. Ein bisschen musste ich allerdings noch durchhalten.

Mein Bruder zog die Schultern hoch. »Ich glaube, das sollte dir besser jemand anderes sagen.«

Die Tür öffnete sich und die Ärztin, die ich schon mal gesehen hatte, kam herein. »Mr Coldwell, Sie sind wach«, sagte sie in einem professionell-erfreuten Tonfall.

»Nur so halb, Doktor«, korrigierte ich sie.

»Ja, das glaube ich. Es wird noch ein bisschen dauern, bis Sie sich wieder fit fühlen.« Sie checkte den Monitor neben meinem Bett genauso wie die Dosierung an der Infusion. Eli stand währenddessen auf und meldete, dass er mir was zum Lesen besorgen wollte. »Ich bin Dr. Wang, Ihre behandelnde Ärztin. Haben Sie momentan Schmerzen?«

Ich schüttelte leicht den Kopf. »Kaum. Es ist mehr ein dumpfes Pochen.«

»Okay. Sollte es schlimmer werden, können Sie diesen Knopf hier betätigen, dann wird automatisch eine zusätzliche Dosis ausgelöst. Wenn Sie jedoch ungewöhnlich heftige Schmerzen wahrnehmen, rufen Sie uns bitte.«

»Mach ich, danke.« Ich wollte lächeln, aber es gelang mir nicht richtig. Alles in mir war träge, so als hätte man mich auf Zeitlupe gestellt. Ich hatte mich schon öfter verletzt und war auch einmal mit einem gebrochenen Bein im Krankenhaus gelandet, als ich zwölf gewesen war. Aber das hier war eine neue Dimension, das wusste ich. Jemand hatte auf mich geschossen. So richtig begriff ich das immer noch nicht.

»Das NYPD möchte übrigens gern mit Ihnen sprechen.« Dr. Wang sah von dem Klemmbrett auf. »Ich habe sie bisher vertröstet und gesagt, dass Sie Ruhe brauchen. Aber ich schätze, dass sie nicht lockerlassen werden.«

Ich überprüfte meine Erinnerungen, da war jedoch immer noch ausschließlich Schwärze. »Ich kann schon mit ihnen reden, allerdings fürchte ich, dass es nichts bringt. Ich weiß nichts mehr von dem Angriff.«

Sie sah mich forschend an. »Das ist nicht ungewöhnlich.

Wir nennen das retrograde Amnesie, es gibt sie häufig bei traumatischen Erlebnissen. Die Wahrscheinlichkeit, dass die Erinnerungen zurückkehren, ist relativ hoch, aber es kann eine Weile dauern. Wenn Sie Ängste deswegen verspüren, können wir Sie medikamentös einstellen. Es ist wichtig, dass Sie sich jetzt ausschließlich auf Ihre Genesung konzentrieren.«

»Nein, ich brauche nichts.« Wenn ich fit gewesen wäre, hätte es mich vermutlich verrückt gemacht, nichts über diesen Angriff zu wissen. So war ich fast dankbar dafür. Was immer geschehen war, vielleicht war dieser Mechanismus meines Gehirns ja für etwas gut. Auch wenn es nicht helfen würde, den Täter zu fassen. »Wissen Sie eigentlich, was passiert ist?« Die Müdigkeit zog an meinem Geist, aber ich bemühte mich, konzentriert zu bleiben.

Dr. Wang hängte das Klemmbrett an mein Fußende. »Soweit das NYPD bis jetzt weiß, wollten Sie zu Ihrem Auto gehen und wurden dabei von mehreren Tätern aufgehalten. Was sie von Ihnen verlangt haben, ist nicht bekannt, aber es fehlten Brieftasche und Handy, als Sie gefunden wurden.«

Also ein Raubüberfall. Ich wusste nicht, was ich erwartet hatte, aber irgendwie war ich beruhigt. Bevor ich jedoch weiterfragen konnte, ging die Tür auf und meine Mutter stürmte herein.

»Eli hat gesagt, du bist wach!« Sie eilte an mein Bett, wie immer in einen hellen Mantel gekleidet und mit tadelloser Frisur. Ich nahm einen Hauch Parfüm von Clive Christian wahr, als sie näher kam. Die Fassade war wie gewohnt, aber in ihren Augen erkannte ich auch jetzt ernsthafte Sorge. »Dr. Wang, wie geht es ihm?«

Die Ärztin hob eine Augenbraue. »Nun, er ist wach, das können Sie ihn also selbst fragen. Medizinisch betrachtet braucht er Ruhe. Jede Menge davon.« Sie sprach die Worte mit Nachdruck, bevor sie mit einem vielsagenden Blick zur Tür ging und sie hinter sich schloss.

»Liebling, wie fühlst du dich?« Meine Mutter sah mich an.

Liebling? Das waren ja wirklich ganz neue Töne.

»Geht schon«, sagte ich und kämpfte gegen die nächste Müdigkeitswelle an, die große Lust hatte, mich einfach in den Tiefschlaf zu befördern. Aber vorher musste ich noch etwas klären. »Stimmt es, dass du Sicherheitspersonal engagiert hast, das vor meinem Zimmer steht?«

Trishs Nase wanderte ein Stück höher. »Das ist richtig. Du wärst beinahe gestorben, Jessiah. In irgendeiner Gasse im Village, die haben auf dich geschossen, Herrgott noch mal. Kein Mensch weiß, wer es war, und deswegen ist es meine Aufgabe, für deinen Schutz zu sorgen. Schließlich kann niemand sagen, ob die es noch mal versuchen werden. Mal ganz abgesehen davon, dass die Presse dich belagern würde, wenn wir nichts dagegen tun. Alle Medien haben über den Angriff berichtet und wir halten das in Schach, aber die würden dich liebend gern persönlich interviewen.«

»Die Typen sind also zu meinem Schutz hier?«, hakte ich nach. »Oder um jemanden von mir fernzuhalten?« Helena, um genau zu sein. Wie musste sie sich fühlen, wenn sie sich seit über einer Woche nicht davon überzeugen durfte, dass ich gesund werden würde? Und wo war sie überhaupt? Wieder zu Hause bei ihren Eltern? Nein, das konnte ich mir nicht vorstellen. Oder wollte es nicht.

»Redest du von der jüngeren Weston?« Trish starrte mich an, als wüsste sie genau, welche Entscheidung Helena am Heiligabend getroffen hatte. »Von diesem Mädchen, das die Dreistigkeit hatte, hier im Krankenhaus auf Neuigkeiten zu warten, so als wäre das ihr Recht? Das die Dreistigkeit hatte, es damit zu begründen, dass sie dich *liebt?*«

»Was?« Ich starrte sie an, konnte nicht glauben, was sie mir gerade verraten hatte. Helena hatte meiner Mutter gesagt, dass sie mich liebt? Warme Zuneigung durchflutete mich und ich musste mich beherrschen, nicht breit zu grinsen. *Sie liebt mich.* Das war die beste Nachricht seit Langem.

Trish schien zu merken, dass sie einen Fehler gemacht hatte. Wahrscheinlich war sie davon ausgegangen, dass diese Liebeserklärung nichts Neues für mich war. Nun hatte sie es mir verraten und natürlich spielte das ihrem Plan nicht in die Hände.

»Wie auch immer«, sagte sie hastig. »Hier kommt niemand rein, der nicht von mir autorisiert ist. Ende der Diskussion. Das ist schlicht zu gefährlich.«

Ich stieß die Luft aus. Mein Oberkörper pulsierte mittlerweile schmerzhaft, vermutlich eine Folge des Ärgers, den Trishs Manöver in mir auslöste. Und mir fiel auf, dass auf dem Tisch neben meinem Bett kein Telefon stand. Hatte sie das etwa entfernen lassen?

»Du bist paranoid«, brachte ich heraus. »Das war ein Raubüberfall, der schiefgegangen ist. Pech, sonst nichts. Und es ist sinnlos, dass du versuchst, Helena und mich zu sabotieren. Sobald ich hier rauskomme, werde ich mit ihr zusammen sein. Vollkommen egal, was du davon hältst.«

Trishs Mund wurde zu einem schmalen Strich. Aber sie sagte nichts und selbst mein langsames Gehirn ahnte, warum: weil sie sich nicht verraten wollte. Und ich konnte ebenfalls nichts sagen, bis ich mit Helena geredet hatte. Denn auch wenn ich mir denken konnte, dass der Deal zum Teufel war – ich würde Trish nicht mit meinem Wissen darüber konfrontieren, ohne Helenas Meinung dazu zu kennen.

»Nun, wir werden sehen«, sagte meine Mutter und ich kratzte meine Kraftreserven zusammen, um ihr nochmals zu sagen, dass sie nicht darüber bestimmen konnte, wer mich hier besuchte. Aber in dem Moment kam Eli zur Tür herein und ich schluckte meine Worte hinunter.

Er sah zwischen uns hin und her, spürte sicherlich die Spannung in der Luft. Trotzdem sagte er nichts, sondern legte ein paar Zeitschriften auf mein Bett. »Ich wusste nicht, was du lesen willst, also hab ich von allem etwas mitgebracht. Falls du dich neuerdings für Jachten interessierst, ganz unten gibt es ein Magazin mit den aktuellen Modellen.« Er grinste.

»Ja, ich hatte erst kürzlich den Gedanken, dass ich dringend ein überteuertes Boot brauche«, kommentierte ich seinen Scherz. »Danke, Kleiner.«

»Eli, nimm deine Sachen, Jess sollte jetzt etwas schlafen.« Trish schulterte ihre Tasche und wartete, bis mein Bruder seine Jacke von der Couch geholt und übergezogen hatte. Dann wandte sie sich noch einmal mir zu. »Wir sehen später wieder nach dir. Ruh dich aus, das muss alles sehr anstrengend gewesen sein.«

Ja, vor allem du, dachte ich. Aber ich sagte nichts dazu.

Sie waren schon zur Tür raus, da kam Eli noch mal zurück. Ich glaubte erst, er hätte was vergessen, er sah sich jedoch um, als wollte er sichergehen, dass Trish nichts davon mitbekam. Dann griff er in seine Jackentasche und zog etwas heraus, das er mir hinhielt: sein Smartphone.

Ich nahm es perplex entgegen.

»Ihre Nummer ist eingespeichert«, sagte er leise.

»Elijah, komm jetzt«, rief Trish von draußen und mein Bruder war so schnell weg, dass er mein »Dankeschön« wahrscheinlich gar nicht mehr hörte.

6
Helena

Name der Studentin/des Studenten: Helena Grace Weston
Gewünschter Fachbereich: Jonathan M. Tisch Center of Hospitality
Gewünschtes Studienfach: Tourismus und Reisen
Bitte laden Sie Ihre Zeugnisse hoch …

Ich seufzte, als mir auffiel, dass ich schon minutenlang auf den Bildschirm meines Laptops starrte und die erforderlichen Dokumente immer noch nicht in der Common App hochgeladen hatte. Seit einer knappen Stunde versuchte ich, mich auf meine Bewerbung bei der NYU zu konzentrieren, aber die Zeilen verschwammen vor meinen Augen und meine Gedanken drifteten ab. Es war schon über eine Woche. Acht Tage, seit Jess angegriffen worden war, und noch immer hatte ich ihn nicht sehen dürfen. Ich war sogar vor drei Tagen im Mount Sinai gewesen, aber die Sicherheitsleute hatten mich nicht durchgelassen. Und langsam machte mich das nicht nur traurig und hilflos, sondern auch wütend.

Müde dehnte ich meinen Rücken, dann stand ich auf. Vielleicht war es ganz gut, wenn ich eine Pause einlegte. Am liebsten wäre ich raus in den Central Park gegangen, um eine Runde spazieren zu gehen, aber die Temperatur war noch ein paar

Grad gefallen und ich fror gerade ohnehin ständig. Also musste irgendwas anderes herhalten.

In der Wohnung war es still, als ich aus dem Gästezimmer hinaustrat und in die Küche hinüberging, um mir einen Tee zu machen. Lincoln war bei der Arbeit und Paige bei einem Treffen mit ihrer Frauengruppe, die eine Charity für benachteiligte Kinder auf die Beine stellte. Aber es war okay, dass sie beide ihren Verpflichtungen nachgingen, und ich wollte auf keinen Fall, dass mein Bruder bei unseren Eltern auch noch in Ungnade fiel.

Während ich darauf wartete, dass mein Wasser zu kochen begann, schaute ich aus dem Fenster in das dichte Grau der Wolken, das seit Tagen gleich aussah. Silvester hatte ich hier in der Wohnung verbracht, allein. Lincoln und Paige waren bei Freunden eingeladen gewesen und hatten mich überreden wollen, mit ihnen zu kommen, aber mir war einfach nicht nach Feiern zumute gewesen. Dann hatten sie gesagt, sie würden bleiben und ich hatte sie zur Tür rausgescheucht. Anschließend hatte ich mich ans Fenster gesetzt, ein Buch gelesen – und als um Mitternacht das Feuerwerk über dem Central Park begonnen hatte, da hatte ich nach draußen geschaut und in mir sowohl Freude als auch Angst gespürt. Denn zum ersten Mal in meinem Leben gab es keine richtige Sicherheit.

Ich wusste zwar, was ich wollte, aber das waren eher Wünsche als Pläne, und auch wenn mein Bruder mich unterstützte, sollte das kein Dauerzustand sein. In der nächsten Woche hatte ich einen Termin bei unserer Hausbank, weil ich nach meinen Möglichkeiten fragen wollte, einen Kredit zu beantragen. Man würde sicherlich meine Eltern anrufen, aber das war mir egal. Mom und Dad hatten sich nicht hier blicken lassen und mich auch nicht direkt angerufen, nur Lincoln. Immer mit dem Hinweis, dass ich zurückkommen konnte, wenn ich es mir anders überlegte, aber nie mit dem Wunsch, mich zu unterstützen. Ich hatte keine Ahnung, ob sie wirklich glaubten, dass ich nur eine Phase durchmachte und es nicht ernst meinte. Wenn sie mich gefragt hätten, dann hätte ich ihnen gesagt, dass sich an meiner Entscheidung für Jess nichts ändern würde. Ich liebte ihn und wollte mit ihm zusammen sein – wollte wissen, ob wir so großartig sein konnten, wie ich es glaubte. Und auch meine Entscheidung für ein Leben nach meinen eigenen Vorstellungen stand fest. Ich hoffte, dass sie das irgendwann akzeptieren würden. Gar keinen Kontakt zu ihnen zu haben erschien vielleicht gerade in Ordnung, aber auf Dauer würde es mir wehtun.

Der Wasserkocher stellte sich ab und ich suchte in Paiges gut gefülltem Teeregal nach einer Sorte, die ich mochte. Ich war noch nicht fündig geworden, da ertönte das Klingeln meines Telefons aus dem Gästezimmer und ich lief schnell hin.

Elis Nummer stand auf dem Display. Er hatte mir in den letzten Tagen immer wieder Updates geschickt, zu Jess' Zustand und darüber, dass er schon ein paarmal wach gewesen war, allerdings nur sehr kurz. Angerufen hatte Eli jedoch nicht noch einmal und ich fragte mich, was er wollte, als ich den grünen Button nach rechts wischte. Hoffentlich gab es keine schlechten Nachrichten.

»Hi, Eli«, begrüßte ich ihn und bemühte mich, mir meine Sorge nicht anmerken zu lassen.

»Nicht ganz«, kam die Antwort.

Beinahe wäre mir das Smartphone aus der Hand gefallen, als ich die vertraute Stimme hörte, die zwar müde klang, aber trotzdem genauso, wie ich sie in Erinnerung hatte.

»Jess«, sagte ich leise, als wäre er nur ein Geist und würde verschwinden, wenn ich es wagte, lauter zu sprechen.

»Hey, Tausendschön. Tut mir leid, dass ich mich jetzt erst melde.«

»Das … Das macht nichts.« Ich spürte, wie mir Tränen in die Augen stiegen, ausnahmsweise mal vor Freude. Zwar hatte ich gewusst, dass Jess über den Berg war, aber mit ihm zu sprechen, verschaffte mir eine ganz andere Form von Erleichterung. »Wie fühlst du dich?«

Er atmete ein. »Gut. Na ja, nicht gut, aber das wird schon wieder. Was ist mit dir? Bist du in Ordnung?«

Sein fürsorglicher Unterton half nicht gerade dabei, den Kloß in meinem Hals zu vertreiben. Ich schluckte, bevor ich antwortete.

»Ja, natürlich.« Das war nicht die ganze Wahrheit, aber im Gegensatz zu dem von Jess war mein Leben nie in Gefahr gewesen. Es kam mir lächerlich vor, ihm davon zu erzählen, dass ich im Moment nicht wusste, wie es für mich weitergehen sollte.

»Wo bist du gerade?«, fragte er.

»Ich bin bei Lincoln, er hat mir Asyl angeboten.«

»Das ist nett von ihm.« Er wirkte so erleichtert, dass ich den Verdacht hatte, er glaubte, ich wäre wieder bei meinen Eltern. Moment, dachte er etwa, ich hätte ihn deswegen nicht besucht? Hastig atmete ich ein.

»Ich wollte zu dir«, schwor ich, »ich wollte kommen, aber –«

»Die Kerle da draußen haben dich nicht durchgelassen, ich weiß.« Jess schnaubte. »Hier ist es schlimmer als in einem Hochsicherheitsknast. Wenn Eli mir nicht sein Telefon zugesteckt hätte, könnte ich dich nicht einmal anrufen.«

Ich musste lächeln. »Ziemlich große Geste, wenn man bedenkt, wie sehr Teenager heutzutage an ihren Smartphones hängen.«

»Ja, deswegen gehe ich davon aus, er fordert es bald zurück.« Jess' Worte wurden schwerfälliger und ich ahnte, wie viel Kraft es ihn allein kostete, nur zu sprechen. »Ich vermisse dich. Und ich will nicht nur am Telefon mit dir reden. Kannst du herkommen?«

Das klang so einfach, wenn er es sagte, und das warme Gefühl in meinem Magen begann zu flattern. Gott, ich vermisste ihn auch, so sehr. Und ich hätte nichts lieber getan, als alles stehen und liegen zu lassen, um zu ihm zu fahren. Allerdings gab es ein Problem.

»Da sind immer noch die Typen vor deiner Tür«, erinnerte ich ihn. »Ich habe in den letzten Tagen zwar darüber nachgedacht, ein Ninja zu werden, aber leider bin ich nicht sehr gut darin, mich unsichtbar zu machen.«

Jess lachte und fluchte dann. »Fuck, Lachen tut weh.«

»Das wollte ich nicht«, sagte ich schnell.

»Nicht deine Schuld. Hat trotzdem gutgetan.« Er holte tief Luft. »Um die Typen draußen kümmere ich mich.«

»Und was ist mit Trish?« Beim Gedanken an seine Mutter kam wieder Wut in mir hoch. Ich scheute eine erneute Konfrontation mit ihr nicht, auch wenn ich immer noch Angst davor hatte, dass sie meiner Familie schaden würde. Aber Streit vor seiner Tür war Jess' Genesung nun wirklich nicht zuträglich.

»Trish kann mich mal«, sagte er nur. »Allerdings wird es wahrscheinlich schwieriger, ihre kleine Privatpolizei auf Abstand zu halten, wenn sie da ist. Und sie meinte, sie wolle noch mal vorbeischauen.«

»Dann komme ich am besten, sobald sie weg ist, am Ende der Besuchszeit. So gegen acht.« Bis dahin waren es noch ein paar Stunden, was mir viel zu lang vorkam. Aber es war besser, wir blieben vorsichtig. »Soll ich dir irgendwas mitbringen?«

»Nein«, antwortete Jess und klang so, als würde er schon fast schlafen. »Du reichst völlig.«

Ich lächelte. »Wir sehen uns später.«

Ein Murmeln war die einzige Antwort und mein Lächeln blieb, als ich auflegte und aus dem Fenster schaute. Der Himmel war zwar immer noch grau. Aber irgendwie hatte ich trotzdem das Gefühl, es wäre heller geworden.

Als ich um Viertel vor acht das Mount Sinai durch den Seiteneingang betrat, war ich nervös. Ich wusste zwar, dass Trish bereits gegangen war, weil mir Jess von Elis Telefon eine Nachricht geschickt hatte, dass sie das Krankenhaus vor zwanzig Minuten verlassen hatte. Und er hatte auch Bescheid gegeben, dass die Sicherheitsleute kein Problem für mich darstellen würden. Trotzdem schlug mein Puls schneller als gewöhnlich, während ich in den Aufzug trat und den Knopf für das richtige Stockwerk drückte. Nicht, weil ich glaubte, etwas Falsches zu tun. Es lag wohl eher an dem Chaos in meinem Kopf und meinem Herzen, das die letzte Woche angerichtet hatte.

Jess' Zimmer lag am Ende eines Flures, auf dem nicht viel los war. Eine Pflegekraft grüßte mich, als ich an ihr vorbeiging, so als wüsste sie genau, wer ich war und zu wem ich wollte. Und auch der große, Furcht einflößende Kerl, der vor der Zimmertür wartete, nickte diesmal nur und trat zur Seite, als ich auf ihn zukam. Fast hätte ich ihn gefragt, ob er sicher war, dass ich reingehen durfte, aber dann klopfte ich einfach und tat es.

Eigentlich hatte ich mich innerlich vor dem gewappnet, was mich erwartete – schließlich war es noch nicht lange her, dass mein Vater in diesem Krankenhaus gelegen und es mir einen Schock versetzt hatte, ihn so verletzlich zu sehen. Menschen wurden unweigerlich kleiner, wenn sie in einem Krankenbett lagen, an Schläuche und Kabel angeschlossen. Sie schrumpften zu einer Version, die einem auf merkwürdige Art fremd war. Aber obwohl ich das wusste, war es bei Jess noch mal etwas anderes.

Er hatte mein Klopfen offenbar nicht gehört, denn seine Augen waren geschlossen, als ich die Tür hinter mir zuzog. In dem Zimmer brannte warmes Licht, dennoch wirkte Jess' Haut blass und ein Bluterguss an seinem Kiefer schimmerte in dunklem Lila. Selbst im Schlaf sah er müde und erschöpft aus, als hätten die vergangenen Tage ihm alles an Kraft geraubt, was er zur Verfügung gehabt hatte. Ich kannte ihn nicht anders als unverwüstlich und ihn nun so zu sehen und zu wissen, dass er beinahe gestorben wäre, machte meine Brust sehr eng – aus Liebe und Angst. Und wahrscheinlich konnte er das in meinem Gesicht erkennen, als er schließlich die Augen öffnete und mich ansah, aber es war mir egal. Vor ihm hatte ich nie so tun müssen, als wäre ich stark, wenn ich mich eigentlich schwach fühlte. Also lächelte ich leicht und ging näher zum Bett.

»Hey«, machte ich leise und erstickt.

»Hey.« Jess zog einen Mundwinkel zu einem schiefen Lächeln nach oben. »Du schaust mich an, als wärst du auf meiner Beerdigung.«

»Entschuldige.« Ich wischte mir schnell ein paar Tränen weg, die vor allem von meiner Erleichterung herrührten. Ihn zu sehen und mit ihm zu sprechen, obwohl er gerade so fertig wirkte, löste zwar sehr viel Sorge, aber auch eine gewisse Beruhigung in mir aus.

»Schon okay. Komm her.« Er streckte eine Hand aus und ich zog mir meinen Mantel von den Schultern und legte ihn über den Stuhl neben dem Bett. Dann ergriff ich Jess' Hand und verschränkte meine Finger mit seinen. Sein Druck war fester als gedacht und er rückte etwas zur Seite, damit ich mich auf die Kante des Bettes setzen konnte.

»Wie geht es dir?«, fragte ich und strich ihm mit der freien Hand sanft über die unverletzte Wange. »Hast du Schmerzen?« Seine Haut war warm und ich spürte, wie sich in mir etwas entspannte, das mehr als eine Woche in ständiger Habachtstellung gewesen war. Er war am Leben und würde gesund werden. Das hatte ich gewusst, aber jetzt fühlte ich es auch.

»Nein, ich bin nur ziemlich müde.« Wieder das schiefe Lächeln. »Die geben mir die guten Schmerzmittel, deswegen spüre ich eigentlich nicht viel davon.« Er zeigte vage in die Richtung seines Oberkörpers unter der Decke, wo seine Verletzungen sein mussten. Ben hatte gesagt, dass die Kugel Jess am Rücken getroffen hatte und vorne wieder ausgetreten war. Ich wollte mir gar nicht vorstellen, wie sich das angefühlt hatte.

Ich riss meinen Blick von der Stelle los und richtete ihn auf sein Gesicht. »Du hast keine Ahnung, wie froh ich bin, dass du wieder gesund wirst«, flüsterte ich.

»Ja, das finde ich auch gut.« Er nickte erschöpft. »Schließlich hatte ich für mein Leben noch ein paar Dinge geplant. Nur die Karriere als Unterwäsche-Model werde ich wohl von der Liste streichen müssen.«

Ich lachte leise, obwohl das eigentlich nicht lustig war. »Soweit ich gehört habe, ist Modeln ohnehin ein ziemlich langweiliger Job, bei dem man die eine Hälfte der Zeit wartet und die andere friert.«

»Ja, ich weiß.« Er sah ergeben zur Decke. »Ich habe das einmal gemacht und es war kein besonders großer Spaß.«

»Du hast gemodelt?« Ich grinste. »Finde ich die Bilder dazu irgendwo?«

»Sicher. Wenn du eine Broschüre des Tourimusverbands von New South Wales auftreibst, die vor etwa vier Jahren gedruckt wurde und eine Auflage von fünfhundert Stück vermutlich nicht überschritten hat. Viel Erfolg dabei.«

Ich hob das Kinn. »Unterschätze meine Google-Skills nicht.«

»Ich würde dich nie unterschätzen. Völlig egal, bei was.« Jess lächelte, hob die Hand und strich mir über den Arm. Es war eine simple Geste, aber sie war ein wenig unbeholfen und das reichte aus, um mir wieder in Erinnerung zu rufen, dass wir in einem Krankenhaus waren, weil er fast gestorben wäre. Dass all das zwischen uns beinahe auf die fürchterlichste Art geendet hätte, bevor es überhaupt richtig angefangen hatte. Und es sorgte für einen gewaltigen Kloß in meinem Hals.

»Was ist los?«, fragte er mich besorgt, weil er sicher in meinem Gesicht lesen konnte, dass meine Gedanken einen ordentlichen Sprung gemacht hatten.

»Nichts. Gar nichts.« Ich schüttelte den Kopf. Es ging hier nicht um mich, sondern um ihn. »Alles gut.«

»Komm schon, sprich mit mir, okay? Wenn du in der Zwischenzeit jemand anderen kennengelernt hast, wäre das schade. Allerdings kann ich hier gerade nicht weg, um ihm den Hals umzudrehen, also ist er sicher.«

Eine Mischung aus Schnauben und Lachen entfuhr mir, aber der Kloß war stärker. Und ich versuchte kein zweites Mal, ihn davon zu überzeugen, dass alles gut war. Denn das war es nicht.

»Ich dachte, ich würde nach Valerie auch noch dich verlieren«, brachte ich hervor. Längst liefen mir wieder die Tränen herunter und ich wischte sie weg. »Dass dieses Telefonat das letzte Mal wäre, dass ich deine Stimme höre.«

»Aber das war es nicht.« Jess streichelte meine Hand. »Auch wenn es ein gutes letztes Telefonat gewesen wäre. Schließlich hast du mir da gesagt, dass wir endlich zusammen sein können.«

Meine Augen wurden groß. Wusste er nicht mehr, dass er mich noch mal angerufen hatte, nachdem man auf ihn geschossen hatte? Offenbar nicht.

»Mach darüber keine Witze«, brachte ich heraus und sagte

ihm nicht, was tatsächlich unser letztes Telefonat gewesen war. Amnesien kamen bei solch traumatischen Ereignissen vor und seine Erinnerungen zu triggern, indem ich ihm davon erzählte, war in seinem Zustand keine gute Idee.

Also behielt ich für mich, dass er bei unserem letzten Gespräch bereits angeschossen worden war und wie er geklungen hatte. Wie er mich in Todesangst versetzt hatte mit diesem einen Wort, diesen drei Silben, während er dabei war, sein Leben zu verlieren.

»Das ist kein Witz, unser Gespräch ist das Letzte, woran ich mich erinnere«, murmelte Jess und ließ den Kopf zurück auf sein Kissen sinken. »Ich weiß nichts mehr von dem Angriff.«

Darauf konnte ich nicht antworten, denn da war noch dieser gigantische Kloß in meinem Hals und er drohte, mich zu ersticken. Jess merkte es.

»Hey, sieh mich an. Ich bin hier.« Er drückte meine Hand und ich konnte ihm ansehen, dass er mich am liebsten umarmen wollte, wie nur er es konnte: sodass ich mich vollkommen sicher und geborgen fühlte. Aber die vielen Schläuche und Kabel machten es unmöglich und so konnte er nur seine Finger über meine Wange streichen lassen. »Es kommt alles wieder in Ordnung. Ein paar Wochen und wir können vergessen, dass es je passiert ist.«

Ich wollte ihm so gerne glauben, aber ich war sicher, dass es nicht so einfach sein würde. Meine Entscheidung für ein Leben mit ihm hatte ich alles andere als leichtfertig getroffen und die Konsequenzen einkalkuliert. Das hier hatte mich jedoch in einer Art und Weise erschüttert, dass ich keinerlei Sicherheit mehr empfand. Bis auf eine: die meiner Gefühle. Ich war mir so sicher wie niemals zuvor, was Jess anging.

Und weil ich mich daran festhalten wollte, daran festhalten

musste, beugte ich mich vor und drückte meine Lippen auf seine. Es war kein richtiger Kuss, nur eine Ahnung davon. Aber es reichte, um ein tiefes, warmes Gefühl in meinem Bauch zu spüren.

Jess stieß einen zufriedenen Laut aus. Und dann einen frustrierten. »Gott, ich hasse es, dass wir das nicht richtig machen können.«

Ich richtete mich wieder auf. »Wir holen es nach, sobald du hier raus bist.« Aber die Vorfreude, die sich bei dieser Vorstellung meldete, blieb schwach – gebremst durch all das, was in meinem Kopf umherschwirrte.

»Ich nehme dich beim Wort«, sagte er und musterte mich so lange, dass ich das Gefühl hatte, er wollte meine Gedanken lesen. Ich sah Sorge in seinen Augen, als er schließlich wieder sprach. »Bereust du es?«

»Was meinst du?«

»Das, was du Heiligabend tun wolltest. Deine Familie verlassen und zu mir kommen. Es ist eine große Sache und nach allem, was passiert ist, würde ich verstehen, wenn –«

»Nein«, unterbrach ich ihn und berührte erneut seine Wange. »Ich zweifle an vielem, aber daran nicht. Keine Sekunde.«

»Gut. Das ist gut.« Er wirkte erleichtert. »Sobald ich wieder fit bin, werde ich mit Trish reden, damit sie deine Familie in Ruhe lässt«, murmelte er dann und schloss für einen Moment die Augen.

»Du solltest dich besser ausruhen.« Ich stand auf und sofort gingen die Augen wieder auf. Ein empörter Blick traf mich.

»Wozu habe ich denn die ganzen Leute da draußen bestochen, wenn du nach fünf Minuten wieder verschwindest? Das war wirklich viel Geld.«

Ich grinste. »Ach, echt? So hast du das hinbekommen?«

»Japp.« Er nickte müde. »Vielleicht habe ich ihnen auch eine traurige Geschichte erzählt oder meinen Charme spielen lassen. Weiß nicht mehr so genau.« Mit Mühe behielt er die Augen offen. »Bleibst du noch hier?«

»Ich bleibe, solange du willst.« Nachdem ich ihn eine Woche nicht hatte sehen dürfen – von den sechs Monaten davor ganz zu schweigen –, wollte ich nirgendwo anders sein als hier. Um mich jede Sekunde davon zu überzeugen, dass er wieder gesund wurde. »Allerdings ist die Besuchszeit bald rum und ich schätze, dass die mich dann rauswerfen.«

»Keine Sorge. Das machen sie nicht.« Jess rückte in seinem Bett noch ein Stück beiseite und streckte den Arm aus, der nicht über eine Kanüle mit der Infusion verbunden war. Es war eine Einladung, die ein sehnsüchtiges Ziehen in meinem Magen verursachte. Ich hätte mich nur zu gerne in seinen Arm gekuschelt und mein Gesicht in seine Halsbeuge geschmiegt. Trotzdem zögerte ich.

»Ich weiß nicht, ob das gut für dich ist, wenn ich –«

»Glaub mir, nichts ist besser für mich«, unterbrach er mich liebevoll.

Also widersprach ich nicht, sondern streckte mich sehr vorsichtig neben ihm aus, den Kopf ganz leicht an seine Schulter gelehnt, weil ich nicht wusste, ob es ihm vielleicht wehtat. Aber er zog mich nur an sich und ich seufzte leise. Es tat so unendlich gut, seine Nähe zu spüren. Wir befanden uns in diesem merkwürdigen Niemandsland zwischen Vergangenheit und Zukunft, wo keine Zeit existierte, und obwohl ich das eigentlich nicht mochte, versank ich zufrieden in dem Gefühl von vollkommener Gegenwart.

Während ich merkte, dass Jess in den Schlaf glitt, viel schneller, als es ein unverletzter Mensch getan hätte, schloss auch ich die Augen und wusste, ich war zwar in einem Zimmer im Krankenhaus – etwas, das ich vor allem mit Kummer, Schmerz und Verlust in Verbindung brachte.

Und dennoch wäre ich in diesem Moment an wohl keinem anderen Ort glücklicher gewesen als hier.

7

Jessiah

In einem Krankenhaus aufzuwachen war keine sehr schöne Angelegenheit. Zumindest normalerweise. Aber als ich an diesem Morgen die Augen öffnete, war es sehr viel schöner als gedacht. Nicht nur, weil ich tatsächlich durchgeschlafen hatte, während ich in den Nächten zuvor immer wieder aufgeschreckt war. Sondern vor allem, weil Helena neben mir lag, friedlich schlafend an meiner Schulter. Draußen war es noch dunkel, aber ich ahnte, dass wir bereits den nächsten Tag hatten, man hörte gedämpft den Berufsverkehr unten auf der First.

Ich bewegte mich leicht und Helena spürte es, denn sie wurde wach und fuhr hoch, als sie bemerkte, wo sie war. Erschrocken starrte sie mich an.

»Bin ich eingeschlafen? Oh Gott, ich habe dir bestimmt wehgetan, oder?«

»Überhaupt nicht. Mir geht es gut.« Ich strich ihr eine Strähne zurück und lächelte. Irgendwo hatte ich mal gehört, dass positive Gefühle für die körperliche Heilung sehr wichtig waren. Und gerade empfand ich eine ganze Menge davon. Tatsächlich hatte ich den Eindruck, dass es mir deutlich besser ging als noch am Abend zuvor. Zwar war mein Körper ein bisschen steif, weil ich mehrere Stunden in der exakt selben Haltung verbracht hatte, aber das war mir vollkommen egal.

Helena erwiderte das Lächeln. »Das war schön. Nicht so schön wie unsere anderen Nächte, trotzdem besser als erwartet.«

»Wie nett«, lachte ich leise. »Ich hoffe, das werde ich nie wieder hören.«

»Liegt ganz an dir.« Sie beugte sich vor und küsste mich, nicht so vorsichtig wie gestern, aber immer noch sehr zart. Es reichte trotzdem, um Hitze in meine Leisten zu schicken, und ich konnte einen leisen Schmerzlaut nicht unterdrücken, weil der lädierte Teil von mir das gar nicht witzig fand.

»Okay, *jetzt* habe ich dir wehgetan.« Sie ließ eilig von mir ab und erhob sich vom Bett.

»Nein, hast du nicht. Ich schätze, ich habe mich etwas zu sehr auf den Moment gefreut, wenn ich endlich hier rauskomme.« *Und mein Körper wieder so funktioniert wie gewohnt*, fügte ich stumm hinzu. Gerade kam er mir so fremd vor, dass es mir ein bisschen Angst machte.

»Weißt du eigentlich, wann das sein wird?«, fragte Helena. Sie stand immer noch neben meinem Bett und ihr Tonfall war sachlich – offenbar hatte sie verstanden, dass es nicht gut war, wenn sie irgendeine Art von Verlangen in mir weckte.

»Keine Ahnung. Die Ärztin hat was von Reha gesagt, aber wie lange die mich noch hierbehalten wollen, weiß ich nicht.«

Es klopfte kurz und energisch an der Tür. Ich sah, wie Helena sich verspannte, aber ich kannte dieses Klopfen mittlerweile und wusste, dass es eine der Pflegekräfte war. Allerdings konnte ich das nicht sagen, denn sie war bereits drin, bevor ich den Mund aufmachte. Es war Adele, eine von denen älteren Semesters, die ich gestern mit all meinem verfügbaren Charme dazu gebracht hatte, die Besuchszeit für Helena und mich zu ignorieren. Offenbar fand sie es romantisch, dass wir so eine Art Romeo und Julia der Neuzeit waren, und hatte erlaubt, dass sie über Nacht hierblieb. Jetzt allerdings sah Adele eher streng aus und mir schwante nichts Gutes.

»Ihre Mutter ist auf dem Weg nach oben«, sagte sie. »Ihre Security hat Bescheid bekommen.«

Uh-oh. Den Sicherheitsleuten hatte ich einfach gesagt, dass Helena neuerdings auf der Liste der gestatteten Personen stand, und durchblicken lassen, dass meine Mutter sicherlich nicht begeistert war, wenn man sie deswegen anrief. Der Typ vor meiner Tür hatte es geschluckt und ich war ausnahmsweise dankbar dafür, dass man in dieser Stadt solche Angst vor Trish hatte. Nur war das jetzt blöd, denn sobald sie herkam, würde meine Lüge auffliegen.

»Dann sollte ich wohl besser gehen.« Helena griff nach dem Mantel, der immer noch über der Stuhllehne lag, und sah sich suchend nach ihrer Tasche um. Ich hasste den Ausdruck in ihrem Gesicht – Furcht zusammen mit Wut, eine Mischung, die Trish sich hätte patentieren lassen können, weil sie sie ständig in Menschen auslöste. Mir war klar, dass Helena in wenigen Sekunden verschwunden war, wenn ich nichts unternahm. Deswegen sah ich zu der Krankenpflegerin.

»Adele, könnten Sie meine Mutter eventuell ein paar Minuten aufhalten?«

Sie lächelte leicht. »Nur, weil Sie es sind. Ich wette, ich finde ein paar Formulare zum Ausfüllen.«

»Danke. Sie sind ein Schatz.«

Sie nickte und verschwand.

Ich richtete mich leicht auf und schaute Helena an. Sie wirkte gehetzt.

»Jess, glaub mir, es ist besser, wenn sie und ich uns nicht begegnen. Das letzte Mal war … nicht gerade angenehm.«

Das musste die Untertreibung des Jahrhunderts sein, wenn ich ihren Gesichtsausdruck richtig deutete. »Was hat sie zu dir gesagt?« Ich wusste von der Liebeserklärung, aber Trish hatte kein Wort darüber verloren, was sie Helena im Gegenzug an den Kopf geworfen hatte.

Sie strich sich die Haare zurück. »Ist nicht wichtig.«

»Für mich schon.«

Helena zögerte kurz. »Sie hat gesagt, ich wäre schuld an dem, was mit dir passiert ist.« Ihre Stimme war ganz leise. »Dass Valerie Adam umgebracht hätte und ich das Gleiche mit dir …« Sie brach ab, presste die Lippen aufeinander. Nie hatte ich es mehr gehasst, nicht einfach aufstehen und sie in meine Arme ziehen zu können.

»Trish redet Bullshit«, versuchte ich, es besser zu machen, und fand dafür eindeutig nicht die richtigen Worte. »Und das weißt du.«

Tapfer nickte Helena. »Sicher. Aber ich gehe jetzt trotzdem, denn ich will nicht hören, wie sie das wiederholt.«

Ich verstand, was sie meinte – natürlich wusste sie, dass meine Mutter unrecht hatte, dennoch tat es weh. Und auch wenn wir nicht darüber gesprochen hatten, war uns beiden klar, dass Trish vielleicht weitere Intrigen planen würde, um uns zu trennen. Wir hatten uns füreinander entschieden, aber das bedeutete nicht, dass es leicht werden würde.

»Wir reden darüber, wenn du wiederkommst, okay?«, wagte ich den Versuch, Helenas finstere Miene ein wenig aufzuhellen.

Sie beugte sich über mich und drückte mir einen sanften Kuss auf die Stirn. »Schreib mir einfach eine Nachricht, wenn die Luft rein ist. Und bis dahin erhol dich.« Dann lächelte sie und nur zehn Sekunden später war sie bereits aus der Tür.

Ich verlor keine Zeit, sondern legte den Kopf zurück auf mein Kissen und schloss die Augen. Mich schlafend zu stellen, wenn Trish hereinkam, erschien mir der einzige Weg, ihr nicht den Hals umzudrehen – Verletzung hin oder her. Wie hatte sie Helena in einem solchen Moment diese haltlosen Anschuldigungen vorwerfen können? Wie unsensibel musste man sein, um sich nicht einmal dann zurückzuhalten?

Tatsächlich war mein Manöver von Erfolg gekrönt. Meine Mutter trat ins Zimmer, sprach mich an – und als ich nicht reagierte, tätschelte sie nur kurz meinen Arm, bevor sie den Raum wieder verließ und ich hören konnte, wie sie dem Krankenhauspersonal Befehle erteilte. Offenbar war es in meinem Zimmer zu kalt, mein Kissen nicht aufgeschüttelt und die Blumen auf dem Nachttisch wurden auch bereits welk. *Eine echte Katastrophe, vor allem im Vergleich dazu, dass ich beinahe gestorben wäre*, dachte ich sarkastisch. Aber ich gab mir Mühe, meine Wut im Zaum zu halten. In diesem Moment brachte sie nichts.

Wieder klackte die Tür, die Schritte waren jedoch nicht die von Trish.

»Sie ist weg«, sagte Adele zu mir und ich öffnete die Augen, atmete meinen Zorn aus. »Sie hat gesagt, sie hätte heute viele Termine und würde es erst morgen wieder schaffen.«

»Bevor oder nachdem sie die Belegschaft in den Wahnsinn getrieben hat? Es tut mir wirklich leid, dass sie so ein Drama aus allem macht.«

»Ach, das ist doch gar nichts.« Adele grinste. »Ich arbeite jetzt seit zehn Jahren auf diesem Flur, dem VIP-Bereich für Patienten mit dem nötigen Kleingeld. Ihre Mutter ist bei Weitem nicht das Schlimmste, was ich hier erlebt habe.«

Ich fragte nicht, was das Schlimmste gewesen war, denn ich hatte den Verdacht, dass ich es gar nicht wissen wollte.

»Wie geht es Ihnen heute Morgen?« Adele sah mich prüfend an.

»Besser«, sagte ich wahrheitsgemäß und sie lächelte.

»Was die Liebe so alles bewirken kann. Ich hoffe dennoch, dass Sie das nicht ständig tun wollen, denn ich habe Kolleginnen, die für solch romantische Gesten nur wenig übrighaben.« Sie schenkte mir einen langen Blick.

»Eigentlich bin ich davon ausgegangen, dass Sie mich heute von all diesen Schläuchen befreien, damit ich nach Hause gehen kann.«

Sie lachte. »Ihr Optimismus gefällt mir, Mr Coldwell.«

»Jess, bitte.«

»In Ordnung, Jess. Wir werden später die Verbände wechseln und Dr. Wang sieht sich die Nähte an, damit wir wissen, ob alles nach Plan verheilt. Aber auch wenn Sie sich besser fühlen, wird es noch eine Weile dauern, bis Sie wieder fit sind.«

Das hörte ich ständig. Nur sagte mir nie jemand, wie lange diese »Weile« tatsächlich dauern konnte. »Worüber sprechen wir hier? Zwei Wochen? Drei?« Ich hatte mich nie auf diese Weise verletzt und bisher war ich nicht wach genug gewesen, um jemanden zu fragen. Vielleicht auch zu feige.

»Meiner Erfahrung nach eher zwei Monate. Solche Wunden heilen nicht von heute auf morgen.« Nun war ihr Lächeln ziemlich professionell. »Aber sie heilen. Und Sie werden wieder auf die Beine kommen. Die Zeit bis dahin vergeht schneller, als Sie denken.«

Ich widerstand dem Bedürfnis, meine Hand auf die Stelle zu legen, wo die Austrittswunde der Kugel war. Sie schmerzte nicht stark, der Infusion sei Dank, aber trotzdem war es, als würde mich mein Körper ständig daran erinnern, dass nichts mehr wie vorher war. Jemand hatte auf mich geschossen. Mit einer Waffe. Jetzt, wo mein Kopf etwas klarer war, klang es noch viel beängstigender. Ich schluckte.

»Wir haben hier einen guten psychiatrischen Dienst, wenn

Sie das Bedürfnis haben, mit jemandem über das zu sprechen, was passiert ist.« Adele prüfte die Anzeigen auf dem Monitor neben dem Bett. »Ich kann mir vorstellen, dass es belastend ist, so etwas zu erleben.«

»Bestimmt«, murmelte ich. »Nur erinnere ich mich an rein gar nichts.«

»Das kommt wieder, wenn Sie bereit dafür sind. Nur Geduld.«

Sie ging bald und ich dämmerte erneut weg, Watte in meinem Kopf und Wut auf Trish in meinem Bauch. Ich hatte keine Ahnung, wie lange ich geschlafen hatte, als Dr. Wang mich durch ein Klopfen an der Tür weckte. Sie hielt sich jedoch nicht auf, sondern vertagte den Verbandswechsel auf später. In der nächsten Minute wusste ich, warum.

Es klopfte wieder und jemand streckte den Kopf herein, der nicht zum Personal gehörte. »Mr Coldwell? Detective O'Reilly vom NYPD. Fühlen Sie sich imstande, einige Fragen zu beantworten?«

»Ja, sicher.« Ich setzte mich etwas auf und nickte. Auch wenn ich nicht viel zu den Ermittlungen beitragen konnte, solange ich mich nicht erinnerte, war es besser, das Ganze hinter mich zu bringen.

»Schön.« O'Reilly kam herein. Er stand vermutlich etwa zehn Jahre vor der Pension, trug einen Schnurrbart wie Magnum und zeigte den Anflug eines nicht sehr ehrlichen Lächelns, als er sich auf den Stuhl neben meinem Bett setzte, ohne dass ich ihn dazu aufgefordert hatte. Aber nicht deswegen meldete sich Abneigung in mir. Er hatte etwas an sich, das mir sagte, wir würden keine Freunde werden.

»Ein ganz schönes Aufgebot, das Sie da draußen haben«, kommentierte er den Sicherheitsdienst meiner Mutter. »Mit Geld lässt sich wohl alles kaufen, nicht wahr.«

»Nicht alles, wie Sie sehen«, entgegnete ich kühl. Er hatte also Vorurteile gegenüber reichen Menschen. Wie originell.

»Da haben Sie wohl recht.« Der Detective nahm ein schmales Notizbuch aus seiner Jackentasche und klappte es auf. »Es geht um den Abend des 24. Dezembers, als Sie in der Nähe des Restaurants Emilio's angegriffen wurden. Man hat auf Sie geschossen und Sie dann dort liegen lassen, wo Sie kurze Zeit später aufgefunden und medizinisch versorgt wurden.«

O'Reilly sah mich fragend an, als wollte er einen Kommentar zu dem, was er gerade gesagt hatte. Ich wich seinem Blick aus. »Davon weiß ich nichts mehr. Leider erinnere ich mich nicht daran, was passiert ist.«

Der Detective nickte. »Das hat Ihre Ärztin bereits erwähnt. Allerdings würden wir gerne so nah wie möglich an den Tatzeitpunkt herankommen, was Ihre Erinnerungen angeht. Was ist das Letzte, das Sie noch wissen?«

Da musste ich nicht lange überlegen, denn diese Szene lief immer wieder in meinem Kopf ab. »Ich habe telefoniert, dann aufgelegt und mich auf den Weg zu meinem Auto gemacht, das ich in einer Seitengasse abgestellt hatte.«

»Also gab es Ihres Wissens keine Interaktion mit einer Person in Ihrer Nähe. Nur dieses Telefonat mit einer gewissen ...« Er schaute auf seinen Block. »Helena Weston, das wir auch in der Anrufliste finden konnten.«

Ich nickte.

»In welchem Verhältnis stehen Sie zu Miss Weston?«

»Spielt das eine Rolle?« Meine Augen verengten sich leicht.

»Nun, für die Ermittlungen ist jede Art persönlicher Beziehung von Bedeutung.«

Ich seufzte und gab nach. »Sie ist ... eine Freundin.« Nur zu gerne hätte ich die Wahrheit gesagt, aber es behagte mir nicht, dass es in den Akten landen würde. Also blieb ich lieber vage.

O'Reilly notierte sich das und schwieg einen Moment.

»Haben Sie denn schon eine Spur, was den Täter angeht?«, fragte ich nach. Irgendwie klang es nicht so.

»Wir hatten eine. Aber dann hat sich herausgestellt, dass das Motiv für die Tat doch ein ganz anderes sein könnte.«

Ich merkte auf. »Soll das heißen, es war doch kein Raubüberfall?«

»Nun«, der Detective machte eine kleine Pause, »das war unser erster Ansatz. Ihnen fehlten Brieftasche, Handy und Autoschlüssel, das waren klare Hinweise auf ein Raubdelikt. Allerdings wurden diese Sachen bei einer großräumigen Durchsuchung der Umgebung in einem Müllcontainer einige Straßen weiter gefunden. Es fehlte kein Geld.«

Okay, das war tatsächlich eine Neuigkeit. Und keine angenehme, wenn ich das dumpfe Pochen in meinem Oberkörper richtig deutete. Ich war davon ausgegangen, dass man meine Wertgegenstände hatte haben wollen und die Situation eskaliert war. Aber das … das erzeugte kein gutes Gefühl in meinem Inneren. Vor allem, weil ich mich nicht an die Typen erinnern konnte, die mir das angetan hatten.

»Was bedeutet das?«, fragte ich. »Dass es jemand so *aussehen* lassen wollte, als wäre es ein Raubüberfall?«

Der Detective hob die Schultern. »Möglich ist es. Wir untersuchen die gefundenen Gegenstände aktuell auf Fingerabdrücke und DNA, vielleicht finden wir ja etwas. Gibt es denn irgendjemanden, der Ihnen schaden möchte? Wie ich gehört habe, arbeiten Sie im Gastronomie-Gewerbe. In New York herrscht große Konkurrenz, was das betrifft. Könnte es sein, dass Sie jemand aus dem Weg räumen wollte?«

Was für eine absurde Frage. Ich war doch kein Mafiaboss, der diese Läden zur Geldwäsche betrieb, es waren einfach nur Restaurants, die seit Jahrzehnten gut liefen, in friedlicher

Koexistenz mit ihrer Konkurrenz. Ab und zu gab es Werbeaktionen von Neulingen, um den Alteingesessenen das Wasser abzugraben. Aber die verschwanden genauso schnell, wie sie gekommen waren. Dass irgendjemand aus diesem Umfeld meinen Tod wollen könnte, erschien mir völlig abwegig.

»Nein, da fällt mir niemand ein. Das Geschäft in der Gastronomie ist hart, aber so hart dann auch wieder nicht.«

Erneut notierte er sich etwas. »Und wie sieht es mit Ihrem privaten Umfeld aus? Sie gehören zu einer der einflussreichsten Familien in der Stadt, es gibt doch sicherlich den einen oder anderen, der eine Rechnung mit den Coldwells offen hat.«

»Detective, ich sehe, worauf Sie hinauswollen.« Er strapazierte meine Geduld ebenso wie meine Höflichkeit, aber ich beherrschte mich. »Sie liegen allerdings falsch. Die Tatsache, dass ich Coldwell heiße, bedeutet nicht, dass man mich hasst. Ich bin nicht meine Mutter und die Leute wissen das.«

»Sind Sie da sicher?«

»Ja, das bin ich.«

»Nun gut.« Er schnaubte, schien meine Antwort aber zu akzeptieren. »Dann sprechen wir doch mal über Ihr Vermögen. Es ist beträchtlich, so viel konnten wir herausfinden. Mehrere Restaurants in der Stadt, dazu das Erbe Ihres Vaters, eine Wohnung im Village und eigene Ersparnisse. Wer bekommt das alles im Todesfall? Ihre Mutter?«

Ich schüttelte den Kopf. »Wenn ich sterbe, werden einige der Restaurants voll auf ihre Teilhaber übertragen.« Es war mir lächerlich vorgekommen, im Alter von achtzehn Jahren ein Testament aufsetzen zu lassen, aber ich hatte nicht gewollt, dass Trish alles bekam, falls ich aus irgendwelchen Gründen vor ihr starb. »Den Rest erbt mein jüngerer Bruder.«

»Ihr Bruder also, ja?« Da war etwas in O'Reillys Ton, das meine Augenbrauen nach oben wandern ließ. Nur ein Gutes hatten seine Unverschämtheiten – dass ich für ein paar Minuten die Frage danach verdrängen konnte, wer mir das tatsächlich angetan hatte.

»Elijah ist *fünfzehn*, Detective. Und er hat bereits jetzt mehr Geld, als er in seinem Leben ausgeben kann, weil meine Mutter Treuhandvermögen für eine altmodische und überholte Tradition hält.« Ich sparte mir weitere Erklärungen, warum Eli der letzte Mensch auf der Welt war, der mich wohl umbringen würde. Denn ich wurde immer müder und wusste, lange würde ich nicht mehr reden können, bevor ich einfach einschlief.

Obwohl O'Reilly bisher nicht durch Feingefühl aufgefallen war, schien er das zu bemerken, denn er erhob sich. »Dann ist das erst einmal alles. Wir setzen unsere Ermittlungen im Village fort, aber leider sind die Augenzeugenberichte widersprüchlich. Menschen wollen die abenteuerlichsten Dinge gesehen haben, wenn sie dafür etwas Aufmerksamkeit bekommen.« Er schaute zu mir hinunter und hielt mir dann eine schmucklose Visitenkarte hin. »Sollten Ihre Erinnerungen zurückkehren, rufen Sie mich an. Wenn Sie Ihre Angreifer gesehen haben, wäre das ein großer Schritt in Richtung ihrer Ergreifung.«

»Ist gut.« Ich nahm die Karte entgegen und legte sie neben mir auf das Tischchen. Mein Rumpf pulsierte in einem schmerzhaften Takt. Offenbar hatte mich dieses Gespräch genug aufgeregt, um meinen Körper in Alarmbereitschaft zu versetzen.

Der Detective ging zur Tür. »Ich melde mich bei Ihnen, wenn ich noch weitere Fragen habe. Bis dahin werden Sie mit Ihrer kleinen Privatarmee hier ja vermutlich sicher sein.« Er nickte, sein Schnurrbart zuckte unter einem spöttischen Lächeln, dann war er weg.

Ich sank zurück ins Kissen und hatte ihn in der Sekunde vergessen, als seine Schritte auf dem Gang verhallten. Das galt jedoch nicht für die Fragen, die in meinem Kopf immer lauter wurden, je länger ich keine Antwort darauf fand: Wer hatte meinen Tod gewollt? Und warum, zur verdammten Hölle?

Eigentlich war ich unglaublich erschöpft und brauchte dringend eine Zusatzdosis Schmerzmittel, trotzdem griff ich nach Elis Handy, das ich unter mein Kopfkissen geschoben hatte, und wählte eine Nummer. Während ich darauf wartete, dass am anderen Ende jemand ranging, fragte ich mich, ob ich paranoid war oder die Sorge berechtigt. Aber ich hatte nicht das größte Vertrauen in Detective O'Reilly und brauchte eine Person, die mir in dieser Sache Klarheit verschaffen konnte.

»Hallo?«, meldete sich endlich jemand.

»Hi, hier ist Jess Coldwell. Ich benötige noch mal Ihre Hilfe.«

8
Helena

Für die Fahrt zurück zu Lincolns Wohnung nahm ich ein Taxi und erwartete eigentlich, dass niemand zu Hause war. Es war keine unangenehme Vorstellung, denn ich war einfach todmüde und wollte nur ins Bett, um zu schlafen. Neben Jess zu liegen und mir bewusst zu sein, dass er am Leben war, hatte mich zwar tiefer entspannt als irgendetwas anderes in den letzten Wochen. Erholsam war es dennoch nicht gewesen. Das Licht, das Piepen der Geräte, dazu die Sorge, ihm wehzutun, wenn ich mich auch nur einen Millimeter bewegte … Ich konnte es kaum erwarten, dass man ihn entließ und ich mich endlich in dem Bett im Loft an ihn schmiegen konnte, ganz ohne Krankenhausgeruch in der Nase und irgendwelche Schläuche in seinem Arm.

Als ich jedoch die Tür zum Apartment aufschloss, hörte ich Stimmen – die meines Bruders und eine andere, die mich augenblicklich erstarren ließ. Was wollte *er* denn hier?

»Helena, bist du das?« Lincoln kam in den Eingangsbereich, während ich mir meinen Schal vom Hals wickelte. Ich hatte ihm gestern Abend noch geschrieben, dass ich bei Jess blieb, deswegen fragte er nicht, warum ich erst jetzt zurückkam. »Wie geht es ihm?«

»Besser«, nickte ich. »Es dauert sicher noch, bis er wieder ganz gesund ist, aber er ist auf einem guten Weg.«

»Das freut mich.« Lincoln deutete hinter sich. »Hör zu, bevor du da reingehst –«

»Ich hab schon gehört, dass Dad hier ist. Was will er?«

»Mit dir reden. Ich habe ihm gesagt, dass ich denke, *du* solltest über den Zeitpunkt entscheiden, aber ich glaube, es ist ihm wirklich wichtig.«

Ich nickte. Obwohl ich so müde war, fühlte ich mich der Situation merkwürdig gewachsen. Vielleicht, weil ich bei Jess gewesen war und es meinen Willen, zu meiner Entscheidung zu stehen, noch mal gefestigt hatte. Bei ihm konnte ich sein, wer ich wirklich war – und mit ihm zusammen zu sein machte mich auf eine solch tiefgreifende Weise glücklich, dass ich es für nichts auf der Welt wieder aufgegeben hätte. Nicht für Geld, meine soziale Stellung oder Einfluss. Für absolut nichts.

Und genau das würde ich meinem Vater sagen.

»Möchtest du, dass ich dabei bin?«, fragte mich Lincoln.

Ich schüttelte den Kopf. »Nein, nicht nötig.« Ich bedankte mich mit einem Lächeln bei ihm, dann ging ich den Flur entlang, bis ich im Esszimmer ankam.

Mein Dad stand auf, als ich hereinkam. Er sah aus wie immer – dunkler Anzug, Krawatte, tadellose Frisur. Ich spürte einen Stich im Herz, als ich seinen erfreuten Gesichtsausdruck bemerkte.

»Len«, sagte er erleichtert. »Es ist schön, dich zu sehen.«

»Hi, Dad.« Ich nickte ihm zu, machte aber keine Anstalten, ihn zur Begrüßung zu umarmen, sondern setzte mich einfach auf die andere Seite des Tisches. »Was kann ich für dich tun?«

Falls mein sachlicher Ton ihn überraschte, ließ er sich das nicht anmerken. »Nun, ich dachte, es wäre an der Zeit, dass wir uns unterhalten. Als du gegangen bist, war das ja ein wenig überstürzt und es würde mir wehtun, wenn wir es dabei belassen.«

»Okay.« Ich brauchte einen Moment, um darüber nachzudenken, was diese Worte bedeuten sollten. Wollte er wirklich verstehen, was mich zu dem Schritt gebracht hatte? Oder ging es darum, dass Trish mich mit dem Winchester Areal bestochen hatte und meine Eltern nun in Sorge waren, Jess' Mutter könnte ihre Drohung wahrmachen und ihnen schaden?

Da ich sonst nichts sagte, sprach mein Vater weiter. »Ich bin hier, weil wir gerne möchten, dass du zurückkommst. Wir sind bereit, deinen unschönen Auftritt an Heiligabend zu vergessen und nie wieder ein Wort darüber zu verlieren, wenn du einfach deine Sachen holst und mit mir nach Hause fährst.«

Ich schüttelte den Kopf. »Das kann ich nicht, Dad.«

Seine Augen wurden schmal. »Du willst diese Revolte tatsächlich noch weiter fortführen? Mit der Unterstützung deines Bruders?«

»Das ist doch keine Revolte.« Ich war versucht, die Augen zu verdrehen. »Wenn du Sorge hast, dass Trish Coldwell euch das Winchester Areal wieder wegnehmen oder auf andere Art das Leben schwer machen könnte – Jess wird versuchen, das zu verhindern.«

Mein Vater sah mich arrogant an. »Wir brauchen sicher nicht die Hilfe von Jessiah, um uns gegen diese Frau zu wehren.«

»Was ist es dann?« Ich ahnte langsam, worauf er hinauswollte. Es ging um den drohenden Skandal. Denn dass es nicht unbemerkt bleiben würde, wo ich mittlerweile wohnte, war klar. Die Upper East Side war schlimmer als jedes Klatschblatt. »Sei ehrlich: Geht es dir um mich? Oder darum, dass die Leute reden könnten, wenn sie mitbekommen, dass ich nicht mehr bei euch lebe, sondern bei Lincoln und Paige?«

Darauf ging er nicht ein, aber ich sah ein Zucken in seinem Gesicht, das mir verriet, dass ich mit meiner Vermutung richtiglag. Die Westons hatten sich gerade erst saniert und ihren guten Ruf wiederhergestellt. Natürlich gefährdete es diese weiß gewaschene Weste, wenn die Tochter auszog, um bei ihrem Bruder zu wohnen.

»Ich habe gehört, was du im Streit zu deiner Mutter gesagt hast«, erwiderte mein Vater stattdessen. »Dass du denkst, du hättest bei uns keine Chance auf ein Leben nach deinen Vorstellungen. Sicher ist dir klar, dass das Unsinn ist.«

Ich bemühte mich, ruhig zu bleiben, auch wenn es mir schwerfiel. »Nein, ist es nicht, ehrlich gesagt. Seit ich nach New York zurückgekehrt bin, habe ich nichts tun dürfen, das nicht *euren* Vorstellungen entsprochen hat. Im Grunde gilt das für mein gesamtes Leben.«

Mein Vater presste die Lippen aufeinander. »Deine Mutter und ich haben immer nur euer Wohl im Sinn gehabt. Wir haben dir und deinen Geschwistern alles ermöglicht. Ihr habt eine hervorragende Schulbildung bekommen, Ferienkurse, Hobbys, Reisen. Euch hat es an nichts gefehlt.«

»Doch, hat es«, widersprach ich. »An Freiheit. Ich weiß, man bekommt keine Privilegien ohne Verpflichtungen, und ich will wirklich nicht undankbar erscheinen, Dad. Mir ist bewusst, dass viele Menschen sich wünschen würden, Teil einer Familie wie unserer zu sein. Aber es ist auch ein Käfig. Und am Ende kann man sich nicht entwickeln, wenn man dafür keinen Raum bekommt.«

»Das ist es, was du denkst?« Er verengte die Augen. »Du glaubst, du würdest keinen Raum zur Entfaltung bekommen, nur weil du nicht mit dem Coldwell-Jungen zusammen sein darfst?«

Mir entfuhr ein Schnauben. »Es geht hier doch nicht um

Jess. Ich bin nicht seinetwegen gegangen, sondern *meinetwegen*. Das mit ihm hat mir nur den Mut dafür gegeben, endlich meinen eigenen Weg finden zu wollen.«

»Warum, weil er jemand ist, dem die Familie nichts bedeutet?« Mein Vater schüttelte verständnislos den Kopf. »Das ist ja wirklich ein toller Umgang, Helena.«

»Du weißt nicht, wie er ist«, sagte ich ruhiger, als ich erwartet hätte, während Wut in meinem Bauch brodelte. »Jess ist ein warmherziger, loyaler, fürsorglicher Mensch, der für diejenigen, die er liebt, alles tun würde. Genauso wie Adam es war. Und wenn ihr nicht so borniert wärt, nur weil Trish Coldwell eine eiskalte, berechnende Kuh ist, hättet ihr das längst festgestellt.«

»Das ist schwer zu glauben.« Mein Vater sah auf die Tischplatte und ich fragte mich, ob er mich nicht verstehen wollte oder konnte. Dann schaute er wieder hoch. »Wir möchten doch nur das Beste für dich, Helena.«

Ich lächelte. »Jess *ist* das Beste für mich, Dad.« Natürlich wusste ich nicht, wie es war, wenn wir unseren Alltag miteinander verbrachten. Sicherlich würden Dinge zum Vorschein kommen, die wir am anderen nicht mochten oder die uns sogar wahnsinnig machten. Die uns an Grenzen brachten und darüber hinaus. Aber darum ging es doch in Beziehungen, oder nicht? Sich zusammen weiterzuentwickeln. Das war es, was ich wollte.

»Du kennst ihn kaum«, kam direkt das Argument meines Vaters, als hätte er meine Gedanken gelesen. »Woher willst du wissen, dass ihr beide eine Zukunft habt? Er arbeitet in der Gastronomie, ohne je studiert zu haben, er hasst unsere Kreise und hat in jüngeren Jahren jeden Anstand mit Füßen getreten. Willst du mit so einem Menschen wirklich dein Leben verbringen?«

Ich musste lachen, weil ich daran dachte, dass ich früher wohl auch so über Jess gedacht hätte. Mit dem arroganten Blick der High Society, in der abgesehen von Prestige und äußeren Erfolgen gar nichts zählte. »Falls du denkst, das wäre so eine Phase, wo das Mädchen aus gutem Hause was mit dem tätowierten Kerl auf dem Motorrad anfängt, weil sie rebellieren will … versichere ich dir, dass das Unsinn ist. Ich bin nicht trotzig, Dad. Ich bin es einfach nur leid, nicht ich selbst sein zu dürfen.«

»Und wer bist du, wenn du nicht Teil der Familie sein willst wie bisher?«

»Tatsächlich weiß ich das noch nicht genau. Aber ich möchte es herausfinden und wenn ihr bereit seid, mich dabei zu unterstützen – nicht mit Geld, sondern mit eurem Vertrauen –, dann würde ich mich darüber freuen. Wenn ihr das nicht könnt, warum auch immer, ist es schade. Allerdings werde ich nicht zurückkommen und bei Gott, ich werde nicht wieder nach England gehen. Ich bin erwachsen. Ich habe das Recht, auch so behandelt zu werden.«

Mein Vater schwieg, nachdem ich von diesem Monolog etwas außer Atem war. Er schwieg lange, dann erhob er sich, ohne ein Wort zu sagen. Erst, als er an der Tür war, drehte er sich zu mir um.

»Ich bedaure sehr, dass du dein bisheriges Leben für eine Farce hältst und nie das Gefühl hattest, dich frei entfalten zu können. Du kannst versichert sein, dass alle unsere Bemühungen nie das Ziel hatten, dich einzusperren oder dich in einen Rahmen zu pressen, in den du nicht passt. Aber in dieser Familie gibt es nur drinnen oder draußen, Helena. Du musst dich entscheiden, was dir lieber ist.«

Damit ging er, ohne eine Antwort abzuwarten, und ich blieb am Tisch sitzen, während ich hörte, wie er sich von meinem

Bruder verabschiedete und dann die Wohnung verließ. Nur Sekunden später streckte Lincoln seinen Kopf zur Tür herein.

»Und, was kam raus?«, fragte er. Nicht *Worüber habt ihr geredet?*, sondern nur das Ergebnis. Was Effizienz anging, war Lincoln definitiv ein Weston.

»Ich glaube nicht, dass er verstanden hat, worum es mir geht. Aber ich habe gesagt, was ich sagen wollte.« Und mich dabei behauptet, obwohl ein Teil von mir gerne wieder zu dem Verhältnis zurückgekehrt wäre, das mein Vater und ich früher gehabt hatten. Nur war der Preis dafür zu hoch. Also würde ich wohl herausfinden müssen, was es bedeutete, wenn man *draußen* war, wie er gesagt hatte.

»Geht's dir gut damit?«

»Nein.« Das nun wirklich nicht. Mein Hals war eng bei der Vorstellung, mit meinen Eltern keinen Kontakt zu haben. »Aber ich komme damit klar und das ist mehr, als ich erwartet habe.«

Lincoln setzte sich. »Und wie machst du nun weiter?«

Ich hob die Schultern. »An der NYU kann ich erst im September anfangen, also habe ich jetzt ein paar Monate Freizeit. Am besten suche ich mir einen Job. Und nächste Woche habe ich einen Termin bei der Bank.« Völlig unabhängig vom Geld meiner Familie in New York zu leben würde schwierig werden, aber nicht unmöglich. Keine Uni der Welt würde mir bei den Vermögensverhältnissen meiner Eltern ein Stipendium gewähren, ein Kredit für die Studiengebühren war jedoch vielleicht drin.

»Du weißt, dass ich seit einem Jahr Zugriff auf meinen Treuhandfonds habe«, erinnerte mich Lincoln. »Ich kann dir etwas leihen, bis du fünfundzwanzig bist.«

»Danke, das ist lieb.« Ich lächelte. »Und wenn ich keine andere Option habe, dann nehme ich das gerne an. Aber erst mal will ich sehen, wie eigenständig ich sein kann, wenn ich es versuche.« Schließlich war auch mein Treuhandvermögen im Grunde das Geld meiner Eltern. Zwar war es eine Tradition, dass Nachkommen der Westons einen bestimmten Geldbetrag zur Verfügung bekamen, sobald sie fünfundzwanzig wurden – und der reichte für weit mehr als ein Studium. Aber ich erinnerte mich gut daran, was Valerie gesagt hatte, als wir einmal darüber gesprochen hatten. *Weißt du, was ich mit dem Geld mache, wenn ich es bekomme, Lenny? Ich stecke es komplett in unsere Firma. Denn bis dahin sind wir in New York längst eine große Nummer und können expandieren, nach San Francisco, Chicago oder sogar ins Ausland.*

Mein Herz wurde schwer, als mir wieder einmal klar wurde, dass es nie dazu kommen würde, zu unserer gemeinsamen Agentur für Stadtführungen. Wir hatten damals schon überlegt, wo wir unser Büro haben wollten. Natürlich kamen weder der Financial District noch die Upper East Side dafür infrage, Valerie hatte sich SoHo vorgestellt, ich eher Greenwich. Irgendwas mit Backsteinwänden und Industriecharme, so ähnlich wie Jess' Wohnung.

Als ich bemerkte, dass mein Bruder genau wie ich ins Leere starrte, kehrte ich in die Gegenwart zurück. Und mir fiel auf, dass ich durch all die Sorgen in der letzten Woche vergessen hatte, dass ich hier nicht die Einzige war, die welche hatte.

»Hat Trish eigentlich schon irgendwas getan, das darauf hindeutet, dass unser Deal hinfällig ist?« Mein Vater hatte das Thema einfach vom Tisch gewischt, aber ich kannte Jess' Mutter gut genug, um zu wissen, sie würde das nicht einfach auf sich sitzen lassen.

»Nichts Konkretes.« Lincoln schüttelte den Kopf. »Sie verspritzt ihr Gift wieder etwas heftiger als zuvor, aber ich glaube, solange Jess noch im Krankenhaus ist, hat sie andere Sorgen.

Was danach passiert … werden wir sehen. Aber du hast dich lange genug deswegen gequält. Es ist nicht deine Verantwortung, wenn sie ihren Feldzug gegen uns wieder aufnimmt.«

Trotzdem fühlte es sich so an. Natürlich hatten mir meine Eltern das Gefühl gegeben, meine Hilfe in Bezug auf Trish nie gebraucht zu haben, aber ich wusste es besser. Ohne das Winchester Areal wären sie ruiniert gewesen, deswegen hatte ich Jess ja aufgegeben. Gegen diese Vereinbarung zu verstoßen hatte sich erst leicht angefühlt, aber mit jedem Tag drückte die Verantwortung wieder stärker.

»Jess meinte, er will mit ihr reden.« Ich konnte nur hoffen, dass er es schaffte, seine Mutter davon abzuhalten, die Weston Group zu vernichten.

»Das ist nett von ihm. Aber wir kriegen das schon irgendwie hin. Versprich mir, dass du dir deswegen keinen Kopf machst.«

Da ich ihm dieses Versprechen nicht geben konnte, zuckte ich mit den Schultern und fragte ihn lieber etwas anderes. »Und wie geht es dir mit … du weißt schon?« Wir waren allein in der Wohnung, Paige schien nicht da zu sein. Trotzdem kam es mir falsch vor, Penelopes Namen in diesen vier Wänden laut auszusprechen.

»Ganz ehrlich? Nach deinem Abgang an Heiligabend war ich kurz davor, ebenfalls hinzuschmeißen und zu ihr zu fahren. Ich fand es so mutig, was du getan hast, wie du für dich und deine Wünsche eingestanden bist.«

Ich hätte es nicht als mutig bezeichnet, sondern eher als impulsiv, aber ich widersprach ihm nicht. »Und dann?« Offenbar hatte sich in der Zwischenzeit etwas geändert.

»Dann sind wir nach Hause gefahren und ich wollte Paige alles beichten. Zwischen Pen und mir ist ja nicht wirklich was gelaufen, ich wollte ihr dennoch die Wahrheit sagen, weil ich es unehrlich fand, zu verschweigen, dass ich auf diese Art an eine andere denke. Aber in dem Moment, als ich Luft geholt habe, hat das Telefon geklingelt und du warst dran.«

»Oh.« Ich sah zu Boden. »Das tut mir leid.«

»Muss es nicht.« Lincoln schüttelte den Kopf. »Die letzten Tage haben mir noch mal vor Augen geführt, dass es unfair wäre, Paige einfach so damit zu konfrontieren. Sie ist vielleicht nicht die Frau meiner Träume, aber sie ist ein guter Mensch und ich weiß, dass sie mich niemals fallen lassen würde, ganz egal, was passiert. Deswegen verdient sie es, dass ich das Gleiche für sie tue.«

»Du willst also mit ihr zusammenbleiben?«, fragte ich. »Und nichts von Penelope erzählen?«

»Doch, das werde ich, wenn sich alles beruhigt hat. Aber ich möchte es auf eine Weise tun, dass sie versteht, es geht mir auch um sie. Damit wir gemeinsam eine Lösung finden können.«

Es würde Paige wehtun, das wusste ich. Denn sie liebte meinen Bruder und würde sicher eine Weile brauchen, um darüber hinwegzukommen, dass diese Liebe nicht auf die gleiche Weise erwidert wurde. Lincoln würde eine Frau niemals respektlos behandeln, aber er konnte seine Gefühle nicht ändern. Und er verdiente genau wie ich, frei entscheiden zu können.

»Das klingt wirklich ekelhaft erwachsen«, stellte ich fest und wir mussten lachen. Schnell wurde ich wieder ernst. »Aber auch echt vernünftig. Ich wünsche euch beiden, dass ihr glücklich werdet.«

»Ja, mal sehen.« Er nickte und schien nicht ganz überzeugt. Ich konnte es nachfühlen, denn in seiner Haut wollte ich wirklich nicht stecken. »Was hast du heute noch vor?«

»Nicht viel. Endlich meine Bewerbung abschicken und dann darauf warten, dass mir Jess grünes Licht für einen weiteren Besuch gibt.« Ich vermisste ihn jetzt schon wieder, denn auch wenn ein Krankenzimmer nicht gerade der romantischste Ort war – nicht bei ihm zu sein fühlte sich mit jeder Stunde falscher an.

»Sitzt Trish Tag und Nacht an seinem Bett?«

»So ungefähr. Sie hat außerdem das Sicherheitspersonal immer noch vor Ort, obwohl die mich ohne Probleme reingelassen haben.« Wie Jess das gemacht hatte, wusste ich nicht genau, denn seine Bemerkung mit der Bestechung hatte wie ein Witz geklungen. Aber es kümmerte mich auch nicht. »Was machst du jetzt, musst du noch arbeiten?« Wir hatten mitten in der Woche, eigentlich war es ungewöhnlich, dass Lincoln nicht nur zu Hause war, sondern dazu Jeans und Pullover statt Anzug und Krawatte trug.

»Nein, ich habe mir freigenommen, Dad war einverstanden. Ich glaube, er denkt, ich bringe dich zur Vernunft oder so.«

»Bekommst du Probleme mit ihnen, falls du mir weiterhin Unterschlupf gewährst?« Mein Mund zuckte zu einem schiefen Lächeln. Ich wollte Lincoln auf keinen Fall in diese Sache hineinziehen, auch wenn ich ahnte, dass es dafür längst zu spät war.

Er hob die Schultern. »Ich kriege wohl eher welche, sollten Paige und ich uns doch zur Trennung entschließen. Aber hey, dann können du und ich ja immerhin machen, was wir wollen.«

Da hatte er recht und das brachte mich auf eine Idee, was wir mit dem Tag anfangen konnten. Ich deutete in Richtung Wohnzimmer. »Weißt du, was wir jetzt tun sollten? Fernsehen.«

»Fernsehen?« Lincoln sah mich groß an. »Am helllichten Tag? Unter der Woche?«

Ich musste lachen, weil ihn diese Vorstellung so zu schockieren schien. Und ich verstand es, denn so etwas hätte es bei uns zu Hause nie gegeben. Wenn man tagsüber auf der Couch lag, dann nur, weil man krank war. Ansonsten hatte man vom

Morgen bis zum Abend gefälligst in irgendeiner Form produktiv zu sein. Wie ich Lincoln kannte, hatte er sich sogar in der Zeit seines Studiums daran gehalten, während ich in Cambridge mehr als einmal den Tag mit Netflix verbracht hatte, statt zur Uni zu gehen.

»Klar. Wir bestellen uns was zu essen, machen Popcorn und dann gucken wir bis heute Abend mindestens zwei Staffeln Modern Family.« Ein bisschen Ablenkung konnte nicht schaden nach der Aufregung der letzten Woche. Und so würde ich Jess etwas weniger vermissen, bis er sich wieder meldete.

Lincoln grinste. »Klingt wie ein Plan, den unsere Eltern nicht gutheißen würden.«

»Was genau der Grund ist, warum wir es tun sollten.« Ich stieß ihn an. »Also, du sorgst für das Popcorn und ich bestelle uns was bei Mr Taka.« Es war fast Mittag, daher konnte man auch gleich Lunch essen.

»Okay. Dann los.«

Und als wir eine Stunde später auf der Couch saßen, jeder eine Schüssel Ramen in der Hand, zwischen uns eine weitere mit Popcorn, da war ich sicher, dass alles irgendwie in Ordnung kommen würde. Natürlich wusste ich nicht, ob meine Eltern und ich sich irgendwann wieder annähern würden. Oder wie viele Steine Trish Jess und mir in den Weg werfen würde. Aber trotzdem fühlte es sich an, als könnte ich mit alldem zurechtkommen. Und das war ein gutes Gefühl.

Nein, falsch.

Es war ein großartiges Gefühl.

9
Jessiah

Die Zeilen in dem Buch vor mir verschwammen und ich ließ es auf meine Brust sinken, um an die Decke zu starren. Eli hatte mir einen ganzen Stapel an Lektüre mitgebracht, die er in letzter Zeit gelesen hatte, aber nichts davon konnte mich fesseln. Es lag nicht an den Geschichten, sondern daran, dass ich wahnsinnig wurde, wenn ich noch länger untätig herumliegen musste. Zwar hatte ich in den letzten Tagen einiges an Besuch bekommen, nicht nur von Eli – Thaz hatte sich mit einem Sixpack am Personal vorbeigeschlichen und Simon aus dem Tough Rock war ebenfalls da gewesen, um sich zu vergewissern, dass ich wieder auf die Beine kommen würde. Außerdem hatte mir mein Bruder das Wegwerfhandy mitgebracht, damit ich Thea und Lilly eine Nachricht schicken konnte, dass es mir besser ging, nachdem sie aus der Presse von dem Angriff erfahren hatten. Aber all das waren nur kurze Ablenkungen von wirklich langen und langweiligen Tagen. Ich brauchte etwas zu tun, ein Projekt, einen Job, irgendeine Aufgabe. Oder zumindest die Gewissheit, dass man denjenigen gefunden hatte, der auf mich geschossen hatte.

Der Angriff auf mich war zwei Wochen her und das NYPD mit der Suche nach Verdächtigen keinen Schritt weiter. Deswegen stand der Sicherheitsdienst immer noch vor meiner Tür und meine Mutter ließ sich auch mit vernünftigen Argumenten nicht davon überzeugen, die Jungs abzuziehen. Es machte mir ja auch Sorgen, dass ich vielleicht kein zufälliges Ziel gewesen war. Nur wie sollte das weitergehen, wenn die Polizei den Täter nicht fand? Sollte mich dann immer jemand begleiten? Eine fantastische Vorstellung.

Immerhin ging es mir körperlich besser, die Wunde verheilte, die Schmerzmittel waren runterdosiert worden und mittlerweile wurde sogar darüber gesprochen, dass ich das Krankenhaus bald verlassen durfte, um irgendwo meine Reha anzutreten. Nur sorgte das nicht dafür, dass ich mich freute. Helena und ich hatten uns in den letzten sieben Tagen sehr viel seltener gesehen, als ich es mir gewünscht hätte, weil es nicht leicht war, Zeitfenster zu finden, in denen nicht entweder Trish da war oder ich Untersuchungstermine hatte. Zudem hatte Adele ein paar Tage Urlaub gehabt und die anderen aus dem Pflegeteam hatten sehr strenge Ansichten, was die Besuchszeit anging. Daher war Helena zwar ein paarmal da gewesen, aber immer nur für eine halbe Stunde – nicht lange genug, um wirklich Zeit miteinander zu verbringen.

Deswegen wäre ich nach meiner Entlassung am liebsten direkt mit ihr nach Hause gegangen, in meine Wohnung, um endlich mit unserem gemeinsamen Leben zu beginnen. Aber Dr. Wang hatte gesagt, dass es das Beste wäre, wenn ich New York zur Erholung ein paar Wochen verlassen würde – und sosehr ich ihr vor einer Weile noch zugestimmt hätte, wollte ich zum ersten Mal nicht raus aus der Stadt. Ich wollte mich einfach nur mit Helena in meinem Bett verkriechen und ein paar Tage das Gefühl genießen, dass uns jetzt nichts mehr trennen konnte. Ich war sogar überzeugt davon, dass mich das schneller gesund machen würde als jede Reha.

Es klopfte und ich richtete mich auf. Eigentlich stellte ich mich meist schlafend, wenn jemand kam, falls es Trish war, aber diesmal hätte ich sogar lieber mit ihr geredet, als weiterhin die Decke anzustarren. Allerdings war es nicht Trish, sondern Louisa, eine junge Krankenpflegerin.

»Mr Coldwell, im Aufenthaltsraum wartet Besuch auf Sie.« Sie wirkte unsicher, als wüsste sie selbst nicht, was sie davon halten sollte.

»Besuch? Wer denn?« Alle, die bisher zu mir gekommen waren, hatte das Sicherheitspersonal angekündigt, das zum Glück jetzt auf mich hörte.

»Es ist der Bürgermeister.« Louisa flüsterte ehrfürchtig. »Er hat sich nicht angekündigt, deswegen waren wir sehr überrascht, als er plötzlich auf der Station aufgetaucht ist. Ich habe ihm gesagt, dass Sie Ruhe brauchen, aber er ließ sich nicht abwimmeln, bis ich Ihnen wenigstens gesagt habe, dass er da ist.«

Der Bürgermeister war hier? Das war tatsächlich eine Überraschung. Natürlich waren wir uns in der Vergangenheit bei einigen Anlässen begegnet und er legte viel Wert auf ein gutes Verhältnis zu meiner Mutter. Aber ich hätte nicht erwartet, dass das für einen Krankenbesuch ausreichte.

»Hat er gesagt, was er von mir will?«

»Er sagte, dass er Ihnen seine Genesungswünsche persönlich überbringen möchte. Offenbar ist er sehr betroffen von dem, was passiert ist.«

Ich überlegte, ob ich ausrichten lassen sollte, dass ich nicht in der Verfassung war, ihn zu treffen, aber dann entschied ich mich dagegen. Wenn ich gelangweilt genug war, um mich bei einem Besuch von Trish nicht schlafend zu stellen, schien der Bürgermeister doch eine ganz nette Ablenkung zu sein. Wir hatten uns immer gut verstanden und vielleicht würden seine

Connections ja dabei helfen, dass man die Verantwortlichen schneller fasste, wenn ich mit ihm redete.

»Na, dann sollte ich seine Wünsche wohl entgegennehmen«, sagte ich.

»Gut. Ich bringe Sie hin.« Louisa verschwand und schob kurz darauf einen Rollstuhl ins Zimmer.

»Ich kann selbst laufen, danke.« Mit ungewohnter Vorsicht drehte ich mich zur Seite und nahm meine Kapuzenjacke, die am Fußende lag. Keine Krankenhaushemden mehr tragen zu müssen, sondern Jogginghosen und Shirts, war nur eine der Errungenschaften der letzten Tage.

»Sicher? Eigentlich sollten Sie nicht –«

»Ja«, unterbrach ich sie freundlich. »Ganz sicher.«

Sie blieb neben mir, so wachsam, als rechnete sie damit, dass ich jede Sekunde umkippen würde, aber trotz leichtem Schwindel schaffte ich es unfallfrei zu dem Aufenthaltsraum auf der anderen Seite des Flures. Auch der war wie alles in diesem Bereich sehr geschmackvoll eingerichtet, mit mintfarbenem Wandanstrich und hellen Möbeln. Der Bürgermeister stand am Fenster und drehte sich zu mir um, als er meine Schritte hörte.

»Jessiah, wie schön, Sie zu sehen.« Walther Roscott eilte auf mich zu und als ich ihm meine Hand reichte, nahm er sie gleich zwischen seine. »Es ist so furchtbar, was Ihnen widerfahren ist, und dann auch noch in meiner Stadt. Ich bin untröstlich und möchte Ihnen im Namen meiner Familie und aller Angestellten meines Büros gute Besserung wünschen.«

»Vielen Dank, Sir. Das ist wirklich nett von Ihnen.« Ich lächelte.

»Ich hörte, dass es sehr knapp gewesen ist.« Die Betroffenheit im Gesicht des Bürgermeisters nahm noch zu. »Unvorstellbar, dass Sie bei diesem feigen Angriff hätten sterben können. Nach allem, was Ihrer Familie bereits widerfahren ist, wäre das nun wirklich zu viel gewesen.«

»Ja … so ist es.« Wenn er versuchte, Anteil zu nehmen, machte er das nicht besonders gut, denn seine Worte riefen mir nur wieder ins Gedächtnis, dass ich mich immer noch nicht erinnerte, wer auf mich geschossen hatte. Ich spürte, wie meine Kräfte mich langsam verließen, und setzte mich schnell auf einen der Sessel. Roscott nahm gegenüber von mir Platz.

»Entschuldigen Sie, ich rede hier über den Tod Ihres Vaters und den Ihres Bruders, das ist sehr unsensibel.« Er lächelte auf diese professionelle Art, die er perfektioniert hatte. »Aber ich kann Ihnen versichern, dass wir alles tun werden, um diese Sache so schnell wie möglich aufzuklären. Um genau zu sein, hat Ihr Fall mich dazu gebracht, noch einmal über die Waffengesetze in New York City nachzudenken. Wir wollen da dringend nachbessern.«

Das klang doch gut – wenn sein Tonfall mir nicht gesagt hätte, dass das nicht alles war. Ich konnte Menschen gut lesen, und Roscott hatte irgendwelche Hintergedanken bei seinem Besuch.

»Sir, wie Sie sehen, bin ich noch nicht wieder ganz auf der Höhe. Deswegen wäre es gut, wenn Sie mir einfach sagen, was Sie von mir wollen.«

»Ganz der Sohn Ihrer Mutter.« Er lächelte fast stolz, als wäre das ein Kompliment, obwohl es doch das genaue Gegenteil war. »Aber natürlich will ich Sie nicht länger von Ihrer Genesung abhalten und komme zum Punkt: Ich möchte eine Kampagne starten, gegen die steigende Kriminalität im Village, und Sie sollen das Gesicht dafür sein.«

Ich starrte ihn an, eine Sekunde, zwei, drei. Dann musste ich lachen, was zum Glück nicht halb so wehtat wie noch vor einer Woche. »Das ist nicht Ihr Ernst«, sagte ich schließlich.

»Natürlich ist es das.« Roscott wirkte beinahe beleidigt. »Überlegen Sie doch mal, mit Ihrer Story könnten wir auch die Zweifler davon überzeugen, endlich die Augen zu öffnen, was die Kriminalität in den für sicher gehaltenen Vierteln angeht. Meine Marketingabteilung ist ganz begeistert: Ein junger, gut aussehender Gastronom aus einer einflussreichen Familie, von allen geliebt und geschätzt, gerät am Heiligabend unverschuldet in eine Schießerei und kommt nur mit Mühe lebend davon.«

Ich sparte mir ein weiteres Lachen. »Mal abgesehen davon, dass mein Aussehen bei dieser Sache wohl keine Rolle spielt – ich bin nicht in eine Schießerei *geraten*«, korrigierte ich. »Man hat auf mich geschossen. Gezielt, wenn ich dem NYPD glauben darf.«

»Wie auch immer.« Der Bürgermeister winkte ab. »Wichtig ist, dass die Leute verstehen, wie real dieses Problem ist. Und verzeihen Sie mir, wenn ich das so offen sage, aber wenn auf irgendjemanden geschossen wird, interessiert das keinen. Bei Ihnen dagegen, nach allem, was Sie schon verloren haben …«

Wow. Wenn ich gewusst hätte, worauf dieser Besuch hinauslief, wäre ich im Bett geblieben und hätte mich lieber noch ein bisschen gelangweilt. Ich mochte Roscott und das war der einzige Grund, warum ich ihm nicht ein paar sehr direkte und wenig freundliche Takte darüber sagte, was ich davon hielt, wenn man meine Familiengeschichte für Marketingzwecke ausschlachtete. Stattdessen erhob ich mich.

»Ich bin sehr dankbar, wenn Sie etwas dafür tun wollen, dass diese besch…« Ich brach ab und rief mich zur Ordnung, bevor ich sein geliebtes New York beleidigte. »Wenn Sie dafür sorgen wollen, dass diese Stadt sicherer wird, Sir. Aber ich werde ganz sicher nicht Ihren Posterboy mit der tragischen Vergangenheit spielen. Da müssen Sie sich jemand anderen suchen.«

Der Bürgermeister erhob sich ebenfalls. »Jessiah, bitte warten Sie. Es war nicht meine Absicht, Sie zu kränken.«

»Ach nein? Sollte es mir etwa schmeicheln, wenn Sie erwähnen, dass ich meinen Vater und meinen Bruder verloren habe? Soll ich mich geehrt fühlen, wenn Sie mich für einen gebrochenen Helden halten, mit dem man gut Politik machen kann? Ich bitte Sie.«

»Es tut mir leid.« Roscott sah aus, als würde er seine Worte ernsthaft bedauern, aber ich wusste, wie Politiker waren. Offenbar bildete er keine Ausnahme. »Manchmal vergesse ich in meinem Eifer, dass echte Schicksale hinter meinen Bemühungen stecken.«

Ich nickte nur und akzeptierte damit seine Entschuldigung.

»Zum Glück haben Sie überlebt«, lächelte er. »Und das dank der mutigen Bürger dieser Stadt, die geistesgegenwärtig den Krankenwagen gerufen haben, wie mir gesagt wurde. Auch das ist New York, vergessen Sie das nicht.«

»Ja«, sagte ich. »Da hatte ich wirklich Glück.«

Die Tür ging auf. »Mr Coldwell?« Es war Adele, die hereinkam und mich mit einem prüfenden Blick bedachte. »Sie haben jetzt den Termin zum Fädenziehen. Entschuldigung, Herr Bürgermeister, aber es ist wichtig, dass sich die Sache nicht verzögert.«

»Ich komme.« Dann streckte ich die Hand aus und schüttelte die von Roscott. »Danke für den Besuch, Sir.«

»Gute Besserung, Jessiah. Kommen Sie bald wieder auf die Beine.«

»Das mache ich.« Ich nickte noch einmal, dann folgte ich Adele aus dem Raum und ließ ihn allein.

Eine Stunde später kehrte ich ohne Nähte in mein Zimmer zurück und versprach Adele, dass ich es allein ins Bett schaffen würde. Als ich jedoch durch die Tür kam, war der Raum nicht leer. Am Fenster stand eine unerwartete Besucherin, die zweite an diesem Tag.

»Miranda?« Ich schloss die Tür und ging zu meinem Bett, um mich zu setzen. Auch wenn ich mittlerweile ohne Rollstuhl zu meinen Behandlungsterminen kam – oder vielmehr verweigerte, mich kutschieren zu lassen –, war es doch immer noch ziemlich anstrengend, auf den Beinen zu sein.

»Hi, Jess.« Sie musterte mich eingehend. »Interessante kleine Privatarmee da draußen. Das Werk deiner Mutter, nehme ich an?«

»Von wem sonst.« Ich nickte. »Wie sind Sie daran vorbeigekommen?« Es wunderte mich nicht, ich war nur neugierig.

»Oh, das war kein großes Problem für mich.«

Mehr sagte sie nicht und ich hätte gern nachgefragt, aber Miranda eins ihrer Geheimnisse zu entlocken war ein Ding der Unmöglichkeit. Also versuchte ich es gar nicht erst. »Was verschafft mir die Ehre?«

Sie machte eine vage Handbewegung. »Nun, ich würde ja sagen, dass ich dir einen Krankenbesuch abstatten will. Aber auch wenn ich froh bin, dass du wieder auf dem Weg der Besserung bist, ist meine Anwesenheit hier eher geschäftlich.«

Mein Herz setzte bei ihrem ernsten Tonfall einen Schlag aus. Bedeutete das, sie hatte Neuigkeiten über Adam und Valerie? Oder den Angriff auf mich? Oder ging es darum, dass ich sie gebeten hatte, etwas Belastendes über Trish zu finden, damit ich die Westons vor ihr schützen konnte? Die Bitte darum schien so lange her zu sein.

Miranda musste meinen Gesichtsausdruck bemerkt haben, denn sie sprach schnell weiter. »Es geht um deinen Bruder und das Weston-Mädchen. Die Umstände ihres Todes, um genau zu sein. Fühlst du dich dazu in der Lage? Ich wollte nicht warten, aber wenn du noch etwas Zeit brauchst …« Sie kam rüber und setzte sich auf den Stuhl neben meinem Bett.

»Nein, brauche ich nicht.« Meine Stimme war entgegen dieser Versicherung dünn. Worauf musste ich mich einstellen? Entwarnung, sofern es so etwas überhaupt geben konnte, wenn zwei Menschen ihr Leben verloren hatten? Oder die Bestätigung der schlimmsten Befürchtungen?

»Vorweg gesagt: Ich ermittle noch. Da gibt es sehr viele ungeklärte Fragen, die ich beantwortet sehen will. Aber ich kann mittlerweile sagen, dass der Tod der beiden mit hoher Wahrscheinlichkeit kein Unfall war.«

Ich presste meine Faust auf den Mund und merkte in diesem Moment, dass ich offenbar nicht damit gerechnet hatte, solche Worte zu hören. Natürlich war diese Möglichkeit seit dem Schneesturm vor Weihnachten da gewesen, aber dass jemand meinen Bruder und Valerie getötet haben könnte, das … das hatte ich einfach nicht glauben wollen.

Ich sah auf. »Wer hat das getan?« Meine Stimme war kaum ein Flüstern.

»Das weiß ich nicht.« Miranda legte ihre Hände aneinander. »Ich kenne auch die Gründe nicht – noch nicht. Bisher gibt es lediglich einen gefälschten Autopsiebericht, dessen Original ich mit sehr viel Glück und noch mehr Beziehungen aus dem Schreibtisch eines Gerichtsmediziners gefischt habe. Es hätte Wochen dauern können, auch nur eine Spur zu finden.«

»Der Autopsiebericht war gefälscht?« Ich verstand nicht.

»So ist es. Offenbar wurde viel Geld bezahlt, um dafür zu sorgen, dass einige Details weggelassen wurden, bevor das Dokument an die Polizei und die Familien gegangen ist.«

»Was für Details?«

Miranda zögerte. »Vielleicht wäre es besser, wenn wir das besprechen, sobald es dir wieder gut geht. Ich bin gerade unsicher, ob das nicht doch zu viel für dich ist.«

Ich schnaubte. »Das hätten Sie sich überlegen sollen, bevor Sie in meinem Krankenzimmer aufgetaucht sind, um mir zu erzählen, dass mein Bruder und seine Freundin umgebracht wurden. Was für Details?«

Sie gab nach. »Abdrücke. Kreisförmige Abdrücke, mehrere in Valeries Nacken, aber auch einer in dem von Adam.«

»Das heißt …« Diesmal begriff ich schneller. »Es bedeutet, dass man ihnen … eine Waffe in den Nacken gedrückt hat?«

»Ja.« Miranda nickte. »Die Polizisten vor Ort haben es nicht gesehen, weil die Male direkt unter dem Haaransatz saßen, aber die Gerichtsmedizin hat sie dann entdeckt. Ich gehe davon aus, dass man die beiden gezwungen hat, das Kokain zu nehmen – in dem Bewusstsein, dass es tödlich gestreckt war.«

Ich atmete aus, ohne Luft geholt zu haben, und spürte, wie meine Lunge gegen dieses Manöver protestierte. *Fuck. Fuck. Fuck.* Es war das einzige Wort, das es in mein Bewusstsein schaffte. Es erschien völlig unzureichend für alles, was ich gerade empfand, und noch unzureichender für das, was passiert war. Aber es war alles, was ich hatte. *Fuck.* Wie sollte ich Helena davon erzählen? Wie sollte ich ihr erklären, dass ihre Schwester getötet worden war?

Es dauerte einige Augenblicke, bis ich mich so weit gefangen hatte, dass ich wieder sprechen konnte. »Gibt es irgendeine Idee … oder irgendeinen Ansatzpunkt, warum die beiden …?«

»Nichts, das ich seriös als Theorie bezeichnen könnte.« Die Ermittlerin schüttelte den Kopf.

»Kommen Sie schon, Miranda, Sie machen das bereits so lange, bestimmt haben Sie eine Ahnung. Oder ein Gefühl.« Sie musste mir etwas geben, einen Anhaltspunkt für diese grauenhafte Tat. Ich wusste nicht, was mit mir passierte, wenn ich keinen bekam.

»Mein Gefühl sagt mir: Das Ganze scheint groß zu sein. Wenn etwas so sorgfältig unter den Teppich gekehrt wird, dann steckt meist eine Menge dahinter.«

»Sie meinen, eine Verschwörung?« Noch immer fühlte sich alles an mir merkwürdig taub an, aber mein Gehirn schien halbwegs zu funktionieren.

»Eher eine Art von Interessenskonflikt.« Sie klang sachlich und ich hätte es als Affront auffassen können, wenn es mir nicht dabei geholfen hätte, die Nerven zu behalten. Es war ihr Job, solche Dinge nüchtern zu betrachten, anders hätte sie ihn wahrscheinlich nicht machen können. »Wer immer dafür gesorgt hat, dass die beiden sterben – und es wie ein tragisches Unglück aussehen zu lassen –, muss daraus einen Nutzen gezogen haben. Das ist mein Ansatz, mit dem ich weiterermitteln werde. Ich kann dir nicht versprechen, dass ich etwas über die Täter herausfinde, aber ich werde alles in meiner Macht Stehende dafür tun.«

Ich nickte, brachte es nicht fertig, mich zu bedanken, obwohl das unhöflich war. Meine Gedanken waren jedoch immer noch bei Valerie und Adam, bei der Nacht ihres Todes und den Bildern, die Mirandas Schilderungen in meinem Kopf wachriefen. Die beiden, wie man ihnen eine Waffe in den Nacken drückte, wie man ihr Leben bedrohte und sie dazu zwang, das Kokain zu nehmen. Sie mussten schreckliche Angst gehabt haben. Todesangst. Seit zwei Wochen wusste ich genau, wie sich das anfühlte.

Panik und Mitgefühl, Wut und Verzweiflung wollten mich überrollen, aber ich ballte die Fäuste und hielt alles davon in Schach. Jetzt durchzudrehen war auf brutale Weise verlockend, allerdings half es niemandem. Mir nicht, den beiden nicht. Also atmete ich, beherrschte mich. Und schaffte es für den Moment, nicht zusammenzubrechen. Es würde passieren, da war ich sicher, aber immerhin nicht jetzt und nicht vor Miranda.

»Ich verstehe, dass das ein Schock ist.« Sie sah mich an und ich erkannte einen Hauch Mitgefühl in ihrem Blick. »Aber wenn ich dir einen Rat geben darf, dann versuch, dir nicht vorzustellen, was genau passiert ist.«

»Zu spät«, murmelte ich.

»Vielleicht sollten wir einfach über etwas anderes sprechen.« Sie hob das Kinn. »Du erinnerst dich daran, dass du mich gebeten hast, etwas zu finden, das du gegen deine Mutter verwenden kannst, oder?«

Ich nickte, in meinem Kopf nach wie vor bei Valerie und Adam.

»Keine Ahnung, ob das noch aktuell ist, aber ich habe etwas gefunden«, fuhr Miranda fort, »einen Unfall auf der Baustelle von Coldwell House. Ein Arbeiter namens Terry Bonet ist wegen mangelnder Sicherung aus dem achten Stockwerk in den Tod gestürzt. Und die Leute deiner Mutter haben das mit Geld vertuscht.«

Ich hätte nicht überrascht sein sollen, schließlich wusste ich, dass Trish die Grenzen des Legalen oft genug dehnte oder manchmal sogar überschritt. Aber ich war bestürzt und gleichzeitig fühlte ich mich schäbig. Der Tod eines Arbeiters auf einer ihrer Baustellen war nicht nur tragisch, sondern auch etwas, das ihr massiv schaden konnte. Nur wusste ich nicht, ob ich das wirklich verwenden sollte. Wenn ich das tat, gab es kein Zurück.

»Willst du die Unterlagen dazu?«, fragte Miranda.

Für einen Moment überlegte ich, dann schüttelte ich den Kopf. »Erst einmal nicht. Ich hoffe noch darauf, dass Trish zur Vernunft kommt, wenn das mit mir aufgeklärt ist.«

»Okay. Aber ich habe alles, wenn du es willst, und bewahre es auf.« Bevor sie noch mehr sagen konnte, klingelte ihr Handy. Miranda stand auf und nahm den Anruf an. »Ja? Oh, gut. Erzähl.« Sie nickte, runzelte die Stirn, nickte wieder, sah zu mir, wirkte einen Moment beunruhigt. Dann bedankte sie sich und legte auf.

»Gibt es eigentlich etwas Neues von der Polizei, was den Angriff auf dich angeht?«, wollte sie wissen und ich ahnte, dass der Themenwechsel etwas mit ihrem Telefonat zu tun hatte. »Das NYPD tappt noch im Dunkeln, richtig?«

»Sie schließen einen Raubüberfall aus, weil sie meine Wertsachen doch noch gefunden haben. Aber mehr scheint bisher nicht dabei rausgekommen zu sein. Ging es bei dem Anruf gerade darum?« Wenn ja, waren das wohl keine besonders guten Nachrichten gewesen. Ich wusste nicht, ob ich noch eine Hiobsbotschaft ertragen konnte.

Sie nickte. »Einer meiner Informanten hat Wind davon bekommen, dass jemand draußen in Washington Heights damit geprahlt hat, zu wissen, wer für den Angriff auf dich verantwortlich ist. Das kann allerdings nur Gerede sein, schließlich gehörst du zu New Yorks Elite und vor allem kleine Gangster nehmen so etwas gerne zum Anlass, um ihr eigenes Image ein bisschen aufzupolieren.«

»Und?«, fragte ich, weil es mich überhaupt nicht interessierte, wie Kleinkriminelle Marketing machten. »Wer soll es gewesen sein?«

»Angeblich die Wilson-Brüder. Das sind vier Typen, die nicht verwandt sind, aber alle aus der gleichen Pflegefamilie stammen und deswegen so genannt werden. Sie …« Miranda zögerte und schien einschätzen zu wollen, ob ich in meinem Zustand auch noch verkraften würde, was sie mir als Nächstes sagte.

»Raus damit.«

»Sie sind dafür berüchtigt, Auftragsmorde zu begehen. Wenn man jemanden loswerden will und sich selbst nicht die Hände schmutzig machen möchte, ruft man sie an.«

Ich lachte auf, ein hysterisches Lachen, das schwer danach klang, als würde ich den Verstand verlieren. Erst das mit Adam und Valerie und nun hatte jemand ein paar Typen dafür bezahlt, mich umzubringen? Konnte es eigentlich noch absurder werden?

»Jess, ich muss das erst noch bestätigen lassen, momentan ist es nicht mehr als ein Gerücht. Es kann genauso gut sein, dass sie damit nichts zu tun haben und der Kerl nur angeben wollte. Er hat wohl was von deinem Vater gesagt, dass das Ganze mit ihm zu tun hätte, für mich klingt das etwas weit hergeholt.«

»Selbst wenn er nur angeben wollte … für wie wahrscheinlich halten Sie es, dass ich ein zufälliges Opfer war?« Ich sah sie mit festem Blick an und erkannte die Antwort in ihrem Gesicht, noch bevor sie sie aussprach.

»Für nicht sehr wahrscheinlich«, gab sie zu. »Gibt es denn irgendjemanden in deinem Leben, den du so wütend gemacht hast, dass er oder sie dich umbringen würde? Oder weißt du von Feinden deines Vaters?«

Das hatte der Detective schon gefragt und ich musste immer noch verneinen. Ich machte im Allgemeinen niemanden so sauer, von Trish und vermutlich den Westons mal abgesehen, aber die waren nicht skrupellos genug, mich auf diese Weise aus dem Leben ihrer Tochter zu streichen. Und mein Dad war sicher nicht mit allen in New York gut Freund gewesen, jedoch seit zehn Jahren tot. Wer würde so lange warten, um sich an ihm zu rächen? Vor allem, weil er davon doch gar nichts mehr mitbekam?

Es gab allerdings noch eine Möglichkeit.

»Der Angriff auf mich hat aber doch nichts mit Adams und Valeries Tod zu tun, oder?« Ich hatte eine Scheißangst vor der Antwort. Weil ich wusste, was es bedeutete, wenn die Ermittlerin jetzt bejahte. Welche Folgen es hatte, wenn sie mir sagte, dass sie das für wahrscheinlich hielt.

»Das kann ich nicht sagen.« Sie hob die Schultern. »Ich weiß noch nicht, inwieweit es für den Tod der beiden eine Rolle gespielt hat, dass sie zusammen waren. Ob der Anschlag nur einem von ihnen galt. Es kann sein, dass es um Valerie ging und Adam zufällig in der Nähe war. Es ist aber auch möglich, dass dein Bruder das Ziel war und sie mit reingezogen wurde. Oder es ging um beide.«

»Verstehe.« Ich nickte. »Ist Helena dann ebenfalls in Gefahr?«

»Das wäre sie nur, wenn es um eine Verbindung eurer beiden Familien ginge. Wer wusste alles von euch, bevor man dich angegriffen hat?« Miranda sah mich mit diesem Blick an, der mir zeigte, wie sehr sie Dingen auf den Grund gehen wollte.

»Kaum jemand, da gab es lange auch nichts zu wissen. Wir hatten eine ganze Zeit gar keinen Kontakt, haben einige Wochen über Prepaidhandys kommuniziert und uns nur zweimal in der Zeit getroffen. Aber wir waren extrem vorsichtig.« Was nicht ausschloss, dass man uns trotzdem verraten hatte, das war mir klar. Gerade die Nacht im Hotel während des Schneesturms war ziemlich leichtsinnig gewesen. Aber wir hatten ja auch in erster Linie gedacht, uns vor Trish verstecken zu müssen. Nicht vor jemandem, der uns umbringen wollte.

»Gut, dann gehen wir davon aus, dass es damit nichts zu tun hat. Ich werde versuchen, so schnell wie möglich herauszufinden, warum man eure Geschwister ermordet hat. Aber du musst dich darauf einstellen, dass es eine Weile dauern kann.«

»Was soll ich bis dahin tun?«, fragte ich mehr mich selbst als Miranda. Sie antwortete trotzdem.

»Noch weiß ich zu wenig, um dir eine echte Strategie anbieten zu können, Jess. Aber für sehr wichtig halte ich, dass du für deinen Schutz sorgst. Du brauchst eh eine Reha, oder? Dann verlass am besten für ein paar Wochen die Stadt, damit ich Zeit habe, zu ermitteln. Und wenn du das Risiko für Helena minimieren willst, dann tut ihr gut daran, Abstand zu halten und so zu tun, als wäre das mit euch kein Thema mehr. Denn auch wenn diese Sache vermutlich nichts mit der Verbindung eurer Familien zu tun hat – sollte man es immer noch auf dich abgesehen haben, dann gerät sie automatisch mit in den Fokus, wenn ihr beide zusammen seid.«

Ich lehnte mich zurück und schloss die Augen, mein Schädel dröhnte, meine Gedanken gaben dennoch keine Ruhe. *Abstand halten. So tun, als wäre das mit uns kein Thema mehr.* Also das Gleiche wie die letzten Monate – Trennung, Sehnsucht, Hilflosigkeit und nun auch noch Angst. Wie konnte es sein, dass sich das alles immer wiederholte? Dass es für uns kein Glück zu geben schien, vollkommen egal, was wir zu opfern bereit waren? Ich wollte sie nicht schon wieder verlieren. Ich konnte sie nicht schon wieder verlieren.

Aber was sollte ich sonst tun? Was hatte ich für eine Wahl, wenn ich nicht wollte, dass Helena etwas passierte?

Ich kannte die Antwort: gar keine.

10
Helena

Meine Schritte waren eilig, als ich den Krankenhauskorridor entlanglief. Jess hatte mich vor einer halben Stunde angerufen und gebeten, zu ihm zu kommen. Warum es so dringend war, wusste ich nicht, aber sein Tonfall war merkwürdig gewesen – distanziert und sachlich, vollkommen anders, als ich ihn kannte. Jede Nachfrage, was los war, blockte er jedoch ab und sagte, er müsste direkt mit mir reden und ich sollte auf dem Weg ins Krankenhaus vorsichtig sein. Also hatte ich mir Paiges Fahrer ausgeliehen und war hergekommen.

Vor der Tür stand wieder einer der Männer vom Sicherheitsdienst, auch jetzt ließ er mich ohne Probleme durch. Ich wusste nicht, was mich erwartete, aber mein Herz klopfte heftig, als ich in das Zimmer hineinging.

»Hey, was ist los? Geht es dir schlechter?« Sie hatten heute die Fäden ziehen wollen, vielleicht hatte er eine Infektion oder die Wunde war wieder aufgegangen. Ich hatte Jess seit vorgestern nicht mehr gesehen und auch da war ich nur kurz hier gewesen, möglicherweise hatte ich etwas verpasst. Aber er wirkte nicht so, als hätte er körperliche Schmerzen. Eher so, als wären es seine Gedanken, die ihn quälten.

»Nein, das ist es nicht.« Er schüttelte den Kopf und ich

ging zum Bett, setzte mich auf die Kante und griff nach seiner Hand. Ihn zur Begrüßung zu küssen, das kam mir irgendwie falsch vor. Er schien so weit weg zu sein.

Jess atmete tief ein und sah mich dann an. »Miranda war hier. Sie hatte neue Infos, was Valerie und Adam angeht.«

»Was für neue Infos?«, fragte ich tonlos.

Er zögerte, schien nach den richtigen Worten zu suchen, und ich schluckte, unbeweglich vor Angst. Wenn die Ermittlerin irgendetwas Gutes zu berichten gehabt hätte, dann wäre es doch sicher leicht gewesen, darüber zu reden, oder nicht? Andererseits – konnte es gute Neuigkeiten geben, wenn zwei geliebte Menschen so früh ihr Leben verloren hatten?

»Es gibt offenbar eindeutige Hinweise darauf, dass die beiden getötet wurden«, sagte Jess schließlich. »Und dass man es anschließend im großen Stil vertuscht hat.«

Ein fürchterlicher Laut entfuhr meinem Mund und ich merkte, dass mir die Wucht dieser Worte die Eingeweide zusammendrückte. Schon seit der Sache mit Carter und den Überwachungsaufnahmen aus dem Hotel stand diese Möglichkeit im Raum und wahrscheinlich hätte ich besser darauf vorbereitet sein müssen. Aber ich war nicht darauf vorbereitet. Ich war alles andere als das.

Jess brauchte mittlerweile keine Infusion mehr und konnte mich daher ohne Gefahr in seine Arme ziehen. Ich ließ es jedoch nicht richtig zu, sondern machte mich wieder los. Da waren zu viele Fragen, zu viele Gedanken. Ich liebte die Nähe zu ihm, aber ich wusste, gerade würde sie nicht helfen.

»Weiß sie, wer? Oder warum?« Es war ein Wunder, dass ich diese Worte überhaupt herausbrachte.

»Nein, weder noch. Es war wohl großes Glück, dass sie den Autopsiebericht der beiden als Fälschung entlarven konnte, aber für alles andere braucht sie Zeit.«

»Ein gefälschter Autopsiebericht? Was bedeutet das? Sind sie gar nicht an dem Kokain gestorben?«

Jess senkte den Blick. »Doch, sind sie. Nur hat man sie offenbar dazu gezwungen, es zu nehmen.«

»Wie?« Ich war nicht sicher, ob ich es ertragen konnte, Einzelheiten zu hören, trotzdem musste ich alles wissen.

»Man hat …« Er brach ab und versuchte es erneut. »Man hat sie offenbar mit einer Waffe bedroht. Es gab entsprechende Male an ihrer beider Nacken, die in dem Originalbericht beschrieben werden.«

Ich schnappte nach Luft und spürte, wie Tränen des Entsetzens in mir aufstiegen. Valerie war gezwungen worden, das Kokain zu nehmen, indem man ihr Leben bedrohte. Vielleicht auch, indem man das von Adam bedrohte. Das war zu schrecklich, um es zu begreifen. Und obwohl in diesem Moment die Gewissheit da war, dass ich die ganze Zeit über recht gehabt hatte und meine Schwester nicht schuld an Adams oder ihrem Tod war, fühlte es sich nicht wie ein Triumph an. Eher wie das komplette Gegenteil. Vielleicht wäre es sogar besser gewesen, wenn sie schuld gewesen wäre, als nun zu wissen, dass man ihr das Leben gewaltsam genommen hatte.

Ich musste weinen und erneut rückte Jess näher zu mir, legte seine Arme um mich – und diesmal ließ ich es zu, ließ mich für einige Augenblicke in seine Wärme einhüllen, auch wenn ich vorsichtig war, weil ich wusste, da war immer noch seine Verletzung.

»Miranda wird weiterermitteln«, murmelte Jess und seine Worte vibrierten durch meinen Körper. »Und ich bin sicher, dass sie herausfinden kann, wer das getan hat. Oder wer dafür verantwortlich ist.«

Ich richtete mich auf und wischte mir über die Augen. Dann nickte ich, während ich daran dachte, dass die Ermittlerin die

Täter von Elis Entführung nie erwischt hatte. Wenn Adams und Valeries Tod so gut vertuscht worden war, würden sich die Verantwortlichen nicht abgesichert haben?

»Was können wir machen?«, fragte ich. Mir war klar, dass die Suche nach den Tätern nun noch um einiges gefährlicher geworden war. Aber irgendwie mussten wir Miranda Davis doch helfen können.

Jess atmete ein, als würde ihm das Schmerzen bereiten, und sofort hatte ich Angst, dass die Umarmung irgendetwas aufgerissen haben könnte.

»Soll ich die Ärztin holen?«, fragte ich hastig.

»Nein, nicht nötig. Mit der Wunde ist alles in Ordnung.« Er streckte die Hand aus und streichelte meine Wange. »Es ist nur … Das war nicht alles, was Miranda gesagt hat.«

»Nicht alles? Was soll das heißen?«

»Sie hat sich auch umgehört, was das hier angeht.« Jess machte eine Geste, die ihn in dem Bett und damit das, was ihm passiert war, einschloss. »Einem Hinweis zufolge könnte es sein, dass ich kein zufälliges Ziel war. Miranda hat einen Tipp bekommen, dass jemand die Typen angeheuert hat, die das getan haben.«

Wenn ich gedacht hatte, dass die Nachricht über Valerie und Adam schon das Schlimmste gewesen war, was ich heute hören könnte, hatte ich mich geirrt. Ein Auftragsmord? Mein Magen rebellierte, als ich mir vorstellte, dass jemand Geld dafür bezahlt hatte, damit Jess getötet wurde. Mir war mehr als bewusst, dass ich ihn hätte verlieren können, ich wachte oft genug mitten in der Nacht auf, weil ich genau das geträumt hatte. Jedoch zu wissen, dass es jemand darauf angelegt hatte, war noch viel schlimmer.

Ich wollte ihn berühren, um mich zu vergewissern, dass er am Leben war, aber dann erstarrte ich. Denn mir war ein Gedanke gekommen. War es nur Zufall, dass er mir heute Abend von zwei Mordversuchen erzählt hatte, oder …

»Hat das etwas miteinander zu tun? Waren das dieselben Leute, die Adam und Valerie getötet haben?« Ich konnte mir keinen sinnvollen Grund für diese Verbindung vorstellen, aber ich konnte mir ja auch keinen sinnvollen Grund für eine dieser beiden Taten vorstellen. Was, wenn es um Trish ging? Die Frau hatte mehr Feinde als diese Stadt Straßen und sicherlich hatte sie den einen oder anderen davon auf eine Art vernichtet, die Rache forderte. Und was tat man, wenn man wollte, dass jemand Schmerz erfuhr? Man nahm ihm diejenigen, die er liebte. In diesem Fall ihre Söhne.

»Es lässt sich nicht ausschließen.« Jess ließ die Finger über die Bettdecke gleiten, als wüsste er nicht, was er sonst mit seinen Händen tun sollte. »Allerdings ist es wohl nicht sehr wahrscheinlich, dass es etwas mit uns zu tun hat.«

»Mit uns? Du meinst …?« Die Möglichkeit war nicht neu, aber ich hatte sie immer als komplett unwahrscheinlich verworfen. Warum sollte jemand etwas dagegen gehabt haben, dass Valerie und Adam zusammen waren – oder dass Jess und ich uns ineinander verliebt hatten? Die Einzigen, auf die das zutraf, waren unsere Familien und die kamen aus naheliegenden Gründen nicht dafür infrage. Selbst wenn ich es Trish zugetraut hätte, Valerie auf dem Gewissen zu haben, sie hätte niemals jemanden damit beauftragt, ihren eigenen Sohn zu töten.

»Ich sagte, es ist nicht sehr wahrscheinlich. Aber das bedeutet nicht, dass keine Gefahr für dich besteht, wenn du in meiner Nähe bist.« Jess streichelte meinen Arm. »Ich würde mir nie verzeihen, wenn dir etwas passiert, weil die es noch mal versuchen.«

Es berührte mich, dass und vor allem wie er es sagte. Aber

die Wärme, die diese Geste in mir auslöste, wurde schnell von kalter Angst vertrieben.

»Was willst du damit sagen?«

Ich begegnete seinem Blick, der so verzweifelt und hilflos war, wie ich mich fühlte. Wir waren auf diese Mischung gebucht und eigentlich war ich davon ausgegangen, dass wir das hinter uns gelassen hatten. Aber als Jess wieder etwas sagte, zerbrach diese Gewissheit in tausend Scherben.

»Wir müssen uns trennen.«

Vier Worte, keine Bedeutung. Zumindest nicht für mich.

»Trennen?«, echote ich.

»Nur vorübergehend. Wir dürfen nicht zusammen sein, solange die Gefahr besteht, dass man dir etwas antut, weil ich wieder angegriffen werden könnte und du dabei bist. Also müssen wir uns trennen – am besten so, dass diejenigen es mitbekommen, die mich vielleicht überwachen.« Er holte schwer Luft. »Wenn du wieder nach Hause gefahren bist, werden wir über unsere normalen Handys telefonieren und uns dazu entschließen, die Beziehung zu beenden. Außerdem wäre es gut, wenn du dich in der nächsten Zeit mit jemandem zeigen könntest, vielleicht mit Lowell oder einem anderen Kerl von der Upper East Side. Je glaubwürdiger es aussieht, desto besser.«

Was er sagte, hatte er sich offenbar gut überlegt, aber es zog an mir vorbei wie ein zu schneller Zug, bei dem man nicht einmal die Farbe erkennen konnte, dessen Luftzug einem jedoch trotzdem den Atem raubte. Das konnte nicht wahr sein. Das konnte nach allem, was wir durchgemacht hatten, einfach nicht wahr sein, verdammte Scheiße.

»Helena, ich will dich nur beschützen«, sprach Jess mich an und ich spürte, wie seine Finger über meine Schulter strichen, bis sie an meinem Kinn ankamen. Ich nahm meinen Mut zusammen und sah auf. »Und wir können über die Prepaidhandys in Kontakt bleiben – wenn du willst, rufe ich dich jeden Tag an. Nur sehen können wir uns nicht, aber es ist nicht für immer. Nur bis sie die Täter gefasst haben.« Das klang wie ein Versprechen, ich wusste jedoch, dass er nicht sicher sein konnte, es zu halten.

»Das kann Monate dauern, oder Jahre. Vielleicht finden sie diese Leute auch nie.« Ich schüttelte den Kopf. »Unzählige Verbrechen werden niemals aufgeklärt.«

»Ich werde alles dafür tun, dass man es aufklärt. Wenn es sein muss, setze ich jeden privaten Ermittler der Stadt dran, aber man wird die Typen finden. Ich verspreche es dir. Und wenn das vorbei ist, dann können wir zusammen sein. Für immer.«

Er zeigte ein schiefes Lächeln und ich erwiderte es, obwohl ich lieber schluchzend in seinen Armen zusammengebrochen wäre.

»Können wir uns nicht heimlich treffen? Ich weiß, du bist jetzt erst mal in der Reha, aber wenn du zurück bist? Niemand muss es mitkriegen.« Ich kam mir ein bisschen erbärmlich vor, weil ich ihn förmlich anflehte, seinen Plan zu vergessen. Was, wenn ihm etwas passierte und ich war nicht da? Ich würde mir das nie verzeihen.

»Das ist zu gefährlich, Tausendschön.« Wieder dieser sanfte Tonfall, wieder dieses traurige Lächeln. »Und wer weiß, bis ich aus der Reha zurück bin, haben sie die Täter vielleicht schon gefasst und wir können so tun, als hätten wir dieses Gespräch nie geführt.«

»Ja, vielleicht.« Ich streckte die Hand aus. Wir saßen auf diesem Bett, berührten einander und mir wurde klar, dass es das letzte Mal für einen nicht näher benannten Zeitraum sein würde. Denn ich hätte alles riskiert, um mit Jess zusammen zu sein, aber ich wusste auch, dass er es nie zugelassen hätte, mich in Gefahr zu bringen. Also weinte ich zwar, blieb jedoch gleichzeitig aufrecht, weil ich ihm nicht zumuten wollte, stark für uns beide sein zu müssen. Und dann schnaubte ich, als ich mich an etwas erinnerte.

»Was ist?« Jess wischte mir die Tränen von der Wange.

»Nichts, ich habe nur … Als du operiert wurdest, habe ich unter anderem geschworen, dass ich mich auf ewig von dir fernhalten würde, wenn du nur wieder gesund wirst. Ich hätte nicht gedacht, dass ich diesen Schwur tatsächlich einlösen muss.«

Er sah mich ernst an. »Wir werden zusammen sein. Vielleicht nicht morgen oder nächste Woche, aber wir werden zusammen sein.« Jess beugte sich vor und küsste mich, ganz sanft. Und dann wurde sein Blick so weich, dass ich den Atem anhielt. »Ich liebe dich, Helena. Wahrscheinlich sollte ich das nicht jetzt sagen, weil es alles nur schlimmer macht, aber ich kann nicht anders.«

Mein Herz wurde ganz weit, obwohl ich wusste, dass es dadurch verletzlicher war. »Ich liebe dich auch«, sagte ich leise. Nie war etwas wahrer gewesen. »Und ich habe keine Ahnung, wie ich es nur einen weiteren Tag ohne dich aushalten soll.«

»Mit etwas Glück müssen wir es nur aushalten, bis ich zurück bin.«

Ich nickte, vermeintlich tapfer. »Wann verlässt du die Stadt?«

»In ein paar Tagen. Es gibt eine Klinik in Newport bei Providence, die gute Sicherheitsvorkehrungen hat und auf Verletzungen wie meine spezialisiert ist. Die bringen mich in Rekordzeit wieder auf die Beine.«

Ich fand, das klang nach einer guten Idee und Jess brauchte Ruhe, um sich vollständig zu erholen. Außerdem war er dort bestimmt sicherer als in der Stadt, in der man Killer auf ihn angesetzt hatte. Trotzdem schnürte es mir die Kehle zu, wenn ich daran dachte, dass er für eine längere Zeit nicht hier sein würde.

»Wie lange bist du weg?«

»Drei bis vier Wochen.« Seine Finger streichelten unablässig mein Gesicht und meine Haare. »Wir kriegen das hin, okay? Wir kriegen alles hin.«

Ich nickte erneut und gleichzeitig wusste ich, dass ich jetzt gehen musste. Denn wenn ich noch länger blieb, würde ich es vermutlich nicht schaffen. Anders als beim letzten Mal, als wir in einer solchen Situation gewesen waren, schien es jetzt mehr Hoffnung zu geben, dass unser Getrenntsein irgendwann enden würde. Aber gleichzeitig spürte ich auch die Angst vor dem, was uns nun bedrohte – und das noch gefährlicher war als Trish Coldwell, die mich unter Druck setzte, weil sie wollte, dass ich mich von ihrem Sohn fernhielt.

»Es ist am besten, wenn ich jetzt verschwinde.« Vorsichtig legte ich meine Arme um seinen Hals und zog ihn für eine letzte Umarmung an mich.

»Wir sehen uns bald, Tausendschön«, flüsterte er in mein Ohr. »Und dann wird uns absolut nichts mehr trennen können.«

Ich hätte gern seine Zuversicht gehabt, aber stattdessen spürte ich schon wieder Tränen. Daher ließ ich ihn los, küsste ihn ein letztes Mal und ging dann ohne ein weiteres Wort, genau wie damals in seiner Wohnung. Wenn ich noch etwas gesagt hätte, wäre ich nicht in der Lage gewesen, den Raum zu verlassen. Also zog ich die Tür auf, trat hindurch und hielt mich mit aller Macht davon ab, mich noch mal umzudrehen.

Draußen atmete ich durch, auch wenn es nichts brachte. Und dann verließ ich Jess, schon wieder, zum gefühlt tausendsten Mal. Während ich mich fragte, ob wohl irgendwann der Tag kommen würde, an dem ich endlich, endlich …

… bleiben durfte.

11
Jessiah

Drei Tage, nachdem Helena das letzte Mal da gewesen war, hatte die Klinik mich entlassen und ich wagte mich nach über zwei Wochen wieder nach draußen. Wobei *draußen* relativ war, eigentlich fuhr ich nur von einer Tiefgarage in die nächste. Allerdings war das okay, denn schon der Weg vom Aufzug zum Auto war anstrengend gewesen. Ich hatte gedacht, eine Reha wäre nicht nötig, aber heute hatte ich gemerkt, dass mich diese Sache unglaublich viel Kraft gekostet hatte. Nicht einmal nach der Grippe vor zwei Jahren hatte ich mich so schwach gefühlt. Und da hatte ich mit vierzig Fieber eine Woche im Bett gelegen.

Trish hatte darauf bestanden, dass ich die Nacht vor der Fahrt Richtung Newport – fliegen durfte ich erst nach sechs Wochen wieder – in der Festung der Einsamkeit verbrachte und nicht in meiner Wohnung. Normalerweise hätte ich protestiert, aber in diesem Fall kam mir das ganz gelegen. Zum einen, weil so keine Sicherheitsleute im Village vor meiner Haustür herumstanden und die Nachbarn verschreckten. Und zum anderen, weil ich etwas mit ihr zu besprechen hatte und das nicht im Krankenhaus tun wollte.

»Ich habe das Gästezimmer vorbereitet«, sagte sie, während

der Concierge meine Tasche im Eingang des Penthouses abstellte und sich dann verabschiedete. »Es hat einen tollen Blick auf den Central Park. Nicht, dass du auf so etwas Wert legen würdest.«

Sieh an, manchmal kennt sie mich ja doch.

»Danke«, sagte ich. »Auch, dass ich hierbleiben darf, bis ich morgen fahre.«

»Der Wagen kommt um zehn. Er bringt dich direkt nach Newport.«

Ich nickte und merkte, dass die Stelle, wo die Austrittswunde mit jedem Tag etwas mehr heilte, wehtat. Wahrscheinlich wegen der Bewegung. Ich verzog das Gesicht.

»Hast du Schmerzen?«, fragte meine Mutter sofort und klang fast fürsorglich.

»Ein wenig, ist kein Drama. Ich nehme gleich eine Tablette.« Ich griff nach meiner Tasche, aber Trish ging dazwischen und hob sie selbst an.

»Du darfst nichts tragen in den nächsten zwei Wochen.«

»Nichts Schweres«, korrigierte ich. »Und die Tasche ist nicht schwer.«

Sie blieb beharrlich, was auch sonst, schulterte meine Sachen und lief Richtung Gästezimmer.

Ich folgte ihr und schonte dabei ein wenig meine verletzte Seite. Hoffentlich hörte es bald auf, dass jede Bewegung unangenehm war. Ich war kein Mensch, der besonders gut darin war, still zu sitzen. Die mehr als zwei Wochen Krankenhaus hatten mich schon an den Rand meiner Geduld gebracht.

Trishs Gästezimmer war wie fast alles in der Wohnung kühl und steril eingerichtet und ich sehnte mich einen Moment nach dem warmen Holz und den dunklen Farben im Loft. Leider würde ich morgen nur dort vorbeifahren, um ein paar Sachen zu holen.

»Wir essen um sieben, dann ist Eli auch von seiner Therapie zurück.« Sie wollte schon gehen, da hielt ich sie auf.

»Warte mal. Ich will dich noch etwas fragen.«

»Ja?« Sie drehte sich um.

»Ich habe kürzlich neue Informationen erhalten, die Adams und Valeries Tod betreffen.«

»Wovon redest du?« Trish wirkte irritiert, ein seltener Zustand.

»Davon, dass es vielleicht kein Unfall war.« Ich hatte seit Mirandas Besuch lange überlegt, ob ich Trish darauf ansprechen sollte, denn es war heikel, ihr zu erzählen, dass Adam getötet worden war. Andererseits war es unmöglich, nicht mit ihr darüber zu reden. Wenn sie oder ihre Geschäfte der Grund waren, warum all das passierte, dann war sie auch die Einzige, die mir etwas über die Schuldigen sagen konnte.

Ihre Reaktion fiel nicht eindeutig aus – weder weiteten sich ihre Augen, sodass ich hätte sicher sein können, dass sie nichts davon gewusst hatte, noch wirkte sie vollkommen gelassen, als wäre es das Gegenteil. Stattdessen war es ein undefinierbares Aufeinanderpressen ihrer Lippen und es verriet mir immerhin, dass sie sich mit diesem Thema befasst hatte.

»Ich verstehe nicht, was du meinst«, wehrte sie dennoch ab. »Wir wissen alle, was passiert ist. Valerie war schuld daran, dass Adam die Drogen genommen hat.«

»Und trotzdem scheinst du dir dessen nicht mehr so sicher zu sein wie noch vor dreieinhalb Jahren.« Da war sie wutentbrannt durch alle Talkshows gezogen, um Valerie zu denunzieren. Jetzt wirkte sie eher müde und erschöpft. »Hast du etwas davon geahnt?«, hakte ich nach, als Trish nicht antwortete.

»Nicht geahnt. Vielmehr befürchtet, und das auch nicht lange.« Sie setzte sich auf die Kante des Bettes und wirkte plötzlich viel älter als die achtundvierzig Jahre, die sie war. »Es war nur so ein Gefühl, kein echter Verdacht, und ich konnte ihn nicht bestätigen. Also habe ich es als Hirngespinst abgetan und mich auf die logischere Lösung verlegt.« Sie sah auf. »Woher hast du überhaupt neue Informationen darüber? Wieso bist du sicher, dass es so ist?«

»Ich habe jemanden darauf angesetzt, nachdem ich erste Hinweise von einer Person bekommen habe, die sich schon seit Valeries und Adams Tod mit der Sache beschäftigt.« Ich verschwieg Helenas Namen, weil ich nicht sicher sein konnte, dass Trish es nicht gegen sie verwenden würde. »Meine Ermittlerin hat dann herausgefunden, dass der Autopsiebericht von Adam und Valerie offenbar nachträglich verändert wurde. Es gab Male in ihrem Nacken, die vom Lauf einer Waffe stammen.«

»Großer Gott.« Trish schlug die Hand vor den Mund, weil ihr sicher jetzt auch die Bilder durch den Kopf gingen, die mich seitdem heimsuchten: von Adam, der mit Waffengewalt dazu genötigt wurde, vergiftetes Kokain zu nehmen. Aber sie wäre nicht Trish Coldwell gewesen, wenn sie sich nicht schnell wieder gefangen hätte. Also ging ein Ruck durch ihren Körper und sie saß plötzlich sehr aufrecht. »Gibt es Hinweise, wer es war?«

»Das wollte ich eigentlich dich fragen.« Ich musste mich dringend setzen und wählte dafür die Polsterbank, die vor dem Fenster stand. »Elis Entführung, der Mord an Adam, der Angriff auf mich … es liegt nahe, dass es etwas mit dir zu tun hat. Mit Feinden, die sich vielleicht rächen wollen.«

Sie überlegte nicht lange, bevor sie antwortete. »Es ist ein hartes Business, in dem ich arbeite, Jess. Aber auch wenn es manchmal Dinge gibt, die sicher nicht ganz sauber sind, handelt es sich um erfolgsorientierte Menschen, mit denen ich konkurriere. Niemand von denen würde solche Methoden wählen. Wieso auch? Keines dieser Ereignisse hat mich geschwächt. Selbst Adams … nicht einmal Adams Tod.«

Das stimmte, sie hatte nur noch mehr, noch härter, noch verbissener gearbeitet. Wenn man sie ein wenig kannte, wusste man, dass sie ein Workaholic war, den Trauer und Kummer zu Höchstleistungen antrieben.

»Rache ist nicht unbedingt logisch.« Jemanden wie Trish, die meist sehr rational war, musste man daran vielleicht erinnern.

»Richtig. Aber nur, weil ich bei dem ein oder anderen Projekt den Zuschlag bekommen habe, tötet doch niemand meine Söhne. Wir sind schließlich nicht bei der Mafia.«

Ich blieb trotzdem dran. »Fällt dir dennoch jemand ein? Du hattest doch sicher einen Namen im Kopf, als ich dir die Frage gestellt habe.«

»Nein, keinen. Tut mir leid.«

Ich schwieg, spürte die Enttäuschung, die ihre Worte auslösten. Offenbar war ich sicher gewesen, dass sie mir einen handfesten Hinweis nennen konnte – jemanden, der von ihr ruiniert oder bloßgestellt worden war. Aber wenn man ehrlich war, dann hasste sie zwar die Westons, die hatten sich jedoch selbst beinahe ruiniert. Und bei allen anderen ging sie mit geschäftlichem Kalkül vor. Dennoch war da so ein Gefühl in meinem Magen, das mir sagte, sie verschwieg mir etwas. Auch wenn sie daran glaubte, dass niemand so radikal sein würde, war es nicht ihre Art, das nicht immerhin in Erwägung zu ziehen.

»Du denkst, es hat nichts mit dir zu tun, dass die beiden getötet wurden.« Es war keine Frage. Ich sah ihr direkt in die Augen, um keine verräterische Regung zu verpassen.

Trishs Gesicht verschloss sich und ich wusste, ich hatte recht. Aber sie sagte nichts, also sprach ich weiter. »Glaubst du, dass Adam und Valerie gestorben sind, weil sie zusammen waren?«

»Natürlich glaube ich das!«, platzte es aus Trish heraus. »Dieses Mädchen war der Grund dafür, warum dein Bruder sich von seiner Familie entfernt hat und schließlich in diesem Hotelzimmer umgekommen ist. Selbst wenn man die beiden umgebracht hat, wäre das bestimmt nicht passiert, wenn Adam sich von ihr ferngehalten hätte!«

»Ja, sicher«, schnaubte ich. »Aber wieso glaubst du bei Helena und mir das Gleiche? Es ist völlig absurd, dass ich in Gefahr sein soll, nur weil ich sie liebe.«

Trish schnappte nach Luft bei dem letzten Teilsatz, es war mir jedoch egal, dass diese Tatsache für sie ein Problem war. Nicht nur, weil ich wissen musste, was mit meinem Bruder passiert war. Sondern weil ich eine Chance für Helena und mich wollte, die Chance auf eine Zukunft, in der sie keine Angst vor Trish haben musste – oder vor dem, was meine Mutter noch alles versuchen würde, um uns zu trennen. Ich konnte damit leben, aber Helena nicht.

»Absurd? Ich bin nicht sicher, ob Adam dir da zustimmen würde.« Sie presste die Lippen aufeinander, ihre Kiefermuskeln traten unter der hellen Haut hervor. »Warum sind die beiden gestorben, als sie Verlobung gefeiert haben? Adam war ständig in der Stadt unterwegs, in diesem Kampfsportclub, auf Partys und Empfängen. Und seine Mörder wählen ausgerechnet das Hotelzimmer, in dem er sich mit Valerie aufhält?«

Da hatte sie einen Punkt, aber mir fiel dennoch kein Grund ein, wieso man die Verbindung der beiden auf diese brutale Weise hatte beenden wollen. Valerie hatte nichts mit den Geschäften ihrer Familie zu tun gehabt – und eher wäre die Hölle zugefroren, als dass die Weston Group und CW Buildings sich bei irgendeinem Projekt zusammengetan hätten.

»Wer außer dir oder Valeries Familie hätte denn etwas gegen ihre Beziehung haben sollen?«, gab ich zurück.

»Das weiß ich nicht. Wenn ich es wüsste, würde es mir besser gehen, glaub mir. Aber die Möglichkeit existiert und solange das so ist, werde ich alles in meiner Macht Stehende tun, um dich davor zu beschützen.«

»Also wirst du Helena und mich nie in Ruhe lassen, ist es das, was du sagen willst?«, fragte ich. »Wenn ich denjenigen finde, der auf mich geschossen hat, und sich herausstellt, dass es nichts mit Adams Tod zu tun hat, wirst du uns dann zusammen sein lassen, ohne weitere Intrigen zu spinnen? Ich weiß von eurem Deal mit dem Winchester Areal und von dem, was du ihr angeboten hast, damit sie sich von mir trennt. Es gibt keinen Grund, mich anzulügen.«

Es schien sie nicht zu überraschen, dass mir Helena das erzählt hatte. »Richtig, es war ein Deal«, antwortete sie hart. »Ich habe nicht intrigiert, ich habe ihr etwas angeboten, mit dem sie ihre Familie retten kann – und sie hat eingewilligt. Vielleicht solltest du überlegen, wie wichtig du ihr bist, wenn sie sich gegen dich entschieden hat.«

Ich starrte sie an, dann lachte ich auf. »Dein Ernst? Das ist dein Versuch, einen Keil zwischen uns zu treiben – indem du mir sagst, dass ich ihr nicht wichtig wäre, nur weil sie die einzige Chance ergriffen hat, um ihren Eltern zu helfen? Nachdem ihr Vater im beschissenen Krankenhaus gelandet ist?« Ich war längst laut geworden. »Das funktioniert nicht, vergiss es.«

»Warum, weil sie so hübsch ist oder weil sie dich so versteht wie nie jemand zuvor? Wenn du nicht begreifst, dass dir dieses Mädchen auf die gleiche Art den Kopf verdreht hat wie Valerie Adam, dann ist dir wirklich nicht mehr zu helfen.«

Ich stand auf. »Du hast meine Frage nicht beantwortet – wirst du Helena und mich in Ruhe lassen: Ja oder Nein?«

Trish antwortete nicht, aber ich konnte ihr den Widerstand sehr deutlich ansehen. Sie war so verbohrt in ihrer Überzeugung, dass Valerie an Adams Tod schuld war, dass nicht einmal die Fakten von Miranda etwas daran ändern konnten.

»Was ist mit den Westons?«, fragte ich weiter. »Müssen sie damit rechnen, dass du wahr machst, was du Helena gesagt hast?« Momentan hatten sie das Winchester Areal noch unter ihren Fittichen, das wusste ich. Aber es bedeutete nicht, dass es auch so bleiben würde.

»Ich mache immer wahr, was ich sage. Das hätte Helena wissen müssen, bevor sie gegen unsere Abmachung verstößt.« Trish hob das Kinn.

Diese Drohung war der Grund dafür gewesen, dass wir ein halbes Jahr durch die Hölle gegangen waren, und es wunderte mich nicht, dass Trish daran festhielt – so war sie nun einmal. Und deswegen war es an mir, die letzte Karte zu ziehen, die ich zur Verfügung hatte. Oder die vorletzte, denn diese Geschichte mit dem Arbeiter wollte ich noch nicht einsetzen. Trish mit einem Stock zu piksen wie einen Bären, war eine gefährliche Sache. Ich musste mich besser absichern, bevor ich das wagte.

»Wirst du das auch durchziehen, wenn du mich dadurch endgültig verlierst?«, fragte ich also.

»Auch dann«, antwortete sie stur.

Ich schüttelte den Kopf und schnaubte, eher traurig als verärgert. Anschließend machte ich ein paar Schritte und griff nach meiner Tasche, die neben dem Bett stand.

»Es ist wohl besser, ich nehme mir bis morgen ein Hotel.«

Trish erhob sich und legte die Hand auf den Henkel der Tasche, berührte dabei meine Finger. »Jess, bitte –«

»Nein, verflucht!«, sagte ich heftig und entzog mich ihr. »Mein ganzes Leben lang hast du nicht eine meiner Entscheidungen respektiert – weder die für meine berufliche Laufbahn noch die für meine Auswanderung oder jetzt meine Beziehung zu Helena. Wenn du Angst hast, verstehe ich das. Und ich bin bereit, mit dir eine Lösung dafür zu finden. Aber wenn du wieder gegen mich kämpfen willst, dann werde ich nicht zurückstecken. Nicht, wenn es um etwas geht, das mir so wichtig ist.« Ich hatte Eli, der ein sehr bedeutsamer Grund war, warum ich es mir mit Trish eigentlich nicht verscherzen sollte, natürlich nicht vergessen. In diesem Moment hoffte ich jedoch, dass sie meinen Bruder nicht als Pfand einsetzen würde.

»Ich will nicht mit dir kämpfen«, sagte sie leise, aber in ihren Augen konnte ich deutlich erkennen, dass wir uns in dieser Sache nie einig sein würden. »Ich will nur, dass du in Sicherheit bist.«

»Wenn dir das so wichtig wäre, hättest du mit mir darüber geredet, bevor du Helena das angetan hast.«

Ein letzter Blick, keine Antwort. Also ging ich, nun nicht nur mit Schmerzen, sondern auch mit Angst in meinem Bauch. Es war keine Angst um meine Sicherheit, nein. Es war die Sorge, dass ich vielleicht zu hoch gepokert hatte.

12
Helena

»Brauchen Sie mich heute noch, Miss Weston?«

»Nein danke, Bethany. Sie können gerne Feierabend machen.«

Ich stieg aus dem Wagen und meine Fahrerin begleitete mich bis zur Tür des Wohnhauses von Lincoln und Paige, wartete, bis ich mit den Taschen von meinem Shoppingausflug dahinter verschwunden war, und ging erst dann zurück zum Auto. So richtig hatte ich mich noch nicht daran gewöhnt, auf diese Art bewacht zu werden.

Ich hatte Lincoln direkt nach meinem Besuch bei Jess erzählt, was Miranda Davis herausgefunden hatte, und mein Bruder hatte daraufhin zur Sicherheit eine Fahrerin für mich engagiert, die auch als Personenschützerin ausgebildet war. Bethany hatte zwar nicht allzu viel zu tun, weil ich die meiste Zeit eh in der Wohnung blieb und kaum Verpflichtungen hatte, die mich nach draußen trieben. Aber ich war dankbar, dass ich nun sicherer war, wenn ich rausging. Obwohl es nach außen hin eigentlich vollkommen klar sein musste, dass Jess und ich keinerlei Kontakt mehr hatten, fühlte ich mich trotzdem beobachtet, und es war grauenhaft, weder zu wissen, wer Adam und Valerie getötet hatte, noch, ob das mit dem Angriff auf Jess zusammenhing. Es belastete mich, mir permanent Sorgen zu machen, dass ihm doch noch etwas passierte – es nagte auf eine Weise an mir, die mir sämtliche Kraft aus den Knochen zog. Und immer, wenn ich mit Jess sprach, hoffte ich darauf, dass er endlich Entwarnung geben würde, aber Miranda schien leider tatsächlich Zeit zu brauchen.

Der Portier grüßte mich und ich erwiderte es mechanisch. Als ich in den Aufzug trat, unterdrückte ich ein Seufzen. Jess war seit knapp zwei Wochen in der Reha und auch wenn wir fast jeden Tag miteinander sprachen, fehlte er mir mehr, als ich sagen konnte. Natürlich war ich froh, dass er nicht hier war und damit in Sicherheit. Dass die Typen, die man auf ihn angesetzt hatte, nicht so einfach einen zweiten Versuch wagen konnten. Aber die ganze Situation zehrte gewaltig an meinen Nerven und es hätte geholfen, die Angst um ihn in Schach zu halten, wenn ich mich in seinen Armen davon hätte überzeugen können, dass es ihm gut ging.

Seiner Bitte, mich mit jemand anderem zu verabreden, um in aller Öffentlichkeit zu demonstrieren, dass er und ich kein Thema waren, war ich nur zähneknirschend nachgekommen. Ich hatte dafür allerdings nicht Ian angerufen, denn obwohl es die beste Lösung gewesen wäre, wollte ich ihm nicht wieder Hoffnung machen. Stattdessen war ich vor ein paar Tagen mit Paige, Lincoln und seinem Freund Ben essen gegangen – schon als Dankeschön dafür, dass er uns mit Informationen über Jess auf dem Laufenden gehalten hatte. So musste ich niemanden um ein Date bitten, den ich gar nicht daten wollte, und hatte immerhin einen schönen Abend. Zumindest, wenn man davon absah, dass ich während des Essens immer die Befürchtung hatte, man würde uns beäugen. Aber wie sollte man in meiner Situation auch nicht paranoid werden?

Ich schloss die Wohnungstür auf und stockte noch im Rahmen, weil ich hören konnte, dass zwei Leute da drinnen ein Gespräch führten, das mehr als ernst zu sein schien. Es waren Lincoln und Paige und für einen Moment war ich nicht in der Lage, eine Entscheidung zu treffen, ob ich wieder verschwinden oder reingehen und mich bemerkbar machen sollte.

»Du weißt, dass ich dir nie wehtun wollte«, schwor mein Bruder in diesem Moment. »Aber ich wäre unehrlich, wenn ich es dir nicht sagen würde.«

»Das nennst du Ehrlichkeit?« Paiges Stimme hörte man die Tränen an. »Ich wusste die ganze Zeit, dass du mich nicht auf die gleiche Art liebst wie ich dich, aber ich hatte doch immerhin gehofft, dass du Respekt vor mir hast.«

»Ich habe Respekt vor dir!«, rief er. »Mit Penelope ist nie irgendetwas gelaufen!«

»Du warst vielleicht nicht mit ihr im Bett, aber in deinem Kopf ist jede Menge gelaufen. Wieso hättest du sonst deinen Vater gebeten, die Verlobung mit mir lösen zu dürfen?«

»Davon weißt du?« Lincoln klang schockiert. »Woher?«

»Das ist doch egal«, gab sie zurück, eher verletzt als wütend. »Viel wichtiger ist, dass du es getan hast und nicht einmal das Rückgrat hattest, mir davon zu erzählen.«

Geh jetzt, Helena. Das ist absolut nicht für deine Ohren bestimmt.

Ich hörte auf die innere Stimme und zog die Tür leise wieder zu, blieb unschlüssig auf dem Gang stehen. Bethany war längst weg, also konnte ich sie nicht bitten, mich durch die Stadt zu fahren, bis die beiden das geklärt hatten. Im Flur konnte ich mich jedoch auch nicht aufhalten, denn auf dem Stockwerk gab es noch eine Wohnung und es würde Gerede geben, wenn ich mich hier auf den Boden setzte. Aber das Haus hatte einen Dachgarten, soweit ich mich erinnerte, und um diese Jahreszeit war sicher niemand dort.

Zwei weitere Stockwerke nach oben, dann stieß ich eine Eisentür auf und trat auf die Holzplanken, die man hier ausgelegt hatte. Die Pflanzen waren mit Jute umwickelt, damit sie den Winter überstanden, und die Möbel in einer Ecke gestapelt, aber ich wollte mich ohnehin nicht hinsetzen, sondern ging zu dem Geländer, das die Terrasse vom Rest Manhattans trennte. Ich konnte die Wolkenkratzer von Midtown sehen, unter anderem auch Coldwell House, und ich bekam unwillkürlich Bauchschmerzen, wie immer, wenn ich an Trish dachte.

Lincoln hatte mir gesagt, dass sie versuchte, unsere Familie bei den Geschäftspartnern in Verruf zu bringen, damit sie vom Winchester Areal wieder Abstand nahmen, und bei manchen hatte sie sogar Erfolg. Ich wollte mir nicht vorstellen, was diese Frau noch auffahren würde, um meine Eltern zu ruinieren, aber ich konnte nichts mehr dagegen tun. Deswegen das Ziehen in meinem Magen und dazu die kleine Stimme, die mir sagte, dass es diese Probleme nicht gäbe, wenn ich mich an den Deal gehalten hätte. Nur wusste ich mittlerweile auch, dass meine Gefühle für Jess nicht auf ewig im Verborgenen geblieben wären. Dass ich es nicht geschafft hätte, mich dauerhaft von ihm fernzuhalten. Und so konnte ich nur hoffen. Dass meine Familie das überstand oder dass Trish irgendwann aufgab. Vielleicht, wenn wir den Mord an Valerie und Adam aufklären und beweisen konnten, dass es nichts mit ihrer Beziehung zu tun gehabt hatte.

Mein Blick wanderte weiter, über die Lichter der Stadt. Bei den meisten konnte ich sagen, zu welchem Gebäude sie gehörten, bei einigen sogar, wer darin wohnte. Aber das glückselige Gefühl, das ich früher bei diesem Anblick verspürt hatte, war nun gedämpft. Zum Teil lag es an Valerie. Daran, dass es ohne sie nicht dasselbe war. New York war natürlich mein Zuhause, das war es immer gewesen. Und es war schwer zu sagen, ob ich mir vorstellen konnte, dauerhaft woanders zu wohnen. Aber mittlerweile erschien es mir nicht mehr unmöglich, meiner Heimatstadt den Rücken zu kehren. Vor allem, weil ich wusste, dass Jess hier vermutlich nie glücklich sein würde.

Ich wartete etwa zwanzig Minuten, dann wurde es zu kalt auf dem Dach und ich ging wieder nach unten. Noch war ich auf der Treppe und nicht in Sichtweite der Wohnungstür, da hörte ich jemanden herauskommen und sie heftiger als nötig zuziehen. Außerdem ein leises Schniefen, das sehr nach Paige klang, und die Rollen eines Koffers. Ich gab mich nicht zu erkennen. Sicherlich war ich gerade nicht die Person, die sie sehen wollte, auch wenn wir uns in der letzten Zeit angefreundet hatten.

Der Aufzug glitt auf, dann wieder zu und ich lief hinunter, um in die Wohnung zu gehen. Mein Bruder stand unschlüssig im Eingangsbereich, die Hände in den Taschen, als wüsste er nicht genau, was er jetzt tun sollte.

»Hey«, sagte ich leise und legte die Schlüssel auf die Ablage. »Ich habe euch vorhin gehört. Ist alles okay?«

»Wie man es nimmt.« Lincoln hob die Schultern und ich sah, dass er ziemlich fertig war. »Paige und ich haben uns getrennt. Sie zieht vorübergehend zu ihren Eltern und wir werden die Verlobung in den nächsten Tagen offiziell lösen.«

»Das tut mir so leid«, stieß ich aus, ging auf ihn zu und umarmte ihn. Ich hatte mir zwar für die beiden gewünscht, dass sie einen Weg fanden, eine unglückliche Ehe zu vermeiden, aber ich hatte nicht erwartet, dass Paige tatsächlich einen so schnellen Schnitt ziehen würde. »Wie geht es dir damit?«

»Ich … bin irgendwie erleichtert, schätze ich.« Er fuhr sich durch die dunklen Haare. »Und ich schäme mich. Nicht nur, weil ich erleichtert bin, sondern vor allem, weil ich ihr wehgetan habe. Wir hätten uns nie verloben dürfen, das war mein Fehler.«

»Du hast es für die Familie getan, weil du dachtest, es wäre nötig. Außerdem war es noch nicht zu spät, das Richtige zu tun. Paige wird sicher ein bisschen dafür brauchen, aber sie wird sich davon erholen. Und dann feststellen, dass es auch für sie eine gute Entscheidung war.«

»Ja. Das hoffe ich. Sie verdient es, glücklich zu sein.« Lincoln schnaubte bitter. »Und vielleicht erlebe ich das ja sogar noch, denn ich muss es Mom und Dad sagen, und es könnte sein, dass sie mich dann irgendwo ins Ausland versetzen.«

Ich grinste. »Nein, ich glaube nicht. Sie werden gemerkt haben, dass das bei mir schon nicht funktioniert hat. Schließlich habe ich mich direkt nach meiner Rückkehr in einen Coldwell verliebt. Wer weiß, was du anstellen würdest, wenn du zurückkommst.«

»Eine von den Kardashian-Schwestern wäre doch eine gute Idee, oder?«

»Ist eine von denen zurzeit überhaupt frei?«, fragte ich zweifelnd.

»Oh ja, Kendall. Und die ist heiß.« Lincoln machte noch eine Sekunde einen belustigten Eindruck, dann fiel die fröhliche Fassade in sich zusammen und wir waren wieder die Weston-Geschwister, die gerade wirklich wenig zu lachen hatten. »Was ist mit dir, Len? Kommst du klar?«

Ich brachte ein Nicken zustande. »Schon. Ich bin dankbar, dass Jess in Sicherheit ist.« Das war ich wirklich. Aber ich konnte nicht verhindern, dass da eine Stimme war, die sich Erlösung von diesem Zustand wünschte. Erkenntnisse vom NYPD, Entwarnung von Miranda, irgendetwas. Die Angst um Jess lähmte mich auf fürchterliche Art und Weise. Zu erfahren, dass derjenige geschnappt worden war, der seinen Mord befohlen hatte, wäre eine unglaubliche Erleichterung. Noch mehr, wenn das auch die Lösung des Falls von Adam und Valerie bedeutete. Denn dann würde nichts mehr zwischen uns stehen, von seiner Mutter mal abgesehen. Aber vor ihr hatte Jess noch nie Angst gehabt. Und ich würde es vielleicht irgendwann schaffen, die Furcht vor dieser Frau ebenfalls zu besiegen.

»Bestimmt ist es bald vorbei.« Lincoln berührte mich kurz am Arm und ging dann in die Küche. Ich folgte ihm, in meinem Kopf seine Worte, die wie ein Mantra für uns alle waren. Als würde es wahr werden, wenn man es nur oft genug wiederholte.

»Was wird nun eigentlich aus Penelope und dir?«, fragte ich und sah meinem Bruder zu, der bis zu den Schultern im Kühlschrank steckte, vermutlich auf der Suche nach etwas Essbarem.

»Keine Ahnung.« Er schloss die Tür und lehnte sich dagegen. »Als ich Dad darum gebeten habe, die Verlobung lösen zu dürfen, war ich sicher, dass ich Pen sofort anrufen würde, sobald er zustimmt. Aber jetzt, wo es vorbei ist, weiß ich nicht, ob ich es gleich tun soll. Vielleicht wäre es besser, mich eine Weile bedeckt zu halten, damit Paige nicht auch noch in aller Öffentlichkeit gedemütigt wird.«

Ich kam nicht dazu, etwas zu antworten, weil Lincolns Handy klingelte. Ich konnte erkennen, dass »Mom« auf dem Display stand. Offenbar hatte es sehr schnell die Runde gemacht, dass die beiden sich getrennt hatten.

»Und da geht es schon los«, murmelte er mit Grabesstimme.

»Geh einfach nicht dran«, war mein hilfreicher Tipp zu dem Thema.

»Um zu riskieren, dass sie in einer halben Stunde vor der Tür steht? Nein danke.« Ich sah, wie er zweimal Luft holte, dann nahm er den Anruf entgegen. »Hi, Mom.«

Das Telefon war laut genug eingestellt, dass ich meine Mutter am anderen Ende wüten hören konnte. *Hast du den Verstand verloren* war noch die netteste ihrer Formulierungen und ich verzog das Gesicht, weil es mir echt leidtat, wie Lincoln zusammengestaucht wurde. Er holte mehrfach Luft, um etwas zu erwidern, aber er bekam keine Gelegenheit dazu, so sehr war Mom in Fahrt. Ich hörte sogar, wie sie ihm vorwarf, er würde mir nun meine kleine Rebellion nachmachen und dass sie uns so nicht erzogen hätte. Merkwürdig, dass mich das stolz machte und gleichzeitig verletzte. An diese Mischung musste ich mich wohl gewöhnen.

»Darf ich jetzt auch etwas dazu sagen?«, fragte mein Bruder, als sie endlich am Ende ihrer Tirade angekommen zu sein schien. Ich bewunderte ihn dafür, wie ruhig er klang. Aber er verbrachte mit ihr ja noch mehr Zeit wegen der Arbeit, also war er vermutlich abgehärtet. »Es tut mir ehrlich leid, dass ich euch in eine unangenehme Situation gebracht habe, Mom. Das war nie meine Absicht und das wisst ihr auch. Aber ich werde keine Frau heiraten, die ich nicht liebe. Bitte akzeptiert das.«

Sie antwortete noch etwas, diesmal leiser, sodass ich es nicht verstehen konnte. Dann legte sie offenbar auf, denn Lincoln nahm das Telefon vom Ohr und warf es auf die Küchenablage. Sein »Puh« war lautlos, aber ich las es ihm von den Lippen ab.

»So schlimm?« Ich sah ihn mitfühlend an.

»Lass es mich so sagen: Die Sache mit den Kardashians rückt in greifbare Nähe.«

Ich musste grinsen, obwohl mir klar war, dass es in nächster Zeit unangenehm für ihn werden würde, wenn er mit unseren Eltern zu tun hatte. »Weißt du, was? Ich glaube, Valerie wäre stolz auf uns. So richtig.«

Lincoln lachte auf. »Ja, da bin ich sicher. Sie würde sagen, dass es ihr guter Einfluss gewesen ist, der uns endlich unabhängig gemacht hat.«

»Wir stehen hier in einer Wohnung, die unseren Eltern gehört«, warf ich ein. »Also ist es mit der wahren Unabhängigkeit wohl nicht so weit her.« Was mich an meinen Banktermin erinnerte, bei dem man mir erklärt hatte, dass ich ohne Sicherheiten meiner Familie keinen bezahlbaren Kredit bekommen würde. Wenn ich keine andere Möglichkeit fand, musste ich Lincolns Angebot annehmen.

»Ach, Details. Aber wo wir gerade darüber sprechen – was hältst du davon, wenn wir aus deinem vorübergehenden Einzug was Dauerhaftes machen?«

Erstaunt sah ich auf. »Du meinst … eine WG?«

Er hob die Schultern. »Die Wohnung ist zu groß für mich allein und du brauchst ein Zuhause, oder? Zumindest, bis du weißt, wie es weitergeht.«

Da hatte er recht – ich wusste nicht, wann wir Entwarnung bekamen. Und selbst wenn Jess und ich zusammen sein durften, war es keine schlechte Idee, trotzdem noch ein Zimmer hier in der Wohnung zu haben. Schließlich war das Loft im Grunde nur ein einziger Raum und sicher würden wir uns auch mal auf die Nerven gehen. Momentan konnte ich mir allerdings nicht vorstellen, wie es dazu kommen sollte, denn alles, was ich wollte, war bei Jess zu sein. So nah wie nur irgend möglich. Wenn es doch nur endlich so weit wäre. Aber mit jedem weiteren Tag glaubte ich weniger daran, dass wir bald erlöst wurden.

»Ja, das wäre schön«, sagte ich lächelnd und Lincoln schien erleichtert zu sein. Wahrscheinlich war es für ihn keine angenehme Vorstellung, nach mehr als einem Jahr mit Paige wieder vollkommen allein hier zu wohnen.

»Wunderbar. Dann herzlich willkommen, Mitbewohnerin. Wenn du eine andere Couch willst, sag Bescheid.« Offensichtlich erinnerte er sich daran, dass dieses cremefarbene Ungetüm

Thema gewesen war, als ich Paige zum ersten Mal getroffen hatte.

»Ich glaube, für den Moment ist sie schon okay.«

»Gut, dann bleibt sie erst mal. Himmel, habe ich einen Hunger.« Während mein Bruder die Flyer für die Take-aways aus der Schublade kramte, musterte ich ihn. Irgendwie war es verrückt, dass ich an Heiligabend das Gefühl gehabt hatte, meine Familie zu verlassen – und doch eigentlich bei ihr angekommen war.

»Linc?«, sprach ich ihn an und er sah auf. »Ich bin wirklich froh, dass ich dich habe, weißt du das?«

Er lächelte warm und vielleicht ein bisschen verlegen. »Bin ich auch, Len. Sehr sogar.« Dann hielt er die Flyer hoch. »Sushi oder Tacos?«

»Sushi.« Schon allein, weil Valerie das geliebt hatte und sicherlich nur zu gerne heute Abend dabei gewesen wäre. Mir fuhr ein Stich ins Herz, als ich an sie dachte, wie eigentlich immer. Seit ich jedoch wusste, dass man sie getötet hatte, war dieser Stich tiefer, irgendwie existenzieller. Aber wir würden denjenigen entlarven, der das getan hatte. Und vielleicht, ganz vielleicht konnten wir dann alle endlich Frieden finden.

Nachdem wir gegessen hatten und Lincoln auf dem Sofa eingeschlafen war, wie es eigentlich jeden Abend passierte, breitete ich eine Decke über ihm aus, schaltete den Fernseher ab und ging ins Gästezimmer. Jess und ich telefonierten meist erst spätabends, damit wir unsere Ruhe hatten. Natürlich hatte er ein eigenes Zimmer und Privatsphäre wurde komplett respektiert, die Einrichtung in Newport war schließlich eine Erholungsoase für die oberen Zehntausend. Aber tagsüber hatte er viele Termine und am Abend zu sprechen brachte uns einander irgendwie näher.

Mein Prepaidhandy lag in der Nachttischschublade und ich zog es heraus, wählte die Nummer seines Gegenstücks. Es dauerte keine zehn Sekunden, bis Jess dranging.

»Hey«, stieß ich aus und merkte, wie diese tiefe, ständige Sorge in meinem Inneren ein wenig abflaute und durch Sehnsucht ersetzt wurde.

»Hey, Tausendschön.« Dem dunklen Unterton in Jess' Worten war anzuhören, dass es ihm genauso ging wie mir. Sehnsucht und Sorge. Sorge und Sehnsucht. Immer im Wechsel. Ich wünschte mir, bei ihm zu sein, ihn ansehen und berühren zu können, mich einfach in seine Arme zu kuscheln, die Augen zu schließen und zu vergessen, dass uns jemals etwas getrennt hatte. Aber momentan musste mir seine Stimme reichen.

»Was gibt es Neues?«, fragte ich, wie es einer von uns meist tat. So als wäre das ein normales Gespräch zweier Leute, die sich liebten, während wir genau wussten, wie weit wir von Normalität entfernt waren.

Jess ließ sich dennoch darauf ein.

»Es gab Lasagne zu Mittag und sie war grauenhaft. Außerdem haben sie mich endlich das erste Mal in den Pool gelassen und vermutlich werde ich mich auch morgen vor diesem unsäglichen Get-together am Abend drücken, weil ich so viele reiche Menschen auf einem Haufen schlicht nicht ertrage.«

Ich lachte leise und es tat gut. Nur drei Sekunden später war jedoch dieser Knoten in meinem Magen wieder da, der seit Wochen mein ständiger Begleiter war. Ja, Jess war weit weg und die Anlage gut gesichert. Trotzdem konnte ich die Erinnerung daran, wie er am Telefon in dieser schrecklichen Nacht geklungen hatte, einfach nicht abschütteln. Immer, wenn er mich anrief, war da kurz die Angst, dass es wieder so sein könnte. Dass die es noch mal versucht hatten und diesmal vielleicht erfolgreich sein würden.

»Helena?«, holte Jess mich zurück und es wirkte so, als würde er meine Gedanken ahnen. Dabei hatte ich ihm bis heute nichts von diesem Moment erzählt. Solange er sich nicht daran erinnerte, würde ich kein Risiko eingehen, etwas zu triggern, wofür er noch nicht bereit war.

»Ja, bin noch dran, entschuldige.« Ich riss mich zusammen. Wir hatten nicht unendlich viel Zeit, miteinander zu reden, ich sollte sie nicht mit düsteren Grübeleien vergeuden.

»Es ist doch nichts passiert, oder?« Jess' Stimme klang alarmiert.

»Nein«, versicherte ich hastig. »Ich vermisse dich, das ist alles. Es gibt Abende, da will ich nicht mit dir reden, sondern einfach nur bei dir sein.«

»Bald können wir das.« Es wirkte zuversichtlich, dabei wusste ich, dass wir beide immer nur versuchten, den anderen aufzubauen. Schließlich hatte es schon genug Gespräche gegeben, in denen dieser Dialog genau umgekehrt geführt worden war. »Was war denn heute los?«, fragte er so weich, dass ich einen Kloß im Hals spürte. Momentan war ich nicht nah am Wasser gebaut, sondern eher mittendrin. Aber ich war nicht die Einzige, die gerade keine leichte Zeit hatte.

»Lincoln und Paige haben sich getrennt.« Was mir immer noch nachging. Mein Bruder und seine Ex-Verlobte würden eine Weile brauchen, um den Scherbenhaufen, den ihre Trennung hinterlassen hatte, aufzukehren. Und das auch noch in aller Öffentlichkeit.

Jess wirkte bestürzt. »Oh nein, das tut mir leid. Ich meine, ich weiß ja, dass er in eine andere verliebt ist, aber es ist sicher trotzdem nicht leicht, dass er ihr wehtun musste.«

Ich lächelte, weil er genau wusste, wie es Lincoln ging, obwohl sich die beiden kaum kannten. »Ja, er wird ein bisschen brauchen, um sich das zu verzeihen. Aber ich glaube, am Ende ist es besser für beide. Und ich habe auf die Art so was wie eine Bleibe, denn er hat mir angeboten, dass ich dauerhaft hier wohnen kann, wenn ich will.«

Stille.

Ich runzelte die Stirn.

»Jess? Bist du noch dran?«

13
Jessiah

»Ja, bin ich.« Ich lächelte leicht, damit Helena es in meiner Stimme hörte. »Mir ist nur gerade wieder bewusst geworden, dass wir das alles anders geplant hatten.«

»Ich weiß.« Sie seufzte tief und ich hasste es, dass ich nur Worte hatte, um sie zu trösten. Was hätte ich darum gegeben, sie einfach in die Arme nehmen zu können. »Aber ich denke, fürs Erste ist es keine schlechte Idee«, sprach sie weiter. »Und wenn wir uns später mal auf die Nerven gehen und mit den Türen knallen, kann ich hierherkommen.«

Wir hatten nie richtig darüber gesprochen, zusammenzuziehen, fiel mir auf. Irgendwie war es für mich keine Frage gewesen, ob ich mit Helena zusammenwohnen wollte. Sicher hatte sie recht, dass ein zusätzlicher Rückzugsort nicht schlecht war. Jetzt im Moment wünschte ich mir jedoch so sehr, keinen Zentimeter Abstand zwischen uns zu haben, dass die Vorstellung von Streit oder dem Wunsch nach Distanz vollkommen absurd war.

»Allzu viele Türen habe ich nicht«, antwortete ich endlich. »Aber du kannst natürlich gerne die vom Bad knallen, wenn dir danach ist.«

Ein leises Lachen war zu hören. »Sehr großzügig von dir.«

»Ja, so bin ich. Meine Türen sind deine Türen.« Wir schwiegen einen Augenblick und die Sehnsucht in meinem Inneren wurde übermächtig, als ich mir vorstellte, wie wir beide endlich glücklich und in Sicherheit zusammenleben konnten. Ich wünschte mir nichts mehr als das. Ich hatte mir wohl nie etwas so sehr gewünscht.

»Du hast recht, es gibt Momente, in denen das hier nicht reicht«, stieß ich aus, was mir in den Sinn kam. »Ich wäre gerade so gerne bei dir.«

»Ich wäre gern viel mehr als das«, gab sie zurück und zündete damit ein komplettes Feuerwerk an Bildern in meinem Kopf, Erinnerungen an die Momente, in denen wir uns wirklich nahe gekommen waren.

Ich spürte, wie sich mein Unterleib zusammenzog, und verfluchte meinen Körper dafür, dass er erregt war, während Helena Hunderte Kilometer von mir entfernt in New York saß. Dabei fühlte ich mich endlich wieder halbwegs wie ich selbst und bereit für so ziemlich alles, was sie mit mir anstellen wollte – oder umgekehrt. Nur konnten wir uns nicht sehen, bevor nicht klar war, dass es keine Gefahr für sie bedeutete.

»So was solltest du besser nicht sagen.« Eigentlich wäre es mir sehr recht gewesen, wenn sie noch mehr in der Art gesagt hätte, nur wäre ich dann wahrscheinlich in das nächste verfügbare Auto gestiegen. Kurz davor stand ich ohnehin dauernd. Aber wenn sie so redete, war es sehr schwer, meinen Verstand die Oberhand behalten zu lassen.

»Tut mir leid.« Sie holte am anderen Ende auf eine Weise Luft, dass ich wusste, sie würde jetzt das Thema wechseln. »Wie weit bist du mit deiner Liste?«, fragte sie dann sachlich. Wir hatten vereinbart, dass jeder von uns eine Liste mit Leuten erstellen würde, die etwas gegen meine oder Helenas Familie hatten. Trish hatte zwar behauptet, es gäbe niemanden, der ein

Motiv besaß, aber ich war mir mittlerweile sicher, dass sie nicht ehrlich gewesen war, weil sie an ihre Theorie glauben wollte – dass es am Ende doch Valeries Schuld war, wenn auch auf andere Weise, als sie früher behauptet hatte.

»Sie wächst. Allerdings fürchte ich, dass ich zu wenig Einblick in Trishs Geschäfte habe, um wirklich zu wissen, mit wem sie sich angelegt hat.« Nach unserem Streit vor meiner Abreise hatte ich nicht mehr mit ihr geredet – Helena jedoch erzählt, was Trish über den Tod der beiden dachte. Obwohl ich keine Begründung für die Paranoia meiner Mutter fand, war ich immer ehrlich zu Helena gewesen und hatte es nicht verschweigen wollen. Nur dass Trish gesagt hatte, sie würde auch in Zukunft alles daransetzen, uns voneinander zu trennen, hatte ich für mich behalten. Ich wollte Helena keine Angst machen und hoffte darauf, dass meine Mutter Ruhe geben würde, wenn die Tat gegen mich aufgeklärt war.

Mein Verdacht war also nach wie vor, dass es eigentlich um Trish ging und Valerie lediglich zur falschen Zeit am falschen Ort gewesen war. Die Westons kämpften ebenfalls mit harten Bandagen, anders konnte man in der Immobilienbranche von New York nicht bestehen. Aber ich glaubte, dass sie sich doch ein wenig mehr an die Regeln hielten, als Trish es tat. Außerdem konnte es kein Zufall sein, dass mittlerweile alle drei ihrer Söhne Opfer eines Angriffs geworden waren. Elis Entführung war nie aufgeklärt worden und es hatte keine Lösegeldforderung gegeben. Wer wusste schon, ob das nicht auch passiert war, weil jemand sich an Trish hatte rächen wollen.

Helena holte mich aus meinen Gedanken. »Bei deiner Mutter ist es vermutlich einfacher, eine Liste der Leute zu erstellen, mit denen sie sich *nicht* angelegt hat.«

Ich lachte auf. »Wahr. Vielleicht sollte ich noch mal neu anfangen.«

»Oder Miranda findet endlich eine Möglichkeit, die Wilson-Brüder von der Polizei festnehmen zu lassen.« Momentan war unsere Hoffnung, dass die Ermittlerin Beweise fand, die für einen Haftbefehl reichten. Dem NYPD selbst traute ich das nicht zu, zumindest nicht unter der Leitung von Detective O'Reilly. Er schien kein großes Interesse daran zu haben, den Fall aufzuklären.

»Sie hat sich noch nicht wieder gemeldet«, sagte ich und konnte nicht verhindern, dass ich hilflos klang.

Natürlich wusste ich, dass es Zeit brauchte, mehr über Adams und Valeries Tod herauszufinden – genauso wie für einen Beweis, wer mich tot sehen wollte. Aber ich hätte nur zu gerne dabei geholfen, die Sache aufzuklären, statt hier tatenlos herumzusitzen, mich massieren zu lassen und mit einem Therapeuten über die Angst vor dem Sterben zu reden.

»Bestimmt tut sie das bald.« Und da war er wieder, der Ausgleich. Das mochte ich so an Helena und mir, wenn einer von uns mal den Mut verlor, sprang der andere unterstützend ein. Dass wir im Grunde beide keine große Hoffnung hatten, das Ganze in der nächsten Zeit aus der Welt zu schaffen, darüber schwiegen wir eisern. Denn wenn wir uns das bewusst gemacht hätten, wären diese Telefonate wohl noch viel deprimierender gewesen.

»Ich habe Angst um dich«, sagte sie nach einer kurzen Pause leise.

»Das musst du nicht. Das Schlimmste, was hier passieren kann, ist, dass die Meeresfrüchte nicht mehr frisch sind.« Es war wirklich gähnend langweilig in der Reha und ich wäre lieber heute als morgen abgehauen. Aber ich schützte Helena am besten, indem ich mich weit von ihr fernhielt.

»Ja, stimmt wahrscheinlich«, sagte sie ein wenig zögerlich und ich ahnte, dass ich sie auf diese Art nicht wirklich beruhigen konnte. »Aber ich kann nicht aufhören, daran zu denken …« Sie brach ab.

»An was zu denken?«

»Nichts, tut mir leid. Ich wollte dich nicht daran erinnern.«

»Ich wünschte, du könntest es. Mich daran erinnern.« Was den Angriff betraf, herrschte in meinem Gedächtnis immer noch völlige Schwärze. In den vier Wochen, seit man auf mich geschossen hatte, war nicht mal ein Streiflicht irgendeiner Erinnerung aufgetaucht. Ich wachte zwar manchmal nachts auf, schweißgebadet und zu Tode geängstigt, aber nie konnte ich sagen, was ich in meinen Träumen gesehen hatte. Wenn Bilder da waren, verschwanden sie im Moment des Aufwachens.

»Du weißt, das ist ein –«, hob Helena an.

»Ein Schutzmechanismus, ich weiß.« Es kam schärfer raus als beabsichtigt. Ich schloss kurz die Augen. »Bitte entschuldige, das wollte ich nicht. Mich macht es einfach wahnsinnig, dass mein Gehirn ausgerechnet die Informationen, die zu der Ergreifung dieser verdammten Typen führen könnten, ums Verrecken nicht ausspucken will.« Wenn ich zumindest gewusst hätte, was ich mitbekommen hatte, wären wir einen Schritt weiter gewesen. Ich war mir sicher, dass es da etwas gab, sogar falls sie maskiert gewesen waren, die Stimmen, die Statur, irgendwas, um sie zu identifizieren.

»Schon okay«, sagte Helena sanft. »Jeder würde an deiner Stelle wissen wollen, was genau passiert ist.«

»Wenn es nur irgendeinen Trick gäbe, den man anwenden kann, um so etwas zurückzuholen.« Ich wäre bereit gewesen, einiges an Risiko auf mich zu nehmen, um das hinzukriegen. Dann wäre ich nicht mehr so verflucht hilflos gewesen. Aber auch mein Therapeut hier hatte gesagt, ich müsste Geduld haben. Dass die Erinnerungen eben irgendwann zurückkommen würden. Oder auch nicht.

»Ich weiß, dass du das nicht hören willst, aber da hilft nur Zeit. Du musst dich erholen, da bringt es nichts, wenn du ständig wütend auf dich bist, weil du dich nicht erinnerst.«

»Sei nicht so eklig vernünftig«, murrte ich und Helena lachte. Ein wunderbares Geräusch, das dafür sorgte, dass es mir gleich ein bisschen besser ging. »Sicher, dass du dein Studium wechseln willst? Ich glaube, du wärst hervorragend als Psychologin.«

»Ja, vielleicht. Aber du hast mich ja auch noch nicht als Stadtführerin erlebt.« Ich hörte ihr das Grinsen an. »Du weißt hoffentlich – wenn das alles endlich vorbei ist und ich meine Firma plane, bist du mein erstes Versuchskaninchen.«

»Ich? Ich kenne New York doch.«

»Das stimmt, aber du magst es nicht. Wenn ich dich also überzeugen kann, die Stadt ein kleines bisschen in dein Herz zu lassen, dann nehme ich es auch mit jedem anderen Kunden auf.«

Diesmal war ich es, der lachte, weil sie damit wohl recht hatte.

»Okay, ich bin dabei. Du darfst mir die angeblich tollen Ecken von New York zeigen und ich werde ein ehrliches Feedback abgeben.«

»Ich werde schon eine Methode finden, dich zu überzeugen«, sagte sie mit diesem Unterton in der Stimme, bei dem mir unwillkürlich warm wurde.

»Hey, keine unfairen Tricks. Meinen New-York-Hass nehme ich sehr ernst.«

»Das weiß ich. Deswegen nehme ich ihn ja auch ernst.«

Wir flachsten ein bisschen darüber, dass wir uns bei diesem Thema wohl nie einig werden würden, aber dann schwiegen wir erneut und die Stille dehnte sich aus. Es war, wie Helena gesagt hatte – zu reden war manchmal einfach nicht das, was man brauchte. Und trotzdem hatten wir gerade nur das, diese Verbindung über zwei Wegwerfhandys. Deswegen hielt ich mich daran fest, so gut ich konnte. Bis uns jemand davon erlöste.

Wann immer das auch sein würde.

14
Jessiah

Die nächste Woche zog sich wie Kaugummi und auch wenn Miranda einmal anrief, hatte sie nur Fragen und keine Neuigkeiten für mich. Der erste Glücksgriff, wie sie den Fund des gefälschten Autopsieberichts nannte, war offenbar genau das gewesen – und nun lichtete sich das Dickicht um den Tod von Adam und Valerie kaum bis gar nicht. Ich versuchte, nicht den Mut zu verlieren, trainierte fleißig und war immerhin froh, dass sich mein Körper von der Verletzung und der Zeit im Krankenhaus zu erholen schien. Ich war fast wieder ganz der Alte, wenn man von den Narben absah, die der Schuss hinterlassen hatte.

Ich befand mich allein in meinem Zimmer, also zog ich mein T-Shirt ein Stück hoch, als wüsste ich nicht mehr, was sich dort befand: Auf der Höhe meiner unteren Rippen zog sich ein breiter, hässlich roter Streifen von der Seite fast bis zum Brustbein. Man hatte mir gesagt, dass die Farbe noch verblassen würde, wenn das Narbengewebe nicht mehr so frisch war, und ich machte mir keine Gedanken darum, ob Helena das irgendwie abstoßend finden könnte. Aber es war ein Makel, der mich bei jeder Gelegenheit, zu der ich kein Shirt trug, daran erinnern würde, was passiert war. Zwar hatte ich auch am Rücken eine große Narbe, aber da waren mehrere, vor allem vom Surfen – und dort konnte man sie sehr gut ignorieren. Aber die vorne am Oberkörper würde ich immer sehen, solange ich lebte.

Ich schob mein Shirt wieder herunter und griff nach meinem Smartphone, wie meistens um diese Zeit, um Eli zu schreiben. Oft telefonierten wir, aber heute war er bei seinen Großeltern zum Essen, also musste eine Nachricht reichen. Ich hatte ein schlechtes Gewissen, meinen kleinen Bruder allein in New York gelassen zu haben, aber zum einen gab es mit Thaz, Simon und Helena drei Leute, die Eli im Notfall anrufen konnte, und außerdem schützte ich auch ihn, indem ich mich nicht in seiner Nähe aufhielt. Jetzt schrieb ich ihm eine kurze Zusammenfassung meines langweiligen Tages und noch ein Meme mit einem Golden Retriever, das mir Thaz heute geschickt hatte.

Eli antwortete nicht direkt, also stand ich auf, weil es bald Zeit fürs Abendessen war und ich, wenn ich auch sonst vermied, mit anderen Leuten hier zu reden, keine andere Chance hatte, an etwas zu essen zu kommen. Gedanklich stellte ich mich also darauf ein, dass mich wieder einmal potenzielle Geschäftspartner auf Trish ansprechen würden, als mein Handy klingelte, das ich weggelegt hatte, weil hier striktes Digitalverbot während der Mahlzeiten herrschte.

Es war ein neues Telefon, denn mein altes, das die Polizei gefunden hatte, war kaputt gewesen. Aber zum Glück hatte ich ein Back-up meiner Kontakte und Nachrichten in der Cloud gehabt, sodass mein Adressbuch nahezu vollständig war. Das war auch der Grund, warum mir ein Name zu der Nummer angezeigt wurde, die gerade anrief. Und meine Augen sich weiteten, als ich ihn erkannte.

Kurz war ich wie erstarrt, griff nicht nach dem Handy, tat gar nichts. Dann gab ich mir einen Ruck und ging dran. Mein Herz pochte in meinem Hals.

»Hi, Paul«, sagte ich so neutral wie möglich. Es gelang mir eher schlecht als recht. Nicht nur, weil die momentane Lage gewaltig meine Nerven strapazierte. Nach fast drei Jahren wieder mit meinem früheren besten Freund zu sprechen hätte mich auch angespannt, wenn ich gerade sorglosen Urlaub in der Karibik gemacht hätte.

»Hi, Jess«, erklang die vertraute Stimme aus dem Telefon. »Ist eine Weile her, ich weiß. Aber … ich habe gehört, was passiert ist, und wollte wissen, wie es dir geht.«

Erst war ich überrascht, dass er davon wusste, aber dann fiel mir ein, dass immer noch ein Teil seiner Familie in New York lebte und seine Schwester sicherlich Bescheid gesagt hatte. Der Angriff auf mich war in vielen Medien thematisiert worden, eigentlich war man kaum daran vorbeigekommen. Deswegen hatte sich ja auch Thea bei mir gemeldet, um herauszufinden, wie es mir ging, obwohl wir sonst sehr vorsichtig waren, was unseren Kontakt betraf. Aber das Ganze war schon ein bisschen her, wenn sich Paul also erst jetzt meldete, dann hatte er wohl damit gerungen, ob er es tun sollte.

»Mir geht es gut so weit, danke. Ich bin körperlich fast wieder fit.« Wie gestelzt das klang, und wie distanziert. Es hatte eine Zeit gegeben, da hatten Paul und ich alles voneinander gewusst. Wir hatten uns nur ansehen müssen, um zu ahnen, was der andere dachte – sonst wären wir kaum zusammen ausgewandert. Aber seitdem war viel Zeit vergangen und jetzt war es, als würde ich mit einem Fremden reden.

Schweigen trat zwischen uns und ich holte Luft, aber Paul kam mir zuvor. »Da bin ich erleichtert. Lizzy hat mir einen Link geschickt, dort stand, dass es knapp gewesen wäre. Ich dachte, vielleicht haben die übertrieben, du weißt schon, wegen Clickbaiting und so. Aber dann meinte sie, dass sie auch von anderen so was gehört hätte.«

»Es war tatsächlich ziemlich knapp.« Zu meiner Reha gehörten nicht nur körperliche Behandlungen, sondern auch Therapiestunden und obwohl ich erst skeptisch gewesen war, tat es gut, mit jemandem darüber zu reden, der nicht emotional involviert war. Mein Therapeut hatte mir geraten, das Geschehene nicht zu verdrängen – und dazu gehörte auch, vor mir und anderen zuzugeben, dass ich beinahe gestorben wäre.

»Scheiße.« Paul klang zum ersten Mal so, wie ich ihn früher gekannt hatte. »Tut mir echt leid, Mann. Oder was immer man in so einer Situation sagt.«

Ich musste lachen, nur kurz, aber es vertrieb die Anspannung ein bisschen. »*Freut mich, dass du nicht gestorben bist* gibt es nicht auf Grußkarten. Ich habe nachgeguckt.«

Er schnaubte. »Ich könnte eine basteln. Aber im Ernst, das war ein echter Schock. Ich habe gedacht, wie bescheuert, dass ich seit fast drei Jahren nicht mit dir geredet habe und nun vielleicht nie wieder die Gelegenheit dazu bekomme.«

»*Ich* habe den Kontakt einschlafen lassen, nicht du«, erinnerte ich ihn. Es hatte mir einfach zu wehgetan, Geschichten über die Lodge zu hören, und nachdem Mia und ich uns getrennt hatten, war es mir unerträglich vorgekommen, noch länger daran teilzuhaben. Aber auch wenn ich das vermutlich wieder so entschieden hätte, tat es mir leid. Denn es gab nicht viele Menschen in meinem Leben, die ich als echte Freunde bezeichnet hätte, und Paul war einer davon gewesen.

»Das ist richtig. Aber ich habe auch nicht viel dafür getan, um es zu verhindern. Ich war ein beschissener Freund für dich, JC. Nachdem Adam gestorben ist, hätte ich wenigstens für eine Weile nach New York mitkommen können. Stattdessen bin ich hiergeblieben und lebe seit Jahren das Leben, das du dir eigentlich gewünscht hast.«

Mir wurde bewusst, wie viel Schuld er sich in der Zwischenzeit aufgeladen haben musste, und ich verstand es, weil es mir an seiner Stelle wohl nicht anders gegangen wäre. Aber ich spürte keine Verbitterung. Es hätte nichts geändert, wenn Paul unseren Traum ebenfalls aufgegeben hätte.

»Ich bin froh, dass du noch dort bist. Wenigstens einer von uns sollte morgens surfen gehen können, ohne Erfrierungen zu riskieren.« Der nächste Satz kam mir über die Lippen, ohne dass ich groß darüber nachgedacht hatte. »Wie läuft es mit der Lodge? Habt ihr alle Hütten wieder in Betrieb?«

»Ja, dank dir. Ich weiß, dass Mia dich wegen des Geldes angerufen hat, obwohl ich das nicht wollte. Es hatte nichts mit dir zu tun, ich fand es einfach falsch, dass wir uns nur dann melden, wenn wir etwas von dir brauchen. Tut mir leid, wenn es so gewirkt hat, als hätte ich kein Vertrauen zu dir.«

»Es gibt keinen Grund für eine Entschuldigung. Das ist eure Angelegenheit, nicht meine.« Ich sagte es nicht abweisend, eher zurückhaltend. Mias und Pauls Beziehung war nichts, das mich irgendetwas anging. Auch wenn ich es gut fand, dass sie es ihm nicht verschwiegen hatte.

Ich hörte ihn einatmen und ahnte, was jetzt kam. »Jess, das mit Mia –«

»Wir müssen nicht darüber reden«, unterbrach ich ihn rasch, weil ich hören konnte, wie unangenehm es ihm war, das anzusprechen. Von außen betrachtet war es nachvollziehbar – schließlich war es meine Ex-Freundin, mit der er mittlerweile zusammen war. Und natürlich konnte ich nicht ausschließen, dass Paul auch während meiner Beziehung mit Mia Gefühle für sie gehabt hatte, aber er hatte es nie gezeigt oder sich zwischen uns gedrängt. Außerdem war das alles wirklich lange her und spielte keine Rolle mehr.

»Sicher? Ich verstehe, wenn du das scheiße findest.«

»Das tue ich nicht. Ich war weg, Mia und ich waren getrennt, und wahrscheinlich sollte es so kommen. Ich freue mich, wenn ihr glücklich seid. Ganz ehrlich.« Gerne hätte ich gesagt, dass ich ebenfalls die Liebe meines Lebens gefunden hatte, aber das war zu gefährlich.

»Steht unser ehemaliges Haus eigentlich noch?«, fragte ich stattdessen, bevor ich doch ein Wort über Helena verlieren konnte.

Als Paul und ich die Lodge gekauft hatten, war auch ein Bungalow dabei gewesen, der einige Hundert Meter vom Haupthaus entfernt lag. Wir hatten bald entschieden, dass wir ihn selbst bewohnen wollten, weil keine richtigen Wege vorhanden waren und wir es für aufregend hielten, auf einer Baustelle zu leben. Aber mit der Zeit hatten wir alles renoviert und es war wirklich schön geworden. Trish hätte über den mangelnden Komfort die Nase gerümpft, aber ich hatte es geliebt, mit der Sonne aufzustehen, surfen zu gehen und ausschließlich von tiefenentspannten Menschen umgeben zu sein.

»Es ist immer noch unser privates Gästehaus«, sagte Paul. »Wir vergeben es nur an Leute, die wir kennen und die sich nicht darüber beschweren, auf dem Weg zur Lodge eine Weile laufen zu müssen.« Er machte eine kurze Pause. »Solltest du je vorhaben, wieder herzukommen, wenn auch nur für einen Urlaub, gehört es dir. Das weißt du.«

»Ja.« Ich lächelte, obwohl er das nicht sehen konnte. »Vielleicht irgendwann. Danke, Mann.«

»Wie ist New York denn so? Hast du dich mittlerweile daran gewöhnt?«

»Was glaubst du?« Mein Mund verzog sich zu einem Lächeln, als mir klar wurde, dass ich es vermisst hatte, mit Paul zu reden – der genau verstand, warum mich die Stadt in den Wahnsinn trieb.

Im Hintergrund hörte man jemanden rufen und als Paul wieder mit mir sprach, klang er etwas hektisch.

»Mist, ich muss los, wir veranstalten heute Abend eine kleine Feier am Strand und ich bin derjenige, der einkaufen soll. Und du weißt, wie das Angebot unten in Franks Supermarkt ist.«

»Klar, lass dich nicht aufhalten.« Ich sah es vor mir, wie er aus dem Haupthaus trat und zum Parkplatz ging, wo bestimmt immer noch der gleiche verrostete Jeep Wrangler stand, den er sich direkt nach unserer Ankunft gekauft hatte. Es hatte sicherlich dreißig Grad bei strahlendem Sonnenschein, schließlich war in Australien Sommer. Beneidenswert. So fucking beneidenswert.

»War wirklich schön, mit dir zu reden, Mann«, sagte Paul. »Was dagegen, wenn wir das wiederholen? Ich finde, fast drei Jahre Funkstille sind echt genug.«

»Ja«, antwortete ich. »Das finde ich auch.«

»Dann hören wir uns wieder. Pass auf dich auf, Jess.«

»Du auch. Und sag Mia Grüße.«

Ich legte auf und spürte eine tiefe Freude in mir, so als hätte ich etwas zurückbekommen, das vor langer Zeit verloren gegangen war. Aber gleichzeitig war da ein Schmerz, genauso tief und nagend. Denn durch das Gespräch war mir wieder bewusst geworden, wie sehr ich mein altes Leben dort unten vermisste. Ich war nie freier, nie entspannter, nie mehr bei mir gewesen als in Australien. Ob Helena sich vorstellen konnte, mit mir aus New York wegzuziehen, sobald es möglich war? Sie liebte diese verfluchte Stadt so sehr.

»Oh, verdammt.« Ein Blick auf die Uhr verriet mir, dass ich mich besser beeilte, wenn ich noch etwas zu essen bekommen wollte.

Aber ich war ein zweites Mal fast zur Tür raus, als mein Telefon erneut klingelte. Eine unbekannte Nummer, allerdings mit Vorwahl aus New York. Vielleicht war es einer meiner Klienten, die gerade ohne mich auskommen mussten.

»Jess Coldwell?«, nahm ich den Anruf an.

»Mr Coldwell, hier ist Detective O'Reilly vom NYPD.«

Mein Herz stockte. *Bitte keine schlechten Nachrichten. Bitte keine schlechten Nachrichten.*

»Detective«, brachte ich heraus. »Was kann ich für Sie tun?«

15
Helena

Ich scrollte mich durch die schier endlose Anzahl von Polstermöbeln, während meine Augen langsam tränten, weil Senfgelb viel zu sehr Trend war. Um einiges lieber als mit der Auswahl eines neuen Sofas hätte ich mich mit der Lösung von Adams und Valeries Fall beschäftigt – so nannte ich es nach wie vor, da der Begriff *Ermordung* in mir jedes Mal ein Gefühl hilfloser Verzweiflung hervorrief. Aber Tatsache war, ich konnte noch so viel nachdenken, Fakten checken oder Listen mit Verdächtigen erstellen, am Ende glaubte ich genau wie Jess, dass Trish Coldwell die Ursache für den Tod der beiden war und nicht meine Familie. Und da meine Bewerbung für die NYU längst abgeschickt war, hatte ich mich auf Onlineshopping verlegt. Ich wurde nämlich langsam wahnsinnig, wenn ich um das Telefon herumschlich und auf eine erlösende Nachricht wartete, die ja doch nicht kam.

Ich hatte zwar meine Reisetasche kurz nach dem Angriff auf Jess aus dem Busch vor seinem Wohnhaus befreit, meine sonstigen Sachen jedoch immer noch nicht aus der Wohnung meiner Eltern geholt. Obwohl Lincoln mir angeboten hatte, das für mich zu erledigen, hatte ich es bisher nicht in Anspruch genommen. Es lag unter anderem daran, dass ich weder die

Möbel noch die Kleider wollte, die sich dort befanden. Das meiste davon stammte aus der Zeit vor Valeries Tod und ich hatte mich zu sehr verändert, um mich weiter damit umgeben zu wollen. Deswegen brauchte ich nicht nur neue Klamotten, sondern auch Möbel, denn Paige hatte die Wohnung eingerichtet und ihr Geschmack war wirklich weit entfernt von meinem – und dem meines Bruders, wie er zugegeben hatte. Außerdem würde sie einige der Stücke, die sie gekauft hatte, ohnehin abholen lassen.

Als ich ein dunkelgrünes Samtsofa anklickte, das mich an jenes erinnerte, was Jess in seinem Loft hatte, seufzte ich tief. Im nächsten Moment hörte ich, wie jemand die Wohnungstür aufschloss und hereinkam. Irritiert sah ich auf. Lincoln war für zwei Tage in L.A., also konnte das nur …

»Helena, hi.« Paige wirkte überrascht und auch ein bisschen unangenehm berührt, als sie mich entdeckte. »Ich wusste nicht, dass du hier bist. Vielleicht komme ich besser ein andermal wieder.«

»Nein, warum denn? Das ist irgendwie immer noch deine Wohnung. Ich bin eher Gast als du.«

»Neuerdings wohl nicht mehr.« Sie machte eine fahrige Handbewegung. Mir fiel auf, wie blass sie war. »Lincoln meinte, er wäre weg, deswegen wollte ich die Gelegenheit nutzen und ein paar meiner Sachen holen.«

»Er ist für zwei Tage in Los Angeles, wegen einer Konferenz. Und bei mir hat sich noch nichts geklärt, deswegen sitze ich weiterhin hier rum.« Ich stand auf und ging zur Küchenzeile. »Soll ich uns Tee machen?« Erst als ich es ausgesprochen hatte, wurde mir bewusst, dass es eigentlich ihre Küche war und auch ihr Tee. Trotzdem zog ich das Angebot nicht zurück, denn sie sah aus, als könnte sie etwas Warmes vertragen.

»Nein, ich … bleibe nicht lange.« Ihr Blick fiel auf den geöffneten Browser meines Laptops. »Du suchst neue Möbel aus?« Es klang ein wenig verletzt. Aber vielleicht traf das auf alles zu, was sie momentan aussprach. Mein Mitgefühl ließ mich tief einatmen.

»Nicht richtig«, wiegelte ich ab. »Ich schaue nur mal, was es so gibt.«

Sie sah durch die offene Flügeltür hinüber ins Wohnzimmer, wo das monströse beigefarbene Sofa stand, das sie ausgesucht hatte. »Ich habe immer gewusst, dass er die Couch hasst«, murmelte sie.

»Das stimmt nicht.« Es war keine Lüge, Lincoln hatte mir gegenüber nie erwähnt, dass er die Couch hasste. Außerdem wollte ich nicht, dass sich Paige noch schlechter fühlte als ohnehin schon. »Und sie ist wirklich bequem.«

Sie lachte und es war der traurigste Laut, den ich je von ihr gehört hatte. »Ja, das ist sie, oder?«

Ich griff nach dem Wasserkessel. »Wir sollten Tee trinken. Dringend.« Es erschien mir vollkommen falsch, sie wieder gehen zu lassen. Nicht, weil ich mich für besonders kompetent hielt, was Liebeskummer anging – obwohl ich selbst auf andere Art damit kämpfte –, aber ich konnte mir gut vorstellen, dass die Irvines keine große Hilfe waren, wenn es darum ging, Paige zuzuhören.

Sie nahm ihre riesige Teedose aus dem Schrank und begann, in den Päckchen nach einer bestimmten Sorte zu suchen.

»Wie ist es bei dir zu Hause?«, fragte ich vorsichtig. Es war jetzt etwas mehr als eine Woche her, dass die beiden sich getrennt hatten, und wahrscheinlich war es die Hölle, in so einem Zustand wieder bei ihrer grauenhaften Mutter leben zu müssen.

»Wie wohl.« Paige schnaubte. »Meine Mom heult mehrmals am Tag, weil meine Zukunft angeblich ruiniert ist, und mein

Vater schimpft die ganze Zeit auf Lincoln und nennt mich sein *armes Mädchen*. Ich weiß nicht, was von beidem ich schlimmer finde.«

Ich lächelte schief. »Also, ich hätte da eine klare Tendenz.« Paiges Vater Clive hatte ich schon immer gemocht. Vielleicht war ich aber auch ein wenig voreingenommen, weil er mir mal eine Barbie aus Asien mitgebracht hatte, die es in den USA damals nicht zu kaufen gab – und er außerdem meine und Valeries Idee mit den Stadtführungen gut gefunden hatte. Eleanor dagegen war eine echte Hexe von der Upper East Side, wie sie in allen Drehbüchern stand. Ich wunderte mich nicht, dass sie keinen Funken Energie daran verschwendete, ihrer jüngsten Tochter den Rücken zu stärken.

»Dad meint es gut, ich weiß.« Paige füllte duftenden Earl Grey in zwei Teesiebe. »Mum auch, nur eher nicht mit mir.«

Das war das Negativste, was sie vermutlich je über ihre Mutter gesagt hatte. Ich nickte anerkennend. »Sieh an, P. Du machst dich. Ich bin fast schon stolz.«

»Na, bis zu meinem wutentbrannten Auszug an Heiligabend brauche ich noch ein bisschen, schätze ich.« Sie sah mich an, als wäre sie nicht sicher, ob sie diesen Scherz hatte machen dürfen.

Ich grinste, um ihr das Gefühl zu nehmen. »Wie praktisch, dass Weihnachten erst in elf Monaten ist. Da hast du noch ein bisschen Zeit.«

Sie lächelte. »Ich fand das so mutig von dir.«

»Na ja, schau dir an, wo ich jetzt bin. Mein mutiger Plan ist leider ziemlich ins Stocken geraten.« Ich holte zwei Tassen aus dem Schrank, von denen ich wusste, dass Paige sie mochte, füllte Wasser hinein und nahm die vorbereiteten Teesiebe.

»Dann gibt es noch nichts Neues von den Leuten, die Jess angegriffen haben?«

Ich verneinte mit einer leichten Kopfbewegung und wir gingen zum Küchentisch, um uns zu setzen. »Es gibt Hinweise, dennoch dauert das alles sehr viel länger als erhofft. Aber gerade ist er ohnehin in der Reha und damit hoffentlich in Sicherheit.« Allerdings war er noch höchstens eine Woche in Newport und dann würde er nach New York zurückkehren. Es war der Horror, momentan von ihm getrennt zu sein – aber ein viel größerer würde es sein, zu wissen, dass er in der Stadt war, und ihn trotzdem nicht sehen zu können. Das war schlimmer als letztes Jahr, denn da hatte ich mir immerhin keine Sorgen machen müssen, dass man ihm etwas antat.

Aber darum sollte es jetzt nicht gehen, erinnerte ich mich selbst.

»Ich finde es schön, dass wir reden können«, sagte ich zu Paige. »Nachdem du gegangen warst, dachte ich, wir würden nie wieder miteinander sprechen.«

Sie musterte mich verwundert. »Ich hatte nicht den Eindruck, du würdest mich besonders mögen.«

»Am Anfang war das auch so«, gab ich zu. »Aber das lag an meinen Vorurteilen, nicht an dir. Dass du da warst, als das mit Jess passiert ist … Dafür bin ich dir wirklich dankbar, Paige. Es tut mir leid, dass es mit Linc und dir nicht geklappt hat.«

Sie hob hilflos die Schultern. »Wahrscheinlich hatte ich immer darauf gehofft, er könnte mich eines Tages lieben, aber als dann Penelope auf den Plan getreten ist, war mir klar, dass es nie dazu kommen wird. Lincoln wollte das mit uns, weil es gut für eure Familie war, als deine Eltern einen schweren Stand hatten. Es wäre nie mehr gewesen als das.«

Da ich nicht noch einmal wiederholen wollte, wie leid es mir tat, fragte ich lieber nach ihren Plänen. »Weißt du denn schon, wie du weitermachen willst?«

»Nein, keine Ahnung.« Paige sank in sich zusammen. »Meine Eltern überlegen, ob es besser wäre, wenn ich in eine andere Stadt ziehe, vielleicht Boston. Weil da niemand weiß, was passiert ist.«

Mich überfiel ein plötzlicher Schwall Wut. Wie konnte es sein, dass in einer Gesellschaft, die sich selbst als emanzipiert und fortschrittlich bezeichnete, eine Frau in eine andere Stadt ziehen musste, weil ihr Verlobter und sie sich getrennt hatten? Das war doch einfach nicht möglich. Das durfte nicht möglich sein.

»Kann ich dir irgendwie helfen?«, fragte ich. »Vielleicht könnten wir beide zusammen zu einigen Anlässen gehen, damit alle sehen, dass unsere Familien weiterhin verbunden sind.« Das stimmte zwar nicht ganz, schließlich war ich gerade kein offizieller Teil meiner Familie. Zugang zu den Veranstaltungen hatte ich dennoch. Und es würde das Gerede abschwächen, wenn eine Weston sich weiterhin so offen zu Paige bekannte.

»Das wäre wirklich lieb von dir. Aber was soll ich denn den Leuten sagen, wenn sie fragen, was passiert ist?« Sie schaute mich unsicher an.

»Sag ihnen, dass du es warst, die sich getrennt hat. Ich bin sicher, Lincoln ist damit einverstanden. Sag ihnen, dass du dich zu jung für eine Ehe gefühlt hast und noch was erleben willst. Geh mit erhobenem Kopf durch die Stadt, dir keines Skandals bewusst. Ihr seid nicht mehr zusammen, na und? Es ist ja nicht so, als wärst du nur mit Lincoln an deiner Seite jemand. Du bist Paige Irvine, freundlich, klug und anständig. Wenn sie das nicht kapieren, dann zum Teufel mit ihnen.« Ich hatte mich in Rage geredet, aber Ungerechtigkeit machte mich immer sauer, das hatte ich sozusagen von Valerie geerbt. Meine Schwester hätte genau das Gleiche gesagt, wenn sie hier gesessen hätte, das wusste ich.

Paige traten Tränen in die Augen. Sie stand auf und umarmte mich. »Ich glaube, das war das Netteste, was ich seit Längerem gehört habe.«

»Dann war es höchste Zeit.« Ich ließ sie los und mir wurde klar, wie unfair ich ihr gegenüber gewesen war, als ich sie kennengelernt hatte. Trotzdem war sie immer freundlich zu mir gewesen und es auch geblieben. Das schafften nicht viele. »Jede Person, die dich eines Tages heiraten wird, kann froh sein …«, ich machte eine Pause, »denn sie bekommt eine wirklich bequeme Couch.«

Paige brach in Gelächter aus und wischte sich dann über die Augen. »Ich danke dir, Helena. Wirklich, das war genau das, was ich gebraucht habe.«

»Nein, ich danke dir.« Ich lächelte. »Du warst zuerst für mich da, als ich Hilfe nötig hatte. Ich versuche nur, das Gleiche zu tun.«

Paige ging, nachdem wir den Tee getrunken und einige ihrer Sachen zusammengepackt hatten, und ich blieb allein zurück. Da meine Wut längst abgeflaut war, fühlte ich mich irgendwie melancholisch und traurig. Wieso war das Leben manchmal so ungerecht? Niemand hatte etwas dagegen, dass Paige und Lincoln zusammen waren, ganz im Gegenteil: Beide Familien hätten diese Hochzeit sehr gerne gesehen, aber mein Bruder liebte Paige nicht. Nun waren sie getrennt, sie war unglücklich und er fühlte sich schuldig. Niemandem war mit dieser Beziehung ein Dienst erwiesen worden.

Und dann waren da Jess und ich, die keine Zweifel an ihren Gefühlen füreinander hatten. Wir wussten, dass wir großartig zusammen sein konnten, dass wir uns bei allem unterstützen und den anderen so lassen würden, wie er war. Wir waren wirklich unterschiedlich und trotzdem so unperfekt perfekt füreinander. Ich wollte ihn, er wollte mich, es gab nichts Besseres auf der Welt als das Gefühl, tatsächlich bei jemandem ankommen zu können. Und dennoch legte uns jeder Steine in den Weg. Nur aus Angst. Das war einfach nicht fair.

Ich spürte, wie Tränen in mir aufstiegen, aber ich drängte sie nicht weg, sondern ließ sie zu. Die ganze Zeit war ich stark geblieben, jetzt war der Moment, in dem ich schwach sein konnte. In dem ich alles verfluchen und traurig sein durfte, weil ich doch einfach nur mit ihm zusammen sein wollte. Egal wo, egal wie. Ich wäre an jeden Ort der Erde gefahren, wenn wir nur beieinander hätten sein können. Wenn er seine Arme um mich hätte schlingen und mir sagen können, dass alles gut werden würde. Aber diesen Ort gab es nicht. Also weinte ich, weinte darum, dass dieser Zustand vielleicht nie Erlösung finden würde.

Als das Schluchzen langsam verebbte, ertönte ein melodisches Geräusch – das Klingeln der Wohnungstür. Ich hievte mich auf die Beine und wischte mir über das Gesicht. Bestimmt war das Paige, die etwas vergessen hatte und zu höflich war, ein weiteres Mal mit ihrem Schlüssel zu öffnen. Aber es war mir egal, dass sie mich so sah. Nach unserem Gespräch vorhin erst recht.

»Hast du etwas –« Ich stockte mitten im Satz.

Denn vor mir stand nicht Paige.

Sondern Jess.

Er sagte kein Wort, stattdessen trat er auf mich zu, griff nach mir und küsste mich, so heftig, dass mir alle Luft wegblieb und meine Knie nachgaben. Ich klammerte mich an seine Schultern, begriff noch nicht, dass er hier war, trotz seiner Lippen auf meinen, seiner Haut an meiner. Das Gefühl war besser als in jedem meiner Träume der letzten Wochen, ich konnte ihn fühlen, riechen, schmecken. Er war da.

Jess war hier.

Als es mir klar wurde, ließ ich ihn abrupt los, machte einen schnellen Schritt zur Tür und schloss sie. Ich hoffte nur, dass irgendeiner von Trishs Aufpassern unten vor dem Haus stand.

»Was zur Hölle tust du hier?«, stieß ich aus. »Das ist gefährlich, Jess!«

»Ist es nicht«, sagte er und lächelte mich auf eine so erleichterte und gleichzeitig unwiderstehliche Weise an, dass mir die Knie schon wieder weich wurden. »Das NYPD hat den Täter gefunden. Die haben den Mistkerl geschnappt, der die Killer auf mich angesetzt hat, und alle fünf sitzen bereits in U-Haft. Es ist vorbei, Tausendschön. Es ist verdammt noch mal vorbei.«

Ich starrte ihn nur an, während seine Worte eines nach dem anderen in mein Bewusstsein fielen wie Münzen in ein Sparschwein. *Es. Ist. Vorbei.*

»Ist das wahr?«, flüsterte ich.

Er nickte und konnte nichts weiter sagen, da hatte ich meine Arme um ihn geschlungen und drückte ihn so fest, wie ich nur konnte – bis mir einfiel, dass er gerade aus der Reha kam, und schnell eine Entschuldigung murmelte. Aber er ließ nicht zu, dass ich Abstand nahm.

»Mir geht es gut. Mir geht es sogar mehr als gut.« Und dann umarmte er mich erneut, bevor ich schon wieder weinte, genau wie er.

All die Anspannung der letzten Wochen, die Angst, die Sorgen fielen von uns ab, während wir einander festhielten. Da war nur noch Erleichterung – wundervolle, erlösende Erleichterung. Ich atmete Jess ein, küsste ihn, er küsste mich, ich umarmte ihn wieder, konnte nicht genug von ihm kriegen, nicht genug von uns. Es dauerte eine Ewigkeit, bis ich dazu bereit war, mich von ihm zu lösen. Dabei lohnte es sich, denn da war sein Lächeln und ich war sicher, dass ich nie wieder etwas Schöneres sehen würde.

Aber da war noch eine Sache, die ich wissen musste.

»Wer war es?«, fragte ich leise. »Wer hat dir das angetan?«

Er zögerte nur kurz. »Sein Name ist Zachary Markham. Er war ein Geschäftspartner meines Vaters, der krumme Dinger gedreht hat und dafür vor über zehn Jahren eingesperrt wurde. Dad war der Hauptzeuge vor Gericht und Markham muss wohl die ganze Zeit Rache geschworen haben. Als er vor Weihnachten aus dem Gefängnis entlassen wurde, hat er beschlossen, seinen Plan in die Tat umzusetzen. Und da Dad und Adam bereits tot waren, blieb nur ich.«

»Wow.« Ich schüttelte den Kopf. Was für ein Wahnsinn, dass jemand so lange wartete, um dann jemanden zu töten, der mit der Sache gar nichts zu tun hatte. »Bist du denn jetzt in Sicherheit? Was, wenn er jemand anderen schickt?«

»Er hat gestanden.« Jess' Stimme war ruhig. »Sein Zellenkumpel hat ausgepackt und Markham ist zusammengeklappt. Offenbar war ihm klar, dass er damit nicht durchkommt. Vielleicht bereut er es sogar, keine Ahnung. Es ist mir auch egal. Aber ich habe nichts mehr zu befürchten.«

»Und Adam und Valerie …«, begann ich.

»Das wird noch untersucht. Es ist allerdings eher unwahrscheinlich, dass er das ebenfalls zu verantworten hat.«

Ich schwieg, spürte der Erleichterung nach, die ich gerade empfand. Jess war bei mir und nicht mehr in Gefahr. Ich würde vermutlich ein bisschen brauchen, bis ich das wirklich begriffen hatte. Da waren noch so viele offene Fragen, was unsere Geschwister betraf, aber zum ersten Mal seit meiner Rückkehr nach New York war ich bereit, das zu verdrängen und einfach nur im Moment zu leben.

»Ich habe mir was überlegt, während ich hergefahren bin«, sagte Jess leise und streichelte meine Wange. »Lass uns von hier verschwinden, okay? Zumindest für eine Woche oder zwei.«

»Verschwinden?«, echote ich, weil ich mit vielem gerechnet hätte, aber damit sicher nicht.

»Ja.« Er sah mich an. »Ich brauche nach dem ganzen Mist dringend Urlaub vom Winter. Also sag mir, Tausendschön: Was hältst du von ein bisschen Sonne und Strand?«

Ich lächelte so strahlend, dass es sicher Antwort genug war. »Sonne wäre wunderbar.« Allein die Vorstellung, irgendwo zu sein, wo keine Minusgrade herrschten, war großartig. Aber mit Jess dort zu sein, an irgendeinem Strand, nur er und ich … das war zu himmlisch, um es glauben zu können.

»Dann solltest du packen«, riss er mich aus meinen Gedanken und sah auf seine Uhr. »Unser Flieger geht in zwei Stunden.«

»Zwei Stunden?« Okay, dann musste ich mich echt beeilen. Ich zog ihn noch mal an mich und küsste ihn schnell. Anschließend lief ich los in mein Zimmer. Je mehr ich mich beeilte, desto eher würde meine Zukunft mit Jess beginnen.

Eine Zukunft, in der wir endlich zusammen sein würden.

16
Jessiah

Fast während der kompletten Flugzeit von New York nach L.A. und schließlich weiter nach Sydney behielt ich Helenas Hand in meiner, die Finger fest mit ihren verschränkt. Wir redeten nicht allzu viel, sondern genossen einfach nur, dass wir beieinander waren und keine Angst haben mussten, dass man uns zusammen sah – zum ersten Mal, seit wir uns kannten. Das gepaart mit der Aussicht, mit ihr gemeinsam in die Sonne verschwinden zu können, war wirklich zu schön, um wahr zu sein.

Seit der Sekunde, als mir Detective O'Reilly mitgeteilt hatte, dass man den Kerl, der mich umbringen lassen wollte, nicht nur gefasst hatte, sondern er auch bereits ein Geständnis abgelegt hatte, war nur dieses Szenario in meinem Kopf gewesen: Helena und ich, gemeinsam irgendwo weit weg von New York. Trotzdem konnte ich nicht glauben, dass es tatsächlich Realität wurde.

»Okay, ich habe mich geirrt. Du bist doch ein *rich boy*.« Helena grinste mich an, während wir aus dem Flugzeug stiegen und zu einem Jeep gingen, der in dem privaten Hangar geparkt war. Ich hatte meinen Pullover schon an Bord ausgezogen und merkte jetzt, dass es tatsächlich warm war. Sommerlich warm. Wie großartig.

»Was, nur weil wir nicht Linie geflogen sind?« Ich hatte ausnahmsweise meine Beziehungen spielen lassen und uns zwei Plätze auf einem Charterflug von L.A. nach Sydney organisiert. Keinen, bei dem nur Helena und ich an Bord gewesen waren, das hätte mein ökologisches Gewissen wohl nicht verkraftet. Also hatten wir die letzten zwölf Stunden mit einer Gruppe von australischen Geschäftsreisenden verbracht, die sich gerade von uns verabschiedeten und in einen Wagen stiegen. »Wenn ich wirklich ein *rich boy* wäre, dann hätte ich einen Privatjet nur für uns gebucht und dir was vom Mile High Club erzählt.«

»Und ich hätte dir gesagt, dass es ziemlich anmaßend ist, zu glauben, ich wäre da nicht längst Mitglied.« Sie machte ein unschuldiges Gesicht, lachte aber dann. Ich liebte es, wie glücklich sie wirkte, seit wir New York verlassen hatten. Das war ein gutes Omen für die nächste Zeit.

»Bist du?«, neckte ich sie.

»Nein«, gab sie zu. »Du etwa?«

»Nein.« Ich legte meinen Arm um sie und zog sie im Gehen zu mir, um sie küssen zu können. »Aber ich habe die letzten Stunden darüber nachgedacht«, raunte ich ihr ins Ohr und mochte es, dass ich ihren angenehmen Schauder direkt an meinem Körper spürte. Ich musste zugeben, dass meine Urlaubspläne in dieser Hinsicht etwas übereilt gewesen waren. Wahrscheinlich hätten wir erst am nächsten Tag fliegen und uns die Nacht vorher in meinem Bett verkriechen sollen. Aber ich war so scharf darauf gewesen, mit Helena der Stadt und ihrer Kälte zu entfliehen, dass ich alle anderen Sehnsüchte komplett ausgeblendet hatte.

»Ach, wirklich?« Wir waren am Jeep angekommen und sie lehnte sich mit dem Rücken an den Wagen, legte die Arme um meinen Hals. Ich beugte mich vor.

»Ja, wirklich.« Meine Lippen trafen auf ihre, sehr viel weniger zaghaft als vor den Augen unserer Mitpassagiere, und Helena antwortete, indem sie sich an mich schmiegte und damit eine heftige Welle aus Hitze durch meinen Körper schickte. Gott, wieso waren wir nicht irgendwo hinter einer geschlossenen Tür? Ich hatte Helena auf jede Art vermisst, aber gerade war in meinem Kopf nur der Gedanke an eine einzige.

»Entschuldigung?« Ein Räuspern hinter uns erklang und wir lösten uns voneinander. Ein Mann in der Uniform der Charterfirma stand neben dem Wagen. »Für Sie, Sir«, sagte er und überreichte mir den Autoschlüssel für den Jeep. Dann nickte er höflich und verschwand wieder, aber ein Blick zu Helena und wir waren uns einig, dass wir hier nicht mit dem weitermachen wollten, was wir angefangen hatten. Also holte ich einmal tief Luft, warf unsere Taschen hinten in den Wagen und setzte mich ans Steuer.

»Bereit?«, fragte ich Helena, nachdem sie neben mir Platz genommen hatte.

»Mehr als bereit«, nickte sie.

Als wir losfuhren, musste ich mich erst einmal daran erinnern, dass in Australien Linksverkehr herrschte und viele Autos mit Schaltung waren, aber es dauerte nicht lange, bis sich mein Hirn wieder umgewöhnt hatte. Was ich allerdings mit jeder Faser meines Körpers aufsog, waren die Wärme und die Sonne. Im Shirt und mit Sonnenbrille in einem offenen Jeep durch die Gegend fahren zu können machte mich noch glücklicher als erwartet und ich merkte, dass ich einfach viel zu lange nicht mehr hier gewesen war.

Helena schien ebenfalls die Wärme zu genießen, denn sie schloss die Augen und hielt ihr Gesicht in die Abendsonne, während ich fuhr. Wir hatten bereits den Großraum Sydney verlassen, als sie wieder etwas sagte.

»Das ist wirklich himmlisch. Nicht zu fassen, dass ich noch nie in Australien war.«

»Du wirst es mögen, davon bin ich überzeugt. Es gibt vermutlich keinen relaxteren Ort auf der Welt.«

»Genau das Richtige für uns.« Sie seufzte zufrieden.

Es war wunderbar, mit anzusehen, wie sie sich immer mehr entspannte. Ich kannte diese Wirkung, ich hatte mich jedes Mal so gefühlt, wenn ich von meinen kurzen Besuchen in New York wieder zurückgekehrt war. Aber es war schön, dass Helena als waschechtes Stadtmädchen ebenso empfand.

»Und du bist sicher, dass es die richtige Idee ist, in der Lodge zu wohnen?« Sie sagte es vorsichtig und ich wunderte mich. Auf dem Flug nach L.A. hatte ich ihr verraten, was unser Ziel war, und sie hatte sich darüber gefreut, den Ort kennenzulernen, der für mich zwei Jahre lang ein Zuhause gewesen war. Aber nun klang es so, als hätte sie Zweifel daran.

»In die richtige Lodge gehen wir erst morgen. Ich habe das private Gästehaus gemietet, in dem ich früher gewohnt habe. Es liegt abseits und für sich allein, damit wir unsere Ruhe haben.« Während ich das sagte, hatte ich das Gefühl, dass es Helena gar nicht darum ging, sondern um etwas ganz anderes. Oder um *jemand* anderes? Oh Gott, ich war so ein Idiot. »Ich habe nicht nachgedacht, entschuldige. Ist das für dich unangenehm?«

»Nein, gar nicht. Warum fragst du mich das?« Sie schüttelte den Kopf, dann schien ihr ein Licht aufzugehen. »Oh, du meinst wegen Mia?«

Ich hob zur Antwort nur die Schultern. Für mich war es nicht unbedingt angenehm gewesen, Ian Lowell zu begegnen, mit dem Helena früher zusammen gewesen war. Um ehrlich zu sein, hatte es mich wahnsinnig gemacht. Wieso also sollte es ihr anders gehen, wenn sie auf meine Ex traf?

»Das ist für mich kein Problem, Jess, wirklich nicht.« Als ich zu ihr herübersah, lächelte sie leicht. »Ich habe mich nur gefragt, ob es zu schmerzhaft für *dich* sein könnte.«

»Mia und ich sind schon ewig nicht mehr zusammen. Das habe ich längst verarbeitet.«

»Ich spreche nicht von Mia. Sondern von der Lodge. Das war dein ganz persönliches Paradies. Wenn du jetzt wieder dorthin gehst, wird es vielleicht noch schlimmer für dich, später nach New York zurückzukehren.«

Wir hielten an einer Ampel und ich sah Helena an. Ihre blauen Augen wirkten besorgt und mein Herz wurde ganz weit, als mir klar wurde, was für ein Glück es war, dass wir uns gefunden hatten. Sie verstand mich, sie wusste, wie kompliziert ich teilweise funktionierte, und sie liebte mich trotzdem. Das war ein wirklich großes Geschenk.

Ich lehnte mich vor und ließ sanft meine Finger über ihre Wange gleiten. »Wie könnte es schlimm sein, zurückzukehren, wenn du dabei bist?«, fragte ich leise und küsste sie. Nie würde ich davon genug bekommen, das wusste ich. Niemals in meinem Leben.

Als wir uns wieder voneinander lösten, war die Ampel bereits grün, aber das Auto hinter uns hatte nicht gehupt und ich wusste, warum ich Australien und seine Bewohner so sehr mochte. Hier war man entspannt, keiner hetzte von einem Ort zum nächsten, immer auf der Suche nach einem Höher, Schneller oder Weiter. Die Leute hatten verstanden, dass man am besten leben konnte, wenn man sich und andere nicht unter Druck setzte.

Natürlich hatte ich mir Gedanken gemacht, bevor ich die Entscheidung getroffen hatte, mit Helena ausgerechnet hierherzukommen. Zuerst hatte ich Australien sogar ausgeschlossen – zu weit weg, zu viele Erinnerungen –, aber dann hatte ich meine Ängste beiseitegeschoben und mir war klar geworden, dass es der perfekte Ort war. Nie hatte ich mich mehr zu Hause gefühlt als hier und nachdem ich mit Paul telefoniert hatte, war der Wunsch in mir gewachsen, Helena die Lodge zu zeigen. Wir hatten noch ein Stück Weg vor uns, um einander wirklich kennenzulernen, und ich wollte, dass sie mein wahres Ich kannte. Nicht nur den Kerl, der New York hasste und in der Stadt immer von Fluchtgedanken getrieben war. Der sich um seinen kleinen Bruder sorgte und mit seiner Mutter auf Kriegsfuß stand. Helena verdiente die bestmögliche Version von mir und das war die Mischung aus dem Typen, der mit achtzehn nach Australien ausgewandert war – und dem, der nach seiner Rückkehr gelernt hatte, Verantwortung zu übernehmen. Würde es mir wehtun, den Ort wiederzusehen, der mir das Herz gebrochen hatte? Auf jeden Fall. Aber es war auch eine Chance auf Heilung, vor allem, weil ich mit Helena hier war.

Als wüsste sie, worüber ich nachdachte, legte sie ihre Hand auf meine, die auf dem Schaltknauf ruhte, und strich mit ihren Fingern leicht darüber.

Ich lächelte. Ja, es war definitiv die richtige Entscheidung gewesen.

»Ist es für Eli in Ordnung, dass du noch mal zwei Wochen weg bist?«, fragte Helena mich. »Oder macht es ihm Probleme?«

»Im Gegenteil, er hat sogar gesagt, dass er stinksauer wäre, wenn wir nicht fliegen. Ich habe ihn während der Reha schon nicht gerne allein gelassen, aber seine Großeltern sind momentan in der Stadt und er hat mir versichert, dass er so lange ohne mich auskommt. Er meinte, niemand hätte diese Auszeit mehr verdient als wir.«

Sie lächelte, ich sah es aus dem Augenwinkel. »Eli ist wirklich ein kluger Junge, und erschreckend empathisch für einen

Teenager. Wenn er seine Ängste überwinden kann, wird er unbesiegbar sein.«

»Ja.« Ich nickte. »Und ich hoffe, das wird er eines Tages schaffen.«

Es dämmerte bereits, während wir immer schmalere Straßen entlangfuhren und schließlich in einen Weg einbogen, der durch ein kleines Waldstück führte, bis er an einer Lichtung endete. Ich parkte den Wagen und sah hinüber zu dem Haus, das hundert Meter weiter stand. Es war ein Bungalow direkt am Strand, nur ein Geschoss mit einer großen Terrasse auf dem Dach. Paul und ich hatten hier gewohnt, solange ich in Australien gelebt hatte, mittlerweile hatten Mia und er ein Zimmer im Haupthaus, damit sie näher bei ihren Gästen waren. Aber auch wenn die Lodge mein Paradies gewesen war, dieses Haus verband ich noch mehr mit dem Gefühl von Freiheit. Hier war ich angekommen, nachdem ich entschieden hatte, meiner Heimat und meiner Familie den Rücken zu kehren und mein eigenes Leben zu leben. Endlich keine Enge mehr, keine Erwartungen, kein Streit. Hier hatte ich sein können, wer ich war. Nicht Jessiah Christopher Coldwell. Sondern einfach nur Jess.

»Alles okay?« Helena berührte mich am Arm, weil ich bisher keine Anstalten gemacht hatte, auszusteigen.

»Ja.« Ich gab mir einen Ruck. »Komm, gehen wir rein.«

Ich öffnete die Autotür und schnappte dann unser Gepäck. Der Weg vom Parkplatz bis zum Eingang bestand aus festgetretenem Sand, der immer weicher wurde, je näher wir dem Strand kamen. In der Dämmerung rollten die Wellen heran und allein dieser Anblick löste eine solche Zufriedenheit in mir aus, dass ich kurz innehielt und nur zuhörte. Dann lächelte ich und stellte die Taschen ab, tastete auf dem Rahmen der Tür nach dem Schlüssel und öffnete sie schließlich.

Ein vertrauter Geruch empfing mich – eine Mischung aus Salz, Sonnencreme und Holz. Schon früher hatte dieses Haus so gerochen und ich merkte, dass es Unmengen an Erinnerungen in mir auslöste: an Paul und mich, wie wir versucht hatten, die Renovierung zu koordinieren, während der halbe Boden mit Plänen und Werkzeug bedeckt gewesen war. An viel Gin Tonic und schreckliche Kater am nächsten Morgen. Und an den ganzen Sand, der sich überall verteilt hatte, nachdem wir vom Surfen reingekommen waren.

»Wie schön es ist.« Helena sah sich zufrieden um und obwohl sie sicherlich luxuriösere Unterkünfte gewohnt war als diese, schien sie es ehrlich zu meinen.

Ich legte einen Arm um sie und küsste sie liebevoll auf ihr Haar. Es war so surreal, wieder hier zu sein. Einerseits total vertraut, weil ich das alles wahnsinnig gut kannte, und gleichzeitig fremd, weil ich einfach nicht mehr derselbe Mensch war, der von hier weggegangen war. Aber es war auch die Tatsache, dass wir beide hier waren. Zusammen. Es hatte in den letzten Monaten unzählige Momente gegeben, in denen ich nicht daran geglaubt hatte, dass es je so kommen könnte.

»Du meinst, du kannst es hier eine Weile aushalten?«, fragte ich Helena.

»Oh ja.« Sie nickte. »Wenn es nach mir geht, auch länger.«

17
Helena

Was für ein Paradies. Das war mein erster Gedanke gewesen, als wir an unserem Ziel angekommen und aus dem Auto gestiegen waren. Ich war schon an so vielen schönen Plätzen auf der Welt gewesen, von Hawaii bis St. Lucia, aber dieser Ort, dieses kleine Haus an dem einsamen Strand war etwas Besonderes. Vielleicht lag es daran, dass ich wusste, was Australien Jess bedeutete. Vielleicht aber auch daran, dass ich noch nie irgendwo gewesen war, wo ich das Gefühl gehabt hatte, vollkommen allein auf der Welt zu sein. Nach allem, was in den letzten Monaten passiert war, schien es wie ein Wunder, dass wir beide hier waren. Auf diesem wunderschönen Fleckchen Erde, das wie geschaffen dafür war, alle Schrecken der Vergangenheit zumindest für eine Weile zu vergessen.

Der Bungalow war nicht allzu groß – es waren nur zwei Räume mit hübscher, aber schlichter Ausstattung. In einem befand sich auf der linken Seite eine kleine Polstergruppe aus Sofa und zwei Sesseln in hellen Farben, auf der anderen ein Bett, das Richtung Fensterfront stand. Jess hatte unsere Taschen in das zusätzliche Zimmer gebracht, wo sich ein weiteres Bett befand, aber ich hatte längst entschieden, dass ich hier schlafen wollte. Morgens aufzuwachen und aufs Meer hinaussehen zu können war etwas, das ich mir sicher nicht entgehen lassen würde.

Auch das Badezimmer war klein, aber fein – mit weißer Keramik und hellblauen Handtüchern. Ich nutzte die Gelegenheit, um mich frisch zu machen, nachdem ich die letzten vierundzwanzig Stunden in Flugzeugen und auf Flughäfen verbracht hatte, und überließ dann Jess das Bad, damit er das ebenfalls tun konnte.

Während er verschwand, öffnete ich die Terrassentür, zog meine Sneakers und Socken aus und trat nach draußen. Das Holz war rau an meinen nackten Füßen und ich beeilte mich, damit ich endlich den Sand unter meinen Zehen spüren konnte. Er war unglaublich fein und warm und ich seufzte wohlig, als ich ein paar Schritte Richtung Meer ging.

Es war noch nicht ganz dunkel draußen und das letzte Licht des Tages tauchte alles in ein sattes Blaugrau. Im Takt der Wellen, die sanft an den Strand rollten, atmete ich tief ein und wieder aus und spürte, wie ich mit jedem Atemzug etwas mehr zur Ruhe kam.

»Hier bist du.« Jess lächelte, als er zu mir kam. »Und, was sagst du zur Aussicht?«

»Sie ist perfekt.«

Er streckte die Hand aus. »Komm, ich zeige dir, wo sie noch besser ist.«

Wir gingen zurück zum Haus, jedoch nicht wieder durch die Terrassentür hinein, sondern zu einer schmalen Holztreppe, die an der rechten Seite nach oben führte. Schon von unten hatte man das Geländer gesehen und ich hatte mir gedacht, dass es eine Dachterrasse gab, aber als ich die letzte Stufe nahm und meinen Fuß auf die Plattform setzte, war ich dennoch überrascht. Oben war quasi noch ein zusätzliches Zimmer eingerichtet, nur unter freiem Himmel – mit einer großen Sonnenliege aus Holz, die mit einem Baldachin und Seitenwänden aus Stoff bespannt war, dazu ein paar Stühle mit einem niedrigen Tisch, einige Pflanzen und Windlichter mit Kerzen, die offenbar genutzt wurden, denn sie waren alle ein gutes Stück heruntergebrannt. Ich ging zum Geländer, stützte die Hände ab und sah aufs Meer hinaus, dessen Wellen sich im aufkommenden Mondlicht brachen. Es war ein bisschen, als wäre man in einem Traum.

»Ich verstehe, warum du hier leben wolltest«, sagte ich über meine Schulter zu Jess, der ein paar von den Kerzen angezündet hatte. Flackerndes Leuchten breitete sich bis zu uns aus.

»Ja, es ist wirklich was Besonderes, oder?« Er trat hinter mich und legte seine Arme um meine Taille, zog mich sanft an sich. Ich lehnte mich gegen ihn, holte noch einmal tief Luft und hatte das Gefühl, alle Angst, Sorgen und den Stress der letzten Zeit ausatmen zu können.

»Das ist es.« Ich zog seine Arme enger um mich, so als würde ich nicht glauben, dass er da war, wenn ich ihn nicht spürte.

»Heute ist es aber irgendwie noch besonderer«, murmelte er, seine Lippen so nah an meinem Ohr, dass sein Atem meinen Hals streifte.

Ein warmer Schauer überlief mich und ich drängte mich näher an ihn, spürte seinen Oberkörper an meinem Rücken. Jess' Finger stahlen sich unter den Saum meines Tops und er strich mit den Lippen über die Haut in meinem Nacken. Ich schloss meine Augen, um seine Berührungen noch intensiver wahrzunehmen, aber lange hielt ich es nicht aus und drehte mich in seiner Umarmung zu ihm um.

Alles in mir verlangte danach, Jess zu küssen, ich tat es jedoch nicht. Stattdessen schaute ich ihn an, betrachtete sein Gesicht, seine grünen Augen, die Bewegung des leisen Windes in den blonden Locken, die sich aus seinem Bun gelöst hatten.

Und ich genoss, wie sich sein Körper an meinem anfühlte. Wie die Spannung zwischen uns mit jeder Sekunde, die wir dem Drängen nicht nachgaben, weiter anstieg.

»Hast du Hunger?«, fragte Jess leise und sah mich an, mit einem Blick, der mich geradewegs in Brand steckte.

»Kein bisschen«, antwortete ich. Und dann reckte ich mich zu ihm hoch und küsste ihn endlich. Nicht sanft oder liebevoll, sondern tief und heftig, weil es genau das war, was ich in diesem Moment wollte.

Jess erwiderte den Kuss auf die gleiche kompromisslose Weise und ich fragte mich, wie ich es über vierundzwanzig Stunden in seiner Nähe ausgehalten hatte, ohne ihn auf diese Art zu küssen. Ohne meine Hände unter sein Shirt gleiten zu lassen und über seine Muskeln zu streichen. Ohne ihm wirklich und wahrhaftig nahe zu sein. Zum Glück gab es jetzt keinen Grund mehr, mich zurückzuhalten, denn wir waren allein. Zum ersten Mal, seit wir uns kannten, waren wir nicht nur vollkommen ungestört, sondern mussten auch keine Angst haben, dass irgendjemand von uns erfahren würde. Wir waren frei. Endlich frei.

Jess packte mich und hob mich hoch und ich wusste nicht, ob ich ihm je gesagt hatte, dass mich das unglaublich anmachte, weil ich so genau spürte, wie sehr er mich wollte. Deswegen umschlang ich ihn mit meinen Beinen etwas fester, bewegte meine Hüften und registrierte zufrieden, wie er in meinen Mund keuchte. Es war zu lange her. Es war einfach viel zu lange her, verdammt.

Er trug mich hinüber zu der riesigen Liege und ich zog ihm sein Shirt über den Kopf, noch bevor ich mich auf die Polster fallen ließ. Es war nicht dunkel genug, um die Narbe zu übersehen, die Jess am Oberkörper hatte, aber ich bemühte mich, nicht hinzuschauen. Stattdessen zog ich ihn zu mir, auf mich, küsste ihn und strich über seine Brust, seinen Hals, seinen Nacken. Als er seine Hand unter meinen Rücken legte und seine Zunge noch tiefer in meinen Mund glitt, stöhnte ich auf. Hitze jagte durch meinen Körper und ich spürte, wie sie zwischen meinen Beinen pochte. Lange würde ich das nicht aushalten.

Ohne das Jess zu sagen, schien er dennoch das Gleiche zu denken, denn er fasste an den Saum meines Tops und ich löste mich leicht von ihm. Aber als er es mir ausziehen wollte, fluchte er leise. Ich wusste wieso: Das Top war eines von denen, die am Rücken mehrere gekreuzte Stoffbänder hatten. Es war nicht gerade das beste Oberteil, wenn man es schnell loswerden wollte.

»Diesen Mist muss jemand erfunden haben, der nie Sex hat«, knurrte er unwillig, während er mit den Bändern kämpfte. Ich musste lachen, bevor ich ihm half, mir das Top über den Kopf zu ziehen, und meinen BH und die Jeans direkt folgen ließ. Jess hielt inne, sein Blick wanderte über meinen Körper und ich verging förmlich, weil er mich nur ansah und nicht berührte.

»Jess«, sagte ich bittend und er schenkte mir ein winziges, wissendes Grinsen, bevor er sich über mich beugte und meine Lippen mit seinen auf eine Art verschloss, die mir den Atem raubte.

Wir hatten alle Zeit der Welt und ließen uns trotzdem keine. Als hätte all die aufgestaute körperliche Anziehung der letzten Wochen genau bis zu diesem Moment abgewartet, forderte sie jetzt Erfüllung und wir waren beide nur zu bereit, dem nachzugeben. Dieser Ort, dieser Augenblick, alles daran war perfekt. Und deswegen wollte ich nicht warten. Ich wollte Jess.

»Gott, ich habe das vermisst«, stieß ich aus, während meine Hände seinen Körper hinunterglitten und ich den Knopf an seiner Jeans öffnete, um sie nach unten zu schieben. Dann stützte ich mich auf, ließ meine Lippen und meine Zunge über seine Brust wandern. Aber in der nächsten Sekunde hielt Jess mich auf, seine Hände an meinen Armen.

Ich sah zu ihm hoch.

»Nicht«, bat er leise und obwohl ich ahnte, warum er es tat, fragte ich nicht nach, sondern akzeptierte es. Was passiert war, darüber würden wir reden, aber nicht jetzt. Jetzt war definitiv nicht die Zeit, um zu reden.

»Okay«, lächelte ich und kehrte zurück zu ihm, ließ mich von ihm umschlingen und sorgte dann selbst dafür, dass ich meine restliche Unterwäsche loswurde. Endlich Haut an Haut, genauso, wie es sein musste. Ich war nie ungeduldiger gewesen, nie vorfreudiger darauf, mit ihm vereint zu sein. Vor allem, weil ich wusste, dass ich das ab jetzt immer haben konnte. Nähe. Jess. Sex. Wann immer ich es wollte. Wir hatten kein Ablaufdatum mehr, nicht nur eine Nacht, nur einen Moment. Wir hatten alles, unser ganzes Leben. Und trotzdem konnte ich nicht warten.

Ich ließ mich weiter in die Kissen sinken und als Jess seine Lippen von meinen löste und seinerseits meinen Hals küsste, meine Brüste streichelte, hielt ich ihn ebenso davon ab, noch tiefer zu gehen, allerdings aus vollkommen anderen Gründen. Ich liebte es, wenn er es mir machte, aber jetzt wollte ich ihn in mir spüren und länger darauf zu verzichten, würde mich um den Verstand bringen.

Er schien zu verstehen, denn er küsste mich schnell und hart auf den Mund, bevor er sich aufrichtete. »Warte«, bat er und griff nach seiner Jeans, um ein Kondom herauszuholen. Ich wusste nicht, ob er geahnt hatte, dass wir übereinander herfallen würden, sobald wir hier waren, aber falls ja, hatte er mit seiner Vermutung richtiggelegen. Plastik knisterte und der leichte Wind, der es in die Lücke zwischen unsere Körper schaffte, ließ mich schaudern.

Jess bemerkte es und kehrte zu mir zurück, schloss diese Lücke, sein Oberkörper streifte meinen. Mit sanftem Druck fuhr er mit den Fingern über meine Seite nach unten, fand meine Mitte und ich stöhnte leise auf, als er mich dort streichelte, mit genau der richtigen Intensität. Ich legte meine Hände an sein Gesicht und küsste ihn, meine Zunge spielte mit seiner, bis ich spürte, wie sich sein Becken bewegte und gegen meins stieß.

»Wie willst du es?«, fragte er dicht an meinem Ohr und ich war mir sicher, nie etwas Verführerischeres gehört zu haben als diese Frage. Meine Antwort kam keuchend über meine Lippen.

»Ist mir völlig egal«, stieß ich hervor und er lachte leise, bevor er mich auf seinen Schoß zog. Wir mochten es offenbar beide, einander so nah wie möglich zu sein.

»Dann so.« Er raunte es nur und umfasste meine Hüften, positionierte sich so, dass ich die Macht darüber hatte, was als Nächstes geschah.

Ich hob mein Becken leicht an und ließ den Kopf in den Nacken fallen, als ich ihn in mir spürte, erst nur ein Stück, dann ganz. Jess' dunkles Stöhnen vibrierte durch meinen Körper, wir genossen für einen Moment die Verbindung, seine Stirn an meiner, heißer Atem zwischen uns. Dann bewegten wir uns beide, brauchten nur ein paar Sekunden, um einen gemeinsamen Rhythmus zu finden, bis wir aufeinander eingestellt waren. Ich nahm ihn in mich auf und gab ihn wieder frei, suchte seinen Mund und verschloss ihn mit meinem.

Vielleicht lag es an der Dunkelheit oder daran, dass wir hier an der frischen Luft waren, vielleicht war unser letztes Mal auch einfach zu lange her, aber ich fühlte alles so unendlich intensiv. Als wäre die Tatsache, dass wir uns keine Sorgen mehr machen mussten, etwas, das jede Empfindung verstärkte.

Ich lehnte mich nach hinten, suchte Halt auf dem Polster unter uns – und irgendwie fand ich doch keinen. Ich wollte es auch gar nicht, ich wollte mich in diesem Moment verlieren, in Jess verlieren, in dem Gefühl zwischen uns. Und deswegen schlang ich nur wenige Augenblicke später meine Arme erneut um seinen Nacken, küsste ihn, schloss die Augen.

Er hielt mich fest und drehte sich mit mir, bis er oben war und ich nicht nur die Kissen unter meinem Rücken spürte, sondern auch Jess' Gewicht auf mir, immer noch mit ihm verbunden. Unsere Blicke trafen sich, wir bewegten uns nicht, einen Atemzug lang, dann noch einen. Meine Ungeduld kämpfte gegen den Wunsch an, diesen Atemzug unendlich werden zu lassen, weil ich mich nie in meinem Leben so sehr wie ich selbst gefühlt hatte.

Aber dann holte ich doch Luft und die Ungeduld gewann. Ich schlang meine Beine um Jess' Hüften, er verstand den Wink und bewegte sich in mir, schien auch nicht mehr warten zu können. Und als ich meinen Mund zu seinem Ohr reckte und ihm sagte, wie sehr ich ihn wollte, dass ich *mehr* wollte, durchfuhr ihn ein heftiger Schauer, den ich sogar in mir spürte. Seine Stöße wurden härter und schneller, ich hielt mich an ihm fest, hielt ihn fest, und zusammen rasten wir dem Ende entgegen. Mein Orgasmus kam früher als seiner und überrollte mich, ein wilder Schlag, der viele kleinere Schläge nach sich zog, einer intensiver als der nächste. Jess folgte mir, er hatte gar keine Wahl, und er stöhnte an meiner Schulter, den gesamten Körper angespannt, bevor er schließlich kam.

Ich krallte meine Finger in seinen Rücken, spürte seinen Höhepunkt, als wäre es mein eigener. Und in der Sekunde, als sich die Welt um uns herum auflöste, war ich mir sicher, dass ich sie nicht vermissen würde, solange Jess nur bei mir war.

18
Jessiah

Ich wachte auf und war glücklich. Das war ein derartig ungewohntes Gefühl, dass ich einen Moment brauchte, um es überhaupt zu begreifen.

Das letzte Mal, als es so gewesen war, hatte ebenfalls Helena neben mir gelegen – an dem Morgen vor der Intrige meiner Mutter. Aber jetzt drohte uns nichts in der Art, denn auch wenn Trish mir klargemacht hatte, dass sie diese Beziehung nie akzeptieren würde, war sie im Moment doch weit, weit weg. So weit, dass ich nicht einmal an sie denken wollte.

Wir waren im Laufe der Nacht in das Bett im Haus umgezogen, aber das Meer konnte ich trotzdem sehen, als ich mich vorsichtig von Helena löste und aufsetzte. Strahlend blau lag es nur hundert Meter von der Terrasse entfernt und lockte dazu, eins der Boards zu schnappen, die hinten im Schuppen lagen, und eine Runde zu surfen. Aber wenn ich ehrlich war, dann zog es mich gerade weniger aufs Wasser als erwartet. Also legte ich mich wieder hin und drückte Helena einen Kuss in den Nacken.

Sie gab einen leisen, entzückenden Laut von sich und bewegte sich in meine Richtung, drehte sich schließlich um und öffnete die Augen.

»Hey«, machte sie und lächelte strahlender, als ich es je direkt nach dem Aufwachen gekonnt hätte. Dann hob sie leicht den Kopf und sah hinaus, bevor sie ihn wieder auf das Kissen sinken ließ und zufrieden seufzte. »Das war kein Traum, oder? Wir sind wirklich hier.«

»Sind wir.« Ich grinste und beugte mich über sie, um sie zu küssen. Es sollte nur ein harmloser Guten-Morgen-Kuss sein, aber Helena drängte sich an mich und vertiefte ihn.

Obwohl sie sich nachts mein Shirt und ihre Unterwäsche übergezogen hatte, war kaum Stoff zwischen uns und mein Körper reagierte prompt auf ihre Nähe. Es wunderte mich nicht. Ich hatte so verdammt lange auf sie verzichten müssen, auf alles mit ihr. Und wenngleich wir die halbe Nacht damit verbracht hatten, es nachzuholen, war das nicht genug gewesen.

»Was dagegen, wenn wir noch ein bisschen im Bett bleiben?«, fragte Helena in einem Ton, der eigentlich keine Antwort nötig machte. Trotzdem gab ich ihr eine.

»Keine Einwände.«

»Ich hätte auch keine gelten lassen.« Sie beugte sich vor und drückte ihre Lippen auf meine, während ihre Hand unter die dünne Decke wanderte und nach unten strich. Dabei mied sie die Stelle, an der meine Narbe war. Offenbar erinnerte sie sich daran, dass ich sie gestern Abend gebremst hatte, als sie in die Nähe gekommen war.

»Hör zu, wegen der Narbe –«, begann ich, aber sie schüttelte den Kopf.

»Ist okay. Tut mir leid, dass ich nicht daran gedacht habe.«

»Nein, bitte entschuldige dich nicht. Du hast nichts falsch gemacht.« Ich brachte ein bisschen Abstand zwischen uns, denn auch wenn es vermutlich die Stimmung killte, wollte ich es ihr erklären. »Es lag nicht an dir oder daran, dass du mich nicht dort berühren sollst. Es lag an dem, was du vorhattest.

Wenn ich dich dabei angesehen hätte, dann hätte ich auch die Narbe gesehen. Ich hatte Angst, dass ich dann … dass ich es verdorben hätte.«

Sie schaute mich an, mit einem dieser klugen, langen Blicke, die direkt in mich hineinzusehen schienen. »Du hast jedes Recht, nicht ständig daran erinnert zu werden, was passiert ist. Aber du hättest es auch nicht *verdorben*, wenn du doch daran gedacht hättest. Das hier ist unsere Auszeit, ja, und wir haben sie uns mehr als verdient. Trotzdem will ich nicht, dass wir alles, was uns belastet, ausklammern, nur damit es schön ist.« Sie holte Luft und berührte meine Wange. »Ich will dich, Jess. Mit absolut allem, was zu dir gehört.«

Ihre Worte machten meinen Hals eng. Aber nicht genug, um meine Gefühle für mich zu behalten. »Ich liebe dich«, murmelte ich leise und berührte ihre Nase mit meiner.

Sie lächelte. »Ich liebe dich auch«, antwortete sie flüsternd.

Und dann schlang sie die Arme um meinen Nacken und ich verbannte alle dunklen Gedanken an einen Ort, wo sie mich in der nächsten Stunde nicht stören würden.

Wir waren noch mal eingeschlafen, als mich ein Klingeln weckte. Mein Smartphone, das auf dem Nachttisch lag, hatte eine Nachricht gemeldet. Ich griff danach, um zu schauen, wer geschrieben hatte. Da Eli momentan bei seinen Großeltern an der Upper West Side wohnte, weil Trish in Dubai war, machte ich mir keine Sorgen um ihn, aber der Reflex, sofort auf das Handy zu sehen, ließ sich nicht so leicht abstellen. Zum Glück waren es keine schlechten Nachrichten.

Helena schlug die Augen auf. »Was ist los?«

»Das ist Paul. Er fragt, ob wir zum Mittagessen rüber in die Lodge kommen.« Ich grinste. »Sollen wir hingehen oder ihn auf morgen vertrösten? Mir wär beides vollkommen recht.«

Helena unterdrückte ein Gähnen. »Wir sollten gehen. Ich bin neugierig auf die Lodge. Und wenn wir nicht den vollen Jetlag abkriegen wollen, sollten wir eh aufstehen und uns ein bisschen bewegen. Meine Mutter sagt immer, man soll direkt morgens raus und sich an den neuen Rhythmus anpassen.«

Für eine Sekunde wurde ihr Blick traurig, als ihr aufzufallen schien, über wen sie gerade gesprochen hatte. Ich wusste, dass sich an dem Verhältnis zu ihren Eltern nichts geändert hatte, seit sie ausgezogen war. Wir hatten am Telefon darüber geredet, während ich in der Reha gewesen war.

»Hey.« Ich streichelte ihren Arm. »Sie werden nicht ewig sauer auf dich sein.«

»Hast du eine Ahnung.« Sie schnaubte leise. »Wenn meine Eltern etwas sind, dann nachtragend. Darin haben sie quasi ein Diplom. Aber was solls. Ich kann mich nicht verbiegen, um ihnen zu gefallen. Ich will es auch nicht.« Sie atmete tief ein, dann vertrieb sie die Schatten aus ihrem Gesicht und schwang die Beine aus dem Bett.

»Willst du duschen?«, fragte ich.

»Das hatte ich vor. Und bevor du fragst, ich gehe ohne dich. Sonst kommen wir nie hier weg.« Sie beugte sich noch mal vor, um mir einen Kuss auf den Mund zu drücken, dann stand sie auf, wühlte kurz in ihrer Tasche und verschwand im Bad.

Ich erhob mich ebenfalls, zog mir was über und ging anschließend nach oben auf die Dachterrasse, um unsere Klamotten von gestern Abend einzusammeln. Als ich dort war und das Meer vor mir sah, trat ich an das Geländer und nahm mir einen Augenblick Zeit, um die Aussicht zu genießen und Luft zu holen, die in meine Lunge strömte, als wäre sie nur für mich da. Ich stieß einen zufriedenen Laut aus.

Atmen. Einfach atmen. Endlich konnte ich es wieder.

Und das tat so gut.

Nachdem wir beide unter der Dusche gewesen waren und uns angezogen hatten, stiegen wir in den Jeep. Im Grunde konnte man auch zur Lodge laufen und es war ein schöner Weg am Strand entlang, aber dann würden wir das Essen wohl wirklich verpassen.

Außerdem hatte ich ein paar weitere Minuten verloren, weil ich mit Thea telefoniert hatte – immer noch über das Prepaidhandy, zur Sicherheit. Zum Glück war alles in Ordnung, Thea hatte mir nur von Lillys erstem Reitunterricht erzählen wollen, der wohl nach anfänglichem Respekt vor dem Pony ziemlich gut verlaufen war. Ich hätte zu gern Fotos davon gesehen, aber wegen Trish musste ich leider darauf verzichten, meine Nichte hoch zu Ross zu bewundern. Vielleicht irgendwann. Wenn es nicht mehr gefährlich war.

Helena und ich fuhren nur ein Stück auf der Hauptstraße Richtung Süden und es dauerte nicht lange, bis ich den Hinweis sah, dass man hier zur Lodge abbiegen musste. Mein Magen zog sich leicht zusammen, als ich erkannte, dass es noch genau dasselbe Schild war, obwohl es eigentlich schon damals hätte ersetzt werden müssen. Die blaue Farbe blätterte ab, der goldene Schriftzug war verblasst und ganz gerade hing es auch nicht. Aber irgendwie hatte niemand die Sache in die Hand genommen, weil Paul und ich den Charme des Schildes gemocht hatten. Offenbar war es dabei geblieben.

Der sandige Weg führte direkt zum Parkplatz, der seit meinem Weggang ein Stückchen größer geworden und jetzt vor allem befestigt war. Ich stellte den Jeep neben zwei weiteren Autos ab und atmete einmal durch. Ich hatte keine Ahnung, was es mit mir machen würde, wenn ich das alles wiedersah. Aber ich war bereit, es herauszufinden.

Helena suchte meinen Blick und ich lächelte leicht, bevor ich die Tür öffnete und ausstieg. Sie tat es mir gleich und kam um den Wagen herum, streckte mir ihre Hand entgegen und ich ergriff sie.

»Hier entlang«, sagte ich und nahm sie mit zu dem mit Holzbohlen gepflasterten Pfad, der durch die Bäume auf das Haupthaus zuführte, in dem das Restaurant und die Gemeinschaftsräume untergebracht waren. Es hatte eine andere Farbe als früher, war nun hellblau statt grün gestrichen, und offenbar hatte man die Fensterläden erneuert. Vielleicht war das wegen des Sturms nötig gewesen. Trotzdem wirkte alles sehr vertraut, wenn auch wie aus einem anderen Leben. Ich merkte, wie ich etwas langsamer wurde, weil ich Zeit brauchte, um zu verarbeiten, wie viele Erinnerungen mit diesem Ort verbunden waren.

»Paul, sie sind da!«, rief da plötzlich jemand und eine Tür flog auf. Heraus trat eine junge Frau, die genauso aussah, wie ich sie kannte: die blonden Haare zu einem unordentlichen Zopf geflochten, in Shorts und Top, beides ausgeblichen, mit Flip-Flops an den Füßen. Sie lief auf uns zu und ich wappnete mich für die Gefühle, die auf mich einprasseln würden, weil wir uns zum ersten Mal seit Ewigkeiten wieder begegneten. Aber es kam keine Welle, kein Tornado. Da war zwar ein leichtes Ziehen in meinem Magen, weil ich noch wusste, was Mias Anblick früher in mir ausgelöst hatte. Aber es war so schnell wieder weg, wie es gekommen war. Und dann war in mir einfach nur Freude darüber, eine alte Freundin wiederzusehen.

Sie kam bei uns an, lächelte Helena zu und umarmte mich fest. »Hey, JC. Schön, dich zu sehen.«

»Ja«, antwortete ich. »Geht mir genauso, Mia.«

Erleichtert bemerkte ich, dass es auch von ihrer Seite nicht komisch war zwischen uns. Zwar hatte ich sie das letzte Mal vor mir gesehen, als wir uns per Skype getrennt hatten, und diese Erinnerung würde wohl immer eine der unangenehmsten meines Lebens bleiben. Aber es schien eine Ewigkeit her zu sein, dass wir Gefühle füreinander gehabt hatten. Wahrscheinlich, weil es tatsächlich so war. Wir waren jetzt ganz andere Menschen als damals.

»Du musst Helena sein«, begrüßte Mia nun sie ebenfalls mit einer Umarmung. »So cool, dass ihr hier seid.«

»Das finde ich auch.« Helena lächelte und wirkte nicht, als wäre ihr der Moment unangenehm. Vielleicht war sie tatsächlich entspannter, was Ex-Partner anging, als ich. Wobei man zu meiner Verteidigung erwähnen musste, dass ich geglaubt hatte, Lowell und sie wären wieder ein Thema. Mia und ich, das war lange Geschichte.

»Sieh an, wer sich da nach Jahren endlich blicken lässt.« Auch Paul schien sich äußerlich nicht verändert zu haben – er wirkte immer noch nicht so richtig wie ein Surfer, mit seinen akkurat geschnittenen dunklen Haaren, die niemals auch nur zwei Zentimeter zu lang waren. Seine Klamotten allerdings zeigten, dass er schon eine Weile hier lebte, und er sah irgendwie erwachsener aus.

»Hey, Paul«, sagte ich, für einen Moment befangen, aber mein Freund ließ das gar nicht erst zu. Er umarmte mich und klopfte mir auf den Rücken und ich merkte, dass ich ihn echt vermisst hatte.

»Gut, dass du da bist, Mann.« Er ließ mich los, begrüßte dann Helena und zeigte anschließend hinter sich. »Der Solargenerator von Bungalow acht zickt mal wieder.«

»Was denn, immer noch?« Das Ding war eine echte Diva und hatte schon zu meiner Zeit ständig gesponnen. »Ich hätte gedacht, du hast das längst im Griff.«

»Wie denn? Du warst der Einzige, der dem Teil gut zureden konnte.«

Ich fragte nicht, warum sie den Generator nicht ausgetauscht hatten, schließlich wusste ich, dass die Reparaturen im letzten Jahr alle Reserven aufgebraucht hatten. »Wenn du willst, sehe ich ihn mir mal an.«

»Das wollte ich hören.« Paul grinste, aber Mia boxte ihn in die Seite.

»Hör auf, Jess einzuspannen, er macht hier Urlaub und ist nicht dein persönlicher Handwerker. Helena und er haben sicher Besseres zu tun, als bei uns auszuhelfen.«

»Ja und nein.« Mir fielen da durchaus ein paar Dinge ein, die sich vor allem darum drehten, dass ich Helena keine Sekunde loslassen wollte. Andererseits juckte es mich in den Fingern, mit anzupacken. Nicht nur, weil die Lodge mal mir gehört hatte. Sondern weil ich neugierig war, was sich seit meinem Weggang alles verändert hatte. Und außerdem war ich noch nie besonders gut darin gewesen, gar nichts zu tun.

»Okay, aber erst essen und dann der Generator.« Mia hob den Zeigefinger.

Paul deutete ein Salutieren an. »Aye, Ma'am.« Das brachte ihm einen weiteren Boxhieb ein, dem er elegant auswich.

Ich grinste Helena an, als sich die beiden auf den Rückweg zum Haupthaus machten. »Falls du dich fragst, ob das früher auch schon so war, kann ich nur sagen: Ja.« Ich hatte mich öfter gefragt, ob es bereits während Mias und meiner gemeinsamen Zeit Anzeichen dafür gegeben hatte, dass zwischen den beiden etwas war, aber ich hatte keine finden können. Vielleicht waren sie ohne großes Aufheben von ihrer Freundschaft in eine Beziehung gerutscht.

Helena lächelte und legte einen Arm um mich, während wir den beiden folgten. »Ihr wart sicher ein interessantes Trio.«

»Wir waren vor allem ein chaotisches Trio.« Ich schüttelte den Kopf. »Im Grunde hatten Paul und ich nichts geplant, bevor wir das hier gekauft haben. Wir sind einfach ins kalte Wasser gesprungen und haben gehofft, dass wir schon rausfinden werden, was zu tun ist.«

»Im Ernst?« Sie wirkte erstaunt. »Das kann man sich bei dir gar nicht vorstellen.«

Bestimmt sagte sie das, weil sie meinen Beruf kannte und wusste, dass ich eigentlich kaum etwas anderes machte, als Dinge zu regeln oder Leuten beizubringen, wie man seine eigenen Abläufe optimieren konnte. Nur hatte sie mich früher nicht erlebt.

»Ich habe das erst hier gelernt«, gab ich zu. »Wie man sich richtig organisiert oder erst einmal einen vernünftigen Plan aufstellt, an den man sich auch halten kann. Mein Dad hat mir zwar einiges beigebracht, aber ich hatte es nie angewendet und war am Anfang ziemlich verloren.« Ich konnte mich gut daran erinnern, wie ich hier Stück für Stück an den Herausforderungen gewachsen war. Wie ich mit Paul und später auch mit Mia zusammen aus dem Chaos einen gut laufenden Laden gemacht hatte.

Über eine große Holzterrasse, die zum Restaurant gehörte, betraten wir das Innere des Haupthauses. Mia schnappte sich Helena und nahm sie mit, während ich mitten im Raum stehen blieb.

Es fühlte sich an, als würde ich mein altes Ich besuchen. Denn trotz meiner langen Abwesenheit kannte ich jeden Stein und jede Ecke hier. Die Kerbe im Boden neben der Küche, wo Paul der Werkzeugkasten runtergefallen war, direkt nachdem wir die Dielen erneuert hatten. Den Sprung im Keramikspülbecken, der schon bei der Lieferung drin gewesen war, weswegen der Händler uns das Ding quasi umsonst gegeben hatte. Oder die bunten Möbel, die ich gemeinsam mit Paul ausgesucht hatte, nachdem wir endlich mit allem anderen fertig gewesen waren. Aber da waren auch neue Sachen – wie die Bilder an der Wand, die sie offenbar von Mitch, einem Künstler aus dem Ort, gekauft hatten. Die robusten Läufer, die auf dem Weg nach draußen lagen. Oder viele, viele der Fotos an der großen Pinnwand aus abgeschnittenen Weinkorken, die wir für unsere Gäste aufgehängt hatten. Ich musste lächeln, als ich bemerkte, dass ich hier sein konnte, ohne dass es wehtat. Mein Zuhause war die Lodge nicht mehr, dafür war ich viel zu lange weg gewesen und hatte mich auch innerlich davon verabschiedet. Aber es würde immer ein Ort sein, an dem ich mich wohlfühlen konnte.

»Jess? Kommst du?« Mia streckte den Kopf herein und ich beeilte mich, nach draußen zu gehen.

Auf der privaten Terrasse, die seitlich vom Haus lag und für die Gäste nicht zugänglich war, hatten Paul und sie – oder vielleicht auch ihre Angestellten – einen ziemlich opulenten Brunch aufgetischt: mit Toast, frischem Brot, Obstsalat, Rührei und noch einigen anderen Dingen.

»Das ist echt zu viel der Ehre«, merkte ich an, als ich mich setzte.

Als wir hier angefangen hatten, da hatte unser Frühstück aus einem Kaffee bestanden und das Mittagessen aus Brot vom letzten Tag mit dem, was man so im Kühlschrank fand. Es war einfach keine Zeit für mehr gewesen. Nach der Renovierung hatte ich dann häufig gekocht, zumindest für uns privat. Für das Restaurant der Lodge war eine Köchin zuständig gewesen, die wir engagiert hatten. Aber selbst dort gab es kein solches Aufgebot, jedenfalls nicht, soweit ich wusste.

»Was meinst du?«, fragte Mia unschuldig. »Vielleicht essen wir ja jeden Tag so.«

»Wenn ja, bleibe ich für immer.« Helena nahm sich von dem Rührei.

»Dann hat Jess dir noch nie sein berühmtes Frühstück gemacht?« Paul zog scherzhaft eine Augenbraue hoch, als er mich ansah. »Meine Güte, was ist nur aus dir geworden?«

»Es war nicht seine Schuld«, sagte Helena schnell. »Wir … hatten einfach bisher nicht die Gelegenheit dazu.«

Weder Mia noch Paul fragten nach, auch wenn ich sah, dass sie sich einen Blick zuwarfen, der überrascht wirkte. Aber ich wollte die Stimmung nicht versauen, indem ich ihnen erklärte, dass es Menschen gab, die nicht frei darüber entscheiden durften, mit wem sie zusammen waren. Und dass Helena und ich bis vor Kurzem dazugehört hatten. Natürlich waren beide über das schwierige Verhältnis zu meiner Mutter im Bilde, aber sie waren hier in Australien zu weit weg, um Genaueres von dem zu wissen, was nach Adams und Valeries Tod passiert war.

»Warst du schon auf dem Wasser?« Paul nahm sich eine Scheibe Toast und sein Gesichtsausdruck wurde plötzlich betroffen. »Oder geht das nicht wegen …« Er deutete auf seinen eigenen Oberkörper und meinte damit wohl meine Verletzung.

»Doch, das ist kein Problem. Ich soll nur ein bisschen vorsichtig sein, sagen die Ärzte. Aber ich war noch nicht draußen.« Mein Blick traf Helena und ich grinste. »Irgendwie hatte ich heute Morgen keine Lust dazu.«

Paul nickte. »Es sind eh keine guten Boards drüben, wir haben nur ein paar ausrangierte Übungsbretter dort. Ich gebe dir eins mit, wenn ihr später zurückgeht.«

»Das wär super.« Ich konnte es kaum erwarten, endlich wieder hier zu surfen. Rockaway Beach in New York war im Sommer zwar ganz okay, aber mit Australiens Küste würde er auch zu seinen besten Zeiten nie mithalten können.

»Habt ihr eigentlich auch einen Kurs für Anfänger?«, fragte Helena. »Ich würde es gerne mal ausprobieren.«

Kurz herrschte Schweigen am Tisch.

»Du willst in unseren Kurs, wenn du mit einem der besten Surfer zusammen bist, den dieser Strand je gesehen hat?« Paul hob seine Augenbrauen in meine Richtung und ich sparte mir die Bemerkung, dass er damit heillos übertrieb. »Oder ist das unter deiner Würde, JC?«

»Natürlich nicht«, antwortete ich schnell und sah Helena an. »Ich hatte nur keine Ahnung, dass du surfen lernen willst.« Sie hatte nie etwas in diese Richtung geäußert und bis wir auf dem Weg hierher gewesen waren, hätte es ja eh kaum Gelegenheit dazu gegeben.

Sie hob die Schultern und es war eine fast schon herausfordernde Geste. »Hatte ich auch nicht. Aber es bedeutet dir viel, also würde ich gern wissen, warum.«

»Okay, dann …« Ich ließ mir vor den anderen nicht anmerken, dass es mich rührte, was sie gesagt hatte, sondern schaute zu Paul. »Dann brauche ich wohl zwei Boards.«

»Du kriegst so viele du willst.«

Unser Brunch ging weiter und ich ließ mir berichten, was in der Zwischenzeit passiert war – welche Angestellten noch da waren und welche nicht. Die Fluktuation in der Gastronomie und im Feriengewerbe war hoch, deswegen war es keine Überraschung, dass bis auf Köchin Mindy im Grunde niemand mehr in der Lodge arbeitete, den ich kannte.

»Sie hat heute frei, aber morgen ist sie wieder da. Und sie lässt dir ausrichten, sie wird dich mit dem Kochmesser bis nach New York verfolgen, wenn du ihr keinen Besuch abstattest.«

Ich lachte. »Die Drohung ist unnötig. Im Grunde bin ich doch nur wegen Mindy hier.«

Helena lauschte unseren Gesprächen, stellte ab und zu eine Frage und sah sich immer wieder zum Meer um, als könnte sie nicht fassen, dass sie tatsächlich hier war. Es wunderte mich nicht. Ich wollte mich ja selbst ständig kneifen, weil ich es nicht richtig glauben konnte. Aber dann berührten wir uns kurz, meine Hand auf ihrem Knie oder ihre an meinem Arm, und es war real.

»Was?«, fragte sie mich, als sie meinen Blick bemerkte.

»Gar nichts.« Ich überspielte meine Verlegenheit und zeigte auf das Stück Bacon, das auf ihrem Teller lag. »Ich hätte nur nicht gedacht, dass irgendjemand aus der Familie Weston tatsächlich auf gebratenen Speck stehen könnte. Oder ihn mit den Händen isst.«

»Weston?«, merkte Paul auf. »So wie …«

»Valerie Weston, ja.« Helena nickte und ich sah diesen traurigen Zug um ihren Mund, den sie immer hatte, wenn sie darüber sprach. »Ich bin ihre Schwester.«

Paul sah zwischen uns hin und her, genau wie Mia, bevor er die Luft ausstieß. »Heilige Scheiße. Das klingt ja wie aus einem Film.«

»Eher wie aus einem Buch«, sagte ich trocken. »Ein ziemlich altes Buch, von einem Briten geschrieben.« Kurz dachte ich an New York. Es war zu erwarten, dass sich die sozialen Medien auf uns stürzen würden, sobald wir unsere Beziehung öffentlich machten. Dass sie es Romeo und Julia 2.0 nennen würden, ein Drama in zwei Akten oder die Fortsetzung der tragischsten Liebesgeschichte der Upper East Side. Aber das war mir egal. Es war mir egal, solange wir uns davon nicht beeindrucken ließen. Und vorerst waren wir hier, wo sich niemand für unsere Nachnamen oder die Geschichte unserer Geschwister interessierte.

Helena war es, die das kurze, etwas unangenehme Schweigen brach.

»Sagt mal, gibt es hier in der Nähe irgendwo ein paar Geschäfte, wo ich mich mit Sommerklamotten und Bikinis eindecken kann?« Ganz offensichtlich wollte auch sie unsere Story nicht vor Mia und Paul ausbreiten. »Ich hatte nur Winterklamotten zu Hause, als mich Jess mit diesem Urlaub überrascht hat, und ich glaube, ich werde zerfließen, wenn es noch wärmer wird.« Sie deutete auf ihre lange Jeans und die geschlossenen Schuhe.

»Klar.« Mia nickte fröhlich. »Im Ort gibt es einige coole Läden, wo du bestimmt was Passendes findest. Ich muss eh noch dorthin, um Besorgungen zu machen, ich kann dich also mitnehmen. Es sei denn, Jess und du wollt zusammen fahren.«

»Oh ja«, flachste Paul. »JC liebt Shopping.«

Ich verzog leicht das Gesicht, weil ich kaum etwas weniger gern tat, als in irgendwelchen Geschäften zu stöbern. Aber Helena wusste das nicht und ich wollte sie sicher nicht dazu zwingen, mit Mia zu fahren, wenn sie darauf keine Lust hatte.

»Für dich würde ich auch Klamotten einkaufen gehen«, machte ich ihr also eine Liebeserklärung, die viel schwerer wog, als sie es sich vermutlich vorstellen konnte.

»Das ist wirklich lieb von dir, aber nicht nötig.« Helena lächelte mich an und ich konnte erkennen, dass sie es ehrlich meinte. Dann schaute sie zu Mia. »Ich fahre gerne mit in den Ort. Und Jess muss doch eh diesen Generator reparieren, oder?«

Paul strahlte sie an. »Ich liebe dieses Mädchen«, sagte er zu mir und ich lachte.

»Ja. Ich auch.«

19
Helena

Es hätte eine merkwürdige Vorstellung sein können, ausgerechnet mit Jess' Ex-Freundin zum Einkaufen zu fahren, aber das war es nicht. Im Gegenteil, Mia und ich unterhielten uns auf der Fahrt in die nächste Stadt, als würden wir uns schon sehr viel länger kennen, und wahrscheinlich war das mit den beiden einfach lange genug her, um es komisch werden zu lassen. Ich fragte Mia nach der Lodge und wie sich alles entwickelt hatte, und sie erzählte mir von den Schwierigkeiten, die sie gehabt hatten, die aber nun behoben waren.

»Jess hat uns ausgeholfen, ohne ihn wäre es eng geworden«, gab sie zu und bog an einer Ampel ab. »Ich bin echt froh, dass er mal wieder hier ist. Dass ihr beide zusammen da seid. Er wirkt so glücklich mit dir.«

Ich lächelte und dachte an die Hindernisse, die wir bereits überwunden hatten – und an alle, die zu Hause in New York noch auf uns warteten. Bisher hatte ich Jess nicht nach seiner Mutter gefragt, aber ich konnte mir vorstellen, dass sie unsere Beziehung nicht plötzlich akzeptieren würde, nur weil wir uns das wünschten. Trish Coldwell war eine ernst zu nehmende Gegnerin, nichts wusste ich besser. Aber gerade wollte ich daran nicht denken. Nicht an sie, nicht an meine Familie, nicht an alles, was zu Hause war. Hier zu sein und zu sehen, wie Jess an diesem Ort aufblühte, war so heilsam, dass ich den Rest nur zu gerne beiseiteschob.

»Ja«, sagte ich etwas verzögert. »Ich bin auch glücklich mit ihm.« Endlich.

Die Fahrt dauerte nicht lange, dann kamen wir in Yellow Hills an. Der kleine Ort hatte nur ein paar Restaurants, Bars und Geschäfte zu bieten, aber es war einiges dort los. Mia schleppte mich zu ihrem Lieblingsladen, der offenbar Klamotten und Surfbedarf verkaufte, und auch wenn ich im ersten Moment skeptisch war, ob ich hier das Richtige für den Urlaub finden würde, war ich schnell überzeugt. Nicht nur, dass sie Bikinis, Shorts und Tops in Hülle und Fülle hatten, es waren neben den schreiend bunten Exemplaren auch welche in dezenteren Farben und Mustern dabei.

»Ist in New York das Wetter immer so schlecht, dass du dort gar keine kurzen Sachen besitzt?«, fragte mich Mia und nahm einen Bikini von der Stange, um ihn prüfend zu mustern.

»Nein, wir haben dort auch heiße Sommer. Aber ich hatte vor ein paar Wochen ziemlichen Stress mit meinen Eltern und bin überstürzt ausgezogen, also habe ich keine Badesachen mitgenommen.«

Sie sah mich über den Kleiderständer hinweg an. »Das tut mir leid.« Wahrscheinlich erinnerte sie sich an diesen Moment beim Frühstück, als ich das Thema mit unseren Familien unkommentiert gelassen hatte.

»Muss es nicht. Wir haben ziemlich unterschiedliche Vorstellungen davon, wie mein Leben aussehen soll, und ich war damit nicht glücklich. Es war richtig, mich endlich abzunabeln.«

»Kenne ich.« Mia nickte. »Meine Eltern wollten für mich auch etwas anderes als eine Surf Lodge an der Küste.«

»Dann stammst du nicht aus dieser Region?« Ich war automatisch davon ausgegangen, dass sie schon immer hier gelebt hatte. Sie schien zu Strand, Sommer und Küste zu passen, als wäre sie dort aufgewachsen.

»Nein. Ich bin in Brisbane groß geworden, meine Eltern haben dort eine Kosmetikfirma und wollten, dass ich ins Unternehmen einsteige, wenn ich mit der Uni fertig bin. Nur wollte ich nie auf eine Uni.« Sie hob die Schultern. »Ich habe zwar angefangen zu studieren, aber schnell gemerkt, dass es nichts für mich ist. Also bin ich abgehauen. Eigentlich wollte ich nur ein paar Wochen Auszeit, um mir darüber klar zu werden, was ich mit meinem Leben anfangen möchte. Aber dann bin ich irgendwie in der Lodge gelandet und habe die Jungs kennengelernt. Und plötzlich wusste ich, was ich will.«

Es überraschte mich, dass sie offenbar mit ähnlichen Erwartungen konfrontiert worden war wie ich. »Hast du noch Kontakt zu ihnen?«

»Nur über meine Oma. Sie erzählt mir, was zu Hause los ist, und vermutlich auch umgekehrt. Mit meinen Eltern habe ich seit fast drei Jahren kein Wort mehr gewechselt.«

Ich schluckte, als mir klar wurde, dass es mir genauso gehen konnte, wenn meine Eltern bei ihrer Haltung blieben. Allerdings war es gerade auch schwierig, mir ein anderes Szenario vorzustellen – dass sie akzeptieren würden, was ich aus meinem Leben machen wollte. Oder dass ich mit Jess zusammen war. Bei dem Gedanken daran, wie sie mit ihm beim Abendessen saßen und höflich nach seinen Geschäften fragten, kitzelte ein albernes Lachen meine Kehle. Dazu würde es wohl nie kommen, aber mir machte die Vorstellung weniger Angst als gedacht. Wenn sie nicht mit der Person einverstanden waren, die ich in den letzten Jahren geworden war, dann konnten sie kein Teil meines Lebens mehr sein.

»Das tut mir leid«, wiederholte ich Mias Worte von vorhin.

»Mir nicht.« Sie schüttelte den Kopf. »Ich habe hier mein Glück gefunden und auch wenn es immer wehtun wird, dass ihre eigenen Pläne für mich ihnen wichtiger sind als mein Glück, versuche ich, mich damit abzufinden.«

»Ja, ich verstehe, was du meinst.« Ich nickte und bemerkte, wie leicht es mir fiel, mit ihr über so etwas Persönliches zu reden. In New York und auch in England hatten die Leute genau gewusst, wer ich war – und ich hatte aufpassen müssen, wem ich etwas erzählte. Aber hier in Australien war es so, als wäre ich nur Helena, ganz ohne das Weston dahinter. Es fühlte sich unglaublich gut an.

»Das klingt vielleicht komisch, aber ich bin wirklich erleichtert, dass es dich gibt.« Mia lächelte. »Als Jess und ich ... na ja, als das auseinanderging, da habe ich mir große Sorgen um ihn gemacht. Nicht, weil wir getrennt waren, sondern weil er nach der Rückkehr nach New York ein anderer Mensch geworden ist. Ernst, destruktiv, irgendwie düster. Aber mit dir scheint er das überwunden zu haben.«

Ich hob die Schultern, weil das nicht ganz stimmte. »Es wird wohl eher die Aussicht sein, eine kurze Weile aus der Stadt rauszukommen.« Eine Stadt, die ich liebte und die er hasste. Wenn wir zusammen sein wollten, würden wir irgendwann darüber reden müssen, wie sich das lösen ließ.

»Also, das glaube ich nicht. Im Ernst, so wie dich hat er mich nie angesehen.« Es wirkte nicht so, als würde Mia das übermäßig treffen.

Ich grinste. »Na, dafür sieht dich Paul so an, oder?«

»Ja, Paul.« Sie seufzte zufrieden. »Ich weiß, wie das auf dich wirken muss. Erst hat sie den einen Kerl und als der verschwindet, wechselt sie zum anderen.«

»Darüber habe ich mir keine Gedanken gemacht«, sagte ich und meinte es ehrlich. Soweit ich es von Jess wusste, hatten Mia und er sich einvernehmlich getrennt. Es war allein ihre Sache, wie sie danach weitergemacht hatte, und Paul und sie wirkten wie geschaffen füreinander.

»Da bist du die Einzige. Paul hat über ein Jahr gebraucht, bis es für ihn okay war. Er meinte, er will kein Lückenbüßer sein. Dabei war er das nie. Es war einfach nur keine Liebe auf den ersten Blick.« Sie lächelte schief. »Jess und ich sind uns so verdammt ähnlich und das war erst mal wirklich anziehend, aber als er gegangen ist, habe ich gemerkt, dass wir beide eigentlich was anderes brauchen.«

»Du meinst die berühmte Theorie von der Anziehung der Gegensätze?« Ich hob eine Augenbraue.

»Glaubst du nicht daran?«

»Doch, ich bin mir sogar relativ sicher, dass sie stimmt. Wenn man sich ähnlich ist, hat man das Gefühl, dass man einander perfekt versteht. Aber dann merkt man bald, dass es keine Weiterentwicklung gibt, weil da keine Reibungspunkte sind.«

»Man merkt, dass du Psychologie studierst.« Mia grinste.

»Nicht mehr«, korrigierte ich. »Im Herbst fange ich mit Tourismus und Reisen an der NYU an. Das wollte ich schon immer machen, aber meine Eltern waren dagegen.« Ich erwähnte Valerie nicht. Nicht, weil ich Mia nicht verraten wollte, dass diese Idee eng mit meiner Schwester verbunden war. Es lag eher daran, dass alles in New York sehr weit weg zu sein schien und ich mir erlauben wollte, das zu genießen.

Mia nickte. »Na, dann bist du hier ja an der richtigen Adresse. Schließlich ist Australien das tollste Land der Welt.«

Ich lachte. »Ja, das habe ich schon öfter gehört.«

»Dann muss es ja stimmen.« Sie hob nonchalant die Schultern.

Ich entschied mich für einen blauen Bikini, drei Kleider und zwei Jeans-Shorts, außerdem für ein ultraniedliches Stoffkänguru aus der Souvenir-Ecke für Lilly, anschließend gingen wir raus und Mia nahm mich mit zu einem Laden, der Flip-Flops ohne Plastik verkaufte.

Nachdem wir die Straße überquert hatten, spürte ich ein Kribbeln im Nacken, das irgendwie unangenehm war. Also drehte ich mich um, scannte die Umgebung, um dem Gefühl auf den Grund zu gehen. Und da sah ich ihn. Ein Mann in seinen Vierzigern, groß und schlaksig. Er wirkte unauffällig in seinem gemusterten Hemd und der knielangen Shorts, aber etwas an seiner Haltung passte nicht dazu. Sie war zu betont lässig, während er Sonnenbrillen auf einem Ständer betrachtete.

»Helena, alles okay?«, fragte Mia.

»Ich bin mir nicht sicher«, murmelte ich und folgte ihr dann in den Laden, wo man den Mann durch das Schaufenster sehen konnte. »Sag mal, kennst du den Typen da drüben?«

Sie folgte meinem Blick und zuckte dann mit den Schultern. »Nein. Du etwa?«

Ich schüttelte den Kopf. »Irgendetwas an ihm ist merkwürdig.«

»Bestimmt ist er ein Tourist, die wirken hier schnell so, als wären sie auf einem fremden Planeten gestrandet.« Mia winkte ab, aber sie schien zu merken, dass ich nicht beruhigt war. »Glaubst du, dass dich jemand … beschattet?« Das Wort klang aus ihrem Mund so, als hätte sie es noch nie verwendet, und mir fiel auf, dass ich sie darum beneidete, trotz der Ablehnung ihrer Eltern ein so sorgloses Leben zu führen.

»Vielleicht. Jess' Mutter ist nicht gerade ein Fan von mir.«

»Ist sie ein Fan von irgendjemandem?« Mia verdrehte die Augen. »Bei allem, was ich über sie weiß, war ich immer gottfroh, dass er nie auf die Idee gekommen ist, uns einander vorzustellen. Sie muss eine schreckliche Person sein.«

Ich schnaubte. »Ja, das trifft es ungefähr. Nur dass sie und meine Eltern einander seit dem Tod unserer Geschwister erbittert hassen und nicht wollen, dass wir zusammen sind. Deswegen würde es zu ihr passen, wenn sie jemanden darauf ansetzt, Jess und mich im Auge zu behalten.«

»Okay.« Mia straffte nach kurzem Überlegen die Schultern. »Dann werde ich das mal für dich herausfinden.«

»Was? Nein! Wenn der Typ irgendwie gefährlich ist – «

»Gefährlich? Siehst du den Laden, vor dem er steht? Der gehört Winston Napier. Er ist ungefähr zwei Meter groß, besteht zu neunzig Prozent aus Muskeln und hat einen sehr ausgeprägten Beschützerinstinkt. Wir sind gute Freunde, mir kann also gar nichts passieren. Warte hier.«

Schon war sie weg und lief über die Straße, direkt auf den Typen zu. Ich verkrampfte meine Hände ineinander, während ich ihr angespannt dabei zusah, wie sie mit ihm redete. War ich jetzt paranoid? Warum sollte Trish uns einen Ermittler hinterherschicken, schließlich wusste sie von meinen Gefühlen für Jess und konnte sich denken, was wir zusammen in Australien machten. Aber was, wenn es gar nicht sie war, sondern jemand anderes? Wenn der Angreifer von Jess doch noch Rache wollte und nun aus dem Gefängnis heraus einen weiteren Attentäter geschickt hatte?

Jetzt bist du wirklich paranoid.

Mia beendete ihr Gespräch und ich sah sie lächeln, bevor sie zurückkam.

»Entwarnung«, sagte sie, als sie in den Laden trat. »Er ist nur ein Urlauber, der ein Tinder-Date hat und deswegen eine Stunde vorher schon auf dem Platz herumlungert, um festzustellen, ob die Auserwählte hübsch genug ist.« Mia verdrehte die Augen. »Offenbar ist er nicht auf die Idee gekommen, dass sie das ähnlich sehen könnte, ein Adonis ist er ja nicht gerade. Aber immerhin kannst du dich entspannen.«

»Ja.« Ich lächelte erleichtert. »Danke. Du bist echt furchtlos.«

»Nein, ich bin nur spontan. Das ist nicht immer die richtige Idee, glaub mir.« Sie grinste. »So, und jetzt suchen wir dir Schuhe aus, okay?«

»Okay.« Ich warf dem Typen auf der anderen Straßenseite noch einen letzten Blick zu, dann drehte ich mich um und konzentrierte mich auf die Auslage, schob das unangenehme Gefühl mit aller Gewalt weg. Aber gleichzeitig fragte ich mich, ob die Sorge, dass es am Ende doch etwas geben würde, das Jess und mich trennte, wohl jemals verschwinden würde.

Abends fand am Strand der Lodge eine kleine Party statt, weil einer ihrer Stammgäste Geburtstag hatte und Mia und Paul so gute Gastgeber waren, dass sie nicht nur Surfunterricht und Rundumverpflegung anboten, sondern auch spontane Feiern auf die Beine stellen konnten. Das Geburtstagskind hatte alle anderen Gäste eingeladen und Paul Jess und mich gleich mit. Aber obwohl das Barbecue echt gut war und ich es genoss, am Abend in einem meiner neuen Sommerkleider am Strand zu sein, hoffte ich dennoch, dass wir nicht zu lange bleiben würden. Zwar hatten wir den Rest des Nachmittags zusammen verbracht, nachdem ich von meiner Shoppingtour mit Mia zurückgekehrt war. Und ich mochte Jess' Freunde, sehr sogar. Aber da wir in den letzten Monaten so lange voneinander getrennt gewesen waren, konnte ich es nicht erwarten, endlich wieder mit ihm allein zu sein. *Wirklich* allein.

Ich reckte das Kinn, nachdem mich Mia verlassen hatte, weil sie irgendein Feuerwerk vorbereiten musste. Wo steckte Jess überhaupt? Vor zwanzig Minuten war er gegangen, um Paul mit den Getränkekisten zu helfen, aber seither hatte ich ihn nicht mehr gesehen. Unruhig machte mich das nicht, denn ich gönnte ihm diese Auszeit von ganzem Herzen. Ich merkte, wie er New York mit jeder Stunde, die er hier war, weiter hinter sich ließ, und auch wenn er immer noch er selbst war, gefiel mir diese andere Version von ihm wahnsinnig gut.

»Hey.« Kaum hatte ich den Gedanken beendet, tauchte Jess bei mir auf, umarmte mich und drückte mir einen Kuss auf die Haare. »Du riechst gut«, murmelte er. »Nach Strand und Freiheit und dir.«

»In der Reihenfolge?«, fragte ich und drehte mich zu ihm um, legte meine Arme um seinen Hals. Es war noch nicht ganz dunkel, aber in dem schönen Grün seiner Augen spiegelten sich dennoch die Flammen des Lagerfeuers. Es erinnerte mich an einen Schneesturm und den Stromausfall im Randy East Hotel kurz vor Weihnachten. Und mir wurde warm, ohne dass ich es verhindern konnte.

Jess schien es auch zu merken, denn er zog mich enger an sich und näherte seinen Mund meinem Ohr. »Wollen wir abhauen?«

Mich überlief ein Schauder der besten Sorte. »Ich dachte schon, du fragst nie.«

Er löste sich von mir und nahm meine Hand, um mich weg vom Partygeschehen in die Richtung zu führen, wo unser Bungalow lag – zumindest glaubte ich das, denn mein Orientierungssinn war an Orten wie diesen nicht gerade preisverdächtig. Aber es war mir auch völlig egal, wohin wir gingen, solange ich bei ihm war.

»Tut mir leid, dass ich dich allein gelassen habe.« Er lächelte entschuldigend.

Ich schüttelte den Kopf. »Das macht nichts. Es ist schön, zu sehen, wie gut dir dieser Ort tut.«

»Nichts tut mir so gut wie die Tatsache, dass du mit mir hier bist.« Jess blieb stehen und strich mir eine lose Strähne aus dem Gesicht. »Eigentlich möchte ich mich mehrfach am Tag kneifen, weil ich nicht glauben kann, dass es tatsächlich wahr ist.«

Aber das war es. Es war die Wahrheit und auch wenn ich wusste, dass es nicht so einfach sein würde, sobald wir nach New York zurückkehrten, fiel es mir erstaunlich leicht, in der Gegenwart zu bleiben. Deswegen hatte ich ihm auch nichts von dem Typen erzählt, den ich bei meiner Tour mit Mia gesehen hatte. Es hätte Jess nur wieder daran erinnert, was auf uns wartete, wenn wir Australien verließen. Und gerade er hatte es verdient, an nichts denken zu müssen, das schwer und bedrückend war, nachdem er beinahe gestorben wäre.

Wie automatisch fuhren meine Hände über seine Arme, damit ich seine warme Haut spürte und mich versichern konnte, dass er da war. Unsere Blicke tauchten ineinander und als Jess mich endlich küsste, seufzte ich leise. Es gab keine bessere Methode, um mich seiner Nähe zu vergewissern, das stand fest.

Aber dann unterbrach uns ein Geräusch. Oder eher mehrere.

An der Lodge ein Stück entfernt startete das Geburtstagsfeuerwerk – das Knallen war lauter, als ich erwartet hätte. Jess löste sich von mir und wir wandten uns beide den Lichtern zu, die die Nacht erhellten. Ich wollte irgendeinen Scherz machen, dass es doch nicht nötig gewesen wäre, extra für seine Rückkehr ein Feuerwerk zu veranstalten. Aber in der nächsten Sekunde bemerkte ich, dass etwas nicht stimmte. Jess' kompletter Körper schien unter Spannung zu stehen und er starrte durch mich hindurch, als wäre er gerade in einer anderen Welt gefangen. Einer sehr düsteren Welt.

»Jess?« Ich legte erneut die Hände auf seine Arme, spürte die verhärteten Muskeln. Er reagierte nicht. »Jess, was ist los?«

Er begann zu zittern, während er bei jedem Knall am Himmel zusammenzuckte, als würde man ihn schlagen. Und plötzlich ahnte ich, was gerade passierte.

Seine Erinnerungen kommen zurück.

»Setz dich hin«, sagte ich und es klang mehr wie ein Befehl als eine Bitte. Aber ich wusste, mit sanften Tönen drang ich jetzt nicht zu ihm durch.

Es wirkte, er ging in die Hocke und setzte sich in den weichen Sand. Ich kniete mich vor ihn, hielt immer noch Körperkontakt, auch wenn er das vermutlich nicht bemerkte. »Es ist gleich vorbei. Lass es einfach zu, dann vergeht es so schnell, wie es gekommen ist.« Ich versuchte, beruhigend zu klingen, aber meine Stimme bebte. Wir hatten im Studium Flashbacks behandelt, das hier war jedoch kein echter und deswegen wusste ich nicht genau, was ich tun sollte. Ich konnte nur für Jess da sein.

Und das erschien mir bei Weitem nicht genug.

20
Jessiah

Es war, als hätte jemand das Fernsehprogramm umgeschaltet. In einem Moment stand ich noch am Strand und küsste Helena, dachte daran, wie schnell wir es wohl zurück zum Bungalow schaffen konnten oder ob wir einfach hierblieben. Dann knallte es plötzlich und im nächsten Augenblick war ich wieder in New York, in einer schmalen Gasse bei fast völliger Dunkelheit. Aber ich war nicht allein. Da waren außer mir noch vier Typen, zwei vor, zwei hinter mir, und sie kamen auf mich zu. Ich spürte Angst, die sich in Panik verwandelte, als ich ein Messer aufblitzen sah. Und da war nur ein Gedanke, glasklar und grausam:

Die wollen mich töten.

Ich fragte sie, was sie wollten, aber sie antworteten mir nicht. Ich tastete nach meinem Telefon, aber sie griffen mich an. Irgendwo in meinem Hinterkopf rief eine Stimme, dass all das nicht wirklich passierte, aber es fühlte sich so echt an, dass ich nicht darauf hörte. Stattdessen spürte ich, wie Adrenalin meinen Körper ausfüllte, ich wehrte mich gegen die Typen, befreite mich, rannte weg. Dann – ein heftiger Schlag in den Rücken, ich ging zu Boden, bekam keine Luft, presste die Hand auf meine Brust. Sah Blut. *Fuck.* Ich wusste, ich würde sterben, ich wusste es mit völliger Gewissheit. Mit letzter Kraft griff ich nach meinem Handy, wählte die Nummer der Person, die ich hören wollte, bevor ich starb. Aber als Helena dranging, brachte ich nur ein Wort heraus. *Tausendschön.* Ich wollte ihr sagen, dass ich sie liebte. Aber ich schaffte es nicht. Sie rief nach mir, rief verzweifelt meinen Namen, alles in mir wollte antworten, dafür war es jedoch zu spät. Ich wusste, ich würde fallen, in endlose, tiefschwarze Stille.

»Jess!« Da war immer noch Helenas Stimme, laut und flehend. »Es ist nicht real, hörst du? Es sind nur deine Erinnerungen, die zurückkommen. Das ist längst vorbei.«

Und plötzlich verschwamm der dreckige Asphalt vor meinen Augen, ich durchschritt die Schwärze und kehrte zurück. Da war überall Sand unter mir, ich hatte meine Finger hineingekrallt, als könnte ich mich daran festhalten. Helena kniete vor mir, ihre Augen waren groß vor Sorge, ihre Hände hatte sie um meine Unterarme gelegt. Ich schaffte es trotzdem nicht, meine Todesangst zu besiegen, die mich immer noch in den Abgrund ziehen wollte.

»Ich bin hier.« Helena sagte es sanft und liebevoll, berührte mein Gesicht, strich mir über die Haare. »Ich bin hier, okay? Du bist in Sicherheit.« Dann setzte sie sich neben mich und nahm mich in die Arme, und ich ließ es zu, obwohl ich das Gefühl hatte, mein Körper wäre immer noch in dieser Gasse und kämpfte ums Überleben. Mein Herz schlug heftig, ich hörte den Puls in meinen Ohren hämmern. Ich wäre beinahe gestorben. Das hatte ich gewusst, aber es zu erleben, war etwas völlig anderes.

»Ich erinnere mich wieder«, stieß ich irgendwann hervor. »Es ist alles wieder da.«

»Ich weiß.« Helena streichelte meinen Rücken und ihre Nähe beruhigte mich ein wenig. In der Gasse war sie nicht da gewesen, aber hier schon – und die Erkenntnis half mir, in die Realität zurückzukehren. Auch wenn mich der Schrecken der Vergangenheit immer noch fest gepackt hielt.

»Sie waren zu viert.« Irgendwie glaubte ich, dass es gut war, wenn ich aussprach, was ich erlebt hatte. »Sie hatten Masken auf, ich habe sie gefragt, was sie wollen, aber sie haben nicht geantwortet. Wir haben gekämpft, ich bin weggelaufen und dann …« Mir versagte die Stimme, weil mir bewusst wurde, dass dieser Schlag auf meinen Rücken der Moment gewesen sein musste, als mich das Projektil getroffen hat. Als es in meinen Körper eingedrungen war, meine Haut und meine Organe zerfetzt hatte.

Mein Magen drehte sich um und ich rappelte mich schnell auf, lief einige Meter von Helena weg in Richtung der Bäume und übergab mich dort. Sofort schob ich Sand über die Stelle, danach sank ich auf meine Fersen und strich mir die Haare zurück, band meinen Zopf neu, aus dem sich einige Locken gelöst hatten. Erst dann bemerkte ich, dass Helena mir nachgekommen war, sie wartete wenige Schritte entfernt auf mich. Ihr Anblick machte mir klar, dass der Angriff nicht das Einzige war, an das ich mich wieder erinnerte. Sondern auch an das, was ich danach getan hatte.

»Ich habe dich noch mal angerufen, nachdem es passiert war.« Alle Gefühle dieser grausamsten Minuten meines Lebens hielten meinen Körper immer noch gefangen, aber allmählich schaffte ich es, sie zu filtern. Und plötzlich war da der Geschmack von Verrat.

»Ja, das stimmt.« Helena nickte ernst. Sie hatte ihre Hände ineinander verschlungen und ich erkannte, dass sie sich unwohl fühlte.

»Warum hast du mir nichts davon gesagt?« Ich konnte den Vorwurf nicht aus meiner Stimme heraushalten. Sie hatte die ganze Zeit gewusst, dass wir miteinander gesprochen hatten, kurz bevor ich das Bewusstsein verloren hatte. Aber sie hatte mir nichts davon verraten. Wieso nicht?

»Es ging nicht darum, es dir zu verschweigen. Ich hatte einfach Angst, ich könnte damit etwas triggern. Retrograde Amnesien haben einen Grund – manche sagen, die Erinnerungen bleiben so lange verschüttet, bis der Betroffene in der Lage ist, sie zu verarbeiten. Wenn dein Gehirn sich nicht erinnern konnte, dann, weil du nicht bereit warst. Das ist oft so bei traumati–«

»Rede nicht mit mir, als wäre ich ein Patient!«, unterbrach ich sie harsch und stand auf. Irgendein Teil von mir verstand die Gründe dafür, denn medizinisch ergaben sie Sinn. Aber gerade kam ich nicht damit klar, dass sie diese Entscheidung über meinen Kopf hinweg getroffen und mir nichts von diesem zweiten Anruf erzählt hatte.

»Jess.« Sie sagte meinen Namen so bittend, dass ich nicht anders konnte, als sie anzusehen. Tränen standen in ihren Augen. »Das war nicht nur für dich ein schreckliches Erlebnis, okay? Ich hatte so viel Angst um dich in diesem Moment. Und ich dachte, vielleicht ist es besser für dich, wenn du dich nicht mehr daran erinnerst. Ich würde mir wünschen, ich wüsste nichts mehr davon.« Sie senkte den Blick und sah schuldbewusst aus, aber sie entschuldigte sich nicht dafür.

Ich hätte weiterhin wütend sein können, vielleicht sogar mit Recht. Stattdessen meldete sich jedoch etwas anderes in mir: Mitgefühl. Helena war am Telefon gewesen, als ich beinahe gestorben war. Sie hatte nach mir gerufen, verzweifelt und panisch, das wusste ich jetzt wieder. Und sie hatte es danach mit sich selbst ausgemacht, weil sie glaubte, mich beschützen zu müssen. Egal, ob das die richtige Entscheidung gewesen war oder nicht, sie hatte sie für *mich* getroffen, nicht für sich selbst.

Deswegen konnte ich nicht länger sauer sein.

Ich trat auf sie zu, schloss sie fest in meine Arme und atmete aus. »Es tut mir leid, dass ich dich angeschnauzt habe. Ich will mir gar nicht vorstellen, wie das für dich gewesen sein muss.« Allerdings konnte ich mir vorstellen, wie ich mich in ihrer Lage gefühlt hätte. Ich wäre durchgedreht vor Angst. Vielleicht hätte ich es ihr auch verschwiegen, wenn ich das Gefühl gehabt hätte, sie auf diese Art schützen zu können.

Helena schniefte leise an meiner Schulter und löste sich dann, um sich über die Augen zu streichen. »Ich könnte behaupten, dass ich es anders machen würde, wenn ich die Zeit zurückdrehen könnte. Aber ich weiß nicht, ob es gelogen wäre.«

»Bitte mach das trotzdem nie wieder«, erinnerte ich sie. »Ich will nicht, dass du meinetwegen leidest. Oder dass du mein Wohl vor dein eigenes stellst.«

»Warum nicht?« Sie hob das Kinn und sah mich fast trotzig an. »Ist es nicht das, was man tut, wenn man jemanden liebt?«

Jetzt war ich es, dem Tränen in die Augen stiegen, und ich zog sie ohne ein weiteres Wort wieder an mich, hielt sie fest. »Ja«, flüsterte ich leise, »das stimmt.«

Und in diesem Moment, in der Dunkelheit am Strand, nur zehn Minuten, nachdem ich meine Erinnerungen an den Angriff zurückbekommen hatte, wurde mir bewusst, was Liebe tatsächlich bedeutete. Sie war nicht in erster Linie Anziehung oder Feuer oder dass man Spaß zusammen hatte. Sie war vor allem Fürsorge und Rücksicht. Liebe bedeutete, in bestimmten Momenten zuerst an jemand anderen zu denken als an sich selbst.

Wir standen ein paar Minuten da, redeten nicht und trotzdem war da so viel zwischen uns. Als ich Helena losließ, hatte ich jedoch noch etwas zu sagen.

»Ich verstehe, dass du es mir nicht erzählt hast. Aber mir ist sehr wichtig, dass wir ehrlich zueinander sind.« Ich streichelte ihre Wange. »Ich möchte nicht, dass du denkst, du könntest mit mir nicht über absolut alles reden.«

Sie nickte. »Ich weiß, dass ich das kann. Aber ich schätze, ich werde noch ein bisschen brauchen, bis ich die Angewohnheit abgelegt habe, Dinge vor allem mit mir selbst auszumachen.«

Ich ahnte, warum sie glaubte, das tun zu müssen – es hatte sicherlich mit ihrer Familie zu tun, aber vor allem mit Valeries Tod. Ihre Schwester war ihre engste Freundin gewesen, der sie alles anvertraut hatte. Wenn einem so jemand weggenommen und man dann auch noch ins Ausland geschickt wurde, wo man niemanden kannte – wie sollte man da je wieder echtes Vertrauen aufbauen?

»Das kriegen wir schon hin«, lächelte ich. »Zusammen.« Ich war schließlich auch nicht gerade ein Experte, wenn es darum ging, mich jemandem zu öffnen. Aber bei Helena hatte ich damit irgendwie nie Probleme gehabt.

»Zusammen«, wiederholte sie leise und nahm dann meine Hand. »Komm. Lass uns nach Hause gehen.«

Ich folgte ihr bereitwillig, denn ich wollte dringend ins Bett – und eine Zahnbürste, weil ich immer noch Galle in meinem Mund schmeckte. Zwar würde ich vermutlich nicht schlafen können, denn mein Gehirn brauchte sicher noch eine Weile, bis es die Bilder verarbeitet hatte, die sich so brutal einen Weg zurück in mein Gedächtnis gebahnt hatten. Aber neben Helena zu liegen und die Wellen zu hören, die an den Strand rollten, würde helfen, da war ich sicher.

Eine halbe Stunde später waren wir längst im Bett, dicht aneinandergeschmiegt, und mein Gehirn verarbeitete die Erinnerungen. Es schloss nach und nach die Lücken – wie die Tatsache, dass mir niemand Autoschlüssel oder Portemonnaie abgenommen hatte, soweit ich es wusste. Die Typen mussten noch mal zurückgekommen sein, um meine Wertsachen mitzunehmen, damit es wie ein Raubüberfall aussah. Und das, bevor der Krankenwagen gekommen war.

Da durchzuckte plötzlich ein Gedanke meinen Kopf. Die Ärztin hatte zu mir gesagt, es wäre wie ein Wunder gewesen, dass so schnell ein Rettungswagen bei mir gewesen war – vor allem, weil es keine direkten Zeugen des Angriffs gegeben hatte. Ich hatte das nicht hinterfragt, sondern war davon ausgegangen, dass mich zwar jemand gesehen, dann aber zu viel Angst gehabt hatte, der Polizei etwas zu sagen. Doch jetzt, wo ich wusste, dass ich Helena in diesem Moment angerufen hatte, drängte sich ein anderes Szenario auf. Ich löste mich ein Stück von ihr und sah im Mondlicht, dass sie noch wach war.

»Alles okay?«, fragte sie und schaute mich besorgt an, als erwartete sie, dass ich einen weiteren Flashback hatte.

»Warst du es, die 911 gewählt hat?«

Sie nickte. »Direkt danach wollte ich zu dir, aber es fuhr kein Taxi, also bin ich gerannt, so schnell ich konnte. Als ich ankam, waren sie allerdings schon mit dir auf dem Weg ins Krankenhaus.«

»Das bedeutet, du … du hast mein Leben gerettet.« Nicht einmal ich hörte meine eigenen Worte richtig, so leise sprach ich sie aus.

Helena schüttelte den Kopf. »Das waren die Ärzte.«

»Die nichts hätten tun können, wenn nur etwas mehr Zeit vergangen wäre.« Auch das hatte man mir gesagt. Dass Helena so geistesgegenwärtig reagiert hatte, war die Voraussetzung dafür gewesen, dass man mich rechtzeitig hatte operieren können.

Sie wirkte etwas verlegen. »Sieh mich bitte nicht so an. Was ich getan habe, war das, was jeder gemacht hätte.«

»Das ist nicht wahr und das weißt du.« Wieder wünschte ich, sie hätte mir gesagt, dass ich sie angerufen hatte. Aber ich musste damit leben, dass sie auch in der Zukunft Entscheidungen treffen würde, mit denen ich nicht einverstanden war – genau wie umgekehrt. Und gerade war ich einfach nur dankbar. »Ich bin so froh, dass wir einander begegnet sind«, flüsterte ich und küsste sie sanft auf den Mund.

»Du meinst damals im Rainbow Room? Als wir dieses Gespräch voller Verachtung und Vorwürfe geführt haben?« Helenas Ton war belustigt.

»Ja, genau das.« Ich lachte leise. »Wer hätte gedacht, was daraus wird? Dass wir uns ineinander verlieben würden und du sogar eines Tages mein Leben retten wirst?«

»Ich habe nicht –«

»Doch, das hast du. Auf mehr als nur eine Weise.« Die Bedeutung der Worte wog schwer, trotzdem war es Leichtigkeit, die ich empfand. Ich hatte geglaubt, Australien wäre der richtige Ort, um mich von allem zu entfernen, das mich belastete – schließlich war es schon früher so gewesen. Aber in Wahrheit lag es an Helena, an unserer Verbindung, dass ich zum ersten Mal seit langer Zeit das Gefühl hatte, lebendig zu sein. »Danke. Danke für alles.«

»Nein, ich danke dir«, flüsterte sie und schlang dann ihre Arme um meinen Hals, fand mit ihren Lippen meine.

Es war ein liebevoller, zarter Kuss, er blieb es jedoch nicht lange. Meine Finger glitten an Helenas Hüften und ich zog sie näher, sorgte dafür, dass zwischen uns kein Millimeter Platz mehr war. Wir wussten beide, wo das enden würde. Aber es ging nicht in erster Linie um Lust. Oder Sex. Es ging um Nähe. Wenn wir miteinander schliefen, dann waren wir auf allen Ebenen so stark verbunden wie möglich. Und genau das war es, was wir gerade brauchten. Die Gewissheit, dass uns bisher nichts getrennt hatte, nicht einmal mein Beinahe-Tod – und dass es auch in Zukunft nichts geben würde, das uns auseinanderbringen konnte.

Ich schlief hier aufgrund der Wärme ohne Shirt, deswegen musste Helena es mir gar nicht erst ausziehen. Ihre Finger strichen über meinen Oberkörper und hielten inne, weil sie wusste, dass dort meine Narbe war. Ich zögerte nur einen Moment, dann nahm ich ihre Hand und verschob sie ein kleines Stück, sodass sie direkt auf der verheilten Wunde lag. Es fühlte sich richtig an nach allem, was heute passiert war. Ich wollte nichts vor ihr verstecken, weder meine Ängste noch die Schatten auf meiner Seele.

Helena bewegte ihre Finger erst nicht, dann strich sie über die Stelle und ich atmete scharf ein. Nicht, weil die Haut dort empfindlicher war, sondern weil es für mich nichts Erregenderes gab als ihre Berührungen. Als ich mich revanchierte, ihr dünnes Top nach oben schob und meinen Mund meinen Fingern folgen ließ, durchlief ein vorfreudiger Schauder ihren Körper.

»Jess«, stieß sie leise aus und ich vermerkte meinen Namen auf der Liste der Dinge, die ich sie am liebsten sagen hörte. Vor allem, wenn sie es so tat wie jetzt, atemlos und bittend, als wäre ich der Einzige, der ihr geben konnte, was sie brauchte. Ich liebte das. Ich liebte sie. Gott, ich liebte nichts auf dieser Welt mehr als sie.

Ich richtete mich auf. »Tausendschön«, gab ich in gleichem Tonfall zurück. Und dann waren keine Worte mehr nötig.

Für eine geraume Zeit.

21
Helena

Wir waren bereits eine ganze Woche in Australien, als ich morgens aufwachte und Jess zum ersten Mal nicht neben mir lag. Sofort durchzuckte mich Sorge. Sie hatte keinen rationalen Grund, mein Verstand wusste, dass wir hier in Sicherheit waren. Aber ich konnte dennoch nicht verhindern, dass mein Puls anstieg und ich mich aufsetzte. Erst als ich auf die Uhr sah, die neben dem Stofftier für Lilly auf dem Nachttisch lag, entspannte ich mich wieder. Es war schon nach neun und Jess ging seit ein paar Tagen jeden Morgen surfen. Bisher war ich immer wach geworden – wir schliefen so eng verschlungen, dass das kaum zu vermeiden war. Aber heute hatte er es offenbar geschafft, sich unbemerkt von mir zu lösen, denn als ich aufstand und zur Terrassentür ging, um mit den Augen das Meer abzusuchen, entdeckte ich einen einzelnen Surfer. Ich lächelte, weil ich auch auf die Entfernung erkennen konnte, dass er es war, dann zog ich mir Shorts und ein Top über und lief in die kleine Küche des Bungalows. Dort machte ich Kaffee und füllte ihn in zwei Becher, um anschließend rauszugehen.

Die Luft war wunderbar frisch, aber dennoch warm, und ich ertappte mich immer öfter bei dem Gedanken, dass es ewig so hätte weitergehen können. Hier erwartete niemand etwas von mir – New York, meine Familie und alles, was dort auf uns wartete, war so herrlich weit weg. Zwar hielt ich Kontakt mit Malia und auch mit Lincoln, schon deswegen, weil er offenbar meinen Rat brauchte, was Penelope anging, aber er sagte nichts über unsere Eltern und ich fragte nicht nach.

Tief atmete ich ein und wieder aus, dann nahm ich das Handtuch von dem Liegestuhl auf der Terrasse und ging einige Meter weiter den Strand entlang, bevor ich mich in den Sand setzte und Jess beobachtete, der gerade die nächste Welle in Angriff nahm. Ein tiefer Frieden machte sich in mir breit. Ich wusste, das hier war nicht das wahre Leben und wir mussten dorthin zurückkehren. Aber gerade wollte ich nicht darüber nachdenken.

Vorgestern hatte Jess mir die Grundlagen des Surfens beigebracht – wie man rauspaddelte und dann mit einem Satz aus dem Liegen ins Stehen kam – und angeblich hatte ich es gar nicht so schlecht gemacht. Aber als ich ihn jetzt da draußen sah, wie er vollkommen mühelos durch das Wasser glitt und die Wellen zu kontrollieren schien, hätte ich beinahe gelacht. Eins stand fest, so würde ich das niemals hinkriegen. Es war keine Überraschung, er surfte schon seit seiner Kindheit, und es war auch nicht schlimm. Mir hatte es Spaß gemacht, an etwas teilzuhaben, das ihm so wichtig war, obwohl ich eher das Tempo einer Schildkröte hatte und bei meinem ersten Versuch auf dem Meer vermutlich nach zwei Minuten im Wasser landete.

Ich war nicht sicher, ob Jess mich bemerkte oder ob er ohnehin aufhören wollte, aber nach der nächsten Welle kam er in Richtung Strand, glitt vom Board und lief dann aus der Brandung heraus. Ich konnte nicht verhindern, dass ich ihn anstarrte, während er aus dem Wasser kam, als wäre er der Meeresgott persönlich. Obwohl es nicht das erste Mal war, dass ich ihn halb nackt sah – oder ganz –, stockte mir immer noch regelmäßig der Atem, wenn mir bewusst wurde, dass dieser umwerfend schöne Mann wirklich zu mir gehörte.

Er sah mich an und lächelte auf eine Weise, die nur für mich bestimmt war und auf ewig ein warmes Flattern in meinem Magen auslösen würde. Dann beeilte er sich, sein Board abzustellen, und kam zu mir, gab mir einen ziemlich salzigen Kuss. Meerwasser tropfte aus seinen Haaren auf mein Gesicht und ich gab einen hohen Laut von mir, weil das kälter war als erwartet.

»Du bist nass«, bemerkte ich das Offensichtliche.

»Was du nicht sagst.« Jess' grüne Augen funkelten belustigt und er küsste mich noch einmal, bevor er nach seinem Handtuch griff und sich abtrocknete. Erst als er damit fertig war, hielt ich ihm einen der Kaffeebecher hin.

»Frühstück«, grinste ich, weil ich ihn nur zu gerne mit seiner Hingabe für die wichtigste Mahlzeit des Tages aufzog. Dabei wussten wir beide, dass vorne an der Klinke unseres Bungalows längst eine Tüte mit frischen Brötchen hing, die wir von der Lodge geliefert bekamen – und dass der Kaffee daher nicht alles war, was es heute Morgen an Frühstück geben würde. »Waren die Wellen gut?«

»Sie waren perfekt.« Jess seufzte zufrieden und nahm einen Schluck von seinem Kaffee – sogar, ohne das Gesicht zu verziehen. So unkompliziert er bei allem anderen war, bei Essen und Kaffee schlug der Gastronom dann doch durch. Und da im Bungalow nur eine normale Kapselmaschine stand und keine mit Siebträger, wie er sie in seiner Wohnung hatte, war der Kaffee offenbar eine Zumutung. Zumindest hatte er am zweiten oder dritten Morgen etwas in der Art gemurmelt. Ich war da genügsamer – Kaffee war für mich Kaffee. Auch wenn ich natürlich nichts dagegen hatte, wirklich guten zu trinken.

Wir schwiegen einen Moment und genossen die Ruhe und den Frieden, den Anblick der Wellen, die an den Strand spülten. Dann sah ich Jess an.

»Würdest du wieder hier leben wollen, wenn du könntest?« Die Frage hatte ich mir in den letzten Tagen oft gestellt, aber nie ihm. Vielleicht, weil ich Angst vor der Antwort hatte. Ich wusste, dass er unglücklich in New York war. Jedoch zu hören, dass er sich an das andere Ende der Welt wünschte, würde mir vor Augen führen, *wie* unglücklich. Und trotzdem wollte ich es wissen. Weil ich plante, mein Leben mit ihm zu verbringen, und wir dafür einen Ort finden mussten, den wir beide mochten.

Jess antwortete erst nicht, sondern sah auf das Meer hinaus, den Kaffeebecher in der Hand, die Arme auf seine Knie gestützt. »Gute Frage«, sagte er dann. »Seit ich wieder in New York war, wollte mein Herz hierher zurück. Ich habe das Leben, das ich in Australien führen konnte, geliebt. Aber jetzt, wo ich hier bin, glaube ich, dass ich eigentlich etwas anderes vermisst habe.«

»Und was ist das?« Ich schaute ihn an.

Er hob die Schultern. »Freiheit, Unbeschwertheit – alles, was noch da war, bevor Adam gestorben ist. Ich musste mich um nichts kümmern außer um mich selbst und das Projekt, von dem ich Ewigkeiten geträumt hatte. Da war keine Enge, keine Verpflichtung gegenüber meiner Familie, sondern nur ich.« Es klang so, als würde er sich deswegen schuldig fühlen.

»Du hast das gebraucht«, erinnerte ich ihn. »Und du hattest es verdient.« Egal, ob er damals noch weniger verantwortungsbewusst gewesen war – nach dem Tod seines Vaters und dem jahrelangen Kampf gegen seine Mutter war diese Auszeit nötig gewesen, um zu überleben. Das war mir schon seit einer ganzen Weile klar.

»Ja, vielleicht. Aber es war auch egoistisch. Ich bin nicht mehr der Typ, der nach dem Abschluss seinen Kram gepackt hat und aus New York geflohen ist.« Er stellte den leeren Becher neben sich in den Sand und streifte mit seinem Handrücken meinen Arm. »Und deswegen würde ich wahrscheinlich nicht mehr hier leben wollen. Damals erschien es mir richtig, aber jetzt wäre es die Rückkehr in ein altes Leben, in eine alte Flucht. Was allerdings nicht bedeutet, dass ich nicht mindestens einmal im Jahr herkommen will. Schon allein wegen des Solar-Generators von Bungalow acht.«

Ich musste lachen, obwohl mich alles, was er vorher gesagt hatte, sehr berührte. Hier in Australien konnte ich ihn manchmal durchblitzen sehen, den Jess von damals. Wenn er mit Paul zusammen war und die beiden über Geschichten sprachen, die sich vor Jahren ereignet hatten, war da ein spezielles Leuchten in seinen Augen, das ich sonst nie sah. Und ich wünschte mir, dass er sich ein bisschen davon bewahren konnte, auch wenn die Zeit dafür gesorgt hatte, dass diese Leichtigkeit verloren gegangen war.

»Ich weiß, was du meinst mit der Rückkehr in ein altes Leben. Irgendwie fühle ich mich in New York manchmal genauso.« Darüber hatte ich noch nie mit jemandem gesprochen, aber jetzt erschien es mir richtig.

Jess griff nach meiner Hand und verschränkte seine Finger mit meinen. »Du meinst, weil Valerie nicht mehr da ist?«

Ich spürte den altbekannten Kloß im Hals, der aber nicht nur von dem Gedanken an meine Schwester herrührte. Es lag auch daran, dass Jess so genau zu wissen schien, was in mir vorging.

»Mit ihr war die Stadt eine andere«, nickte ich. »Vielleicht war ich auch anders, vielleicht war meine Familie anders, ich weiß es nicht. Ich liebe New York nach wie vor, aber diese

Liebe hat einen Riss bekommen, den man wohl nie ganz kitten kann.«

Jess' Augen wurden größer. »Dann könntest du …« Er brach ab.

»Was?«, hakte ich nach, auch wenn ich ahnte, was er hatte fragen wollen. »Ob ich mir vorstellen könnte, woanders zu leben?«

Jess sah vor sich in den Sand. »Ich würde das nicht von dir verlangen, das weißt du. Mir ist bewusst, wie verbunden du mit dieser Stadt bist.«

»Das stimmt.« Ich hatte mir nie ernsthaft vorstellen können, irgendwo anders zu wohnen. New York und ich waren eins, auch wenn diese Verbindung manchmal schmerzhaft war. Und dennoch … »Ich will aber nirgendwo leben, wo du unglücklich bist.« Momentan stellte sich diese Frage noch nicht. Wahrscheinlich war es auch völlig verfrüht, über so etwas zu reden, schließlich war unsere Beziehung im Grunde erst ein paar Wochen alt. Nur war das zwischen uns keine normale Liebesgeschichte. Wenn wir uns miteinander nicht sicher gewesen wären, hätten wir niemals all die Risiken auf uns genommen, um zusammen zu sein. Und dazu passte es, jetzt schon über die Zukunft zu sprechen.

»Gibt es denn nicht irgendeinen Ort außerhalb von New York, an dem du dich wohlfühlst und der nicht zwanzig Flugstunden entfernt ist?« Ich lächelte, obwohl ich die Antwort eher angespannt erwartete. Was, wenn wir keinen Platz fanden, an dem wir beide leben wollten? Was geschah mit einer Beziehung, in der einer immer unglücklich war?

»Hawaii vielleicht, das sind nur zehn Stunden«, witzelte Jess, dann seufzte er. »Erst mal ist das eh nicht aktuell, momentan gibt es noch Eli, der mich vor Ort braucht, du willst an der NYU studieren … und eine Weile halte ich es mit deiner Hilfe schon in der Stadt aus. In ein paar Jahren können wir uns wieder Gedanken darum machen und finden bestimmt eine Lösung.« Er lächelte.

»Okay.« Ich beugte mich zu ihm, um ihn zu küssen, und hoffte, dass er recht hatte. Aber ich wusste auch, ich würde einiges opfern, um mit ihm zusammen zu sein. Ob das am Ende New York war? Keine Ahnung, vielleicht. Der Gedanke war jedoch nicht so erschreckend wie gedacht.

Als ich mich wieder von Jess löste, deutete ich zum Bungalow. »Was hältst du von richtigem Frühstück?«

»Eine Menge.« Er stand auf, nahm den Kaffeebecher und reichte mir dann die Hand. »Hast du später Lust auf eine weitere Surfstunde? Ich habe den Ehrgeiz, dich heute noch aufs Wasser zu bringen.«

Ich lachte und verschränkte meine Finger locker mit seinen, während wir zum Haus zurückgingen. »Viel Glück dabei. Ich fürchte, du überschätzt mein Talent gewaltig.«

»Ich glaube, du *unter*schätzt, wie streng ich sein kann. Früher war ich gefürchtet, als ich noch Unterricht in der Lodge gegeben habe, und sie waren alle verdammt schnell auf dem Brett.« Er machte eine gespielt finstere Miene und ich strich ihm liebevoll über die Wange.

»Oh ja, ich habe jetzt schon Angst«, spottete ich.

»Na warte.« Er packte mich und ich quietschte auf, als er mich kurzerhand über die Schulter warf und zum Bungalow trug. Aber ich versuchte nicht, mich zu befreien, denn ich liebte diese unbeschwerten, albernen Momente zwischen uns genauso wie die nahen, ernsten oder leidenschaftlichen. Und deswegen war ich auch überzeugt: Wir würden für alles eine Lösung finden.

Ganz sicher.

22
Jessiah

Die Zeit in Australien verging wie im Flug und obwohl wir nicht genau festgelegt hatten, wie lange wir bleiben würden, spürten sowohl Helena als auch ich, dass unsere Auszeit nicht mehr ewig dauern konnte. Das lag nicht nur daran, dass mein schlechtes Gewissen wegen Eli mit jedem Tag schwerer wog, obwohl mein Bruder mir bei unseren Telefonaten versicherte, dass er zurechtkam. Wir wussten auch, dass wir uns nicht auf Dauer vor dem verstecken konnten, was in New York auf uns wartete. Da waren Helenas Familie, meine Mutter und natürlich der Mord an Valerie und Adam, der noch nicht aufgeklärt war. Miranda suchte weiterhin nach Beweisen, aber mein Gefühl sagte mir, dass wir uns nicht allein auf die Ermittlerin verlassen sollten, wenn wir herausfinden wollten, wer unsere Geschwister umgebracht hatte. Allerdings hatte ich mich bisher nicht dazu durchringen können, das mit Helena zu besprechen, denn ich merkte, wie sehr sie unseren Urlaub genoss und wie entspannt sie wirkte, seit wir hier waren. Also ließ ich einen Tag nach dem anderen vergehen, ohne etwas über die Abreise zu sagen.

Am zwölften Abend nach unserer Ankunft saßen wir auf der Dachterrasse des Bungalows, umgeben von den flackernden

Lichtern der Kerzen und dem Geräusch der Wellen am Strand. Paul und Mia waren bei uns, aber die Teller auf dem Tisch bereits leer. Die beiden hatten uns so oft drüben in der Lodge verköstigt, dass ich mich hatte revanchieren wollen und sie zum Essen eingeladen hatte. Es war ein wunderbarer Abend gewesen mit viel Lachen und einigen Ausflügen in die Vergangenheit. Und mein Ratatouille war auch ziemlich gut gelungen, also hatte ich das Kochen in der Zwischenzeit wohl nicht verlernt.

In den letzten zwei Wochen hatte ich öfter mal für Helena und mich etwas gemacht, aber das waren eher schnelle Sachen gewesen, nichts Aufwendiges. Meist hatten wir auswärts gegessen, schließlich war das in New York nie möglich gewesen – und auch in der nächsten Zeit würden wir unter dem Radar bleiben müssen. Bisher war nichts über uns an die Öffentlichkeit gedrungen, aber wenn wir uns gemeinsam in Restaurants oder Clubs sehen ließen, würden sämtliche Social-Media-Plattformen vermutlich explodieren. Nicht nur die High Society würde sich auf unsere Beziehung stürzen wie die Geier. Deswegen war es so schön, hier zu sein. In Australien interessierte sich kein Mensch für die Westons oder die Coldwells.

Paul legte eine Hand auf seinen Bauch. »Meine Güte, JC, wenn ich dein Ego damit nicht ungesund pushen würde, dann müsste ich zugeben, dass du noch besser kochst als damals.«

Ich grinste. »Na, ich hatte ja auch Zeit zum Üben.«

Helena stand auf und räumte die Teller zusammen, um sie nach unten zu bringen. Mia half ihr dabei, also war ich mit Paul allein, als er wieder etwas sagte.

»Sieht so aus, als könntest du New York jetzt doch was abgewinnen, oder?« Er feixte und ich antwortete mit einem Schnauben.

»Nur weil ich eine Bewohnerin der Stadt liebe, bedeutet das nicht, dass ich den Rest auch mag.« Im Gegenteil, denn obwohl ich mich darauf freute, Eli wiederzusehen und endlich mal wieder Thea und Lilly zu besuchen, verursachte mir der Gedanke an die Rückkehr nach New York ein unangenehmes Ziehen im Magen. Es war mein Ernst gewesen, als ich Helena versichert hatte, dass ich es noch eine Weile in der Stadt aushalten würde, aber wirklich mögen würde ich sie wohl nie.

»Gibt es denn sonst nichts, was es dir leichter machen würde?« Paul sah mich an. »Ich weiß, du hast deine Projekte, und ich erinnere mich, dass du dir geschworen hast, in New York nichts Eigenes aufzumachen, aber ich hab deinen Blick gesehen, als du in der Lodge warst. Du vermisst es, etwas zu haben, das wirklich deins ist.«

Paul kannte mich echt gut. Und als er das sagte, zuckte das Bild des Harper's durch meinen Kopf. Beinahe hätte ich geflucht. Dieses verdammte Restaurant ließ mich nicht los, ganz egal, wie sehr ich es auch zu verdrängen versuchte.

»Ja, vielleicht«, sagte ich vage. Aber anders als sonst meldete sich nicht nur Abwehr bei dem Gedanken. Vielleicht lag es an der Umgebung, vielleicht an der Lodge, vielleicht auch daran, dass ich mich zum ersten Mal seit meiner Rückkehr damit beschäftigte, New York nicht so schnell wie möglich wieder zu verlassen. Oder ich hatte gemerkt, dass es mir nicht auf ewig das Herz brach, mein eigenes Projekt in den Händen von anderen zu sehen. So oder so war es vermutlich sinnvoll, zumindest den Gedanken zuzulassen, dass sich die Dinge verändert hatten.

Und offen für die Zukunft zu sein.

Eine Stunde später waren Mia und Paul gegangen und ich lag mit Helena auf der Liege, deren Vorhänge sich leicht im Wind bauschten. Wir hatten geredet, aber seit ein paar Minuten herrschte Stille.

Helena schien zu spüren, dass meine Gedanken weit weg waren, denn sie richtete sich auf und berührte meinen Arm. »Ich weiß, das sollte man nicht fragen, aber woran denkst du gerade?«

Ich lächelte schief. »An etwas, über das ich vorhin mit Paul geredet habe. Er meinte, er würde mir ansehen, dass ich es vermisse, etwas Eigenes zu haben. Und da kam mir das Harper's wieder in den Sinn.« Was vermutlich lange verkauft war, schließlich hatte ich an Heiligabend gesehen, dass man es bereits ausgeräumt hatte.

»Das heißt, du kannst es dir nun doch vorstellen, einen Laden zu eröffnen?« Ich hörte die mühsam unterdrückte Euphorie in ihrer Stimme und es rührte mich, wie sehr Helena wollte, dass ich glücklich in New York war – oder immerhin nicht vollkommen unglücklich. Wobei Letzteres nicht mehr passieren konnte, jetzt wo wir zusammen sein durften.

»Ich schließe es zumindest nicht au–« Ich brach ab, weil ich ein Geräusch gehört hatte – ein leises Knacken, als wäre jemand in der Nähe des Bungalows. Vielleicht war es ein Tier, manchmal verirrte sich ein Känguru hierher, Helena hatte vor ein paar Tagen sogar eins gestreichelt. Aber dennoch kribbelte es unangenehm in meinem Nacken. Ich löste mich von ihr und stand auf.

»Jess, was ist?«, fragte sie, ich legte jedoch nur einen Finger an meine Lippen und ging zum Geländer.

Wieder hörte ich ein Knacken, eindeutig nicht von einem Tier. Aber wenn es Paul oder Mia gewesen wären, die etwas vergessen hatten, dann hätten sie sicher Laut gegeben.

Auf der Terrasse war es wegen der Kerzen heller als in der Umgebung und um den Bungalow herum herrschte tiefste Schwärze. Nichts und niemand war zu sehen. Dann jedoch blitzte in der Dunkelheit etwas auf – eine Linse, die den Kerzenschein reflektierte. In dem Moment begriff ich, was Sache war: Da unten war jemand mit einer Kamera. Jemand beschattete uns.

Ich verlor keine Zeit. Die Treppe war auf der anderen Seite der Terrasse, also sprang ich über das Geländer und ließ mich die zweieinhalb Meter in den Sand fallen. Mein Körper protestierte, es war mir egal. Noch während ich mich abrollte, kam Bewegung in den Typen, der uns beobachtet hatte. Er gab sich keine Mühe mehr, leise zu sein, sondern sprintete los, als wäre der Teufel hinter ihm her. Ich rappelte mich auf und setzte ihm nach, zwischen den eng zusammenstehenden Bäumen hindurch. Man konnte fast nichts sehen, aber die Geräusche von hastigen Schritten auf dem Boden sagten mir, wo ich hinmusste. Meine Wut trieb mich zu Höchstleistungen an. Garantiert hatte Trish den Kerl geschickt. Aber das würde er bereuen, so viel stand fest. Genau wie sie.

»Hey!«, brüllte ich, warum auch immer. Es war noch nie jemand stehen geblieben, wenn man das von ihm verlangte. Stattdessen warf der Typ einen Blick über die Schulter, ich konnte schemenhaft sein Gesicht erkennen, dann legte er noch einen Zahn zu. Ich tat es ihm gleich und beschleunigte meine Schritte.

Endlich gewöhnten sich meine Augen an die Dunkelheit, aber der Wald wurde dichter und der Typ rannte mitten durch das Gestrüpp, also musste ich ihm folgen. Mit der Schulter streifte ich ein paar Äste und zog die Arme ein. Leider war der Spitzel schnell, nicht schneller als ich, aber auch nicht wesentlich langsamer, sodass ich den Abstand kaum verringern konnte. Sicher wollte er zur Straße, wo er vermutlich seinen Wagen geparkt hatte. Und die war nicht mehr allzu weit entfernt.

Tatsächlich – eine halbe Minute später lichtete sich das Dickicht des Waldes und ich hörte ein unverkennbares Geräusch.

Am Straßenrand wartete ein Auto mit laufendem Motor, auf dem Fahrersitz saß jemand. Ich fluchte innerlich. *Fuck!* Wenn der Typ den Wagen erst noch hätte starten müssen, dann hätte ich eine reelle Chance gehabt. Aber so musste ich hilflos dabei zusehen, wie sich die Beifahrertür öffnete, er hineinhechtete und das Auto in der gleichen Sekunde losschoss. Als ich auf der Straße ankam, sah ich nur noch die Rücklichter. Nicht einmal das Kennzeichen war zu erkennen.

»Scheiße!« Ich kickte einen Ast weg, stützte dann die Hände auf die Oberschenkel und versuchte, zu Atem zu kommen.

Da entdeckte ich etwas ein paar Meter neben dem Asphalt und ging hin, um nachzusehen: Es war ein Smartphone, das halb verdeckt unter altem Laub lag. Ich bückte mich und hob es auf, schaltete das Display ein, es war mit einem Code gesichert. Der Typ musste es verloren haben, als er in den Wagen gesprungen war.

Obwohl ich mir sicher war, dass uns Trish den Spitzel auf den Hals gehetzt hatte, steckte ich das Telefon ein und machte mich auf den Rückweg. Vielleicht konnten wir es knacken und so einen eindeutigen Beweis dafür finden, dass meine Mutter ihn beauftragt hatte. Wieso tat sie das? Sie wusste mit Sicherheit, dass Helena und ich gemeinsam aus New York verschwunden waren und auch dass wir einander liebten. Wozu brauchte sie da noch eindeutige Beweise, dass wir zusammen waren?

Der Rückweg war in normalem Tempo sehr viel länger, vor allem, weil ich nicht wieder querfeldein lief, sondern die Zufahrt von der Straße zum Bungalow nahm. Währenddessen versuchte ich ein paar gängige Kombinationen, um das Telefon zu entsperren, aber ich hatte kein Glück. Es wunderte mich nicht. Einen Privatdetektiv, der sein Smartphone mit 0000 oder 1234 sicherte, hätte Trish niemals engagiert.

Plötzlich bemerkte ich vor mir auf dem Weg eine Bewegung und ich sah Licht.

»Jess!« Helena kam mir entgegen, mit ihrem Handy als Taschenlampe. »Was ist los? Du hast mir eine Heidenangst gemacht!«

»Tut mir leid.« Ich drückte ihr einen schnellen Kuss auf die Stirn. »Da war jemand, der uns beobachtet und Fotos gemacht hat. Ich habe versucht, ihn zu schnappen, aber er ist abgehauen.«

Sie machte sich los, ihre Augen waren groß. »Also doch«, sagte sie leise und ich stockte.

»Also doch?«, wiederholte ich. »Was meinst du damit?«

Unruhig sah sie sich in der Dunkelheit um. »Ich glaube, das erzähle ich dir lieber, wenn wir wieder im Haus sind.«

»Okay.« Ich schob meine Finger zwischen ihre und wir legten den restlichen Weg in angespanntem Schweigen zurück. Kaum war die Terrassentür des Bungalows hinter uns geschlossen, sah ich Helena auffordernd an. »Raus damit.«

Sie strich sich die Haare nach hinten, obwohl sie zusammengebunden waren. Wenn ich nicht ohnehin genau gewusst hätte, dass sie sich unwohl fühlte, jetzt wäre es völlig klar gewesen. »Als Mia und ich an unserem ersten Tag hier zum Einkaufen in den Ort gefahren sind, war da so ein Typ. Er hat auf dem Platz rumgelungert und sah aus wie ein typischer Tourist, aber ich hatte ein komisches Gefühl bei ihm.«

»Warum hast du mir nichts gesagt?«, fragte ich.

»Weil ich Mia davon erzählt habe und sie dann zu dem Kerl hin ist, um ihn anzusprechen.« Sie schüttelte den Kopf. »Angeblich war er für ein Date dort und wollte die Frau abchecken, bevor er sich zu erkennen gab, deswegen hätte er sich so merkwürdig verhalten. Ich habe das geglaubt und es abgehakt. Aber vielleicht war es der gleiche Typ, den du gerade verfolgt hast.«

»Beschreib ihn mir.« Ich hatte zwar nur einen kurzen Blick auf sein Aussehen erhaschen können, aber eventuell reichte es.

Helena überlegte einen Moment. »Er war groß, nicht so groß wie du, aber viel kleiner auch nicht. Und er hatte lichter werdendes Haar in einem rötlichen Ton.«

»Dann war es der gleiche Typ.« Die beginnende Glatze hatte ich gesehen, als die Innenbeleuchtung des Autos beim Einsteigen aufgeflammt war. »Das bedeutet, er beschattet uns schon, seit wir hier angekommen sind.«

»Du meinst … die ganze Zeit?« Helena schien einzufallen, wobei er uns in den knapp zwei Wochen beobachtet haben könnte. Nicht nur, dass wir Sex am Strand und oben auf der Dachterrasse gehabt hatten, auch unsere Surfsessions und Spaziergänge, die gemeinsamen Ausflüge … unendlich viele intime Momente, bei denen wir vielleicht nie so ungestört gewesen waren wie gedacht.

Ich zog sie an mich und strich ihr über die Haare. »Tut mir so leid. Ich hätte wissen müssen, dass sie uns auch hier nicht in Ruhe lassen würde.«

»Dann glaubst du, das war deine Mutter?«

»Wer sonst?« Ich schnaubte. »Sie ist wirklich besessen von ihrer dämlichen Vorstellung, dass …«

»Dass was?« Helena machte sich los und sah mich an.

Ich hatte ihr nichts von diesem Teil des Gesprächs mit Trish erzählt, weil ich unsere Zeit hier nicht hatte belasten wollen. Schließlich war mir bewusst, dass wir uns früh genug damit befassen mussten, und wir hatten so dringend Abstand von allem in New York gebraucht. Aber jetzt kam ich wohl nicht mehr drum herum.

»Ich habe sie doch vor meiner Reha damit konfrontiert, dass Adam und Valerie getötet wurden. Allerdings glaubt Trish, dass die beiden gestorben sind, weil sie zusammen waren –

nicht, weil man eigentlich sie selbst damit treffen wollte. Und sie ist überzeugt davon, dass uns das gleiche Schicksal droht. Zwar hat sie dafür keinerlei Anhaltspunkte außer der Tatsache, dass sie gemeinsam ermordet wurden. Aber sie lässt sich von der Sache nicht abbringen.«

Helena schwieg und trat von mir weg, presste die Lippen aufeinander. »Das bedeutet, sie wird weiterhin versuchen, uns zu trennen.« Ich konnte die Angst in ihren Augen gut erkennen. »Und sie bekommt am Ende immer, was sie will.«

»Nein, bekommt sie nicht. Hör mir zu.« Ich fasste Helena an den Schultern und sah sie eindringlich an. »Ich werde nicht zulassen, dass Trish uns noch einmal vor eine solch grausame Wahl stellt. Oder dass sie dir oder deiner Familie wehtut. Bisher habe ich wegen Eli vermieden, auf Konfrontation mit ihr zu gehen, aber ich werde es tun, wenn es nötig ist.« Als ich nach New York zurückgekehrt war, hatte ich das für meinen kleinen Bruder getan. Wenn ich jedoch Mirandas Informationen verwendete, hatte ich eine Lösung, die ihn nicht zwischen die Fronten bringen würde.

»Ich will nicht, dass du gegen sie antreten musst.« Helena verknotete ihre Hände ineinander, wie sie es immer tat, wenn sie sich unbehaglich fühlte.

»Und ich habe dir gesagt, dass ich keine Angst vor ihr habe. Die Zeit im letzten Jahr, als ich gezwungen war, mich von dir fernzuhalten, war eine der schlimmsten in meinem Leben. Ich würde absolut alles tun, um mit dir zusammen zu sein. Auch wenn ich Krieg gegen sie führen muss.« Ich streichelte Helenas Wange. »Vertraust du mir?«

Sie nickte stumm.

»Gut. Denn ich werde das regeln.« Auf die eine oder andere Art. Aber ich würde nicht erlauben, dass Trish mir mein Leben vordiktierte, und erst recht nicht, dass sie Helena Angst machte.

»Und wie willst du das tun?« Es war kein Misstrauen, das ich in Helenas Augen sah, sondern Sorge. Sorge um mich.

»Indem ich sie mit ihren eigenen Waffen schlage«, gab ich zurück. Es war an der Zeit, mich gegen Trish zu behaupten, mit allen verfügbaren Mitteln. Sie hatte mit ihrer Beschattung eine Grenze überschritten und ich konnte das nicht länger tolerieren. »Ich habe schon im Dezember Miranda damit beauftragt, etwas zu finden, das ich im Fall der Fälle gegen Trish verwenden kann. Sie hat mir noch im Krankenhaus signalisiert, dass sie da etwas hätte. Ich habe es bisher nicht benutzt, weil ich dachte, vielleicht akzeptiert Trish das mit uns ja doch, wenn sie erfährt, dass der Angriff auf mich nichts mit Adams Tod zu tun hatte. Das war offenbar naiv.« Was mir hätte klar sein müssen, weil ich sie kannte. Aber die Hoffnung starb ja bekanntlich zuletzt.

»So weit würdest du gehen?«, fragte Helena leise.

»Ich würde noch weiter gehen«, antwortete ich grimmig. »Wir werden einander nicht wieder verlieren. Das verspreche ich dir.« Nachdem ich ihr das letzte Mal dieses Versprechen gegeben hatte, war meine Mutter gekommen und hatte alles zerstört. Aber die Umstände waren jetzt andere.

Helena schlang die Arme um meinen Hals und drückte mich an sich. »Ich liebe dich«, raunte sie in mein Ohr und nie hatte ich mehr gefühlt, dass es die Wahrheit war. Und ich wusste, ich war bereit, für diese Liebe zu kämpfen, mit allem, was ich hatte.

»Ich liebe dich auch.« Ich drückte ihr einen Kuss auf die Haare, dann ließ ich sie los, legte meine Hände an ihre Wangen und sah sie an. Verdammt, für dieses Mädchen hätte ich mich mit noch viel übleren Leuten als meiner Mutter angelegt. Mit der ganzen Welt, wenn es nötig war. Aber fürs Erste würde Trish wohl genügen.

»Du weißt, was das bedeutet, oder?« Helena seufzte tief und sah sich bedauernd in unserem Häuschen um. Ich wusste, worauf sie hinauswollte.

»Wir müssen zurück«, sprach ich aus, was wir beide dachten.

Sie nickte. »Ja. Es wird Zeit.«

Wenn wir unsere Zukunft verteidigen wollten, wenn wir ein für alle Mal dafür sorgen wollten, dass uns niemand mehr trennte, dann ging das nur – und es erzeugte Widerwillen in mir, diese zwei Wörter auch nur zu denken – *zu Hause*.

23
Helena

Nach New York zurückzukehren war ein Schock. Nicht nur, weil dort die für Februar typischen Minusgrade herrschten. Nach zwei Wochen mit Sonne, Natur und Ruhe war es ziemlich überfordernd, in die Stadt zu kommen. Zum ersten Mal hatte ich eine Ahnung, wie sich Jess fühlte, denn auch wenn meine Liebe zu New York momentan nur ein bisschen verschüttet statt verschwunden war, hatte er sie nie empfunden. Er hatte die Stadt schon immer so wahrgenommen, wie ich heute, laut, voll und anstrengend. Vielleicht musste ich wirklich in Erwägung ziehen, von hier wegzugehen, sobald es möglich war. Boston war auch schön. Oder Chicago. Aber ob es dort für ihn besser war? Ich wusste es nicht und es bereitete mir Bauchschmerzen. Allerdings nur so lange, bis mir alles andere einfiel, das wir noch zu bewältigen hatten: Trish, meine Eltern, Adams und Valeries Tod. Wenn wir all das heil überstanden, würde die Wahl unseres Wohnortes wahrscheinlich wirken wie ein Kindergeburtstag.

Ich war von Bethany abgeholt worden und allein nach Manhattan gefahren, ohne Jess. Fast hatte ich es nicht geschafft, mich von ihm zu verabschieden, nachdem wir zwei Wochen nahezu jede Minute miteinander verbracht hatten. Aber ich sah ein, dass es klüger war, erst einmal niemanden auf uns aufmerksam zu machen. Also betrat ich allein das Haus, in dem Lincoln wohnte, grüßte den Portier und stieg in den Aufzug.

Als ich die Tür zur Wohnung aufschloss, hörte ich Geräusche, konnte sie aber nicht direkt zuordnen. Bis ich ins Wohnzimmer kam und meinen Bruder auf der Couch entdeckte. Mit Penelope. Halb nackt. In einer ziemlich eindeutigen Position.

Wie angewurzelt blieb ich stehen.

»Helena!« Lincoln bemerkte mich in der nächsten Sekunde und Penny stieß einen kleinen Schrei aus, woraufhin ich mich schnell umdrehte.

»Oh Gott, sorry, ich … Es tut mir echt leid!« Ich hielt mir zusätzlich noch die Augen zu, was völliger Schwachsinn war. Wahrscheinlich wäre es besser gewesen, vorher anzurufen, aber das fiel mir erst jetzt ein. Irgendwie hatte ich nicht damit gerechnet, dass Lincoln und Penny Sex auf der Couch haben würden. Oder sonst irgendwo. Hatte er nicht gesagt, sie wollten es langsam angehen lassen?

Schnell lief ich aus dem Zimmer zurück in den Flur, wo ich überlegte, was ich jetzt machen sollte. Wieder gehen und draußen warten? Das wäre eine gute Idee gewesen, wenn ich nicht gewusst hätte, dass die beiden wohl kaum weitermachen würden, nachdem ich reingeplatzt war. Die kleine Schwester im Zimmer war der Stimmungskiller Nummer eins in solchen Situationen.

»Wir haben uns was angezogen«, meldete mein Bruder eine Minute später und klang immerhin halbwegs amüsiert. Als ich zurück ins Wohnzimmer kam, sah ich, dass er gerade dabei war, sein Hemd zuzuknöpfen, während Penny bereits Pulli und Jeans trug, als wäre sie nie halb nackt auf dieser Couch gewesen.

»Ich habe nichts gesehen«, schwor ich und beging damit handfesten Meineid. »Wirklich nicht.«

Penelope lächelte etwas unbehaglich. »Wir wussten nicht, dass du heute nach Hause kommst, sonst hätten wir nie …«

»Nein, das war meine Schuld. Ich hätte anrufen sollen.«

Der Einzige, der mit der Situation einigermaßen entspannt umging, war mein Bruder. »Das ist gar nichts gegen den einen Abend, als ich Valerie und Carter Fields mal zusammen auf unserem Balkon entdeckt habe. Glaub mir.« Er machte ein Gesicht, als wollte er sich die Erinnerung daran gerne aus dem Gedächtnis streichen. Ich hatte ein ähnliches Bedürfnis, was die Szene von gerade eben anging. Geschwister beim Sex, das war wirklich nichts, was man sehen wollte.

»Ich fahr mal los, wir haben noch ein Meeting wegen der Ausstellung nächste Woche. Ruf mich an.« Penelope küsste Lincoln sehr züchtig auf die Wange. »War … ähm … schön, dich zu sehen, Helena.« Sie lächelte und ich verzog das Gesicht.

»Sorry noch mal.« Dann verschwand sie durch die Tür und Lincoln und ich blieben allein zurück.

»Das war echt peinlich.« Ich warf einen Blick zur Couch, immer noch das beigefarbene Ungetüm, das Paige geordert hatte. Nach der Sache gerade eben war ich nicht sicher, ob sie das Ding wirklich zurückhaben wollte. »Ich wusste nicht, dass ihr schon auf diesem Level seid. Du hast doch gesagt, ihr wollt nicht gleich aufs Gas steigen.«

Lincoln hob die Schultern. »Das war der Plan. Aber neulich war sie hier, um zu reden, und irgendwie … haben wir festgestellt, dass der Plan scheiße ist.«

Ich musste lachen. »Offensichtlich.«

»Ach, tu nicht so, Schwesterchen.« Er ging in die Küche und stellte einen Becher unter den Ausgießer der Kaffeemaschine.

»Als hätten Jess und du irgendetwas anderes getan, während ihr auf eurer einsamen Insel wart.«

»Es war eine sehr große, nicht wirklich einsame Insel und doch, wir haben noch andere Sachen gemacht.« Das stimmte, obwohl es einige Nächte gegeben hatte, in denen wir nicht so viel zum Schlafen gekommen waren. Aber was sollte ich auch machen, wenn ich wach wurde und Jess neben mir lag? Ich hatte keine Chance gehabt. »Freut mich jedenfalls für euch. Ihr wirkt glücklich miteinander.«

»Das sind wir. Noch weiß allerdings keiner, dass wir zusammen sind, wir wollen es noch eine Weile aus der Öffentlichkeit raushalten, auch wegen Paige.«

»Kann ich gut verstehen. Wir machen es genauso.« Ich nahm ebenfalls einen Becher aus dem Schrank und wartete, bis Lincolns gefüllt war. Etwas Warmes zu trinken war eine gute Idee. Fröstelnd zog ich die Schultern hoch. »War New York immer schon so kalt? Ist mir nie aufgefallen, bevor ich Australien erlebt habe.«

»Dann war es schön dort, ja?« Er grinste.

»Mehr als schön.« Ich seufzte zufrieden bei der Erinnerung an Sonne und Meer. »Es war genau das, was wir gebraucht haben. Du solltest auch mal hinfahren, die Lodge, die Jess dort mit seinem Freund aufgezogen hat, ist ein echtes Paradies.«

Mein Bruder nickte. »Vielleicht mache ich das wirklich. In nächster Zeit ist allerdings nicht daran zu denken.« Plötzlich wirkte er ziemlich ernst und ich ahnte, dass Penelope momentan das einzig Angenehme in seinem Leben war.

»Gibt es immer noch Ärger mit Mom und Dad wegen Paige?«, fragte ich mitfühlend. Unsere Eltern konnten unglaublich lange beleidigt sein, niemand wusste das besser als ich. Während ich mit Jess weg gewesen war, hatte ich weder eine Nachricht noch einen Anruf von ihnen erhalten. Sie ignorierten mich, bis ich wieder nach ihren Wünschen funktionierte. Aber da konnten sie lange warten.

»Sie sind enttäuscht.« Lincoln pustete in seinen Kaffee. »Und ich kann es irgendwie verstehen.«

»Du kannst das *verstehen?* Bist du verrückt? Sie haben dich zu einer Verlobung mit einer Frau gedrängt, die du nicht liebst, damit sie ihr Ansehen aufpolieren können! Wie können sie sauer sein, dass du dich weigerst, das durchzuziehen – vor allem, wenn es überhaupt keinen Grund mehr für diese Hochzeit gibt?«

Ein milder Ausdruck trat in Lincolns Augen. »Du weißt, dass es ihnen wichtig ist, gut dazustehen. Dass ich die Verlobung gegen ihren Willen gelöst habe, ist ein dunkler Fleck auf ihrer weißen Weste.«

»Vielleicht sollten sie nicht immer zuerst an sich selbst denken«, murrte ich, »sondern auch mal an uns.«

»Der Witz ist, sie glauben, das täten sie. Weil wir ja auch vom Namen Weston profitieren. Dabei wünsche ich mir in letzter Zeit manchmal, Smith oder Jacobs zu heißen.«

Nicht nur du, dachte ich. Wie viel einfacher wäre mein Leben, wenn ich nicht Helena Weston wäre? Sondern ein ganz gewöhnliches Mädchen aus einer gutbürgerlichen Familie? Trish hätte mich in dem Fall als Freundin ihres Sohnes sicher auch nicht toll gefunden, bestimmt wäre ihr jedoch alles lieber gewesen als Valeries kleine Schwester.

»Aber sie reden nicht davon, dass du die Firma verlassen sollst, oder?« Ich wusste, dass Lincoln mittlerweile im Unternehmen ein sehr wichtiger Faktor war, und dennoch hielt ich es für möglich, dass meine Eltern ihn damit unter Druck setzten.

»Nein.« Er schüttelte den Kopf. »Aber sie haben Stress mit den Irvines wegen der Sache, weil Clive irgendwie rausgefunden hat, dass ich nie die gleichen Gefühle für Paige hatte wie umgekehrt. Nun soll ich dort zu Kreuze kriechen und mich persönlich entschuldigen.«

»Wow. Aber das wirst du nicht tun, oder?«

»Ich habe das noch nicht entschieden.« Lincoln sah in seinen Becher.

»Falls du meine Meinung dazu hören willst: Lass es.« Ich konnte mir kaum eine unangenehmere Situation vorstellen. Außer vielleicht eine weitere Begegnung mit Trish Coldwell, die versuchte, Jess und mich zu trennen.

Ich warf einen schnellen Blick auf mein Handy. Er hatte direkt zu ihr fahren und sie mit der Überwachung in Australien konfrontieren wollen. Aber bisher hatte ich noch nichts gehört.

»Wartest du auf etwas?«, fragte Lincoln.

»Nur auf eine Meldung von Jess. Er wollte zu seiner Mutter.«

»Oha. Klingt nicht nach Spaß.«

»Ist es auch nicht.« Ich schüttelte den Kopf. »Haben Mom und Dad eigentlich irgendetwas über mich gesagt?«

»Nicht viel. Sie glauben immer noch, das wäre eine Phase bei dir. Dass du früher oder später erkennst, dass Jess – der *Coldwell-Junge* – keine echte Option für deine Zukunft darstellt und sie nur warten müssen, bis es so weit ist.«

Mir entfuhr ein Schnauben. »Viel Glück dabei.« Wenn ich eines sicher wusste, dann, dass ich Jess nie wieder gehen lassen würde. »Aber demnach haben sie wohl niemanden angeheuert, um uns in Australien zu beobachten, oder?«

»Was?« Lincoln zog die Brauen zusammen. »Jemand hat euch beschattet?«

Ich nickte. »Wir gehen davon aus, dass es Trish Coldwell war und nicht Mom und Dad. Deswegen ist Jess bei seiner Mutter.«

»Sie reden gerade nicht besonders viel mit mir, aber ich bin mir relativ sicher, dass sie das nicht waren. Bis ich es ihnen gesagt habe, war ihnen nicht einmal klar, dass du nicht in der Stadt bist.«

Das wunderte mich kaum, denn ihre Taktik der stummen Missbilligung funktionierte schließlich nur, wenn sie mich ignorierten. »Also weiß es niemand, oder? Das mit Jess und mir?«

Lincoln stellte seinen leeren Kaffeebecher in die Spüle. »Ich habe nichts darüber gehört. Dass er von diesem Rivalen seines Vaters angegriffen wurde, war natürlich Stadtgespräch, aber dass ihr beide zur gleichen Zeit verschwunden seid, scheint niemandem aufgefallen zu sein.«

Ich atmete auf. Das war gut.

»Len?« Mein Bruder schaute mich aufmerksam an. »Ihr habt euch in Australien doch nicht … verlobt, oder?«

Ein ungläubiges Lachen entfuhr mir. »Verlobt? Wie kommst du denn darauf?« Die Geschichte von Jess und mir hatte zwar im Grunde schon vor fast einem Jahr angefangen, aber richtig zusammen waren wir gerade mal zwei Wochen.

»Na, bei Valerie und Adam ging das auch sehr schnell. Ich dachte, vielleicht hattet ihr im Urlaub einen sentimentalen Moment oder so.«

Ich schüttelte den Kopf. »Die hatten wir sicherlich und ich bin unglaublich froh, dass wir endlich zusammen sein können. Aber so eine Entscheidung trifft man doch nicht nach ein paar Wochen.« Zumindest wir nicht. Ich hatte es damals sehr romantisch gefunden, als Valerie und Adam sich nach einem halben Jahr verlobt hatten. Aber schon alleine wegen der Umstände ihres Todes hätte ich ihnen das niemals nachgemacht.

Mein Bruder wirkte erleichtert. Vielleicht lag es auch daran, dass er selbst schlechte Erfahrungen mit dem Thema Verlobung verband. »Gibt es eigentlich etwas Neues, was ihren Fall angeht?«

»Nur ein paar Hinweise, aber die Ermittlerin hat sich bisher bedeckt gehalten. Ich hoffe, dass sie bald etwas Handfestes hat. Da es jedoch eine Weile her ist und die verantwortlichen Leute offenbar sehr gründlich bei der Vertuschung waren, kann es noch dauern.« Solange wir in Australien gewesen waren, hatte ich alles verdrängt, was mit New York, meiner Familie und auch dem Tod von Valerie und Adam zu tun hatte, das merkte ich jetzt. Dieses schmerzhafte Ziehen in meinem Magen hatte ich in den letzten zwei Wochen nur sehr selten gespürt. Kurz hatte ich ein schlechtes Gewissen, weil ich mich nicht darum gekümmert hatte. Aber dann fiel mir ein, dass meine Schwester uns diese Auszeit mehr gegönnt hätte als jeder andere Mensch. *Abschalten ist wichtig, Lenny. Auch wenn es dir egoistisch vorkommt.*

Lincoln nickte, dann ging er zu der Kommode, die im Durchgang zum Wohnzimmer stand. »Wo wir gerade von Valerie sprechen, ich habe etwas für dich.« Er kramte in der obersten Schublade und zog einen kleinen Gegenstand hervor, um ihn mir zu geben. Es war ein Schlüssel mit einem runden Anhänger.

»Wofür ist der?«

Mein Bruder wirkte für einen Augenblick, als müsste er überlegen, wie er das am besten sagen sollte. Aber dann gab er sich einen sichtbaren Ruck. »Er gehört zu dem Abteil eines Lagerhauses in Queens.«

»Okay?«, fragte ich abwartend und musterte den Anhänger, auf dem nur eine Zahl stand: 176. Offenbar die Nummer des Lagerabteils. In New York gab es unzählige dieser Storage Departments. »Und was ist da drin?«

»Mom und Dad haben kurz vor deiner Rückkehr Valeries Zimmer ausgeräumt, wie du weißt. Aber sie haben die Sachen nicht weggegeben, wie sie dir gegenüber behauptet haben. Sondern eingelagert.«

Ich starrte ihn an, mit angehaltenem Atem. »Willst du sagen, dass …?«

»Ja.« Er lächelte. »In dem Lagerabteil befindet sich alles, was Valerie gehört hat.«

»Woher … Woher weißt du davon?« Ich umklammerte den Schlüssel so fest, dass er in meine Handfläche drückte. Die ganze Zeit hatte ich es bedauert, dass ich nichts von meiner Schwester hatte behalten können, um mich an sie zu erinnern – von der Spieldose abgesehen, die Lincoln mir zum Geburtstag geschenkt hatte. Ich hatte geglaubt, alles wäre weg, verschenkt oder verkauft. Nun zu erfahren, dass ihre Sachen noch da waren, kam mir vor wie ein Wunder.

»Durch Zufall. Mir ist letzte Woche in der Firma eine Mahnung von dem Lagerhaus in die Hände gefallen, weil die Buchhaltungsabteilung vergessen hat, die Miete dafür zu bezahlen.« Lincoln deutete auf den Schlüssel. »Wir haben einige Lagerräume, für Antiquitäten und Möbel, aber keiner davon liegt im letzten Winkel von Queens. Also habe ich ein paar Nachforschungen angestellt, wann sie den Raum angemietet haben – es war etwa vier Wochen, bevor du zurückgekommen bist. Und da ich weiß, wo Dad die Schlüssel für solche Sachen aufbewahrt, habe ich den hier geklaut.« Er wirkte gleichermaßen unbehaglich wie zufrieden und ich musste ihn einfach umarmen.

»Danke, Linc«, sagte ich leise, als ich ihn wieder losließ.

»Dafür nicht.« Er lächelte. »Ich dachte, vielleicht fahren wir mal zusammen hin und schauen, ob du etwas von ihren Sachen haben möchtest.«

»Das wäre toll.« Mir kam Jess in den Sinn und dass ich ihn ebenfalls gerne dabeihaben wollte. Nicht nur, weil unter Valeries persönlichen Gegenständen bestimmt welche waren, die

Adam gehört hatten. Sondern auch, weil ich wusste, dass es kein einfacher Besuch werden würde.

Ich sah wieder auf mein Handy. Immer noch keine Nachricht oder ein Anruf.

»Hast du Hunger?«, riss mich Lincoln aus meinen Gedanken. »Penny und ich haben gestern was von THEP bestellt, aber es war viel zu viel.«

»War es zu viel oder seid ihr abgelenkt worden?«, grinste ich, froh darüber, dass ich mich mit etwas anderem befassen konnte als Jess' Gespräch mit Trish. »Zum Beispiel von dem Verlangen, die Couch zu entweihen?«

»Hör auf damit!« Lincoln wurde nun doch ein bisschen rot. »Das war echt unangenehm genug, vor allem für Penny.«

»Nicht nur für sie«, sagte ich belustigt und erlöste ihn dann, indem ich auf den Kühlschrank zeigte. »Essen von THEP sagst du? Auch Pork Chop? Da bin ich immer dabei.«

Bis wir damit fertig waren, hatte Jess sich hoffentlich gemeldet.

24
Jessiah

Ich legte den Kopf in den Nacken und sah an dem Wolkenkratzer hoch, in dem die Büros von CW Buildings untergebracht waren. Das Gebäude schien noch größer geworden zu sein, seit ich das letzte Mal hier gewesen war. Vielleicht galt das auch für die ganze Stadt. New York war mir nie kälter und unfreundlicher erschienen als nach zwei Wochen in Australien. Wobei, doch. Als ich wegen Adams Tod zurückgekommen war, hatte ich es noch schlimmer empfunden. Denn jetzt gab es hier etwas, für das es sich zu kämpfen lohnte. Oder jemanden.

Ich vermisste Helena seit der Sekunde, als wir am Flughafen in verschiedene Wagen gestiegen waren, um nach Manhattan zu fahren. Wir hatten uns dafür entschieden, um vorerst unter dem Radar zu bleiben. Der Stress mit unseren Familien war herausfordernd genug, um jetzt nicht auch noch die ganze Stadt darüber zu informieren, dass Valeries Schwester und Adams Bruder sich ineinander verliebt hatten. Wir würden nicht drum herumkommen, uns irgendwann öffentlich zu zeigen, aber es war uns beiden lieber, wenn das nicht heute passierte.

»Mr Coldwell«, begrüßte mich eine von Trishs älteren Angestellten, die für den Empfang zuständig war. »Wie schön, Sie mal wieder zu sehen.« Das kam schließlich nie vor, denn ich mied dieses Gebäude, so gut ich konnte. Aber wir hatten erst Mittag und ich hatte nicht warten können, bis meine Mutter am späten Abend nach Hause kam. Außerdem wollte ich nicht, dass Eli bei dem Gespräch anwesend war.

»Danke, Sandra«, lächelte ich, obwohl ich mich kein bisschen danach fühlte. »Ich hoffe, es geht Ihnen gut?«

»Sehr gut.« Sie nickte freundlich und ich fragte mich, wie eine nette Frau wie sie es schaffte, schon über zehn Jahre für Trish zu arbeiten, ohne den Verstand verloren zu haben. Vielleicht gab es einen Trick und sie konnte ihn mir verraten. Ich verkniff mir die Frage danach trotzdem.

»Ist meine Mutter in ihrem Büro?« Ich hoffte, dass sie nicht bei einem Außentermin war oder in einer Besprechung. Denn so wütend, wie ich war, würde ich in Letztere einfach hineinstürmen und sie vor versammelter Mannschaft zur Rede stellen.

»Ja, ist sie, sie telefoniert gerade mit Dubai. Soll ich Sie ankündigen?«

»Nein danke. Ich weiß ja, wo es ist.« Ich lächelte noch mal, dann machte ich mich auf den Weg durch die hellen Gänge der Firma.

Wieder einmal wurde mir bewusst, dass ich wohl jeden anderen Job eher angenommen hätte, als hier zu arbeiten. Die Räumlichkeiten von CW waren genauso wie Trish – klar, kühl und seelenlos. Alles umwehte der Spirit von Erfolg und Humorlosigkeit. Sämtliche Büros wurden durch Glasscheiben vom Flur und voneinander getrennt, sodass man nicht mal heimlich in der Nase bohren konnte, ohne dass es jeder sah. Vertrauen war ein Wort, das meine Mutter nicht buchstabieren konnte, und die Fluktuation in den unteren Reihen ihrer Belegschaft zeigte, dass nicht viele mit dem Druck zurechtkamen. Ich kannte keinen Grund, warum man sich das antun sollte. Dennoch taten es einige. Vielleicht, weil es eine Referenz für jedes andere Immobilienunternehmen der Welt war, wenn man ein Jahr oder länger Trish Coldwell überlebt hatte.

Ich steuerte auf die breite Doppeltür zu, die zu ihrem Büro führte, als mein Blick auf den Raum daneben fiel. Kurz blieb ich vor dem Schild stehen, das an der geschlossenen Tür angebracht war: *Adam Coldwell, Chief Operating Officer.* Durch die Glaswand konnte man erkennen, dass auf dem Schreibtisch ein Block lag, daneben stand ein Becher und an den Whiteboards hingen vier Jahre alte Berichte. Ich konnte nicht verhindern, dass mein Magen zu schmerzen begann, als ich das Büro meines verstorbenen Bruders sah. Es wirkte so, als wäre er nur kurz rausgelaufen, um sich einen frischen Kaffee zu holen.

Tatsächlich hatte ich nicht gewusst, dass man es so belassen hatte, denn ich war schon seit Jahren nicht mehr hier gewesen. Ich kannte niemanden, der weniger sentimental war als Trish, aber obwohl es ein tolles Büro mit einer spektakulären Aussicht war, über das sich jeder gefreut hätte – sicher auch Tom, ihr aktueller COO –, hatte sie es nicht verändert. Es war ein weiteres Zeichen, wie wenig sie mit Adams Tod im Reinen war.

Mit Mühe riss ich mich von dem Anblick los, denn am Ende war es nicht gerade beruhigend, dass Trish sich auf diese Art verhielt. Im Gegenteil, es führte mir nur noch mal vor Augen, dass sie nicht rational war, wenn es um Helena und mich ging.

Ihr Büro war nur ein paar Schritte entfernt und das einzige, das nicht von Glas, sondern von massiven weißen Wänden umgeben war. Ich klopfte an die Tür und wartete nicht das »Ja?« von der anderen Seite ab. Die Erinnerung an Adam hatte meinen Zorn ein wenig gedämpft, aber kaum stand ich Trish gegenüber, kehrte er mit voller Wucht zurück.

»Jessiah, was für eine Überraschung.« Sie hob eine Augenbraue. »Das muss ja ein wichtiger Grund sein, dass du es über dich bringst, die Firma zu betreten. Ich hoffe, es hat nichts mit deinem Urlaub zu tun. Er war doch schön, nehme ich an?«

»Als wüsstest du das nicht«, schnaubte ich. »Haben dir die Aufnahmen gefallen? Ich bin sicher, dass sich dein Spitzel große Mühe gegeben hat, wirklich jede Situation festzuhalten.«

»Ich habe keine Ahnung, wovon du redest.« Sie schüttelte den Kopf, als wäre ich wieder fünfzehn und hätte gerade eines ihrer Geschäftsessen mit einer meiner Aktionen ruiniert. *Ich weiß nicht, was ich noch mit dir tun soll, Jessiah. Ich weiß es wirklich nicht.*

Aber das war lange her.

»Leugnest du, dass du jemanden beauftragt hast, Helena und mir nachzuspionieren? Ist das dein Ernst?« Ich hatte erwartet, dass sie sich damit brüsten würde – nicht, dass sie es abstritt. Normalerweise hielt sie nichts von Lügen, wenn sie ihr keinen Nutzen brachten. Und ich bezweifelte, dass es ihr unangenehm gewesen wäre, vor mir zuzugeben, dass sie uns im Auge behalten hatte. Aus Sicherheitsgründen oder so.

»Ich bitte dich. Als hätte ich irgendein Interesse daran, Bilder eures … Liebesurlaubs zu sehen.« Sie verzog angewidert das Gesicht und es kam mir nicht vor, als würde sie das nur spielen.

Ließ ich mich gerade einwickeln? Oder war jemand anderes für die Überwachung verantwortlich?

»Du warst es wirklich nicht?«, hakte ich noch einmal nach.

»Wieso sollte ich das tun? Und wenn es auch nicht die Westons waren, die ihre kleine Prinzessin beschützen wollten, dann sollte es dir Sorgen machen, dass jemand ein solches Interesse an euch hat.« Nun wirkte sie sehr aufmerksam und ich versuchte, mir nicht anmerken zu lassen, dass ich tatsächlich besorgt war. Denn wenn keine unserer Familien dafür verantwortlich war – und Helena hatte gesagt, dass es nicht der Stil ihrer Eltern war, ihr einen Beobachter hinterherzuschicken –, dann musste es jemand anders sein. Jemand, den wir bisher nicht auf dem Schirm hatten.

Aber erst einmal galt es, Trish nicht in meinen Kopf sehen zu lassen.

»Falls du jetzt wieder damit anfängst, dass Adam und Valerie gestorben sind, weil sie ein Paar waren, dann –«

»Dann was?«, unterbrach Trish mich. »Nennst du mich wieder paranoid? Wach auf, Jess! Du kannst nicht ausschließen, dass euch keine Gefahr droht, wenn ihr zusammen seid. Und wenn du auf die gleiche Weise endest wie Adam, ist es zu spät, um es dir anders zu überlegen!«

Irgendetwas an dieser Sache passte nicht und ich begann langsam, zu verstehen, was es war. In meinem Kopf fielen einige Puzzleteile an ihren Platz und mit einem Mal hielt ich es für möglich, dass sie so perfide war, uns einen Beobachter auf den Hals zu hetzen, um ihren Standpunkt glaubhafter zu machen. Sie hatte nämlich nicht gesagt, dass sie ihn nicht geschickt hatte, sondern nur, dass sie nicht an den Bildern interessiert war, die der Typ gemacht hatte.

»Hast du diesen Kerl beauftragt, um uns Angst zu machen?« Helena war er schließlich schon in der Stadt aufgefallen und sie war nicht gerade vertraut damit, beschattet zu werden. Normalerweise engagierte Trish Profis, die man nicht bemerkte. Ich hatte damals auch erst nach Wochen festgestellt, dass sie mich beobachten ließ. »Sag es mir«, forderte ich mit Nachdruck. »Sag mir, ob du ihn angeheuert hast.«

Sie presste die Lippen aufeinander und ich brauchte keine Antwort, um zu wissen, dass ich richtiglag.

»Ihr habt den Kerl erst nach zwei Wochen bemerkt, weil ihr so beschäftigt miteinander wart. Nach zwei Wochen! Was, wenn man euch wirklich einen Killer auf den Hals gehetzt hätte?«

»Warum zur verfluchten Hölle sollte jemand das jetzt noch tun?!«, brüllte ich sie an. Es war mir scheißegal, dass die ganze Etage hören konnte, wie wir stritten. »Du bist besessen von der Idee, dass du Adam verloren hast, weil er Valerie geliebt hat! Nur weil du nicht wahrhaben willst, dass er tot ist!«

Sie funkelte mich wütend an. »Das ist nicht wahr!«

»Ach nein? Warum ist sein Büro dann noch genau im gleichen Zustand wie zu dem Zeitpunkt, als er gestorben ist? Wieso kannst du es nicht leer räumen lassen und jemand anderem geben? Weil du nicht damit klarkommst! Weil du seit fast vier verdammten Jahren nicht damit klarkommst, dass vermutlich *du* der Grund bist, warum dein Lieblingssohn tot ist!«

Trishs Ohrfeige traf mich unvorbereitet, aber ich spürte sie kaum, denn ich wusste, ich hatte recht. Sie hatte nie verarbeitet, was passiert war – dass sie ihren Sohn und Nachfolger verloren hatte, auf eine Art, die grausamer und plötzlicher nicht hätte sein können. Stattdessen hatte sie sich in Hassfantasien Valerie gegenüber geflüchtet, in die Vorstellung von einer Schuldigen, ohne die es nie so weit gekommen wäre. Dabei war ihr eigentlich klar, dass das Problem ein ganz anderes war. Dass *sie* das Problem war.

»Du hast keine Ahnung, wovon du da redest«, sagte sie kalt, aber ich hörte, wie ihre Stimme vor Zorn bebte.

»Warum, weil ich ihn nicht verloren habe?«

»Er hat dir doch überhaupt nichts bedeutet! Ihr hattet nichts gemeinsam, du und Adam!«

Ich schwieg, geschockt von dieser Anschuldigung, die teils wahr, teils aber auch vollkommen falsch war. Es stimmte, Adam und ich hatten nicht viel gemeinsam gehabt, wir hatten andere Dinge gemocht, andere Ziele gehabt, anders gedacht und gefühlt. Trotzdem hatte er mir unglaublich viel bedeutet. Nur sagte ich das nicht. Ich musste mich nicht vor ihr rechtfertigen. Stattdessen sah ich sie todernst an.

»Du hältst ab sofort Abstand zu Helena und mir. Hör damit auf, dich in unser Leben einzumischen, oder du wirst es bereuen.«

Sie starrte mich an, für eine Sekunde tatsächlich schockiert. Egal, wie heftig es zwischen uns in der Vergangenheit gewesen war, gedroht hatte ich ihr noch nie.

»Vorsicht, Jessiah«, sagte sie leise. »Du lehnst dich gerade weit aus dem Fenster.«

»Du meinst, so weit wie Terry Bonet?« Ich hatte nicht geplant, sie heute mit den Informationen zu konfrontieren, die ich von Miranda bekommen hatte. Aber wenn man ehrlich sein wollte, war es vollkommen unmöglich, meine Mutter zur Vernunft zu bringen. Sie würde nie akzeptieren, dass Helena und ich zusammen waren. Sie würde immer versuchen, Wege zu finden, uns doch noch zu trennen. Und deswegen musste ich ihr ein für alle Mal einen Riegel vorschieben.

»Woher weißt du davon?«, fragte Trish tonlos. Offenbar hatte sie die Umstände des Todes von Terry Bonet unter Verschluss geglaubt.

»Spielt das eine Rolle? Fakt ist, ich weiß Bescheid und ich werde dieses Wissen einsetzen, wenn du Helena und mich nicht in Ruhe lässt.« Ich sah sie eindringlich an. »Du wirst uns nicht mehr beschatten lassen, gegen sie oder ihre Familie intrigieren oder irgendetwas anderes tun, das Helena Angst macht. Anderenfalls werde ich damit an die Presse gehen. Und wage es ja nicht, Eli in diese Sache mit reinzuziehen. Ich bluffe nicht, Trish.«

Sie sagte nichts und ich sah in ihren Augen zwei Dinge, die ich noch nie dort gesehen hatte: Furcht. Und Respekt. Beinahe hätte ich gelacht, weil es so unglaublich krank war, dass sie mich erst respektierte, wenn ich ihr Angst machte.

»Dann hast du deinen Standpunkt ja deutlich gemacht«, ließ sie nach einer kurzen Pause hören. Ihre Stimme klang ungewohnt dünn. »Ich habe gleich noch einen Termin, wenn du mich also entschuldigen würdest.«

Ich nickte. »Es ist alles gesagt.«

Als ich hinausging, pochte der Puls in meinen Ohren, meine Hände waren schweißnass und mir war übel. Gerade hatte ich eine moralische Grenze überschritten, die ich nie hatte antasten wollen: Ich hatte meine Mutter mit ihren eigenen Waffen geschlagen – sie erpresst, mit dem fürchterlichen Wissen um den Tod eines unschuldigen Mannes. Vielleicht hatte ich damit erreicht, was ich wollte. Aber gleichzeitig hatte ich das Tor zur Hölle aufgestoßen.

Kaum war ich aus dem Gebäude raus, kramte ich mein Handy heraus und wählte Helenas Nummer. Sie ging bereits nach dem ersten Klingeln dran und ich hielt mich nicht mit einer Begrüßung auf.

»Können wir uns sehen?« Ich musste jetzt bei ihr sein, mich vergewissern, dass es ihr gut ging – und dass ich das Richtige getan hatte. Ansonsten würde das nagende Gefühl, einen schweren Fehler begangen zu haben, nicht verschwinden.

»Natürlich«, antwortete sie sofort. »Ich bin bei Lincoln, wo sollen wir –«

»In meiner Wohnung, wenn es geht. Und am besten sorgst du dafür, dass dich niemand sieht, wenn du reingehst.«

»Okay. Ich bin in zwanzig Minuten da.«

25
Helena

Als ich vor Jess' Wohnung aus dem Wagen stieg und Bethany sagte, dass sie nicht auf mich warten musste, hatte ich ein ungutes Gefühl im Bauch. Die Art, wie er am Telefon geklungen hatte, war beunruhigend gewesen – irgendwie gehetzt, so als hätte ihn das Gespräch mit seiner Mutter extrem aufgewühlt. Es wunderte mich nicht, weil ich wusste, wie Trish Coldwell sein konnte. Aber ich hatte immer geglaubt, Jess wäre der einzige Mensch auf der Welt, der keine Angst vor ihr hatte. Also hatte ich mich sehr beeilt, ins Village zu kommen.

»Hey, was ist passiert?« Kaum hatte sich die Wohnungstür geöffnet, sprach ich die Frage schon aus – und fand mich nur eine Sekunde später in einer Umarmung wieder. Ich zögerte nicht und schlang meine Arme um Jess' Mitte, bis ich das Gefühl hatte, ihn loslassen zu können. Dann erst wickelte ich den Schal von meinem Hals und nahm die Mütze ab, die ich zur Tarnung getragen hatte.

»Ich habe ihr gedroht«, sagte er und strich sich die Haare zurück, fahriger als sonst. »Mit dem, was Miranda rausgefunden hat, diesem Todesfall auf der Baustelle von Coldwell House.«

»Okay.« Ich nickte. »Und wie hat sie reagiert?« Diese Info war alles, was wir gegen Trish hatten. Wenn sie davon unbeeindruckt geblieben war, konnten wir nur hoffen, dass sie uns und meine Familie in Ruhe ließ – und mir war völlig klar, wie schlecht die Chancen dafür standen.

»Sie war schockiert, dass ich es wusste. Oder nur davon, dass ich bereit bin, es gegen sie zu verwenden, keine Ahnung. Aber ich glaube, sie nimmt es ernst.«

»Das … Das ist doch gut, oder nicht?« Ich fragte es zaghaft, weil mir bewusst war, wie schwierig diese Situation für Jess war. Er hatte seit seiner Jugend immer mehr oder weniger im Clinch mit Trish gelegen, aber er hatte sie nie bedroht. Für einen grundanständigen Menschen wie ihn musste das fürchterlich sein.

Er hob die Schultern. »Wahrscheinlich ist es gut. Fühlt sich trotzdem beschissen an.«

Ich legte meine Hände auf seine Arme und strich nach oben, bis sie in seinem Nacken angekommen waren. »Du hattest keine Wahl. Sie hätte uns nie in Frieden gelassen, wenn du das nicht getan hättest.«

»Ja, ich weiß. Eigentlich bin ich nicht dorthin gefahren, um sie zu erpressen, aber kaum war ich im Raum, hat sie schon wieder davon angefangen, dass es *gefährlich* wäre, wenn wir beide zusammen sind.« Jess sah mich müde an. »Kannst du dir vorstellen, dass sie diesen Spitzel nicht deswegen auf uns angesetzt hat, weil sie wissen wollte, was wir in Australien tun? Sondern um uns Angst zu machen? Sie dachte wohl, wenn ich glaube, jemand Unbekanntes hätte uns im Visier, würde ich dich schützen wollen und mich wieder von dir trennen.«

Ich schüttelte den Kopf über diese verdrehte Logik. Aber irgendwie passte das auch zu Trishs Feldzug gegen Valerie, nachdem Adam und sie gestorben waren. Wie viel besser wäre es gewesen, wenn sie versucht hätte, ihre Trauer zuzulassen – für uns alle. Wobei ich irgendwie froh war, dass sie mich dazu gezwungen hatte, Valeries Ruf wiederherstellen zu wollen. Denn anderenfalls hätten wir nie erfahren, dass die beiden getötet worden waren.

Jess war in Gedanken noch bei dem Gespräch mit seiner Mutter. »Sie hat Adams Büro bis heute nicht ausgeräumt. Es befindet sich direkt neben ihrem eigenen, wie ein Mahnmal, mit alten Bilanzkurven an den Wänden und einem benutzten Kaffeebecher auf dem Tisch. Sie hat seinen Tod nicht einmal ansatzweise verarbeitet. Wahrscheinlich hat sie es gar nicht versucht.«

Es wunderte mich nicht. »Für jemanden wie sie muss es ein heftiger Schlag gewesen sein, Adam zu verlieren. Nicht nur, weil sie ihn geliebt hat, sondern weil sie gerne alles kontrolliert. Das hatte sie nicht kommen sehen, deswegen hat sie auch Valerie die Schuld gegeben.«

Jess nickte. »Ich habe ihr auf den Kopf zugesagt, dass ich glaube, sie selbst sei schuld am Tod der beiden. Denn im Ernst, wie wahrscheinlich ist es, dass es nichts mit Trish zu tun hat?«

»Nicht sehr«, gab ich zu. Ich hatte mir in den letzten Wochen so oft den Kopf darüber zerbrochen, kam jedoch zu keinem anderen Ergebnis. Natürlich gab es ein Restrisiko, dass es doch mit einer Konkurrentin von Valerie zu tun hatte, aber so fake die Welt der Influencer teilweise war, ich traute keinem von denen einen Mord zu.

»Ich hoffe, Miranda findet bald ein paar brauchbare Hinweise«, seufzte Jess und fuhr sich mit der Hand über das Gesicht. »Vielleicht erledigt sich das Thema mit Trish ja, wenn wir die Schuldigen fassen.« Er wandte sich ab.

»Hey«, hielt ich ihn auf. »Du hast das Richtige getan. Das weißt du doch, oder?«

»Ja, aber ich hasse es«, schnaubte er. »Ich hasse es, dass ich das tun musste.« Er ging in die Küche und öffnete mehrere

Schränke, holte ein Schneidebrett heraus und ein Messer. Auf der Arbeitsplatte standen zwei Papiertüten, offenbar hatte er auf dem Weg nach Hause eingekauft. »Hast du Hunger? Ich wollte Cannelloni machen.«

Zögerlich folgte ich ihm. »Bist du sicher, dass du jetzt kochen willst? Wir können auch einfach etwas bestellen.«

Er schüttelte den Kopf. »Nein. Kochen bringt mich runter. Und ich will unseren ersten gemeinsamen Abend hier in New York nicht mit so einem Gefühl im Bauch verbringen.«

»Dann klingen Cannelloni super.« Ich lächelte, weil mir auffiel, dass wir tatsächlich zum ersten Mal in dieser Wohnung waren, seit wir uns füreinander entschieden hatten. Die Gesamtumstände waren zwar nicht so, wie ich es mir gewünscht hätte, aber wir waren zusammen. Und das war alles, was zählte. »Kann ich vielleicht etwas helfen?« Meine Kochkünste waren ziemlich begrenzt – oder eher nicht vorhanden –, wir hatten in Australien jedoch festgestellt, dass ich ganz gut darin war, Sachen klein zu schneiden.

Jess lächelte und schob mir Brett und Messer hin, dazu einen großen Bund Grünzeug. »Wenn du schon fragst … der Spinat müsste geschnitten werden.«

Später lagen wir zusammen auf Jess' großer Couch, die noch bequemer war, als sie aussah. Auf dem Fernseher lief gerade der Abspann eines Films, den wir höchstens zur Hälfte verfolgt hatten, weil wir damit beschäftigt gewesen waren, zu knutschen wie Teenager in der Abendvorstellung. Zu mehr hatte es bisher aber noch nicht geführt. Als würden wir es genießen, so zu tun, als wären wir tatsächlich im Kino – wo Rumknutschen das Höchste der Gefühle sein durfte, wenn man nicht mit einer Anzeige rechnen wollte. Und Vorfreude war ohnehin etwas, das die Spannung in die Höhe trieb.

Jetzt, wo der Film vorbei war, schien diese Grenze jedoch zu verschwimmen, denn Jess' Finger bewegten sich weiter unter meinen Pullover als bisher und ich seufzte leise, als seine Lippen von meinem Ohr nach unten glitten, um die empfindliche Haut an meinem Hals zu berühren. Ob sich das je ändern würde, dass er mich so leicht dazu bringen konnte, alles zu vergessen? Ich hoffte es nicht.

»Wollen wir ins Bett?«, raunte er leise und schickte damit eine neue Welle aus angenehmen Schauern über meinen Rücken.

»Unbedingt«, gab ich zurück. Das Sofa war zwar bequem und wir hatten seit dem Schneesturm vor Weihnachten Übung damit, aber ich liebte Jess' Bett auf der Empore. Nicht nur, weil wir dort das erste Mal miteinander geschlafen hatten, es war einer meiner liebsten Orte überhaupt, ohne dass ich genau sagen konnte, warum. Vielleicht war es die Atmosphäre, dass man über dem Loft thronte, vielleicht das Licht, vielleicht einfach er und ich. Es war auch vollkommen egal.

Jess stand auf und zog mich vom Sofa hoch, direkt in seine Arme – ebenfalls einer meiner Lieblingsorte –, und ich küsste ihn tief, dann noch tiefer, bevor er mich hochhob. Doch als ich meine Beine um seine Hüften schlang, schoss ein scharfer Schmerz in meinen Oberschenkel.

»Au, verdammt.« Schnell kam ich darauf, was mir da in die Haut gedrückt hatte – es war der Schlüssel zu dem Lagerraum, in dem sich Valeries Sachen befanden.

Jess ließ mich runter und ich zog den Störenfried hervor. Eigentlich wollte ich ihn nur weglegen, aber Jess warf einen neugierigen Blick darauf.

»Wozu gehört der?«, fragte er und drehte den Anhänger, auf dem die Zahl stand. Über all die Aufregung mit Trish hatte ich ganz vergessen, was Lincoln mir erzählt hatte. Ich war noch nicht dazu gekommen, es Jess zu sagen.

»Zu einem Lagerraum in Queens«, antwortete ich. »Meine Eltern haben vor meiner Rückkehr nach New York das Zimmer von Valerie ausräumen und mich denken lassen, dass ihre Sachen verschenkt oder verkauft worden wären. Lincoln hat jedoch rausgefunden, dass Mom und Dad die Möbel, Klamotten und alles andere nur eingelagert haben.«

»Und sie haben dir davon nichts gesagt?«

»Nein. Sie dachten wohl, es wäre besser für mich, wenn ich glaube, dass nichts davon mehr da ist.«

Jess gab einen knurrenden Laut von sich, der mir verriet, was er von dieser Entscheidung hielt. Es war keine Überraschung, schließlich hasste er kaum etwas mehr als die Heimlichtuereien der Upperclass. »Warst du schon dort?«

Ich schüttelte den Kopf. »Dafür war noch keine Zeit. Lincoln und ich wollen in ein paar Tagen hinfahren, wenn unsere Eltern in Chicago sind. Sicher ist sicher.« Sie spionierten mir zwar nicht hinterher, aber ich wollte nicht riskieren, dass sie etwas von meinem Besuch mitbekamen und Valeries Sachen dann doch weggaben.

»Wenn du willst, dass ich euch begleite, sag es mir, okay?« Jess schob mir eine verirrte Haarsträhne aus der Stirn und ich war wieder einmal beeindruckt, wie fein seine Antennen für die Stimmungen anderer Menschen waren – oder speziell für meine. Vermutlich hatte er gemerkt, dass ich mich angespannt hatte, als mir der Lagerraum wieder eingefallen war.

»Das wäre schön«, sagte ich leise. »Es könnte auch sein, dass dort noch etwas von Adam ist. Meine Eltern haben die Sachen bestimmt nicht sortiert, bevor sie alles weggebracht haben.«

Jess holte tief Luft und stieß sie wieder aus, ein typisches Trauer-Atmen, wie ich es hunderttausendmal selbst erlebt hatte. Ich umarmte ihn fest, er erwiderte die Geste und für den Moment waren wir auf ganz andere Art und Weise eins als noch vor fünf Minuten. Verbunden in dem Verlust unserer Geschwister, dem gleichen Schmerz, dem gleichen Kummer. Zwar versuchte ich die meiste Zeit, zu verdrängen, dass man die beiden ermordet hatte, weil ich sonst gar nicht mehr hätte funktionieren können. Aber in Augenblicken wie diesen war es mir so bewusst wie selten, dass ich Valerie verloren hatte.

»Ich wette, es hätte ihnen gefallen, dass wir beide uns gefunden haben.« Ich lächelte schief, als ich Jess wieder losließ.

»Denkst du, das wäre auch passiert, wenn sie nicht …?« Er brach ab.

»Nun, ich gehe davon aus, dass wir uns spätestens bei der Hochzeit begegnet wären. Ich in einem atemberaubenden Brautjungfernkleid, weil Valerie nicht von der Sorte war, die andere hässlich aussehen lassen, und du im Anzug des Trauzeugen.«

Jess' Blick verdunkelte sich für einen Moment und mir fiel auf, wie unsensibel meine Bemerkung gewesen war. Das war es schließlich, was ich ihm vor einem Jahr an den Kopf geworfen hatte, um ihn zu verletzen – dass Adam ihn als Trauzeugen hatte haben wollen, Jess jedoch nie davon erfahren hatte. »Bitte entschuldige. Ich wollte nicht –«

»Hast du nicht«, beruhigte er mich. »Ich bin sicher, dass er mich noch gefragt und ich Ja gesagt hätte. Was wiederum bedeutet, ich wäre mit dir zum Altar gegangen, richtig?«

Ein Lächeln stahl sich auf mein Gesicht und das Kribbeln in meinem Bauch vertrieb die Schwere. »Richtig«, sagte ich neckend. »Aber du weißt, was für ein Klischee es ist, wenn sich der Trauzeuge an die erste Brautjungfer ranmacht, oder?«

»Ranmachen?« Jess schnaubte. »Ich hätte mich niemals an dich *rangemacht*. Ich hätte zwar vermutlich während der Trauung nur Augen für dich gehabt, aber ich hätte mich zurückgehalten, bis die Party entspannter wird. Dann hätte ich dich zum Tanzen aufgefordert, bei irgendeinem romantischen Song, wir hätten geredet, wären uns vielleicht nähergekommen …« Er küsste mich, aber nur ganz sanft. »Ich wäre natürlich ein Gentleman gewesen und hätte niemals irgendetwas forciert, sondern dich um ein Date gebeten, wie es sich gehört.«

Ich grinste. »Klar. Ich hoffe, das wäre im Bella Ciao gewesen.«

»Auf jeden Fall. Spätestens dort hätte es gefunkt, du wärst mit zu mir gekommen und wir hätten an genau derselben Stelle gestanden, an der wir jetzt gerade stehen.«

»Und dann?« Ich legte die Arme um seinen Hals, kam ihm so nahe, dass sich unsere Körper berührten.

Er beugte sich vor und seine Nase streifte meine, bevor er mich erneut hochhob und zur Treppe trug.

»Das zeige ich dir jetzt.«

26
Helena

Vier Tage später waren meine Eltern nach Chicago geflogen und Lincoln hatte grünes Licht für die Mission Lagerhaus gegeben.

Wir fuhren zu zweit in Richtung Queens, Jess würde von einem Termin in Delilah Warrens Club direkt dorthin kommen. Offenbar sollte der in zwei Wochen eröffnen und sie hatten nach seiner langen Abwesenheit noch einiges zu besprechen. Ich wäre gern mit ihm dort gewesen, auch um Edina und Finlay zu sehen, aber wir behielten unsere Beziehung weiterhin für uns.

Das Storage Department lag am äußersten Rand von Queens, am Ende einer Straße. Wahrscheinlich gab es kaum einen Ort, an dem man weniger vermutet hätte, dass sich dort der Besitz von Valerie Weston befand. Und das war sicher genau der Grund, aus dem meine Eltern ihn ausgewählt hatten.

»Kommt ihr beide klar, wenn ihr euch jetzt so direkt begegnet?«, fragte ich Lincoln nur halb im Scherz, während wir in seinem Wagen vor dem Lagerhaus darauf warteten, dass Jess' Pick-up auftauchte.

»Was denn, denkst du, dass wir hier im Hinterhof ein kleines Duell austragen?« Mein Bruder hob eine Augenbraue.

»Wir hätten diese ganzen Regency-Filme nicht schauen sollen.«

»Sie haben dir gefallen«, grinste ich. »Außerdem waren das nicht die Nachkommen zweier verfeindeter Familien so wie ihr.« Ich hatte nie mitbekommen, dass Jess und Lincoln direkt miteinander geredet hatten, deswegen hatte ich keine Ahnung, ob das irgendwann einmal vorgekommen war. Zwar ging ich nicht davon aus, dass sie sich an die Gurgel gehen würden, aber etwas in mir wollte, dass sie sich verstanden. Schließlich waren sie mir beide unglaublich wichtig.

»Keine Sorge, Len.« Lincoln lächelte. »Du liebst ihn, also werde ich ihn auch mögen. Ich mache nicht noch mal den gleichen Fehler wie bei Valerie und lasse mich von Moms und Dads Vorurteilen manipulieren.«

Ich legte meine Hand auf seinen Arm und drückte ihn leicht.

Im nächsten Moment fuhr ein schwarzer Pick-up in den Hof und Jess parkte neben uns. Ich hatte darüber nachgedacht, ob hier jemand sein könnte, der uns gemeinsam sehen und das Ganze bei Social Media ausbreiten würde, aber das Risiko war gering. Niemand trieb sich in dieser Ecke der Stadt herum, bei der Kälte schon gar nicht.

Wir stiegen aus und ich hielt die Luft an, als mein Bruder und mein Freund aufeinander zugingen. Aber jegliche Bedenken waren unbegründet, denn sie begrüßten einander, halb einschlagend, halb Hand schüttelnd, und keiner von beiden schaute dabei allzu finster. Jess bedankte sich bei Lincoln sogar für seine Unterstützung in Bezug auf Eli, als er selbst im Krankenhaus gelegen hatte, was mein Bruder mit einem verlegenen Schulterzucken abtat. Und damit schien alles geklärt zu sein. Warum konnte das mit meinen Eltern nicht auch so ablaufen? Oder mit Trish Coldwell?

Erst als wir zum Eingang des Lagerhauses gingen, legte Jess den Arm um meine Schultern und begrüßte mich mit einem raschen Kuss. Aber ich war viel zu angespannt, um es zu genießen, denn ich hatte keine Ahnung, was es in mir auslösen würde, wenn ich in einem Raum mit Valeries Sachen war. Mein Magen fühlte sich an, als wäre er mit Steinen gefüllt, während wir die langen Gänge entlangliefen, bis wir bei der richtigen Nummer stehen blieben.

Ich wartete mit angehaltenem Atem, bis Lincoln das Schloss neben der Tür geöffnet hatte. Danach schoben Jess und er das Rolltor gemeinsam nach oben und der Lagerraum wurde sichtbar. Er war vielleicht zwanzig Quadratmeter groß und total vollgestellt. Mein Blick flog über die vertrauten Möbelstücke und Gegenstände, Valeries Sofa, ihre Pinnwand, ihren Schminktisch. Ich wollte alles gleichzeitig berühren und war trotzdem unfähig, mich auch nur einen Schritt zu bewegen. Das hier war nicht ihr Zimmer, aber näher war ich ihr seit ihrem Tod nicht gewesen.

»Lass dir Zeit.« Jess sagte die Worte leise zu mir, seine Hand sanft an meinem Rücken. Ich war so froh, dass er gekommen war. Dass sie beide da waren.

Endlich löste ich einen Fuß vom Boden, dann den anderen und trat in den Raum hinein. Ich konnte nicht fassen, dass meine Eltern mir verschwiegen hatten, Valeries Sachen nur eingelagert zu haben. Und ich hatte große Lust, sie damit zu konfrontieren, ich konnte mir jedoch denken, was sie sagen würden: *Wir wollten dich nur beschützen. Ihre Kleidung oder ihre Möbel bringen deine Schwester auch nicht wieder zu dir zurück.* Das stimmte, aber der Verrat nagte dennoch an mir. Ich wusste schon seit geraumer Zeit, dass meine Eltern weder mich noch meine Wünsche ernst nahmen. Dass sie offenbar glaubten, ich wäre ein kleines Mädchen, dem man alle Entscheidungen abnehmen musste. Aber es so vor mir zu sehen, tat dennoch weh.

Nur war jetzt nicht die Zeit, um mich auf diese Gefühle einzulassen. Zwar ging Lincoln nicht davon aus, dass der fehlende Schlüssel unserem Vater bald auffallen würde, und außerdem waren sie gerade nicht in der Stadt, aber hier gab es Dutzende Lagerräume und je länger wir uns aufhielten, desto größer war die Wahrscheinlichkeit, dass uns jemand entdeckte.

»Vielleicht sollten wir das Tor hinter uns schließen«, schlug mein Bruder vor.

Jess nickte und zog es wieder herunter.

Die Leuchtstoffröhre an der Decke warf kaltes Licht auf Valeries Sachen. Ich streckte die Hand aus und fuhr mit den Fingerspitzen über das Holz ihres Schreibtisches, nur ganz sachte, dann über den blauen Stoff der Couch, der blasser wirkte, als ich ihn in Erinnerung hatte. Allein bei dem Gedanken daran, wie oft ich mit meiner Schwester auf diesem Sofa gesessen hatte, wurde mein Hals eng. Am liebsten hätte ich alles in dem Lagerraum auf einen LKW verladen und mitgenommen, einfach um mich mit diesen Dingen zu umgeben und Valerie zu fühlen. Aber ich wusste, dass das nicht möglich war – selbst dann nicht, wenn ich eine eigene Wohnung gehabt hätte. Sosehr ich meine Schwester geliebt hatte, es würde bei der Verarbeitung ihres Todes nicht helfen, in die Vergangenheit zurückzukehren. Allerdings bedeutete das nicht, dass ich nicht einige ausgewählte Stücke mitnehmen konnte, um mich an sie zu erinnern.

Langsam und bedächtig sah ich mir alles an, fand Valeries altes Stoffnilpferd und zog schließlich die Luftpolsterfolie von der großen Pinnwand in dem verschnörkelten Rahmen, die Valerie mit Erinnerungen gefüllt hatte, seit ich denken konnte.

Die Möbelspedition, die sich um den Transport der Sachen gekümmert hatte, schien die Fotos nicht abgenommen zu haben, auch wenn sie sich teilweise von der Wand gelöst hatten. Ich griff nach einigen davon und sah sie mir an – Bilder von Valerie und mir, von ihr mit ihren Freundinnen, mit Malia. Und da waren auch welche mit Adam.

»Sie müssen wirklich verdammt glücklich gewesen sein«, sagte Jess leise.

Ich hatte nicht bemerkt, dass er hinter mich getreten war, aber jetzt schaute er über meine Schulter auf das Foto. Es war eines, auf dem sie beide Sweatshirts trugen – Valerie ihr blaues von der Columbia, das ich nun hatte, Adam sein rotes von der Cornell –, und sie lachten über irgendetwas. Ich hatte das Bild immer so gemocht. Es war schön, es wiederzuhaben.

»Ja, das waren sie.« Ich lehnte mich kurz an ihn, bevor ich die Fotos zu einem Stapel zusammenschob und sie zu dem Nilpferd auf den Schreibtisch legte. Die würde ich auf jeden Fall mitnehmen.

Dann öffnete ich ein paar der Kartons, in denen sich zusammengelegte Kleidung befand, und beim Anblick von Valeries vertrauten Klamotten spürte ich wieder Tränen, die gegen meinen Hals drückten. Da lenkte mich jedoch mein Bruder ab.

»Das ist doch jetzt nicht wahr.« Lincoln hatte aus einer der Kisten einen schwarzen Ordner gezogen, der über und über mit Stickern beklebt war. Ich erinnerte mich daran, Valerie hatte ihn für die Schule benutzt. Allerdings eher für die Junior-High-Jahre, der Ordner war uralt.

»Was hast du da?« Ich trat neben ihn und sah, dass er zwischen alten Arbeitsblättern und Mitschrieben aus dem Chemieunterricht eine Klarsichthülle gefunden hatte, deren Inhalt nicht so wirkte, als stamme er aus Valeries Schulzeit. Mein Bruder hatte die Dokumente herausgenommen und sie auf dem Schreibtisch ausgebreitet. Ein Blatt hielt er in der Hand. »Was ist das?«, fragte ich. Es sah aus wie ein handschriftlicher Brief und sofort bekam ich Angst, ihn zu lesen.

»Ein Testament, würde ich sagen.« Jess zeigte auf den Anfang des Briefes, wo *Mein letzter Wille* unter Valeries Briefkopf stand, den sie für ihre geschäftlichen Schreiben benutzt hatte.

»Sie hatte ein Testament?« Ungläubig starrte ich auf das Schriftstück. Natürlich wusste ich, dass Valerie schon eigenes Geld verdient hatte, seit sie fünfzehn Jahre alt gewesen und für ihre ersten Modeljobs gebucht worden war, aber es passte nicht zu ihr, dass sie sich bereits mit zwanzig Gedanken darum gemacht hatte, wer eines Tages etwas von ihr erben würde. »Bist du sicher?«

Lincoln nahm mir das Dokument aus der Hand und überflog es. »Jess hat recht. Sieht so aus, als hätte Valerie genaue Vorstellungen davon gehabt, was mit ihrem Geld und ihren Sachen passieren soll, wenn sie stirbt.«

Gänsehaut überzog meine Arme und kroch meinen Nacken hoch. »Ob sie was geahnt hat?«, fragte ich leise niemand Bestimmten.

»Nein, eher nicht.« Jess deutete auf das Datum. »Das ist bereits über ein Jahr vor dem Zeitpunkt erstellt worden, als sie Adam kennengelernt hat.«

»Ich glaube, da hatte sie gerade ziemlich viel Stress mit Mom und Dad«, erinnerte sich Lincoln. »Weißt du nicht mehr, diese Phase, als sie mit den Kooperationen angefangen hat und unsere Eltern nicht wollten, dass sie das weiterverfolgt, weil sie sich damit zu einer *billigen Werbefigur* macht?«

Ich nickte, weil ich das noch sehr gut wusste. Es war der erste offene Konflikt zwischen ihnen gewesen, eine ganze Weile, bevor Adam in ihr Leben getreten war. »Warum hat sie mir nichts davon gesagt«, murmelte ich. War das nur eine Kurzschlussreaktion gewesen, wie so oft? Oder hatte sie es ernst gemeint?

»Vielleicht, weil sie dir alles vererbt hat.« Jess zeigte auf eine Stelle weiter unten.

»Sie hat *was?*«

»Dir ihr Vermögen vererbt, die Klamotten, einfach alles.« Lincoln las vor. »Da steht es: *Mein Geld, wie viel es auch immer zu dem Zeitpunkt sein mag, geht ebenso wie alles andere von Wert an meine Schwester Helena, die damit sicherlich etwas Sinnvolles anzufangen weiß. Ich vertraue darauf, dass sie das, was geschmacklos ist, diskret entsorgt. Schließlich hat sie zu viel Stil, um sich zu einer billigen Werbefigur zu machen wie ich.*«

Ich gab einen Laut von mir, eine Mischung aus Weinen und Lachen. Das war doch absurd! Hatte mir meine Schwester wirklich in einem Anflug von Rebellion alles vererbt? Und niemand hatte gewusst, dass es dieses Testament gab?

»Aber hätte das nicht rauskommen müssen, als sie gestorben ist?«

»Sie hat es in einem alten Schulordner verstaut, vermutlich wusste niemand, dass es überhaupt existiert.« Lincoln schüttelte den Kopf. »Ihre geschäftlichen Unterlagen haben wir nach ihrem Tod durchgesehen, da war jedoch kein Testament dabei.«

»Hat es dann überhaupt Relevanz?« Ich kam immer noch nicht damit klar, dass mich Valerie, wenn auch vielleicht aus einer Laune heraus, zu ihrer Erbin gemacht hatte.

»Hat es immer.« Mein Bruder nickte. »Sobald die Echtheit nachgewiesen ist, durch eine Schriftprobe oder so, dann gilt es.«

Schweigen breitete sich zwischen uns aus, während ich darüber nachdachte, was das bedeutete. Ich hatte mich nie dafür interessiert, wie viel Geld Valerie besessen hatte – wir waren alle drei mit dem Privileg aufgewachsen, uns nicht um diese Frage kümmern zu müssen, mit einer wohlhabenden Familie im Rücken und einem gut gefüllten Treuhandfonds auf der Bank. Aber jetzt, wo ich mich mit meinen Eltern überworfen hatte, spielte es dann doch eine Rolle. Denn obwohl ich mir etwas Eigenes aufbauen wollte, war das natürlich leichter mit einem gewissen Startkapital.

»Was ist denn überhaupt mit ihrem Geld passiert?« Ich sah Lincoln an. Auch darüber hatte ich mir nie Gedanken gemacht. Meine Schwester war zu ihren Lebzeiten sehr großzügig gewesen, mir und ihren Freunden gegenüber. Außerdem hatte sie mehrere wohltätige Projekte unterstützt.

»Das weiß ich ehrlich gesagt nicht. Wenn jemand ohne eigene Kinder stirbt und die Eltern sind noch am Leben, dann bekommen sie alles. Das bedeutet …«

»… ich muss Mom und Dad fragen«, beendete ich seinen Satz.

»Du kannst das auch von einem Anwalt erledigen lassen.« Jess sah mich ernst an. Er wusste genau, wie angespannt das Verhältnis zu meinen Eltern momentan war. »Vielleicht ist das sogar besser. Wenn es ums Geld geht, ist das nie schön.«

Ich stimmte ihm mit einem leichten Nicken zu, war aber nicht sicher, ob ich es wagen würde, meinen Eltern über einen Anwalt mitteilen zu lassen, dass Valeries Erbe mir zustand. Zumal das unangenehm werden könnte, wenn es doch eine Menge Geld gewesen war und sie es in ihrer Krise verwendet hatten, um sich über Wasser zu halten. »Ich muss darüber nachdenken. Ich habe nämlich keine Ahnung, ob ich das überhaupt annehmen kann. Ihr Geld, meine ich.« Vielleicht war es besser, es zu spenden oder so.

Lincoln sah mich verwundert an. »Du würdest es nicht wollen? Ich dachte, du möchtest nach dem Studium die Stadtführungsagentur gründen, von der Val und du immer geredet habt. Was wäre da perfekter als ihr Erbe?«

Ich wechselte einen kurzen Blick mit Jess und er lächelte leicht. »Da hat er einen Punkt. Ich wäre zwar immer noch gern dein Investor dafür, aber ich glaube, Valerie wäre wohl noch besser geeignet.«

Mir traten Tränen in die Augen, als mir klar wurde, dass sie beide recht hatten. Valerie hatte keine Ahnung gehabt, dass sie so früh sterben würde, als sie dieses Testament geschrieben hatte. Sicherlich hatte sie sich vorgestellt, dass wir alt und grau sein würden, wenn der Fall eintraf – sofern sie nicht einfach nur ihrem Frust hatte Luft machen wollen. Aber dann war sie gestorben und unsere Idee mit *Friends and the City* ebenfalls, bis der Gedanke sich wieder gemeldet hatte, an diesem Abend im Bella Ciao, als Jess mir gesagt hatte, er würde investieren. Und nun hatte ich mich an der NYU beworben, hatte den Grundstein dafür gelegt und fand dieses Testament, niedergeschrieben von meiner Schwester. Konnte das ein Zufall sein?

»Ich werde es mitnehmen und prüfen lassen«, entschied ich, schob das Blatt wieder in den Ordner, genau wie die Fotos von der Pinnwand. Dann schaute ich mich um, hatte für einen kurzen Augenblick die wahnwitzige Idee, dass sich in diesen Kisten vielleicht etwas versteckte, das uns einen Hinweis auf Valeries und Adams Mörder geben konnte. Aber das war kaum möglich. Wie Lincoln gesagt hatte, ihre geschäftlichen Unterlagen hatte man längst durchgesehen, und niemand hatte genauer als ich ihre Social-Media-Accounts nach Hinweisen durchforstet. Ich glaubte nicht daran, dass Valerie Feinde gehabt hatte, die ihr nach dem Leben trachteten.

»Wenn du irgendeines dieser Möbelstücke um dich haben möchtest, dann lasse ich es in meine Wohnung bringen.« Jess lächelte schief. »Ich wette, Adam hätte es gefallen, wenn etwas von Valerie im Loft steht.«

Ich sah mich um. »Das ist wirklich lieb von dir, aber … ich glaube, ich kann das jetzt nicht entscheiden.« Der Besuch hier war ziemlich nervenaufreibend gewesen und gerade war ich echt überfordert.

»Das ist okay. Wann immer du bereit bist.« Er küsste mich sanft auf die Haare und ich hielt mich für ein paar Sekunden an ihm fest – vielleicht nicht nur an ihm, sondern auch an der Gegenwart, aber das war für mich in diesem Moment das Gleiche.

Lincoln sah auf die Uhr. »Dann sollten wir verschwinden, oder?«

»Gib mir zwei Minuten.« Ich packte das Nilpferd und den Ordner ein, dazu ein paar Klamotten – nicht die schicken Sachen, die Valerie getragen hatte, wenn sie ausgegangen war, sondern die bequemen Hoodies und Jogginghosen, die sie angezogen hatte, wenn wir abends auf der Couch herumgelegen und eine Folge *Gilmore Girls* nach der anderen geschaut hatten. Ich war mir zwar bewusst, dass es nicht gesund war, wenn ich damit anfing, die Kleidung meiner Schwester zu tragen. Aber irgendwie wollte ich sie bei mir haben.

Als wir den Lagerraum verließen und das Tor herunterfuhr, stand ich da, den Blick auf das graue Metall gerichtet, und hatte Schwierigkeiten, meine Gefühle einzuordnen. Es hatte nicht so wehgetan wie erwartet, aber auch nicht so gutgetan wie gehofft. Und dann das mit dem Testament, von dessen Existenz ich nichts gewusst hatte. Wieso hatte sie mir nie etwas davon erzählt?

Noch mehr Rätsel. Noch mehr Fragen.

Würde ich je alle Antworten bekommen?

27
Jessiah

»Du musst die Zwiebeln feiner schneiden«, sagte ich.

»Noch feiner? Wenn ich das mache, dann werden sie zu Matsch.« Eli beäugte die Würfel auf seinem Schneidebrett, als wollte er sie dazu auffordern, ihm zuzustimmen. Natürlich taten sie das nicht, also seufzte er und nahm das Messer wieder in die Hand.

»Seit wann interessierst du dich eigentlich fürs Kochen?« Ich hob eine Augenbraue in Richtung meines kleinen Bruders, der entgegen seinen Worten damit begann, die groben Zwiebelwürfel weiter zu zerkleinern. Dass es Spaghetti all'Amatriciana gab, hatte er sich gewünscht, aber dass er etwas lernen wollte, war neu.

»Wieso nicht? Ist doch gut, wenn man es kann, oder?« Seine Miene war undurchdringlich. Allerdings kannte ich ihn schon, seit er auf der Welt war, mir konnte er nichts vormachen. Es gab einen Grund dafür, dass er plötzlich kochen können wollte, und ich würde ihn herausfinden.

»Klar ist das gut.« Auch wenn er nicht darauf angewiesen war, sich selbst etwas zu essen zuzubereiten, weil er wohl immer über ausreichend Geld verfügen würde, um jemanden dafür zu beschäftigen oder sich was liefern zu lassen. Ich griff nach dem Guanciale, einem speziellen italienischen Speck, um ihn klein zu schneiden. »Aber wenn es dir keinen Spaß macht, dann ist es kein besonders erfüllendes Hobby.«

»Deswegen will ich ja rausfinden, ob es mir Spaß macht. Dir macht es schließlich welchen, oder? Und es schadet bestimmt nicht, wenn man … mal jemanden kennenlernt.« Den letzten Teil des Satzes hatte er nur undeutlich vor sich hin genuschelt.

»Ah, verstehe«, sagte ich nur und grinste breit.

Mein Bruder sah hoch. »Was verstehst du?«

»Dass du offenbar jemanden beeindrucken möchtest.« Aber wer konnte das sein? Alle Mädchen, mit denen er in der Schule in Kontakt kam, stammten aus Familien, die Köche beschäftigten oder in den besten Restaurants der Stadt ein- und ausgingen.

»Quatsch«, widersprach Eli heftig. »Ich will niemanden beeindrucken. Niemand Konkretes jedenfalls.«

Jetzt war ich verwirrt. »Dann bereitest du dich auf die hypothetische Möglichkeit vor, irgendwann jemanden mit deinen Kochkünsten beeindrucken zu wollen?«

»Wenn du das *so* sagst, klingt es echt dumm, Jess.« Er seufzte und legte das Messer auf dem Schneidebrett ab.

»Tut mir leid, das sollte es nicht. Willst du es mir erklären?«

Eli holte tief Luft. »Neulich haben sich ein paar Leute in der Schule unterhalten. Darüber, worauf sie abfahren und so. Und da fiel irgendwann dein Name.«

»Mein Name?« Ich sah ihn ungläubig an.

»Ja.« Er nickte. »Die Mädchen haben zu mir gesagt, dass du ja so was von heiß wärst, weil du surfst und die ganzen Restaurants hast und alle Clubbesitzer in der Stadt kennst. Also dachte ich … na ja, ich dachte, wenn ich ein bisschen mehr wie du wäre, würde das nicht schaden.«

»Oh Mann, Eli.« Ich schüttelte den Kopf. »Erstens: Das sind sechzehnjährige Mädchen. Die haben häufig keine Ahnung, was sie an einem Mann gut finden sollen – und konzentrieren sich dann auf oberflächliche Sachen. Und zweitens: Du bist gut so, wie du bist, und es wird eine Zeit kommen, da wirst du dich vor Angeboten nicht retten können. Wenn du dich verbiegen musst, um einem Mädchen zu gefallen, dann ist sie definitiv die Falsche für dich.«

»Kann sein. Aber die Richtige zu finden, ist ja auch ein bisschen übertrieben in meinem Alter, oder?«

Ich sah ihn an. Tatsächlich erinnerte ich mich ganz gut an die Zeit, als Aussehen und Selbstbewusstsein alles gewesen war, wofür man sich interessiert hatte. Nicht, dass ich damals einen Gedanken an eine ernsthafte Beziehung verschwendet hätte. Aber Eli war da anders, zumindest hoffte ich das. »Geht es dir etwa nur darum, mit jemandem ins Bett zu gehen?« Ich versuchte, es so neutral wie möglich auszusprechen.

»Nein!«, rief er empört und es erleichterte mich. Mir war aufgefallen, dass er in letzter Zeit ordentlich trainiert hatte und das Schlaksige immer mehr verlor. Und ich hoffte nicht, dass er das deswegen machte, weil er glaubte, irgendwelche Anforderungen erfüllen zu müssen. »Es geht nicht um Sex«, schob er nach. »Also, nicht nur, ich … ich könnte mir das schon vorstellen, aber nicht einfach so.«

»Gut. Denn auch wenn ich als großer Bruder sagen sollte, dass du deine Erfahrungen selbst machen musst, kann ich dir nur raten, mit niemandem zu schlafen, den du nicht wenigstens magst.«

»Ach ja?« Jetzt sah Eli belustigt aus. »Hast du dich daran gehalten?«

»Nein, habe ich nicht. Deswegen weiß ich ja, wovon ich rede.« Wenn es möglich gewesen wäre, hätte ich einige meiner

Entscheidungen rückgängig gemacht. Natürlich waren viele dieser Erfahrungen auch gut gewesen, allerdings würde ich es nie wieder so machen. Und wenn ich irgendwie dazu beitragen konnte, dass Eli zumindest darüber nachdachte, hatte ich meine Aufgabe erfüllt.

»Na, jetzt hast du ja Helena. Wo ist sie denn eigentlich? Wär schön gewesen, sie zu treffen.« Er sah sich um, als hätte sie sich irgendwo im Loft versteckt und würde auf ein Zeichen hinter dem Sofa hervorspringen.

»Sie ist mit ihrer ehemaligen Schwägerin auf einem Empfang.« Helena hatte mir gesagt, dass sie Paige unter die Arme greifen wollte, was deren Ruf anging, und daran hielt sie sich. Bestimmt war es nicht angenehm für sie, zu einer Veranstaltung zu gehen, auf der nicht nur meine Mutter sein würde, sondern auch ihre Eltern. Aber sie zog es durch. Und obwohl ich sie vermisste, wie in jeder Minute, die sie nicht bei mir war, spürte ich Stolz, weil sie ohne den Rückhalt ihrer Familie weitermachte. Seit wir vor einer Woche in dem Lagerraum mit Valeries Sachen gewesen waren, hatte sie sich sogar schon mit einem Anwalt wegen des Testaments getroffen und ihn damit beauftragt, den Fall zu prüfen. Ich war gespannt, was dabei rauskam.

Wir beendeten die Vorbereitungen für das Essen mit Gesprächen über Elis Schule, dann waren wir fertig. Ich sah nach den Nudeln und drehte mich anschließend zu meinem Bruder um. »Ich hab übrigens noch was für dich.«

Eli war sechzehn geworden, während ich in der Reha gewesen war, und da wir uns seitdem nicht gesehen hatten, schuldete ich ihm immer noch sein Geschenk. Also ging ich schnell nach oben in mein Schlafzimmer und nahm einen Umschlag von der Ablage, den ich dort deponiert hatte. Als ich wieder herunterkam, reichte ich ihn an meinen Bruder weiter.

»Herzlichen Glückwunsch nachträglich, Kleiner.«

»Du musst mir nichts schenken, das weißt du«, murrte er leise. Im Mittelpunkt der Aufmerksamkeit zu stehen mochte er nicht – und Geburtstagsgeschenke erzeugten immer eine gewisse Erwartungshaltung. Ich war mir jedoch so sicher, dass er sich darüber freuen würde, dass ich nur grinste, bis er den Umschlag geöffnet hatte und die Karte herauszog.

Wie erwartet wurden seine Augen groß, dann riesig und schließlich schaute er mich an. »Ist das dein Ernst?« Nun murrte er nicht mehr, sondern klang ungläubig und aufgeregt. Denn sicherlich konnte er sich denken, dass ich das vollkommen ernst meinte.

»Natürlich.« Ich nickte. »Und falls du wissen willst, ob Trish damit einverstanden ist – das ist sie.« Das hatte ich geklärt, lange bevor ich mit meiner Mutter diesen kalten Krieg begonnen hatte, der jetzt zwischen uns schwelte.

»Das ist ein Hund.« Eli zeigte auf das Foto in der Karte.

»Gut erkannt. Wolltest du lieber eine Katze?« Amüsiert hob ich eine Augenbraue.

»Nein, bloß nicht. Ich … Ich bekomme wirklich einen Hund?« Plötzlich schien Eli zu begreifen, dass das nicht irgendein Witz oder ein schöner Traum war. Ich erkannte Tränen in seinen Augen, bevor er wieder etwas sagte. »Das ist das krasseste Geschenk, das mir je einer gemacht hat. Danke, Jess!«

Als er mir um den Hals fiel, spürte ich einen Kloß darin – und das lag nicht daran, dass die Umarmung wirklich fest war. Vielleicht sollte ich ihm trotzdem raten, das mit dem Training nicht zu übertreiben.

»Buddy ist übrigens nicht irgendein Hund«, erklärte ich, nachdem er mich wieder losgelassen hatte, und deutete auf das Foto, das einen unglaublich süßen schwarzen Labrador zeigte.

»Er ist ein Assistenzhund, der darauf trainiert wird, dir mit deiner Angststörung zu helfen.«

»Solche Hunde gibt es? Das wusste ich nicht.« Eli sah auf das Bild und ich erkannte in seinen Augen etwas, das ich sehr lange nicht darin gesehen hatte: Freude und Hoffnung. Der Kloß in meinem Hals dehnte sich aus und ich bemühte mich, die aufsteigenden Tränen wegzublinzeln.

»Helena hat mir davon erzählt.« Ich räusperte mich. »Als ich im Krankenhaus lag und sie bei dir war, habt ihr doch darüber gesprochen, wie sehr du Hunde magst. Also hat sie sich erkundigt und Buddys Züchterin in New Jersey gefunden.«

»Es war ihre Idee?« Eli schüttelte ungläubig den Kopf. »Ich verstehe nicht, warum Mom Helena nicht leiden kann. Sie ist so ein netter Mensch.«

»Ja, ich weiß.« Ich lächelte und spürte wie immer, wenn ich an Helena dachte, dieses wunderbar warme Gefühl in meinem Inneren. In den letzten Tagen hatte ich manchmal Angst gehabt, weil ich diese Grenze bei Trish überschritten hatte. Aber ich wusste, es war das Richtige gewesen. Ich musste Helena beschützen, ich musste das zwischen uns beschützen. Denn ich wollte nie wieder ohne sie leben.

»Was bedeutet es, dass er ein Assistenzhund ist?«, fragte Eli. »Kann er irgendwelche besonderen Tricks? So wie ein Blindenhund?«

»So ähnlich wie ein Blindenhund, nur dass man ihn anders ausbildet. Er wird dir schon allein durch seine Anwesenheit helfen und die Tatsache, dass du dich um ihn kümmern musst. Aber er kann zum Beispiel auch das Licht anmachen, wenn du nachts Albträume hast, oder dich anstupsen und so deine Panikattacken unterbrechen.« Ich war echt beeindruckt gewesen, als mir Helena in Australien erzählt hatte, dass es für alle möglichen psychischen Probleme passend ausgebildete Hunde gab.

»Er wird erst in einem halben Jahr bei dir einziehen können, weil er noch ein bisschen was lernen muss, aber wir können ihn demnächst mal besuchen, wenn du willst.«

»Das wäre toll. Er ist so hübsch.« Elis Finger strichen über das Foto von Buddy, als könnte er es immer noch nicht glauben. »Und du bist sicher, dass Mom damit einverstanden ist? Nicht, dass ich ihn dann doch nicht behalten darf.«

Mein Grinsen wurde schwächer. »Ich habe das mit ihr geklärt.«

»Bevor oder nachdem du sie erpresst hast?«

»Das hat sie dir gesagt?« Mit einem Mal fühlte ich mich ziemlich unwohl.

»Nein, hat sie nicht. Sie hat es irgendjemandem am Telefon erzählt, aber ich habe es gehört.« Er hob die Schultern, als wäre es keine große Sache.

»Eli –«

»Du musst es mir nicht erklären, Jess.« Er schüttelte den Kopf. »Wenn es um Helena und dich geht, ist sie nicht sie selbst. Genau wie bei Adam und Valerie. Ich bin sicher, dass du es nicht getan hättest, wenn es nicht notwendig gewesen wäre. Oder?«

Jetzt war ich es, der den Kopf schüttelte. »Natürlich nicht. Es war der letzte Ausweg, falls sie nicht zur Vernunft kommt. Und das ist bei dieser Sache wohl vollkommen unmöglich.«

»Ja, das fürchte ich auch.« Eli nickte und dann stahl sich wieder ein Funke Hoffnung in seine Augen, ein bisschen schwächer als bei dem Anblick seines zukünftigen Hundes. »Aber du willst es nicht verwenden, um …« Er brach ab. Ich wusste trotzdem, worauf er hinauswollte.

»Um dich zu mir zu holen?« Ich stieß die Luft aus. »Ich glaube nicht, dass einem von uns damit gedient wäre, Eli.«

»Warum nicht?«

»Weil das Krieg mit Trish bedeuten würde. Und du weißt, dass sie keine Gnade kennt, wenn sie gegen jemanden kämpft. Sie ist vielleicht nicht gut darin, es zu zeigen, aber du bist ihr sehr wichtig. Wenn ich dich ihr wegnehme – und genauso wird sie es empfinden –, dann könnte es sein, dass sie etwas tut, das nicht nur mir schadet, sondern auch dir.« Was genau der Grund war, warum Thea und ich alles dafür taten, Lilly vor ihr zu verheimlichen. Trish wirkte von außen vielleicht nicht so, als würde ihr Familie etwas bedeuten, aber das täuschte. Es täuschte sogar sehr.

»Verstehe.« Eli machte ein Gesicht, als hätte er mit einer solchen Antwort gerechnet.

»Ist es denn so schlimm zu Hause?« Trish war sicherlich nicht die beste Mutter, nicht umsonst war ich hier in New York, um für Eli da zu sein. Aber ich hatte nie den Eindruck gehabt, dass er es nicht bei ihr aushielt.

»Mom versteht mich einfach nicht.« Er senkte den Blick auf das Foto in seiner Hand. »Ich glaube, sie erwartet, dass irgendwann der Tag kommt, an dem ich morgens aufwache und keine Ängste mehr habe. Dass die Therapie endlich Erfolg hat und ich der Sohn bin, den sie sich wünscht. Dass ich wie *er* bin.« Er sprach von Adam, dem weder Eli noch ich in Trishs Augen wohl je das Wasser reichen können würden. Adam hatte funktioniert, wie sie es wollte, und sie hatte nicht bemerkt, dass er dabei alles andere als glücklich gewesen war. »Sie kapiert nicht, dass ich nie so sein werde, wie sie mich haben will.«

»Das ist auch nicht nötig. Du musst vor allem so sein, wie *du* dich haben willst.«

»Ja«, schnaubte er. »Wenn ich nur wüsste, was das bedeutet.« Er legte das Bild von Buddy wieder in die Karte und schob sie zurück in den Umschlag.

»Das wirst du noch rausfinden, glaub mir.« Ich lächelte und

klopfte ihm auf die Schulter. »Wahrscheinlich früher, als du denkst.«

Ich hatte gerade ausgesprochen, da klingelte es an der Tür. Ich runzelte die Stirn, weil ich niemanden erwartete, schon gar nicht um diese Zeit. Vielleicht war Helena ja doch früher von dem Empfang zurück? Sie hatte gesagt, sie wollte heute Nacht in Lincolns Wohnung schlafen, weil es spät werden konnte und sie wusste, dass Eli früh zur Schule musste. Allerdings hätte sie dann wohl ihren Schlüssel benutzt, den ich ihr vor ein paar Tagen hatte nachmachen lassen.

Du wirst es nicht rausfinden, wenn du nicht hingehst.

Also drückte ich den Summer für den Eingang unten und öffnete dann die Wohnungstür.

Es war der Fahrer eines Kurierdienstes, der den Flur entlangkam, in der Hand einen dicken Umschlag aus braunem Packpapier. »Jessiah Coldwell?«

»Ja, das bin ich«, bestätigte ich und unterschrieb auf dem Gerät, das er mir hinhielt. Dann nahm ich die Sendung entgegen, verabschiedete mich und ging zurück in die Wohnung.

»Von wem ist das?« Eli kam näher.

»Keine Ahnung. Es steht kein Absender drauf.« Es fühlte sich an wie ein dicker Stapel Papier in einer Akte.

Und genau der kam auch zum Vorschein, als ich den Umschlag öffnete. Kaum hatte ich den Inhalt jedoch herausgezogen, klingelte mein Handy, das auf dem Mittelblock der Küche lag. Es war eine Nummer, die ich nicht gespeichert hatte, aber dennoch kannte.

Ich nahm ab. »Miranda?«

»Jess, hast du mein Paket bekommen?« Sie klang ernst.

Dann war es also von ihr. »Gerade eben.« Was sie vermutlich wusste, weil sie mit dem Kurier vereinbart hatte, ihr Bescheid zu geben, wenn er es bei mir ablieferte. »Was ist das?«

»Alles, was ich zum Tod deines Bruders und seiner Verlobten finden konnte. Plus die Informationen über den Fall deiner Mutter, um die du mich gebeten hattest.«

Wieso schickte sie mir das? »Aber warum –«

»Ich muss aus der Stadt verschwinden«, folgte die Erklärung. Im Hintergrund hörte ich eine Flughafenansage. »Ich bin ein paar Leuten etwas zu nahe gekommen, fürchte ich. Und auf das Leichenschauhaus habe ich noch keine Lust. Deswegen mache ich mich erst mal rar. Irgendwo außerhalb der USA.« Es klang leicht dahingesagt, aber ich ahnte, dass es nur Fassade war. Miranda Davis machte Deals mit wirklich üblen Gestalten in dieser Stadt und das schon seit Jahrzehnten. Was konnte so schlimm sein, dass sie nicht nur New York verlassen musste, sondern gleich das Land?

»Leichenschauhaus? Was ist passiert? Kann ich helfen?«

»Es ehrt dich, dass du fragst, aber nein, kannst du nicht. Ich fürchte, da muss Gras drüber wachsen.«

»Aber es hat nichts mit Trish zu tun, oder? Ist sie dafür verantwortlich?« Meine Mutter konnte gnadenlos sein und wenn sie mitbekommen hatte, dass Miranda mir Informationen beschafft hatte, um sie zu erpressen, war sie vielleicht auf die Jagd gegangen. Allerdings traute ich ihr nicht zu, dass sie jemanden mit dem Tod bedrohte. So weit ging sie nicht.

»Trish? Nein.« Miranda lachte trocken. »Deine Mutter ist ein zahmes Kätzchen gegen die Leute, um die es hier geht. Aber ich habe schon zu viel gesagt, ich möchte dich da nicht mit reinziehen. Ich wollte nur, dass du alles bekommst, was ich über euren Fall hatte. Vielleicht könnt ihr ja was damit anfangen.«

Erst jetzt begriff ich, was das bedeutete – dass Helena und ich nicht mehr auf Mirandas Unterstützung zählen konnten, wenn es darum ging, die Täter zu finden. Ich hatte zwar nun eine dicke Akte und auch noch einen USB-Stick, der aus dem Umschlag gefallen war. Aber keine Ahnung, ob wir das allein hinkriegen konnten.

»Okay«, sagte ich trotzdem. »Wenn Sie ein Konto haben, auf das ich Ihr Honorar überweisen soll, schicken Sie mir die Daten.«

»Das mache ich. Viel Glück, Jess.«

»Ihnen auch. Ich hoffe, es kommt alles in Ordnung.«

»Ja, das hoffe ich auch.« Sie beendete das Gespräch und ich nahm das Handy vom Ohr. Meine Gedanken rasten. Miranda war die beste Ermittlerin, die es in New York gab. Wie sollten wir ohne sie einen Mord aufklären, den man nach allen Regeln der Kunst vertuscht hatte?

»Wer war das?« Eli riss mich aus meinen Gedanken.

»Miranda Davis.« Dass ich seine Retterin von damals beauftragt hatte, um den Tod der beiden zu untersuchen, wusste Eli schon länger. Allerdings hatte ich nie mit ihm darüber geredet, dass die Detektivin handfeste Beweise für den gewaltsamen Tod von Valerie und Adam gefunden hatte. Ich hatte es nicht über mich gebracht, ihn damit zu belasten.

»Und was wollte sie?« Er berührte den Aktendeckel und hob ihn ein Stück an. »Ist das von ihr?«

»Ja. Ich bringe es lieber in den Safe.« Ich nahm den Papierstapel samt Stick und trug beides nach oben auf die Empore. Es war besser, wenn die Unterlagen gesichert waren und niemand einfach so hineinschauen konnte. Nachdem ich die Tür vom Safe geschlossen hatte, sank ich auf meine Fersen und atmete durch.

»Jess? Gibt es ein Problem?« Eli klang alarmiert.

Oh ja, verdammt. Sogar ein gewaltiges Problem.

Und ich hatte keine Ahnung, wie ich es lösen sollte.

28
Helena

Ich trat zum fünften Mal in den letzten zwanzig Minuten ans Fenster und blickte hinunter auf die Straße. Niemand zu sehen, kein Taxi, kein dunkler Wagen. Wir hatten erst zehn vor acht, aber mir wäre es lieber gewesen, wenn sie schon da gewesen wären.

»Und du bist sicher, dass es die richtige Idee ist?« Ich drehte mich um und schaute Jess an, der in der Küche dabei war, irgendwelches Fingerfood herzurichten, als wäre das heute Abend eine Party und kein konspiratives Treffen. Aber da ich wusste, dass es ihn beruhigte, hielt ich ihn nicht davon ab.

»Es ist die Einzige, die mir einfällt. Wir brauchen Hilfe bei dieser Sache, das hast du selbst gesagt.«

»Ja, aber dabei dachte ich an professionelle Hilfe. Archie vielleicht oder jemand anderen, der sich in dieser Hinsicht auskennt. Nicht …« Ich brach ab. Es half ja doch nichts. Wir waren den Schritt längst gegangen. Nun war es die Entscheidung der vier Personen, die gleich durch diese Tür kommen würden, nicht mehr unsere.

Jess schaute auf. »Archie kann helfen, aber für das hier brauchen wir Leute, die sich umhören können, ohne dass sofort jemand weiß, was Sache ist.«

Ich seufzte. »Ich weiß. Aber es fühlt sich nicht richtig an, sie da mit reinzuziehen.«

»Nun, im Grunde hast du das längst. Zum Teil zumindest.« Jess hob eine Augenbraue und stellte die zwei Platten mit dem Fingerfood auf den Esstisch. »Ich erinnere mich zumindest gut daran, wie Malia mich mit einer uralten Schramme an meinem Wagen aus dem Haus gelockt hat, damit du Adams Notizbuch klauen kannst.«

Ich murrte nur etwas Undeutliches, weil er da einen Punkt hatte. Malia hatte mir bei dem Fall geholfen, lange bevor Jess an Bord gewesen war. »Okay. Aber das gilt nicht für meinen Bruder, Simon oder Thaz.«

»Dein Bruder hat schon vor Wochen angeboten, dass er helfen würde, wenn er kann. Simon hat dir den Tipp mit dem Notizbuch überhaupt erst gegeben und war selbst auf der Party. Und Thaz … der kann Herausforderungen sowieso nicht widerstehen. Außerdem zwingen wir niemanden zu etwas. Es reicht völlig, wenn sie uns ein paar Infos zuspielen, an die sie leichter kommen als wir. Keiner verlangt, dass sie sich in die Schusslinie begeben.«

Ich nickte, war in Gedanken jedoch immer noch bei Thaz. Jess' Freund mit ins Boot zu holen bereitete mir am meisten Sorge. Malia, Simon und Lincoln um Hilfe zu bitten, das ergab Sinn, aber Thaz hatte ich bisher nur wenige Male gesehen und dabei nicht den Eindruck gewonnen, dass er irgendetwas im Leben ernst nahm. Allerdings vertraute Jess ihm, also musste ich das wohl auch tun. Denn eines stimmte, wir brauchten wirklich Hilfe.

Nachdem Miranda aus dem Land geflohen war, hatte Jess mich angerufen und ich war direkt am Morgen, als Eli für die Schule abgeholt worden war, zu ihm gekommen. Gemeinsam hatten wir uns Mirandas Unterlagen vorgenommen, um uns einen Überblick zu verschaffen, jedoch schnell gemerkt, dass es Unmengen an Informationen waren, bei denen wir nur schwer selektieren konnten, ob sie wichtig waren oder nicht. Außerdem drehte sich vieles davon um die geschäftlichen Angelegenheiten von Trish und meinen Eltern, ein Wirtschaftskauderwelsch, das ich kaum verstand. Jess hatte durch seine Arbeit mit den Restaurants zwar mehr Durchblick, aber wir hatten ehrlich zugeben müssen, dass der Bau und Verkauf von Immobilien in New York ein extrem komplexes Feld war. Daher war Lincoln uns als erster möglicher Komplize eingefallen und dann hatte sich die Idee verselbstständigt, noch mehr Leute ins Vertrauen zu ziehen. Simon, weil er vor Ort gewesen war, Malia aus offensichtlichen Gründen und Thaz, weil er in New Yorks junger Geldelite sehr gut vernetzt war. Und da waren wir nun, am Beginn einer Mission, die ich mir so ganz sicher nicht ausgemalt hatte, als ich nach New York zurückgekommen war.

»Alles okay?« Jess kam zu mir und strich mir über den Rücken.

Für eine Sekunde genoss ich seine Nähe. So ganz daran gewöhnt hatte ich mich noch nicht, dass wir zusammen sein konnten – ich wachte morgens immer mit der Angst auf, dass man uns wieder trennen würde. Umso wichtiger war es, diese kleinen Momente zu schätzen, in denen ich merkte, dass der Himmel bisher nicht über uns eingestürzt war.

»Wird schon«, nickte ich und versuchte, die aufflammende Nervosität wieder in den Griff zu bekommen. Für mich war das hier eine große Sache. Jess mit einzubeziehen, das war eine Entscheidung gewesen, die nahegelegen hatte – und er hatte mir keine Wahl gelassen. Aber das jetzt … das war groß. Und das wussten wir beide. Niemand konnte sagen, wo diese Ermittlungen enden würden. Oder ob wir die Mörder von Adam und Valerie überhaupt finden konnten. Denn auch wenn ich mir bereits vor Jahren geschworen hatte, diese Sache aufzuklären, würde ich nicht das Leben eines der Menschen riskieren, die heute Abend hier sein würden.

Es klingelte und ich ging zur Tür. Mein Bruder war der Erste, der eintraf, kurz darauf erschien auch Thaz, dann Simon und schließlich Malia. Sie kannten sich nur zum Teil untereinander, sodass es erst einmal Hin und Her mit der Vorstellung gab, bevor wir uns setzen konnten.

»Okay, was gibt es?« Thaz schnappte sich einen Mozzarella-Stick und schob ihn sich komplett in den Mund. »Habt ihr vor, zu heiraten oder so?« Offenbar hatte er die Anspannung, die im Raum hing, nicht bemerkt.

»Nein«, sagte ich schnell, weil Malia und Lincoln mich beide erschrocken ansahen. »Haben wir nicht.«

»Nicht jetzt zumindest«, fügte Jess an. Wir wechselten einen Blick und ich lächelte leicht. Dann erinnerte ich mich wieder daran, warum wir hier waren.

»Wichtig ist erst einmal, dass nichts von dem, was wir heute besprechen, den Raum verlässt.«

»Klingt ernst«, kommentierte Simon und warf einen Blick zu Jess. »Aber klar. Ich kann schweigen.« Als die anderen ebenfalls nickten, beschloss ich, ohne Umschweife auf den Punkt zu kommen.

»Es geht um Adams und Valeries Tod. Einige von euch wissen ja schon, dass die Umstände andere waren, als es den Anschein hat.«

Thaz runzelte die Stirn. »Was willst du damit sagen?«

Ich wollte antworten, brachte die Worte in meinem Kopf aber nicht über die Lippen.

Jess sprang ein. »Es gibt Hinweise darauf, dass die beiden … getötet wurden. Eindeutige Hinweise.« Er berührte die dicke Akte von Miranda, die vor ihm auf dem Tisch lag.

»Was?! Getötet? Wollt ihr mich verarschen?« Thaz starrte Jess vollkommen entgeistert an, er war blass geworden. Simon wirkte ebenfalls entsetzt, aber auf andere Art – so als würde es ihn weniger überraschen als Balthazar.

»Wer?«, fragte er nur.

»Wissen wir nicht.« Jess nahm die Hand von den Unterlagen.

»Es gibt keinen Hinweis? Keine Verdächtigen?« Thaz war immer noch völlig außer sich. »Woher habt ihr diese Infos überhaupt?«

Jess atmete ein. »Helena beschäftigt sich bereits mit der Sache, seit sie wieder in New York ist, zusammen mit Malia. Als sich die Hinweise verdichtet haben, dass etwas nicht stimmt, habe ich eine Ermittlerin mit dem Fall betraut, sie musste jedoch vor ein paar Tagen die Stadt verlassen.« Er klang sachlich, aber ich konnte ihm ansehen, wie sehr ihn das Ganze aufwühlte. »Vorher hat sie allerdings herausgefunden, dass der Autopsiebericht der beiden gefälscht war. Im Original wurden Abdrücke im Nacken aufgeführt, die von einer Waffe stammen.«

Da Malia und Lincoln das bereits wussten, brauchten sie keine Zeit, um diese Information zu verarbeiten. Thaz und Simon dagegen schienen erst einmal verdauen zu müssen, was es bedeutete. Ich konnte es ihnen nachfühlen. Bis heute hatte ich die Vorstellung, dass meine Schwester mit einer Waffe dazu gezwungen worden war, vergiftetes Kokain zu nehmen, nicht richtig zugelassen. Denn wenn ich mich in sie hineinversetzt hätte … wie sie sich gefühlt haben musste, welche Angst sie gehabt hatte, wäre ich ganz sicher zusammengebrochen.

»Ich fasse das einfach nicht.« Thaz stand auf und ging in die Küche, wo er zielsicher einen Schrank öffnete und eine Flasche Wodka herausnahm. Dann kam er zurück zum Tisch, schenkte sich ein und trank das Glas in zwei Zügen aus. »Noch jemand?«

Alle anderen winkten ab, auch ich. Es war zwar verlockend, meine Anspannung etwas zu dämpfen. Aber ich musste einen klaren Kopf behalten.

Simon starrte grimmig vor sich hin. »Wenn eure Ermittlerin nun weg ist, wie wollt ihr die Typen finden?«

»Deswegen haben wir euch gebeten, herzukommen.« Ich verschränkte meine Hände auf der Tischplatte. »Jess und ich haben darüber nachgedacht, einen anderen Profi mit den Ermittlungen zu beauftragen. Allerdings kennen wir niemanden, dem wir blind vertrauen. Außerdem haben wir Sorge, auf die Art jemanden aufzuschrecken und damit jede Chance zu verlieren, die Täter zu finden.«

Der Blick von Malia, die mir gegenübersaß, verfinsterte sich. »Die haben bestimmt alles dafür getan, das Ganze zu vertuschen. Und nun fühlen sie sich vermutlich sicher.« Sie nahm es persönlich, das hatte ich schon gemerkt, als ich ihr im Januar davon erzählt hatte. Es war verständlich, denn entweder hatte das NYPD nichts von der Verschwörung mitbekommen oder jemand war involviert und hatte sich dafür bezahlen lassen. So oder so warf es kein gutes Bild auf die Behörde, der sich Malia verpflichtet fühlte.

»Das bedeutet, ihr wollt das nun allein lösen?« Lincoln hatte die ganze Zeit geschwiegen, aber nun sah er mich besorgt an. Davon hatte ich ihm nämlich noch nichts gesagt.

»Mit eurer Hilfe«, nickte ich und schloss damit alle ein, die am Tisch saßen. »Jeder von euch könnte dazu beitragen, dass wir diesen Fall aufklären. Allerdings ist mir bewusst, dass das eine große Sache ist, und ich habe immer noch Bauchschmerzen, euch darum zu bitten.«

»Nicht nur du«, sagte Jess und nahm meine Hand, bevor er die anderen ansah. »Wir haben keine Ahnung, wie gefährlich es werden könnte, diesen Leuten auf die Schliche zu kommen. Wir wissen ja nicht einmal, wer sie sind und aus welchem Grund sie das getan haben. Aber da sie auch nicht vor dem Äußersten zurückschrecken, wird es sicher kein Spaziergang.«

»Scheißegal, ich bin dabei«, sagte Thaz wie aus der Pistole geschossen. »Wenn die beiden wirklich ermordet wurden … dann müssen wir rausfinden, wer das war, und die Schweine zur Strecke bringen.«

»Ich mache auch mit«, pflichteten Malia und Lincoln gleichzeitig bei. Ich merkte, wie ich gerührt lächelte, weil sie nicht einmal zwei Sekunden darüber nachgedacht hatten.

»Was kann ich tun?«, fragte Simon in seiner ruhigen Art und gab damit ebenfalls sein Einverständnis. »Ihr werdet euch sicher Gedanken gemacht haben, warum gerade wir hier sind.«

»In erster Linie, weil wir euch vertrauen.« Ich wechselte einen Blick mit Jess und sprach dann weiter. »Aber es ist auch so, dass jeder von euch über einen Zugang zu Menschen oder Informationen verfügt, der einzigartig ist. Lincoln, du weißt über all die Besonderheiten des Immobiliengeschäfts Bescheid. Malia, du arbeitest beim NYPD und sitzt damit an der Quelle für alles, was die Polizei angeht.«

»Ja, wenn ich nicht kaltgestellt wäre«, sagte sie und verzog unwillig das Gesicht. »Mein Captain hat einen sehr genauen Blick darauf, ob ich mich wieder mit dem Fall beschäftige.«

Jess schaute sie an. »Daran könnten wir vielleicht etwas ändern. Ich kenne den Captain vom Siebzehnten, er war ein Freund meines Vaters.« Er erwähnte nicht, dass Garrick White ihm dabei geholfen hatte, meine und Malias Ermittlungen aufzudecken. »Wenn du willst, könntest du bestimmt dorthin versetzt werden, die haben immer Mangel an Leuten. Ich habe Garry zwar bisher nicht ins Vertrauen gezogen, was den Fall angeht, aber ich bin sicher, dass er schweigen würde, wenn du die eine oder andere Info einholen willst.«

Malia musste nicht lange überlegen, sondern nickte. »Das wäre toll. Auf meinem Revier beäugen sie mich eh alle, als wäre ich scharf auf den nächsten freien Detective-Posten. Die halten mich für übereifrig, seit durchgesickert ist, dass ich einen Rüffel vom Captain bekommen habe.«

»Gut, dann rufe ich ihn direkt morgen an.« Jess lächelte. »Allerdings nur, wenn du versprichst, nie wieder arglose Bürger aus ihren Wohnungen zu locken.«

Ich grinste, Malia wurde rot und der Rest der Anwesenden sah sich ratlos an. »Kleiner Insider«, erklärte ich. »Aber das war ganz allein meine Schuld.«

»Na ja, ich war einverstanden«, sagte sie. »Tut mir leid, Jess.«

»Ist längst verziehen.«

»Okay.« Thaz sah sich um. »Damit wäre die Hälfte der Kompetenzen ja geklärt. Was braucht ihr von mir? Meinen Charme? Meinen scharfen Verstand?«

»Deine Bescheidenheit«, schlug Jess in trockenem Tonfall vor und alle lachten. »Nein, im Ernst – du bist gut in der Stadt vernetzt, auch in den reichen Ecken abseits der High Society, wohin sonst keiner von uns Kontakte hat. Wenn du dort die Ohren offen halten kannst, wäre das schon sehr viel wert.«

Thaz neigte langsam den Kopf. »Kein Problem. Aber nur fürs Protokoll, auch mein Charme und mein scharfer Verstand stehen jederzeit zur Verfügung.«

Ich grinste. »Wir kommen bei Bedarf darauf zurück.«

»Dann bleibe wohl nur noch ich.« Simon zog die breiten Schultern hoch. »Allerdings weiß ich wirklich nicht, was ich beitragen kann. Was ich an dem Abend mitbekommen habe, darüber haben wir längst gesprochen. Und ich habe weder Kontakte zur High Society noch zur Polizei oder der Immobilienwirtschaft.«

Jess beugte sich leicht vor. »Das stimmt. Aber zum einen hast du mit deinem Wissen über die Verlobungsparty Helena schon einmal auf eine wichtige Fährte gebracht. Und zum anderen trainieren bei dir Leute aus allen gesellschaftlichen Schichten.«

»Außerdem«, hob ich vorsichtig an, »ist mir wieder eingefallen, dass du erzählt hast, man hätte dir Geld angeboten, damit du schlecht über Valerie sprichst.«

»Was ich abgelehnt habe, wie du weißt.«

»Ja, natürlich. Es geht auch mehr um die Frage, wer dahintersteckt.« Ich griff in die Akte und suchte nach einem der Post-its, mit denen wir bei der ersten Durchsicht einige Sachen markiert hatten. Als ich es fand, zog ich ein paar Blätter heraus. »Miranda Davis hat die Kontobewegungen der Partygäste überprüft und bei den meisten von ihnen Einzahlungen nach dem Abend gefunden, von fünftausend bis fünfzehntausend Dollar. Sie konnten zu einem Mann namens James Miller zurückverfolgt werden, der wohl als Troubleshooter bekannt ist.« Das waren Leute, die dann eingeschaltet wurden, wenn sich jemand nicht selbst die Hände schmutzig machen wollte. Ich nahm ein schwarz-weißes Bild in mittelmäßiger Qualität hervor, das wir von Miranda bekommen hatten und ich nun Simon hinschob. »Erkennst du ihn?«

Er zog das Bild näher zu sich heran. »Ja, das ist er. Er war bei mir im Tough Rock und hat mir ein Bündel Geld auf den Schreibtisch gelegt – keine Ahnung, wie viel das war. Er meinte, wenn ich ein paar Interviews geben und dabei erwähnen würde, dass Valerie auf mich schon immer den Eindruck gemacht hätte, Drogen wären Teil ihres Lifestyles, gehört es mir.«

Ich ballte meine Hände zu Fäusten, als ich das hörte.

Jess runzelte die Stirn. »Hat er dir gesagt, wer ihn geschickt hat?«

»Nein. Der Typ sagte, dass er im Auftrag von *einem Kunden* da wäre – aber hat keinen Namen genannt. Und da ich das Geld sowieso nicht wollte, war es mir auch egal. Ich bin davon ausgegangen, dass deine Mutter dahintersteckt.«

Nicht nur er. Ich war ebenfalls der festen Überzeugung gewesen, dass Trish sich darum gekümmert hatte, ihre Geschichte von allen bestätigen zu lassen. Aber als wir die Unterlagen durchgegangen und Miller entdeckt hatten, war Jess anderer Ansicht gewesen.

»Irgendwie glaube ich das nicht.« Jetzt schüttelte er den Kopf. »Trish hat einen eigenen Troubleshooter, Rodney McVeil. Er kümmert sich für sie um solche Dinge. Von dem Kerl da habe ich noch nie gehört.«

Ich zuckte mit den Schultern und wiederholte das, was ich ihm bereits vor ein paar Stunden gesagt hatte. »Vielleicht wollte sie einfach nicht, dass man sie damit in Verbindung bringt? Wenn dieser McVeil schon lange für sie arbeitet, ist die Connection zwischen ihnen vielleicht längst bekannt.«

»Sie vertraut ihm und er arbeitet sehr diskret, sodass man ihr nichts nachweisen kann. Es gäbe keinen Grund, einen Unbekannten mit ins Boot zu holen.«

»Das heißt …« Lincoln sah ihn an. »Du gehst davon aus, dass jemand Trishs Abneigung gegen Valerie ausgenutzt hat, um die Sache zu vertuschen? Und deswegen dafür sorgen wollte, dass alle denken, es wäre die Schuld unserer Schwester, dass die beiden gestorben sind?«

Jess atmete aus. »Das ist meine Theorie, ja. Oder ich will es nur glauben, weil wir dann eine Spur hätten.«

»Nun, das hier sieht aus, als hätte Miranda mehr als nur eine Spur gehabt«, sagte mein Bruder und deutete auf den Stapel Papier. »Und als wäre sie von der alten Schule.«

»Was du nicht digital speicherst, kannst du nicht hacken«,

kommentierte Thaz. »Alte Geheimdienstweisheit. Habt ihr das denn alles schon durchgesehen?«

Ich verneinte stumm. Miranda hatte sehr viel Material zusammengetragen, bisher hatten wir das nicht geschafft.

»Na, dann fangen wir an, oder?« Lincoln griff nun doch beim Fingerfood zu und nahm sich eine Serviette, gut erzogen, wie er war.

Ich lächelte, als es am Tisch keinen Zweifel gab, dass wir uns nun gemeinsam durch diese Dokumente wühlen würden, und noch ein bisschen mehr, als ich Jess ansah. *Wir kriegen das hin*, sagte ich mit meinem Blick und er antwortete auf die gleiche Art. Dann stand ich auf und begann, die Unterlagen aufzuteilen.

29
Jessiah

Ein paar Stunden später war fast Mitternacht und wir hatten es geschafft, mit der Unterstützung der anderen zumindest einmal alles anzuschauen und zu sortieren, was Miranda gefunden hatte. Vieles davon fiel Lincoln zu, weil es sich um die Geschäfte von Trish und den Westons drehte, wie wir schon vermutet hatten. Malia würde sich darum kümmern, diejenigen zu überprüfen, die von der Ermittlerin als Beteiligte an der Vertuschung eingestuft wurden. Und Thaz und Simon würden sich umhören. Alles deutete darauf hin, dass wir als Nächstes diesen Miller ausfindig machen mussten, um zu erfahren, in wessen Namen er die Schmiergeldzahlungen angeboten hatte. Es war nicht viel, aber immerhin eine Spur. Und ich war sehr froh, dass sich alle dazu bereit erklärt hatten, zu helfen. Auch wenn es mir Sorgen machte, was wir finden würden.

Ich hatte kurz frische Luft schnappen wollen und war aufs Dach gegangen. Lincoln und Malia waren bereits weg, sie mussten morgen früh bei der Arbeit sein. Deswegen war die Auswahl begrenzt, als ich Schritte auf der Treppe nach oben hörte. Dass es Simon war, der heraufkam, wunderte mich dennoch.

»Das war schon immer ein besonderer Ort«, kommentierte er die Dachterrasse und den Ausblick auf das Village und den Fluss.

»Ja. Wenn man in diese Richtung guckt, kann man fast vergessen, dass man in New York ist.« Ich grinste.

»Stimmt. Man denkt, man ist irgendwo in der Nähe von New Jersey.« Simon deutete auf die Hochhäuser auf der anderen Seite des Hudson River und wir lachten beide. Aber dann wurde er wieder ernst. »Ich wollte kurz mit dir sprechen. Helena hat vorhin Adams Entzug erwähnt, als es um die verunreinigten Drogen ging. Sie meinte, du hättest keine Ahnung gehabt, dass er abhängig war.«

Ich sah ihn an. »Das bedeutet wohl, dass du davon wusstest?«

Simon nickte. »Er war bei mir, als es mit den Benzos zu krass wurde, und wollte meinen Rat zu dem Thema. Ob er es allein versuchen oder sich lieber professionelle Hilfe holen soll. Wahrscheinlich, weil er wusste, dass ich in meiner Jugend auch mal mit Drogen in Kontakt gekommen bin. Ich habe ihm gesagt, er soll den Entzug machen, weil das viel leichter ist als ohne Unterstützung.«

»Danke«, brachte ich heraus. »Dass du ihm geraten hast, er soll in eine Klinik gehen. Ich bin sicher, dass es das Richtige für ihn war.«

»Ja, vermutlich. Es war ziemlich schwer für ihn, niemandem etwas davon zu verraten. Nicht einmal deine Mutter wusste, warum er weg war. Sie dachte, es wäre eine Art Retreat oder so.«

Es tat mir weh, dass mein Bruder offenbar niemandem aus seiner eigenen Familie genug vertraut hatte, um die Wahrheit zu sagen. Natürlich war ich weit weg gewesen, aber wir hatten regelmäßig geskypt. Und trotzdem hatte ich von alldem nichts gewusst – nicht von dem Entzug und auch nicht von Lilly. Manchmal fragte ich mich, ob ich ihm das Gefühl gegeben hatte, mit mir nicht über das sprechen zu können, was ihn beschäftigte. Und so schmerzlich das war, musste ich diese Frage wohl mit Ja beantworten. Er war immer für mich da gewesen, aber ich nicht für ihn.

»Mach dich nicht fertig deswegen«, sagte Simon mit seinem tiefen Bass und stützte sich neben mir auf das Geländer. »Adam war kein Mensch, der andere mit seinen Problemen belasten wollte. Das war nicht sein Ding.«

»Mag sein, aber ich bin sein Bruder gewesen. Ich hätte merken müssen, wenn es ihm nicht gut geht. Du weißt das bei Demi doch auch.«

»Ja, aber Demi und ich sind ein Team, seit wir klein waren, weil wir sonst niemanden hatten. Verwandtschaft sorgt nicht automatisch für eine Standleitung zwischen zwei Menschen. Adam und du seid nicht einmal richtig zusammen aufgewachsen, eure Familie war die meiste Zeit eurer Kindheit in zwei Hälften gespalten. Wenn man das bedenkt, hattet ihr doch ein echt gutes Verhältnis.«

Ich stieß die Luft aus. »Vielleicht hast du recht. Trotzdem wünschte ich, dass ich aufmerksamer gewesen wäre und mehr mitbekommen hätte.«

»Verstehe ich. Aber dass er gestorben ist, hatte damit nichts zu tun. Oder dass er im Entzug war. Adam war einfach Adam, mit seinen Macken und Fehlern. Er würde nicht wollen, dass du dich deswegen mies fühlst.«

»Totschlagargument«, schnaubte ich nur halb belustigt.

»Gern geschehen«, grinste Simon.

Wir schwiegen kurz, da fiel mir etwas ein. »Du warst nicht wirklich überrascht, als wir euch gesagt haben, dass die beiden getötet wurden. Hast du das geahnt?«

Er legte die Hände gegeneinander und sah weiterhin auf den Hudson hinaus. »Geahnt nicht. Befürchtet? Ja. Schon eine Weile kann ich keine Logik in der ganzen Sache erkennen. Lange hatte ich geglaubt, dass Valerie schuld wäre, schließlich kannte ich sie nicht und es hätte gut sein können, dass sie so war, wie alle sagen – ichbezogen und partysüchtig.«

Ich nickte, weil ich das ebenfalls gedacht hatte.

»Aber dann«, sprach Simon weiter, »saß ihre Schwester plötzlich in meinem Büro und hat mich gefragt, was ich an diesem Abend mitbekommen habe. Helena war so überzeugt davon, dass Valerie nicht schuld war, dass ich angefangen habe, meine Meinung zu hinterfragen.«

Ich lächelte, obwohl das Thema mehr als ernst war. »Ja, das hat sie drauf, oder?«

»Hat sie«, bestätigte er. »Und wenn man nicht an Valeries Schuld glaubt und außerdem weiß, dass Adam auf keinen Fall Drogen genommen hätte, dann bleibt nur …«

»Ein Verbrechen«, beendete ich den Satz. »Ich habe allerdings keine Ahnung, ob wir die Täter überhaupt finden können. Und damit meine ich nicht den Typen, der dir Geld geboten hat, oder denjenigen, der bei ihnen in diesem Zimmer war. Sondern diejenigen, die dahinterstecken und offenbar dachten, dass sie die beiden töten müssen, um ihre Interessen zu bewahren.«

Simon sah mich an. »Glaubst du, dass Trish das Problem ist? Dass es mit ihr zu tun hat?«

»Ist Trish nicht immer das Problem?«, murrte ich. Seit ich ihr gesagt hatte, dass ich über den Todesfall dieses Arbeiters Bescheid wusste, hatten wir nicht mehr miteinander gesprochen. Ich hasste es immer noch, dass ich zu so einem Mittel hatte greifen müssen, um meine Beziehung und Helena zu beschützen.

»Dann macht sie euch beiden Probleme?«, fragte Simon düster.

»Momentan nicht«, antwortete ich in gleichem Ton. »Ich habe etwas in der Hand, mit dem ich sie in Schach halte. Solange wir jedoch nicht wissen, wer Valerie und Adam umgebracht hat, wird Trish immer Angst haben, dass uns das auch passiert, so abwegig es auch sein mag. Und so lange werden wir keine echte Ruhe haben.«

»Aber du bist fest davon überzeugt, dass es das wert ist, oder nicht?« Es klang gelassen, nicht herausfordernd.

»Ja«, antwortete ich, ohne zu zögern. »Das zwischen Helena und mir ist alles wert.«

»Auch dass du in der Stadt bleibst? Für immer?« Nun hatte Simons Tonfall etwas Belustigtes. Ich hatte nicht nur einmal meinen Frust über New York bei ihm abgeladen, also war es fair.

Ich hob die Schultern. »Wir werden sehen. Helena wird hier studieren und noch ist es eh keine Option, zu gehen. Du weißt schon, wegen Eli.« Der Hund war hoffentlich ein hilfreicher Schritt, um meinem Bruder dabei zu unterstützen, seine Panik zu überwinden. Aber das bedeutete nicht, dass er mich nicht mehr brauchte.

»Ich habe überlegt, ob Eli nicht mal zu uns in den Club kommen will.« Simon schaute zu mir. »Er ist jetzt sechzehn, oder? Das ist das Mindestalter. Wir haben ein paar Mitglieder, denen Kampfsport dabei hilft, ihre Ängste besser zu kontrollieren.«

»Klingt nach einer guten Idee.« Ich nickte. »Alles, was ihm helfen kann, ist einen Versuch wert.« Auch wenn Trish sicherlich dagegen sein dürfte. Sie hatte es ja schon nicht gern gesehen, dass ich Eli im letzten Sommer das Surfen beigebracht hatte. Aber vielleicht musste sie es ja nicht wissen. So hatte ich es früher schließlich auch gehandhabt.

Simon rieb sich die kalten Hände. »Und was ist mit dir?«

»Was soll mit mir sein?« Ich sah verwundert auf.

»Na, was machst du so lange in der Stadt?«

Ein genervtes Stöhnen entfuhr mir. »Thaz hat dich geimpft, was das Restaurant angeht, richtig?«

Er lachte. »Nein, hat er nicht. Zumindest in der letzten Zeit nicht. Der Gedanke kam mir, weil ich mal mit Adam darüber geredet habe. Über Ziele und Wünsche … Zukunftsträume. Er meinte, dass du viel besser darin wärst als er, diese Träume zu verfolgen.«

»Scheint so, als wäre mir das Talent abhandengekommen.« Ich dachte an Helenas und meine Zeit in Australien, an mein Gespräch mit Paul und daran, wie ich mich dort in der Lodge gefühlt hatte. Dass ich gesagt hatte, ich würde nicht dorthin zurückwollen, selbst wenn ich könnte. Das war immer noch die Wahrheit, aber was war nun mein Ziel, abgesehen davon, die Mörder von Adam und Valerie zu fassen und mit Helena zusammen zu sein? Was war mein Traum? Ein Leben abseits von New York? Vielleicht, wenn Helena jedoch hierbleiben wollte, würde ich sicher nicht Tausende von Kilometern weit wegziehen. Ich hatte bisher keine Gelegenheit gehabt, darüber nachzudenken, es war einfach zu viel los gewesen mit Trish und der Aufklärung von Adams Tod. Aber alles, wovon ich geträumt hatte, seit ich vor vier Jahren zurückgekehrt war, schien nun nicht mehr richtig zu sein. Also brauchte ich etwas anderes. Einen neuen Traum.

Oder einen alten.

30
Jessiah

Das Gespräch mit Simon hallte noch in mir nach, als ich am nächsten Tag von einem meiner Termine zurückkam. Genau genommen hatte ich mich kaum darauf konzentrieren können, mit Delilah ein letztes Mal das gastronomische Konzept ihres Clubs durchzugehen. Nicht nur, weil mich unsere Mission so sehr beschäftigte, es lag auch an dem Teil der Unterhaltung, der sich um Adam gedreht hatte – um seine Aussage, ich wäre besser als er darin, meine Träume zu verwirklichen. Schon seit Australien arbeitete der Gedanke in meinem Kopf, dass ich etwas wagen sollte. Vielleicht war es an der Zeit, endlich mit Helena darüber zu reden.

Sie saß am Esstisch, vor sich einige von Mirandas Papieren und ihren Laptop, und mein Herz wurde ganz weit, als sie hochsah und sich ein strahlendes Lächeln auf ihrem Gesicht ausbreitete.

»Schatz, ich bin zu Hause«, witzelte ich, um meine Verlegenheit zu überspielen.

»Und so pünktlich«, gab sie in gleichem Ton zurück, stand auf und kam zu mir.

Ich legte meine Arme um sie und küsste sie sanft zur Begrüßung. »Hi«, machte ich leise.

»Auch hi.« Sie grinste. »Wie war dein Termin bei Delilah?«

»Sehr gut. Sie kann wie geplant eröffnen.«

Helena musterte mich aufmerksam. »Und worüber grübelst du dann nach?« Sie berührte mit den Fingern meine Stirn, auf der vermutlich ein paar Falten zu sehen waren. »Geht es um den Fall?«

»Ja, auch, aber mir spukt noch etwas anderes im Kopf rum.«

»Willst du drüber reden?«

Als ich ohne Zögern nickte, zog sie mich zum Sofa, faltete ihre Beine und schaute mich an. »Schieß los.«

Ich setzte mich ihr gegenüber. »Ehrlich gesagt … ich denke darüber nach, ob ich Mick anrufe und frage, ob das Harper's noch zu haben ist«, sagte ich offen. Um den heißen Brei herumreden war nie mein Ding gewesen.

Helena starrte mich an, mehr als erstaunt. »Ist das dein Ernst? Aber du hast doch gesagt, du wolltest hier keinen eigenen Laden aufmachen und …« Den Rest des Satzes behielt sie für sich, ich hörte dennoch die Hoffnung in ihrer Stimme und wusste, warum: Niemand wünschte sich mehr als sie, dass ich mich mit New York anfreundete.

»Ich weiß. Und ich habe seit Australien öfter darüber nachgedacht und sehr viele Ausreden gefunden. Dass ich es nicht entscheiden will, bevor Adams und Valeries Tod aufgeklärt ist. Dass es Zeit hat, einen neuen Traum zu finden, ein neues Ziel. Dass ich es nicht überstürzen muss.«

Sie schaute mich ernst an. »Du weißt, ich würde mit dir wegziehen, wenn du keine Möglichkeit findest, dich hier wohlzufühlen. Später, wenn es wegen Eli geht.«

»Ja, das weiß ich.« Ich lächelte. »Und gerade deswegen schulde ich dir zumindest noch einen ernsthaften Versuch, meinen Frieden mit der Stadt zu machen. Oder wenigstens einen Waffenstillstand zu schließen.«

Helenas Blick wurde weich und sie presste die Lippen aufeinander, als sie nickte. »Das bedeutet mir wirklich viel, Jess. Aber ich will nicht, dass du es für mich tust.«

»Mache ich nicht, zumindest nicht nur.« Ich lächelte, beugte mich vor und berührte sie an der Wange. »Ich tue das vor allem für mich. Und für uns.«

Unsere Zukunft war etwas, das ich bis zum letzten Atemzug verteidigen würde. Deswegen musste ich an allen Fronten kämpfen, nicht nur gegen meine Mutter oder die Mörder unserer Geschwister. Sondern auch gegen meine eigenen Widerstände, die mich davon abhielten, hier anzukommen. Die Dinge hatten sich geändert, es war Zeit, das zu akzeptieren.

»Na, dann bleibt nur eine Frage.« Helena grinste.

»Und welche?«

»Was machst du noch hier?«

Mein Herz schlug schnell, als ich auf die Tür zuging und zumindest ein Teil von mir darüber nachdachte, wieder umzudrehen. Das lag nicht nur an dem Termin, der mir bevorstand. Sondern vor allem daran, dass ich fast gestorben war, nachdem ich das letzte Mal durch diese Scheiben gespäht hatte.

Trotzdem ging ich hinein, mit hohem Puls und angehaltenem Atem. Der leere Raum mit dem dunklen Boden war ein wenig finster, draußen herrschte typisches Wetter für Anfang März – kalt und grau. Immerhin regnete es momentan nicht, sagte ich mir in einem Anflug von geheucheltem Optimismus. Mit dem Waffenstillstand zwischen New York und mir ging es nur schleppend voran. Aber vielleicht konnte das hier helfen.

»Jess.« Mick Harper kam aus der Küche und die Schwingtüren gaben ihr charakteristisches Geräusch von sich, als sie hinter ihm zufielen. »Ich glaube nicht, dass ich mit irgendjemandem weniger gerechnet hätte als mit dir.«

Ich lachte leise. »Kann ich verstehen, Mick. Entschuldige, dass es so ein Hin und Her war.«

»Das macht nichts. Klar, als deine Mutter vor der Tür stand, dachte ich erst, ich bin wohl schon tot und in der Hölle gelandet, aber es hat sich ja alles geklärt.« Er grinste. »Ich würde dir was anbieten, aber abgesehen von dem harten Zeug hinten im Büro haben wir schon im Dezember alles ausgeräumt.«

»Ja, ich weiß. Ich war an Heiligabend hier und habe ... durch die Fenster gesehen.« Kurz zuckte der Schuss durch meine Erinnerung, aber ich schaffte es, das schnell wieder zu verbannen. Ich war am Leben, die Typen waren gefasst. Das sollte keine Bedeutung mehr für mich haben.

»Tut mir sehr leid, was da passiert ist.« Mick schüttelte bedauernd den Kopf. »Dass ausgerechnet Markham so nachtragend sein würde ... Er war immer ein Arschloch, aber das hätte ich ihm nicht zugetraut.«

»Man kann Leuten nur vor die Stirn schauen, hat Dad immer gesagt.« Ich lächelte schief. »Aber nicht dahinter.«

»Das ist sehr wahr.« Mick schüttelte sich leicht, als wollte er die mit Markham verbundenen Gedanken loswerden. »Nun, Junge, dann hast du dich also endlich dazu durchgerungen, dein eigenes Restaurant aufzuziehen? Das wurde ja auch Zeit. Wenn ich Elaine noch länger vertröstet hätte, wäre sie vermutlich allein auf Weltreise gegangen.«

»Vertröstet?« Ich runzelte die Stirn. »Dann bedeutet das, du ...?«

»Ich habe gewartet, ja.« Er nickte. »Gehofft und gebetet vielleicht auch, wahrscheinlich werde ich auf meine alten Tage sentimental. Ich wusste, dass du diesen Laden willst, aber du hattest eben zu viel Angst. Und manchmal braucht Angst einfach Zeit, um sich zu verflüchtigen.«

»Wow. Du bist noch weiser, als Dad es war.« Der Scherz sollte nur überspielen, wie gerührt ich war.

»Lass das den alten Knaben nicht hören, sonst sucht er dich noch als Geist heim.« Mick wirkte sehr vergnügt, als er einen Ordner aus einer Umhängetasche zog, die auf dem Tresen lag. »Ich habe die Dokumente hier, du kannst sie mitnehmen und in Ruhe durchlesen oder von einem Anwalt prüfen lassen. Aber ich schätze, dass du selbst merkst, wann man dich über den Tisch zieht.«

Ich griff nach dem Ordner und schlug ihn auf. »Wir können das auch gleich erledigen.« Irgendwie wollte ich nicht länger warten, jetzt wo ich die Entscheidung endlich getroffen hatte. »Das hat alles schon lang genug gedauert und ich will Elaines Geduld nicht noch mehr strapazieren.«

»Was hat dich denn eigentlich umgestimmt?«, fragte Mick neugierig. »Der Angriff auf dich? Viele Leute kommen ins Grübeln, wenn sie merken, dass sie sterblich sind. Mein Herzinfarkt vor fünf Jahren hat eine Menge geändert.«

»Nein, das war es nicht. Oder nicht direkt.« Ich schüttelte den Kopf. »Es war wohl vor allem die Erkenntnis, dass das Leben zu kurz ist, um es für mehrere Jahre nur auf Sparflamme zu führen. Gerade wenn man Gründe hat, in der Stadt zu bleiben.«

»Sieht so aus, als wärst du ebenfalls weiser als dein Dad.« Mick lachte und ich stimmte ein, aber mir entging der aufmerksame Blick nicht, mit dem er mich bedachte. »Als wir uns das letzte Mal gesehen haben, da hab ich dir doch die Geschichte von Elaine und mir erzählt, oder? Und du hast gesagt, du hättest keine Chance auf ein Happy End. Kann es sein, dass sich daran etwas geändert hat?«

Ich neigte leicht den Kopf und lächelte wissend. »Vielleicht?«

»Das freut mich für dich, Junge.« Er tätschelte mir die Schulter. »Liebe ist das Allerwichtigste im Leben. Und Essen natürlich. Mit dem Alter sind die Prioritäten da etwas verschwommen.«

Grinsend nahm ich seinen teuren Kugelschreiber und schlug die letzte Seite des Kaufvertrags auf. Ein Post-it in Form eines kleinen Pfeils war an die entsprechende Stelle geklebt und ich setzte ohne Zögern meinen Namen auf die Linie. Dann spürte ich kurz dem Moment nach und stellte fest, dass da keine Bitterkeit war, auch keine Angst, weil ich diesen Schritt wagte. Vielleicht würde der Tag kommen, an dem ich New York verließ und das Restaurant zurücklassen würde. Aber bis dahin würde ich versuchen, das Beste daraus zu machen.

31
Helena

Sobald ich Schritte draußen auf dem Flur vor der Wohnungstür hörte, sprang ich vom Bett auf und lief nach unten. Ich kam gerade am Ende der Treppe an, als Jess eintrat. Seinem Gesichtsausdruck konnte ich nichts entnehmen, was sehr merkwürdig war, da er eigentlich seine Gefühle wie ein offenes Buch vor sich hertrug.

»Und?«, fragte ich ungeduldig. »Wie ist es gelaufen?«

Jess zog seine Jacke aus und hob die Schultern. Er wirkte irgendwie unzufrieden und meine Stimmung sank. Hatte Mick Harper doch an jemand anderen verkauft? Er hatte sich bei Jess' Bitte um einen Termin bedeckt gehalten, obwohl er eingewilligt hatte, sich mit ihm zu treffen. Ich hatte das als Zeichen gewertet, dass das Restaurant noch verfügbar war, aber vielleicht war es zu spät gewesen.

Gerade wollte ich etwas sagen wie *Tut mir so leid* und *Wir finden bestimmt was anderes für dich.* Aber da änderte sich Jess' Miene plötzlich. Auf seinem ausdruckslosen Gesicht breitete sich ein Grinsen aus und dann zog er aus der hinteren Hosentasche den Vertrag. »Es gehört mir!«

»Wie kannst du mich so auf die Folter spannen?«, beschwerte ich mich empört, aber da schlang er schon die Arme um mich und ich vergaß, dass ich ihn eigentlich hatte boxen wollen.

»Es tut mir leid«, sagte er und drückte mich fest an sich. »Es war einfach zu verlockend.«

Ich machte mich los, dachte kurz darüber nach, ihn doch noch dafür zu bestrafen, aber er sah so glücklich aus, dass ich es nicht übers Herz brachte.

»Ihr habt schon alles klargemacht?«, fragte ich und deutete auf den Vertrag, den Jess jetzt auf den Couchtisch warf. »Einfach so?«

»Es ist Mick, der ist unkompliziert. Und ich habe den Verdacht, dass er die Papiere schon seit meinem ersten Besuch letztes Jahr in der Schublade hatte. Er meinte, er hätte die ganze Zeit gewusst, dass ich irgendwann doch zuschlagen würde.«

Ich lachte. »Entweder kennt er dich sehr gut oder sehr schlecht.«

»Ich glaube, er wusste, dass ich der Sohn meines Vaters bin und einer solchen Gelegenheit am Ende nicht widerstehen kann.« Jess grinste immer noch und ich freute mich so für ihn, dass er diese Entscheidung getroffen hatte. Das Restaurant würde ihn vielleicht nicht komplett mit New York versöhnen, aber es würde das Leben hier sehr viel erträglicher für ihn machen. Und in ein paar Jahren würden wir weitersehen.

»Das wird großartig. Wann sagst du es Balthazar?« Seinem Freund hatte Jess bisher nichts davon verraten, solange nicht klar gewesen war, ob Mick noch an ihn verkaufen würde.

»Wir treffen uns morgen Abend im Bella Ciao, dann werde ich es ihm verkünden. Eigentlich sollte ich jemanden engagieren, der eine Kamera auf sein Gesicht richtet, wenn es so weit ist. Damit könnte ich ihn jahrelang aufziehen.«

Ich schüttelte lachend den Kopf und beinahe hätte ich gesagt, dass ich das übernehmen könnte, aber dann fiel mir wieder ein, dass es nicht möglich war. Wir ließen uns immer noch nicht gemeinsam in der Öffentlichkeit sehen, auch zwei Wochen nach unserer Rückkehr aus Australien nicht. Nach allem, was wir durchgemacht hatten, war das sicher nicht das Wichtigste – und ich war unendlich dankbar dafür, dass wir uns jetzt immerhin sehen, berühren, einander nah sein konnten, wann wir wollten –, aber ein Teil von mir wünschte sich dennoch, auch draußen zusammen zu sein. Es allen zu zeigen. Obwohl ich gleichzeitig Angst davor hatte.

»Alles okay?« Jess sah mich aufmerksam an.

»Ja.« Ich nickte, verschwieg aber nicht, was mir durch den Kopf ging. »Ich habe nur daran gedacht, dass ich auch mal gerne mit dir was essen gehen würde. Albern, das ist mir klar.«

»Du weißt, dass wir das haben können.« Er strich mir über die Wange. »Wenn du willst, komm morgen Abend mit. Ich bin sicher, dass Thaz nichts dagegen hat.«

Es war die Erinnerung daran, dass vor allem ich diejenige war, die davor zurückschreckte, das mit uns der ganzen Stadt zu zeigen. Öffentlich zu machen, dass wir zusammen waren, und uns damit all dem Gerede auszusetzen, das unweigerlich folgen würde. Den Spekulationen, dem Geläster darüber, dass wir in die Fußstapfen unserer Geschwister traten. Ich sah es förmlich vor mir, wie sie tuscheln würden, ob das unsere Art von krankhafter Trauerbewältigung war und dass das doch niemals gut gehen könnte. Und dann natürlich meine Eltern und Trish, denen damit vor Augen geführt wurde, dass wir es ernst meinten. All das hätte mir nichts ausmachen sollen, schließlich hatte ich mich bewusst dafür entschieden, der High Society nicht mehr um jeden Preis gefallen zu wollen. Aber ich hatte dennoch Angst, dass es etwas zwischen Jess und mir verändern würde. Unsere Gefühle füreinander hatten immer nur im Verborgenen existiert, dort waren sie sicher und beschützt gewesen. Und auch wenn ich zu hundert Prozent an uns glaubte – unsere Liebe nun ans Licht zu bringen, war ein größerer Schritt, als ich mir eingestehen wollte.

»Nein«, schob ich meinen eigenen Gedanken einen Riegel vor und lächelte leicht. »Das mit dem Restaurant ist etwas zwischen euch, da würde ich nur stören.«

»Ist das der einzige Grund?«, hakte Jess nach.

»Natürlich nicht.« Mein Lächeln wurde schief. »Aber ich glaube, es ist immer noch besser, deine Mutter nicht unnötig zu provozieren.« Trish war nach wie vor schwierig zu berechnen, nachdem Jess sie mit seinem Wissen über den Todesfall auf der Baustelle konfrontiert hatte. Sie hatte in der Zwischenzeit nichts getan, um mir oder meiner Familie zu schaden, also gingen wir davon aus, dass dieses Manöver funktionierte. Aber sie wäre nicht Trish Coldwell, wenn sie sich einfach damit abfinden würde. Sie glaubte fest daran, dass Adam und Valerie gestorben waren, weil sie sich ineinander verliebt hatten. Sie würde keine Ruhe geben, bis wir ihr das Gegenteil beweisen konnten.

»Ja, ich weiß.« Jess küsste mich auf den Mund. »Ich würde trotzdem gerne mit dir feiern, dass ich das Harper's gekauft habe.«

Ich ließ meine Hände über seine Brust nach oben zu seinem Gesicht gleiten. »Das können wir auch machen, wenn du von deinem Essen mit Thaz wieder da bist.«

»Okay. Allerdings weiß ich nicht, ob ich dich hier allein lassen kann.« Er hob mit gespielter Strenge eine Augenbraue. »Am Ende steckst du meine Küche in Brand, wenn du dir etwas zu essen machst.«

Jetzt war der Zeitpunkt, wo ich ihn doch noch boxen musste. »Das war nur eine winzige Stichflamme, verdammt! Ich hatte keine Ahnung, dass man diesen Knopf direkt drücken muss, wenn man das Gas aufdreht.«

Er lachte, allerdings liebevoll. »Und da ist sie wieder, die Upperclass-Prinzessin.«

»Die war ich nie und das weißt du auch«, maulte ich, wehrte mich aber trotzdem nicht dagegen, dass er die Arme um mich legte und mit seiner Nase meine berührte.

»Wir feiern also später?«, fragte er leise und in einem Ton, der in mir unwillkürlich eine bestimmte Art von Hitze erzeugte.

Ich legte den Kopf schief. »Nur, wenn du das mit der Upperclass-Prinzessin zurücknimmst.«

»Schon passiert«, antwortete er eilig.

»Gut. Aber im Ernst, ich freue mich so, dass es geklappt hat. Es wird mit Sicherheit das beliebteste Restaurant in der gesamten Stadt. Wie lange wird es dauern, bis ihr eröffnen könnt?« Ich fragte das nicht ganz uneigennützig, schließlich lief mir jetzt schon das Wasser im Mund zusammen, wenn ich an die Gerichte dachte, die im Adam & Eve auf den Tisch kommen würden.

Jess legte die Stirn in Falten. »Hängt davon ab, ob ich die Handwerker bekomme, die ich mir vorstelle – und das Material. Außerdem habe ich keine Ahnung, ob noch irgendetwas saniert werden muss. Mick sagt, der Laden ist bestens in Schuss, aber ich muss mich noch selbst davon überzeugen. Drei Monate mindestens, schätze ich. Vielleicht auch vier oder fünf.«

Das wäre im Sommer. Bis dahin hatten wir vielleicht Adams und Valeries Mörder gefunden und Trish würde keine Gefahr mehr für uns darstellen. Vielleicht hatten wir bis dahin das mit uns sogar längst öffentlich machen können, der Sturm der Gerüchte hatte sich schon wieder gelegt und wir konnten völlig ohne Sorgen zusammen sein. Eine himmlische Vorstellung, dass ich einfach ins Restaurant gehen durfte, um Jess zu besuchen. Ohne Angst.

Ein Handyklingeln durchbrach die Stille, es war nicht meins. Jess löste sich von mir und ging zu seiner Jacke, die auf einem der Barhocker an der Küchenzeile hing. Nach kurzem Suchen in den Taschen nahm er den Anruf an.

»Thaz, dich wollte ich auch gerade … okay, du zuerst.« Er schwieg, gab nur Laute wie »hm« und »aha« von sich, sein Blick huschte zu mir, dann wieder weg. Beinahe hätte ich ihn genötigt, auf Lautsprecher zu stellen, weil es sicher mit dem Fall zu tun hatte, da klärte er aber mit Balthazar, wann sie morgen Abend zu Taddeo gehen würden, und legte auf. »Thaz hat was zu dem Typen, der Simon und den anderen das Geld angeboten hat.«

»Was, echt? So schnell?«

»Ich habe doch gesagt, dass er echt gute Kontakte hat.« Jess legte das Handy weg. »James Miller geht wohl regelmäßig in einen illegalen Pokerclub für die High Society, der von einem Typen von der Upper West betrieben wird. Miles Holloway.«

Ich runzelte die Stirn. »Der Name sagt mir etwas. Ich glaube, Lincoln hat ihn irgendwann mal erwähnt.« Schnell schnappte ich mir mein eigenes Handy und schrieb meinem Bruder eine Nachricht, ob ich mit der dürftigen Erinnerung richtiglag.

Es dauerte nicht lange, bis eine Antwort kam.

Holloway arbeitet für die Lowells, er ist nicht nur deren Großneffe, sondern auch ihr Prokurist. Und ein Arschloch. Warum interessiert dich das?

»Was?«, stieß ich aus, obwohl Lincoln mich nicht hören konnte. Jess schon, und er war eilig bei mir. Ich zeigte ihm, was mein Bruder geschrieben hatte.

»Interessante Wendung«, kommentierte er und ich wusste, was er dachte.

»Nein.« Ich schüttelte den Kopf. »Das ist nur ein Zufall. Die Lowells haben mit der Sache bestimmt nichts zu tun. Sie sind seit Jahrzehnten mit meinen Eltern befreundet und außerdem handeln sie mit Edelsteinen, nicht mit Immobilien. Sie hätten keinen Nutzen davon, Adam oder Valerie zu töten.«

Jess nickte langsam. »Ja, vielleicht ist es zu weit hergeholt. Nur weil Miller zu den Pokerspielen von Holloway geht, bedeutet das nicht, dass sie auch sonst irgendwelche Geschäfte machen.« Es klang so, als wollte er sich mit diesen Worten selbst überzeugen, aber ich war mir sicher. Ian und ich waren ein Paar gewesen, seine und meine Familie waren so lange schon miteinander verbunden, sie konnten damit nichts zu tun haben. Oder wollte ich nur daran glauben?

»Hat Thaz auch gesagt, ob er uns in diesen Pokerclub reinbringen kann?« Es war besser, ich konzentrierte mich auf unsere Spur statt auf diese finsteren Gedanken, die sich in meinen Kopf drängen wollten.

»Kann er. Aber ich schätze nicht, dass du mit mir zusammen dort auftauchen willst, oder?« Es war keine echte Frage.

»Na, immerhin könnten wir dann sehen, wie Miller auf uns beide reagiert«, gab ich zurück, meine Worte waren jedoch nicht ernst gemeint. Natürlich deckte man einander bei diesen illegalen Spielen, aber das bedeutete nicht, dass sich die Info, Jess und ich wären dort gemeinsam erschienen, nicht verbreiten würde. Mal abgesehen davon, dass es Miller aufschrecken konnte.

»Ich glaube, dafür reicht auch einer von uns beiden«, sagte Jess. »Also, willst du oder soll ich?«

Ich rechnete ihm hoch an, dass er nicht direkt davon ausging, er würde derjenige sein, der das erledigte – obwohl ich in seinen Augen sehen konnte, dass er extrem um meine Sicherheit besorgt sein würde, wenn ich etwas anderes entschied.

»Bist du gut im Pokern?«, fragte ich, ohne ihm eine Antwort zu geben. Sein Pokerface war eine Katastrophe und das nannte man ja nicht umsonst so.

»Nein. Ich bin schlecht, so richtig.« Er grinste schief. »Aber das muss ja nicht hinderlich sein. Ich würde einfach so tun, als hätte ich unglaublich viel Spaß daran, Tausende Dollar zu verzocken. Und wenn Miller dann in Feierlaune ist, spreche ich ihn auf seine Dienste an, locke ihn zu irgendeiner Adresse und mache ihm ein bisschen Druck.«

Dafür, dass wir erst seit fünf Minuten wussten, wo wir Miller erwischen konnten, war das gar kein so schlechter Plan. Aber nicht der einzige, der mir einfiel.

»Und was wäre, wenn ich dir sage, dass ich ziemlich gut im Pokern bin?« Ich hob mein Kinn.

Jess sah mich abwartend an. »Okay, was wäre dein Plan?«

»Ganz einfach: Ich würde ihm all seine Kohle abnehmen und ihm dann die Chance bieten, weiterzuspielen, wenn er dafür einen Job für mich erledigt. Anschließend sag ich ihm eine Adresse, wir warten dort auf ihn und machen ihm *dann* ein bisschen Druck.«

»Nicht schlecht. Könnte funktionieren.« Jess nickte anerkennend, aber in der nächsten Sekunde schnaubte er. »Gott, wem mache ich was vor … Bitte lass mich dort hingehen, ja? Ich will echt nicht einer von diesen bevormundenden Typen sein, aber ich würde tausend Tode sterben, wenn du allein in einen illegalen Pokerclub gehst, in dem vielleicht die Leute spielen, die unsere Geschwister ermordet haben.«

Ich lächelte liebevoll, als er sich so wand. »Es war aber sehr süß, wie du zumindest drei Minuten versucht hast, das zu verbergen.« Meine Hände wanderten in seinen Nacken. »Und ich bestehe nicht darauf, das selbst zu erledigen, also geh du mit Thaz und bring mir Miller, okay?«

Jess beugte sich vor und küsste mich auf diese kurze, heftige Art, die alle Nerven in meinem Körper augenblicklich in Schwingung brachte.

»Danke«, stieß er hervor.

»Du musst mir aber versprechen, dass du auf dich aufpasst«, antwortete ich ernst. Er war ein Coldwell und man würde ihn in einer solchen Runde vermutlich mit Respekt behandeln, trotzdem hatte ich Angst nach allem, was an Weihnachten passiert war. »Ich hätte dich einmal fast verloren. So etwas darf nie wieder passieren.« Meine Stimme war nur noch ein Flüstern. Mir war klar, dass unsere Ermittlungen am Ende gefährlich sein konnten, aber wir waren auch dann nicht in Sicherheit, wenn wir die Suche nach der Wahrheit aufgaben. Solange wir nicht wussten, wer unsere Geschwister umgebracht hatte, würden wir keine Ruhe haben.

»Ich passe auf, versprochen.« Jess schloss seine Arme fest um mich und ich lehnte meinen Kopf an seine Schulter, genoss die Geborgenheit, die ich jedes Mal fühlte, wenn wir zusammen waren.

Bitte mach, dass man uns das nicht wieder wegnimmt, flehte ich stumm, ohne zu wissen, an wen ich diesen Appell richtete. Es war auch egal. Wichtig war nur, dass wir einander nie wieder verlieren würden. Dass es eine Zukunft für uns gab.

Eine Zukunft ohne Angst.

32
Jessiah

»Jessiah Christopher Coldwell geht zu einem illegalen Pokerturnier der High Society. Und ich darf dabei sein. Das ist echt mein Glückstag.« Balthazar strahlte mich an und prostete mir dann mit dem Drink zu, den er sich aus der Bar der Limousine genehmigt hatte. Der Wagen war der seiner Mutter und ich wettete, dass sonst kein Alkohol an Bord war. Thaz hatte behauptet, dass wir den richtigen Auftritt für die Runde von Holloway brauchten, und ich hatte nicht widersprochen, auch wenn ich es ein bisschen albern fand. Keiner von den Typen würde aus dem Fenster schauen, um zu prüfen, mit welchem Auto man vorfuhr. Das war kein roter Teppich.

»Du erinnerst dich bei all deiner Begeisterung aber schon noch daran, warum wir zu diesem Pokerturnier gehen, oder?« Ich zerrte an meinem Krawattenknoten, der mir viel zu eng vorkam. Wir passierten gerade den Columbus Circle und fuhren dann am dunklen Central Park vorbei.

»Natürlich«, antwortete Thaz beleidigt. »Ich habe schließlich mehrere Tage damit zugebracht, uns Zutritt zu dieser exklusiven Runde zu verschaffen. Holloway ist der größte Snob, der mir je begegnet ist. Erst als ich deinen Namen genannt habe, war er bereit, mir zwei Plätze zu besorgen.«

Ich verzog unwillkürlich das Gesicht. Natürlich war es nötig gewesen, das zu tun, weil Leute wie Holloway und seine Klienten Wert auf Exklusivität legten. Aber es widersprach allem, wofür ich stand, und außerdem wäre es mir lieber gewesen, Miller nicht vorzuwarnen, dass ich dort auftauchte. Ich konnte nur hoffen, dass er der Runde nicht fernblieb, wenn er vorab erfuhr, dass ich dabei sein würde.

»Dann weiß ich nicht, warum du so gute Laune hast.« Ich sah Thaz skeptisch an.

»Doch, weißt du: weil mein guter Kumpel Jess – du hast vielleicht von ihm gehört – endlich zur Vernunft gekommen ist und nun doch ein Restaurant in New York eröffnen möchte.« Er strahlte noch breiter. Seit ich den Vertrag für das Harper's unterschrieben hatte, waren bereits zwei Wochen vergangen, aber Thaz feierte es nach wie vor.

»Na, mal sehen, ob du noch strahlst, wenn ich dir erzähle, was da alles an Arbeit auf uns zukommt.« Ich hatte bereits die ersten Pläne für die Inneneinrichtung in Auftrag gegeben und ein bisschen rumgerechnet, was uns das Ganze kosten würde. Aber auch wenn wir alles Handwerkliche von externen Firmen machen ließen, blieben genug Aufgaben übrig. Ich freute mich darauf, allerdings wurde diese Freude von der Tatsache überschattet, dass wir immer noch nicht wussten, wer Adam und Valerie getötet hatte. Bis wir den Fall gelöst hatten, würde es keinen echten Frieden für uns geben, so viel stand fest.

»Und du bist sicher, dass Miller heute Abend dort sein wird?«, fragte ich Thaz nicht zum ersten Mal.

»Wie ich schon sagte – hundertprozentige Gewissheit haben wir nicht, aber die Chancen stehen sehr gut. Er ist auf jeden Fall in der Stadt und mein Kontakt hat mir gesagt, dass er eigentlich nie ein Spiel auslässt. Offenbar hat er da ein kleines Suchtproblem.«

Das war gut für uns, denn es bedeutete, mit etwas Glück würden wir von Miller erfahren, wer ihn beauftragt hatte, den Partygästen von Valerie und Adam Geld zu geben, um Lügengeschichten zu erzählen. Ich konnte nur hoffen, dass es nicht doch Trish gewesen war. Denn dann war diese Spur hinfällig und eine andere hatten wir nicht.

Auf meinem Handy ging eine Nachricht ein, sie war von Helena, die mir noch mal sagte, dass ich auf mich aufpassen sollte. Ich lächelte, als ich ihr antwortete.

»Wie läuft es eigentlich mit euch?« Balthazar hob interessiert eine Augenbraue, sicher hatte er meinem Gesicht ansehen können, wer mir geschrieben hatte. »Seid ihr noch in dem Stadium, in dem ihr es am Ende des Tages kaum erwarten könnt, Sex zu haben, oder ist schon die Zeit mit Sofa, Chips und Fernsehabenden angebrochen?«

»Was ist schlecht an Sofa und Fernsehen?«, fragte ich zurück und grinste halb. »Auch dabei kann man Sex haben, wenn man will.« Was durchaus manchmal passierte, obwohl ich Helenas Vorliebe für nächtliches Wecken ebenfalls zu schätzen wusste. Wir waren glücklich in unserer kleinen Blase, in der wir die Welt draußen aussperrten. Mich störte es jedenfalls nicht, dass wir unsere Beziehung momentan noch geheim hielten. Es hatte was für sich, unsere Gefühle nur für uns zu haben, ohne dass andere sie bewerteten.

Thaz lachte. »Ich sehe es schon kommen, ihr werdet eines von diesen ekligen happy Paaren, die man immer ein bisschen hasst und doch von Herzen beneidet.«

»Na, das hoffe ich doch.« Ich lächelte, aber in meinem Magen war dennoch dieser Knoten, der sich seit Wochen einfach nicht vertreiben ließ – und gestern noch verstärkt hatte. Ich war in Coldwell House gewesen, um Eli abzuholen, und Trish war für meine Begriffe ein bisschen zu freundlich gewesen. Sie hatte gefragt, wie es mir ging, hatte mir zum Kauf des Harper's gratuliert und sogar gesagt, dass sie hoffte, ich wäre glücklich. Aber dabei hatte sie etwas ausgestrahlt, das mich beunruhigte, eine gewisse Anspannung, die ich immer dann an ihr bemerkte, wenn sie kurz vor einem Triumph stand. Vielleicht ging es nur um ein neues Projekt, aber mein Bauchgefühl warnte mich, dass es was mit mir zu tun hatte.

Mein Bruder hatte zwar gesagt, dass er in den letzten zwei Wochen nichts Auffälliges mitbekommen hätte, aber ich war mir sicher, dass unsere Mutter mittlerweile verstanden hatte, wie viel Eli mithörte, und deswegen wichtige Gespräche nicht mehr in der Wohnung führte. Wenn sie versuchte, einen Weg aus meiner Erpressung zu finden, würde sie alles tun, um das unter Verschluss zu halten. Schließlich wusste sie längst, für wen sich Eli entscheiden würde, wenn man ihn vor die Wahl stellte. Ein weiterer Punkt, warum ich zu Recht paranoid war. Trish Coldwell zu reizen war keine gute Idee, ganz New York City wusste das. Ich hatte es trotzdem getan und nun rechnete ich jeden Tag damit, dass mir die Sache um die Ohren flog.

»Wir sind da«, ertönte die Stimme des Fahrers über die Lautsprecheranlage und wir hielten an, um auszusteigen.

Im Gehen schloss ich unter dem offenen Mantel einen Knopf meines schwarzen Sakkos, das ich wie meistens zu schwarzem Hemd und schwarzer Krawatte trug. Zu allen anderen Pokerpartien in meinem Leben war ich in Jeans und Shirt erschienen, aber natürlich hatte diese Veranstaltung einen Dresscode. Wie Thaz gesagt hatte – Holloway war ein Vorzeige-Snob.

Die Location befand sich in einem Altbau an der Upper West Side, zwei Querstraßen vom American Museum of Natural History entfernt. Es war eines der typischen Stadthäuser für diese Gegend, aus rötlichem Sandstein, mit einem Löwenkopf über der Tür und verschnörkelten Ornamenten an der Fassade, die von der Straßenlaterne in Licht und Schatten getaucht wurden. Ich sah daran hoch, während Balthazar den schweren Türklopfer betätigte.

Es dauerte nicht lange, dann wurde hinter der Glasscheibe jemand sichtbar, eine junge blonde Frau in einem eng geschnittenen Kleid. Sie öffnete uns.

»Mr Coldwell, Mr Lestrange«, sagte sie mit einem äußerst gewählten Lächeln und mir kam der Gedanke, ob Holloway tatsächlich Escorts für seine Pokersessions beschäftigte. »Willkommen, meine Herren.«

»Vielen Dank«, antwortete Thaz, weil ich schwieg, und ging voran. »Wir freuen uns schon auf das Spiel.«

»Sie haben Ihre Buy-ins bereits vorab überwiesen, wie ich sehe«, sagte sie, während sie auf ein Tablet schaute, wo eine Excel-Tabelle geöffnet war. Ich versuchte, einen Blick auf die anderen Namen zu erhaschen, aber leider drehte sie sich in dem Moment zu uns um. »Ihre Chips bekommen Sie oben bei Clara, Getränke werden Ihnen an den jeweiligen Tisch gebracht. Viel Vergnügen.«

Wir ließen uns von ihr unsere Mäntel abnehmen, gingen dann eine restaurierte Holztreppe hinauf und folgten den gedämpften Stimmen.

»Wirst du jetzt die ganze Zeit so schauen, als wolltest du irgendjemanden verprügeln?« Thaz sah mich an. »Ich frage nur, weil ich mich dann darauf einstellen sollte.«

Ich schnaubte leise. »Erwartest du von mir, dass ich ähnlich gute Laune habe wie du?«

»Nein, das würdest du sowieso nie schaffen. Aber im Sinne der Mission solltest du wenigstens so tun, als hättest du Bock auf das hier.«

Da hatte er völlig recht und ich bemühte mich um eine entspanntere Miene, als wir die Flügeltür ansteuerten. Ich hatte fünfzigtausend Dollar Buy-in für uns beide bezahlt, um an einer dämlichen Pokerrunde teilzunehmen. Für die da drin musste ich so aussehen, als wäre das ein grandioser Abend für mich.

»Du kennst den Plan«, erinnerte ich Thaz. »Wenn ich Miller so weit habe, etwas für mich zu erledigen, gehe ich *all in*. Dann entscheiden wir, ob wir das direkt hier machen können oder nicht.«

Thaz seufzte. »Ich weiß. Alter, wir haben das schon hundertmal durchgesprochen. Langsam glaube ich, es wäre doch besser gewesen, Helena mitzunehmen.«

»Damit sie die einzige Frau ist, die spielt?« Wir waren mittlerweile in dem Raum angekommen, den man mit sechs dunkel bespannten Pokertischen bestückt hatte, an denen bereits einige Spieler saßen. Nur Spieler, keine Spielerinnen. Es waren ausschließlich Männer, die sich auf den schwarzen Samtstühlen niedergelassen hatten, die einzigen anwesenden Frauen waren die Bedienungen – und ein paar Begleitungen, die in hübschen Cocktailkleidern herumstanden und sichtlich gelangweilt waren. *Willkommen in der Steinzeit.* Ich ließ meinen Blick über die Anwesenden schweifen, um Miller auszumachen – und entdeckte dabei plötzlich ein anderes bekanntes Gesicht.

»Oh, *fuck*«, entfuhr es mir und ich drehte dem Tisch schnell den Rücken zu.

»Was ist?«, fragte Thaz hastig.

»Tobias Weston ist hier.«

Damit hatte ich nicht gerechnet. Das Image der Westons war so blitzsauber, dass ich nie erwartet hätte, Helenas Vater bei einer solchen Gelegenheit zu begegnen. Natürlich hatte es im letzten Jahr Gerüchte über Eheprobleme gegeben, die sogar bis zu mir durchgedrungen waren, und einige wussten sicher auch, wie sich die Familie verspekuliert hatte und damit beinahe pleitegegangen war. Aber gerade deswegen hätte ich erwartet, dass sie nun umso mehr Wert auf ihr Ansehen legten.

»Und er sitzt ausgerechnet mit Miller an einem Tisch«, informierte mich Thaz mit Grabesstimme. »Was machen wir jetzt? Soll ich das übernehmen?«

Ich überlegte kurz. Es war nicht so, dass ich meinem Freund nicht zutraute, gegen Miller zu verlieren – auch wenn Thaz anders als ich ein hervorragender Pokerspieler war. Aber er hieß Lestrange, nicht Coldwell. Miller wählte seine Aufträge sorgsam aus, so viel wussten wir, und er würde sich kaum für einen Job interessieren, von dessen Auftraggeber er noch nie gehört hatte. Ich hatte also nur zwei Möglichkeiten: wieder gehen oder es durchziehen. Und Letzteres bedeutete, Miller anzuheuern, während Helenas Vater mit am Tisch saß – der Mann, der glaubte, ich hätte ihm seine Tochter weggenommen und wäre zudem der Falsche für sie. Schlimmer hätte es kaum kommen können. Aber das hier war eine einmalige Chance, diese Runden fanden nur alle zwei bis drei Monate statt. Und wir brauchten die Infos von Miller.

»Nein«, sagte ich und hatte eine Entscheidung getroffen. »Ich mache das selbst.«

»Dein Ernst?«

Ich nickte. »Wir sind wegen Miller hier, richtig? Dann sollten wir uns Miller auch vornehmen, Weston senior hin oder her.«

»Was, wenn er dir in die Quere kommt?«

»Wird er nicht. Er ist Helenas Vater, kein Mafiaboss. Mit dem werde ich schon fertig.« Ich ging zu dem Tresen, an dem die Chips ausgegeben wurden.

Thaz folgte mir und sprach leise, als er wieder etwas sagte. »Brauchst du meine Unterstützung oder soll ich mal nachhorchen, ob Holloway auch geschäftlich mit Miller zu tun hat?«

Er lächelte der jungen Frau charmant zu, als er seine Chips ausgehändigt bekam.

Ich nickte nur und nahm meine entgegen.

»Klingt gut. Wir sehen uns später.« Ich brauchte Thaz nicht als Back-up, um Miller an den Punkt zu bringen, wo ich ihn haben wollte. Aber für den finalen Schlag war es besser, in der Überzahl zu sein.

Ich setzte eine unbeteiligte Miene auf und schlenderte zu dem Tisch, an dem nicht nur Miller und Helenas Vater spielten, sondern auch zwei weitere Männer, die mir nicht bekannt waren.

»Ist hier noch frei?«, fragte ich und setzte mich in der gleichen Sekunde, ohne eine Antwort abzuwarten. Arroganz war eine Sprache, die man in Kreisen wie diesen verstand, und unerklärlicherweise verschaffte sie einem Respekt. Ich verabscheute das, aber für heute Abend war ich bereit, mitzuspielen – für die Informationen, die wir brauchten, um Valeries und Adams Mörder zu finden.

»Jessiah.« Tobias Weston nickte knapp, aber sein Blick war mehr als missbilligend. Ob das daran lag, dass der Freund seiner Tochter an solchen Pokerrunden teilnahm – für Doppelmoral war die Upperclass ja berühmt –, oder daran, dass Helena und ich zusammen waren, wusste ich nicht. Wahrscheinlich war es beides.

»Tobias«, nickte ich zurück. Ich war Mitte zwanzig, nicht fünfzehn. Wenn er mich beim Vornamen nannte, dann konnte ich das ebenfalls tun.

Eine seiner Augenbrauen zuckte kurz nach oben bei dieser Respektlosigkeit, als die er meine Anrede sicherlich betrachtete. Aber er kommentierte sie nicht. »Dich hätte ich hier nicht erwartet«, sagte er stattdessen.

»Kann ich nur zurückgeben. Die Geschäfte scheinen ja wieder gut zu laufen.« Das Buy-in war hoch und die Westons waren vor einem Jahr so gut wie erledigt gewesen. Ob seine Frau wohl wusste, dass er heute Abend hier war und einen Teil des wiedererlangten Vermögens eventuell verspielte?

Er schnaubte ganz leise, sodass nur ich es hören konnte. »Das tun sie allerdings, dank unserer Weigerung, uns nicht von bestimmten Leuten einschüchtern zu lassen.«

»Ach, echt? Soweit ich weiß, war das das Verdienst von jemand anderem.« Ich ließ mir vermeintlich gelassen die ersten Karten geben, während es in mir brodelte. Helena hatte mich aufgegeben, um ihre Familie zu retten, und ihr Vater brachte es fertig, diesen Umstand sich selbst zuzurechnen?

»Wie kannst du es wagen?«, zischte er jetzt.

Darauf hätte ich sehr viel antworten können, ich schluckte es jedoch herunter. Denn wir hatten zwar leise gesprochen, aber ich konnte trotzdem sehen, dass Miller sich brennend für unser Gespräch interessierte.

»Sie sind Jessiah Coldwell, richtig?«, hakte er ein. Er war kein besonders attraktiver Mann, mit dem fliehenden Kinn und der beginnenden Glatze, obwohl er sicher erst Mitte dreißig war. Dennoch wirkte er recht selbstsicher und falls es ihm unangenehm war, mir zu begegnen, ließ er es sich nicht anmerken.

»Richtig«, antwortete ich und nahm mir Zeit, meine Karten anzusehen, bevor ich ihm wieder meine Aufmerksamkeit zuwandte. »Und Sie sind …?« Normalerweise hätte ich mich nicht so herablassend verhalten. Aber zum einen half es dabei, meine Wut in Schach zu halten, weil er mit dem Tod meines Bruders zu tun hatte. Und außerdem sehnten sich Typen wie er nach der Anerkennung von Leuten, die über ihm standen. Also musste ich so jemand sein.

»James Miller.« Er neigte leicht den Kopf und ich konnte erkennen, dass meine Strategie wirkte.

»Wie originell«, kommentierte ich trocken und die beiden Unbekannten am Tisch lachten. »Schon mal daran gedacht, den Namen zu ändern?«

»Bisher nicht. Es hilft beim Geschäft.« Er lächelte schmal.

»Was ist denn Ihr Geschäft?« Ich ließ ihn nicht sehen, dass er mir gerade eine großartige Steilvorlage geboten hatte, sondern machte weiter auf halb lässig, halb gelangweilt.

»Ich löse Probleme für Menschen mit dem entsprechenden Budget.« Miller schob zwei Chips in die Mitte des Tisches und nahm einen Schluck von seinem Drink.

»Das klingt, als wären Sie ein Profikiller.« Ich schickte ein träges Lächeln hinterher, als würde es mich nicht sonderlich schockieren, falls er sagte, dass ich damit richtiglag. Miller verschluckte sich jedoch fast an seinem Wodka Tonic und mir war in diesem Moment klar, dass er es wohl nicht gewesen war, der Adam und Valerie dazu gezwungen hatte, das Kokain zu nehmen.

»N…Nein, natürlich nicht.« Er lachte nervös und sah in die Runde. »Es geht vor allem darum, dass bestimmte Informationen vertraulich bleiben – und andere den Weg an die Öffentlichkeit finden.«

»Klingt interessant.« Das war alles, was ich für den Moment dazu sagte, denn wenn ich nun weiterfragte, würde er den Braten vielleicht noch riechen. Also nickte ich nur und konzentrierte mich dann auf das Spiel.

Schon in der ersten Runde musste ich bei nächster Gelegenheit passen, denn meine Karten waren so schlecht, dass nicht einmal ein Profi damit etwas hätte anfangen können. Und auch wenn ich mich besser hielt als erwartet – vielleicht lag es daran, dass ich mir vor Tobias Weston keine Blöße geben wollte –, schrumpfte der Stapel meiner Chips immer weiter. Es waren etwa eineinhalb Stunden vergangen, als ich das Gespräch wieder auf Millers Geschäfte brachte.

»Wenn ich nun ein bestimmtes Problem hätte und Sie dafür engagieren wollte, wie muss ich mir das vorstellen?« Ich legte zwei weitere Chips in die Mitte des Tisches, weil ich ausnahmsweise mal ein gutes Blatt hatte.

»Das hängt vom Problem ab«, antwortete Miller und ich sah in seinen Augen, dass er mehr als interessiert war, mich zu seinen Kunden zu zählen. »Manchmal reicht es, Geld zu bezahlen, manchmal muss man deutlicher werden.«

»Deutlich klingt ganz nach meinem Geschmack.« Ich nickte und fing einen Blick von Helenas Vater auf, der mich finster musterte.

»Ganz der Sohn seiner Mutter«, murmelte er voller Verachtung und ich sah, dass er die Hand, in der er keine Karten hielt, zur Faust ballte.

Es war nicht die erste Bemerkung dieser Art, aber die eindeutigste. Das war nicht gut, ganz und gar nicht. Natürlich war die Rivalität zwischen den Westons und den Coldwells in der Stadt bekannt und niemanden wunderte es, dass wir unsere gegenseitige Abneigung offen zeigten. Aber wenn ich meine Rolle weiterhin so spielte, dann würde er noch heute Abend zu meiner Wohnung fahren, um Helena eigenhändig nach Hause zu schleifen, damit sie keine weitere Minute in meiner Nähe blieb – und ich hätte ihm das nicht einmal verübelt. Nur war das fatal für alles, was ich hier versuchte. Er war kurz davor, unseren gesamten Plan zu gefährden, und ich musste verhindern, dass das passierte. Als er sich also bald darauf erhob, um den Raum zu verlassen und in Richtung der Sanitärräume zu gehen, stand ich ebenfalls auf und folgte ihm.

»Warten Sie«, hielt ich ihn auf, als er bereits den halben Flur hinter sich gebracht hatte. Er blieb stehen, drehte sich aber erst nach einem weiteren Augenblick zu mir um – so als hätte er vorher seine Emotionen unter Kontrolle bringen müssen.

»Was willst du?« Es klang weniger aggressiv als traurig und ich konnte erkennen, dass ihm die Sache mit Helena zusetzte. Sofort spürte ich Mitgefühl. Er hatte schon eine Tochter verloren und nun glaubte er, dass auch seine zweite für ihn unerreichbar geworden war. Meinetwegen.

»Einen Waffenstillstand«, antwortete ich. »Es schadet dem Spiel, wenn wir permanent kurz davor stehen, einander an die Gurgel zu gehen.«

»Es schadet dem *Spiel?* Das ist es, was dich interessiert?« Er schnaubte. »Es ist mir wirklich unbegreiflich, dass ein so kluges Mädchen wie Helena auf jemanden wie dich reinfällt.«

»Nein, es ist unbegreiflich, dass sie nach dem ganzen Bullshit, dem sie an der Park Avenue ausgesetzt war, tatsächlich ein so kluges Mädchen geworden ist«, gab ich scharf zurück, weil ich mich nicht daran hindern konnte. Dann atmete ich aus und schüttelte den Kopf. Es machte nichts besser, wenn wir nun in einen offenen Streit gerieten. »Hören Sie zu. Ich weiß, dass Sie mich nicht leiden können, aber –«

»Das hat nichts damit zu tun, dass ich dich nicht *leiden* kann.« Er trat einen Schritt auf mich zu. »Du bist mit meiner Tochter zusammen und hast gerade einem der dubiosesten Typen in dieser Stadt Signale gesendet, dass du an seinen Diensten interessiert bist. Ich schwöre dir, wenn du sie in irgendwas hineinziehst, dann –«

»Das würde ich nie tun!«, unterbrach ich ihn gedämpft. Ich sah mich um, aber außer uns war niemand hier. »Ich bin überhaupt nicht an Millers Diensten interessiert. Oder zumindest nicht so, wie Sie denken.«

»Was soll das bedeuten?« Er schien nicht überzeugt.

»Das hier ist Teil eines Plans. Den Sie gerade gefährden.«

»Was für ein Plan soll das denn sein?«

Ich war mir nicht sicher, ob ich so weit gehen sollte, ihn einzuweihen. Aber Valerie war seine Tochter gewesen und auch wenn die Westons es nicht zeigten, wusste ich von Helena, dass ihnen dieser Verlust zu schaffen machte. Ihr Vater würde uns nicht verraten, das sagte mir mein Bauchgefühl. Also öffnete ich die nächstgelegene Tür und bat ihn mit einer Geste dazu, mit mir in den Raum dahinter zu gehen. Er zögerte nur kurz, bevor er der Aufforderung folgte.

Wir betraten ein großzügiges Zimmer, das bis auf ein paar Stühle an einer Wand leer war. Gut. So konnte uns niemand belauschen.

Tief holte ich Luft und hoffte, dass ich das Richtige tat. »Ich weiß, dass Miller vor etwa vier Jahren einigen Partygästen gewisse Summen dafür bezahlt hat, damit sie in der Öffentlichkeit schlecht über Valerie sprechen. Es war Teil einer Verschwörung, die ich aufzudecken versuche.« Helenas Beteiligung daran erwähnte ich nicht, denn er war immer noch ihr Vater. Sicher würde er nicht stillhalten, wenn er wusste, dass sie im Todesfall ihrer Schwester ermittelte.

Westons Lippen wurden zu einem schmalen Strich. »Das bedeutet, der Rufmord an meiner Tochter war ein abgekartetes Spiel?«

Ich nickte und verschwieg, dass es nicht nur Ruf-, sondern auch ein tatsächlicher Mord gewesen war. Das musste er nicht wissen, um mitzuspielen. Es war Helenas Entscheidung, ob und wann sie ihren Eltern davon erzählte.

»Ich konnte herausfinden, dass Miller heute Abend hier sein würde, also war Balthazars und mein Plan, ihm den Eindruck zu vermitteln, ich würde ihn anheuern wollen. So können wir ihn an einen Ort locken, wo wir ihn zu der Sache befragen werden, ohne dass es jemand mitbekommt.«

Helenas Vater musste das offenbar erst mal verarbeiten, denn er ging ein paar Schritte durch den Raum, fuhr sich durch die kurzen graumelierten Haare und atmete dann hörbar aus. Plötzlich schien ihm jedoch ein Gedanke zu kommen und er drehte sich abrupt zu mir um.

»Was macht dich so sicher, dass nicht deine Mutter dahintersteckt? Sie war diejenige, die Valerie mehr gehasst hat als irgendjemand sonst.«

»Ich bin nicht sicher, dass sie es nicht war«, gab ich zu. »Und falls es so ist, werde ich es rausfinden. Aber es deutet einiges darauf hin, dass sie damit nichts zu tun hat.«

Er überlegte wieder. Dann nickte er und schien zu akzeptieren, was ich ihm gerade gesagt hatte. »Was kann ich tun, um zu helfen?«

»Mich mein Ding machen lassen, ohne mich mit Blicken zu erdolchen. Oder zumindest etwas weniger als bisher.« Ich hob das Kinn. »Niemand weiß von Helena und mir und wir möchten gerne, dass es erst einmal so bleibt. Nur zur Sicherheit.«

»In Ordnung.« Weston fuhr sich über das Gesicht und ich wollte mich zum Gehen wenden, da hielt er mich auf. »Wie geht es Helena denn? Lincoln erzählt uns kaum etwas und ich ... ich würde gern wissen, ob sie glücklich ist.«

Ich sah ihn ernst an. »Sie wäre glücklicher, wenn sie wüsste, dass ihre Eltern zu ihr stehen, was auch immer sie sich für ihre Zukunft vorstellt.«

»Sie ist gegangen«, sagte er bitter und seine Gesichtszüge verhärteten sich. »Sie hat sich für dich entschieden und gegen uns.«

Allein diese Worte zeigten mir, dass er Helena immer noch nicht verstanden hatte. Ich hatte die Chance, daran etwas zu ändern, also ergriff ich sie. »Sie hat sich nicht gegen Sie und für mich entschieden – sie hat sich vor allem für *sich selbst* entschieden, für ein Leben nach ihren Wünschen. Und Sie könnten nach wie vor Teil davon sein, wenn Sie nicht so grauenhaft stolz wären und einfach akzeptieren würden, dass Ihre Tochter ihre eigenen Entscheidungen trifft. *Ich* stehe dem Kontakt zu ihr sicher nicht im Weg.«

Er sah mich überrascht an und zum ersten Mal konnte ich in seinen Augen so etwas wie Respekt erkennen. Hoffnung keimte in mir auf. Vielleicht war die Situation unserer Familien ja gar nicht so verfahren, wie ich dachte. Vielleicht gab es doch die Möglichkeit, dass wir alle friedlich koexistieren konnten.

Auch mit Trish?

Das wohl eher nicht.

Bevor Weston etwas antworten konnte, ertönte ein Geräusch: Die Tür, die ich geschlossen hatte, öffnete sich – und Thaz kam herein.

»Da bist du ja.« Er schaute zwischen mir und Helenas Vater hin und her – der sich daraufhin mit einem knappen Nicken verabschiedete.

Ich fand es schade, dass wir unterbrochen worden waren, denn ich hätte gern gewusst, ob er vorhatte, sich bei Helena zu melden. Auch wenn sie das nicht sagte, wusste ich genau, dass es sie belastete, keinen Kontakt zu ihren Eltern zu haben. So konnte ich nur hoffen, dass meine Worte etwas bewirkten.

»Was war denn *das* für ein Meeting?«, fragte Thaz.

»Ich wollte verhindern, dass er alles ruiniert. Als ich versucht habe, was aus Miller rauszukriegen, sah Weston so aus, als würde er mich gleich eigenhändig erwürgen. Ich dachte, wenn er so weitermacht, dann schöpft der Typ noch Verdacht.«

»Na, das hat sich erledigt«, sagte mein Freund. »Miller ist gerade weg.«

33
Jessiah

Ich starrte Thaz an. »Was?«

»Japp. Miller hat einen Anruf bekommen und musste schnell verschwinden.«

Fuck. Da war sie dahin, unsere Chance, nur weil ich meinen potenziellen Schwiegervater hatte beruhigen müssen. Aber warum sah Balthazar dann nicht so enttäuscht aus, wie ich mich fühlte?

»Er hat das hier für dich dagelassen.« Thaz hielt eine Visitenkarte hoch, auf der eine E-Mail-Adresse und eine Telefonnummer standen. »Er kam damit zu mir, er hat wohl mitbekommen, dass wir beide zusammen aufgetaucht sind. Du sollst anrufen, wenn du Bedarf hast, meinte er.«

Ich nahm die Karte entgegen und nickte erleichtert. Das war genauso gut wie eine mündliche Vereinbarung zu einem Treffen, denn es bedeutete, wir würden die Gelegenheit haben, Miller in eine Falle zu locken. Allerdings konnte ich mich heute nicht mehr bei ihm melden, das würde zu bedürftig wirken. Ich musste mindestens einen Tag warten, bis ich anrief.

»Dann sollten wir wohl los«, sagte ich und hob die Schultern. Natürlich hätte ich noch versuchen können, rauszufinden, wer von den Anwesenden mit Miller Geschäfte machte, aber das würde ich schon von Letzterem erfahren.

»Bist du irre?« Thaz schüttelte entschieden den Kopf. »Wir haben einen Haufen Geld bezahlt, um reinzukommen, und ich bin gerade dabei, zu gewinnen.«

»Gut, dann verschwinde ich ohne dich. Ich werde sowieso alles verlieren, dann kann ich es auch gleich abschreiben.«

»Oh komm schon, JC. Nur weil zu Hause jetzt ein Mädchen auf dich wartet, musst du doch nicht jedem Spaß abschwören. Gönn dir mal was.«

Ich lachte, weil an dem Satz so viel falsch war, dass ich gar nicht wusste, wo ich anfangen sollte. »Das da draußen macht mir nicht einmal ansatzweise Spaß, denn ich bin grauenhaft im Poker und hasse es, einen Anzug zu tragen. Außerdem gönne ich mir mehr, wenn ich eine Pizza bestelle und mich –«

»Sag jetzt nichts, was das Wort *Couch* beinhaltet, sonst muss ich weinen.« Thaz machte eine dramatische Geste. »Aber gut, deine Entscheidung. Bekomme ich dann wenigstens deine Chips?«

»Klar. Alle fünf, die ich noch habe.«

Wir gingen zurück in den Raum mit den Spieltischen und ich entschuldigte mich bei der Runde, die ich verlassen hatte. Helenas Vater warf mir einen fragenden Blick zu, aber ich beließ es bei einem Nicken, bevor ich Thaz die Chips gab, meinen Mantel holte und dann aus dem Haus ging. Ich hielt gerade nach einem Taxi Ausschau, als mein Handy klingelte. Eilig zog ich es aus der Tasche und nahm den Anruf an.

»Jess? Hier ist Thea.«

»Hey, alles okay?« Sie klang nicht okay – sondern eher so, als wäre was passiert. Außerdem rief sie auf meinem normalen Telefon an, was sie noch nie getan hatte. Ich prüfte zwar regelmäßig, ob es überwacht wurde, aber ganz sicher konnte man nie sein. »Ist etwas mit Lilly?« Ich hatte die beiden letzte Woche heimlich in New Jersey besucht, das erste Mal nach meinem Krankenhausaufenthalt. Da war noch alles in Ordnung gewesen.

»Ehrlich gesagt weiß ich es nicht.« Sie atmete zitternd ein. »Ich habe sie heute Mittag von der Schule abgeholt, da sagte sie zu mir, dass eine Frau auf dem Schulhof gewesen wäre, die Fotos von den Kindern gemacht hat – angeblich für einen Zeitungsartikel. Aber als ich die Lehrerin vorhin angerufen habe, um zu erfahren, was für eine Zeitung das gewesen wäre, wusste sie nichts davon. Irgendwie hat niemand in der Schule eine Ahnung, obwohl eine Aufsicht da war. Aber die geht nicht ans Telefon.«

Ich brauchte nicht lange, um nachzuvollziehen, warum das Thea so aufwühlte. Im Gegensatz zu anderen Müttern dachte sie sicher nicht, dass diese Frau perverse Absichten gehabt hatte. »Und nun glaubst du, dass Trish dahintersteckt?«

»Was sollte es sonst sein? Irgendwelche Pädophilen würden doch kaum einen Zeitungsartikel vorschieben, um mit den Kindern zu reden und ein paar Fotos von ihnen zu schießen.« Thea stieß hörbar die Luft aus. »Ich habe Angst, Jess. Was, wenn sie es rausgefunden hat? Was, wenn sie jemanden geschickt hat, um Lilly zu finden? Sie sieht Adam so ähnlich … wenn sie nur ein Foto sehen würde, wüsste sie Bescheid.«

Ich wollte etwas sagen, um sie zu beruhigen, aber mir erschienen alle möglichen Sätze nur wie hohle Phrasen, weil ich die gleiche Angst spürte, die ich von Thea wahrnahm. Ob sie gerechtfertigt war, wusste ich nicht. Mein Bauchgefühl trog mich in der Regel nicht, war in solchen Fällen aber kein brauchbarer Ratgeber.

»Wir waren bei all meinen Besuchen so vorsichtig«, versuchte ich es trotzdem mit Beruhigung. »Mir ist niemand gefolgt und da war auch niemand in eurer Straße. Sie *kann* es nicht wissen.«

»Was, wenn sie dahintergekommen ist, dass dir diese Wohnung gehört? Oder dass du uns jeden Monat Geld überweist?«

Ich schüttelte den Kopf, obwohl sie das nicht sehen konnte. »Nein, unmöglich. Ich habe das zigmal nach allen Seiten abgesichert, damit man auf keinen Fall eine Verbindung herstellen kann.« Zwar konnte ich nicht ausschließen, dass Trish Möglichkeiten hatte, die Spur nachzuverfolgen, aber dazu hätte sie einen Verdacht haben müssen. Und darauf gab es keinen Hinweis. Wenn sie geahnt hätte, dass sie eine Enkelin hat, mit der ich in Kontakt stand, hätte sie mich damit konfrontiert.

Ach ja? Auch noch, nachdem du sie erpresst hast?

Mit Mühe schaffte ich es, einen selbstsicheren Ton anzuschlagen. »Ich kläre das, okay? Wenn sie was weiß, finde ich es raus und halte sie auf Abstand.« Was dazu nützte, Helena zu beschützen, würde den gleichen Dienst für Thea und Lilly tun.

Bist du sicher? Was, wenn sie gleichziehen wollte? Wenn sie etwas gesucht hat, mit dem sie dein Druckmittel neutralisieren kann?

»Danke, Jess«, antwortete Thea. »Vielleicht reagiere ich nur über und es löst sich morgen alles auf. Aber –«

»Nein, es war richtig, dass du es mir gesagt hast. Wir können nicht vorsichtig genug sein. Ich melde mich wieder.« Ich legte auf und winkte ein Taxi heran, nannte der Fahrerin meine Adresse.

Wir waren noch nicht einmal fünf Minuten gefahren, als mein Telefon erneut einen Ton von sich gab. Es war eine Nachricht und sie stammte von meiner Mutter.

Wir müssen uns unterhalten. Mehr nicht. Nur diese vier Worte und ich wusste, dass jede Hoffnung vergebens war.

Ich starrte auf das Display, war nicht in der Lage, mich zu bewegen. Kälte. Das war alles, was ich in diesem Moment fühlte. Eisige Kälte, die sich mit nichts vergleichen ließ, was ich kannte – nicht einmal mit dem Wasser am Rockaway Beach im tiefsten Winter. Nur langsam drang in mein Hirn, was dem Rest von mir längst klar war: Diese Frau in Lillys Schule, das war kein Zufall gewesen. Thea hatte recht – Trish wusste Bescheid. Sie wusste von ihrer Enkelin.

Verfluchte Scheiße.

Ich zerrte an meiner Krawatte und zog sie aus dem Kragen, hatte trotzdem das Gefühl, keine Luft zu bekommen. Mein erster Impuls war es, Helena anzurufen, ich verwarf ihn jedoch sofort wieder. Ich war immer ehrlich zu ihr gewesen, aber das hier ... das konnte ich ihr nicht sagen. Nicht, bevor ich Gewissheit hatte, ob Trish uns mit diesem Wissen bedrohen würde. Helena Kummer zuzufügen war schlimmer, als ihr etwas zu verschweigen. Zumindest für diesen Moment.

Also tippte ich ein *Bin gleich da* an meine Mutter ins Handy und schickte es ab, bevor ich mich zu der Scheibe vorbeugte, die mich von der vorderen Sitzreihe trennte.

»Das Ziel hat sich geändert«, sagte ich zu der Taxifahrerin. »Wir müssen in die 57th. Coldwell House.«

Sie nickte und bog dann ab. Nur fünf Minuten rasende Gedanken und Panik später hielten wir vor dem Eingang. Ich bezahlte und stieg eilig aus.

Das Vermächtnis meiner Mutter leuchtete in der Dunkelheit, angestrahlt von mehreren Hundert Lampen, die man am Boden installiert hatte. Ich atmete tief ein und schritt durch die Eingangstür, grüßte die Concierge nur im Vorbeigehen, lief direkt zu den Aufzügen. Meine Krawatte knüllte ich in meiner Hand zusammen, bis sie nur noch ein kleiner fester Klumpen Seide war. Was erwartete mich da oben? Was hatte Trish jetzt vor? Und konnte ich ihr überhaupt etwas entgegensetzen, wenn sie von Lilly wusste?

Vielleicht ist es gar nicht so, wie du denkst, versuchte eine andere Stimme in meinem Kopf, mich zu beruhigen. *Vielleicht will sie nur Kontakt zu ihrer Enkelin, statt sie als Druckmittel zu benutzen.*

Ja, bei einer gewöhnlichen Mutter wäre das eventuell der Fall gewesen. Aber Trish war keine gewöhnliche Mutter, wenn sie überhaupt eine war. Lillys Existenz würde keine Grandma-Fantasien von Ausflügen in den Zoo oder gemeinsamen Besuchen im Spielwarenladen in ihr hervorrufen, sondern nur Besitzansprüche. Thea hatte nicht umsonst wahnsinnige Angst davor gehabt, dass es so weit kommen könnte, und ich betete dafür, dass es nicht meine Schuld war. Wenn doch, würde ich mir das niemals verzeihen.

Während der Aufzug nach oben fuhr, suchte ich in meinem Kopf einen Ausweg, fand jedoch keinen. Krampfhaft hielt ich die Vorstellung fern, wozu Trish diese Neuigkeiten benutzen würde. Was sie uns allen antun konnte, wenn sie wollte – Helena, Thea, Lilly und mir. Aber da war immer noch mein Wissen über den Todesfall auf der Baustelle, erinnerte ich mich. Das war etwas wert. Das *musste* etwas wert sein.

Trish wartete im Wohnzimmer, stand mit verschränkten Armen vor der Couch, sah mich an. Sie war ungeschminkt, trug einen hellen Kaschmirpullover zu einer Yoga-Hose und unter anderen Umständen hätte ich wohl einen Spruch dazu gemacht, dass sie so bequeme Kleidung überhaupt besaß. Aber der Ausdruck auf ihrem Gesicht erstickte jedes Wort. Nicht, weil sie wütend war – das kannte ich, damit konnte ich umgehen. Nein, sie war erschüttert. Das war viel gefährlicher.

»Wie lange weißt du es schon?«, fragte sie ohne Begrüßung und warf einen Stapel Fotos auf den weiß glänzenden Esstisch. Es waren Bilder von Lilly, nicht nur auf dem Schulhof, sondern auch beim Seilhüpfen vor dem Haus, beim Eisessen mit Thea und auf dem Rücken eines Ponys. Trish hatte die beiden offenbar schon eine Weile beschatten lassen und ich verstand, warum die Frau, die das getan hatte, heute so unvorsichtig geworden war: aus purer Absicht. Trish hatte gewollt, dass Thea mich anrief, denn so hatte sie herausfinden können, ob ich Bescheid wusste. Wahrscheinlich hatte sie Theas Telefon überwacht und den heutigen Anruf nachverfolgen lassen. Die Kälte in meinem Inneren fror mich noch etwas mehr ein.

»Seit vergangenem September.« Es war sinnlos, zu lügen.

»Und du hast es nicht für nötig gehalten, mir davon zu erzählen? Mir davon zu erzählen, dass Adam eine *Tochter* hat?!« Den letzten Teil des Satzes brüllte sie so laut, dass ich zusammenzuckte. Ich hatte nie in meinem Leben Angst vor ihr gehabt. Und ich hatte auch jetzt keine – aber vor dem, was sie mit diesem Wissen tun würde.

»Es stand mir nicht zu«, sagte ich bemüht ruhig. Das war die Wahrheit. Nicht einmal, wenn unser Verhältnis besser gewesen wäre, hätte ich es ihr verraten.

»Ach, sonst hättest du es getan?«

»Nein«, antwortete ich ehrlich. »Und das sagt mehr über dich aus als über mich.«

Sie schnaubte, nun doch wütend, das beruhigte mich jedoch nicht. Ich kannte Trish in unzähligen Abstufungen von Missbilligung, Enttäuschung und Zorn, aber das hier war neu und ich hatte keine Ahnung, wie ich damit umgehen sollte. Die Tatsache, dass es ein Kind gab, das von meinem Bruder stammte, hatte so viel Potenzial zur Zerstörung, dass ich nicht wusste, was ich tun konnte, um sie abzuwenden.

»Kennst du sie? Bist du ihr begegnet?« Trish fragte das beinahe gierig.

Auf den Fotos war ich nicht zu sehen, also hätte ich lügen können und sagen, dass ich lediglich finanziell geholfen hatte, ohne näheren Kontakt zu Lilly zu haben. Aber ich entschied mich auch jetzt dagegen. Das hier war ein Blindflug, ich konnte nichts voraussehen, ich konnte nur meinem Instinkt vertrauen. Also nickte ich.

»Nachdem ich von ihr erfahren habe, war ich ein paarmal bei ihnen.«

»Und wie hast du von ihr erfahren?« Trishs Blick bohrte sich in meinen. Sie fragte nicht, was Lilly für ein Mädchen war, ob sie Adam auch vom Charakter her ähnelte – oder sonst etwas, das eine Großmutter hätte interessieren können. Nein, sie wollte nur wissen, warum ich sie verraten hatte. Dabei hatte ich das in der Vergangenheit so oft getan, dass es sie nicht mehr hätte wundern dürfen.

»Was spielt das für eine Rolle?« Ich wollte auch jetzt nicht lügen, die Wahrheit sagen konnte ich jedoch ebenso wenig. Helena zu erwähnen würde nichts besser machen an dieser Situation.

»Er hat es also keinem von uns gesagt.« Sie sah traurig auf die Fotos und ich ahnte, dass ihre Enttäuschung nicht in erster Linie mir galt. Sondern Adam. Er hatte Lilly vor Trish verborgen, lange bevor er gestorben war, und das war es, was sie so schwer erschütterte. »Sie leben in Jersey«, sagte sie fassungslos. »Das Mädchen geht auf eine staatliche Schule, bis vor Kurzem haben sie in einem der schlechtesten Viertel der Stadt gewohnt, mit anderen Menschen in einem quasi abbruchreifen Haus.« Trish schüttelte den Kopf. »Wie sehr muss mich diese Frau verabscheuen, dass sie all das in Kauf nimmt? Dass sie Adam dazu gebracht hat, mir die Existenz dieses Kindes zu verschweigen?«

Ich begriff, dass ich mich geirrt hatte – sie war nicht enttäuscht von Adam, weil das gar nicht möglich war. Mein Bruder war ein Heiliger für sie und damit unantastbar, also konzentrierte sich ihr Zorn auf Thea. Die Kälte in meinem Inneren breitete sich bis in meine Fingerspitzen aus. Ich musste irgendetwas tun. Denn ich wusste, worauf das hier hinauslief: auf Hass. Genau wie bei Valerie.

»Sie hatten *beide* Sorge, dass du davon erfährst und verlangst, dass Lilly bei Adam lebt.« *Oder bei dir*, aber das sprach ich nicht laut aus. Ich wollte sie nicht auf Ideen bringen.

»Woher willst du das wissen? Er hat dir doch auch nichts davon erzählt.« Trishs Augen funkelten auf beunruhigende Art und Weise. »Nein, Adam hätte mir niemals verschwiegen, dass er ein Kind hat, wenn diese Frau ihn nicht dazu überredet hätte. So etwas hätte er nicht verheimlicht.«

»Vielleicht doch.« Ich sagte es beinahe sanft, weil ich wusste, dass jede Form von Provokation dazu führen würde, dass alles eskalierte. »Vielleicht wollte er nicht, dass seine Tochter in den gleichen Kreisen aufwächst wie er.«

Sie sah mich an, vollkommen verständnislos. »Wer sollte das nicht wollen? Wer sollte nicht die beste Bildung, die beste Versorgung, die besten Chancen für das weitere Leben wollen?« Und dann schien sie zu verstehen und ihr Ton wurde abfällig. »Natürlich. Du. Weil du nie damit zurechtgekommen bist, dass Privilegien auch Verantwortung bedeuten. Aber das werde ich bei diesem Mädchen nicht zulassen. Meine Enkelin verdient etwas Besseres als ein Leben im Mittelmaß. Und ich werde dafür sorgen.«

Es war diese Art von Entschluss, die ich am meisten gefürchtet hatte, seit mich Trish hierherzitiert hatte, um mich mit ihrem Wissen über Lillys Existenz zu konfrontieren. Trotzdem riss ich mich aus der Schockstarre.

»Was soll das bedeuten?«, fragte ich und hasste, wie defensiv es klang. Wie hilflos. »Was hast du jetzt vor?«

Trish richtete sich auf und hob das Kinn. »Nun, zunächst werde ich meine Anwälte darüber informieren, dass es ein Kind gibt, das von Adam abstammt, um die Vaterschaft eindeutig zu klären, auch wenn das natürlich reine Formsache ist. Ich meine, sieh sie dir an, sie ist sein Ebenbild. Und dann werde ich mich über meine Möglichkeiten informieren, wie ich an ihrem Leben teilhaben kann. Auf eine Weise, die ihre Erinnerung an Jersey hoffentlich schnell verblassen lässt. Oder die an ihre destruktive Mutter.«

Mein Herz begann zu rasen, meine Sicht verschwamm, ich konnte keinen klaren Gedanken mehr fassen. Schuld, Angst, Verzweiflung bahnten sich ihren Weg durch meinen Körper und ich klammerte mich an etwas, das mir in den Kopf geschossen war, als ich mit Thea telefoniert hatte.

»Das wirst du nicht tun.« Meine Stimme bebte und ich spielte meinen Trumpf aus. »Weil ich nämlich sonst an die Presse weitergebe, was mit dem Arbeiter hier auf der Baustelle passiert ist.«

»Oh, Jessiah.« Sie schnalzte mit der Zunge und nahm ihren Laptop, der auf dem Tisch stand und den sie nun zu mir umdrehte. »Lass mich dir einen Rat für die Zukunft geben: Wenn du auf diese Art Krieg führen willst, dann solltest du immer sicherstellen, dass du auch genug Munition hast.«

Ich sah zum Bildschirm, auf dem ein Online-Artikel aufgerufen war: *Trish Coldwell gibt bedauerlichen Unfall zu,* stand da in großen Lettern als Headline und darunter kleiner *Erfolgreiche Unternehmerin setzt sich für strengere Sicherheitsstandards auf New Yorks Baustellen ein.*

»Was …«, stieß ich hervor, »wie …?«

»Manchmal ist Angriff die beste Verteidigung«, sagte sie. »Dadurch, dass ich es freiwillig öffentlich gemacht habe und außerdem eine Lösung anbiete, wird das Echo nicht halb so verheerend sein, wie wenn jemand das Ganze aufgedeckt hätte.«

Ich wollte etwas antworten, aber mir fiel nichts ein. Sie hatte mich schachmatt gesetzt, in nur wenigen Zügen. Ich hatte gewusst, dass ich ihr nicht gewachsen war, was Kaltblütigkeit und Skrupellosigkeit anging, ich war einfach der Sohn meines Vaters, nicht der meiner Mutter. Aber ich hatte trotzdem daran geglaubt, dass ich sie besiegen konnte. Wie naiv von mir. Wie gnadenlos dumm. Jetzt hatte ich kein Druckmittel mehr, nichts, das ich gegen sie verwenden konnte. Ich war wehrlos.

Also sagte ich das Einzige, was mir noch einfiel, um Thea und Lilly zu beschützen.

»Was muss ich tun, damit du die beiden in Ruhe lässt?«

Trish sah mich an und mir wurde klar, dass diese Frage genau das gewesen war, was sie beabsichtigt hatte. Denn da war plötzlich keine Enttäuschung mehr, kein irrationales Funkeln in ihren Augen. Da war nur eiskalte Berechnung und ich wusste in dieser Sekunde, dass *ich* die ganze Zeit das Ziel gewesen war. Sie hatte nur eines ihrer Machtspielchen abgezogen, hatte darauf gewartet, dass ich ihr zeigte, wie sehr ich mich für Lilly einsetzen würde. Wie viel mir dieses Mädchen bedeutete. Um dann zu bekommen, was sie wollte. Was sie die ganze Zeit gewollt hatte.

»Nun, ich denke, das wissen wir beide, oder nicht?« Sie fragte es fast schon freundlich und ich hätte vor Frustration beinahe irgendetwas in dieser blitzsauberen Wohnung zerstört, weil ich ihr so bereitwillig ins Messer gelaufen war. Darum war es ihr gegangen, natürlich. Als hätte ich das nicht ahnen können.

»Ich werde mich nicht von Helena trennen«, gab ich mit fester Stimme zurück – oder mit einer Stimme, die ich für fest hielt. »Niemals.«

»Das wirst du müssen, wenn du willst, dass Thea und Lilly in ihrem trostlosen Nest in New Jersey bleiben können.«

Als sie das sagte, so kalt und herzlos, brach sich meine Wut

Bahn und etwas in mir hakte aus. Ich war es so leid, immer wieder dafür kämpfen zu müssen, dass den Leuten, die ich liebte, nichts passierte. Dafür, dass ich ein Leben führen durfte, das diese Bezeichnung verdiente. Dafür, dass ich lieben durfte, wen ich wollte. Ich war es leid. Und explodierte.

»Warum tust du das?!«, brüllte ich sie an. »Warum bist du so besessen davon, dass Adam gestorben ist, weil er Valerie geliebt hat?!«

»Weil es die Wahrheit ist!«, schrie sie. »Dein Bruder ist nur deswegen tot, weil er sich in dieses Mädchen verliebt hat, und ich werde dich nicht auch noch verlieren, nur weil du den gleichen Fehler machst wie er!«

»Woher willst du das wissen? Wir ermitteln seit Monaten deswegen und es gibt nicht einen Hinweis darauf!«

»Ja, weil du nicht weißt, was ich weiß!«

»Und was ist das, zum Teufel noch mal?!«

»Sie bedrohen euch, Jess!«, platzte es aus ihr heraus.

Ich starrte sie an, die Sekunden dehnten sich zwischen uns aus. Erst dann konnte ich wieder etwas sagen, leise und schockiert.

»Was?« Meine Frage war kaum zu verstehen. »Was soll das heißen?«

Fahrig strich Trish sich die Haare zurück und verschränkte dann die Arme. Nicht abwehrend, sondern so, als wollte sie sich selbst schützen.

»Genau das, was ich sage. Die erste E-Mail kam zwei Tage nach meiner Ehrung im Rainbow Room. Ein Foto von Helena und dir, wie ihr vor dem Aufzug miteinander redet, und dazu kein Text, nur ein Datum: 28.05.«

Ich starrte sie an, Angst kroch durch meinen Körper, als mir bewusst wurde, was ich da gerade gehört hatte. »Adams und Valeries Todestag.«

Trish nickte. Mit einem Mal wirkte sie nicht erschüttert oder berechnend, sondern einfach nur noch unendlich erschöpft. All die Masken, die sie heute gezeigt hatte, schienen abzufallen und darunter kam eine trauernde, hilflose Frau zum Vorschein. Kaum etwas in meinem Leben hatte mir je so viel Angst gemacht. »Ich dachte, es wäre ein grausamer Scherz von jemandem, der mich leiden sehen will. Du kannst dir vorstellen, dass es nicht wenige gibt, die daran große Freude hätten.«

Da hatte ich keinen Zweifel. »Aber dabei ist es nicht geblieben?«

»Nein. Da war dieser Anruf auf meiner Mailbox, dass man euch zusammen im Tough Rock gesehen hätte, er kam von einer Person, die ich nicht kannte, genauso wenig wie die Nummer. Danach habe ich mit dir geredet und du hast mir versichert, dass nichts zwischen euch wäre. Anschließend war es eine ganze Weile still, also dachte ich, die Sache wäre erledigt. Richtig ernst genommen habe ich es auch da noch nicht.«

Ich spürte, wie meine Angst mir die Brust eng machte, aber ich drängte sie zurück. Erst brauchte ich alle Fakten, um zu wissen, ob die Sorgen meiner Mutter berechtigt waren oder doch nur Paranoia, die jemand ausgenutzt hatte. »Wann kam danach wieder etwas?«

»Erst in der Nacht, als Helena und du … Sieh es dir selbst an.« Sie war an ihren Laptop gegangen und zeigte mir die Mail, an die man ein verschwommenes Foto angehängt hatte. Es war keine gute Qualität, aber ich erkannte die Person darauf trotzdem: Helena vor meiner Wohnung, sie trug ihr Disney-Kleid und lief gerade die Treppe zur Haustür hinauf. Der Text dazu war eine sehr eindeutige Drohung: *Wollen Sie wirklich eine Wiederholung?*

So furchterregend das klang, es bedeutete auch, wer immer diese Leute waren, sie hatten nichts davon mitbekommen, dass

Helena und ich uns im Glowfly begegnet und danach ins Bella Ciao gegangen waren. Und nichts von der Sache im Mirage. Ich klammerte mich daran, obwohl ich keine Ahnung hatte, wieso. Schließlich wusste ich, was das hier für uns bedeutete. Auch wenn ich den Gedanken nicht zulassen wollte.

»Deswegen warst du direkt am Morgen dort und hast Helena abgefangen?«, fragte ich.

»Was hatte ich denn für eine Wahl?« Trish schüttelte verzweifelt den Kopf. »Ich wusste, was in dieser Nacht mit ihrem Vater passiert war, und dass sie niemals Nein sagen würde, wenn ich ihr das Winchester Areal anbiete. Es erschien mir die sauberste Lösung für alle. Und es hat ja auch einige Monate funktioniert.«

Monate voller Schmerz und Kummer für zwei Menschen, die sich ineinander verliebt hatten und trotzdem nicht zusammen sein durften. Hatte sie eine Ahnung, was sie uns damit angetan hatte? Vermutlich nicht. Vielleicht hatte sie aus Angst diese Entscheidungen getroffen, vielleicht auch aus Liebe, aber das bedeutete nicht, dass sie wirklich wusste, was das war.

»Warum hast du mir nichts davon gesagt?«, fragte ich anklagend. »Weder damals noch jetzt? Wie kannst du glauben, es wäre die bessere Lösung, erst Helena und dann mich zu erpressen, statt mit uns beiden darüber zu reden?!«

»Weil es keinen Sinn gehabt hätte!«, rief sie. »Du hättest dieses Mädchen niemals wegen einer E-Mail aufgegeben und sie dich auch nicht. Wahrscheinlich hättest du sogar behauptet, dass ich mir das nur ausdenke, um euch zu trennen, weil ich Valerie gehasst habe.«

Da hatte sie einen Punkt, auch wenn ich glaubte, dass ich ihr immerhin zugehört hätte. Oder versucht hätte, den Absender dieser Mails ausfindig zu machen. Es mussten die gleichen Leute sein, die Adam und Valerie getötet hatten – mit den gleichen Interessen, die offenbar auch durch Helena und mich gefährdet waren. Und das bedeutete, diese Sache war ernst. Mehr als das.

»Ist das alles?« Ich sah sie an. Wenn sie jetzt, Monate nach dem Deal mit Helena, wieder so massiv versuchte, uns zu trennen, dann musste es einen Anlass dafür geben.

Trish atmete aus, trat an ihren Laptop und rief etwas auf. Es war eine weitere Mail, zehn Tage alt, und sie hatte keinen Text, es war lediglich ein Dokument angehängt. Ich öffnete es und meine Augen weiteten sich, als ich es erkannte. Es war ein Formular, wie man es ausfüllte, wenn jemand ins Krankenhaus eingeliefert wurde. Darauf standen mein Name und meine Daten, dazu das Datum von Heiligabend. Der Hinweis war alles andere als subtil. Ich merkte, dass meine Hände zitterten.

»Warum?«, fragte ich leise, als ich das Dokument schloss. »Wieso tun die das?«

»Ich kenne den Grund dafür nicht, ich habe keine Ahnung, wieso es keine Beziehung zwischen Westons und Coldwells geben darf.« Trish schüttelte den Kopf. »Vielleicht hat jemand gedacht, wir könnten uns geschäftlich zusammentun, wenn Adam und Valerie heiraten. Und die denken es nun wieder, jetzt da Helena und du ein Paar seid.«

Das konnte ich nicht glauben. Unsere Familien waren beide für sich sehr einflussreich, vor allem seit Helenas Eltern ihren Platz in der Stadt zurückerobert hatten. Aber trotzdem war die Ausrichtung ihrer Firmen so unterschiedlich, dass niemand, der bei Verstand war, glauben konnte, dass sich Trish und die Westons zusammentun würden. Was sollte das für ein Projekt sein? Ein Altbau-Wolkenkratzer?

»Gab es denn je einen Anlass dazu?«, hakte ich nach. »Ein Gerücht oder etwas anderes, das man hätte falsch verstehen können?«

Wieder schüttelte sie den Kopf. »Ich erinnere mich an nichts in dieser Richtung.«

»Ich schon«, ertönte es da vom Durchgang zum Flur und wir sahen uns beide erschrocken um. Eli stand dort, verschwitzt in Sportklamotten, offenbar hatte er im Fitnessraum im hinteren Teil der Wohnung trainiert und uns erst nicht gehört – die Kopfhörer, die um seinen Hals baumelten, ließen darauf schließen. Ich hatte nicht gewusst, dass er überhaupt zu Hause war, aber an dem Streit mit Trish hätte es wohl auch nichts geändert.

»Was?«, fragte ich ihn ungeduldig, weil ich verzweifelt nach einem Anhaltspunkt suchte, um alles noch in eine Richtung zu lenken, die ich kontrollieren konnte. »Woran denkst du?«

Eli holte tief Luft. »Ein paar Wochen vor seinem Tod war ich bei Adam und habe mitbekommen, dass er mit Valeries Dad telefoniert hat. Offenbar waren die Westons an etwas in Queens dran, irgendeinem Großprojekt mit Hunderten von Wohnungen. Sie haben dafür einen Partner gesucht, weil sie sich die Organisation des Neubaus nicht zugetraut haben – zumindest denke ich das jetzt, ich war noch zu jung, um es richtig zu kapieren. Adam wollte, dass Mom und die Westons sich wenigstens mal treffen, um darüber zu sprechen. Aber soweit ich weiß, hatte Valeries Vater kein Interesse.«

Trish sah ihn schockiert an. »Davon wusste ich nichts. Wieso hast du nie etwas darüber gesagt?«

»Ich dachte, Adam hätte es dir erzählt«, antwortete Eli. »Und außerdem hatte ich keine Ahnung, dass es wichtig sein könnte.« Er schaute zu mir. »Sind sie deswegen gestorben? Hätte ich das verhindern können?«

»Nein, Kleiner, bestimmt nicht.« Ich lächelte beruhigend, auch wenn mir das unendlich schwerfiel. Es lag nicht an Eli, sondern an allem anderen. »Weißt du denn zufällig, ob jemand dieses Gespräch mitbekommen hat? War jemand dabei oder stand die Tür offen?«

»Wir waren in der Wohnung, allein. Da war sonst keiner, auch nicht Valerie. Aber wenn man Adam irgendwie abgehört hat … über sein Handy oder so …« Ich sah das Unwohlsein auf Elis Gesicht, die Schuld, die ich so oft selbst verspürt hatte. Und ich hätte sie ihm gerne genommen, aber in diesem Moment war ich dazu nicht in der Lage.

»Also gab es dieses Gerücht vielleicht doch. Dass *Westwell* auch abseits von Valerie und Adam Realität werden könnte.« Es war keine Spur, aber endlich ein Motiv für das, was geschehen war. Möglicherweise konnten wir von Miller etwas darüber erfahren, wer Angst davor gehabt hätte, dass sich CW Buildings und die Weston Group zusammentun.

»Und was soll das helfen?«, fragte Trish.

»Dass wir endlich wissen, wo wir suchen müssen. Wir werden rausfinden, wer Interesse daran hatte, eure Feindschaft wieder mit voller Wucht aufleben zu lassen.« Ich nickte mit Nachdruck. »Wir werden die Verantwortlichen dafür aufspüren und sie bezahlen lassen. Und dann werden Helena und ich sicher sein. Wir sind da an jemandem dran, er heißt Miller und –«

»Etwa James Miller?« Meine Mutter hob den Blick. »Der Typ, der den Partygästen Geld dafür gegeben hat, damit sie Valerie in den Dreck ziehen? Vergiss es. Miller wurde von meinen Leuten schon vor Wochen befragt. Er hat keine Ahnung, von wem er beauftragt wurde. Offshore-Zahlungen, Mail-Anweisungen. So wie es immer läuft.«

Die Hoffnung wich aus mir wie aus einem Ballon, auf den man einen Streifen Tesafilm geklebt hatte, bevor man mit einer Nadel hineinstach … langsam, aber unaufhörlich. Miller, unsere heiße Spur, von der wir uns so viel versprochen hatten, war von einer Sekunde auf die andere nichts mehr wert.

»Du kannst diese Leute nicht finden, Jess. Niemand kann das.« Trish sah so hilflos aus, wie ich sie in meinem ganzen Leben noch nie gesehen hatte, nicht einmal nach Adams Tod. »Ich muss das wissen, denn ich habe es versucht. Monate habe ich damit zugebracht, sie zu finden, ich habe Unmengen an Geld investiert und rein gar nichts erreicht. Die Typen, die Adam und Valerie getötet haben, das sind Geister. Und diejenigen, von denen sie beauftragt wurden, sind so mächtig, dass sie niemals Verantwortung dafür übernehmen müssen.«

»Wer sind *die?*«, fuhr ich sie an. »Du musst doch einen Verdacht haben!« Denn wenn nicht, hatten wir gar nichts. Keine Spur, keinen Anhaltspunkt, keine Chance darauf, die Mörder zu finden – oder die Bedrohung für uns abzuwenden. Wenn wir diese Schweine nicht fanden, würden Helena und ich niemals in Sicherheit sein. Dann mussten wir … Nein. Ich durfte das nicht denken. Denn sobald ich es dachte, wurde es real und das konnte ich nicht ertragen.

»Ich weiß es nicht!«, rief Trish. »Ich habe eine ganze Liste an Namen, aber ich weiß nicht, wer von ihnen ein Interesse daran haben könnte, meine Söhne zu töten!«

»Diese Liste.« Ich sagte es mühsam beherrscht, schon allein, weil Eli noch im Raum war. »Bitte gib sie mir.« Ich musste bei Verstand bleiben, um eine Lösung zu finden. Diese Menschen, die meinen Bruder und Helenas Schwester auf dem Gewissen hatten, existierten. Sie existierten und sie bedrohten uns und ich würde nicht zulassen, dass sie damit durchkamen.

»Nein.« Meine Mutter schüttelte den Kopf. »Wenn ich sie dir gebe, wirst du sie verwenden, um die Schuldigen zu finden, und das wäre genauso gefährlich für dich wie diese Beziehung, die du gerade führst. War dir das an Weihnachten denn nicht Lehre genug?«

»Man hat Markham gefasst«, erinnerte ich sie, obwohl ich

genau wusste, dass die Sicherheit, in der ich mich seitdem gewähnt hatte, nur eine Illusion gewesen war.

»Markham war doch nur ein Sündenbock, als die Ermittlerin ihnen zu nahe gekommen ist. Mach die Augen auf, Jess.«

Ich ließ nicht zu, was diese Worte bedeuten konnten. Ich ließ es nicht in meinen Kopf, weil das einfach zu viel war. »Aber wir müssen etwas tun, verfluchte Scheiße!« Wie konnte sie, *gerade sie*, mir vorschlagen, die Hände in den Schoß zu legen und die Mörder ihres Sohnes davonkommen zu lassen?

Sie nickte, eine harte, unnachgiebige Geste. »Du weißt, was du tun musst. Und ich habe dir auch gesagt, was passiert, wenn du dazu nicht bereit bist.«

Ich starrte sie an, fassungslos. »Das ist nicht dein Ernst«, kam es fast tonlos aus meinem Mund. Nach allem, was wir gerade besprochen hatten, kam sie jetzt trotzdem wieder mit ihrer Erpressung um die Ecke?

»Doch, ist es.« Sie sah mich mit festem Blick an. »Es ist mir egal, ob du mich hasst, Jessiah. Es ist mir auch egal, ob du nie wieder ein Wort mit mir redest, solange ich weiß, dass du in Sicherheit bist. Und diese Sicherheit gibt es nur, wenn du Helena Weston nie wiedersiehst. Wenn du also nicht aus freien Stücken dazu bereit bist, euch beide zu beschützen, dann werde ich dich dazu zwingen müssen. Und das bedeutet, ich werde gleich morgen dafür sorgen, dass Thea Wallis ihre Tochter verliert, wenn du diese Beziehung nicht beendest.«

Das Schlimmste an ihren Worten war nicht die Verzweiflung, die sie in mir auslösten, oder dass Trish mir keine Wahl ließ, eine eigene Entscheidung zu treffen. Das Schlimmste war, dass sie recht hatte. Nach dem Angriff an Heiligabend hatte ich mich von Helena ferngehalten, weil ich Angst davor gehabt hatte, die Typen könnten es noch einmal versuchen. Ich hatte schon früher geschworen, absolut alles zu tun, um sie zu beschützen. Und deswegen hatte Trish recht: Helena würde nicht in Sicherheit sein, solange sie mit mir zusammen war. Wir konnten versuchen, diese Leute zu finden, aber es würde dauern und wir würden immer eine Zielscheibe auf dem Rücken haben – und vielleicht so enden wie Valerie und Adam. Das konnte ich nicht riskieren. Ich durfte nicht riskieren, dass Helena etwas passierte.

Diese Erkenntnis zog mir den weiß glänzenden Marmorboden unter den Füßen weg. Ich hatte das Gefühl, keine Luft mehr zu bekommen. Trish sagte etwas und Eli kam auf mich zu, streckte die Hand aus, aber ich wehrte sie ab, drehte mich um, lief zum Aufzug. Mein Bruder rief noch etwas, ich hörte es nicht, verstand die Bedeutung nicht. Ich wartete nur darauf, dass sich die Türen schlossen und ich nach unten fuhr, während ich keine Ahnung hatte, wie ich das verkraften sollte. Wie *wir* nach allem, was wir in den letzten Monaten und Jahren durchgemacht hatten, nun auch noch das verkraften sollten.

Als ich auf die Straße trat, regnete es. Kühle Tropfen trafen auf meine Haut, einer nach dem anderen, ich blieb stehen, regte mich nicht. Ich fühlte mich leer. Taub. Stumm. Ich fühlte nichts und gleichzeitig alles, den Schmerz, die Angst, die Wut. Aber vor allem die Hilflosigkeit.

Ich konnte nicht nach Hause. Ich konnte nicht die Tür zum Loft öffnen, Helena dort sehen und ihr sagen, dass es vorbei war. Dass wir uns trennen mussten, schon wieder. Nicht, weil meine Mutter mich erpresste, sondern weil ich nun die wahren Gründe kannte, warum mein Bruder und Helenas Schwester tot waren. Wenn das stimmte, dann stimmte auch alles andere – dass wir uns in Gefahr befanden, solange wir zusammen waren. Vielleicht konnte man verhindern, dass unsere Familien jemals an einem gemeinsamen Projekt arbeiteten. Aber man konnte nicht verhindern, dass jemand Sorge davor hatte, wenn

Helena und ich eine Beziehung führten. Valerie und Adam waren wegen eines einzigen vertraulichen Gesprächs gestorben und sie waren gerade einmal sechs Monate ein Paar gewesen. Wie viele Gelegenheiten würde es geben, wenn wir ein oder zwei oder fünf Jahre zusammen waren? Welche Chance hatten wir auf ein unbeschwertes, gemeinsames Leben, solange es Leute gab, die solche Angst vor einer Verbindung unserer Familien hatten, dass sie dafür zu töten bereit waren?

Ich kannte die Antwort.

Keine.

Ich konnte nicht nach Hause, also lief ich durch den strömenden Regen, keine Ahnung, wohin. Ich wurde nass, mir wurde kalt, aber ich spürte es kaum. Da war nur Schmerz und Verzweiflung und ich hatte keine Ahnung, was ich tun sollte. Was ich ihr sagen sollte. Wie ich damit klarkommen sollte. Ich liebte sie mehr als mein Leben und obwohl ich es vor wenigen Monaten beinahe verloren hatte, hätte ich es erneut riskiert, wenn es dabei nur um mich gegangen wäre. Aber es ging hier auch um sie. Um ihr Leben, um ihre Zukunft.

Ich suchte verbissen nach einer Lösung, fand jedoch keine. Ja, wir konnten weiterhin nach den Verantwortlichen fahnden und ich würde diese Suche auch nicht aufgeben. Aber wenn die Beziehung von Adam und Valerie dazu geführt hatte, dass die beiden tot waren … dann konnten wir nicht weiter gemeinsam ermitteln und darauf hoffen, dass wir sie fassten, bevor sie uns erwischten. Schon deswegen, weil sie mich an Weihnachten bereits fast erwischt hatten. Was, wenn Helena die Nächste auf der Liste war? Was, wenn sie mitbekamen, dass wir immer noch zusammen waren? Wir waren vorsichtig gewesen, aber vielleicht nicht vorsichtig genug.

Ich lief weiter, immer weiter, das nasse Hemd scheuerte auf meiner Haut, die Stadt zog an mir vorbei, ohne dass ich sie wahrnahm. Der Regen wurde stärker, dann schwächer, dann wieder stärker und ein Teil von mir wünschte sich, er würde mich einfach wegschwemmen, irgendwo hinspülen, mich auflösen, damit ich im Nichts versickern konnte. Aber natürlich passierte das nicht. Natürlich blieb ich ganz, wenn auch nicht heil. Wie konnte jemand in dieser Situation noch heil bleiben?

Ich konnte nicht nach Hause, aber irgendwann war mir klar, dass ich nach Hause gehen *musste*. Denn es war bereits spät und nach allem, was wir durchgemacht hatten, durfte ich Helena nicht antun, dass sie sich Sorgen machte – auch wenn es besser gewesen wäre als das, was ich ihr sagen musste. Also riss ich mich für den Moment aus meinen tiefschwarzen Gedanken und stellte fest, dass ich gar nicht weit vom Village entfernt war. Fünf Blocks, zehn Minuten und ich stand vor meinem Haus. Im Loft brannte Licht, sie war also noch wach. Alles in mir zog sich schmerzhaft zusammen, als ich daran dachte, was als Nächstes passieren würde. Dass ich ihr wieder einmal wehtun musste.

Wie ferngesteuert ging ich zur Tür, öffnete sie, stieg die Treppe nach oben, suchte nach meinem Schlüssel, aber da öffnete sich die Wohnungstür bereits und Helena stand da, mit einem Ausdruck tiefster Sorge auf dem Gesicht. Sorge aus Liebe, einer Liebe, von der ich nie geglaubt hatte, dass ich sie verdiente, vielleicht tat ich das auch nicht. Und trotzdem war sie da, Helena war da und sie liebte mich genauso, wie ich war. Nur dass es nichts nützte. Denn wenn ich ihr sagte, was ich heute erfahren hatte, dann würde sich diese Liebe wieder in reinen, alles verschlingenden Schmerz verwandeln.

»Jess, was ist passiert?«, fragte sie, als sie bemerkte, dass ich vollkommen durchnässt war. Hastig zog sie mich in die Wohnung, legte die Hände an meine Wangen. Sie waren warm auf meiner eiskalten Haut. »Was ist los, bitte rede mit mir!«

Ich wollte es, ich wollte ihr sagen, was passiert war. Aber ich schaffte es nicht. Da waren Wörter auf meiner Zunge, aber sie wurden erstickt von dem Kummer in meiner Kehle. Also konnte ich nichts sagen. Stattdessen schloss ich sie in meine nassen Arme, hielt sie, so fest ich konnte.

Dann begann ich zu weinen.

34
Helena

Am Abend im Loft zu warten, während ich wusste, dass Jess und Thaz gerade Miller auf den Fersen waren, erschien mir unerträglich. Erst räumte ich die Küche auf, ein sinnloses Unterfangen, weil sie eh penibel geordnet und sauber war. Dann widmete ich mich den Ermittlungen, aber ich war immer mit einem Ohr an der Tür. Es wurde zehn, dann elf. Ich versuchte, Jess zu erreichen, niemand ging ran. Das Gleiche bei Thaz. Wie lange konnte es dauern, bis er endlich nach Hause kam? War den beiden irgendetwas zugestoßen? Die Erinnerung an die schrecklichen Ereignisse an Weihnachten meldete sich mit aller Macht und mir wurde fürchterlich kalt. *Ich* hätte zu diesem Pokerturnier gehen sollen, ich hätte das übernehmen müssen Adam und Valerie waren unser beider Geschwister, aber es war meine Mission, meine Idee gewesen, diesen Fall aufzuklären. Wenn Jess dabei etwas passierte, würde ich das nicht ertragen können.

Als Mitternacht vorbei war, begann ich, in der Wohnung auf und ab zu laufen, überlegte kurz sogar, Eli anzurufen, aber ich wollte ihn nicht beunruhigen und es war unwahrscheinlich, dass er mehr wusste als ich. Also noch ein Anrufversuch, wieder nichts. Wo war die Pokerrunde gewesen? Ich hatte die

Adresse gehört, irgendwas an der Upper West Side in der Nähe des Nationalmuseums. Ob ich mir ein Taxi rufen und dorthin fahren sollte? Draußen regnete es in Strömen, wahrscheinlich war das eine dämliche Idee. Nein, ganz sicher sogar. Aber was sollte ich dann tun?

Ich drehte mich ruckartig um, als ich endlich Schritte draußen im Flur hörte, und war bereits an der Tür, bevor Jess sie aufschloss.

»Jess, was ist passiert?«, fragte ich, weil ich sah, dass er komplett nass war. Die dumpfe Sorge, die mich den ganzen Abend begleitet hatte, wandelte sich zu einer brennenden, scharfen Angst. »Was ist los, bitte rede mit mir!«

Er öffnete den Mund und ich sah, dass er etwas sagen wollte, aber dann schluckte er schwer, atmete tief ein und umarmte mich schließlich, so heftig, dass ich keine Luft mehr bekam. Die kalte Nässe seines Mantels drang durch mein Sweatshirt, aber ich brachte trotzdem keinen Abstand zwischen uns, sondern hielt ihn fest. Er zitterte und weinte, weinte stumm, ich spürte es nur, spürte jedes einzelne Schluchzen, das von seinem Körper in meinen überging. Und auch wenn ich mir solche Sorgen machte, dass ich glaubte, den Verstand zu verlieren, ließ ich ihn gewähren.

Als er sich endlich von mir löste, fragte ich nicht noch einmal. Stattdessen verlegte ich mich auf das, was jetzt wichtig war – und was ich beeinflussen konnte.

»Du frierst, du musst aus den nassen Sachen raus«, sagte ich und zog ihm den Mantel von den Schultern. Ich ließ ihn achtlos auf den Boden fallen, genau wie das Sakko und sein Hemd, das ich mit klammen Fingern aufknöpfte. Dann lief ich ins Badezimmer und holte eines der großen Handtücher aus dem Schrank. Jess stand immer noch an der gleichen Stelle, ich hatte seine Augen noch nie so leer gesehen. Und meine Angst wuchs, dass etwas wirklich *wirklich* Schreckliches geschehen war.

»Ist was mit Eli?«, fragte ich, weil das die naheliegendste Möglichkeit war. Jess wirkte, als wäre jemand gestorben. »Oder mit Thaz?«

Er schüttelte den Kopf. Immerhin.

»Sie hatte recht«, sagte er dann leise, die Stimme rau von Tränen und Kummer.

»Wer hatte recht? Und womit?« Ich zog das Handtuch fest um seine Schultern und rieb mit meinen Händen darüber. Es wäre das Beste gewesen, wenn er eine heiße Dusche genommen hätte, aber erst musste ich wissen, was los war.

»Trish. Und das bedeutet … Es bedeutet …« Seine Stimme brach und er presste eine Hand auf den Mund.

Es zerriss mir das Herz, ihn so zu sehen, und ich verstand nicht, was er mir sagen wollte. Sanft dirigierte ich ihn zur Couch, damit er sich setzte, legte meine Hand fest um seine, bevor ich nachfragte. »Dann habt ihr von Miller etwas erfahren?«

»Nein. Miller ist eine Sackgasse. Ich … war bei Trish, nach der Pokerrunde. Sie wollte mich sehen, weil sie das mit Lilly rausgefunden hat.«

Meine Augen wurden so groß, dass es fast ein wenig schmerzte. Ein heftiger Schreck fuhr mir durch den Körper. »Sie weiß es? Und was will sie jetzt tun?«

»Gar nichts.« Jess schnaubte und es klang so traurig, dass sich mein Magen zusammenzog. »Aber nur, wenn wir uns trennen.«

Der Schreck wurde binnen Sekunden durch brennende Wut ersetzt. Ich starrte ihn an. »Was? Sie versucht es schon wieder? Wie kann sie es wagen, uns das noch mal anzutun?! Ich hoffe, du hast ihr gesagt, dass sie sich diese Erpressung dahin schieben kann, wo nie die Sonne scheint!«

»Das konnte ich nicht.« Er schüttelte den Kopf und wich meinem Blick aus.

»Warum nicht?«

»Weil sie das alles nur macht, um mich zu beschützen.« Er schaute mich an, berührte meine Wange, ganz sanft.

Ich entzog mich ihm, gemeinsam mit meiner Wut. Keine Ahnung, was in den letzten Stunden passiert war, aber das hier war nicht der Jess, den ich kannte.

»Was zum Teufel ist los mit dir?«, rief ich. »Du verabscheust deine Mutter, gerade weil sie solche Sachen macht! Sie hat es geschafft, dass wir monatelang voneinander getrennt und unglücklich waren, und nun wirst du plötzlich milde mit ihr und glaubst, sie tut das nur für dich?«

Er nickte, versuchte jedoch nicht noch einmal, mich zu berühren. Stattdessen fixierte er einen Punkt hinter mir und schwieg, schien nach Worten zu suchen.

Ich verspürte den Drang, ihn zu schütteln, damit er wieder er selbst wurde, aber ich ahnte, dass es nichts bringen würde. Also versuchte ich, meine Wut beiseitezuschieben.

»Bitte erklär es mir, damit ich es verstehe«, sagte ich mit bebender Stimme. »Erklär es mir von Anfang an, okay?«

Und das tat er. Den Pokerabend handelte er schnell ab, erwähnte zwar, dass er meinen Vater dort getroffen hatte, aber dafür interessierte ich mich im Moment nicht. Dann sagte er, dass Thea besorgt angerufen hätte, weil in der Schule jemand Fotos von Lilly gemacht hatte – und dass seine Mutter ihn quasi im nächsten Moment zum Gespräch zitiert hätte.

»Ich wusste, was das bedeutet.« Jess schauderte, aber ich hatte keine Ahnung, ob es an der Begegnung mit Trish lag oder daran, dass er immer noch die nassen Klamotten trug. »Mir war klar, dass sie von Lilly erfahren hat, aber ich dachte, vielleicht verwendet sie es nicht gegen mich. Gegen uns.«

»Aber das tut sie«, stellte ich tonlos fest.

»Ja, weil sie Angst hat. Und die hat sie zu Recht.« Er sah mich wieder an und ich hätte am liebsten weggeschaut, weil da so unendlich viel Kummer war. Als würde er mich bereits vermissen, obwohl ich noch da war. Ich griff nach seinen Händen, um ihn nicht zu verlieren.

Egal, was Trish vorhatte, wir würden eine Lösung finden. Wir mussten eine finden.

»Warum denkst du das denn?« Ich verstand es immer noch nicht. Wir hatten uns so lange gegen die Intrigen seiner Mutter gewehrt und nun wirkte er, als wäre er plötzlich mit dem einverstanden, was sie tat. Nichts hatte mir je mehr Angst gemacht als Jess, der aufgab.

»Weil sie Mails bekommen hat, in denen man uns bedroht. Dich und mich.« Er fuhr sich über das Gesicht. »Die erste, nachdem wir uns damals im Rainbow Room begegnet sind. Ein Foto von uns mit dem Todesdatum von Valerie und Adam.«

Ich schnappte nach Luft, aber es war, als würde ich keine bekommen. »Was?«, fragte ich leise.

Jess nickte und presste die Lippen aufeinander, um die Fassung zu bewahren. »Es war nur die erste von mehreren Nachrichten, die beweisen, dass es schon bei unseren Geschwistern darum ging, dass unsere Familien sich nicht zusammentun sollten. Als wir im Tough Rock waren, hat sie einen anonymen Anruf bekommen, und als du an Valeries und Adams Todestag hier warst, kam die nächste Mail mit einem Foto von dir, wie du das Haus betrittst. *Wollen Sie wirklich eine Wiederholung?*, stand darunter. Und dann … vor einigen Tagen die letzte. Mein Einlieferungsbericht aus dem Krankenhaus. Von Weihnachten.«

»Nein.« Ich schlug mir die Hand vor den Mund, fassungslos,

obwohl dieses Wort nicht einmal im Ansatz ausreichte, um zu beschreiben, was ich fühlte. Es war, als würde meine Welt über mir zusammenstürzen, als würde alles, was ich bisher für die Wahrheit gehalten hatte, sich auflösen und auf mich herabfallen. Ich stand auf und lief ein Stück, weil ich das Gefühl hatte, sonst davon erschlagen zu werden. Krallte meine Hände in die Ärmel meines Pullovers, als könnte ich so ganz bleiben, obwohl ich genau wusste, dass es unmöglich war. Es war zu viel. Es war einfach zu viel.

Aber noch war ich nicht bereit, aufzugeben. Ich drehte mich zu Jess um. »Es muss eine Lösung geben.«

»Es gibt keine.« Er schüttelte den Kopf. »Meine Mutter hat ermittelt, hat alles dafür getan, um die Typen ausfindig zu machen, die verantwortlich sind. Sie sagt, die sind zu mächtig, um ihnen das nachzuweisen. Und selbst wenn wir es schaffen … das Risiko ist zu groß.«

Ich holte tief Luft, Hilflosigkeit und Wut bahnten sich ihren Weg nach draußen. »Die haben unsere Geschwister getötet, Jess! Die haben es auch bei dir versucht! Wir dürfen sie nicht davonkommen lassen!«

»Das will ich auch nicht!«, rief er verzweifelt. »Aber welchen Preis zahlen wir dafür? Dein Leben? Meins? Vielleicht unser beider? Sollen wir das unseren Familien noch mal antun? Glaubst du, dass Lincoln einen solchen Verlust noch einmal verkraften würde, oder Eli? Das hätten Adam und Valerie nicht gewollt!«

Ich öffnete den Mund, um etwas zu sagen, irgendein gutes Argument vorzubringen, warum es das wert war. Aber die Erinnerung an meine Angst von Heiligabend überflutete meinen Kopf, mein Herz, meinen Körper. Genau wie die an den Morgen nach Valeries Tod und die Jahre seitdem, in denen ich nie ganz geheilt war. Was würde es mit uns machen, wenn noch jemand sein Leben verlor? Wie sehr würde es uns, würde es alle anderen zerstören, wenn das passierte?

Ich hatte nicht bemerkt, wie ich zu zittern anfing, registrierte kaum, dass ich zu weinen begann, weil etwas in mir wusste, was das bedeutete: unser Ende. Nach allem, was wir überwunden hatten, nach den vielen Endpunkten, die wir überschritten hatten, weil unsere Liebe zueinander stärker war, waren wir nun dort angekommen, wo es kein Weiterkommen gab. Und der Schmerz brach aus mir heraus, ohne dass ich es verhindern konnte.

Dass Jess aufgestanden war, merkte ich nicht, aber ich spürte seine Arme, als er mich hineinzog. Die Arme, die für mich so oft ein Zuhause gewesen waren. Die immer noch mein liebster Ort auf der Welt waren. Ich wusste, dass es für Valerie bei Adam genauso gewesen war. Sie hatte mal gesagt, dass sie bei ihm angekommen war – vor allem bei sich selbst. Dass es in ihr ruhig geworden war, seit sie ihn kannte, weil er der erste Mann sei, der nichts von ihr erwarte. Genauso ging es mir mit Jess. Teilten meine Schwester und ich also nicht nur dieses Gefühl, sondern auch unser Schicksal? Würde ich mein Leben verlieren, wenn ich mich nicht von Jess trennte? Ich wusste es nicht. Aber ich wusste, dass ich auf eine Art in jedem Fall sterben würde.

»Ich kann dich nicht verlieren«, flüsterte ich an seinem Hals. »Ich überlebe das nicht noch mal.« In der gleichen Stadt zu wohnen und einander nicht sehen zu dürfen, war schon im letzten Sommer grauenhaft gewesen, und da hatten wir noch nicht die Verbindung gehabt, die jetzt da war. Ich hätte nie gedacht, dass ich jemanden so lieben könnte wie Jess. Mit allem, was ich war und je sein würde. Ich hätte alles für ihn gegeben. Auch mein Leben.

»Doch, das wirst du«, antwortete er und löste sich ein Stück von mir, streichelte meine Wange. »Du bist der stärkste Mensch, den ich kenne, Tausendschön. Wenn das jemand schafft, dann du.«

»Aber ich will es nicht«, weinte ich. »Ich will nicht ohne dich leben.«

»Das will ich auch nicht.« Er sah mich an, unendlich traurig. »Ich will nichts weniger als das und trotzdem kann ich dein Leben nicht riskieren.«

Ich küsste ihn, meine Tränen liefen mir über die Wangen, in diesen Kuss hinein. Es wäre vernünftig gewesen, zu gehen. Sofort zu gehen, damit es nicht noch schwerer wurde. Oder gefährlicher. Aber ich hatte nicht die Kraft dazu, wieder von einer Sekunde auf die andere aus seinem Leben zu verschwinden. Also vertiefte ich den Kuss, zog Jess enger an mich, machte aus uns beiden genau die Einheit, die wir nicht mehr sein durften. Seine Hände krallten sich in meinen Pullover, er küsste mich fieberhaft und verzweifelt, aber dann unterbrach er uns.

»Helena, nicht«, sagte er atemlos und ich hörte seine Angst. Davor, dass es noch schmerzhafter werden würde. Davor, dass wir den Leuten, die unsere Geschwister getötet hatten, mit jeder gemeinsamen Sekunde mehr Grund gaben, uns das Gleiche anzutun. Aber auch wenn sie es schafften, uns zu trennen, sie würden es nicht schaffen, uns einen Abschied zu verwehren, den wir verdienten.

»Nur diese Nacht«, bat ich ihn. »Gib uns noch diese eine Nacht, Jess.«

Ich sah die Zweifel in seinen Augen, seine Sorge, bevor sich beides in Sehnsucht verwandelte und er sich einen Ruck gab. Im nächsten Moment ging er zur Tür und schaltete das Licht aus, kam zu mir zurück und küsste mich, so heftig, dass meine Knie unter mir nachgaben. Die Dunkelheit verstärkte jede

Berührung, jedes Atmen, jede Regung zwischen uns. Aber sie hüllte uns auch ein, beschützte uns vor allem da draußen.

Und als die Welt um uns herum verschwand, war ich mir sicher, dass diese Art von Sterben vielleicht gar nicht so schrecklich war.

35
Helena

New York war nachts zwar nicht still, jedoch stiller, als viele dachten. Und hier auf der Dachterrasse schien man ohnehin in einer anderen Stadt zu sein. Aber heute schaffte ich es nicht, alles um mich herum auszublenden, indem ich die Augen schloss.

Wir mussten etwa fünf Uhr morgens haben, ich war vor einer halben Stunde hochgeschreckt und hatte es im Bett nicht länger ausgehalten. Obwohl ich wusste, dass diese Nacht alles war, was uns noch blieb, hatte ich nicht mehr in Jess' Armen liegen können. Ich war einfach zu unruhig gewesen, zu traurig, hatte zu sehr die Minuten bis zum Abschied gezählt. Also war ich aufgestanden, ohne ihn zu wecken, war hierhergekommen und hatte mich mit einer Decke auf das große Lounge-Sofa gesetzt. Eigentlich hatte ich nur für ein paar Minuten bleiben wollen, bis ich glaubte, noch mal schlafen zu können. Aber kaum war ich hier gewesen, waren meine Gedanken angesprungen wie ein Motor und hörten nicht auf zu rotieren.

Dass wir uns trennten, schien unausweichlich, und dennoch war da eine winzige Stimme in meinem Kopf, die sagte, dass es nicht richtig war. Dass es nicht der letzte Ausweg sein konnte, der Forderung dieser grausamen Leute nachzugeben, die Jess'

Bruder und meine Schwester kaltblütig ermordet hatten. Ich hatte mir geschworen, dass wir uns nie wieder trennen würden, und ich wollte mich daran halten. Aber das bedeutete, ich brauchte einen Plan. Einen Plan, der uns nicht nur die Mörder von Valerie und Adam liefern würde, sondern auch dafür sorgen konnte, dass Jess und ich in Sicherheit waren.

Seit dem Tod meiner Schwester hatte ich gelernt, strategisch zu denken. Vielleicht hatte ich ein Talent dafür, vielleicht auch nicht, aber als ich damit begonnen hatte, die Fakten des Falls zusammenzutragen, um nach meiner Rückkehr Valeries Ruf zu retten, hatte ich gemerkt, dass es nötig war, meine Gefühle beiseitezudrängen. Nur für ein paar Minuten, vielleicht eine halbe Stunde, um klar zu sehen. Und das tat ich auch jetzt. Ich nahm die Verzweiflung und die Sehnsucht genau wie meine Liebe zu Jess und packte sie in mein Herz, verschloss sie dort und kehrte in meinen Kopf zurück. Es würde nicht lange halten, das war mir bewusst, aber vielleicht reichte es, um etwas zu finden. Mir war klar, dass es keinen einfachen Weg gab, keinen risikofreien. Eventuell gab es jedoch einen, der schwierig war, riskant und dennoch … möglich.

Ich wählte die Notiz-App meines Handys an, das ich nach dem Aufstehen in meine Tasche gesteckt hatte, und begann mit dem Brainstorming, vollkommen wirr und ohne mich erst einmal zu beschränken. Ich schrieb und schrieb, bestimmt eine Stunde, strich Möglichkeiten durch und fügte neue hinzu, wurde wagemutiger und dachte größer. Und mit einem Mal löste sich etwas in mir, wie eine Bremse, die ich gedanklich angezogen hatte, als ich bereit war, tatsächlich etwas zu riskieren. Als ich bereit war, *all in* zu gehen.

Das war der Moment, in dem sich ein Weg auftat.

Es war keine breite Straße, mehr die Art Pfad, wie man ihn durch den Dschungel freischlagen musste und der danach sofort wieder zuwucherte. Ein Weg mit Fallen, Schlaglöchern, manchmal fehlte ein Stück und man musste über den Graben springen. Aber es war ein Weg. Das war alles, was zählte. Nur leider konnte ich ihn nicht allein beschreiten. Ich brauchte dazu die Hilfe einer Frau, die mich vermutlich mehr hasste als irgendjemand sonst auf der Welt. Und die wohl die letzte Person war, die mir helfen würde. Ich brauchte die Hilfe von Trish Coldwell.

Es war fast halb sieben, als ich nach unten ging. Jess schlief, wenn auch unruhig, aber ich brachte es nicht übers Herz, ihn zu wecken. Ich wusste, ich würde nur wieder zu weinen anfangen, sobald ich ihm in die grünen Augen sah, und es würde alles für uns beide noch schwieriger machen. Und ich wollte mit ihm auch nicht über diese winzige Möglichkeit einer Lösung sprechen, bevor ich nicht bei Trish gewesen war.

Also hinderte ich mich mit aller Gewalt daran, ihm wenigstens zum Abschied einen Kuss auf die Stirn zu drücken, und nahm lautlos die Stufen ins Erdgeschoss, zog meinen Mantel und meine Schuhe über. Pulsierende, ängstliche Aufregung durchströmte mich, während ich die Wohnung verließ und auf die Straße trat, ein Taxi anhielt und dem Fahrer sagte, wo ich hinwollte.

Um diese Uhrzeit begann bereits die Rushhour in New York und die Fahrt dauerte länger als erwartet. Ich umklammerte mein Handy, komplett ausgefüllt von dieser angespannten Unruhe, während ich aus dem Fenster sah, bis mir einfiel, dass ich besser nicht einfach in Coldwell House hineinspazierte. Wenn ich am Empfang darum bat, ins Penthouse gelassen zu werden, würde Trish das sicherlich ablehnen. Also suchte ich Elis Nummer heraus, hoffte darauf, dass er schon wach und bei seiner Mutter war, und schrieb ihm eine Nachricht.

Ich muss mit Trish reden, es ist wirklich wichtig. Kannst du mich ins Haus bringen, ohne dass sie es verhindert? Normalerweise wäre ich wohl höflicher gewesen, aber dafür fehlten mir gerade die Nerven. Eli nahm es mir zum Glück nicht übel. Sein Account sprang auf »online« und er tippte was.

Klar. Bist du schon da? Ich komm zum Lieferanteneingang.

In fünf Minuten, antwortete ich und behielt zum Glück recht. Um kurz vor sieben stieg ich auf der Rückseite des Gebäudes aus dem Taxi und machte mich auf den Weg zum seitlichen Eingang. Als ich näher kam, öffnete sich die Tür und Eli stand dahinter, bereits in seiner Schuluniform, aber mit ziemlich verschlafenem Gesichtsausdruck.

»Es geht um gestern, richtig?«, fragte er, als ich ihm durch einen schmucklosen Gang zu einem ebensolchen Aufzug folgte. Offenbar war das hier der Bereich für die Dienstleister, die in Coldwell House arbeiteten. »Ich weiß Bescheid.«

Ich nickte. »Ja, darum geht es. Ich erklär es dir später, okay?« Wenn Trish dem Plan zustimmte – und die Chancen standen extrem schlecht –, würde ich Eli auf jeden Fall einweihen wollen. Genau wie einige andere.

»Okay.« Er akzeptierte das, zog eine schwarze Schlüsselkarte aus der Hosentasche und hielt sie an ein Feld im Fahrstuhl, dessen Türen sich daraufhin schlossen, bevor er sich in Bewegung setzte. Eli sah mich an. »Hast du einen Plan?«

Ein hysterischer Laut kitzelte meine Kehle, als er das sagte, ich tarnte ihn mit einem schlecht inszenierten Husten. »So was in der Art.« Vager ging es kaum, das war mir bewusst. Aber wenn ich meine Liebe zu Jess retten wollte, dann hatte ich nur diesen Versuch.

»Ich hoffe, du schaffst es«, sagte Eli ernst und in dem Augenblick hielt der Aufzug an und die Türen glitten auf. »Mom?«

»Ich bin hier«, erklang es aus der Küche. »Warum fährst du

so früh am Morgen denn nach unten, noch ist der Hund doch gar nicht … Helena.« Trish brach ab, als ich neben ihrem jüngeren Sohn um die Ecke kam, starrte mich an. Sie war schon perfekt für den Tag gestylt, in einem cremeweißen Etuikleid, darüber ein gleichfarbiger Blazer. Nun richtete sie sich auf und verschränkte die Arme, hinter ihr die riesige Fensterfront. Es war eine wirkungsvolle Pose, diese Frau mit der Stadt zu ihren Füßen, der sie ihren Stempel aufgedrückt hatte. Aber ich ließ mich davon nicht beirren. Hier ging es um alles. Ich würde mich nicht einschüchtern lassen.

»Wir müssen miteinander sprechen«, sagte ich. Trish sah zu ihrem Sohn.

»Elijah, du musst zur Schule«, wies sie ihn an, uns allein zu lassen.

Er warf mir einen besorgten Blick zu, nahm seinen Rucksack und ging zum Aufzug. Trish wartete, bis sich die Türen geschlossen hatten, dann erst schaute sie wieder mich an.

»Ich kann mir denken, warum du hier bist.«

»Das glaube ich kaum«, antwortete ich.

»Nein?« Eine ihrer professionell gezupften Augenbrauen wanderte nach oben. »Dann bist du nicht gekommen, weil du wegen Jessiah verhandeln willst?«

Beinahe wäre mir ein Schnauben entfahren. »Ich verhandele nicht über den Mann, den ich liebe. Oder unsere gemeinsame Zukunft.«

»Nun, es wäre auch vergeblich.« Sie wirkte stark und beherrscht, aber ich konnte in ihrem Blick erkennen, dass sie Angst hatte. »Hat er dir die Gründe dafür genannt, warum ich alles dafür tun werde, damit ihr beide nicht zusammen seid?«

Ich nickte. »Natürlich. Jess war immer ehrlich zu mir, seit wir uns zum ersten Mal begegnet sind. Er würde mir so etwas nicht verschweigen.«

»Und trotzdem bist du hier. Hängst du so wenig an deinem Leben – oder seinem –, dass du tatsächlich in Betracht ziehst, dich dennoch weiterhin mit ihm zu treffen?«

Jetzt schüttelte ich den Kopf. »Ich liebe Jess und würde alles dafür tun, damit er in Sicherheit ist. Aber ich würde *noch mehr* dafür tun, damit wir beide in Sicherheit sind – und zusammen. Deswegen bin ich hier.«

Sie stand reglos da, sagte kein Wort. Ich atmete tief ein und suchte nach den Sätzen, die ich mir im Taxi zurechtgelegt hatte.

»Ich verstehe, dass Sie Angst haben, Mrs Coldwell. Die habe ich auch.« Ich sah ihr in die Augen. »Aber Sie müssen verstehen ... das, was Sie da verlangen, beendet diese Sache nicht. Nur wenn wir die Leute fassen, die Adam und Valerie getötet haben, sind wir und alle, die nach uns kommen, in Sicherheit. Wer einmal gemordet hat, um seine Interessen zu schützen, könnte es jederzeit wieder tun – unabhängig von Jess und mir. Was, wenn Sie mit einem anderen Unternehmen fusionieren wollen und denen passt das nicht? Was, wenn der Chef dieser anderen Firma eine Tochter hat und Eli sich in sie verliebt? Wird man dann ihn bedrohen? Oder Lilly, weil sie Ihre Enkelin ist?«

In Trishs Gesicht veränderte sich etwas bei der Erwähnung des Mädchens, aber nicht auf finstere Art, weil sie jahrelang nichts von ihrer Existenz gewusst hatte. Nein, es war riesige Sorge, die sich in ihren Augen spiegelte. Diese Frau war vielleicht die Eiskönigin, aber auch sie hatte ein Herz. Ein Herz, das sich um diejenigen sorgte, die sie liebte und die zu ihrer Familie gehörten. Und deswegen konnte ich ihr gegenüber nicht allein Hass empfinden. Da war auch Mitgefühl. Sie hatte meine Schwester verleumdet, ihren Ruf in den Schmutz gezogen und dafür gesorgt, dass jeder glaubte, Valerie wäre schuld an

Adams Tod. Und ich würde ihr das nie verzeihen können, das wusste ich. Aber ich verstand dennoch, warum sie es gemacht hatte. Weil sie keine Ahnung hatte, wie sie ihren Schmerz anders hätte verarbeiten sollen, vermutlich hatte sie nie gelernt, wie das ging. Dass sie versuchte, Jess' Leben zu beschützen, nachdem sie bereits Adam verloren hatte, war etwas, das ich aus tiefstem Herzen nachvollziehen konnte. Und vielleicht war das die Verbindung, die ich jetzt brauchte.

»Wir können es beenden«, sagte ich mit Nachdruck, weil Trish immer noch kein Wort gesagt hatte. »Wir können aufdecken, wer Ihren Sohn und meine Schwester getötet hat – und dafür sorgen, dass niemand aus Ihrer oder meiner Familie je wieder deswegen zu Schaden kommt. Aber das geht nur, wenn Sie mir helfen.«

Trish schluckte, ich konnte es sehen, und dann atmete sie ein. »Wie willst du denn herausfinden, wer ihn ... wer die beiden ermordet hat? Ich habe selbst einige Leute darauf angesetzt und nicht einer von ihnen konnte mir eine brauchbare Spur liefern, geschweige denn einen Namen.«

Ich spürte Hoffnung, als ich sie das sagen hörte, weil ich wusste, sie hatte die Tür zu einer gemeinsamen Lösung einen winzigen Spalt geöffnet. Natürlich konnte sie mir diese Tür jederzeit vor der Nase zuschlagen, aber für den Moment war die Möglichkeit da, dass sie mir zuhörte. Und ich würde sie nutzen, denn mir war völlig klar – wenn ich hier und heute scheiterte, mussten Jess und ich uns für immer trennen.

»Ich ermittle bereits in der Sache, seit ich wieder in der Stadt bin«, erklärte ich ihr alles von Beginn an. »Zuerst nur Ihretwegen – ich wollte Valeries Ansehen reinwaschen, nachdem Sie es vollkommen ruiniert hatten. Ich war die ganze Zeit überzeugt davon, dass meine Schwester keine Schuld am Tod der beiden trägt, und wollte das beweisen.«

Es kam keine Entschuldigung von Trish für ihr Verhalten in dieser Sache, aber die hatte ich auch nicht erwartet. Also sprach ich weiter.

»Es gab Ungereimtheiten am Abend der Verlobungsfeier, zum Beispiel hatte Adam einen Dealer von der Party entfernt, der dort als eine Art Geschenk von Carter Fields hingeschickt worden war. Und ich wusste, dass Valerie nie Drogen genommen hat, genau wie Adam. Irgendwann hat Jess mitbekommen, was ich vorhabe, und wir haben zusammen weitergemacht. Bis wir an den Punkt kamen, wo wir eine Ermittlerin gebraucht haben. Was sie herausgefunden hat, wissen Sie ja.«

Trish nickte, mit einem kummervollen und gleichzeitig bitteren Zug um den Mund. »Das weiß ich allerdings. Aber auch euch hat das nicht näher an die Leute herangebracht, die dafür verantwortlich sind.«

»Bis jetzt nicht. Das bedeutet jedoch nicht, dass wir sie nicht hervorlocken können. Jess sagte, Sie hätten eine Liste von Verdächtigen, die Sie für fähig halten, so etwas zu tun.«

»Die habe ich«, gab sie zu. »Aber ich werde sie dir genauso wenig aushändigen wie Jess.«

»Auch nicht, wenn ich Ihnen sage, dass ich einen Plan habe, wie wir mithilfe dieser Liste aufdecken können, wer Adam und Valerie getötet hat?« Es war ein unglaublich gewagter Plan, bei dem so ziemlich alles schiefgehen konnte. Aber ich war bereit, es zu riskieren. Denn wenn das klappte, war es vorbei. Die Sorgen, die Angst, die Bedrohung. Wenn dieser Plan funktionierte, dann gab es keinen Grund mehr für Trish, unsere Beziehung auf solch massive Weise abzulehnen. Und deswegen war es meine einzige Chance auf eine glückliche Zukunft, für die ich beinahe alles gegeben hätte. Mein Magen zog sich bei der Vorstellung zusammen, Jess nie wiedersehen zu dürfen, aber ich zwang mich dazu, in meinem Kopf zu bleiben, statt in mein Herz abzudriften.

Trish musterte mich so lange, dass ich zum ersten Mal registrierte, was ich trug – mein Sweatshirt von gestern und eine Jeans mit Rissen an den Knien. Ich hatte mir nicht einmal die Haare gekämmt. Aber es war mir egal. Sie sollte mich nicht hübsch finden. Sie sollte mir helfen.

Schließlich atmete sie ein. »Was für ein Plan soll das sein? Falls er nicht beinhaltet, dass Jess und du euch trennt –«

»Er beinhaltet das Gegenteil«, unterbrach ich sie.

»Das Gegenteil?«

»Ja.« Ich nickte. »Jess und ich werden uns verloben.«

»Verloben?« Sie starrte mich an, mit großen Augen. Dann brach sie in eines dieser bellenden Lachen aus, die für mich immer eher nach einem Husten klangen, und schüttelte schließlich den Kopf. »Du musst wahnsinnig sein, dass du denkst, ich würde dir bei etwas helfen, das eine *Verlobung* beinhaltet. Hast du etwa vergessen, was beim letzten Mal passiert ist, als eine Weston und ein Coldwell eine Hochzeit geplant haben?« Ich musste nicht antworten. »Großer Gott«, stieß sie aus. »Das ist genau das, was du willst, oder? Dass sich die Geschichte wiederholt.«

Jetzt war es an mir, zu verhindern, dass sie mich innerhalb der nächsten fünf Minuten aus dem Penthouse warf. Oder eher innerhalb der nächsten zwei.

»Ich will nicht, dass sich die Geschichte wiederholt«, sagte ich schnell und hob die Hände, als würde es etwas bringen. »Oder zumindest nicht alle Teile der Geschichte. Aber wenn wir diesen Leuten die gleichen Gründe liefern, um uns etwas anzutun, werden sie genauso reagieren wie beim letzten Mal. Mit dem Unterschied, dass wir sie diesmal überwachen werden, jeden Einzelnen auf Ihrer Liste, um zu sehen, wer zuckt, wenn

Helena Weston und Jessiah Coldwell ihre Verlobung verkünden.« Das war er, das war mein Plan. Nicht der ganze, es gab noch einige andere Punkte, die wichtig waren, aber im Grunde lief es darauf hinaus: Provokation. Offenbar wussten Adams und Valeries Mörder, dass Jess und ich zusammen waren, seit Weihnachten hatten sie jedoch nichts unternommen – mehr noch, sie hatten sogar einen Sündenbock für den Anschlag auf Jess vorgeschoben, damit man ihnen nicht auf die Schliche kam. Das sagte mir, dass man sie dazu drängen musste, etwas zu unternehmen, um jetzt reagieren und sie fassen zu können.

»Wir brauchen die Kontrolle über das, was passiert«, spielte ich meinen letzten Trumpf aus. »Und ich weiß, dass ich Ihnen egal bin, aber Jess ist es nicht, genauso wenig wie Eli oder Lilly. Deswegen frage ich Sie, Mrs Coldwell: Sind Sie bereit, mir zu helfen, damit ich die Menschen beschützen kann, die Sie lieben?«

36
Jessiah

Noch bevor ich die Augen öffnete und richtig wach wurde, wusste ich, dass Helena weg war. Keine Ahnung, warum, vielleicht hatten wir in den vergangenen Wochen so viele Nächte miteinander verbracht, dass sie mir fehlte, ohne dass ich ihre Abwesenheit bewusst wahrnehmen musste. Vielleicht war es auch die Endgültigkeit, die im Raum schwebte, gemeinsam mit der Stille, die unendlich laut auf meine Ohren drückte. Für einen Moment überlegte ich, ob ich lieber meinen Kopf im Kissen und mich in meinem Schmerz vergraben sollte – oder aufstehen und mich meinen Gefühlen stellen. Dann machte ich die Augen auf und sah die Wahrheit vor mir.

Sie war nicht mehr da. Sie war einfach nicht mehr da.

Ich konnte das nicht begreifen, aber mein Körper offenbar schon. Der Kummer erstickte mich förmlich, presste mir alle Luft ab und es war unerträglich, länger in diesem Bett zu liegen, in dem ich gestern noch mit ihr geschlafen hatte. Also stand ich eilig auf und zog mir etwas über, ging nach unten in die Küche.

Mein nasser Mantel lag immer noch auf dem Boden vor der Haustür. Ich hob ihn auf und zog mein Handy heraus, das zum Glück wasserdicht war. Kein Anruf in Abwesenheit und keine Nachricht. Kurz spürte ich den Impuls, das Prepaidtelefon aus dem Safe zu holen, aber ich konnte mir denken, dass auch darauf kein Lebenszeichen eingegangen war. So war es schon beim letzten Mal gewesen, als man Helena gezwungen hatte, sich von mir zu trennen. Und wahrscheinlich hätte es den Schmerz auf die Spitze getrieben, ihre Stimme zu hören, aber ich hätte dennoch alles darum gegeben, mit ihr zu sprechen.

Weil ich nicht wusste, was ich sonst machen sollte, ging ich unter die Dusche, obwohl mir klar war, dass ich mir damit jede Spur von Helena vom Körper spülen würde. Ich tat es trotzdem, vielleicht auch gerade deswegen.

Der Rest des Tages verging in Stille und Einsamkeit, genau wie die beiden folgenden. Ich lag die meiste Zeit auf dem Sofa und sah an die Decke, dachte über Lösungen nach und fand doch keine, die nicht zu riskant war und Helenas oder mein Leben gefährden würde. Also gab ich es auf, ließ meine Tränen kommen und wieder gehen, raffte mich irgendwann auf, um etwas zu essen zu bestellen, nur um es dann unangetastet in den Kühlschrank wandern zu lassen. Es war, als würde die Welt sich weiterdrehen, aber ich nicht. Vielleicht stand ich unter Schock, vielleicht war es auch einfach so, dass mein Verstand und Herz nicht mehr konnten. Wer so viele Menschen verloren hatte wie ich, wurde wahrscheinlich irgendwann wahnsinnig.

Es war neun Uhr am Abend von Tag drei nach Helenas Weggang, da klingelte mein Telefon und das erste Mal seit Stunden kam Bewegung in mich. Ich stand auf, lief mit heftig klopfendem Herz zum Küchentresen, hoffte darauf, ihre Nummer zu sehen. Aber es war nicht Helena. Es war Thaz.

»Hey, Mann«, nahm ich ab, obwohl ich es lieber nicht getan hätte. Wie sollte ich meinem Freund erklären, was in den zweiundsiebzig Stunden zwischen dem Pokerabend und jetzt passiert war? Vor allem, wie sollte ich es erklären, ohne wieder von meinen Gefühlen überrannt zu werden?

»Alter, du musst herkommen«, sagte Thaz mit dringlich klingender Stimme.

Mein Adrenalin sprang direkt auf Volllast, ich spürte, wie mein Puls zu rasen begann. War etwas passiert? Hatten die Helena erwischt, irgendwann nachdem sie meine Wohnung verlassen hatte?

»Was ist los?«, fragte ich erstickt, denn der faustgroße Kloß in meinem Hals presste mir die Stimme ab. »Ist etwas mit Helena?«

»Mit Helena?« Er klang ahnungslos und mir fiel vor Erleichterung ein Stein vom Herzen. »Was soll denn mit ihr sein? Ist bei euch alles in Ordnung?«

»Wir … haben uns getrennt«, brachte ich mit Mühe heraus und hasste es, dass ich dabei an die Leute dachte, die uns möglicherweise seit Monaten überwachten und nun Gewissheit hatten, dass die Drohungen gegenüber Trish Wirkung zeigten. Ich hasste es auch, dass wir auf diese Art nie an Adams und Valeries Mörder herankommen würden, dass sie einfach weiter ihr Leben leben durften, obwohl sie das von so vielen anderen zerstört hatten. Aber am meisten hasste ich, dass Helena nicht hier war, bei mir. Wir gehörten zusammen, ich war mir nie bei etwas so sicher gewesen. Und doch war sie gegangen, ohne dass ich mir Hoffnungen machen konnte, sie würde jemals wiederkommen.

»Getrennt? Das tut mir wirklich leid, JC.« Da war ehrliche Anteilnahme in Balthazars Stimme, aber ich erinnerte mich trotzdem daran, dass er mich eigentlich wegen etwas anderem angerufen hatte. Bevor er nachfragen konnte, wie es zu unserer Trennung gekommen war, hakte ich ein.

»Was ist bei dir los? Warum soll ich kommen und wohin überhaupt?«

»Ins Harper's. Ich wollte mir noch mal angucken, welchen Farbton die neuen Dielen haben sollen, und dabei habe ich festgestellt, dass im Kühlraum Wasser auf dem Boden ist.«

»Auch das noch.« Ich schloss die Augen. »Wie hoch steht es?« Daran konnte man ablesen, ob es eine volle Katastrophe war oder nur eine halbe.

»Ein paar Zentimeter, schätze ich. Es ist mir nicht in die Schuhe gelaufen, was ich sehr zu schätzen weiß.«

Also war es vermutlich kein Rohrbruch, sondern nur eine ausgelaufene Kühlleitung. Immerhin. Aber danach sehen und jemanden anrufen, der sich darum kümmerte, musste ich trotzdem. Thaz war in unserer neuen Teilhaberschaft nicht für handwerkliche Fragen zuständig, er konnte ja nicht einmal einen Gabel- von einem Steckschlüssel unterscheiden.

»Ich bin in zehn Minuten da«, versprach ich und legte auf, schnappte mir einen Hoodie, dann meine Jacke und war schon zur Tür raus. Als ich auf die Straße trat, scannte ich die Umgebung nach irgendwelchen verdächtigen Fahrzeugen, in denen jemand saß, der mich vielleicht beobachtete. Aber ich entdeckte niemanden, natürlich nicht. Wen immer diese Leute engagiert hatten, arbeitete sicher nicht so stümperhaft, dass ich ihn einfach bemerken würde.

Statt das Auto zu nehmen, ging ich zu Fuß, es waren ja nur ein paar Blocks. Die Luft war kühl und ich fragte mich, ob es wohl jemals Frühling werden würde oder ob wir ewig in dieser merkwürdigen Zwischenwelt aus Kälte mit gelegentlichen Sonnenstrahlen leben mussten. Eigentlich war es mir auch egal. Seit ich wusste, dass es keine Hoffnung für Helena und mich gab, war alles in mir taub. Da hätte sich die Stadt von der besten Seite zeigen können, es hätte nichts genützt.

Im Harper's brannte nur schwaches Licht, das vom Tresen kam. Wir hatten in der letzten Woche zwar schon mit dem Inneneinrichter gesprochen, aber bisher hatten die Arbeiten nicht begonnen und der leere Gastraum strahlte etwas Trauriges aus, obwohl das vielleicht auch an mir lag. Dieses Restaurant zu kaufen war mein erster Schritt in eine gemeinsame Zukunft mit Helena gewesen, meine Entscheidung, die nächsten Jahre in New York nicht mehr nur in der Warteschleife verbringen zu wollen. Jetzt erschien es mir wie blanker Hohn, dass ich mich an das Harper's gebunden hatte.

»Da bist du ja.« Thaz tauchte in der Tür auf, die zur Küche führte. »Sorry, dass ich dich so spät noch herhole, aber ich dachte, es wäre besser, wenn du dir das sofort anschaust.«

»Ja, das war richtig«, nickte ich und durchquerte den Raum, versuchte das leere, taube Gefühl in meinem Inneren für den Moment beiseitezuschieben.

Der Kühlraum war nicht direkt an die Küche angeschlossen, sondern lag im Flur dahinter. Thaz ging vor, ich folgte ihm, in Gedanken bei dem Schaden, den wir jetzt zu begutachten hatten.

»Wir müssen das Ganze erst einmal aufwischen und dann –« Ich erstarrte mitten im Satz. Denn in dem Augenblick war jemand aus der Tür zum Kühlraum in den Gang getreten, in einem dunklen Mantel, die Hände in den Taschen.

Nein, nicht jemand.

Sie.

»Helena«, stieß ich hervor, kaum hörbar.

Sie lächelte leicht, aber es wirkte sehr angespannt.

»Es gibt kein Wasser im Kühlraum«, sagte Thaz überflüssigerweise. »Das war nur ein Vorwand. Ich warte hinten bei den anderen.« Dann verschwand er.

»Bei den anderen? Was –« Weiter kam ich nicht, denn Helena hatte ihre Arme um mich geschlungen und auch wenn ich wusste, dass es besser gewesen wäre, diese Nähe nicht mehr zuzulassen, konnte ich nicht widerstehen. Also vergrub ich meine Nase in ihrem Haar und streichelte ihren Rücken – und alles, was sich während der letzten drei Tage in mir tot und leer angefühlt hatte, erwachte wieder zum Leben. Als ich es bemerkte, nahm ich abrupt Abstand. »Das ist viel zu gefährlich. Wenn die erfahren, dass wir zusammen hier sind …«

»Werden sie nicht.« Helena berührte meine Wange. »Deswegen hat dich Thaz ja unter einem Vorwand hergelockt. Damit wir in Ruhe über den Plan reden können.«

»Den Plan?«, echote ich und verstand die Welt nicht mehr. »Was für ein Plan?«

»Einer, der dafür sorgt, dass wir zusammen sein können.« Entschlossenheit zeigte sich auf Helenas Gesicht, einer meiner liebsten Ausdrücke überhaupt. Aber in mir war trotzdem nur Furcht. Ich hatte selbst über Lösungen nachgedacht, als ich nach dem Gespräch mit Trish durch den Regen gelaufen war, genau wie in den letzten Tagen. Wäre eine dabei gewesen, die ich vertreten konnte, hätte ich sicher nicht verlangt, dass wir uns trennten.

Bevor ich jedoch diese Zweifel anmerken konnte, nahm Helena meine Hand und ging zu der Tür, hinter der Thaz eben verschwunden war und wo sich Micks ehemaliges Büro befand. Wir traten ein und ich begriff endlich, warum mein Freund von »anderen« gesprochen hatte. Denn an dem runden Tisch, den der Vorbesitzer früher für seine Pokerrunden genutzt hatte, saßen neben Thaz noch Malia, Simon sowie Lincoln und alle trugen den gleichen Ausdruck abwartender Anspannung zur Schau.

»Okay, was ist hier los?«, fragte ich. »Erklärt mir das jetzt mal jemand?«

Helena ließ meine Hand los und setzte sich hin, tippte auf den Stuhl neben sich, während mir Thaz ein Glas hinschob, in dem sich Whiskey befand. Ich hatte das drängende Gefühl, dass er es tat, weil ich gleich etwas hören würde, das mir nicht gefiel.

»Ich habe einen Plan entwickelt, mit dem wir Valeries und Adams Mörder überführen können«, sagte Helena. »Er ist noch nicht ausgereift und braucht an manchen Stellen sicherlich noch ein paar Verbesserungen, aber ich habe Hoffnung, dass er funktionieren wird.«

Ich sah ihren Bruder an, der nickte, genau wie Malia und Simon. Helena schien das also mit ihnen besprochen zu haben, das beruhigte mich jedoch nicht im Geringsten. Es gab keine ungefährliche Lösung. Und das wussten alle.

»Dann lass mal hören«, sagte ich dennoch, weil die verdammte Hoffnung darauf, dass sie doch einen Weg gefunden hatte, sich nicht abschütteln ließ. Ich wollte ja auch, dass es eine Möglichkeit gab, ich wollte nichts mehr als das. Ich wusste nur nicht, wie die aussehen sollte.

Helena atmete tief ein. »Der einzige Weg, wie wir Kontrolle über die Situation bekommen können, ist, in die Offensive zu gehen und eine Reaktion zu provozieren. Nur so können wir die Täter aus der Deckung locken.«

Ich zog die Augenbrauen zusammen, weil in den zwei Sätzen so viele Alarmglocken steckten, dass ich sie kaum zählen konnte. »Und wie willst du das anstellen, ohne zu riskieren, dass sie uns etwas antun?«

»Nun, der erste Schritt wäre …« Sie zögerte kurz und ihr Blick huschte zu den anderen, bevor sie ihn wieder auf mich richtete. »Der erste Schritt wäre, dass du mir einen Antrag machst.«

Meine Augen wurden groß. »Ich mache *was?*«

Helenas Entschlossenheit wich etwas, das sehr nach Verlegenheit aussah. »Ich weiß, es ist nicht sonderlich romantisch, wenn man es nur macht, um jemanden des Mordes zu überführen. Und ich verstehe, wenn du es nicht willst, aber –«

»Ich habe kein Problem damit, dir einen Antrag zu machen«, unterbrach ich sie, »sondern mit dem, was anschließend passieren könnte. Valerie und Adam haben sich verlobt und sind gestorben. Wie sollen wir ausschließen, dass das noch mal passiert?« Ich verstand, dass genau das der Sinn der Geschichte war, aber bisher war mir nicht klar, wie wir uns schützen sollten. Und auch wenn ich Panik bekam bei dem Gedanken, Helena nie wiedersehen, nie wieder berühren zu dürfen, war meine Angst vor ihrem Tod noch größer.

»Indem wir Sicherheitsvorkehrungen treffen.« Offenbar hatte sie mit den anderen vereinbart, dass *sie* mir den Plan erläutern wollte, denn Malia, Lincoln und auch Simon waren sehr still. »Wir werden alles dafür tun, dass uns bei der ganzen Operation nichts geschieht.«

»Dann kannst du ausschließen, dass uns etwas passiert?« Sie musste nichts sagen, um mir eine Antwort zu geben. Und ich war nicht bereit, ihr Leben aufs Spiel zu setzen, nur für die Chance, unsere Gefühle füreinander zu retten. »Nein«, sagte ich also entschieden.

»Jess –«

»Nein, Helena. Das ist viel zu riskant. Ich habe versprochen, dich zu beschützen, und dieses Versprechen würde ich brechen, wenn ich bei irgendeiner wahnsinnigen Mission dabei bin, die dich in Gefahr bringt.«

»Wir haben einander auch versprochen, uns nie wieder zu trennen«, erinnerte sie mich leise. »Und ich weiß, dass es nicht ungefährlich ist, aber du könntest wenigstens zuhören, bevor du eine Entscheidung triffst.«

Ich schüttelte den Kopf. »Selbst wenn ich damit einverstanden wäre, selbst wenn ich riskieren könnte, dass dir etwas passiert, bleibt immer noch Trish. Sie wird Thea Lilly wegnehmen, wenn wir uns nicht an das halten, was sie verlangt.«

»Das mit Trish habe ich geklärt.« Helena hob ihr Kinn. »Sie ist einverstanden mit dem Plan. Um ehrlich zu sein, ist sie sogar Teil davon.«

Jetzt fehlten mir tatsächlich die Worte und ich brauchte einige Sekunden, bis ich wieder etwas sagen konnte. Okay, das hier war ein Traum. Ich musste auf der Couch eingeschlafen sein und nun präsentierte mir mein Hirn diese vollkommen absurde Show, damit ich mich beim Aufwachen noch beschissener fühlte. Trotzdem fragte ich nach. »Du hast mit meiner Mutter gesprochen und sie war einverstanden, uns zu helfen?«

Helena zeigte ein leises Lächeln und antwortete nicht.

»Was?«, fragte ich ein bisschen ungehalten.

»Du hast *uns* gesagt«, erinnerte sie mich.

»Das war keine Antwort auf meine Frage.«

Sie seufzte, offenbar frustriert über meine Beharrlichkeit in dieser Sache. Hatte sie ernsthaft gedacht, ich würde Hurra schreien?

»Deine Mutter hat riesige Angst um dich, aber ich habe ihr klarmachen können, dass sie diese Angst auch dann nicht loswird, wenn wir uns trennen – weil es genauso gut Eli oder Lilly erwischen kann, wenn sie geschäftliche Entscheidungen trifft, die diesen Leuten nicht gefallen. Es war alles andere als leicht, aber jetzt ist sie einverstanden, dass wir die Typen zur Strecke bringen. Sie hat mir sogar die Liste ihrer Verdächtigen gegeben.«

»Hat sie nicht«, stieß ich aus.

»Doch, hat sie.« Lincoln drehte das Tablet, das er vor sich hatte, und zeigte mir eine Excel-Tabelle.

Ich lachte auf, zog immer noch in Erwägung, dass das hier nicht real war, aber am Ende wunderte ich mich nicht, dass Helena es geschafft hatte, meine Mutter zu überzeugen. Sie war in die Stadt zurückgekommen, mit nur einem Ziel: den Ruf ihrer Schwester wiederherzustellen. Dafür hatte sie sich mehr als einmal in Gefahr begeben, hatte mich bestohlen, war von Pratt angegriffen worden und in eine Entzugsklinik eingebrochen. Wie hatte ich glauben können, sie würde *nicht* Himmel und Hölle in Bewegung setzen, um diese Sache zu Ende zu bringen und das zwischen uns zu bewahren?

»Du bist wahnsinnig«, murmelte ich. »Nach allem, was passiert ist, willst du wirklich das Risiko eingehen, dass uns das Gleiche zustößt wie Adam und Valerie? Was, wenn die dir was antun? Oder mir? Versucht haben sie es ja schon.«

Helenas Blick verdunkelte sich, weil sie den Vorwurf in meiner Stimme sicher gehört hatte. Vielleicht war es unfair, sie daran zu erinnern, dass ich an Weihnachten beinahe mein Leben verloren hätte, aber ich sah keine andere Möglichkeit, um ihr klarzumachen, dass das hier einfach nur irre war. Eine Fake-Verlobung, um diese Typen aus der Deckung zu locken? Da konnte man genauso gut Russisch Roulette spielen.

»Vielleicht solltest du dir den Plan erst mal bis zum Ende anhören, Mann«, sagte da Thaz zu mir und klang ungewöhnlich ernst.

»Gut.« Ich hob die Hände und schaute Helena an. »Ich höre.«

Sie straffte die Schultern. »Ich will gar nicht behaupten, dass es kein Risiko gibt. Aber es ist gering, wenn wir es schaffen, schon lange vor einer Eskalation herauszufinden, wer für den Mord an unseren Geschwistern verantwortlich ist. Und wenn wir denen keinerlei Gelegenheit geben, uns zu erwischen. Wir veranstalten keine Verlobungsparty wie Valerie und Adam.

Stattdessen werden wir nach dem Antrag alle Personen auf dieser Liste überwachen und abhören. So finden wir heraus, wer einen Angriff auf uns befiehlt, wenn bekannt wird, dass wir heiraten wollen.«

Ich zog das Tablet zu mir heran und besah mir die Namen. Es waren zehn, darunter auch Lowell senior und noch einige andere, die mir bekannt waren. Hatte tatsächlich einer von ihnen dafür gesorgt, dass mein Bruder starb? Und wenn ja, wie sollte man zehn Leute so überwachen, dass kein Anruf, keine Mail, kein Treffen unentdeckt blieb?

»Was, wenn sie Prepaidhandys nutzen, um so etwas in Auftrag zu geben? Oder verschlüsselte Mail-Konten? Wie wollt ihr da rankommen?«

Helena sah zu ihrem Bruder.

»Ich kenne jemanden bei der NSA«, sagte Lincoln und wirkte so, als wäre ihm dieser Kontakt etwas unangenehm. »Eine ehemalige Bekannte, sie arbeitet als Analystin für den Nachrichtendienst. Wir hatten mal was miteinander.« Okay, also deswegen der Gesichtsausdruck. »Sie ist in der Lage, die Leute auf der Liste für einen bestimmten Zeitraum abzuhören, ohne dass es auffällt – Telefonate, Mail-Verkehr, sogar Gespräche, indem man Handys zur Wanze umfunktioniert, frag mich nicht, wie. Allerdings ist dieses Fenster nicht groß, maximal drei Tage, sonst bekommt sie Probleme. Wir müssen also sehr präzise sein bei allem, was wir tun.«

»Und wenn wir etwas haben, dann können wir sie festnehmen«, warf Malia ein. »Garrick, ich und das siebte Revier stehen dafür bereit.«

Das klang tatsächlich so, als könnte es funktionieren, und ich war mir recht sicher, dass auch Miranda auf diese Art gearbeitet hätte. Nur hatte ich noch Lücken im Kopf. Einige Lücken.

»Was passiert zwischen dem Antrag und der Festnahme der Leute mit uns? In der Zeit haben wir eine Zielscheibe auf dem Rücken.«

»Das ist mein Part.« Simon nickte. »Wir haben im Club ausreichend Mitglieder, die im Personenschutz arbeiten, sogar zwei ehemalige Secret-Service-Typen sind dabei. Für diesen Zeitraum können wir euch beide also auf eine Art abschirmen, die es so gut wie unmöglich macht, an euch ranzukommen.«

»*So gut wie* ist nicht *komplett*«, erinnerte ich ihn.

»Richtig«, nickte er. »Aber wenn alles so läuft wie geplant, dann wird das nicht lange nötig sein. Eure Verlobung und das Meeting eurer Eltern werden ausreichend Staub aufwirbeln, um denjenigen richtig Angst zu machen. Die werden nicht lange stillhalten, bis sie etwas befehlen.«

Ich hielt inne. »Moment. Das Meeting unserer Eltern?«

Lincoln war es, der mir antwortete. »Deine Mutter hat eingewilligt, sich zum Anschein mit unseren Eltern zu treffen, um den Druck zu erhöhen. Was die beiden dazu sagen, wissen wir noch nicht, aber Helena wird morgen mit ihnen sprechen und wir hoffen, dass sie ebenfalls einverstanden sind.«

»Wow.« Ich lehnte mich zurück. Das war wirklich ein umfassender Plan und ich war beeindruckt, dass Helena es gemeinsam mit unseren Freunden geschafft hatte, ihn in so kurzer Zeit auszuarbeiten. Aber da waren so viele Wenns und Vielleichts, dass meine Angst kein bisschen weniger geworden war.

Ich sah Helena an, sah ihren angespannten Blick und wusste, worauf sie wartete – auf mein Okay. Allerdings war ich nicht sicher, ob ich es ihr geben wollte. Ich wusste nicht, was ich tun sollte, wenn ihr etwas passierte. Wie ich damit leben sollte. Ohne sie zu sein war auf jede Weise grauenhaft und ich würde nie wieder derselbe sein wie mit ihr. Und natürlich wollte auch ich die Leute finden, die unsere Geschwister auf dem Gewissen hatten. Aber vor nur zweiundsiebzig Stunden hatte ich entschieden, dass mir das Risiko zu groß war. Und nun sollte ich mein Einverständnis dazu geben, es doch einzugehen?

»Ich brauche kurz frische Luft«, sagte ich und stand auf, ging hinaus, ohne die Reaktion von irgendjemandem abzuwarten.

Der Weg durch das Harper's war mir noch nicht so vertraut, aber ich wusste, dass es einen kleinen Innenhof gab, in dem man in den Sommermonaten sogar Tische aufstellen konnte. Jetzt war er leer bis auf eine Bank aus Holz, die an einer Wand stand. Ich setzte mich, atmete die kalte Luft ein, versuchte, Ordnung in meine wirren Gedanken und Gefühle zu bringen.

Aber lange blieb ich nicht allein.

Natürlich nicht.

37
Helena

Die ganze Zeit, während ich Jess den Plan erklärt hatte, war mein Inneres zum Zerreißen angespannt gewesen. Ich wusste, warum er so eine krasse Ablehnungshaltung zeigte – weil er riesige Angst hatte, mir könnte etwas passieren. Nur deswegen war er bereit gewesen, sich schon wieder zu trennen, nur deswegen hatte er eingewilligt, der Forderung seiner Mutter Folge zu leisten. Und ich konnte ihm keine Garantie geben, dass der Plan aufging. Aber ich wusste, dass meine Liebe zu ihm größer war als meine Angst. Ich wollte es riskieren, nicht nur, um Gerechtigkeit für Valerie und Adam zu bekommen. Sondern auch für uns. Ein Leben ohne Jess war für mich nicht vorstellbar und nach all der Verzweiflung der letzten Zeit war ich bereit, dafür zu kämpfen. Mit allem, was mir zur Verfügung stand.

Ich sah Jess nach, als er ging, erhob mich dann ebenfalls, während Thaz den anderen erklärte, wo Mick Harper die wirklich guten Sachen in seinem Büro versteckt hatte.

Der Flur war leer. Da ich vorher noch nie hier gewesen war, wusste ich nicht, wo Jess hingelaufen war. Wenn er raus vor das Restaurant gegangen war, konnte ich ihm nicht folgen, denn man durfte uns erst mal nicht zusammen sehen. Aber dann würde ich warten.

Der Gastraum war dunkel, vor den Fenstern war niemand zu erkennen. Also drehte ich mich um und ging nach hinten, wo sich ein Durchgang zum Flur befand. Einer Ahnung folgend trat ich hindurch und sah, dass eine Glastür in einen Innenhof führte. Als ich sie öffnete, wurde ich fündig.

Jess saß auf einer Bank und schaute auf, als ich mich näherte. Ich erkannte seine Sorge und die mühsam aufrechterhaltene Distanz, weil er nicht wusste, ob er mich wieder an sich heranlassen durfte. Unsere letzte gemeinsame Nacht war ebenso schön wie schrecklich gewesen und ich konnte ihm ansehen, dass sie in ihm nachhallte. Dass all das in ihm nachhallte.

»Du weißt, dass das Wahnsinn ist, oder?«, fragte er mich schließlich mit rauer Stimme. Sein Blick blieb verschlossen.

»Es ist unsere einzige Chance, glücklich zu sein«, hielt ich dagegen und setzte mich neben ihn. »Und ich finde, wir haben das ganz gut durchdacht.« Wir würden noch einiges an Lücken schließen müssen und vor allem meine Eltern waren eine Variable, die schwer einzuschätzen war. Aber ich glaubte daran, dass es funktionieren konnte.

»Auch gut durchdachter Wahnsinn ist Wahnsinn.« Jess schüttelte den Kopf.

Meine Zuversicht sank. Einerseits verstand ich ihn, andererseits wünschte ich mir, er würde das empfinden, was ich ebenfalls fühlte: Hoffnung. Wut. Den Drang, diese Leute nicht damit durchkommen zu lassen.

»Ich habe doch selbst Angst, dass etwas schiefgeht«, gab ich zu. »Auch wenn du das denkst, ich habe Heiligabend nicht vergessen.« Zu glauben, dass Jess sterben würde, war eine der schlimmsten Erfahrungen meines Lebens gewesen.

»Und trotzdem willst du diese Typen herausfordern?« Er hob die Hand, um mich zu berühren, aber dann ließ er sie wieder sinken und verschränkte sie mit der anderen in seinem

Schoß. Sein Blick jedoch ruhte auf mir und er ging mir näher, als es jede Berührung hätte schaffen können. Er war hin- und hergerissen zwischen dem Wunsch, mit mir zusammen sein zu dürfen, und der Sorge, dass der Preis dafür zu hoch war. »Ich habe dich so oft verloren, Helena«, sagte er leise. »Erst vor drei Tagen schon wieder. Ein weiteres Mal packe ich nicht.«

In diesem Moment verstand ich, warum er auf Abstand blieb und sich nicht öffnen wollte. Was nach dem Gespräch mit seiner Mutter passiert war, hatte ihn wieder ein Stück mehr zerstört, genau wie mich. Nun erneut Hoffnung zu haben, die dann vielleicht zur größtmöglichen Katastrophe führte … das war zu viel für ihn. Vermutlich auch für mich, aber ich hatte mich so in diese Sache verbissen, dass es meine Ängste in Schach hielt. Ich war vor allem wütend und obwohl ich nicht wusste, ob es klug war, diese Wut auf Jess zu übertragen, tat ich es trotzdem.

»Dann lass es nicht zu«, flehte ich. »Die haben uns schon unsere Geschwister weggenommen. Lass nicht zu, dass sie uns auch noch das zwischen uns wegnehmen.«

Wir sahen einander an, unsere Blicke verschränkten sich und wir führten dieses Gespräch stumm weiter, allein mit unseren Gefühlen – denen füreinander und jenen, die uns davon abhalten wollten, das Risiko einzugehen. Ich spürte meine Liebe zu Jess in diesem Moment so deutlich, als würde ich nur aus ihr bestehen, aus dieser warmen Energie voller Geborgenheit und Nähe. Ich wollte das nicht verlieren, ich wollte es nie wieder verlieren, *ihn* nie wieder verlieren. Ich wollte mit ihm zusammen sein, mit ihm die Welt entdecken, mein Leben mit ihm verbringen, bis wir alt und grau waren und darüber hinaus. All das sagte ich ihm, ohne Worte, nur indem ich ihn ansah. Und ich wusste, dass er es spüren konnte. Mehr noch, ich wusste, dass er genauso fühlte wie ich.

Jess atmete tief ein und wieder aus – und dann endlich, *endlich* nahm er meine Hand. Ganz langsam schob er seine Finger zwischen meine und streichelte mit dem Daumen über meinen Handrücken. Es war nur eine kleine Geste, aber mein Hals wurde eng, als mir klar wurde, dass unsere Verbindung wieder da war.

»Tun wir es«, nickte Jess schließlich. »Machen wir sie fertig, Tausendschön.«

»Machen wir sie fertig«, bestätigte ich, beugte mich vor und küsste ihn. Wir würden es wagen und wir würden gewinnen, das schwor ich mir in diesem Moment. Für Valerie, für Adam, für uns.

Es gab keine andere Option.

Nach Wochen der Abwesenheit wieder durch die Tür des Hauses zu gehen, in dem ich fast mein ganzes Leben verbracht hatte, war eigenartig. Im Grunde war es sogar merkwürdiger als bei meiner Rückkehr nach über zwei Jahren, obwohl ich mich auch da sehr verändert hatte. Jetzt fühlte es sich jedoch an, als wäre ich in der Zeit seit meinem Auszug an Weihnachten erwachsen geworden, irgendwie sicherer, eigenständiger. Es war ein gutes Gefühl, das allerdings davon überschattet wurde, dass ich gleich meine Eltern treffen würde, um sie in etwas einzuweihen, das für sie mehr als absurd klingen musste.

Schon vor zwei Wochen hatten Jess und ich uns dafür entschieden, diesen Weg zu gehen. Und auch wenn ich danach dem Plan gemäß bei Lincoln übernachtet hatte, weil wir auf keinen Fall jemanden auf die Idee bringen wollten, wir wären noch zusammen, fühlte ich mich Jess näher denn je. Es war so, wie Valerie es einmal beschrieben hatte: Wenn du bei der Person angekommen bist, die deine ganze Welt bedeutet, dann wirst du immer Angst haben. Und gleichzeitig nie mehr.

Anstatt meinen Schlüssel zu benutzen, klingelte ich und stand nur wenige Sekunden später einem Mann mittleren Alters in einem Dreiteiler mit Krawatte gegenüber. Ich hatte ihn noch nie gesehen, aber eine Ahnung, wer er war.

»Miss Weston«, lächelte er. »Kommen Sie doch rein.«

»Danke …« Ich ließ das Ende des Satzes offen.

»Frederic.« Er nickte. »Ich bin der neue Butler Ihrer Eltern, Miss.«

Ich erwiderte sein Lächeln. »Es freut mich, Sie kennenzulernen, Frederic.« Offenbar hatten sie ihn eingestellt, nachdem ich gegangen war. Vorher hatten sie sich lange schwer damit getan, unseren vorherigen Butler Vincent zu ersetzen.

»Die Freude ist ganz meinerseits. Darf ich Ihnen etwas abnehmen?«

Ich zog meinen Mantel aus und gab ihn dem Butler, der sich daraufhin entfernte. Dafür kam jemand anderes in den Eingangsbereich.

»Helena. Es ist schön, dich zu sehen.« Mein Vater trat etwas unbeholfen auf mich zu und lächelte herzlicher, als ich es erwartet hatte. Ich wusste zwar, dass Jess mit ihm bei dem Pokerabend gesprochen hatte, aber Dad hatte sich seither nicht gemeldet und ich war sicher gewesen, dass er kein Interesse an Kontakt zu mir hatte. Nun wirkte es anders, nur war ich nicht deswegen hier.

»Ist auch schön, dich zu sehen, Dad.« Zu gerne hätte ich ihn gefragt, ob es mir Sorgen machen sollte, dass er zu illegalen Pokerrunden der High Society ging, aber das hier war wohl nicht der richtige Zeitpunkt dafür.

»Komm, deine Mutter wartet im Salon.« Er setzte sich in Bewegung und ich folgte ihm ins Wohnzimmer, wo Mom gerade aufstand und den Rock ihres Etuikleides glättete. Manche Dinge änderten sich eben nie.

»Helena.« Ihre Begrüßung war deutlich kühler als die meines Vaters. »Setz dich doch. Tee?«

Den nahm ich an, allerdings eher, weil ich etwas brauchte, an dem ich mich festhalten konnte. Als ich das letzte Mal in dieser Wohnung gewesen war, hatte ich mit ihnen gestritten und schließlich meinen Auszug erklärt. Das war zwar eine ganze Weile her, aber in diesem Moment fühlte es sich an, als würden sich die Erinnerungen an den Streit auf mich legen wie eine alte Schicht Staub.

Frederic brachte den Tee und schenkte uns ein, während angespanntes Schweigen zwischen uns dreien herrschte, als gehörten wir nicht mehr zur gleichen Familie, sondern wären eher entfernte Bekannte. Ich bemühte mich, das Gefühl von Enttäuschung nicht zuzulassen. Hier ging es nicht um unser Verhältnis.

»Ich brauche eure Hilfe bei einer Sache, die sehr wichtig ist.« Ich legte meine Hände um die Tasse, als könnte ich so den Mut finden, ihnen zu sagen, was wir vorhatten. Am liebsten wäre es mir gewesen, wenn Jess mich zu diesem Gespräch begleitet hätte, aber das wäre sicher nicht hilfreich gewesen. Für mich zwar schon, jedoch nicht für unser Ziel. Auch Lincolns Hilfe hatte ich abgelehnt. Das hier war mein Plan. *Ich* musste das klären.

»Wenn du nach Hause zurückkommen möchtest, sind wir einverstanden«, nickte meine Mutter zurückhaltend. »Natürlich müssten wir dann darüber reden, inwieweit du dich in Zukunft an unsere Regeln –«

»Nein, darum geht es nicht«, unterbrach ich sie, so freundlich ich konnte. Es waren jetzt mehrere Monate, seit ich ausgezogen war und wir keinen Kontakt gehabt hatten. Glaubten sie wirklich, dass ich deswegen hier war?

»Was ist es dann? Kommst du wegen des Testaments?« Moms

Stimme zitterte ein wenig und ich verstand, dass sie verletzt war. Aber jetzt war nicht der Moment, um das aufzuarbeiten.

»Auch das nicht, nein. Das sollen die Anwälte klären. Es geht um etwas anderes.« Ich sammelte mich kurz und schaffte es dann, ihnen in die Augen zu sehen. »Und zwar um die Aufklärung von Valeries und Adams Tod. Wir haben einen Plan entwickelt, wie wir die Verantwortlichen fassen können. Aber der beinhaltet eure Beteiligung.«

Meine Eltern wechselten einen Blick und ich sah den Schmerz darin. Lincoln hatte ihnen vor ein paar Tagen erzählt, dass Adam und Valerie nicht gestorben waren, weil sie das Kokain freiwillig genommen hatten, und nun konnte ich erkennen, dass diese Wahrheit meine Mutter und meinen Vater tief erschüttert hatte. Wahrscheinlich standen sie immer noch unter Schock.

»Was können wir tun?«, fragte mein Dad mit belegter Stimme und seine Worte trieben mir Tränen in die Augen. Weil ich jetzt, vielleicht zum ersten Mal in fast vier Jahren, wirklich spürte, dass sie Valerie vermissten. Dass ihre Tochter ihnen fehlte und sie ebenso sehr wie ich diejenigen bestrafen wollten, die dafür verantwortlich waren.

Ich brauchte eine Sekunde, um wieder sprechen zu können, und als ich es tat, war mein Tonfall etwas weicher. »Wir konnten herausfinden, dass diese Personen, wer immer sie sind, geglaubt haben, dass ihr mit Trish Coldwell gemeinsame Sache machen würdet. Offenbar hat ihnen das so viel Angst eingejagt, dass sie Valerie und Adam getötet haben, um eure Fehde wieder aufleben zu lassen.«

»Das war der Grund?« Meine Mutter starrte mich schockiert an und schien zu wissen, wovon ich redete. »Sie haben Valerie ermordet, weil sie dachten, dass wir das Projekt in Queens mit Trish umsetzen wollten? Aber das ist doch nie zustande gekommen. Wir haben abgelehnt, nachdem Adam es vorgeschlagen hat.«

»Dann war Valeries Tod vollkommen sinnlos«, murmelte mein Vater. »Wie konnte jemand glauben, dass wir mit dieser Frau eine dauerhafte Partnerschaft eingehen würden? Wieso haben die nicht wenigstens abgewartet, ob es überhaupt dazu kommt?«

»Offenbar war die Gefahr real genug«, antwortete ich leise. Diese Gedanken hatten wir uns ebenfalls gemacht, aber ohne eine Aussage der Täter konnten wir nur spekulieren. Wahrscheinlich wäre es eine zu große Sache gewesen, wenn unsere Familien sich zusammengetan hätten – eine Fusion aus Weston und Coldwell hätte New Yorks Machtverhältnisse grundlegend verschoben.

»Ich hoffe, dass sie dafür in der Hölle schmoren.« Der Tonfall meiner Mutter war so dunkel, wie ich ihn noch nie gehört hatte. Dann sah sie mich an. »Du sagtest, es gäbe einen Plan. Wie sieht der aus?«

Ich sammelte mich kurz. »Wir brauchen eine kalkulierbare Möglichkeit, um sie herauszulocken. Ein Szenario, bei dem sie gar nicht anders können, als wieder zu glauben, dass ihr fusionieren werdet. Und eine Option, um das zu verhindern.«

»Das klingt sehr vage, Len.« Mein Vater runzelte die Stirn.

»Okay, dann klarer: Euer Part wäre, dass ihr euch mit Trish Coldwell morgen Nachmittag zu einem Meeting trefft. Nur eins, an einem Ort, wo es irgendeine Assistentin oder ein Mitarbeiter auf jeden Fall mitbekommt. Somit müssen die Täter glauben, die Gefahr wäre wieder aktuell.«

»Ich verstehe.« Dad nickte. »Ist Trish denn damit einverstanden?«

»Ja«, antwortete ich. »Ich habe selbst mit ihr gesprochen und sie ist bereit, alles zu tun, damit Adams Mörder hinter Gitter kommen.«

Meine Mutter trank aus ihrer leeren Tasse und stellte sie dann irritiert ab. »Du sagtest, das wäre unser Part. Was ist deiner?«

Mist. Ich hatte gehofft, dass sie das gar nicht wissen wollte. Aber dazu war sie einfach zu schlau. Und zu sehr Geschäftsfrau. Wenn man in ihrer Branche nicht alle Fakten kannte, konnte man keine Entscheidungen treffen.

»Ich … werde mich mit Jess verloben.« Mehr sagte ich nicht.

Das musste ich auch nicht. Schock zeigte sich erneut auf Moms Gesicht und Entsetzen auf dem meines Dads. Nicht, weil ich ihnen gesagt hatte, dass ich mich mit einem Coldwell verloben wollte. Sondern weil sie sofort verstanden hatten, was das Ziel dahinter war.

»Nein«, sagte mein Vater erstickt. »Du wirst dich nicht zur Zielscheibe dieser Leute machen, Len. Was, wenn das schiefgeht? Was, wenn sie dich auch …« Ihm brach die Stimme.

»Wir werden vorsorgen«, versicherte ich, wie ich es vorher schon Trish und Jess versprochen hatte. »Die Polizei ist eingeweiht, wir werden private Security engagieren und die Wohnung zusätzlich absichern. Es geht nicht darum, dass uns jemand tatsächlich bedroht. Es geht darum, die Verdächtigen zu überwachen und herauszufinden, wer aktiv wird, wenn wir bekannt machen, dass wir heiraten wollen.«

Meine Eltern wechselten einen Blick und ich hielt die Luft an, weil ich wusste, das hier war ein wichtiger Moment. Der wichtigste. Vielleicht hätte auch die Verlobung allein ausgereicht, um die Mörder in Alarmbereitschaft zu versetzen, aber nur mit diesem Meeting würden wir auf Nummer sicher gehen. Ich brauchte ihre Unterstützung. Und sie wussten das.

»Du arbeitest schon sehr lange daran, oder?«, fragte meine Mutter und es klang nicht halb so hart, wie ich erwartet hätte.

Ich nickte. »Seit meiner Rückkehr nach New York. Eigentlich schon länger.« Es war nicht nötig, das zu verschweigen, denn ich war nicht mehr von ihnen abhängig. »Ich konnte nicht hinnehmen, dass man so von Valerie denkt, und wollte die Wahrheit über ihren und Adams Tod herausfinden. Dass sie getötet wurden, habe ich natürlich nicht geahnt. Aber so haben wir die Chance, diejenigen bezahlen zu lassen, die ihnen das angetan haben.«

»Und du bist sicher, dass ihr damit kein Risiko eingeht?« Mein Vater sah mich besorgt an und ich konnte es ihm kaum verdenken, dass er Angst hatte, noch eine Tochter zu verlieren. Wir hatten alle diese Angst, dass etwas schiefgehen konnte. Nur gab es keine Alternative.

»Es ist ein begrenztes Risiko«, gab ich zu, weil ich nicht zu offensichtlich lügen wollte. »Aber wenn wir diejenigen nicht davonkommen lassen wollen, die Adam und Valerie umgebracht haben, dann müssen wir das tun.«

»Und was, wenn sich diese Leute nicht rühren? Was wollt ihr dann machen?«

Auch darüber hatten Jess, ich und die anderen lange diskutiert, ohne wirklich zu einem Ergebnis zu kommen. Natürlich konnten wir die Beziehung öffentlichkeitswirksam wieder beenden, wenn wir keinen Erfolg hatten. Aber ich wollte nicht glauben, dass unser Manöver nicht funktionierte.

»Dann werden wir uns trennen«, sagte ich dennoch, weil ich glaubte, dass sie das überzeugen würde. »Für immer.«

Wieder sahen sich meine Eltern an, dann stieß meine Mutter die Luft aus. »Wir müssen darüber nachdenken. Du verstehst sicher, dass das keine einfache Entscheidung ist.«

Ich nickte. »Ja. Aber wir werden es mit euch durchziehen oder ohne euch. Mit eurem Meeting hätten wir einfach bessere Karten.« Es war sicher nicht ganz fair, das so zu betonen, ich hatte jedoch schon vor Monaten beschlossen, nicht mehr vom Wohlwollen meiner Eltern abhängig zu sein. Ihnen zu sagen, dass sie kein Mitspracherecht hatten, *ob* die Mission starten würde, sondern nur, *wie* sie über die Bühne ging, war aus meiner Sicht konsequent.

Das Handy meiner Mutter klingelte und sie verabschiedete sich mit einem Nicken von mir, bevor sie den Anruf annahm und in Richtung Büro lief.

»Wir rufen dich an, wenn wir darüber geredet haben.« Mein Vater stand auf. »Möchtest du zum Essen bleiben? Wir würden uns freuen.«

Ich lächelte, weil das der erste Hinweis seit Weihnachten war, dass wir uns vielleicht wieder annähern konnten.

»Danke, das ist lieb, aber ich muss los. Wir haben noch einiges vorzubereiten für die Verlobung heute Abend.«

Mein Vater wurde ein wenig blass. »Ihr werdet euch schon *heute* Abend verloben?«

Wieder nickte ich. »Wir haben die letzten beiden Wochen damit verbracht, alles in die Wege zu leiten, also gibt es keinen Grund mehr, zu warten. Je eher wir diese Leute schnappen, desto besser. Und keine Sorge, wir haben schon heute Security dabei.« Ich lächelte leicht, um ihm die Angst zu nehmen, auch wenn ich wusste, dass es unmöglich war. Eigentlich hätte ich ihm am liebsten verschwiegen, was wir vorhatten, bis es vorbei war. Aber dazu war das Meeting mit Trish zu wichtig.

Da tat mein Vater etwas, mit dem ich nicht gerechnet hatte: Er umarmte mich. Nicht so, als wäre ich erwachsen, sondern wie früher, als ich noch ein kleines Mädchen gewesen war. Ich erwiderte es auf die gleiche Art und als ich ihn losließ, hatten wir beide Tränen in den Augen.

»Ich bin sehr stolz auf dich, meine Kleine. Du bist so geradlinig und stark, davon könnten wir uns alle eine Scheibe abschneiden.« Er berührte mich leicht an der Wange. »Und du hattest übrigens recht. Dein Jessiah, er … er scheint ein guter Kerl zu sein.«

»Das ist er. Und ich glaube, du solltest Jess zu ihm sagen.«

»Warum?«

»Ganz einfach«, lächelte ich. »Niemand, der ihn mag, nennt ihn Jessiah.«

38
Jessiah

»Du siehst unglaublich aus«, sagte ich und lächelte Helena an, die in einem knielangen schwarzen Spitzenkleid neben mir auf dem Ledersitz der Limousine saß. »Die Frage ist nur, wie willst du das noch toppen, wenn wir uns eines Tages tatsächlich verloben?«

»Gar nicht«, gab sie trocken zurück. »Ich hatte vor, dabei Hoodie und Jogginghose zu tragen, weil wir das hoffentlich nicht in aller Öffentlichkeit machen werden.«

»Gott, und ich dachte, ich könnte dich nicht noch mehr lieben.« Ich beugte mich vor und küsste sie sanft auf den Mund. Prompt bahnte sich ein tiefes Verlangen den Weg durch meinen Körper. In den letzten zwei Wochen hatten wir keine einzige Nacht miteinander verbracht und uns nur selten gesehen, meist zusammen mit anderen und unter strengster Geheimhaltung. Ich hoffte so sehr, dass wir das bald wieder ändern konnten, denn ich sehnte mich auf jede nur erdenkliche Art nach ihr.

»Gleich sind wir da«, murmelte sie und atmete stoßweise aus, als stünde sie kurz vor einem Wettkampf. Und irgendwie taten wir das ja auch. Heute ging es um alles.

Ich nahm ihre Hand in meine und hielt sie fest, um uns beide zu beruhigen. Es lagen lange Tage und Nächte akribischer

Planung hinter uns, die alle auf das hier zugelaufen waren: den Tag, an dem sich Helena Weston und Jessiah Coldwell verloben und damit New Yorks High Society in Aufruhr versetzen würden. Allerdings nicht nur sie, wenn alles glattlief. Sondern auch diejenigen auf unserer Liste, die so skrupellos waren, für ihren Vorteil zu morden.

Die Überwachung durch Lincolns Freundin bei der NSA war vor zehn Minuten gestartet, die von Simon rekrutierten Sicherheitsleute waren bereits postiert und einer von ihnen fuhr diesen Wagen. Malia und Garrick standen auf Abruf bereit, falls irgendwo jemand zuckte, unsere Eltern würden sich morgen zum Meeting treffen, das hatten die Westons Helena vor etwa einer Stunde mitgeteilt. Alles, was wir jetzt zu tun hatten, war, diese Verlobung durchzuziehen.

Nur fünf Minuten später fuhren wir am Emperor vor. Ich hielt Helenas Hand immer noch in meiner, spürte beim Aussteigen das Ringkästchen in meiner Tasche. Wir hatten das Restaurant ausgewählt, weil es mir gehörte und wir daher die Kontrolle über das Geschehen hatten, und außerdem würden genug Leute da sein, die dieses Ereignis sicher sofort weitertratschten. Hätte ich freie Wahl gehabt und Helena ganz ohne Falle die eine Frage stellen wollen, wäre ich nie auf die Idee gekommen, es hier zu tun – oder überhaupt vor den Augen anderer Menschen. Vielleicht hätte ich das Bella Ciao dafür ausgesucht, aber auch dann nur abends, nachdem alle Gäste weg waren. Allerdings war das hier kein Antrag aus freien Stücken. Es war ein Antrag, um die Mörder unserer Geschwister zu fassen.

»Es wird funktionieren«, sagte Helena leise, mehr zu sich selbst.

»Wird es«, machte ich uns ebenfalls Mut, bevor wir das Restaurant durch den Seiteneingang betraten und uns von Kellnerin Sarah zu dem Tisch bringen ließen, den ich vorab reserviert hatte. Es war einer der diskretesten im ganzen Gastraum, sodass uns im Grunde niemand bemerken konnte, bevor ich aufstand und mich vor Helenas Platz knien würde. Es war zwar fraglich, wie wir es vorher schaffen sollten, irgendetwas zu essen runterzubringen, aber um den Schein zu wahren, würden wir es tun. Auf gar keinen Fall durfte jemand den Braten riechen. Wir hatten nur diese eine Chance, die Täter aus der Deckung zu locken.

Sarah, die sich nicht anmerken ließ, wer da gerade gemeinsam das Restaurant betreten hatte, brachte uns die Speisekarten und bald darauf einen Aperitif.

Helena legte ihr Handy auf den Tisch und sah alle zehn Sekunden mit angespanntem Blick auf das Display, als rechnete sie schon jetzt mit einer Nachricht von Lincoln.

»So schnell geht das nicht«, versuchte ich sie zu beruhigen, während ich selbst vor Nervosität kaum still sitzen konnte. Bewegung war mein Mittel der Wahl, wenn ich gestresst war, aber jetzt mussten wir so tun, als wären wir ein glücklich verliebtes Paar beim Abendessen – nicht eines, das in der nächsten halben Stunde mit einer tödlichen Bedrohung rechnete.

»Ich weiß«, antwortete sie und nahm einen Schluck von ihrem Drink. »Aber ich denke die ganze Zeit, was ist, wenn doch?«

»Okay, wir müssen einen Weg finden, uns abzulenken.« Ich schob meine Hand über den Tisch und nahm Helenas Finger zwischen meine. »Erzähl mir von der Stadtführung, die du für mich geplant hast.«

Sie blinzelte irritiert. »Du willst jetzt über eine Stadtführung reden?«

»Ja.« Ich nickte ungerührt. »Du hast gesagt, ich wäre deine Testperson Nummer eins, denn wenn du mich überzeugen könntest, New York zu mögen, dann auch jeden anderen. Also, erzähl mir von deinem Programm. Ich bin sicher, dass du längst weißt, wie es aussehen soll.«

Einen Moment glaubte ich, sie würde sich weigern, aber dann schien sie zu verstehen, warum ich sie ausgerechnet danach fragte. Über etwas zu sprechen, das sie so liebte, würde die Stimmung vielleicht auflockern. Denn auch wenn wir für die anderen Gäste nicht wirklich sichtbar waren, würde eventuell doch jemand darüber sprechen, dass wir hier gesessen hatten, als wäre es kein besonders erfreulicher Anlass. Das durfte nicht passieren.

»Ich glaube, ich würde bei dir mit dem High Line Park starten«, sagte Helena nach kurzem Überlegen. »Dort gibt es mehr Natur, als du in der Stadt vermutlich erwarten würdest, und außerdem befindet man sich oberhalb von New York. Das müsste dir also gefallen. Die High Line ist irgendwie ein Stück Historie, aber mit hundertprozentigem Erholungsfaktor.« Sie lächelte und ich streichelte ihren Handrücken. Wenn sie über diese Stadt redete, dann war da immer so ein Ausdruck auf ihrem Gesicht, ein bestimmtes Strahlen, das mich ebenfalls zum Lächeln brachte, obwohl ich New York nicht mochte. Und ich wusste, ich würde einen Weg finden müssen, zumindest teilweise hier leben zu können, denn das wollte ich ihr nicht wegnehmen.

»Gut, also High Line Park. Was danach?«

»Auf jeden Fall das Guggenheim Museum.«

»Du denkst, ich war noch nie im Guggenheim?«, fragte ich mit leichtem Spott.

»Nein, aber du warst noch nie *mit mir* im Guggenheim.« Sie hob ihre Nase etwas höher und sah damit eindeutig aus wie eine Weston. Ich musste grinsen, als mir das auffiel. Helena bemerkte es. »Was ist?«

»Nichts. Ich denke nur daran, wie wahnsinnig absurd und gleichzeitig wundervoll es ist, dass wir beide uns ineinander verliebt haben.«

Sie strich mit den Fingern über meine. »Ich weiß noch genau, wie du mich im Rainbow Room aufgehalten hast, mit einem ›Hey, warte mal‹. Mein erster Gedanke war *Wow, der Typ sieht zu gut aus, um wahr zu sein* und mein zweiter *Verdammt, das ist Adams Bruder.*« Sie schüttelte grinsend den Kopf.

»Du hast mir nie erzählt, dass es diese Reihenfolge war«, lachte ich, wurde aber schnell wieder ernst. »Allerdings hatte ich keine große Wahl. Da war etwas an dir, das mich getroffen hat wie ein Schlag. Dieser Ausdruck auf deinem Gesicht, dieser Schmerz und die Wut, das war so … vertraut. Und ich hatte keine Ahnung, wer du bist, bevor du gesagt hast, wir würden Lügen über Valerie erzählen.«

Helena sah ein wenig verlegen aus. »Ich war ziemlich biestig zu dir an dem Abend.«

»Das stimmt, aber ich war nicht netter. Und du hattest recht damit, deine Schwester zu verteidigen.«

»Auch damit, dass ich dich im Tough Rock aufs Kreuz gelegt habe?« Sie grinste zufrieden und ich stellte fest, dass dieser Abend offenbar der richtige Zeitpunkt war, um über den holprigen Anfang unserer Beziehung zu reden – fast so, als wären wir hier, um uns nicht nur zum Schein zu verloben. Ich war froh darüber. Alles, das uns vom wahren Grund ablenkte, war gut.

Sarah trat an den Tisch und hinderte mich an einer Antwort, weil sie unsere Bestellung aufnahm. Als sie wieder weg war, hatte ich Helenas Worte noch nicht vergessen.

»Das war wirklich fies«, sagte ich. »Aber ich war auch echt arrogant, weil ich geglaubt habe, dass du eine blutige Anfängerin wärst, die Mom und Dad mit ein bisschen Rebellion auf die Palme bringen will.«

Helena lachte und das Geräusch wanderte direkt in meinen Magen, der sich mit angenehmer Wärme füllte. Sie hatte recht, unsere ersten Begegnungen waren nicht besonders vielversprechend gewesen. Aber dafür war alles, was jetzt zwischen uns war, so großartig und echt, dass ich mir wünschte, wir würden ohne Angst und die Missbilligung unserer Familien auf ewig glücklich sein dürfen.

»Wann war der Moment, als es dir klar geworden ist?«, fragte Helena und ich musste nicht nachhaken, um zu wissen, was sie meinte.

»So richtig? Ich glaube, da war ich mit Eli in Swan Lake, wir hatten übers Wochenende einen Ausflug zur Farm meines Vaters gemacht.« Ich lächelte, diesmal schief. »Wir waren wandern und kamen zurück, da hat mich Eli gefragt, warum ich so geistesabwesend bin. Das war das erste Mal, dass ich es mir eingestanden habe. Und gleichzeitig wusste, dass ich mir dich aus dem Kopf schlagen muss, weil das niemals gut gehen kann.«

»Himmel, ich weiß, was du meinst.« Helena senkte den Blick. »Ich glaube, eigentlich habe ich es schon im Mirage gewusst. Aber mir erlaubt, es tatsächlich zu denken … das hat gedauert, bis wir in dem Abstellraum da draußen miteinander geredet haben und ich wusste, wir können machen, was wir wollen, wir werden es nicht hinkriegen.«

Ich ließ ihre Finger los und strich zart über ihren Unterarm. »Trotzdem sind wir heute hier. Und wir werden nicht zulassen, dass uns das irgendjemand wegnimmt.« Ich war zwar skeptisch gewesen, als sie mir den Plan im Harper's präsentiert hatte, aber jetzt, zwei Wochen später, wo ich alle Details kannte, wollte ich daran glauben, dass wir Erfolg hatten. Dass wir den Tod unserer Geschwister aufklären *und* unsere Beziehung beschützen konnten.

»Nein, werden wir nicht«, antwortete Helena leise und lächelte. »Dazu liebe ich dich viel zu sehr. Außerdem kochst du so gut, ich fürchte, dass ich darauf nicht mehr verzichten kann.«

Ich musste lachen und formte dann mit meinen Lippen ein tonloses *Ich liebe dich auch*, weil gerade Sarah mit den Tellern um die Ecke gebogen war.

Unser Essen kam und wir schafften es tatsächlich, die Umstände dieses Abends ein wenig in den Hintergrund rücken zu lassen. Ich erzählte Helena von meinem letzten Besuch bei Thea und Lilly, bei dem ich die beiden hatte beruhigen können, dass ihnen von Trishs Seite keine Gefahr drohte. Meine Mutter war kein anderer Mensch seit dem Gespräch mit Helena, aber meinem Eindruck nach hatte sie verstanden, dass es keine Beziehung zu ihrer Enkelin geben würde, wenn Drohungen und Erpressung im Raum standen. Bisher war Thea nicht dazu bereit, einem Treffen zuzustimmen, und ich konnte das gut nachvollziehen. Sie kannte zwar nicht alle Einzelheiten des Streits mit meiner Mutter, aber sie konnte sich denken, was da gelaufen war. Vielleicht würde trotzdem irgendwann der Tag kommen, an dem sie Lilly ihrer Grandma vorstellen wollte. Ich war sicher, dass diese Begegnung Trish zum Positiven verändern würde.

Außerdem hatte ich in der letzten Woche mit Eli zusammen seinen zukünftigen Hund besucht und ich war mir sicher, meinen Bruder nie glücklicher gesehen zu haben als in dem Moment, in dem die beiden sich kennengelernt hatten. Es war Liebe auf den ersten Blick gewesen, das hatte auch Buddys Ausbilderin gesagt, aber ein paar Monate würde es noch dauern, bis Eli ihn zu sich holen durfte. Das bedeutete, im Grunde lief es gerade wirklich gut. Zumindest, wenn man ignorierte, dass wir heute Abend einen Tanz auf dem Vulkan wagten und dabei alles verlieren konnten.

Nachdem die Teller abgeräumt waren und wir ein Dessert abgelehnt hatten, wechselten Helena und ich einen Blick – und die Anspannung kehrte mit voller Wucht zurück. Wir wussten beide, dass es so weit war.

»Es wird Zeit«, sagte ich und tastete nach dem Ringkästchen in der Tasche meines Sakkos.

»Ja«, antwortete sie und ich konnte erkennen, dass sie die Luft anhielt.

Ich stand auf und nahm das Kästchen heraus. Was ich Helena sagen wollte, hatten wir nicht abgesprochen, denn es war mir falsch vorgekommen. Nicht nur, weil ihre Reaktion so authentisch wie möglich sein musste, sondern auch, weil ich mir nur grob zurechtgelegt hatte, wie ich ihr diesen Antrag machen würde. Mir war bewusst, dass es im Grunde nicht echt war. Aber selbst wenn ich nur zum Schein um ihre Hand bat, wollte ich ehrliche Worte dafür verwenden.

»Tausendschön«, begann ich und ließ mich auf ein Knie sinken, vor ihrem Platz, gut sichtbar für die Leute in unserer Nähe. Sofort drehten sich einige zu uns um, stießen einander an und machten auf uns aufmerksam. Das war das Ziel gewesen, aber ich nahm es kaum wahr. Ich sah nur Helena, die mich anschaute, und in dieser Sekunde war ich überglücklich. »Ich weiß, dass wir noch nicht lange zusammen sind, wenn man es ganz genau nimmt«, fuhr ich fort. »Aber mir kommt es vor, als würde ich dich schon seit Ewigkeiten lieben. Vielleicht, weil da von unserer ersten Begegnung an eine Verbindung war, die mit jedem gemeinsamen Moment stärker geworden ist. Vielleicht auch, weil wir so gut zusammenpassen, dass es beinahe wehtut. Du bist alles, was ich mir immer gewünscht habe: stark, mutig, selbstbewusst und klug. Du weißt, was du willst, du weißt, wer du bist, und ich weiß, dass *ich* derjenige sein will, mit dem du den Rest deines Lebens verbringen möchtest.«

Ich versuchte, auf Kurs zu bleiben, auch wenn mich Helenas gerührter Blick beinahe meine Worte vergessen ließ. Aber jetzt war es nur noch ein kleines Stück, waren es nur noch ein paar Sätze und ich sprach sie so ernsthaft aus, wie ich nur konnte, denn in diesem Moment waren sie, ob Fake oder nicht, meine ganz persönliche Wahrheit.

»Ich möchte dich nie wieder verlieren, dich nie wieder nicht anrufen, nicht sehen, nicht in den Arm nehmen dürfen. Ich will, dass wir zusammen sind, für immer und ewig.« Tief holte ich Luft, klappte das Kästchen in meiner Hand auf, sah sie an. »Und deswegen frage ich dich, Helena Grace Weston: Willst du meine Frau werden?«

39
Helena

Ich konnte nicht verhindern, dass in meinem Bauch ganze Schwärme von Schmetterlingen tanzten, als Jess mir diese wunderbaren Worte sagte. Wir hatten sie nicht abgesprochen, ich war mir jedoch sicher, dass er jedes einzelne davon ehrlich meinte. Er kniete vor mir, mit dem Ring in der Hand … und ich wusste in meinem Hinterkopf, es war nicht wirklich echt, was wir hier taten. Aber irgendwie war es das doch und deswegen war meine Rührung ebenso wenig gespielt wie meine Freude, als ich nickte.

»Ja. Das will ich unbedingt.« Ich zog ihn an der Hand zu mir hoch und schlang meine Arme um seinen Hals, küsste ihn, während um uns herum Applaus aufbrandete, als wären wir die gefeierten Darsteller in einem Theaterstück. Irgendwie stimmte das ja sogar, aber ich hatte es für ein paar Augenblicke vergessen.

»Wir haben es geschafft«, flüsterte mir Jess ins Ohr, bevor er mich losließ und mir den Ring an den Finger steckte – ein Erbstück seiner Großmutter, das sein Vater ihm hinterlassen hatte, falls er eines Tages heiraten wollte. Auch das war Teil unserer Vorstellung, aber so fühlte es sich nicht an, als ich die Schwere des grauen Steins an meiner Hand spürte. Es war, als könnte ich plötzlich Valeries Glück spüren, das sie in dem Moment empfunden hatte, als Adam sie gefragt hatte, ob sie ihn heiraten wollte. Und es fühlte sich unendlich traurig und gleichzeitig wunderschön an.

Jess küsste mich noch einmal, bevor wir uns mit einem verlegenen Lächeln bei den anderen Gästen bedankten und wieder setzten. Sarah brachte uns zwei Gläser Champagner und gratulierte, aber mein Hals war wie zugeschnürt. Denn mir war klar: Das war der Startschuss gewesen. Ab jetzt hatten wir nur wenige Tage Zeit, um die Leute auf der Liste zu überwachen – und hoffentlich einen von ihnen dabei zu erwischen, wie er jemanden anheuerte, um uns etwas anzutun. Wenn das nicht klappte, gab es keine Gerechtigkeit für Valerie und Adam. Und keine Zukunft für unsere Beziehung.

»Auf uns«, sagte Jess, der sich sehr darum bemühte, überglücklich zu wirken statt tief beunruhigt.

Wir stießen an und ich schrieb eine Nachricht an Lincoln, der die anderen informieren würde. Dann sah ich auf.

»Hauen wir ab?«, fragte ich leise und bekam ein sofortiges Nicken als Antwort. Wir rechneten nicht damit, dass man in den nächsten Minuten einen Killer auf uns ansetzen würde, aber trotzdem war es klüger, wenn wir uns so wenig wie möglich in der Öffentlichkeit aufhielten.

Ich war schon dabei, mich zu erheben, da trat eine Frau im dunklen Blazer an unseren Tisch. Für eine Sekunde hatte ich die paranoide Angst, dass sie eine Bedrohung sein könnte, aber an Jess' Reaktion war abzulesen, dass er sie kannte.

»Mr Coldwell, im Namen der gesamten Belegschaft des Emperor möchten wir Ihnen unseren Glückwunsch aussprechen«, sagte sie mit einem höflichen Lächeln. »Wenn Sie uns vorher gesagt hätten, dass Sie heute Ihre Verlobung mit Miss Weston planen, wären wir besser vorbereitet gewesen, aber auch so haben wir eine Überraschung für Sie beide.« Sie deutete zur Seite und da tauchte Sarah auf, in ihren Händen eine kleine Torte in Altrosa und Weiß, die kunstvoll verziert war.

»Vielen Dank, Maya. Das wäre wirklich nicht nötig gewesen.« Jess' Lächeln war sehr viel angestrengter als das seiner Restaurantleiterin, aber vielleicht bemerkte das auch nur ich.

Sarah stellte die Torte zwischen uns ab und schnitt sie an, bevor sie uns jeweils ein Stück auf den Teller legte. Ich nahm nur alibimäßig zwei Bissen, genau wie Jess, dann bat er darum, den Rest doch der Belegschaft zur Verfügung zu stellen, und kümmerte sich um die Abzeichnung der Rechnung.

»Lass uns verschwinden«, sagte er, als er zurückkam.

Ich stand auf und er nahm meine Hand, immer mit einem Blick auf unsere Umgebung, auf die Leute um uns herum. Aber noch waren wir nicht fertig. Denn der Plan sah nicht vor, dass wir den gleichen Weg zurück durch den Seiteneingang nahmen, sondern vorne raus, an allen anderen Gästen vorbei. Einige Male mussten wir stehen bleiben, weil uns jemand gratulieren wollte, aber wir schafften es, uns recht schnell loszueisen – was vor allem Jess' Charme zu verdanken war, der freundlich darauf hinwies, dass wir jetzt ein bisschen Zeit für uns wollten. Als wir endlich draußen waren und in unseren Wagen stiegen, atmete ich auf.

»Gott sei Dank sind wir da raus«, stieß ich hervor. »Ich wusste gar nicht, dass du so viele Leute aus der Upperclass kennst. Sagtest du nicht, von denen hättest du dich immer ferngehalten?« Mir hatten auch viele gratuliert, aber das war zu erwarten gewesen.

»Ich habe es versucht«, antwortete Jess und zog seine Krawatte aus dem Kragen des Hemdes. »Trotzdem wissen alle, wessen Sohn ich bin. Und wenn sie nicht deswegen Interesse an mir haben, dann wegen meines Jobs.« Er wirkte ebenso erleichtert wie ich, als er zum Fahrer nach vorne sah und Lincolns Adresse nannte. Das Haus, in dem mein Bruder lebte, war viel besser abgesichert als das Loft, deswegen hatten wir uns dazu entschlossen, die kritischen Tage dort zu verbringen.

Die Trennwand fuhr hoch und ich lehnte mich in meinem Sitz zurück, kuschelte mich an Jess. An der Art, wie er den Arm um mich legte, konnte ich spüren, wie angespannt er war, seine Muskeln waren hart, seine Berührung eher beschützend als liebevoll. Als er seine Lippen auf meine Stirn drückte, schloss ich kurz die Augen.

»Es wird alles gut gehen«, flüsterte ich an seinem Hals, aber ich sagte es nicht allein ihm, sondern auch mir.

Es waren nur etwa fünfzehn Blocks bis zu Lincolns Wohnung, also zehn Minuten Fahrtzeit, und die Hälfte davon war bereits um. Außerdem war es nicht sehr wahrscheinlich, dass jemand so schnell mobilisiert werden konnte. Bei Valerie und Adam waren zwei Wochen vergangen, bis man jemanden auf sie angesetzt hatte. Und trotzdem würde ich erst wieder richtig atmen können, wenn wir in Sicherheit waren – hinter verschlossenen Türen der Wohnung, mit Simons Security davor.

Mein Handy vibrierte in der kleinen Tasche, die ich mitgenommen hatte, und ich nahm es heraus. »Lincoln sagt, alle sind informiert. Seine Freundin bei der NSA hat Bescheid gegeben, dass die Überwachung nach Plan läuft, aber bisher ist noch nichts passiert.«

»Gut.« Jess entspannte sich etwas, genau wie ich. Wenn keiner unserer Verdächtigen bisher ein Gespräch oder Telefonat geführt hatte, das uns thematisierte, waren wir wohl erst einmal sicher. »Weißt du eigentlich, was das für eine Nummer war mit der NSA-Agentin? Er ist da ja äußerst verschwiegen.«

Ich grinste leicht und merkte, dass mein Adrenalinspiegel

ein wenig abflaute. »Viel mehr als du weiß ich auch nicht. Bis er sie vor zwei Wochen das erste Mal erwähnt hat, hatte ich noch nie von ihr gehört. Ich glaube, sie waren zusammen auf dem College und hatten da eine kurze, aber heftige Sache. Er meinte, er hätte etwas gut bei ihr, aber ich habe keine Ahnung, wieso.«

»Na, ich denke, wir können alle froh sein, dass er jetzt mit Penelope zusammen ist. Ich hätte keine große Lust, beim Familienessen jemanden am Tisch zu haben, der genau weiß, wie mein Browserverlauf aussieht.«

Ich lachte. »Ist dein Browserverlauf denn verdächtig?«

»Deiner etwa nicht?« Jess grinste und beugte sich vor, um mich zu küssen, auf eine sehr einladende Art. Als ich meine Lippen leicht öffnete, hielt er jedoch inne. »Ist dein Bruder eigentlich zu Hause?«

»Japp.« Ich nickte. »Genau wie vier Sicherheitsleute.«

Jess nahm Abstand und lehnte sich zurück. »Das ist wirklich keine richtige Verlobung«, seufzte er enttäuscht. Dabei wusste ich, dass wir in dieser Situation beide nicht ernsthaft an Sex dachten. Wenn man darauf wartete, dass jemand den Mord an einem befahl, erzeugte das kaum die richtige Stimmung. Aber ich rechnete ihm hoch an, dass er versuchte, uns auf andere Gedanken zu bringen.

»Keine Sorge.« Ich strich ihm eine lose Locke aus der Stirn. »Wir werden alles nachholen, wenn das hier vorbei ist.«

»Klingt perfekt.« Er lächelte und schaute dann auf die Uhr.

»Wir müssten gleich da sein.« Ich hatte bis jetzt nicht auf die Umgebung geachtet, aber als ich nun aus dem Fenster sah, gingen die vertrauten Gebäude der Upper East Side langsam in die moderneren Bauten von Midtown über. Ich erwartete, dass wir an der nächsten Kreuzung von der Park Avenue in die 51st abbiegen würden, um zur Lexington zu kommen, wo Lincolns

Wohnung lag. Aber der Wagen fuhr weiter geradeaus. Zuerst dachte ich mir nichts dabei, manchmal herrschte Stau auf den Querstraßen und man war schneller, wenn man einen kleinen Umweg nahm. Nur bog der Fahrer auch bei nächster Gelegenheit nicht ab. Und auch nicht bei der übernächsten.

Hier stimmt etwas nicht. Der Gedanke war da, bevor ich ihn denken wollte.

Ohne ein Wort zu sagen, griff ich an Jess vorbei zu der Konsole, wo der Rufknopf lag. Ich drückte ihn.

»Jared, wieso fahren wir nach Downtown?« Keine Antwort. »Jared, hörst du mich?«

Ich wechselte einen alarmierten Blick mit Jess und er betätigte den kleinen Hebel für die Trennwand, aber sie bewegte sich nicht. Meine Hand krallte sich wie automatisch um Jess' Unterarm, eine Welle aus Angst flutete über mich hinweg. Was war hier los? Niemand von unserer Liste hatte sich bisher geregt, es konnte doch gar nicht sein, dass wir in Gefahr waren.

»Keine Panik, vielleicht ist nur die Technik gestört.« Jess legte einen Arm um mich und griff mit der freien Hand nach seinem Telefon, da bewegte sich die Scheibe doch. Sie fuhr herunter und dahinter wurden statt Jared zwei fremde Männer sichtbar.

Wir erstarrten, waren wie gelähmt.

Denn einer der beiden hielt eine Waffe in der Hand.

Und der Lauf zeigte auf uns.

40
Jessiah

In der Sekunde, als ich die Waffe sah, passierten unzählige Dinge gleichzeitig in meinem Kopf. Zuerst war da panische Angst, dann das Bedürfnis, Helena zu beschützen. Und schließlich die Erinnerung an das letzte Mal, als man auf mich geschossen hatte. Da hatte ich zwar nicht in den Lauf der Waffe geblickt, aber ich wusste, dass sie da gewesen war, dass jemand den Abzug gedrückt und mich damit beinahe getötet hatte. Und ich wusste auch, dass es jetzt wieder passieren konnte. Dass man erneut mein Leben bedrohte. Jedoch nicht nur meins.

Ich handelte, ohne zu denken, schob mich vor Helena, so gut es in dem Auto ging, ihre Hand fest gepackt. Ihre Finger klammerten sich so sehr um meine, dass es wehtat. Vielleicht war es auch andersherum.

»Was wollt ihr von uns?«, fragte ich mit der selbstsichersten Stimme, die ich in diesem Moment aufbringen konnte. Dabei kannte ich die Antwort. Unsere Falle hatte funktioniert, etwas zu gut offenbar.

»Handys her«, forderte der Typ am Steuer, der keine Waffe auf uns richtete. Er hatte einen leichten Akzent, aber ich konnte ihn nicht zuordnen. Zögerlich gab ich ihm mein Smartphone und auch Helena reichte ihres herüber, ihre Hand zitterte. Sobald sie es abgegeben hatte, zog ich sie in meine Arme.

»Und jetzt raus hier. Wäre doch schade um die schönen Sitze, oder?« Der Kerl mit der Waffe lächelte kalt.

Ich war versucht, mich zu weigern, aber ich wusste, auf diesem engen Raum hatte ich keine Möglichkeit, die beiden anzugreifen oder zu überwältigen. Also ließ ich Helena los, blieb jedoch dicht bei ihr, während wir den Wagen verließen. Erst als wir ausgestiegen waren, erkannte ich, wo wir uns befanden.

»Das Vanity?«, fragte Helena ungläubig und wurde noch blasser als ohnehin schon.

Sie hatte recht. Wir standen vor dem Lieferanteneingang des Hotels, in dem unsere Geschwister gestorben waren. Wollten sie das Ganze etwa genauso wiederholen? Das war doch Wahnsinn!

»Was sollen wir hier?« Ich sah die beiden Typen an.

Sie antworteten nicht und mich beschlich der Verdacht, dass sie gar nicht wussten, was wir hier machten und warum. Das war typisch für die Handlanger irgendwelcher mächtigen Leute und ich fragte mich, ob wir wohl überhaupt herausfinden würden, wer dahintersteckte.

Du meinst, bevor sie euch umbringen? Der Gedanke war ebenso grotesk wie beängstigend und ich gab mir alle Mühe, meinen Verstand beieinanderzuhalten. Ich brauchte ihn, sonst hatten wir keine Chance.

»Rein da.« Der Größere der beiden hielt die Tür auf. »Und wehe, ihr ruft um Hilfe oder gebt irgendjemandem ein Zeichen. Ich habe kein Problem, euch direkt in der Lobby kaltzumachen. Oder eine andere Person, die sich dort aufhält.«

Wir hatten keine Wahl, also befolgten wir den Befehl, gingen durch die Tür und fanden uns in einem schmalen Gang wieder, der in Richtung Rezeption führte. Dort waren tatsächlich einige Menschen, schließlich war es noch nicht einmal zehn, aber ich wagte es nicht, einen von ihnen auf uns aufmerksam zu machen. Vielleicht bluffte der Typ nur und würde hier kein Blutbad anrichten, sicher konnten wir jedoch nicht sein. Wir mussten uns auf andere Weise befreien.

Helena hielt meinen Arm fest umklammert, während wir die Lobby durchquerten. Die Angestellten an der Rezeption beachteten uns nicht, entweder weil sie in ihre Arbeit vertieft waren oder mit Gästen beschäftigt. Als ich den Blick schweifen ließ, sah ich auch niemanden, den ich kannte, die Leute an der Bar schauten nicht zu uns und das Pärchen, das uns entgegenkam, lächelte nur freundlich. Vorhin im Restaurant hatte jeder gewusst, wer wir waren. Und ausgerechnet jetzt interessierte es niemanden, dass eine Weston und ein Coldwell zusammen durch die Lobby gingen? Das war doch nicht möglich.

Gemeinsam mit den beiden Typen liefen wir zum Aufzug und ich sah die Panik in Helenas Augen. Sicher hatte sie wie ich darauf gehofft, dass uns jemand erkannte und damit den Plan dieser Leute zunichtemachte. Aber nichts in der Art war geschehen.

»Was sollen wir machen?« Ihre Stimme war so leise, dass ich sie kaum verstand.

»Uns fällt was ein«, gab ich zurück und drückte beruhigend ihre Hand, als wir die Kabine betraten. Sie war vielleicht vier Quadratmeter groß und ich checkte ab, ob es möglich war, die beiden hier auszuschalten. Ihre Waffen trugen sie versteckt unter dem Sakko, also würden sie weder präzise noch schnell schießen können. Aber was, wenn sie es trotzdem taten und dabei einen von uns erwischten? Das Risiko konnte ich nicht eingehen.

In stummer Angst fuhren wir sechs Stockwerke nach oben und Helena sah mit bangem Blick auf die Anzeige. Ich wusste wieso – die Suite von Valerie und Adam war ebenfalls im sechsten Stock gewesen. Alles sah danach aus, als wollte jemand diese schreckliche Geschichte tatsächlich wiederholen.

Der Gang war leider leer, als wir den Fahrstuhl verließen, aber in meinem Kopf reifte dennoch ein Plan. Unsere größte Chance bestand darin, jemanden vom Sicherheitsdienst über die Videoüberwachung auf uns aufmerksam zu machen. Aber das ging nur, während wir uns im Flur befanden – sobald sie uns in ein Zimmer brachten, war es zu spät. Also musste ich sie hier angreifen, am besten so schnell wie möglich.

»Wenn ich *jetzt* sage, läufst du«, raunte ich Helena leise zu.

»Was? Nein!«, zischte sie und schien zu ahnen, was ich vorhatte. »Wir machen das zusammen. Du nimmst den Großen, ich den Dünnen.«

Die beiden Typen bemerkten, dass wir miteinander redeten, denn sie kamen wieder auf einen halben Meter an uns heran, mit drohender Haltung. Ich hatte keine Zeit, zu diskutieren, also entschied ich, dass wir es versuchen mussten.

»Jetzt.«

Wir drehten uns um, das Überraschungsmoment auf unserer Seite. Helena hinderte den Kleineren mit einem schnellen Kick daran, seine Waffe zu ziehen, und hob dann die Fäuste, um ihm eine zu verpassen. Ich erwischte den Größeren der beiden mit einem sauberen Haken im Gesicht. Er brüllte vor Schmerz auf, ließ seine Waffe los, sie flog ein Stück weg und blieb auf dem dunkelblauen Teppich liegen. Ich hechtete hinterher, aber er packte mich am Sakko, zog mich zurück. Im gleichen Moment schaffte es sein Kollege, Helena gegen die Wand zu drücken, sie befreite sich jedoch, trat ihm mit aller Gewalt auf den Fuß und setzte einen Faustschlag hinterher. Ich machte mich von meinem Angreifer los, spürte Adrenalin und Euphorie. Vielleicht konnten wir das wirklich schaffen, vielleicht konnten wir abhauen, wenn wir die beiden nur lange genug außer Gefecht setzten. Oder ich mir die Waffe holen konnte.

Ich war frei, rannte los, war schneller als mein Gegner, bückte mich, hob sie auf, drehte mich um, richtete sie auf die beiden Typen. Nur dass die schlauer gewesen waren als ich. Statt mich davon abzuhalten, mir die Waffe zu schnappen, hatten sie sich zu zweit auf Helena gestürzt – und gewonnen. Sie hielten sie fest, einer von ihnen hatte seinen Arm um ihren Hals geschlungen. Die Angst in ihren Augen ließ mich beinahe wahnsinnig werden.

»Weg mit dem Ding, oder ich verteile ihr Hirn an der Wand.« Er presste den Lauf seiner Waffe an Helenas Schläfe und ich hielt augenblicklich inne, ließ die gerade erst erbeutete Pistole sinken.

Der andere Typ nahm sie mir aus der Hand, verpasste mir eine schmerzhafte Linke, ich wankte, hörte Helena meinen Namen rufen. Dann packte man mich und schleifte mich durch eine Tür. Als sie mit dem typisch leisen Luxushotel-Sound hinter uns zufiel, wusste ich, dass die Chance zur Flucht verstrichen war. Aber vielleicht hatten wir ja Glück und jemand hatte das an den Monitoren verfolgt. Vielleicht würden wir Hilfe bekommen.

Ich griff wieder nach Helenas Hand und sie drückte sich an mich, als würde es helfen, wenn wir so nah wie möglich beieinander waren. »Es wird alles gut«, flüsterte ich ihr zu, ohne zu wissen, ob ich dieses Versprechen halten konnte. Aber ich musste es sagen, denn wenn es keine Hoffnung mehr gab, waren wir verloren.

Hatte sich Adam auch so gefühlt wie ich jetzt? Hatte er auch in seinem Kopf alle Möglichkeiten durchgespielt, wie er die Frau retten konnte, die er liebte? Mein Bruder war ebenfalls regelmäßig zum Trainieren ins Tough Rock gegangen. Hatte er versucht, die Typen anzugreifen, und war genauso gescheitert wie ich?

»Was hat denn da so lange gedauert?«, ertönte eine genervte Stimme aus dem Inneren der Suite. Ich konnte sie nicht zuordnen, obwohl sie mir bekannt vorkam. War das einer von den Leuten auf der Liste? Ein paar von denen war ich bereits begegnet, anderen nicht. Auch Helena schien nachzudenken, ich sah es an ihrem Blick.

»Es gab ein kleines Handgemenge auf dem Flur«, gab einer der Schläger zu und rieb sich die schmerzende Schläfe.

»Na, dann ist es ja gut, dass wir den Loop diesmal schon vorher eingefügt haben.« Der Mann zu der Stimme schien näher zu kommen und trat schließlich in den Durchgang zum Wohnzimmer.

Nun wusste ich, warum er mir bekannt vorgekommen war.

»Sie?« Ich schaffte es kaum, die Info zu verarbeiten, dass sich meine Hoffnung auf Rettung gerade in Luft aufgelöst hatte. Denn ich konnte nicht fassen, dass es ausgerechnet der Bürgermeister war, der vor mir stand. Ich starrte ihn an, fassungslos vor Wut und Entsetzen. »*Sie* haben Adam und Valerie auf dem Gewissen?« Ich hatte mit diesem Mann unzählige Male seit dem Tod meines Bruders gesprochen, ich hatte mit ihm gescherzt, ihn nach seiner Familie und seinem verdammten Hund gefragt! Er war sogar bei mir im Krankenhaus gewesen, nachdem man auf mich geschossen hatte! Und die ganze Zeit hatte ich nicht den Hauch eines Verdachts gehabt, dass er ein Mörder war.

Bürgermeister Roscott neigte leicht den Kopf. »Das klingt wie ein Klischee, aber es war nichts Persönliches, Jessiah. Ich schätze dich, genau wie deine Mutter und auch deine Eltern, Helena. Es ist nur so, dass ich es überhaupt nicht gebrauchen kann, wenn sie sich zusammentun.«

»Und deswegen töten Sie Menschen?«, rief Helena neben mir, die ebenso entsetzt war wie ich. »Sind Sie vollkommen wahnsinnig?«

»Ich nenne es eher pragmatisch. Wir müssen alle sehen, wo wir bleiben.« Roscott maß mich mit einem kühlen Blick und mir wurde klar, dass er immer eine Rolle gespielt hatte. Die Rolle des sympathischen, nahbaren Politikers, der für New York nur das Beste wollte. Dabei war er ein eiskalter Soziopath, dem es ausschließlich um seinen eigenen Vorteil ging – das war in seinen Augen deutlich zu sehen. Und ich hatte nichts geahnt. Ein Hoch auf meine angebliche Menschenkenntnis.

»Dann geben Sie es zu?«, fragte ich mit bebender Stimme. »Sie geben zu, dass Sie unsere Geschwister getötet haben?«

»Nein, das war Ralph hier.« Roscott zeigte auf den Größeren der beiden Typen. »Oder vielmehr das Kokain, das er besorgt hat. Ich dachte, das wäre eine sehr elegante Methode, und lange sah es ja auch so aus, als würden wir damit durchkommen. Bis ihr beide auf den Plan getreten seid.«

»Und nun wollen Sie das Ganze wiederholen?« Helena hob das Kinn und ich hätte sie nicht mehr lieben können als in diesem Moment, weil sie so verdammt mutig war, ihm die Stirn zu bieten. »Im gleichen Zimmer, auf die gleiche Art? Glauben Sie wirklich, dass Sie damit durchkommen? Wir sind nicht die Einzigen, die in dieser Sache ermittelt haben. Da sind noch andere, die das gleiche Wissen haben wie wir.«

Roscott lächelte und es wirkte alles andere als freundlich. »Das ist richtig, zum Beispiel deine Freundin vom NYPD, dann dein Bruder, der gute Balthazar Lestrange und Simon Foster nicht zu vergessen, dessen Fahrer ich kurzerhand an einer Kreuzung durch die beiden hier ersetzt habe. Dachtet ihr, ich wüsste nichts von eurer kleinen Taskforce? Ich lasse euch seit Wochen überwachen.«

»Na, dann wissen Sie ja auch, dass es rauskommt, wenn Sie uns etwas antun«, legte Helena nach.

Als Ralph einen Schritt näher kam, schob ich mich dazwischen. Keiner von denen würde ihr etwas antun, solange ich lebte.

»Ach, wirklich?« Roscott hob belustigt eine Augenbraue. »Aber ich stehe doch gar nicht auf der netten kleinen Liste, die Trish Coldwell freundlicherweise zur Verfügung gestellt hat.«

»Woher wissen Sie davon?« Ich starrte ihn an.

»Nun, sagen wir so, Rodney McVeil, der Gorilla deiner Mutter, hat einiges an Steuerschulden angehäuft. Es war nicht besonders schwer, ihn für meine Zwecke einzuspannen und zu verhindern, dass ich ebenfalls auf dieser Liste lande.«

Damit hatten wir nicht gerechnet. Er hatte uns mit diesem Zug schachmatt gesetzt, ohne dass wir geahnt hatten, mit wem wir es zu tun haben.

»Jessiah, deinem Gesichtsausdruck entnehme ich, dass niemand ahnt, wer dafür gesorgt hat, dass diese Stadt im Gleichgewicht bleibt«, stellte er zufrieden fest.

Ich schnaubte, um zu verbergen, dass er mich mit seinen Worten in blanke Panik versetzte. Denn es stimmte, was er sagte. Keiner von unseren Helfern wusste von ihm. »Das ist es, worum es Ihnen geht? Das *Gleichgewicht* von New York City?«

»Du hast ja keine Ahnung, wie wichtig dieses Gleichgewicht ist, Junge«, belehrte mich der Bürgermeister in herablassendem Ton. »Gerade im Immobiliensektor würde Anarchie herrschen, wenn es niemanden gäbe, der sich darum kümmert. Eure beiden Familien als gemeinsame Instanz, das würde alles ruinieren.«

»Warum?« Helena sah ihn an und er lachte nur.

»Was denn, soll ich euch jetzt meinen ganzen teuflischen Plan der Weltherrschaft enthüllen, bevor ich euch umbringen lasse? Wir sind hier doch nicht in einem Bond-Film.« Er gab Ralph und dem anderen Schläger einen Wink. »Aber sei unbesorgt, Helena, du wirst nicht auf die gleiche Art sterben wie deine Schwester. Wir haben uns etwas anderes überlegt.«

Die Typen schienen sich bereit zu machen, wofür auch immer, und ich ballte meine Fäuste, für alle Fälle. Ja, sie hatten Waffen, kampflos würde ich jedoch sicher nicht aufgeben. Vielleicht gab es aber noch einen anderen Weg, um ihn davon abzuhalten.

»Unsere Eltern werden niemals gemeinsame Sache machen«, sagte ich, weil ich nicht wusste, was ich sonst noch tun konnte, um uns beide zu retten. »Helena und ich werden auch nicht heiraten. Das war nur ein Bluff, damit Sie uns in die Falle gehen.«

Der Bürgermeister maß mich mit einem prüfenden Blick. »Nicht schlecht«, sagte er dann anerkennend. »Aber dass ihr beide ein Paar seid, wollt ihr doch wohl nicht leugnen, oder?«

»Doch«, behauptete Helena, bevor ich reagieren konnte. »Wir sind kein Paar. Wir haben uns nur zusammengetan, um den Anschein zu erwecken. Ich kann Jessiah eigentlich nicht einmal besonders gut leiden.«

»Tatsächlich?« Der Bürgermeister legte den Kopf schief. »Das müsst ihr mir beweisen.«

Er nickte Ralph zu. Der machte einen Schritt in unsere Richtung, stieß mich weg, packte Helena. Er griff grob in ihre Haare und riss sie mit sich, woraufhin ich mich auf ihn stürzte, ohne darüber nachzudenken – bereit, sie zu verteidigen.

»Vergiss es, Coldwell«, knurrte der Typ und richtete die Waffe auf mich, spannte den Hahn. Es klackte laut. »Die Masche mit dem Retter in glänzender Rüstung ist deinem Bruder schon nicht gut bekommen.«

Meine Wut steigerte sich weiter, ließ alles in meinem Kopf rot werden. Weil er Helena wehtat und weil er Adam und

Valerie wehgetan hatte. Ich wollte ihm den verdammten Hals umdrehen, mit meinen bloßen Händen, scheißegal, was er mit mir machte. Aber da war immer noch Helena und ich hätte sie niemals gefährdet.

»So viel dazu, dass ihr beide einander nichts bedeutet.« Roscott wirkte zufrieden und Ralph ließ auf eine Handbewegung von ihm Helena los. Sofort war ich bei ihr und nahm sie in die Arme, streichelte ihr über den Kopf. »Das ist wie bei euren Geschwistern, die waren auch *so* interessiert daran, einander zu retten.« Der Bürgermeister verdrehte die Augen. »Adam hat sogar versucht, zu verhandeln. Er hat gesagt, dass es doch reichen würde, wenn er stirbt, um die Fehde aufrechtzuerhalten. Und dass wir Valerie laufen lassen sollen. Ist das nicht ritterlich?«

»Sie sind widerwärtig«, sagte Helena voller Verachtung, aber ich sah Tränen in ihren Augen. Mehrere Jahre hatte sie nach dieser Wahrheit gesucht. Nun auf diese Weise zu hören, wie die beiden gestorben waren, war grauenhaft.

Aber wenn kein Wunder geschah, würde das Wissen darum mit uns sterben.

»Ja, das hat Valerie auch gesagt, kurz bevor … du weißt schon. So schade. Sie war ein umwerfend hübsches Mädchen, deine Schwester.« Roscott sah uns an, als wären wir Schauspieler in einem Broadway-Stück und er der Regisseur. »Also, das Ganze wird folgendermaßen laufen. Da eure Familien offenbar etwas mehr Anreiz brauchen, um sich bis in alle Ewigkeit zu hassen, werden wir den Einsatz erhöhen.«

Ich wollte nicht nachfragen, aber dann tat ich es doch. »Was soll das heißen?«

»Ganz einfach.« Er sah von mir zu Helena. »Das bedeutet, du wirst Jessiah erschießen.«

41
Helena

»Das bedeutet, du wirst Jessiah erschießen.«

Ich starrte ihn an, diesen offensichtlich wahnsinnigen Mann, den ich immer für freundlich und menschlich gehalten hatte. Aber das war er nicht. Er war ein grausamer Mörder, er hatte meine Schwester umgebracht, genau wie Adam und vermutlich noch andere, die seiner Vision von New York im Weg gestanden hatten. Ich hatte die ganze Zeit geglaubt, Trish Coldwell wäre das Böseste, was diese Stadt zu bieten hat, da hatte ich mich jedoch geirrt. Jess' Mutter war mit Sicherheit kein netter Mensch, aber immerhin war sie einer.

»Niemals«, brachte ich heraus, Roscott schien mich allerdings gar nicht zu hören.

»Ihr seht doch sicher, wie tragisch das wäre, oder? Zwei Menschen, deren Geschwister den Tod fanden, verlieben sich, verloben sich und sterben dann aufgrund einer Eifersuchtsszene im gleichen Hotel: Sie erschießt erst ihn und dann sich selbst.« Er nahm eine Mappe und holte einige großformatige Fotos heraus, die er Jess und vor allem mir unter die Nase hielt. »Ich denke, das reicht als Grund.«

Es waren Bilder von Jess und seiner Freundin Samara, ziemlich eindeutige Bilder in einer Wohnung, die ich nicht kannte.

Es war kein angenehmes Gefühl, ihn im Bett mit einer anderen Frau zu sehen, aber eifersüchtig war ich nicht. Ich musste Jess auch nicht ansehen, um zu wissen, dass die Fotos älteren Datums waren und nicht aus der Zeit stammten, nachdem wir uns füreinander entschieden hatten.

Wütend funkelte ich stattdessen den Bürgermeister an. »Sie müssen wirklich *sehr* gestört sein, wenn Sie glauben, dass Sie mich auf diese Weise dazu bringen könnten, ihm wehzutun.«

»Oh, ich bin nicht davon ausgegangen, dass du es freiwillig tust. Die Fotos sollen nur die Geschichte stützen. Wenn man sie hier findet, dazu eure Leichen, das wird alles erklären. Tragisch wie bei Romeo und Julia. Schon wieder. Und ich kann meine Bauvorhaben umsetzen, wie ich es will, ohne dass mir eure Eltern dabei in die Quere kommen.«

Auch wenn er nicht genau gesagt hatte, warum er eine solche Allianz fürchtete, war es mir klar – Trish und meine Eltern zusammen wären mächtiger gewesen als jeder andere Mensch in dieser Stadt, auch als der Bürgermeister und seine Geldgeber. Wenn sie ihre Ressourcen gebündelt hätten, nicht nur ihr Vermögen, sondern zusätzlich ihre Kontakte und Beziehungen, wären sie nicht zu schlagen gewesen. Und Roscott hätte sich die Gestaltung der Stadt aus der Hand nehmen lassen müssen – Zaungast während seiner eigenen Amtszeit, in der er New York auf seine Weise hatte prägen wollen.

»Damit kommen Sie niemals durch.« Ich bemühte mich darum, meine Angst nicht zu zeigen, es gelang mir nicht. »Kein Mensch, der uns kennt, wird glauben, dass ich das getan habe.«

»Vielleicht nicht, aber wie du bei deiner Schwester gesehen hast, kommt man mit so etwas dennoch durch, wenn man es geschickt anstellt. Und wir beide wissen, dass Trish Coldwell vermutlich die ganze Upper East Side anzündet, wenn es danach aussieht, als wärst du für den Tod ihres zweiten Sohnes verantwortlich.« Roscott sah zu Jess. »Bleibt nur zu hoffen, dass Elijah nicht irgendwann das gleiche Schicksal erleidet.«

»Sie mieses Arschloch!« Jess bewegte sich so schnell, dass die Handlanger des Bürgermeisters nicht rechtzeitig reagieren konnten. Er war mit zwei langen Schritten bei Roscott und verpasste ihm einen so heftigen Schlag, dass er zurücktaumelte. Erst dann schafften es Ralph und der andere Kerl, ihn vom Bürgermeister wegzuziehen. Als sie Jess in den Magen schlugen und er sich krümmte, tat es mir so weh, als wäre es mein eigener Schmerz. Ich rief seinen Namen und wollte ihm helfen, aber der Bürgermeister stieß mich weg.

»Schluss jetzt mit diesem albernen Kram. Wir haben nicht die ganze Nacht Zeit.« Roscott zeigte auf mich. »Ralph, darf ich bitten?«

Ich wich zurück, hob die Fäuste, war bereit, mich zu verteidigen, aber der Kerl war stärker. Er packte mich, griff grob nach meiner Hand und zwang eine Waffe hinein, eine kleinere, die ich vorher noch nicht gesehen hatte. Ich wand mich, als er versuchte, meinen Zeigefinger um den Abzug zu legen, trat nach ihm mit einem Krav-Maga-Move, kam kurz frei, dann hatte er mich so fest im Schwitzkasten, dass ich kaum atmen konnte. Schmerzhaft drückte er mir die Luft ab.

»Jetzt mach keinen Stress, Schätzchen. Dann ist es bald vorbei. Du wirst nicht viel Zeit haben, deinen Liebsten zu betrauern, ich verspreche es.«

Mein ganzer Körper bestand nur noch aus Angst, Hass und Verzweiflung, weil wir so weit gekommen waren und nun genauso sinnlos sterben würden wie Valerie und Adam. Nein, nicht nur sinnlos. Sondern noch viel grausamer als sie. Würde wirklich jemand glauben, dass ich aus Eifersucht auf Jess geschossen hatte? Würde *das* unsere Geschichte sein, die man erzählte?

Ralphs Hand führte meine nach oben, bis die Waffe auf Jess zeigte. Er wurde von dem anderen Kerl festgehalten, der ihm den Lauf seiner Pistole in den Nacken drückte. Mein Herz schlug so schnell, dass ich glaubte, ohnmächtig zu werden. Aber mein Körper tat mir den Gefallen nicht.

»Es tut mir leid«, sagte ich leise zu Jess. Das hier war meine Schuld. Wenn ich nicht so versessen darauf gewesen wäre, die Wahrheit herauszufinden – wenn ich nicht gegen den Deal mit Trish verstoßen hätte, wenn ich mich nicht in ihn verliebt hätte, wäre er jetzt in Sicherheit.

»Hatten wir nicht vereinbart, dass du dich nicht mehr bei mir entschuldigst?« Er grinste leicht.

»Das ist lange her.« Ich sah in Jess' grüne Augen, der Druck auf meinen Zeigefinger erhöhte sich. Ich hatte noch nie in meinem Leben eine Waffe abgefeuert, dennoch spürte ich den leichten Widerstand und wusste, wenn er nachgab … dann würde Jess sterben. Tränen verschleierten meinen Blick, aber trotzdem sah ich ihn so deutlich vor mir wie nie zuvor: den Mann, den ich über alles liebte. Er hatte wahnsinnige Angst, das konnte ich erkennen, aber er lächelte, als wären nur wir beide in diesem Raum.

»Tausendschön«, sagte er sanft, »mach die Augen zu.«

»Nein«, schluchzte ich. Ich wusste, dass es besser gewesen wäre, aber ich konnte sie nicht in dem Wissen schließen, dass ich ihn nie wiedersehen würde.

»Ich liebe dich, das weißt du.« Er strich sich seine eigenen Tränen aus dem Gesicht. »Und ganz egal, was passiert, das war es wert.«

»Ich liebe dich auch«, brachte ich heraus, spürte, wie Ralph die Geduld verlor. Aber ich schloss meine Augen trotzdem nicht. Ich wollte mit dem Wissen sterben, dass wir einander liebten. Ich wollte Jess ansehen, bis zur letzten Sekunde.

Und mit grausamer Gewissheit wusste ich, sie war gekommen.

Im nächsten Augenblick passierten plötzlich unglaublich viele Dinge gleichzeitig.

Die Tür flog auf, jemand rief »NYPD!« und dann stürmten mehrere Polizisten in Schutzkleidung das Zimmer, stürzten sich auf Roscott und seine zwei Handlanger. Ich befreite meine Hände aus dem Griff von Ralph, entwand ihm dabei die Waffe, drehte mich um. Plötzlich sah ich mich Auge in Auge mit dem Mörder meiner Schwester, hatte die Chance, ihn zu töten. Alles um mich herum schien zu erstarren, während ich den Lauf auf seine Brust richtete, langsam und bedacht, in mir eine Stimme, die mich anbrüllte, abzudrücken. Und für eine Sekunde wollte ich es tun. Ich wollte ihn umbringen.

»Helena, nicht, mach das nicht«, hörte ich da eine andere Stimme, die mir liebste Stimme auf der Welt, und ich wusste, dass ich so etwas nie tun würde. Niemals hätte ich ein Leben nehmen können, denn auch wenn dieser Typ es verdiente, machte es nichts von dem ungeschehen, was er getan hatte.

Also ließ ich die Waffe sinken, ein Officer kam und nahm sie mir ab, ein anderer führte Ralph weg und ich flüchtete in Jess' Arme, verbarg mein Gesicht an seiner Schulter und brach in Tränen aus. Um uns herum herrschte pures Chaos, aber es interessierte mich nicht. Es war nur wichtig, dass wir in Sicherheit waren.

»Es ist vorbei«, sagte ich immer und immer wieder, bis ich es irgendwann selbst glauben würde. Meine Knie wussten es längst, denn sie waren weich und gaben beinahe nach, während ich mich an Jess klammerte.

»Ja, ist es«, flüsterte er und umarmte mich noch fester. »Wir haben gewonnen.«

Ich wusste, was er meinte – wir hatten nicht nur das hier

überlebt, wir hatten auch die Mörder unserer Geschwister entlarvt und würden in Zukunft nie mehr Angst haben müssen, dass man uns etwas antat, nur weil wir Coldwell und Weston hießen. Nein, wir waren Westwell, für jetzt und für immer. Und ich war sicher, dass Adam und Valerie das gefallen hätte.

»Abmarsch, Herr Bürgermeister«, war hinter uns zu hören und ich ließ Jess los, wandte mich um.

Ich hatte selten größere Genugtuung empfunden als in diesem Moment, in dem einer der Polizisten dem Bürgermeister Handschellen anlegte und ihn dann abführte. Seine Männer waren bereits auf dem Weg nach unten und so blieben Jess und ich für einen Moment allein zurück. Allerdings nicht lange.

»Len!« Lincoln und Malia stürmten ins Zimmer, umarmten Jess und mich gleichzeitig, drückten uns so fest, dass ich keine Luft mehr bekam. Dann hielt mein Bruder mich von sich weg und ich erkannte, welche Angst er gehabt hatte.

»Alles okay? Haben sie euch etwas getan?«

Ich schüttelte den Kopf, obwohl das gelogen war. Es würde eine Weile brauchen, um das alles zu verarbeiten. Nicht nur diesen Abend, auch die Tatsache, dass es der Bürgermeister gewesen war, der unsere Geschwister getötet hatte, aus den egoistischsten Gründen, die man sich vorstellen konnte. Aber wir würden das schon schaffen, jetzt, wo wir in Sicherheit waren. Gemeinsam.

»Wir sind in Ordnung«, antwortete Jess und ich schmiegte mich wieder an ihn. Er hatte zwar einen beginnenden Bluterguss am Kiefer, aber war ansonsten unverletzt.

»Gut.« Lincoln atmete tief ein. »Mom und Dad sind auf dem Weg hierher, genau wie Trish. Ich habe ihnen Bescheid gesagt.«

Fragend sah ich ihn an. »Woher wusstet ihr denn eigentlich, was los ist? Roscott stand nicht auf der Liste.«

»Na, von ihm.« Malia zeigte auf jemanden, der im Durchgang wartete und so wirkte, als würde er nicht richtig begreifen, was gerade passiert war.

»Carter?« Verwundert schaute ich zu ihm und er kam näher, die Hände in den Taschen, sichtlich geschockt. Er hatte uns gerettet? Ausgerechnet Carter Fields? Und ich hatte gedacht, verrückter konnte es nicht mehr werden. »Wie hast du geahnt, dass wir in Gefahr sind?«, fragte ich ihn. »Es war doch ein Loop auf den Kameraüberwachungen.«

»Na, deswegen ja.« Er schüttelte den Kopf. »Jemand vom Restaurant hat mir gesagt, dass ihr hier wärt, genau wie der Bürgermeister. Da ist mir etwas eingefallen: dass ich ihn schon einmal hier gesehen habe – in der Nacht, als Val und ihr Herzbube gestorben sind. Ich weiß noch, dass ich mich gewundert habe, weil es so spät war und er allein unterwegs, aber man fragt ja nicht, was der Bürgermeister in seiner Freizeit macht, wenn ihr versteht. Aber heute kam es mir komisch vor, also wollte ich die Kameras checken und hab gesehen, dass ein Loop drauf liegt. Dann habe ich das NYPD gerufen und die sind zu eurer Rettung geeilt.«

Ich fiel ihm spontan um den Hals und er wirkte fast verlegen, als er mir den Rücken tätschelte. »Danke, Carter. Du hast echt was gut bei mir.«

Sofort veränderte sich sein Gesichtsausdruck. »Du meinst –«

»Nein, *das* meint sie sicher nicht«, unterbrach Jess ihn.

»Schade, aber okay.« Er zuckte die Schultern. »Und du schuldest mir gar nichts, Helena. Sieh es als Wiedergutmachung für meine Lüge über deine Schwester an. Sie war ein großartiger Mensch und ich wünschte, sie wäre noch am Leben.«

Ich lächelte ihn an und merkte, wie endlose Erschöpfung an mir zog, während langsam das Adrenalin aus meinem Blut wich. Als Jess es bemerkte, zog er mich erneut an sich, und gemeinsam atmeten wir ein paarmal durch, bevor wir uns wieder voneinander lösten.

»Die Kollegen warten auf mich. Ich bin so froh, dass es euch gut geht.« Malia umarmte mich noch einmal, berührte Jess an der Schulter. »Ihr kommt zurecht? Wir haben einen psychologischen Notdienst für solche Fälle.« Sie wusste nicht, was genau geschehen war, und ich wollte bestimmt auch nicht jetzt darüber reden. Aber sie machte diesen Job lange genug, um zu wissen, dass es schrecklich gewesen war.

Ich lehnte ab und sah zu Jess, der ebenfalls verneinte. Es würde vielleicht noch dazu kommen, dass wir Hilfe in Anspruch nahmen, aber jetzt war der falsche Zeitpunkt dafür.

Malia nickte und verschwand dann, Lincoln ging mit Carter Richtung Flur.

Jess schaute mich an und strich mir über die Wange, ganz zart, was mich beinahe wieder zum Weinen brachte.

»Ich will hier weg«, sagte ich leise. Dieses Zimmer erdrückte mich, genau wie alles, was hier passiert war, und ich wünschte mir einfach nur, nach Hause in Jess' Wohnung zu verschwinden, mich mit ihm auf die Couch zu kuscheln und dankbar dafür zu sein, dass wir heil aus dieser Sache rausgekommen waren.

»Ja, ich auch«, stieß Jess aus und nahm meine Hand, um zur Tür zu gehen. Als wir auf den Flur traten, war da keine Polizei, die uns Fragen stellen wollte, und ich war froh, dass wir das noch aufschieben und abhauen konnten.

Diese Rechnung hatten wir allerdings ohne unsere Eltern gemacht.

»Um Himmels willen, Helena, was ist passiert?« Mein Vater stürmte den Flur entlang, gefolgt von meiner Mutter und Trish, und in diesem Moment schien die Feindschaft zwischen unseren Familien vergessen zu sein. Meine Eltern umarmten erst mich und dann Jess und sogar Trish drückte mich an sich, wesentlich herzlicher, als ich es ihr zugetraut hätte.

»Ihr seid in Ordnung«, sagte sie und ich nickte, erkannte Tränen in ihren Augen. Ich wollte mir nicht vorstellen, welche Ängste sie im letzten Jahr ausgestanden hatte, und auch wenn das nicht alles rechtfertigte, machte es manches doch immerhin verständlich.

»Stimmt es, was Lincoln sagt – es war der Bürgermeister?«, fragte mein Vater fassungslos.

»Ja«, antwortete Jess. »Er wollte offenbar verhindern, dass Sie und meine Mutter sich zusammentun. Deswegen hat er Valerie und Adam das angetan und wollte mit uns nun das Gleiche machen.« Details nannte er nicht. Wir würden aussagen müssen, spätestens vor Gericht. Aber bis dahin war es besser, das Ganze erst einmal zu verarbeiten.

»Wahrscheinlich hat das etwas mit den Leuten zu tun, die seinen Wahlkampf finanziert haben.« Trish runzelte die Stirn. »Ich habe Gerüchte gehört, er hätte sich da mit ein paar sehr dubiosen Gestalten zusammengetan, die im Gegenzug sicher einiges gefordert haben.«

Meine Mutter schüttelte fassungslos den Kopf. »Wir haben diesen Mann zu uns nach Hause eingeladen, ich wollte dich sogar mit seinem Sohn verkuppeln …« Sie lachte ein bisschen hysterisch, während sie gleichzeitig weinte.

»Also, das hätte wohl so oder so nicht geklappt.« Jess legte einen Arm um mich und drückte mir einen Kuss auf die Stirn. »Ich hoffe nur, es ist für alle Anwesenden nun in Ordnung, dass ich dieses Mädchen liebe. Denn ich habe nicht vor, mich jemals wieder von ihr zu trennen.«

Seine Mutter nickte knapp und mein Vater klopfte ihm auf die Schulter. »Keine Einwände. Vielleicht seid ihr beide ein Zeichen dafür, dass man alte Rivalitäten auch mal infrage stellen sollte.« Und dann schüttelte er Trish Coldwells Hand, was ein bisschen so aussah, als würden sich zwei Staatschefs vertragen, die jahrelang Krieg geführt hatten.

Aber als wäre das nicht genug, sah Jess' Mutter auch noch so etwas wie schuldbewusst aus, als sie meine Eltern anschaute. »Was vor vier Jahren alles über Valerie gesagt wurde, war falsch. Wenn ich damals die Wahrheit gekannt hätte, wäre ich sicher anders damit umgegangen.«

Es war streng genommen keine richtige Entschuldigung, aber diese Tatsache erleichterte mich eher, weil ich sonst das Gefühl gehabt hätte, in diese Parallelwelt geraten zu sein, die ich mir manchmal sehnlichst herbeigewünscht hatte. Und dann wäre es auch nicht wahr gewesen, dass wir endlich frei waren.

Mein Bruder tauchte wieder auf, mit Thaz im Schlepptau, der irgendwo im Stau gesteckt hatte, und nun wollten doch alle wissen, was genau geschehen war, und redeten wild durcheinander.

Jess wehrte den Fragenhagel mit erhobenen Händen ab. »Ich verstehe, dass ihr Antworten wollt, aber kann das bitte bis morgen warten? Wir sind echt fertig und brauchen dringend eine Dusche, etwas zu essen und, zumindest was mich betrifft, einen großen Drink.«

Sofort erntete er verständnisvolles Nicken, obwohl ich ahnte, dass das vor allem unseren Eltern schwerfiel. Aber ich erkannte in den Augen meiner Mutter etwas Seltenes: echte, bedingungslose Zuneigung. Und in mir regte sich Hoffnung, dass dieses schreckliche Ereignis der Anfang von etwas Gutem sein konnte.

»Ich rufe euch morgen an«, versprach ich und meine Eltern nickten, ebenso wie mein Bruder. Dann schob ich meine Hand in die von Jess und sah ihn an, sah das Echo meiner eigenen

Liebe zu ihm und wusste genau, etwas Besseres würde mir in meinem Leben nicht mehr passieren.

»Was meinst du, gehen wir nach Hause?«, fragte er und lächelte.

»Ja«, antwortete ich. »Lass uns gehen.«

Epilog
Jessiah

Sechs Monate später

»Okay, was sagst du?« Helena breitete die Arme aus, als würde sie mir ein geheimes Königreich zeigen, das vorher noch niemand betreten hatte. Dabei war es relativ eindeutig, dass dem nicht so war – denn auf den Bänken, die sich im gesamten Park verteilten, saßen lauter Menschen, die lasen, sich unterhielten oder sogar schliefen. Trotzdem musste ich lächeln. Nicht nur, weil es wirklich hübsch hier war, erst recht für New Yorker Begriffe. Sondern vor allem, weil ich wusste, dass der Elizabeth Street Garden Helenas absoluter Lieblingsplatz in der Stadt war.

»Es ist wirklich schön hier«, antwortete ich und meinte es ehrlich. Meine Abneigung gegen New York war zwar immer noch nicht verschwunden, aber immerhin ein wenig gedämpft. Nicht zuletzt wegen der großartigen Frau, die nicht müde wurde, mir all die Ecken der Stadt zu zeigen, die eben nicht laut, hektisch und überfüllt waren.

Jetzt zog sie mich zu einer Bank, die direkt neben der Statue eines Windhundes stand. Wir setzten uns und ich sah mich um, schaute mir die Leute an, die hier eine kleine Auszeit nahmen, nachdem sie gearbeitet oder Besorgungen gemacht hatten. Sie wirkten nicht halb so angespannt, wie man die New Yorker sonst kannte. Vielleicht war es doch ein geheimes Königreich.

»Verrückt, dass ich noch nie hier war.« Ich lehnte mich zurück und Helena legte ihre Beine über meinen Schoß. »Dabei ist der Garten gar nicht so weit von meiner Wohnung entfernt.«

»Das liegt daran, dass du vor unserem Kennenlernen gar keine Lust hattest, New York dein Herz zu öffnen«, grinste sie.

»Wer sagt, dass ich das jetzt habe?« Ich hob eine Augenbraue. »Es könnte auch einfach sein, dass ich deinetwegen mit auf diese Touren gehe.«

Helena boxte mich leicht gegen den Arm. »Das ist Schwachsinn. Als wir letzte Woche im Please Don't Tell waren, hast du gelächelt, als du nicht damit rechnen konntest, dass ich es sehe.«

Ich beugte mich vor und küsste sie auf den Mund. »Okay, du hast mich erwischt. Es gibt tatsächlich Orte in dieser Stadt, die toll sind.« Die Flüsterkneipe in der Nähe des Tompkins Square Park hatte mich echt begeistert, gerade auch wegen des geheimen Charakters. So sehr, dass ich selbst überlegte, etwas in dieser Art zu eröffnen.

»Sag ich doch.« Helena lächelte zufrieden und schmiegte sich an mich.

Eine Weile saßen wir nur da, hielten unsere Gesichter in die Sonne und schwiegen. Wir hatten September, aber dafür war es noch angenehm draußen. Als wir vor zwei Stunden zu unserem Trip aufgebrochen waren, hatten wir zwar Jacken mitgenommen, sie die meiste Zeit jedoch nur mit uns herumgetragen.

Sonntage wie dieser waren nach einem ereignisreichen Sommer für uns zu einem Ritual geworden – ein- oder zweimal im Monat, sofern wir in der Stadt waren, zeigte mir Helena einen ihrer liebsten Orte. Den Garten hatte sie sich aufgehoben, das wusste ich, weil er ihr so viel bedeutete. Aber sie hatte wirklich nicht übertrieben, diese kleine, etwas skurrile Oase war definitiv einen Besuch wert. Allerdings war ich eigentlich immer glücklich, wenn wir beide zusammen waren. Denn auch ein halbes Jahr nach den schrecklichen Ereignissen im Vanity-Hotel nahm ich es nicht für selbstverständlich, dass wir keine Angst mehr haben mussten. Jeden Morgen, wenn ich neben Helena aufwachte, empfand ich ein tiefes Gefühl von Dankbarkeit.

»Habe ich dir je erzählt, dass ich davon geträumt habe, hier eines Tages zu heiraten?«, fragte sie irgendwann.

»Nein, bisher nicht. Kann man das denn überhaupt?«

Sie richtete sich auf und nickte. »Man kann den Garten mieten, dann werden die Tore geschlossen und man ist ganz für sich. Ich bin einmal vorbeigekommen und habe aus der Ferne gesehen, wie jemand geheiratet hat. Es war wunderschön.« In ihren Augen erkannte ich, dass sie nicht nur einmal daran gedacht hatte, wie es sein würde, selbst diejenige zu sein, die hier Hochzeit feierte.

»Nun, genau genommen sind wir verlobt«, erinnerte ich sie lächelnd und ließ meine Finger ihre Wirbelsäule hinabwandern, bevor ich flüchtig den Ring an ihrer Hand streifte. Sie trug ihn noch, das Erbstück meiner Großmutter. Zwar hatte sie mich kurz nach der Verlobung gefragt, ob ich ihn zurückwollte, aber ich hatte verneint. Es erschien mir richtig, dass sie ihn behielt, denn mein Dad hatte ihn mir für die Frau gegeben, mit der ich mein Leben verbringen wollte. Und auch wenn der Antrag vor allem dem Zweck gedient hatte, den Mörder unserer Geschwister aus der Deckung zu locken, war Helena genau diese Frau.

Jetzt lachte sie. »Das stimmt. Aber ich glaube, es schadet nicht, wenn wir uns damit noch Zeit lassen. Schließlich wird es einige Jahre dauern, bis wir uns einig sind, welchen Nachnamen wir wählen sollen.«

»Oh, dafür hätte ich eine Lösung«, sagte ich leichthin. Vor einigen Wochen hatte ich endlich Adams Sachen sortiert, die über vier Jahre in meinem Abstellraum herumgestanden hatten. Und dabei ein Formular gefunden, das mein Bruder kurz vor seinem Tod ausgefüllt hatte. »Wusstest du, dass man in den USA unter gewissen Umständen einen eigenen Nachnamen beantragen kann?«

Helena sah mich fragend an. »Echt? Ich hatte keine Ahnung, dass das geht.«

»Ich auch nicht. Aber Adam offenbar schon, denn er hat nach seiner Verlobung einen Antrag gestellt, um für sich und Valerie einen anderen Namen genehmigen zu lassen als Weston oder Coldwell.«

»Und welchen?«

»Na, rate.«

»Westwell?« Helena grinste breit. »Das ist toll.«

»Siehst du?« Ich lächelte und streichelte ihre Wange. »Das Problem hätten wir also nicht.«

»Das bedeutet, du würdest mich heiraten? Jetzt?«

»Ich würde dich jederzeit heiraten, Tausendschön. Allerdings denke ich, dass es wegen Valerie und Adam und zur Wahrung des Friedens zwischen unseren Familien sinnvoll wäre, noch ein bisschen damit zu warten.«

»Ja, da hast du recht.« Zufrieden lehnte sie sich wieder an mich und ich legte meine Arme um sie. Es war die Wahrheit, ich würde sie jederzeit heiraten. Aber wir hatten damit wirklich keine Eile. »Wir können froh sein, dass sie sich nicht mehr geschäftlich an die Gurgel gehen.«

Die Westons und Trish waren keine Freunde geworden, so viel stand fest. Aber wir hatten es immerhin geschafft, dass sie einander stillschweigend respektierten – genau wie unsere Beziehung. Offenbar hatten unsere Eltern aus der Sache mit Valerie und Adam gelernt und auch wenn ein Abendessen bei den Westons nicht zu meinen liebsten Beschäftigungen gehörte, war es sehr viel erträglicher als erwartet. Mit Tobias kam ich gut aus, Helenas Mutter dagegen war recht kühl und schien mit der Wahl ihrer Tochter nicht einverstanden zu sein. Aber das war okay. Vor nicht einmal einem Jahr hatten sie noch damit gedroht, Helena wieder ins Ausland zu verbannen, wenn sie mit mir zusammen war. Da war das jetzt ein Fortschritt.

»Kann ich eigentlich Valeries Schreibtisch aus dem Lager ans hintere Fenster im Loft stellen?« Sie sah hoch. »Das Licht dort ist gut und ich will nicht immer den Esstisch belagern.«

»Klar. Nachdem du mein Ankleidezimmer halb in Beschlag genommen hast und dann noch mein Bad und mein Bett, kannst du auch den Rest der Wohnung haben.«

Sie lachte und lehnte sich dann vor, ihre Lippen dicht an meinem Ohr. »Also, über die Sache mit dem Bett hast du dich noch nie beschwert.«

Ein Schauer der angenehmsten Art lief mir über den Rücken und ich konnte mich nicht daran hindern, sie zu küssen – leidenschaftlicher, als wohl in aller Öffentlichkeit angemessen war. Als es uns beiden auffiel, lösten wir uns voneinander und holten Luft.

»Das sollten wir uns für später aufheben«, murmelte ich. »Aber das mit dem Schreibtisch meine ich ernst. Der Platz dahinten ist eh verschwendet.«

Helena nickte. Im Grunde wohnte sie bei mir und ich war unglaublich glücklich darüber, auch wenn ich sie manchmal damit aufzog. Sie hatte zwar überlegt, von Valeries Erbe eine kleine Wohnung zu kaufen, aber wir hatten die Idee schnell wieder verworfen. Zum einen lag mein Loft nur ein paar Gehminuten von der NYU entfernt, auf die sie seit diesem Monat ging, um Tourismus zu studieren, und zum anderen hatte sie immer noch das Zimmer in Lincolns Wohnung, wenn wir mal unsere Ruhe wollten. In der letzten Zeit war Helena jedoch fast mehr im Loft gewesen als ich, denn ich hatte nach der Fertigstellung des Restaurants immer wieder Zeit bei meinem neuesten Projekt verbracht.

Lange hatten wir überlegt, wie ich für einen Ausgleich sorgen konnte – einen zweiten Ort zum Leben, wenn mir New York doch zu eng wurde. Eli war schließlich auf die Idee gekommen und ich hatte nicht fassen können, wie naheliegend es war und dass ich dennoch nie darüber nachgedacht hatte: die Farm meines Vaters in Swan Lake. Sie lag gerade mal zwei Autostunden von Manhattan entfernt, inmitten von wunderschöner Natur, und es hatte nur ein paar kleinere Renovierungsarbeiten gebraucht, um das Haus an unsere Wünsche anzupassen. So hatten Helena und ich eine Art Refugium und auch unsere Freunde und Familien hatten bereits angemeldet, dass sie gern vorbeikommen wollten.

Ich sah auf die Uhr. »Wir müssen langsam los, oder?« Schließlich hatten wir heute Abend noch eine Verabredung. Wie jeden Sonntag.

»Oh, verdammt, ja.« Helena nahm die Beine herunter. »Wenn ich hier bin, vergesse ich regelmäßig die Zeit. Das ist das Magische an diesem Garten.«

Wir standen auf und steuerten den Ausgang an, aber ich nahm mir vor, öfter herzukommen – vielleicht eines Tages wirklich, um zu heiraten.

»Wer ist heute eigentlich dabei?«, fragte Helena, als wir die Straße entlangschlenderten.

»Eigentlich alle, nur deine Eltern haben abgesagt.«

»Dann glaubst du, *sie* wird kommen?«, fragte sie weiter.

Ich wusste, wen sie meinte: Trish. Wir hatten bereits vor Wochen auch unsere Eltern eingeladen, zu den Sonntagsessen ins Restaurant zu kommen – eine Tradition, die ich für Freunde und Familie direkt nach der Eröffnung eingeführt hatte, weil man sich in der Hetze der Stadt sonst einfach zu selten sah. Wer wollte, kam vorbei, es gab was zu essen und oft saßen wir viel zu lange zusammen, bis jemandem einfiel, dass am Montagmorgen wieder Arbeit angesagt war.

Die Westons waren immerhin einmal dabei gewesen, hatten heute aber Termine in Chicago. Trish war noch nie gekommen, hatte meist die Firma vorgeschoben oder sich über Eli entschuldigen lassen. Nach wie vor war es schwierig zwischen uns. Zwar akzeptierte sie meine Beziehung zu Helena mittlerweile – ich hatte manchmal den Eindruck, dass die beiden besser miteinander klarkamen als meine Mutter und ich –, aber wir fanden keine gemeinsame Basis, sosehr wir uns auch bemühten. Ich würde einfach nie der Sohn sein, den sie sich wünschte.

»Glaub nicht«, antwortete ich nach einer kurzen Pause. »Ich fürchte, sie fühlt sich bei so etwas nie wirklich wohl.«

»Es ist schade.« Helena seufzte und legte ihren Arm um meine Mitte. »Sie steht sich oft selbst im Weg.«

»Na, immerhin ist sie etwas entspannter geworden, was Eli angeht. Das ist mir wichtiger als mein Verhältnis zu ihr.« Trish hatte immer noch ihre Hoffnungen und Wünsche, was meinen Bruder betraf, aber sie übte weit weniger Druck auf ihn aus als früher. Und seit er zu der Therapeutin in Queens gehen durfte und seinen Hund hatte, machte er auch in Hinblick auf seine Ängste Fortschritte.

Wir brauchten nicht lange, bis wir im Village am ehemaligen Harper's ankamen und durch die Tür gingen. Sofort empfing mich ein Gefühl von zu Hause. Keine Sekunde hatte ich bisher bereut, es gekauft zu haben, und jedes Mal, wenn ich hereinkam, wusste ich wieder genau, wieso ich von Beginn an von diesem Ort geträumt hatte.

Das Restaurant war exakt so geworden, wie ich es mir vorgestellt hatte – honigfarbener Holzboden, tannengrüne Sitzmöbel, kupferfarbene Lampen. Es herrschte eine entspannte, gemütliche Atmosphäre, in der man genauso mit Jeans und Shirt an einem Tisch sitzen konnte wie mit Hemd und Sakko. Im Vorbeigehen grüßte ich unsere Restaurantleiterin Mila und zwei der Kellner, die fleißig, aber nicht gehetzt und immer mit einem freundlichen Lächeln Essen und Getränke servierten. Genau das war es, was den Laden ausmachte. Wir wollten, dass sich jeder hier wohlfühlte, nicht nur die Gäste, sondern auch das Personal.

Ein Teil des Raums war mit kleineren Tischen in Nischen bestückt, für Paare oder Leute, die ihre Ruhe wollten, und auf der anderen Seite standen lange Tafeln für große Gruppen und Familien. Auf eine von ihnen steuerten wir jetzt zu, denn wir wurden bereits erwartet.

Lilly und Thea saßen an einem Ende, aber sie waren nicht allein – meine Nichte zeigte Lincoln gerade etwas, wofür man offenbar viele Servietten und einige Strohhalme brauchte. Daneben saß Penny, dann Thaz und Malia, Simon und Demi, Edina und Finlay. Eli war an den Rand der Bank gerückt, weil neben dem Tisch auf einer Decke sein Hund Buddy lag, der an einer Kaustange nagte und sich von seinem neuen Herrchen den Kopf kraulen ließ. Ein Lächeln breitete sich auf meinem Gesicht aus, als ich sie da alle sitzen sah, unsere Freunde und Familie, vielleicht war es auch einfach das Gleiche. Helena bemerkte es, denn sie drückte mich kurz an sich, bevor sie zu mir aufsah.

»Es ist perfekt, oder?«, fragte sie.

»Ja. Mehr als das.«

Helena

Ich reckte mich zu Jess hoch und küsste ihn ungeachtet des Ortes, an dem wir uns befanden. Es dauerte keine Sekunde, bis wir bemerkt wurden und am Tisch das Gepfeife und Gejohle losging. Lachend lösten wir uns wieder voneinander.

»Jess!« Lilly stand auf, rannte zu uns und warf sich in die Arme ihres Onkels.

Er hob sie hoch und ich sah, wie glücklich er war, dass er Lilly treffen konnte, wann immer er wollte. Ohne Angst, ohne Sorge davor, dass seine Mutter es entdecken könnte. Trish schien verstanden zu haben, dass sie nur dann eine Beziehung zu ihrer Enkelin haben würde, wenn keinerlei Gefahr bestand, dass sie Thea das Kind wegnahm.

Vor zwei Wochen hatten sie sich das erste Mal in New Jersey getroffen und es war eigentlich ganz gut gelaufen. Wir waren dabei gewesen und ich hatte etwas in Trish Coldwells Augen entdeckt, das mich glauben ließ, sie könnte sich für dieses kleine Mädchen vielleicht ändern. Weniger Angst, weniger Härte, mehr Liebe. Aber wir würden sehen, ob es so war.

»Ihr seid spät dran«, sagte mein Bruder, als ich mich ihm gegenüber hinsetzte, es klang jedoch amüsiert. Seit wir vor zwei Wochen zu spät zu einer Verabredung mit Penny und ihm gekommen waren, weil wir leider die Zeit mit anderen Dingen vergessen hatten, zog er mich damit auf.

»Wir waren im Elizabeth Street Garden.« Ich hob eine Augenbraue.

»Das erklärt es.« Er lächelte. »Dad lässt dich grüßen, wir haben vorhin telefoniert. Er meinte, er verpasst das Essen nur ungern – allerdings weiß ich nicht, ob wegen unserer Gesellschaft oder der Churros, die er letztes Mal hatte.«

Es versetzte mir einen leisen Stich, dass er nur von unserem Vater sprach und nicht von Mom. Unsere Beziehung hatte sich zwar verbessert, aber es ging nur in winzigen Schritten voran und nach wie vor hatte ich das Gefühl, meine Mutter bitter zu enttäuschen, weil ich nicht mehr an der Columbia studierte und mit Jess zusammen war. Vielleicht würde es irgendwann verschwinden, vielleicht auch nicht. Mit beidem musste ich leben.

Mein Bruder sah auf, als sich die Tür abermals öffnete, und ich erkannte kurz einen unbehaglichen Ausdruck auf dem Gesicht, bevor er wieder lächelte. Als ich seinem Blick folgte, entdeckte ich, was für dieses Wechselspiel in seiner Miene verantwortlich war: Paige, die in Begleitung einer jungen Frau hereinkam und auf unseren Tisch zusteuerte.

»Was denn, ist das etwa immer noch komisch für dich?«, raunte ich belustigt, während seine Ex-Verlobte die anderen begrüßte.

»Nein, eigentlich nicht.« Er schüttelte den Kopf. »Es ist nur so, dass mich immer kurz diese Schuld beißt, weil ich mich darauf eingelassen habe, ihr einen Antrag zu machen.«

»Nun«, sagte ich und erhob mich bereits halb, um Paige und ihrer Freundin Hallo zu sagen, »es sieht doch sehr danach aus, als wäre sie darüber hinweg.«

Ich umarmte meine ehemalige Schwägerin-in-spe, die so viel gelöster aussah als früher – nicht nur, weil sie statt Twinset und Perlenkette ein locker fallendes Maxikleid trug. Ihr Coming-out hatte aus ihr einen glücklicheren Menschen gemacht, der sich nicht mehr verstecken musste. Und was ihre Mutter davon hielt, interessierte sie an guten Tagen zum Glück auch nicht.

»Schön, dass du da bist«, sagte ich und begrüßte dann Ciara, mit der sie noch nicht lange zusammen war und die ich bisher nur einmal getroffen hatte. Offenbar war sie Paige jedoch wichtig genug, um sie mit herzubringen, und ich stellte ihr schnell die Anwesenden vor, bevor ich sie Thaz und Malia überließ und zum Ende des Tisches ging.

»Na, ihr zwei. Wie geht es euch?« Ich ließ mich auf den Stuhl am Kopfende fallen und beugte mich hinunter, um Buddy über den Kopf zu streicheln. Der schwarze Hund sah mich aus seinen hübschen dunklen Augen an, als hoffte er, dass ich ihm etwas zu fressen mitgebracht hatte. Er war vielleicht ein ausgebildeter Assistenzhund, aber am Ende doch auch ein Labrador.

»Uns geht es bestens.« Eli lächelte glücklich, wie immer, wenn er seinen Hund anschaute. Allein, dass er zu diesen Sonntagsessen kommen konnte, war vor Buddy und der neuen Therapeutin undenkbar gewesen, und ich freute mich über jeden Fortschritt mehr, als ich sagen konnte. »Er hat auch schon wieder etwas Neues gelernt, schau mal.« Eli hob die Hand, als wolle er einschlagen. »Buddy, High Five.«

Der Hund setzte sich und hob dann die Vorderpfote, um sie gegen die von Eli zu legen. Dafür bekam er überschwängliches Lob seines Herrchens und ein Leckerli, das er mit großer Hingabe – und enormer Geschwindigkeit – verspeiste.

»Das ist super«, lachte ich. Buddy war nämlich gut ausgebildet, aber solche Tricks hatte seine Trainerin extra nicht eingeübt, weil es die Bindung zu Eli verstärkte, wenn die beiden gemeinsam etwas lernten. Wie es aussah, stimmte das, ich hatte Jess' Bruder selten so zufrieden erlebt wie jetzt.

Elis Handydisplay ging an und ich sah, dass er eine Nachricht bekommen hatte. »Von Mom«, sagte er. »Ich habe sie gefragt, ob sie kommt, aber sie meint, dass sie es wohl nicht schafft. Irgendein Essen mit dem neuen Bürgermeister.« Er verdrehte die Augen. »Das ist nur eine blöde Ausrede, da bin ich sicher.«

»Kann sein. Aber wenn sie nicht kommen will, müssen wir das akzeptieren.« Ich hob leicht die Schultern. »Niemand soll sich gezwungen fühlen, mit uns zu essen. Und wenn sie glaubt, dass sie sich hier nicht wohlfühlt, ist es vielleicht auch besser so.« Es war schwierig, sich Trish Coldwell an diesem Tisch vorzustellen, in dem bunt gemischten Haufen aus Menschen, die zu uns gehörten. Ich warf einen Blick zu Jess und als hätte er gespürt, dass ich gerade an ihn dachte, sah er auf und lächelte. Automatisch erwiderte ich es und nahm das warme Gefühl in meinem Bauch wahr, das sich auch ein halbes Jahr später kein bisschen abgeschwächt hatte.

»Erde an Helena?«, holte mich Eli zurück und machte ein Gesicht, als hätte er genau bemerkt, dass ich verliebt zu Jess gesehen hatte.

»Entschuldige, was hast du gesagt?«

»Nichts Wichtiges.« Er grinste halb und schaute dann auf sein Telefon, als eine neue Nachricht einging.

»Wieder deine Mutter?«, fragte ich.

»Nein.« Täuschte ich mich oder sah er ein bisschen verlegen aus? Schnell schob er sein Handy in die Hosentasche und gab Buddy noch ein Leckerli. »Das war jemand anderes.«

Ich hob eine Augenbraue. »Jemand … Spezielles?« Gerade noch verkniff ich mir das *Etwa deine Freundin*, weil ich mich sowieso immer aufführte wie seine große, manchmal viel zu neugierige Schwester.

Eli war allerdings zu gut darin, meinen Blick zu lesen, und hörte es auch, obwohl ich es nicht ausgesprochen hatte.

»Sie ist … Wir sind nicht … Es ist kompliziert.« Er stieß die Luft aus.

Ein Lachen entfuhr mir. »Kompliziert? Was heißt das auf einer Skala von eins bis Westwell?«

»Na, *so* kompliziert auch nicht.« Eli sah auf die Tischplatte.

»Sie ist von meiner Schule und viele von diesen Leuten aus der Upperclass sind echt anstrengend. Da geht es immer nur darum, was man hat und was man sein will … Ich weiß nicht, ob mich das nervt.«

»Hey, nichts gegen Upperclass-Prinzessinnen«, sagte da plötzlich Jess. Er setzte sich neben uns. »Es gibt ein Mädchen? Erzähl mir alles.«

Eli sah nicht so aus, als hätte er Lust darauf. Eher im Gegenteil.

»Ich glaube, Buddy muss mal raus«, wählte er die eleganteste Methode zur Flucht und war Sekunden später bereits mit seinem Hund zur Vordertür hinaus.

Jess lachte, wurde jedoch schnell wieder ernst. »Manchmal erinnert er mich so sehr an Adam.«

Ich beugte mich vor, um ihn zu küssen. »Das ist nicht das schlechteste Vorbild.«

»Nein.« Jess nickte und atmete aus. »Ist es nicht. Ich hole uns mal was zu trinken.« Er stand auf und ich ging zu meinem ursprünglichen Platz zurück, weil ich nicht damit rechnete, dass Eli unser Gespräch über dieses Mädchen fortsetzen wollte, wenn er wieder da war. Von dort aus beobachtete ich unsere Freunde auf der anderen Seite des Tisches.

»Findest du nicht auch, dass sich Thaz und Malia echt gut verstehen?«, raunte ich Jess zu, als er mit unseren Getränken zurückkehrte. Obwohl er genug Personal hatte, konnte er sich nie davon abhalten, selbst mit anzupacken.

»Ach, wirklich?« Er grinste und sah zu meiner Freundin und seinem Freund hinüber, die gerade die Köpfe zusammensteckten und dann lachten, als hätten sie irgendein schmutziges Geheimnis. »Wäre doch schön. Ich würde ihm wünschen, dass er mal an jemanden gerät, der nicht schreiend die Flucht ergreift, sobald das Wort *Beziehung* ausgesprochen wird.«

Ich erwiderte das Grinsen und musste ihm recht geben – Balthazars Trefferquote war katastrophal. Außerdem hatte ich den exzentrischen Chaoten in den vergangenen Monaten wirklich ins Herz geschlossen.

»Vielleicht gehe ich rüber und fühle ihr mal auf den Zahn«, dachte ich laut nach.

»Oder du lässt sie einfach in Ruhe und bleibst hier bei mir«, antwortete Jess und grinste, als er seine Arme um mich legte.

»Ja, oder das.« Ich lehnte mich zufrieden an ihn und sah dann hoch zum Wandsims über unserem Tisch, wo ein Schwarz-Weiß-Foto von Adam und Valerie stand, direkt unter dem geschwungenen Schriftzug *Adam & eVe*. Jess hatte die Schreibweise mit dem großen V vorgeschlagen, zu Ehren meiner Schwester, und jedes Mal, wenn ich dort hinschaute, traten mir Tränen in die Augen. Nicht nur wegen des Namens, auch wegen des Bildes. Es war keines der Fotos in schicker Garderobe mit gewählter Pose, sondern das, was ich im Lagerraum an der Pinnwand gefunden hatte: Valerie mit Zopf und in ihrem Columbia-Pullover, Adam in seinem Sweater von der Cornell, der am Ausschnitt schon ganz ausgefranst war – und beide lachten aus vollem Hals. Es war das Bild eines glücklichen Abends und es erinnerte uns daran, dass solche Abende kostbar waren. Aber vor allem waren auf diese Art unsere Geschwister immer bei uns. Unsere Geschwister, die wir verloren hatten und trotzdem niemals vergessen würden.

»Alles in Ordnung, Tausendschön?«, fragte Jess und strich sanft über meinen Arm. Natürlich hatte er bemerkt, dass ich gedanklich abgedriftet war.

»Ja«, nickte ich und lächelte. »Vollkommen in Ordnung.«

Er drückte mir einen liebevollen Kuss auf die Stirn und wir sahen uns einen Moment an, dankbar und glücklich. Wir hatten so sehr kämpfen müssen, um zusammen zu sein, und deswegen würden wir das zwischen uns wohl nie als selbstverständlich betrachten.

»Essen!«, rief da Thaz begeistert und riss uns damit aus unserem stummen Dialog.

Jess grinste, ich streichelte seine Wange und wir richteten die Aufmerksamkeit wieder auf die anderen. Die Bedienungen brachten uns mehrere große Platten mit verschiedenen Frühstücksdinner-Gerichten und wie immer, wenn wir zusammen aßen, nahm sich jeder einfach, was er mochte. Es gab kurz scherzhafte Diskussionen, weil Lincoln und Thaz es auf das gleiche Dutch Baby abgesehen hatten, eine Art Pfannkuchen aus dem Ofen, der teuflisch lecker war. Aber schnell herrschte wieder Frieden und es gab überall Oh und Ah, weil das Essen im Adam & eVe einfach so unglaublich gut war. Ich lachte, als ich sah, wie Lilly versuchte, ein zu großes Stück Omelette in ihren Mund zu bekommen, und beeilte mich dann, damit ich nicht leer ausging.

Es war ein bisschen laut, ein bisschen chaotisch, aber vor allem war es großartig, dass wir alle hier waren. Und während ich dort saß, mit der Liebe meines Lebens an meiner Seite, umgeben von unseren Freunden und Geschwistern, erinnerte ich mich daran, was ich gedacht hatte, als ich vor eineinhalb Jahren nach New York zurückgekehrt war – und ich schaute auf mein Handgelenk, um das sich mittlerweile ein filigranes Band aus schwarzer Tinte legte. Es waren sechs Worte in geschwungener Schrift, erst letzten Monat hatte ich mich dazu entschlossen, es stechen zu lassen. Sechs Worte auf meiner Haut, fast wie Schmuck, aber mit so viel größerer Bedeutung.

Home is where the heart is.

Nie hatte das mehr gestimmt als heute.

Freut euch auf nächstes Jahr …

… wenn wir für Elis Geschichte wieder nach New York zurückkehren.

Lest auf den nächsten Seiten eine exklusive Leseprobe aus *Coldhart – Strong & Weak!*

Elijah

Ich liebte die Stille am frühen Morgen.

Nichts gab mir mehr Frieden als diese besondere Ruhe, bevor die Stadt, die niemals wirklich schlief, wieder richtig zum Leben erwachte. Es war keine völlige Stille, schließlich hörte ich meinen stoßweisen Atem, genau wie den Klang von Metall auf Metall, wenn die Gewichte zurück in die Halterung glitten. Aber das waren Geräusche, die *ich* kontrollierte. Ansonsten hörte ich nichts, keinen Lärm, keine anderen Leute, nicht einmal meine eigenen Gedanken. Diese eine Stunde Training am Morgen gehörte mir allein und für sechzig Minuten fühlte es sich an, als wäre ich der einzige Mensch auf der Welt. Und ich mochte das Gefühl nicht nur, ich brauchte es auch. Ich brauchte es zum Überleben.

Ich atmete tief ein und drückte die Stange mit den Gewichten von mir weg, bevor ich sie sinken ließ. Wieder und wieder, bis meine Arme brannten und nach einer Pause schrien. Ich ignorierte es, presste die Zähne aufeinander, machte noch einen Durchgang, dann noch einen. Erst als die große Uhr, die über der Tür hing, lautlos auf 6:00 sprang, erlaubte ich mir, aufzuhören. Ich ließ die Stange einrasten und schüttelte meine Arme aus, bevor ich aufstand. Es war eine gute Einheit gewesen, vor allem, wenn man bedachte, dass ich nicht allzu viel geschlafen hatte. Keine von den besseren Runden, aber durchaus akzeptabel.

Das Handtuch auf der Bank gegenüber war bereits ziemlich feucht, aber ich wischte mir dennoch damit über Gesicht und Nacken. Dann hängte ich es mir um die Schultern, verließ meinen Kraftraum und ging in Richtung Küche. Im Durchgang dazu lag ein dick gepolstertes Kissen und darauf ein schwarzer Labrador, der müde aufschaute, als ich neben ihm in die Hocke ging.

»Hey, mein Junge.« Ich strich Buddy, der bereits seit über sechs Jahren an meiner Seite war, liebevoll über den Kopf. Er ließ prompt ein zufriedenes Schnaufen hören und drehte sich auf den Rücken, damit ich ihm den Bauch kraulen konnte. Ich musste lächeln und erfüllte ihm den Wunsch – auch wenn das bedeutete, dass ich mich danach beeilen musste. Aber es lohnte sich, denn während ich Buddy streichelte und ihm erzählte, dass er der beste Hund der Welt war, konnte ich förmlich spüren, wie ich mich entspannte. Dann sah ich hoch zur Uhr in der Küche. Sie zeigte Viertel nach sechs.

»Ich muss dringend unter die Dusche«, beendete ich die Streicheleinheit und erhob mich. »Lass mich das schnell erledigen, dann gehen wir raus.«

Buddy gähnte zur Antwort und legte den Kopf wieder auf das Kissen. Der frühe Morgen war nie seine liebste Zeit gewesen, aber als er noch jung gewesen war, hatte er mich meistens auf meiner morgendlichen Joggingrunde begleitet. Jetzt war er jedoch schon acht Jahre alt und wir machten eher einen gemütlichen Spaziergang am Morgen, bevor ich in die Uni oder Firma musste – dafür ging ich am Abend ohne ihn laufen. Sport vor dem Schlafen war eine gute Methode, um die Dämonen in Schach zu halten. Je mehr ich mich auspowerte, desto geringer war die Chance, nachts von der Vergangenheit geweckt zu werden.

Mein Hund hatte seine Augen längst wieder geschlossen, als ich die Treppe ins obere Stockwerk hinaufging. Auf dem Weg kam ich an einer Zeitschrift vorbei, die ich achtlos auf die Stufen gelegt hatte. Es war die letzte Ausgabe des Forbes Magazine zum Thema »30 under 30«. Die Headline unter dem Foto war mir bekannt, mein Blick blieb trotzdem daran hängen.

Elijah Coldwell – Die Zukunft von New York City?

Das Fragezeichen hatte meine Mutter schwer aufgeregt, mich weniger. Schließlich war man sich alles andere als einig, was meine Person betraf. Die einen nannten mich Hoffnungsträger, Wunderkind oder Ausnahmetalent. Die Gegenseite hielt mich für arrogant, selbstgerecht und überschätzt. Natürlich bestand die letzte Gruppe zum Großteil aus alten Männern, die keine Lust hatten, sich von einem Zweiundzwanzigjährigen wie mir vorführen zu lassen. Trotzdem glaubte ich, dass die Wahrheit irgendwo in der Mitte lag. Deswegen war das Fragezeichen schon okay.

Ich schaltete das Licht im Badezimmer ein und sah durch die Fenster, wie der Central Park aus der Dunkelheit auftauchte. Kurz hielt ich inne und schaute auf die Stadt, wappnete mich für den anstehenden Tag. Denn ich wusste, sobald ich nach meinem Telefon griff, das ich am Abend immer ins Bad legte und bis zum Morgen nicht anrührte, war ich nicht mehr allein auf der Welt. Im Gegenteil, dann war ich mittendrin in einem Strudel aus Erwartungen, Anforderungen und Entscheidungen. Noch vor ein paar Jahren hätte mich das gelähmt, heute nicht mehr. Es war zwar an vielen Tagen immer noch ein verfluchter Kampf. Aber mittlerweile hatte ich gelernt, wie man ihn gewann.

Ein letzter tiefer Atemzug, dann nahm ich das Telefon und aktivierte mit meinem Fingerabdruck das Display. Routiniert checkte ich erst meine Mails, dann meine Nachrichten. Die Assistentin meiner Mutter hatte mir die Tagesordnung für die heutige Vorstandssitzung geschickt. Ich überflog sie kurz, aber sie beinhaltete, was ich erwartet hatte. Mein Grandpa schrieb mir, ob ich nächste Woche mit ihm zum Yankees-Spiel gehen wollte, was ich leider verneinen musste, weil ich einen anderen Termin hatte. Außerdem war da noch eine weitere Nachricht, sie stammte von meinem Bruder.

Hey Kleiner, heute Abend Tough Rock?

Ich verzog das Gesicht. Nicht, weil Jess immer noch Kleiner zu mir sagte, obwohl ich längst erwachsen und mittlerweile genauso groß war wie er. Es lag auch nicht daran, dass ich keinen Bock auf Sparring mit ihm hatte, er war der beste Partner, den es dafür gab. Ich zögerte, weil ich ahnte, worauf dieses Treffen hinauslief, und nicht wusste, ob ich mir das geben wollte. Diese Woche würde auch ohne Zoff mit Jess anstrengend genug werden.

Ohne zu antworten, legte ich das Handy weg und schnappte mir stattdessen ein frisches Handtuch. Ich musste mich beeilen, wenn ich noch mit Buddy rausgehen wollte. Aber ich war gerade auf dem Weg zur Dusche, da klingelte mein Telefon. Kurz sah ich auf die Uhr, ob ich es mir erlauben konnte, den Anruf anzunehmen. Eigentlich nicht.

Ich tat es dennoch.

»Hi, Alec«, begrüßte ich die Person am anderen Ende.

»Morgen, Elijah. Es ist beschämend, dass du so früh wach bist.« Der britische Akzent meines Freundes ließ seine Worte noch ein bisschen missbilligender klingen. Er war gerade bei seiner Familie in London, wo es bereits nach elf war. Ansonsten hätten wir niemals um diese Uhrzeit telefoniert. »Du hast schon trainiert, oder? Bitte lass das. Gegen dich wirken wir anderen wie Couch-Potatoes.«

Ich grinste, weil ich wusste, dass er nur deswegen mies gelaunt war, weil seine Familie ihm auf den Sack ging. Alec war normalerweise der Netteste von uns, geradezu unanständig höflich. England musste ihm echt zusetzen, wenn er so angepisst war.

»Du weißt, dass ich das nicht mache, um gut auszusehen«, antwortete ich milde belustigt.

»Ja, das behauptest du immer. Aber im Grunde stehst du drauf, wenn die Mädels *Oh Gott, Elijah* hauchen, sobald du dein Hemd ausziehst.«

Ich unterdrückte ein Lachen. »Klar, das mache ich ja auch ständig«, stimmte ich dann trocken zu. »Erst letzte Woche bei diesem Meeting mit der Finanzabteilung. Die Resonanz war überwältigend.«

»Du weißt, was ich meine«, murrte mein Kumpel, mehr aus Prinzip.

»Nein, ich habe keine Ahnung. Ich mache Sport, weil es mir beim Denken hilft.« *Und dabei, die Kontrolle zu behalten*, fügte ich stumm hinzu. »Außerdem hindert dich niemand daran, gleichzuziehen, Alexis«, erinnerte ich ihn, stellte das Handy auf Lautsprecher und legte es auf das Waschbecken, um mein durchgeschwitztes Shirt auszuziehen. Maximal zwei Minuten, dann musste ich ihn leider abwürgen.

»Kein Mensch kann dein Pensum länger als eine Woche durchhalten, ohne zu sterben.« Alec schnaubte, aber ich hörte diesem Laut an, dass er bereits bessere Laune hatte. »Wie viele Punkte stehen für heute auf deiner To-do-Liste?«

»Elf.« Meine Sportshorts wanderten ebenfalls in den Korb. »Und wenn ich die schaffen möchte, sollte ich jetzt dringend duschen.«

»Verstanden. Ich wollte dir sowieso nur sagen, dass ich am nächsten Montag endlich zurück nach New York komme. Damit bleiben mir immerhin ein paar Tage, um vor dem Semesterstart London aus meinem Kopf zu bekommen. Ich hoffe sehr, du hilfst mir dabei.«

»Immer.« Ich verdrängte das Ziehen in meinem Magen, das sich bei dem Gedanken an einen vollen Club meldete. Wo wir hingingen, war es sicher. Dafür würde ich sorgen. »Ich sage den Jungs Bescheid. Ezra hat eh genug von den Bahamas und Yates ist schon seit letztem Freitag wieder in der Stadt.« Ich war der Einzige, der in diesem Sommer hiergeblieben war, und freute mich, die anderen wiederzusehen. Schon seit drei Jahren waren wir ein gut funktionierendes Quartett, obwohl wir wahnsinnig verschiedene Persönlichkeiten hatten.

»Perfekt. Wir sehen uns, Mann. Mach ein paar Crunches für mich mit.«

»Sicher nicht. Bye, Alec.«

Ich legte auf und sah die Uhrzeit auf dem Display. 6:36. Eilig warf ich das Handtuch über die Glasabtrennung und zog die Tür auf. Spätestens um zehn vor sieben mussten Buddy und ich aus dem Haus. Das würde eng werden.

Ich ging meinen Tagesplan durch, während das heiße Wasser meinen Nacken und Rücken hinunterlief. Zuerst hatte ich die Vorstandssitzung, dann ein Abschlussseminar der Summer School an der Columbia, mittags Lunch mit einem Investor, am Nachmittag ein Treffen mit meinem Professor wegen der Abschlussarbeit und eine Besprechung für ein Gruppenprojekt, das im kommenden Semester anstand. Danach konnte ich kurz nach Hause, um mich umzuziehen, bevor mich meine Mutter bei einem Essen mit Geschäftspartnern im Eleven Madison Park erwartete. Das ging vermutlich bis neun, also hätte ich theoretisch Zeit gehabt, noch mit Jess ins Tough

Rock zu gehen. Allerdings nicht die Nerven, um seine Blicke zu ertragen. Oder die unausgesprochene Frage darin: *Geht es dir gut, Eli?*

»Ja, verfluchte Scheiße, es geht mir gut«, knurrte ich düster. Aber trotz meiner Worte warf mich der Gedanke an Jess ein paar Jahre zurück, zu einer Zeit, als mich alle noch Eli genannt hatten, nicht nur er – und mein Körper sprang darauf an. Es war ein altbekanntes Gefühl, so als würde etwas meine Eingeweide zusammendrücken, während gleichzeitig meine Sinne unnatürlich scharf wurden, sich auf Kampf oder Flucht vorbereiteten. Ich reagierte sofort, griff nach dem Regler und drehte das Wasser auf eiskalt. Dann biss ich die Zähne zusammen, versuchte, trotz der Kälte und der Enge in meiner Brust zu atmen, schaffte es – und das Gefühl verschwand. Weil ich es so wollte. Weil ich die Kontrolle hatte. Ich hatte mir vor vier Jahren geschworen, sie nie wieder zu verlieren. Und daran hielt ich mich eisern.

Denn ich wusste genau, wenn ich sie verlor, dann verlor ich alles.

Abtrocknen, anziehen und das Haus verlassen kostete mich kaum zehn Minuten, deswegen konnten wir die große Runde durch den Central Park drehen. Und auch danach blieb ich perfekt im Zeitplan: Nur eine halbe Stunde, nachdem wir in meine Wohnung zurückgekehrt waren und ich Buddy gefüttert hatte, stiegen wir beide aus dem Wagen, ich schloss wie automatisch den oberen Knopf meiner Anzugjacke und betrat CW Buildings durch den Haupteingang. Nur im Vorbeigehen grüßte ich das Empfangsteam, den Blick auf mein Smartphone gerichtet, in der anderen Hand die Leine. Ich brauchte Buddy tagsüber nicht mehr zu meiner Unterstützung und hätte ihn auch zu einer Betreuung bringen können, die sich um ihn kümmerte, wenn ich in der Firma oder Uni war. Aber ich hatte meinen Hund einfach gern bei mir, schließlich war er schon mein bester Freund gewesen, als ich keinen anderen gehabt hatte. Außerdem konnte ich Menschen noch besser durchschauen, wenn er dabei war. Es war beeindruckend, wie schnell Leute ihr wahres Ich zeigten, wenn sie einem Hund begegneten.

Zum Glück war der Aufzug, der auf mich wartete, leer. Ich hasste nichts mehr als bedeutungslosen Small Talk am Morgen. Und da man mich auch in der Firma wahlweise für einen verwöhnten Bengel, eine ernsthafte Bedrohung oder den Messias der Immobilienbranche hielt, gab es nur selten interessante Gespräche im Vorbeigehen. Denn nichts davon traf zu. Okay, das mit der Bedrohung vielleicht. Aber nur, wenn man Angst vor Fortschritt hatte.

Da war immer noch die unbeantwortete Nachricht von Jess und sie starrte mich vorwurfsvoll an. Ich holte Luft und tippte eine Antwort: *Sorry, hab schon was vor. Vielleicht nächste Woche.* Dann steckte ich das Telefon weg, im gleichen Moment hielt der Speedlift. Ich wurde bereits erwartet, als sich die Türen öffneten und ich gemeinsam mit Buddy heraustrat.

»Elijah, du bist pünktlich. Sehr gut.« Meine Mutter kam auf mich zu, wie immer in heller Kleidung, heute einem Etuikleid aus hellgrauer Seide.

»War ich das je nicht?« Ich grinste und drückte ihr einen schnellen Kuss auf die Wange. »Morgen, Mom.«

»Morgen, mein Schatz.« Sie verzog den Mund zu einem raschen Lächeln und tätschelte dann meinem Hund flüchtig den Kopf. Ich schaute sie einen Moment aufmerksam an, um zu erkennen, ob es ihr gut ging. Wache Augen, keine Sorgenfalte zwischen den Brauen, sie schien im Gegensatz zu mir gut geschlafen zu haben. »Bist du bereit für die Sitzung?«, fragte sie.

»Du meinst, ob ich bereit bin, Krieg mit dem Vorstand zu führen? Ich freue mich schon den ganzen Morgen darauf.« Mein Sarkasmus zog eine Spur hinter uns her, während wir den Flur entlanggingen. Buddy blieb bei Fuß, seine Leine hatte ich längst ausgehakt. Er war nicht nur hervorragend ausgebildet, sondern auch sehr gut erzogen und er blieb immer an meiner Seite, wenn ich ihm nichts anderes sagte.

»Nimm es nicht persönlich. Du bist jung und brillant, das schüchtert sie ein.« Meine Mutter berührte mein Revers. »Allerdings könntest du mal eine andere Farbe als Schwarz tragen. Das macht dich so düster.«

»Ich bin nicht brillant«, widersprach ich, ohne auf die Bemerkung zu meinem Outfit einzugehen. »Ich bin nur nicht so verbohrt wie sie. Oder so gierig.« Im Grunde wusste ich nicht, warum wir diesen Bürokraten überhaupt Rechenschaft schuldig waren, schließlich konnten wir als Gesellschafter auch allein entscheiden. Da Jess schon vor Jahren auf seine Anteile verzichtet hatte, hielt ich seit meinem achtzehnten Geburtstag siebenunddreißig Prozent der Firma, fünf gehörten meinem Vater, der Rest Mom. Aber da die Firma schon lange zu groß war, um alles selbst im Blick zu behalten, gab es den Vorstand. Und die Mitglieder waren nicht unbedingt Fans von mir.

»Heute geht es nur um die Finanzierung.« Sie winkte ab. »Das ist pro forma. Wir wissen beide, dass die nicht in der Hand des Vorstands liegt.«

Das stimmte, aber für das, was wir planten, wollten wir externe Investoren und die sahen es nicht gerne, wenn Unmut in den eigenen Reihen herrschte. Deswegen hoffte ich, dass es weniger Gegenwind gab als gedacht. Dieses Projekt war mir wichtig, mit ihm wollte ich meine Marke in der Stadt setzen, noch bevor ich nächstes Jahr mit der Uni fertig war. Das würde ich mir nicht vom Vorstand versauen lassen.

»Wann hast du eigentlich deinen Bruder zuletzt gesehen?« Mom sah auf ihr Tablet, aber mir entging der Subtext nicht. Sie wusste, dass es zwischen Jess und mir gerade nicht gut lief, ohne dass einer von uns es ihr verraten hatte. Die Leute hielten meine Mutter für die böse Eiskönigin, aber sie war sehr viel empathischer, als man ihr zutraute.

»Keine Ahnung, ist schon ein bisschen her.« Ich schlug einen beiläufigen Tonfall an. »Aber ich gehe vielleicht am Sonntag ins Adam & eVe.« Dort fanden sich immer einige Freunde und Familienmitglieder zusammen und daher war die Gefahr gering, dass Jess und ich Gelegenheit hatten, uns miteinander anzulegen.

»Schön, dann werde ich mich vermutlich anschließen. Ich habe die beiden schon seit zwei Wochen nicht mehr gesehen.« Meine Mutter lächelte erneut und ich erinnerte mich an Zeiten, als sie blanke Panik bei dem Gedanken befallen hatte, Jess und Helena könnten zusammen sein. Umso mehr freute es mich, dass die beiden so glücklich miteinander waren und es von allen akzeptiert wurde. Ich würde nie so etwas haben wie sie, aber ich wollte es auch gar nicht. Menschen an sich heranzulassen bedeutete immer, sich angreifbar zu machen.

Ich sah auf meine Uhr. »Es ist Zeit. Wir sollten sie nicht warten lassen.«

Mom nickte und ich folgte ihr gemeinsam mit Buddy zum Konferenzraum, dessen Glasfront auf Coldwell House ausgerichtet war und in dem sich bereits alle anderen Vorstandsmitglieder befanden. Als ich den Raum betrat, straffte ich die Schultern, richtete mich zu voller Größe auf, hob das Kinn. Die Anwesenden musterten mich und ich begegnete ihren Blicken ebenso selbstsicher wie unbeeindruckt. Jahrelange Übung machte es möglich.

»Meine Damen, meine Herren, wir sind vollzählig.« Mom

setzte sich und ich gab Buddy einen Wink, damit er auf die Decke ging, die für ihn in der Ecke des Raums bereitlag. Die Anwesenheit meines Hundes sorgte schon lange nicht mehr für Stirnrunzeln oder gerümpfte Nasen, schließlich begleitete er mich bereits, seit ich Gesellschafter geworden war. Ich war mir sogar sicher, dass die meisten hier Buddy sehr viel lieber mochten als mich.

Ich löste den Knopf meines Sakkos, nahm neben meiner Mutter Platz, legte kurz eine Hand an den Knoten meiner Krawatte, der perfekt saß. Dabei rutschte die Manschette meines Hemdes ein Stück hoch und der Blick von Greg Talbot, der mir gegenüber an dem großen Konferenztisch saß, fiel auf die Ausläufer meines Tattoos, die unter dem Rand des Stoffs zum Vorschein kamen. Missbilligend verzog sich sein Mund, aber ich schob den Ärmel nicht wieder nach unten, um die schwarze Tinte zu verbergen. Stattdessen ließ ich ihn noch ein Stück zurückgleiten, sodass man mehr von dem grafischen Muster sehen konnte.

Talbot ließ sich zu einem leisen Schnauben hinreißen und ich grinste leicht. Wahrscheinlich wäre er in Ohnmacht gefallen, wenn ich ihm gesagt hätte, dass nicht nur meine Arme, sondern auch der größte Teil meines Oberkörpers tätowiert war. Oder wenn ich ihm verraten hätte, warum.

»Es geht heute um die Finanzierung von Projekt 22-417 auf unserem kürzlich erworbenen Grundstück am Bryant Park.« Meine Mutter gab ihrer Assistentin einen Wink, damit diese die Präsentation startete. Die offiziellen Pläne von der Baubehörde New Yorks, in die das geplante Gebäude schon eingezeichnet war, wurden an die Wand geworfen. Mom schaute zu mir. »Die Details haben wir ja bereits besprochen. Ich gehe kurz auf den aktuellen Stand ein und Elijah wird dann die benötigten Mittel skizzieren.«

Ich nickte, spürte wieder kurz diesen inneren Druck, bevor ich das Gefühl ohne Probleme erneut verbannte. So etwas wie das hier konnte mich nicht mehr aus der Fassung bringen. Denn auch wenn ich sehr häufig das Echo meiner früheren Angst spürte, ließ ich sie nicht an die Oberfläche.

1134 Tage. So lange hatte ich schon keine Panikattacke mehr gehabt. Seitdem waren vor allem Disziplin und Beherrschung meine Begleiter, nicht mehr Furcht und Hilflosigkeit. Daher war ich nicht nur in der Lage, so etwas wie ein normales Leben zu führen, sondern saß auch in einem Raum mit einflussreichen Menschen, die mich längst nicht mehr voller Mitleid, sondern mit Respekt betrachteten. Und es machte mich auf grimmige Art stolz. Einige von ihnen hatten sicher noch im Kopf, was mir mit neun Jahren passiert war – obwohl ich alles dafür getan hatte, es sie vergessen zu lassen. Als ich jetzt meinen Blick über den Vorstand schweifen ließ, wirkte es so, als hätte das funktioniert: Keiner schaute mich an, als würde er oder sie mich noch mit der Entführung in Verbindung bringen. Ich erinnerte mich trotzdem an die mitleidigen Blicke und das Getuschel hinter vorgehaltener Hand, das mich damals auf Schritt und Tritt verfolgt hatte. *Er ist traumatisiert, der arme Junge, wie sollte er auch klarkommen? Niemand könnte das einfach so wegstecken.*

Dieses leere Mitgefühl war so ermüdend und kein bisschen hilfreich. Schließlich hatten sie keine Ahnung. Sie stellten sich vielleicht vor, wie es sein musste, zehn Tage in einem stockdunklen, kalten und feuchten Kellerloch in Harlem zu sitzen, ohne zu wissen, ob man da lebend wieder rauskam. Wie fürchterlich es sein musste, körperlich und psychisch misshandelt zu werden, ohne zu wissen, ob jemand kam, um einen zu retten. Vielleicht stellten sie sich auch vor, wie es sein musste, wenn es ihr Sohn, ihre Tochter gewesen wäre, der das angetan wurde.

Wie hilflos, wie nutzlos sie sich gefühlt hätten in der Zeit. Aber niemand wusste *wirklich*, wie sich diese Art von Todesangst, diese Art von Schmerz anfühlte. Und niemand wusste, was tatsächlich in diesen zehn Tagen passiert war. Oder danach. Nicht die Öffentlichkeit, nicht meine Eltern oder mein Bruder. Auch nicht die Polizei oder meine Therapeuten, zu denen ich jahrelang jede Woche gegangen war. Ich hatte es ihnen nie erzählt. Aus gutem Grund.

Und wenn es nach mir ging, würde es auch nie jemand erfahren.

Der Auftakt von Elis Geschichte,
Coldhart – Strong & Weak

Danksagung

Hier sind wir nun. Am Ende einer Reise, die im Januar 2020 begonnen hat, als ich die Idee zu dieser Geschichte hatte. Schon damals war da dieses Gefühl, Helena und Jess könnten der Beginn von etwas Besonderem sein, für mich und vielleicht auch für euch. Seither ist unglaublich viel passiert – so viel, dass ich es immer noch nicht begreifen kann. Westwell hat alles erreicht, was ich mir gewünscht habe, und noch mehr. Das verdanke ich nicht nur eurer Begeisterung, sondern auch der unermüdlichen Unterstützung einiger wundervoller Personen:

Zuallererst Stephanie Bubley, der besten Lektorin, mit der ich je arbeiten durfte. Du hast nicht nur mich, sondern auch Helena und Jess auf eine Art verstanden, wie ich es nie erwartet hätte. Und du warst offen dafür, als ich danach ein ganz anderes Projekt machen wollte als geplant. Vielen Dank für alles.

Dann natürlich Team LYX, das mich so herzlich in seinen Reihen aufgenommen hat: Simon Decot und Ruza Kelava, ich danke euch für das Vertrauen in mich. Vielen Dank an Andrea Berlauer, dass du in den Momenten maximaler Aufregung meine Zen-Meisterin bist. Dankeschön an Steffi Ebert, Sabrina Weber, Laura Klingenberg, Sarah Schneider, Annett Brandt, Jeannine Schmelzer und alle anderen, die sich so gut um mich und meine Bücher kümmern. Ihr seid fantastisch.

Ein großes Dankeschön gebührt Melike Karamustafa dafür,

dass ich mittlerweile beinahe blind alle von dir vorgeschlagenen Änderungen annehmen kann. Du warst meine Wunschbesetzung und bist es noch.

Natürlich danke ich meiner Agentin Gerlinde Moorkamp auch diesmal von Herzen. Du warst in diesem Jahr erneut eine so wichtige Unterstützung und sorgst dafür, dass ich mich nach unseren Gesprächen immer talentierter und zufriedener fühle. Dankeschön ebenso an Silke Weniger und Anne Kästner für den Rückhalt. Wer hätte gedacht, dass wir gemeinsam so weit kommen würden, als ihr mich damals mit einer Dystopie in eure Agentur aufgenommen habt.

Charlie und Mimi, meine Testleserinnen mit Herz und Verstand. Danke Charlie, fürs Zuhören, das positive Bestärken und so viele neue Songs für meine Playlists. Mimi, du hast magische Kräfte, da bin ich überzeugt. Anders kann ich mir nicht erklären, dass du mich mit jeder Nachricht happy machst.

Simone, ich habe dir (liebevoll!) gedroht, dass ich dir dieses Buch widmen würde – ich hoffe, du bist einverstanden. Ich danke dir so sehr für alles, was du tust, für mich bist du die personifizierte Buchliebe.

Meinen Kolleginnen: Merit, danke dafür, dass du mich auch dann erträgst, wenn ich die Reinkarnation des Hä-Hasen bin. Und dafür, dass du mich mit deinen Büchern emotional so abholst. Kira, du unfassbar kluge und witzige Frau, deren Nachrichten mich so oft zum Lachen bringen. Danke, dass du seit Beginn an meiner Seite bist. Kim, meine Sister of Suspense, danke dafür, dass wir so oft das Gleiche denken. Nicole, ich danke dir für die unglaublich schönen Illustrationen zu diesen Büchern, niemand hätte Helena und Jess besser treffen können als du. Tanja, Laura, Yvy und alle, die diesen Job genauso lieben wie ich – danke für den Austausch mit euch.

Meine Familie: Mama, Papa, danke fürs Zuhören und dass

ihr euch einen Hund zugelegt habt. Kathrin, deine Unterstützung bedeutet mir alles – von deiner Begeisterung ganz zu schweigen. Diesmal darfst du sogar bis zum Ende lesen.

Ich danke all meinen Freund:innen, aber einer ganz besonders: Paddy, du bist seit unserem Kennenlernen eine Inspiration für mich gewesen, aber seit diesem Jahr bist du mein Vorbild. Deine Stärke ist unglaublich.

Und dann natürlich Felix. Das hier ist mein elftes Buch und es ist nicht leicht, noch originell zu sein, wenn ich beschreiben will, was ich für dich empfinde (peinlich, schließlich ist das mein Job.) In jedem meiner Protagonisten, ob Lucien, Lyall, Noel, Jess oder Eli, steckt ein bisschen was von dir, und nicht nur deswegen bist du die Person, bei der ich mich immer sicher und geborgen fühlen werde. Danke für alles.

Liebe Leser:innen, ich habe eure Geduld mit dieser Reihe und ihren Cliffhangern manchmal auf die Probe gestellt – und trotzdem seid ihr Helena, Jess und mir treu geblieben. Vielen vielen Dank dafür! Ich hoffe, ihr seid glücklich mit dem Ausgang der Geschichte und beruhigt, dass es ein Happy End gab. Wir lesen uns bei Coldhart wieder, wenn ihr mögt. Elis Geschichte war vom ersten Westwell-Moment an in meinem Kopf und ich bin so glücklich, dass ich sie nun tatsächlich schreiben darf. Bald heißt es also »Welcome back to New York«. Ich hoffe, wir sehen uns!

TRIGGERWARNUNG

Dieses Buch enthält potenziell triggernde Inhalte.

Diese sind:
Tod eines Familienmitglieds